汉语知识丛书

诗　律

（修订本）

郭芹纳　著

商务印书馆
创于1897 The Commercial Press

图书在版编目(CIP)数据

诗律/郭芹纳著. —修订本. —北京:商务印书馆,2018
(2023.5 重印)
(汉语知识丛书)
ISBN 978-7-100-15374-4

Ⅰ.①诗… Ⅱ.①郭… Ⅲ.①诗词格律—中国 Ⅳ.
①I207.21

中国版本图书馆 CIP 数据核字(2017)第 230914 号

汉语知识丛书

SHĪ LǙ

诗 律

(修订本)

郭芹纳 著

商务印书馆出版
(北京王府井大街36号 邮政编码100710)
商务印书馆发行
北京虎彩文化传播有限公司印刷
ISBN 978-7-100-15374-4

2018 年 3 月第 1 版　开本 787×1092 1/32
2023 年 5 月北京第 3 次印刷　印张 9¼

定价:56.00 元

目　录

修订前言

转眼间,《诗律》出版已经11年了。自是书问世以来,得到了广大读者的好评,索求者至今依然不绝。这是令人感到十分欣慰的。

本次修订,最主要的工作,是根据读者的需求和建议,增加了“诗韵常用字表”的“上声”和“去声”部分。这样,这个“常用字表”就是四声皆备了。王力先生主编的《古代汉语》中的“诗韵常用字表”,是我的导师祝敏彻先生执笔编写的。我曾经向祝先生请教过编写时的情况。祝先生告诉我,当时,只是根据《佩文韵府》每一韵部前面所列文字选择的,并希望我能够继续改进,设计出更加便于查检的办法。现在,我终于向祝先生交上了一份并非十分完美的答卷,并以此作为对祝先生的永久纪念。编排上声、去声部分的常用字表,虽然已有平声部分的基本格局,但仍然遇到不少问题,比如,变为今读去声的中古上声字如何处理?一些兼属数韵的字是否可以相通?如是等等,迫使我花费了大量的时间。现在呈现给读者的“字表”,可能基本说清了问题,但是否完美尽善,还需要大家的检验和指正。此外,这次修改还改正一些失误和失校之处,更换了一些诗例,改进了“参考答案”。使用电脑写作,有时候会莫名其妙地出现一些错误。例如,某个字竟然会意外地出现在不该出现的地方等等。这就使得我常常会有如履薄冰之惧,不得不格外小心。尽管如此，书中的错误和不妥之处依然难免，希望海内外方家和广大读者不吝赐教。

郭芹纳

2016 年 9 月 20 日

前　　言

唐诗人人喜爱，格律诗尤受青睐，故能历久而不衰。自唐以后，历代依旧名家辈出，皆有佳作流传。改革开放以来，随着我国经济建设的迅速发展，文化事业也日益繁荣。由于党和国家对传统文化的重视，老一辈诗家多年来孜孜不倦地倡导，现今的传统诗词写作，得到了很大的发展。全国各地，诗社林立，诗作无穷，写作队伍已逾数十万人。其中既有耄耋之年的老一代诗人，也有崭露头角的青年吟子。北大、清华、华中理工大学等几十所大学及中小学与中央电台、电视台还联合起来，相继在武汉和深圳召开了“让传统诗词大步迈进高校校园”“让传统诗词大步迈进中小学校园”的主题研讨会，为鼓吹传统诗词的学习与写作而推波助澜。不少汉字文化圈的国家，近年也在重组诗社，积极提倡。所有这些，都使得古典诗歌（包括格律诗）这一具有广泛的群众性和普及性的高雅文学样式，重新焕发出耀眼夺目的光彩。

但是，由于历史的原因，许多人对诗词格律缺乏了解；又由于古今语音发生了很大的变化，古人所创制的诗词格律，令许多喜好格律诗的人难以掌握。在大学中文学科的教学中，诗词格律是一个相当重要的内容；但这一部分的教学效果尚不理想：或学得似通非通，或学过即忘。其原因之一便是缺乏相应的、大量的练习，而练习正是熟练并牢固掌握诗律的主要途径。因此，无论是广大的社会青年和老年大学的老龄学员，还是高等学校的师生以及中小学教师，都十分需要这方面的读物。王力先生的《汉语诗律学》内容丰富，论述详密，但如今却不易求得。一些介绍诗词格律的小册子，往往又略显简要，为此，我根据教育部倡导的“化理论为技能，化理论为能力”这一新的教学思想和教学要求，结合自己多年的教学实践和写作体会，将平日讲授诗律的经验与材料加以整理，编成此书，其目的就是想适应这一社会需求，为传统文化的继承与发展，尽一点力量。为此，本书力求做好以下几点：

一、内容精要易懂，重点难点突出。例如有关平仄的规则、入声的识辨、诗韵的掌握、古今异读、平仄异调等等，都是针对现代读者的主要问题和难点而编写的，其目的就是为了便于初学者很快掌握。

二、精选例证，强化练习。本书于诗律的每一规则之后，均附有大量的练习。这些练习，是我在分析了上万首诗歌的基础上，反复选择而精心设计的。全书共列举500余首诗作，既可供练习之需，又可使读者得到艺术的享受和感染。实践证明，这样安排是十分必要的，也是相当有效的。

三、增加了必要的附录。如王鉴的《四声纂句》、诗韵常用字表（平声30部）、派入今阴平、阳平中的入声字、诗韵举例以及练习参考答案等等。这些附录，既是对正文内容的补充，又是必要的检索工具。像其中的“诗韵常用字表”，就是根据自己的体会重新编排的，可以收到便于检字和便于古今对照的双重效果。

总之，本书只有一个目的，那就是为了帮助读者尽快地掌握诗律，从而更好地运用这一优美的文学形式，写出更多更好的反映新时代的佳作。倘若她真的能起到这样的作用，那便是我最大的欣慰了。

引　言

我国号称“诗国”，自古以来就有写作诗歌的优良传统。现存最早的一部文学作品集就是《诗经》。《诗经》分为“风”“雅”“颂”三类。“风”即“国风”；“雅”又分为“小雅”和“大雅”；“颂”包括“周颂”“鲁颂”和“商颂”等。这些诗歌或者是民歌，或者是朝廷、宗庙的舞曲和乐章。此后，又出现了《楚辞》、汉乐府民歌等形式的诗歌。西汉初期的诗歌，主要继承了《诗经》四字一句的形式。后来，随着社会的发展和表达的需要，隔句用韵的“五言”一句的歌谣民谚日渐增多，由于其音节比较舒缓协调，于是被大量地采入乐府之中。到了东汉初年，便出现了文人创作的“五言诗”。这种“五言诗”，“指事造形，穷情写物，最为详切”，也就是说，它与“四言诗”相比，表情达意更为方便，容量也更为丰富，因而，能“居文词之要”。东汉末期，“五言诗”大量产生，艺术技巧日趋成熟。魏晋南北朝，则成为五言古诗的兴盛时期，出现了建安七子、阮籍、陶渊明、谢灵运等一大批著名的诗人。同时，这一时期，“七言诗”也开始确立。文学家们认为，现存最早的“七言诗”就是曹丕的《燕歌行》。这首诗的特点是句句押韵，形式则显单调。刘宋时代的鲍照，又对这种形式加以改造，采用隔句用韵、自由换韵的方式，写出了令人“倾炫心魄”的诗作，从而为“七言诗”的发展拓宽了道路。自此以后，“七言诗”也便开始繁荣起来。到了唐代初期，“七言诗”的规则基本确定，于是又出现了一种新的诗体，即所谓“格律诗”。这种诗体对于唐人来说是新近出现的，所以，他们又叫作“近体诗”，或者叫作“今体诗”。从此，这种格律诗便广为流传，唐诗遂达到了我国诗歌的顶峰，唐代也因之成为我国诗歌的黄金时代。

就格律形式而言，“四声说”的出现以及骈体文的对仗技巧等等，对近体诗格律的形成，具有重要的影响。

促进诗歌形式发生变化的一个重要因素，是“四声说”的出现及其在诗歌创作中的应用。从《诗经》的押韵可以知道，自古以来，汉语字音就有声调的区别。但是，在六朝以前，还没有“平、上、去、入”这四个名称。魏晋之际，诗律学逐渐发展起来，当时的人们崇尚韵文，赋诗作文，讲求声律与节奏。同时，由于受到梵文音理（声明学）的启发，人们开始懂得分析语音和辨别声调。齐武帝永明年间，沈约、周颙等人开始提出以“平、上、去、入”的名称来区别四声，并且有意识地将其运用到诗歌的创作之中。《南史·陆厥传》中记载：“永明中，盛为文章。吴兴沈约、陈郡谢朓、琅琊王融，以气类相推毂。汝南周颙善识声律，为文皆用宫商。以平上去入为四声，以此制韵，有平头、上尾、蜂腰、鹤膝。五字之中，声韵悉异；两句之内，角徵不同，不可增减。世呼为永明体。”《庾肩吾传》中也说，齐永明年间，王融、谢朓、沈约等人的文章“始用四声，以为新变”，而“四声”又“转拘声韵”。唐人封演《闻见记》中还记载说：“沈约文辞精拔，盛解音律，遂撰《四声谱》。”《四声谱》原书今已亡佚，有学者以为，日本沙门空海所著《文镜秘府论》中的“调四声谱”，可能就本之于沈约。总之，在六朝时期，经过沈约、周颙等一批知识分子的研究、整理，四声的系统已经明确建立，并且开始把这种声调变化所形成的音乐美更加自觉地应用到诗文的创作之中。他们主张诗文的语言应该“以声传情”，为此则必须“五色相宜，八音协畅”“宫羽相变，低昂互节”。由于他们“穷其妙旨”，对诗文的用韵及声律提出了更严格的要求，从而使得汉语诗律学更为发达。再加上刘绘、范云等人“慕而扇之”，极力鼓吹，致使“远近文章，转相祖述，而声韵之道大行”。应该说，近体诗讲究平仄和声韵的格律，与沈约、周颙等人对“四声”的积极宣传和努力实践，是密切相关的。唐代格律诗的平仄，也就是在此基础上日趋完善的。南北朝时期，骈体文极为盛行。这种文体十分讲求句子结构(包括声律平仄)的对仗，经过人们的不断探索与创造，对仗的各种形式业已基本形成，各种技巧也日趋娴熟。这一风尚与追求，也为近体诗的格律，奠定了另一方面的基础。由于这几种因素的作用，经过一定时期的酝酿，于是，到了唐代，一种以讲究平仄、对仗为主要特点的格律诗也就逐渐形成了——这就是人们所说的“格律诗”。

当然，格律诗产生以后，古体诗因其格律自由而仍然受到人们的欢迎。唐代及其后世的诗人，往往既写格律诗，又写古体诗。通常，把他们按照古诗写法创作的诗歌称为“古风”。不过，这时候的诗人们，由于受到格律诗的影响，在写作古体诗的时候，往往也会写出一些“律句”来。人们把这种带有“律句”的古体诗，称之为“入律的古风”。

近体诗的格律可以用四句话来概括，这就是：字句有定，平仄协调，用韵严格，讲究对仗。下面详细予以说明。

第一节　近体诗的字句与平仄

一、字句有定

近体诗包括律诗、绝句和排律三种形式，它们的句数和字数都有一定的规定。律诗、绝句和排律又有五言和七言之别。所谓五言，就是每句必须是五个字，不能多，也不能少。七言，则必须每句七字。律诗和绝句的句数也是固定的，不能变更。每首律诗必须是八句。每句七言者称为“七言律诗”，简称“七律”；每句五言者称为“五言律诗”，简称“五律”。每首绝句只有四句，七言者称为“七言绝句”，简称“七绝”；五言者称为“五言绝句”，简称“五绝”。十句以上者称为排律，它也有五言和七言之别。其句数可以是十句、四十句、六十句、八十句，甚至于一百句；也可以是四十八句、七十二句等等。总之，其句数是相对自由的，不像五律和七律那样严格。不过，通常以“五言排律”为多，并且一般以十二句为常见（中唐以后，试帖诗都要求写十二句的五言排律）。

律诗每两句为一联。各联的名称依次为“首联”“颔联”“颈联”“尾联”。每联的第一句叫作“出句”，第二句叫作“对句”。

二、平仄协调

平仄是近体诗中最重要的因素，讲究平仄是近体诗的本质特点。因此，前人有“学诗先要知平仄”的说法。

人们通常以为近体诗的平仄格律很难掌握，其实，这是一种误解。诗律应是易明而并不繁难的。为了说明这个问题，我们特意用较多的篇幅，予以解释。

近体诗是语言的艺术，因而，所谓诗的格律，不外是最充分地利用了汉语的声、韵、调的特点而已。显然，对于每一个会说汉语的人来说，这种格律也是容易掌握的。这正如人们学习书法一样，步入其门是并不困难的，至于要达到炉火纯青的地步，写出传世之佳作，则有待个人的修习。倘若诗律繁复难识，便不会有如此众多的诗人问世，也不会有唐代诗歌的兴盛。我们之所以感到繁难，主要是由于古今语音发生了很大变化的缘故。

古人把“平、上、去、入”四种声调，又分为两大类，这就是“平”和“仄”。所谓“平”，是指中古的“平声”，其特点是没有高低起伏的变化，即所谓的“平声平道莫低昂”。“仄”是不平的意思。“上、去、入”三声，因为有高低起伏的变化，所以归入“仄”声一类。“平”“仄”两类声调在诗文中交错使用，读起来就会产生一种抑扬顿挫的美感，显得富有音乐特色，从而增强了艺术效果。只要我们能够分辨平仄，并且按照下面的规定来安排平仄，就可以掌握其格律了。

首先，我们应该明白，近体诗的平仄安排有一个基本原则，那就是要求平仄错综和谐而不显单调。这样，就必然会产生平仄相间、平仄相对的要求。为了把各联有规律地组织在一起，于是，又有了"粘"的规则。从这三个基本要求出发，便形成了近体诗的格律。具体说来，就是：一句之中，平仄相间。一联之中，平仄相对。各联之间，平仄相粘(nián)。

在说明平仄格律之前，我们还必须明确以下几点：

a. 近体诗以两个音节为一个音步，这样排列起来，只可能有平平、仄仄、平仄、仄平四种形式。只是末一字为单字，或为平，或为仄，随句决定。每一音步的第二字是节奏点所在，不能随意变更。所谓平仄格律，其实就是针对节奏点而言的。

b. 偶句押韵，押平声韵。即偶句的末一字为韵脚，必须入韵，而且限用平声(用仄声者则为例外)。首句的末一字可以用平声(多数入韵或者用邻韵)，也可以用仄声(不入韵)。注意：这句话的言外之意还在于说明，奇数句(即出句)的末一字必须用仄声。

c. 一句之中的最后三个音节，如果都是平声，叫作"三平调"；如果都是仄声，则叫作"三仄调"。从原则上说，近体诗禁忌三平调和三仄调(实际上，诗人们对三仄调并未真正回避)。

有了这三点认识，我们就可以来谈近体诗的平仄格律了。

1. 先看"一句之中，平仄相间"。

按照前面所说，如果我们以仄声开始，那么该句的平仄格式应为：

(甲)仄仄　平平　仄。

2. 再看"一联之中，平仄相对"。

前文说过，律诗共八句，两句为一联。所谓联中的平仄相对，就是要求出句与对句的平仄对立。如果出句为"仄仄　平

平　仄”，那么，其对句自然是：

（乙）平平　仄仄　平。

这里必须注意，这种相对的规则是不能违反的。如果违反了，那就叫作“失对”。唐宋诗人的作品中，“失对”的情况非常少见。

需要再次强调的是，所谓“平仄相间”“平仄相对”，以对节奏点上的字的平仄要求最为严格（五律的节奏点指每句中的第二字、第四字及末一字；七律的节奏点指每句中的第二字、第四字、第六字及末一字），因为它们正是平仄错综协调的关键所在。这也正是人们常说“一三五不论，二四六分明”的基本原因。

3. 最后再说“各联之间，平仄相粘”。

这一规定的意思是：下联出句第二字的平仄必须与上联对句第二字的平仄相同。这样，既可以把后一联与前一联粘合连接起来，又可以使前后两联有所变化。

如果上联的平仄格式为：

仄仄　平平　仄，

平平　仄仄　平。

那么，下联出句的前两字的平仄则应为：平平。若再根据“一句之中，平仄相间”的规则来安排，势必又成为“平平　仄仄平”的格式，这样，便出现紧紧相邻的两句互相雷同的情况。另外，该句又是出句，句末不应用平声。回避的办法只能是改变第三字的平仄——因为前二字要避免失粘，末一字必须用仄声，第四字是节奏点所在，因而均不可变动，于是，只能将非节奏点所在的第三字改为平声。这样，不仅避免了雷同，保持了节奏点上的平仄相间，而且还避免了三仄调。根据这样的调整，这一联出句的格式便为：

（丙）平平　平仄　仄。

再根据“平仄相对”的规则，其对句的格式便为：

（丁）仄仄　仄平　平。

违反了“粘”的规定，就叫作“失粘”。初期的格律诗，失粘的情况较多，中唐以后，要求日渐严格，失粘的情况就很少了。

甲、乙、丙、丁四种句式，便是五言律诗的基本句式。七言律诗则是在每句之前加上两个相反的音节。即：

（甲）仄仄　平平　仄，　（甲）平平　仄仄　平平　仄，
（乙）平平　仄仄　平。　（乙）仄仄　平平　仄仄　平。
（丙）平平　平仄　仄，　（丙）仄仄　平平　平仄　仄，
（丁）仄仄　仄平　平。　（丁）平平　仄仄　仄平　平。

只要我们掌握了上述三句话和应该明确的事项，无论以哪一种基本句式开头，都可以推出全诗的平仄格式。

五言律诗不外以下四种格式，这就是：

仄起仄收式：

（甲）仄仄　平平　仄，　　旧国经年别，
（乙）平平　仄仄　平。　　关河万里思。
（丙）平平　平仄　仄，　　题书凭雁翼，
（丁）仄仄　仄平　平。　　望月想蛾眉。
（甲）仄仄　平平　仄，　　白发愁偏觉，
（乙）平平　仄仄　平。　　归心梦独知。
（丙）平平　平仄　仄，　　谁堪离乱处，
（丁）仄仄　仄平　平。　　掩泪向南枝。

（唐·元淳《寄洛中诸姊》）

（说明：字下加黑点者为入声字。下同。）

仄起平收式：

（丁）仄仄　仄平　平，　戍鼓断人行，
（乙）平平　仄仄　平。　边秋一雁声。
（丙）〔平〕平　平仄　仄，　露从今夜白，
（丁）仄仄　仄平　平。　月是故乡明。
（甲）仄仄　平平　仄，　有弟皆分散，
（乙）平平　仄仄　平。　无家问死生。
（丙）〔平〕平　平仄　仄，　寄书长不达，
（丁）仄仄　仄平　平。　况乃未休兵。

（唐·杜甫《月夜忆舍弟》）

平起仄收式：

（丙）平平　平仄　仄，　苍茫空泛日，
（丁）仄仄　仄平　平。　四顾绝人烟。
（甲）仄仄　平平　仄，　半浸中华岸，
（乙）平平　仄仄　平。　旁通异域船。
（丙）〔平〕平　平仄　仄，　岛间应有国，
（丁）〔仄〕仄　仄平　平。　波外恐无天。
（甲）仄仄　平平　仄，　欲作乘槎客，
（乙）平平　仄仄　平。　翻愁去隔年。

（唐·周繇《望海》）

注：作字两读。《广韵》作则箇切，去声；又作则落切，入声。今按入声标出。

平起平收式：

（乙）平平　仄仄　平，　　岩云掩竹扉，
（丁）仄仄　仄平　平。　　去鸟带余晖。
（甲）仄仄　平平　仄，　　地僻生涯薄，
（乙）平平　仄仄　平，　　山深俗事稀。
（丙）㊥平　平仄　仄，　　养花分宿雨，
（丁）仄仄　仄平　平。　　剪叶补秋衣。
（甲）仄仄　平平　仄，　　野渡逢渔子，
（乙）平平　仄仄　平。　　同舟荡月归。

（唐·戴叔伦《山居即事》）

（说明：辨别是哪一种格式，主要看首句的第二字和最后一字。）

仄起式的两种格式，仅仅是首句不同；平起式的两种格式，也是如此。

七言律诗也不外以下四种格式，这就是：

仄起仄收式：

仄仄　平平　平仄　仄，　　降鹤池前回步辇，
平平　仄仄　仄平　平。　　栖鸾树杪出行宫。
平平　仄仄　平平　仄，　　山光积翠遥疑逼，
仄仄　平平　仄仄　平。　　水态含青近若空。
仄仄　平平　平仄　仄，　　直视天河垂象外，
㊥平　㊀仄　仄平　平。　　俯窥京室画图中。
平平　仄仄　平平　仄，　　皇欢未使恩波极，
仄仄　平平　仄仄　平。　　日暮楼船更起风。

（唐·苏颋《兴庆池侍宴应制》）

仄起平收式：

仄仄　平平　仄仄　平，　望断平时翠辇过，
平平　仄仄　仄平　平。　空闻子夜鬼悲歌。
平平　仄仄　平平　仄，　金舆不返倾城色，
仄仄　平平　仄仄　平。　玉殿犹分下苑波。
仄仄　平平　平仄　仄，　死忆华亭闻唳鹤，
㊥平　㊦仄　仄平　平。　老忧王室泣铜驼。
平平　仄仄　平平　仄，　天荒地变心虽折，
仄仄　平平　仄仄　平。　若比伤春意未多。

（唐·李商隐《曲江》）

注：过，平声。《广韵》有“古禾切”一读。唳，《广韵》作郎计切，去声霁韵。又练结切，入声屑韵。《诗韵》仅归入去声，不言入声。见该书19页。今按入声标出。下同。

平起仄收式：

平平　仄仄　平平　仄，　金貂再入三公府，
仄仄　平平　仄仄　平。　玉帐连封万户侯。
㊦仄　平平　平仄　仄，　帘卷青山巫峡晓，
平平　仄仄　仄平　平。　烟开碧树渚宫秋。
平平　仄仄　平平　仄，　刘琨坐啸风清塞，
仄仄　平平　仄仄　平。　谢朓题诗月满楼。
仄仄　㊥平　平仄　仄，　白雪调高歌不得，
㊥平　㊦仄　仄平　平。　美人南望翠蛾愁。

（唐·武元衡《酬严司空荆南见寄》）

注：塞，音 sāi，《广韵》作苏则切，入声；又音 sài，《广韵》作先代切，去声。

平起平收式：

平平　仄仄　仄平　平，　　岧峣太华俯咸京，
㊀仄　平平　仄仄　平。　　天外三峰削不成。
仄仄　平平　平仄　仄，　　武帝祠前云欲散，
平平　仄仄　仄平　平。　　仙人掌上雨初晴。
平平　仄仄　平平　仄，　　河山北枕秦关险，
仄仄　平平　仄仄　平。　　驿树西连汉畤平。
仄仄　㊁平　平仄　仄，　　借问路傍名利客，
平平　仄仄　仄平　平。　　何如此处学长生。

（唐·崔颢《行经华阴》）

注：华：山名读去声。《广韵》为“胡化切”。傍，音 páng，《广韵》作步光切，平声。平水韵在阳韵。

上举四种格式，无非是按照“粘”“对”的规则来排列而已，并非我们想象得那么复杂。所以，只要我们掌握了这一规律，排律也便可以依此类推了。例如：

（甲）㊀仄　平平　仄，　　黄鹤西楼月，
（乙）平平　仄仄　平。　　长江万里情。
（丙）平平　平仄　仄，　　春风三十度，
（丁）㊀仄　仄平　平。　　空忆武昌城。
（甲）仄仄　平平　仄，　　送尔难为别，
（乙）平平　仄仄　平。　　衔杯惜未倾。
（丙）平平　平仄　仄，　　湖连张乐地，

(丁)㊀仄 仄平 平。 山逐泛舟行。

(甲)仄仄 ㊉平 仄, 诺谓楚人重,

(乙)平平 仄仄 平。 诗传谢朓清。

(丙)平平 平仄 仄, 沧浪吾有曲,

(丁)仄仄 仄平 平。 寄入棹歌声。

(唐·李白《送储邕之武昌》)

(丙)平平 平仄 仄, 南池寒色动,

(丁)仄仄 仄平 平。 北陆岁阴生。

(甲)仄仄 平平 仄, 薄薄流澌聚,

(乙)平平 仄仄 平。 漓漓翠潋平。

(丙)㊉平 平仄 仄, 暗沾霜稍厚,

(丁)㊀仄 仄平 平。 回照日还轻。

(甲)仄仄 平平 仄, 乳窦悬残滴,

(乙)平平 仄仄 平。 湘流减恨声。

(丙)平平 平仄 仄, 那堪金井贮,

(丁)仄仄 仄平 平。 会映玉壶清。

(甲)仄仄 平平 仄, 洁白心谁识,

(乙)平平 仄仄 平。 空期饮此明。

(唐·马戴《府试水始冰》)

注:稍,今音 shāo,《广韵》作所教切,去声效韵。

上举诗例,是我们分析了大量的唐诗才挑选出来的,以求与格律规定的形式吻合。尽管如此,仍有个别字与原格式的平仄不同。可见,与原格式一字不差的诗篇是极为罕见的。不过,这种不同主要出现在"一三"(七言则是"一三五")这几个非节奏点上。我们在分析唐人的格律诗时发现，这种情况触目皆是，这说明非节奏点上的字的平仄具有很大的灵活性，诗人们可以不受其约束，这自然为诗歌的写作带来方便。从这个角度来说，前人所总结的“一三五不论，二四六分明”的规则，主要是为了满足人们写作的需要。

练习一

分析下列各首诗的格律，并标出其平仄，看看它们分别属于哪种格式。

1. 送张子尉南海　唐·岑参

不择南州尉，高堂有老亲。
楼台重蜃气，邑里杂鲛人。
海暗三山雨，花明五岭春。
此乡多宝玉，慎勿厌清贫。

2. 闻笛　唐·张巡

岧峣试一临，虏骑附城阴。
不辨风尘色，安知天地心。
门开边月近，战苦阵云深。
旦夕更楼上，遥闻横笛音。

3. 洛阳早春　唐·顾况

何地避春愁，终年忆旧游。
一家千里外，百舌五更头。
客路偏逢雨，乡山不入楼。
故园桃李月，伊水向东流。

4. 令狐舍人说昨夜西掖玩月因戏赠　唐·李商隐

昨夜玉轮明，传闻近太清。
凉波冲碧瓦，晓晕落金茎。
露索秦宫井，风弦汉殿筝。
几时绵竹颂，拟荐子虚名。

5. 送友人许棠　唐·张乔

离乡积岁年，归路远依然。
夜火山头市，春江树杪船。
干戈愁鬓改，瘴疠喜家全。
何处营甘旨，波涛浸薄田。

6.奉和圣制从蓬莱向兴庆阁道中留春雨中春望之作应制　唐·王维

渭水自萦秦塞曲，黄山旧绕汉宫斜。
銮舆迥出千门柳，阁道回看上苑花。
云里帝城双凤阙，雨中春树万人家。
为乘阳气行时令，不是宸游玩物华。

注：看，应作平声。玩，《广韵》作五换切，去声。

7. 客至　　唐·杜甫

舍南舍北皆春水，但见群鸥日日来。
花径不曾缘客扫，蓬门今始为君开。
盘飧市远无兼味，樽酒家贫只旧醅。
肯与邻翁相对饮，隔篱呼取尽馀杯。

8. 返照　唐·杜甫

楚王宫北正黄昏，白帝城西过雨痕。
返照入江翻石壁，归云拥树失山村。
衰年肺病惟高枕，绝塞愁时早闭门。

不可久留豺虎乱，南方实有未招魂。

注：拥，《广韵》作於陇切，上声。闭，《广韵》作博计切，去声，霁韵；又方结切，入声，屑韵。今按入声标出。下同。

9. 钱塘湖春行　唐·白居易

孤山寺北贾亭西，水面初平云脚低。
几处早莺争暖树，谁家新燕啄春泥。
乱花渐欲迷人眼，浅草才能没马蹄。
最爱湖东行不足，绿杨阴里白沙堤。

10. 哭刘蕡　唐·李商隐

上帝深宫闭九阍，巫咸不下问衔冤。
广陵别后春涛隔，湓浦书来秋雨翻。
只有安仁能作诔，何曾宋玉解招魂？
平生风义兼师友，不敢同君哭寝门。

注：湓浦，即湓水，今名龙开河。源出江西端昌县西清湓山，东流经九江，名湓浦港。北流入长江。湓，音 pén，平声。

11. 重过圣女祠　唐·李商隐

白石岩扉碧藓滋，上清沦谪得归迟。
一春梦雨常飘瓦，尽日灵风不满旗。
萼绿华来无定所，杜兰香去未移时。
玉郎会此通仙籍，忆向天阶问紫芝。

12. 九月九日忆山东兄弟　唐·王维

独在异乡为异客，每逢佳节倍思亲。
遥知兄弟登高处，遍插茱萸少一人。

13. 下江陵　唐·李白

朝辞白帝彩云间，千里江陵一日还。

两岸猿声啼不住，轻舟已过万重山。

14. 哭孟寂　唐·张籍

曲江院里题名处，十九人中最少年。

今日春光君不见，杏花零落寺门前。

15. 咏鹰　唐·高越

雪爪星眸世所稀，摩天专待振毛衣。

虞人莫漫张罗网，未肯平原浅草飞。

第二节　近体诗的“拗”与“救”

平仄格律是人为的、机械的，而诗歌创作却是充满活力、富有生机的。要使活跃涌动的形象思维和丰富多彩的语言一一适应人为的格律，显然是不现实的。为了使形式与内容完美地统一起来，只能对平仄格律加以调整、改进。分析一下初唐、盛唐和晚唐时期的诗篇，便可以看出，格律本身正是在人们的创作实践中日臻完善的。

前文说过，人们在实践中认识到，只要节奏点上的平仄能够达到“相间”“相对”“相粘”，就可以收到平仄错综协调的效果，所以便要求二、四、六（五律为二、四）位置上的字，其平仄必须分明，即不可随意变动。至于一、三、五（五律为一、三）位置上的字，由于是非节奏点所在，并不影响大局，因此对其平仄的要求便可以从宽处理了。这就是前人所说的“一三五不论，二四六分明”。应该说，这正是对平仄格律的一种突破。然而，仅仅是“一三五不论”，即仅仅允许非节奏点上的平仄可以自由灵活，仍然难以满足写作实际的需要，因为表情达意毕竟是第一位的。这样，很可能出现不符合平仄规定的情况，这就是所谓的“拗”。“拗”便破坏了平仄的协调性。于是，人们又设法调整其平仄关系，以便保持其协调性，因此便又有了所谓的“救”。这样，写起诗来，就更加自由方便了。

不过，由于“拗”“救”的产生，又使“二四六分明”的通则出

现了例外。因此,我们可以这样说:“二四六分明,两处不明。”这两处是:

1. 在一定的条件下,(平平)仄仄平平仄(即甲种句)句式中的第四字(七言为第六字)之平声可以作仄声。

2. 在一定的条件下,(仄仄)平平平仄仄(即丙种句)句式中的第四字(七言为第六字)之仄声可以作平声。

同时,由于格律诗要求避免“三平调”和“孤平”等现象,因而“一三五不论”的这种自由,仍然是受到制约的。所以,我们还可以这样说:“一三五不论,两处必论。”这两处是:

1. 必须避免“三平调”。

在(平平)仄仄仄平平(即丁种句)中,第三字(七言为第五字)的仄声是不能任意变动的,否则,就会出现“三平调”。所以,这一处的平仄是要论的。

2. 必须避免“孤平”。

在“(仄仄)平平仄仄平”这种句子(即乙种句)中,若第一个字(七言为第三字)的平声用为仄声,这就叫“犯孤平”。这是因为该句除了句末的平声而外,就只有一个平声字了。出现“孤平”,则会使平仄失调,故而格律诗要求避免这种情况的出现。(注意:孤平只限于(仄仄)平平仄仄平,即乙种句这一句式。)

根据“一三五不论,两处必论”和“二四六分明,两处不明”,我们可以把格律诗的“拗救”,归纳为以下几种,称之为“平仄相救得协调”。

需要交代的是:拗救的基本原则是以平救仄,以仄救平——由此便可以达到平仄协调的目的。现在来看拗救的几种情况。

一、句中拗救

一句之中出现拗字而随之补救，谓之句中拗救。句中拗救又可以分为两种情况。

1. 孤平拗救

上文说过，格律诗要求避免“孤平”。唐人的诗作中，犯孤平的情况并不多见。这说明诗人们是在尽力按照诗律的规定，设法避免“孤平”。可是，在写作过程中，有时候又不得不犯“孤平”。于是，人们又设计出一个变通的方法，这就是在犯了“孤平”的情况下，必须在相应的位置上予以补救，这就叫作“孤平拗救”。对于五言律诗而言，其具体方法是，将第三字的仄声改为平声。为什么要用第三字来补救呢？原因很简单：二、四两字是节奏点所在，末一字的平仄又是固定的，这样，自然只能用非节奏点的第三字来补救了。请看以下各例：

宿五松山下荀媪家　唐·李白

我宿五松下，寂寥无所欢。
　　　　　　×　V
田家秋作苦，邻女夜舂寒。
跪进雕胡饭，月光明素盘。
　　　　　　×　V
令人惭漂母，三谢不能餐。

这首诗首联对句的“寂”字拗（犯了孤平），用第三字“无”字救（我们在拗字之下画×，在补救之字下画V。下同）。颈联对句的“月”字拗（犯了孤平），用第三字“明”字救。这两处都是“孤平拗救”。像这样一首诗中出现两处孤平拗救的情况，是不多见的。又如：

奉送从兄宰晋陵　唐·韦应物

东郊春草歇，千里夏云生。
立马愁将夕，看山独送行。
依薇吴苑树，迢递晋陵城。
慰此断行别，邑人多颂声。
×　　×　V

这首诗尾联对句的“邑”字拗（犯了孤平），用第三字“多”字救（同时也救了出句的“断”字）。关于颔联对句的“看”字，这里需要说明一下。这个“看”字，在这里应作平声，否则就犯了孤平。今按：“看”有二音，一为苦旰切，去声翰韵；一为苦寒切，平声寒韵。在表示“视”这一意义上，《广韵》正作平声寒韵。也就是说，它在这首诗中，应该读平声。

如果是七言律诗，则是第三字拗，用第五字救。例如：

九日五首（其一）　唐·杜甫

重阳独酌杯中酒，抱病起登江上台。
×　V
竹叶于人既无分，菊花从此不须开。
殊方日落玄猿哭，旧国霜前白雁来。
弟妹萧条各何在？干戈衰谢两相催。

首联对句第三字“起”字拗，用第五字“江”救。（颔联出句的第六字“无”和尾联出句的第六字“何”皆拗，分别用第五字“既”字、“各”字救。说见下文“本句自救”。）又如：

南省转牒欲具江国图令尽通风俗故事　柳宗元

圣代提封尽海壖，狼荒犹得纪山川。

华夷图上应初录，风土记中殊未传。

×　V

椎髻老人难借问，黄茆深峒敢留连。

南宫有意求遗俗，试检周书王会篇。

颔联对句第三字"记"字拗，用第五字"殊"字救。下面的五绝和七绝，也都有孤平拗救的情况存在。

秋蛩　唐·雍裕之

雨绝苍苔地，月斜青草阶。

×　V

蛩鸣谁不怨，况是正离怀。

回乡偶书　唐·贺知章

少小离家老大回，乡音未改鬓毛衰。

儿童相见不相识，笑问客从何处来。

×　V

上举五绝第二句的"月"字拗，用"青"字救；七绝末句的"客"字拗，用"何"字救。

2. 本句自救

上文说过，"在一定的条件下，平平平仄仄（即丙种句）句式中的第四字之仄声可以作平声。"所谓"在一定的条件下"，就是必须拗而有救。对于五言律诗来说，就是当第四字出现了"拗"，则必须将第三字的平声改为仄声。这样，其平仄格式便成为"平平仄平仄"。人们把这种拗救叫作"本句自救"。例如：

望月怀远　唐·张九龄

海上生明月，天涯共此时。
情人怨遥夜，竟夕起相思。
　　　V ×
灭烛怜光满，披衣觉露滋。
不堪盈手赠，还寝梦佳期。

颔联出句第四字“遥”字拗，因此，作者就用第三字“怨”字来补救了。又如：

过香积寺　唐·王维

不知香积寺，数里入云峰。
古木无人径，深山何处钟。
泉声咽危石，日色冷青松。
　　　V ×
薄暮空潭曲，安禅制毒龙。

注：咽，《广韵》作乌结切，音 yè，屑部，入声。

这首诗的颈联出句第四字“危”字拗，用第三字“咽”字救。

如果是七言律诗，则是第六字拗，用第五字救。其平仄格式便成为“仄仄平平仄平仄”。如：

秋兴八首（之五）　唐·杜甫

蓬莱宫阙对南山，承露金茎霄汉间。
西望瑶池降王母，东来紫气满函关。
　　　　　V ×
云移雉尾开宫扇，日绕龙鳞识圣颜。
一卧沧江惊岁晚，几回青琐点朝班。

这首诗的颔联出句第六字“王”字拗，用第五字“降”字救。又如：

山园小梅　宋·林逋

众芳摇落独鲜妍，占断风情向小园。

疏影横斜水清浅，暗香浮动月黄昏。

V ×

霜禽欲下先偷眼，粉蝶如知合断魂。

幸有微吟可相狎，不须檀板共金樽。

V ×

这首诗颔联出句第六字“清”字拗，用第五字“水”救。尾联出句第六字“相”字拗，用第五字“可”字救。这也是在一首诗中出现两处本句自救的情况。

五绝和七绝中的情况也是如此。例如：

宿建德江　唐·孟浩然

移舟泊烟渚，日暮客愁新。

V ×

野旷天低树，江清月近人。

第一句中的“烟”字拗，由本句中的第三字“泊”字救。仍为本句自救。

江南逢李龟年　唐·杜甫

岐王宅里寻常见，崔九堂前几度闻。

正是江南好风景，落花时节又逢君。

V ×

第三句中的第六字“风”字拗，由本句中的第五字“好”字救。

这种本句自救，原则上还要求第一字（七律为第三字）的平声不能变动。据我们所见，只有少数本句自救的句子有例外：第一字（七律为第三字）用了仄声字。如王力先生在其《汉语诗律学》一书中共列举了110个本句自救的诗句，其中仅有4例的第一字（七律为第三字）用了仄声字。它们是，杨颜《田家》"小园足生事，寻胜日倾壶"，祖咏《题韩少府水亭》"宁知武陵趣，宛在市朝间"，杨万里《辛亥元日送张德茂》"到得我来恰君去，正当腊后与春前"，杨万里《和昌英叔久雨》"更着好风堕清句，不知何地顿闲愁"。此外，复如，《入宅三首》之一："客居愧迁次，春色渐多添。"孟浩然《过故人庄》"故人具鸡黍，邀我至田家"，杜甫《登岳阳楼》"昔闻洞庭水，今上岳阳楼"，刘禹锡《早秋雨后寄乐天》"簟凉扇恩薄，室静琴思深"等。在我们抽样调查的218首诗中，五言第一字（七言第三字）用仄声者有24首，约占11%。

唐人的诗篇中，本句自救的情况甚为常见，所以，王力先生称之为"特种拗句"。"特"就特在其数量很多。我们统计了一下，《唐诗三百首》中共收五言律诗约80首，出现本句自救的地方约43处。此虽不无巧合，但也足见其数量之多。究其原因，一方面是写作的需要，另一方面，它已经成为一种时尚了。

二、联中拗救

一句之中的拗救，有时候还是不能满足写作的需要，于是，人们又把拗救的范围扩大到一联之中。这大概就是古人所说的“五字之中，声韵悉异；两句之中，角徵不同”吧。看来，古人也是把一联看作是一个单位的。本句不能自救，则以对句救之。于是便有了联中拗救。所以，联中拗救，又称为“对句拗救”。

联中拗救指出现在由“（平平）仄仄平平仄（即甲种句）”和“（仄仄）平平仄仄平（即乙种句）”所构成的一联之中的拗救。如果其出句出现拗字，而用对句予以补救，谓之联中拗救。也可以分为两种情况。

1. 相同位置的联中拗救

对于五言律诗而言，是指其出句第三字拗（当平而仄），用对句第三字来救（改仄为平）的情况而言的。请看下面的诗例。

重游何氏庄五首（之二）　唐·杜甫

山雨樽仍在，沙沉榻未移。
犬迎曾宿客，雅护落巢儿。
云薄翠微寺，天清皇子陂。
　×　　　V
向来幽兴极，步屧过东篱。

注：雅，今作鸦。

这一首诗中，颈联出句的第三字“翠”字拗，则用对句第三字的“皇”字救。又如：

饯别王十一南游　唐·刘长卿

望君烟水阔，挥手泪沾巾。
飞鸟没何处？青山空向人。
　×　　　V

长江一帆远，落日五湖春。
谁见汀洲上，相思愁白蘋。

诗中颔联出句第三字“没”拗，对句第三字“空”字救。如果是七言律诗，这种拗救则出现在出句和对句的第五字。如：

蜀相　唐·杜甫

丞相祠堂何处寻？锦官城外柏森森。
映阶碧草自春色，隔叶黄鹂空好音。
×　　　　　V
三顾频烦天下计，两朝开济老臣心。
出师未捷身先死，长使英雄泪满襟！

诗中颔联出句第五字“自”字拗，对句第五字“空”字救。复如：

简吴郎司法　唐·杜甫

有客乘舸自忠州，遣骑安置瀼西头。
古堂本买藉疏豁，借汝迁居停宴游。
×　　　　　V
云石荧荧高叶曙，风江飒飒乱帆秋。
却为姻娅过逢地，许坐曾轩数散愁。

注：藉，音 jiè，《广韵》作词夜切，去声，祃韵；音 jí，《广韵》作秦昔切，入声，昔韵。按：此诗首句拗而未救。

颔联出句“藉”字拗，对句“停”字救。（按：首联出句“忠”字拗而未救。）下面的一首七绝中也有同位联中拗救的情况：

滁州西涧　唐·韦应物

独怜幽草涧边生，上有黄鹂深树鸣。
春潮带雨晚来急，野渡无人舟自横。
×　　　　　V

此诗的第二联中，出句的第五字“晚”字拗，对句的第五字“舟”字救。（说明：这首诗的两联之间出现了“失粘”的情况。有的学者认为，这是不合律的。但是，《唐诗三百首》却归入七言绝句一类。）

由于“相同位置的联中拗救”是出现在第三字（七言律诗为第五字）的位置上的，原本就处于“一三五不论”的情况之下，所以，这种情况是可救可不救的。例如，下面的两首诗就没有救：

八月十五夜观月　唐·刘禹锡

天将今夜月，一遍洗寰瀛。
暑退九霄净，秋澄万景清。
星辰让光彩，风露发晶英。
能变人间世，翛然是玉京。

注：“翛然”之“翛”为平声，音 xiāo，《广韵》作苏彫切。又音 shū，“翛忽”，入声，《广韵》作式竹切。

颔联出句第三字“九”字拗，但是对句第三字“万”并没有救。又如：

恨别　唐·杜甫

洛城一别四千里，胡骑长驱五六年。
草木变衰行剑外，兵戈阻绝老江边。
思家步月清宵立，忆弟看云白日眠。
闻道河阳近乘胜，司徒急为破幽燕。

首联出句第五字“四”字拗，对句第五字“五”也没有救。

2. 不同位置的联中拗救

前文说过，“在一定的条件下，仄仄平平仄（即甲种句）句式中的第四字（七言为第六字）之平声可以作仄声。”所谓“一定的条件”，对于五言律诗来说，就是当出句的第四字出现了拗字（当平而仄），则必须用对句的第三字来救（改仄为平）。因为这种拗救是发生在一联之中出句和对句的不同位置上，所以我们把它称之为“不同位置的联中拗救”。请看诗例：

宴胡侍御书堂　唐·杜甫

江湖春欲暮，墙宇日犹微。
暗暗书籍满，轻轻花絮飞。
×　　　V
翰林名有素，墨客兴无违。
今夜文星动，吾侪醉不归。

这首诗颔联出句的第四字“籍”字拗，以对句的第三字“花”字来救。又如：

杨固店　唐·岑参

客舍梨叶赤，邻家闻捣衣。
×　　　V
夜来尝有梦，坠泪缘思归。
洛水行欲尽，缑山看渐微。
×　　　V
长安只千里，何事信音稀。

这首诗首联出句的第四字“叶”字拗，以对句的第三字“闻”字来救。颈联出句的第四字“欲”字拗，以对句的第三字“看”字来救。

注意，这里的“看”应该读平声，否则，就是拗而未救了。另外需要注意的是，颔联对句中的“缘”字，古有平声和去声两读：一为与专切，在平声先韵；一为以绢切，在去声霰韵。在这里也应当读作去声，否则，就成了“三平调”。

如果是在七律中出现了不同位置的联中拗救，那么，就是出句的第六字拗，用对句的第五字救。例如：

雨不绝　唐·杜甫

鸣雨既过渐细微，映空摇飏如丝飞。
阶前短草泥不乱，院里长条风乍稀。
×　　　　　　V
舞石旋应将乳子，行云莫自湿仙衣。
眼前江舸何匆促，未待安流逆浪归。

诗中颔联出句的第六字“不”拗，对句第五字“风”字救。又如：

寄黄几复　宋·黄庭坚

我居北海君南海，寄雁传书谢不能。
桃李春风一杯酒，江湖夜雨十年灯。
持家但有四立壁，治病不蕲三折肱。
×　　　　　　V
想得读书头已白，隔溪猿哭瘴溪藤。

诗中颈联出句第六字“立”拗，对句第五字“三”救。

绝句中也有这种情况。如：

望终南残雪　唐·祖咏

终南阴岭秀，积雪浮云端。
林表明霁色，城中增暮寒。
×　　　V

江南春　唐·杜牧

千里莺啼绿映红，水村山郭酒旗风。

南朝四百八十寺，多少楼台烟雨中？

×　　　　　V

有时候，出句的第三字和第四字都是仄声字。这是因为第三字的平仄可以不论，而第四字的平仄不能任意变更，因此，我们可以说是由对句的第三字来救出句的第四字。例如：

夜雨　唐·杜甫

小雨夜复密，回风吹早秋。

×　　　V

野凉侵闭户，江满带维舟。

通籍恨多病，为郎忝薄游。

天寒出巫峡，醉别仲宣楼。

注：复字《广韵》有两个声调，一为入声屋韵，房六切；一为去声宥韵，扶富切。

首联出句的第四字"复"字拗（第三字"夜"虽为仄声，但可以不论），用对句第三字"吹"字救。又如：

顷游龙井得一联王伯齐同儿辈游因足成之　宋·楼钥

路入风篁上翠微，老龙蟠井四山围。

水真绿净不可唾，鱼若空行无所依。

×　　　　　V

胜处虽多终莫及，旧游谁在事皆非。

只今匏系何由到，徒羡联镳带月归。

颔联出句第六字"可"拗，对句第五字"无"救。（出句第五字"不"字虽拗，但可不论。）

注：莫，音 mò，不能，不可。《广韵》作慕各切，入声，铎部。

三、一字两救

孤平拗救出现在乙种句中，即“(仄仄)平平仄仄平”中，联中拗救出现在甲种句和乙种句组成的一联之中，即“(平平)仄仄平平仄和(仄仄)平平仄仄平”之中，这样，有时候，孤平拗救与联中拗救会同时出现：乙种句，即“(仄仄)平平仄仄平”中的第三字(七言律诗为第五字)既救了本句中的“孤平”，又救了出句中的第三字或者第四字。同一个字救了两处，这就是“一字两救”。一字两救也可以分为两种情况。

1. 孤平拗救与相同位置的联中拗救同时出现。例如：

促织　唐·杜甫

促织甚微细，哀鸣何动人。
　　×　　　　V
草根吟不稳，床下夜相亲。
久客得无泪，故妻难及晨。
　　×　　　×　V
悲丝与急管，感激异天真。

首联出句第三字“甚”字拗，用对句的第三字“何”字救，这是“相同位置的联中拗救”。颈联出句的第三字“得”字拗，用对句第三字“难”字救；同时，其对句中的第一字“故”字又犯了“孤平”，也用第三字“难”字救。这就是一字两救了。又如：

喜外弟卢纶见宿　唐·司空曙

静夜四无邻，荒居旧业贫。
雨中黄叶树，灯下白头人。

以我独沉久，愧君相见频。

× × V

平生自有分，况是蔡家亲。

颈联出句的第三字“独”字拗，由对句的第三字“相”字救，同时，“相”字又救了本句中犯了孤平的“愧”字，这也是一字两救。

再看两例七言律诗中的一字两救。

峡中尝茶 唐·郑谷

簇簇新英摘露光，小江园里火煎尝。

吴僧谩说鸦山好，蜀叟休夸鸟觜香。

合座半瓯轻泛绿，开缄数片浅含黄。

鹿门病客不归去，酒渴更知春味长。

× × V

诗中尾联对句第五字的“春”字，既救了出句第五字的“不”字，又救了本句中的“更”字。又如：

和答登封王晦之登楼见寄 宋·黄庭坚

县楼三十六峰寒，王粲登临独倚栏。

清坐一番春雨歇，相思千里夕阳残。

诗来嗟我不同醉，别后喜君能自宽。

× × V

举目尽妨人作乐，几时归得钓鲵桓？

诗中颈联对句第五字的“能”字，既救了出句第五字的“不”字，又救了本句中的“喜”字。

2. 孤平拗救与不同位置的联中拗救同时出现。例如：

落花 唐·李商隐

高阁客竟去，小园花乱飞。

× × V

参差连曲陌，迢递送斜晖。

肠断未忍扫，眼穿仍欲归。

× × V

芳心向春尽，所得是沾衣。

首联中出句的第四字“竟”字拗，对句中的第一字“小”字犯孤平，都由对句的“花”字来救。这就是孤平拗救与不同位置的联中拗救同时出现的一字两救。颈联的情况与此相同。即用“仍”字既救了出句的“忍”字，又救了本句的“眼”字。又如：

铜官渚守风　唐·杜甫

不夜楚帆落，避风湘渚间。

× × V

水耕先浸草，春火更烧山。

早泊云物晦，逆行波浪悭。

× × V

飞来双白鹤，过去杳难攀。

首联对句中的“湘”字，既救了出句中的“楚”字，又救了本句中的“避”字，是孤平拗救与相同位置的联中拗救同时出现的一字两救。颈联则是孤平拗救与不同位置的联中拗救同时出现的一字两救。即用“波”字救出句的“物”字，又救本句的“逆”字。

七律中的例子如：

水斋　唐·李商隐

多病欣依有道邦，南塘宴起想秋江。

卷帘飞燕还拂水，开户暗虫犹打窗。

× × V

更阅前题已披卷，仍斟昨夜未开缸。
谁人为报故交道，莫惜鲤鱼时一双。
× × V

颔联对句中的“犹”字，既救了出句的“拂”字，又救了本句的“暗”字。尾联为相同位置的一字两救：对句中的“时”字既救了出句的“故”字，又救了本句的“鲤”字。又如：

过方城寻七叔祖旧题　宋·黄庭坚

壮气南山若可排，今为野马与尘埃。
清谈落笔一万字，白眼举觞三百杯。
× × V
周鼎不酬康瓠价，豫章元是栋梁材。
眷然挥涕方城路，冠盖当年向此来。

颔联对句中的“三”字，既救了本句的第三字“举”，又救了出句的第六字“万”字。

由上举例证可以看出，有时候在一首诗中，同时出现几种拗救的情况。复如：

入宅三首(之一)　唐·杜甫

奔峭背赤甲，断崖当白盐。
× × V
客居愧迁次，春色渐多添。
V ×
花亚欲移竹，鸟窥新卷帘。
× × V
衰年不敢恨，胜概欲相兼。

注：奔，音 bèn，《广韵》作甫闷切，去声。投向，直趋。

这首诗中，首联出句的“赤”字拗，对句的“当”字救，同时“当”字又救了本句的“断”字。为孤平拗救与不同位置的联中拗救同时出现的一字两救。颔联出句为本句自救：“迁”字拗，“愧”字救。颈联出句的“欲”字拗，对句的“新”字救，而“新”字又救了本句的“鸟”字，这又是孤平拗救与相同位置的联中拗救同时出现的一字两救。又如：

陕州月城楼送辛判官入奏　唐·岑参

送客飞鸟外，城头楼最高。
　　×　　　V
樽前遇风雨，窗里动波涛。
　V×
谒帝向金殿，随身惟宝刀。
　×　　　V
相思霸陵月，只有梦偏劳。
　V×

这首诗中，首联出句的“鸟”字拗，对句的“楼”字救，属于不同位置的联中拗救。颔联出句的“风”字拗，由本句的“遇”字救，是本句自救。颈联出句的第三字“向”字拗，由对句的第三字“惟”字救，属于相同位置的联中拗救。尾联出句也是本句自救：“霸”字救了“陵”字。

七律中也有这种情况。如：

郭明甫作西斋于颍尾，请予赋诗二首(其一)　宋·黄庭坚

食贫自以官为业，闻说西斋意凛然。
万卷藏书宜子弟，十年种木长风烟。
未尝终日不思颍，想见先生多好贤。
　　　×　　　　　V

安得雍容一樽酒，女郎台下水如天。

V ×

诗中颈联出句第五字"不"字拗，对句第五字"多"字救，这是相同位置的联中拗救。尾联出句第六字"樽"字拗，用第五字"一"字救，这是本句自救。又如：

出迎使客质明放船自瓦窑归　宋·黄庭坚

鼓吹喧江雨不开，丹枫落叶放船回。

风行水上如云过，地近岭南无雁来。

× V

楼阁人家卷帘幕，菰蒲鸥鸟乐湾洄。

V ×

惜无陶谢挥斤手，诗句纵横付酒杯。

诗中颔联对句第三字"岭"字拗，第五字"无"字救。这是孤平拗救。颈联出句第六字"帘"拗，第五字"卷"救，这是本句自救。

练习二

（一）分析下列各首诗的平仄，并说明有无本句自救的情况。

1. 登禅定寺阁　唐·宋之问

梵宇出三天，登临望八川。

开襟坐霄汉，挥手拂云烟。

函谷青山外，昆池落日边。

东京杨柳陌，少别已经年。

2. 闻高常侍亡　唐·杜甫

归朝不相见，蜀使忽传亡。
虚历金华省，何殊地下郎。
致君丹槛折，哭友白云长。
独步诗名在，祇令故旧伤。

3. 玉台观　唐·杜甫

浩劫因王造，平台访古游。
彩云萧史驻，文字鲁恭留。
宫阙通群帝，乾坤到十洲。
人传有笙鹤，时过北山头。

4. 春日忆李白　唐·杜甫

白也诗无敌，飘然思不群。
清新庾开府，俊逸鲍参军。
渭北春天树，江东日暮云。
何时一尊酒，重与细论文。

注：思，句中为名词，去声。《广韵》作相吏切。

5. 逢郴州使因寄郑协律　唐·刘长卿

相思楚天外，梦寐楚猿吟。
更落淮南叶，难为江上心。
衡阳问人远，湘水向君深。
欲逐孤帆去，茫茫何处寻？

6. 题松汀驿　唐·张祜

山色远含空，苍茫泽国东。
海明先见日，江白迥闻风。
鸟道高原去，人烟小径通。
那知旧遗逸，不在五湖中。

7. 曲江对酒(其二)　唐·杜甫

朝回日日典春衣，每日江头尽醉归。
酒债寻常行处有，人生七十古来稀。
穿花蛱蝶深深见，点水蜻蜓款款飞。
传与风光共流转，暂时相赏莫相违。

注：债，《广韵》有去入两读：侧卖切与侧革切。《诗韵》只作去声。

8. 咏怀古迹五首(之四)　唐·杜甫

群山万壑赴荆门，生长明妃尚有村。
一去紫台连朔漠，独留青冢向黄昏。
画图省识春风面，环珮空归月夜魂。
千载琵琶作胡语，分明怨恨曲中论。

9. 时世行　唐·杜荀鹤

夫因兵死守蓬茅，麻苎衣衫鬓发焦。
桑柘废来犹纳税，田园荒尽尚征苗。
时挑野菜和根煮，旋斫生柴带叶烧。
任是深山更深处，也应无计避征徭。

10. 村行　宋·王禹偁

马穷山径菊初黄，信马悠悠野兴长。
万壑有声含晚籁，数峰无语立斜阳。
棠梨叶落胭脂色，荞麦花开白雪香。
何事吟余忽惆怅？村桥原树似吾乡。

(二)分析下列各首诗的平仄，并说明有无孤平拗救的情况。

1. 辋川闲居　唐·王维

一从归白社，不复到青门。

时倚檐前树，远看原上村。

青菰临水映，白鸟向山翻。

寂寞於陵子，桔槔方灌园。

注：看，平声。《广韵》作苦寒切。

2. 寄江滔求孟六遗文　唐·刘昚虚

南望襄阳路，思君情转亲。

偏知汉水广，应与孟家邻。

在日贪为善，昨来闻更贫。

相如有遗草，一为问家人。

3. 闻角　唐·章孝标

边秋画角怨金微，半夜对吹惊贼围。

塞雁绕空秋不下，胡云著草冻还飞。

关头老马嘶看月，碛里疲兵泪湿衣。

余韵袅空何处尽，戍天寥落晓星稀。

注：塞，音 sài。边塞等义为去声，《广韵》作先代切。堵塞义为入声。今音 sāi。寥：《广韵》有平声和入声两调，即落萧切，萧韵；又郎击切，锡韵。《诗韵》只作平声。

4. 题妓莱儿壁　唐·赵光远

鱼钥兽环斜掩门，萋萋芳草忆王孙。

醉凭青琐窥韩寿，闲掷金梭恼谢鲲。

不夜珠光连玉匣，辟寒钗影落瑶尊。

欲知肠断相思处，役尽江淹别后魂。

5. 偕陈调翁龙山买舟待夜潮发　宋·苏过

来逢春雨长鱼苗，去见秋风擘蟹螯。

久矣归心到乡国，依然水宿伴渔舠。

一天如许皆明月，二客所须惟浊醪。
今夜四更潮有信，更须留眼看银涛。

6. 题郭秀才钓亭　宋·王庭珪

野阔江寒一雁飞，碧芦花老鳜鱼肥。
绕栏绿水秋初净，满棹白蘋人未归。
醉任狂风揭茅屋，卧听残雪打蓑衣。
他年欲访沙头路，会自携竿扣竹扉。

7. 和昌英叔久雨　宋·杨万里

积雨今晨也解休，殷勤日脚傍花流。
半明衣桁收梅润，全为农家放麦秋。
更着好风堕清句，不知何地顿闲愁。
新晴佳处无人会，隔柳一声黄栗留。

注：着，旧作"著"。"著"为入声字，《广韵》作张略切。故此处亦按入声处理，否则，则为拗字。桁，音 hàng，衣架，也可指晒衣竿。

8. 送药职方知泗州　宋·梅尧臣

长堤冻柳不堪折，穷腊使君单骑行。
苏合轻裘霜莫犯，铜牙大弩吏先迎。
山旁楚贾连樯泊，水上禹书寒磬清。
试向郡楼东北望，烟波千里月临城。

9. 夜宿山寺　唐·李白

危楼高百尺，手可摘星辰。
不敢高声语，恐惊天上人。

10. 水口行舟（其二）　宋·朱熹

郁郁层峦夹岸青，春山绿水去无声。
烟波一棹知何许，鶗鴂两山相对鸣。

（三）分析下列各首诗的平仄，并指出其相同位置的联中拗救。

1. 天末怀李白　唐·杜甫

凉风起天末，君子意如何？
鸿雁几时到，江湖秋水多。
文章憎命达，魑魅喜人过。
应共冤魂语，投诗赠汨罗。

2. 空囊　唐·杜甫

翠柏苦犹食，明霞高可餐。
世人共卤莽，吾道属艰难。
不爨井晨冻，无衣床夜寒。
囊空恐羞涩，留得一钱看。

3. 岁暮　唐·杜甫

岁暮远为客，边隅还用兵。
烟尘犯雪岭，鼓角动江城。
天地日流血，朝庭谁请缨。
济时敢爱死，寂寞壮心惊。

4. 过故斛斯校书庄二首（之一）　唐·杜甫

此老已云殁，邻人嗟未休。
竟无宣室召，徒有茂陵求。
妻子寄他食，园林非昔游。
空馀穗帷在，淅淅夜风秋。

5. 寄常徵君　唐·杜甫

白水青山空复春，徵君晚节傍风尘。
楚妃堂上色殊众，海鹤阶前鸣向人。

万事纠纷犹绝粒，一官羁绊实藏身。
开州入夏知凉冷，不似云安毒热新。

注：复，入声，《广韵》作房六切。又去声，扶富切。

6. 临雨亭　宋·刘敞

秋至感人思，登临成惘然。
浮云帝乡外，落日古城边。
归燕声相别，幽花色可怜。
名山负独往，触物见年年。

注：思，去声。

7. 即事　宋·王安石

径暖草如积，山晴花更繁。
纵横一川水，高下数家村。
静憩鸡鸣午，荒寻犬吠昏。
归来向人说，疑是武陵源。

注：纵，与“横”相对之义，中古为平声。《广韵》作即容切。

8. 新年　宋·苏轼

晓雨暗人日，春愁连上元。
水生挑菜渚，烟湿落梅村。
小市人归尽，孤舟鹤踏翻。
犹堪慰寂寞，渔火乱黄昏。

9. 宿山寺　唐·项斯

栗叶重重覆翠微，黄昏溪上语人稀。
月明古寺客初到，风度闲门僧未归。
山果经霜多自落，水萤穿竹不停飞。
中宵能得几时睡，又被钟声催著衣。

注：著，音 zhuó，穿。《广韵》作张略切，入声，药韵。

10. 上虞逆旅见旧题岁月感怀　宋·陆游

舴艋为家东复西，今朝破晓下前溪。
青山缺处日初上，孤店开时莺乱啼。
倦枕不成千里梦，坏墙闲觅十年题。
漆园傲吏犹非达，物我区区岂足齐。

（四）分析下列各首诗的平仄，并指出其不同位置的联中拗救。

1. 孤雁　唐·杜甫

孤雁不饮啄，飞鸣声念群。
谁怜一片影，相失万重云。
望尽私犹见，哀多如更闻。
野鸦无意绪，鸣噪自纷纷。

2. 严郑公阶下新松，得沾字　唐·杜甫

弱质岂自负，移根方尔瞻。
细声闻玉帐，疏翠近珠帘。
未见紫烟集，虚蒙清露沾。
何当一百丈，欹盖拥高檐。

注：盖，去声，《广韵》作古太切。又入声，胡腊切。拥，《广韵》作於陇切，上声。

3. 自阆州领妻子却赴蜀山行三首（之三）　唐·杜甫

行色递隐见，人烟时有无。
仆夫穿竹语，稚子入云呼。
转石惊魑魅，抨弓落狖鼯。
真供一笑乐，似欲慰穷途。

注：抨，音 pēng，弹鸣弓弦。狖，音 yòu。《广韵》作余救切。长尾猿。鼯，音 wú。鼯鼠。

4. 归来　唐・杜甫

客里有所适，归来知路难。
开门野鼠走，散帙壁鱼干。
洗杓开新酝，低头著小冠。
凭谁给麴蘖，细酌老江干。

注：冠，《广韵》作古丸切，平声，桓韵。《平水韵》在寒韵。

5. 热三首（之三）　唐・杜甫

朱李沉不冷，雕胡炊屡新。
将衰骨尽痛，被暍味空频。
欻翕严蒸景，飘飖征戍人。
十年可解甲，为尔一沾巾。

注：欻翕，一作歘翕。暍，音 yē，《广韵》作於歇切。暑热；中暑。

6. 陪郑广文游何将军山林十首（之十）　唐・杜甫

幽意忽不惬，归期无奈何。
出门流水住，回首白云多。
自笑灯前舞，谁怜醉后歌。
衹应与朋好，风雨亦来过。

7. 戏作俳谐体遣闷二首（之一）　唐・杜甫

异俗吁可怪，斯人难并居。
家家养乌鬼，顿顿食黄鱼。
旧识能为态，新知已暗疏。
治生且耕凿，只有不关渠。

8. 铜瓶　唐・杜甫

乱后碧井废，时清瑶殿深。
铜瓶未失水，百丈有哀音。
侧想美人意，应悲寒甃沉。
蛟龙半缺落，犹得折黄金。

注：甃，音 zhòu。《广韵》作侧救切，去声。

9. 独行　宋·刘敞

南山半云雨，天气杂暄寒。
野兴宜独往，春愁无定端。
鸟声来静听，柳色入遥看。
却谢芳樽酒，悠悠谁与欢。

10. 观鱼台　宋·刘敞

落日含古意，高台多远心。
鱼龙潜冻水，蟋蟀有哀音。
江汉南浮远，关山北望深。
张衡四愁意，历历起登临。

（五）分析下列各首诗的平仄，并说明其一字两救的情况。

1. 雨四首(之一)　唐·杜甫

微雨不滑道，断云疏复行。
紫崖奔处黑，白鸟去边明。
秋日新沾影，寒江旧落声。
柴扉临野碓，半湿捣香杭。

2. 别韦五　唐·高适

徒然酌杯酒，不觉散人愁。
相识仍远别，欲归翻旅游。
夏云满郊甸，明月照河洲。

莫恨征途远，东看漳水流。

3. 失鹤　唐·白居易

失为庭前雪，飞因海上风。
九霄应得侣，三夜不归笼。
声断碧云外，影沉明月中。
郡斋从此后，谁伴白头翁。

4. 秋日旅怀寄右省郑拾遗　唐·王贞白

永夕愁不寐，草虫喧客庭。
半窗分晓月，当枕落残星。
鬓发游梁白，家山近越青。
知音在谏省，苦调有谁听？

5. 喜外弟卢纶访宿　唐·司空曙

静夜四无邻，荒居旧业贫。
雨中黄叶树，灯下白头人。
以我独沉久，愧君相访频。
平生有深意，况是蔡家亲。

6. 题慈云寺僧院　唐·李山甫

帝城深处寺，楼殿压秋江。
红叶去寒树，碧风来晓窗。
烟霞生净土，苔藓上高幢。
欲问吾师语，心猿不肯降。

7. 咏山鸡　唐·温庭筠

万壑动晴景，山禽凌翠微。
绣翎翻草去，红嘴啄花归。
巢暖碧云色，影孤清镜辉。

不知春树伴，何处又分飞。

注："壑，一作石。伴，一作畔。"

8. 雨过　宋·周紫芝

池面过小雨，树腰生夕阳。
云分一山翠，风与数荷香。
素月自有约，绿瓜初可尝。
鸬鹚莫飞去，留此伴新凉。

注：莫，音 mò，慕各切，入声。数，shù。《广韵》作"色句切"，去声。

9. 复愁十二首(之三)　唐·杜甫

万国尚戎马，故园今若何？
昔归相识少，早已战场多。

10. 长安早春怀江南　唐·许浑

云月有归处，故山清洛南。
秦城一花发，春梦遍江潭。

（六）分析下列各首诗的平仄，指出其拗救之处，并说明属于哪种类型的拗救。

1. 日暮　唐·杜甫

日落风亦起，城头乌尾讹。
黄云高未动，白水已兴波。
羌妇语还笑，胡儿行且歌。
将军别换马，夜出拥雕戈。

2. 别崔潩因寄薛据孟云卿　唐·杜甫

志士惜妄动，知深难固辞。
如何久磨砺，但取不磷淄。
夙夜听忧主，飞腾急济时。

荆州过薛孟，为报欲论诗。

3. 怀锦水居止二首(其二)　唐·杜甫

万里桥西宅，百花潭北庄。

层轩皆面水，老树饱经霜。

雪岭界天白，锦城曛日黄。

惜哉形胜地，回首一茫茫。

4. 病马　唐·杜甫

乘尔亦已久，天寒关塞深。

尘中老尽力，岁晚病伤心。

毛骨岂殊众？驯良犹至今。

物微意不浅，感动一沉吟！

5. 初月　唐·杜甫

光细弦初上，影斜轮未安。

微升古塞外，已隐暮云端。

河汉不改色，关山空自寒。

庭前有白露，暗满菊花团。

注：塞，音 sài，去声，《广韵》作先代切。（又音 sāi 或 sè，入声，《广韵》作苏则切。）

6. 蒹葭　唐·杜甫

摧折不自守，秋风吹若何？

暂时花戴雪，几处叶沉波。

体弱春苗早，丛长夜露多。

江湖后摇落，亦恐岁蹉跎。

7. 送远　唐·杜甫

带甲满天地，何为君远行？

亲朋尽一哭，鞍马去孤城。

草木岁月晚，关河霜雪清。

别离已昨日，因见古人情。

8. 发潭州　唐·杜甫

夜醉长沙酒，晓行湘水春。

岸花飞送客，墙燕语留人。

贾傅才未有，褚公书绝伦。

名高前后事，回首一伤神。

9. 白水明府舅宅喜雨，得过字　唐·杜甫

吾舅政如此，古人谁复过。

碧山晴又湿，白水雨偏多。

精祷既不昧，欢娱将谓何。

汤年旱颇甚，今日醉弦歌。

10. 一百五日夜对月　唐·杜甫

无家对寒食，有泪如金波。

斫却月中桂，清光应更多。

仳离放红蕊，想像颦青蛾。

牛女漫愁思，秋期犹渡河。

注：如，去声，《广韵》又作人恕切。颦，音 pín，平声，《广韵》作符真切。仳，pǐ，匹婢切，上声。

11. 避地　唐·杜甫

避地岁时晚，窜身筋骨劳。

诗书遂墙壁，奴仆且旌旄。

行在仅闻信，此生随所遭。

神尧旧天下，会见出腥臊。

12. 奉答岑参补阙见赠　唐・杜甫

窈窕清禁闼，罢朝归不同。
君随丞相后，我往日华东。
冉冉柳丝碧，娟娟花蕊红。
故人有佳句，独赠白头翁。

13. 送郑堪归东京汜水别业，得闲字　唐・岑参

客舍见春草，忽闻思旧山。
看君霸陵去，匹马成皋还。
对酒风与雪，向家河复关。
因悲宦游子，终岁无时闲。

14. 送杜佐下第归陆浑别业　唐・岑参

正月今欲半，陆浑花未开。
出关见青草，春色正东来。
夫子且归去，明时方爱才。
还须及秋赋，莫即隐蒿莱。

15. 落日怅望　唐・马戴

孤云与归鸟，千里片时间。
念我何留滞，辞家久未还。
微阳下乔木，远烧入秋山。
临水不敢照，恐惊平昔颜。

注：烧，《广韵》又作失照切。去声。指彩霞。

16. 及第后答潼关主人　唐・吕温

本欲云雨化，却随波浪翻。
一沾太常第，十过潼关门。
志力且虚弃，功名谁复论。

主人故相问，暂笑不能言。

注：故，一作“固”。

17. 送覃二判官　唐·杜甫

先帝弓剑远，小臣馀此生。

蹉跎病江汉，不复谒承明。

饯尔白头日，永怀丹凤城。

迟迟恋屈宋，渺渺卧荆衡。

魂断航舸失，天寒沙水清。

肺肝若稍愈，亦上赤霄行。

18. 登舟将适汉阳　唐·杜甫

春宅弃汝去，秋帆催客归。

庭蔬犹在眼，浦浪已吹衣。

生理飘荡拙，有心迟暮违。

中原戎马盛，远道素书稀。

塞雁与时集，樯乌终岁飞。

鹿门自此往，永息汉阴机。

19. 登历下古城员外孙新亭　唐·李邕

吾宗固神秀，体物写谋长。

形制开古迹，曾冰延乐方。

太山雄地理，巨壑眇云庄。

高兴汩烦促，永怀清典常。

含宏知四大，出入见三光。

负郭喜粳稻，安时歌吉祥。

20. 苦雨奉寄陇西公兼呈王徵士　唐·杜甫

今秋乃淫雨，仲月来寒风。

群木水光下，万家云气中。
所思碍行潦，九里信不通。
悄悄素浐路，迢迢天汉东。
愿腾六尺马，背若孤征鸿。
划见公子面，超然欢笑同。
奋飞既胡越，局促伤樊笼。
一饭四五起，凭轩心力穷。
嘉蔬没溷浊，时菊碎榛丛。
鹰隼亦屈猛，乌鸢何所蒙。
式瞻北邻居，取适南巷翁。
挂席钓川涨，焉知清兴终。

第三节　平仄格律的例外情况

格律诗讲究平仄的相间、相对和相粘，目的是通过平仄的交错求其协调。为了适应写作的需要，给诗人以变通的自由，其格律又有一定的灵活性，这就是既允许非节奏点上的字可以不拘平仄的定式（即人们常说的“一三五不论”），又允许有拗救的存在。这样，有时候便会出现一些与格律的“规定”似乎不相符合的特殊现象。一般的介绍诗律的书，对这些特殊现象或未作说明，或语焉不详，往往令初学者感到疑惑。所以，在这里仅就个人所见，对唐人律诗中所出现的一些特殊问题予以探讨。

一、关于“三仄调”

“格律诗禁忌三仄调”的说法影响很大。比如，有人说：“‘平平仄仄仄’、‘仄仄平平仄仄仄’这样的三仄调句，在近体诗中是绝对不允许的。”又如，一些诗家在编辑出版今人所写的诗词专集时，也声明不收含有“三仄调”的诗作。那么，古人的格律诗是否对此有所禁忌并像避免“三平调”一样地要求回避呢？前文说过，格律诗应该避免“三仄调”。但是，我们发现，实际情况并不完全如此。可以设想，前人在规定格律的时候，主观上是希图避免“三仄调”的，原因很简单，因为当有了“仄仄平平仄”和“平平仄仄平”两种句式作为首联之后（为行文简便，仅以五律来说明），那么，颔联出句就可能成为“平平仄仄仄”，而其对句便成为“仄仄平平平”了，这样做的结果是，不仅出现了“三仄调”，而且连“三平调”也难以避免了。正因为如此，其颔联的出句只能是“平平平仄仄”的格式（其对句则为“仄仄仄平平”）。然而，由于又有了“一三五不论”的自由，第三字的平声可以用成仄声，于是，在这一“平平平仄仄”的句式中，又极可能出现“三仄调”。我们通过对唐代诗歌的分析发现，这些具体诗作，并不严格地遵照格律诗的规定，即并不绝对回避“三仄调”。因此，我们可以说“唐诗无忌三仄调”。为了说明这一问题，还是让我们先看看唐人诗作的具体情况吧。先看下面两首诗：

春宿左省　唐·杜甫

花隐夜垣暮，啾啾栖鸟过。
星临万户动，月傍九霄多。
不寝听金钥，因风想玉珂。
明朝有封事，数问夜如何。

次北固山下　唐·王湾

客路青山外，行舟绿水前。
潮平两岸阔，风正一帆悬。
海日生残夜，江春入旧年。
乡书何处达，归雁洛阳边。

这两首脍炙人口的诗篇，其颔联出句的第三字“万”、“两”均宜平而仄，出现了“三仄调”。有时候，我们还可以见到，一首诗中，出现两处三仄调的情况。如：

破山寺后禅院　常建

清晨入古寺，初日照高林。
曲径通幽处，禅房花木深。
山光悦鸟性，潭影空人心。
万籁此俱寂，唯闻钟磬音。

这首诗的首联出句和颈联的出句，都是三仄调。常建为开元十五年进士，其时诗律已经成熟。可是，在其同一首诗作中却出现两处三仄调，这样就很能说明问题了。

这种情况是否为偶尔所见呢？事实并非如此。我们还可以列出许多例证。比如：

谁怜一片影，相失万重云？（唐·杜甫《孤雁》）

相看两不厌，只有敬亭山。（唐·李白《独坐敬亭山》）

晴开万井树，愁看五陵烟。（唐·岑参《登总持阁》）

弥年不得意，新岁又如何。（唐·刘禹锡《岁夜咏怀》）

楚山不可极，归路但萧条。（唐·祖咏《江南旅情》）

今来部曲尽，白首过萧关。（唐·卢纶《送韩都护归边》）

殷勤报贾傅，莫共酒杯疏。（唐·卢纶《夜中得循州赵司马侍郎书》）

天花落不尽，处处鸟衔飞。（唐·綦毋潜《宿龙兴诗》）

东皋薄暮望，徙倚欲何依。（唐·王绩《野望》）

秋声万户竹，寒色五陵松。（唐·李颀《望秦川》）

还家万里梦，为客五更愁。（唐·张谓《同王徵君湘中有怀》）

川从陕路去，河绕华阴流。（唐·崔颢《题潼关楼》）

崔徐迹未朽，千载揖清波。（唐·孟浩然《寻梅道士》）

何时石上月，相对论逍遥？（唐·皮日休《游栖霞寺》）

严陵爱此景，下视汉公卿。（唐·王贞白《题严陵钓台》）

僧归下岭见，人语隔溪闻。（唐·许浑《游维山新兴寺》）

星星一镜发，草草百年身。（唐·赵嘏《东归道中》）

浮云一别后，流水十年间，（唐·韦应物《淮上喜会梁州故人》）

谁为含愁独不见？更教明月照流黄。（唐·沈佺期《古意》）

秋水才深四五尺，野航恰受二三人。（唐·杜甫《南邻》）

逐客虽皆万里去，悲君已是十年流。（唐·杜甫《寄杜位》）

例证尚多，不复赘举。以上二十余例，并不限于仄起仄收一种形式，只要是在“平平平仄仄”这一句式中，第三字用了仄声，都可以成为“三仄调”。有人认为“三仄调”是拗句，是一种

"当救而未救"的拗句[1]。但是，只要我们分析一下唐人的诗篇，就可以发现这种"拗而不救"的"三仄调"颇为常见。据我们统计，在杜甫的462首律诗中，"三仄调"即有二百余例，几乎占到二分之一的比例。为什么会出现这么多的"例外"情况呢？为什么诗人们都不去设法补救呢？我以为，答案应当是：诗人们在写格律诗时，并不回避"三仄调"。换言之，格律诗在实际上是允许"三仄调"的存在的，因为我们发现，用调整对句的平仄来救出句的"三仄调"的情况并不多见——补救之后，反而出现了"三平调"与"三仄调"相对的特殊情况了。比如：

四蹄碧玉片，双眼黄金瞳。（唐·沈佺期《骢马》）

草色全经细雨后，花枝欲动春风寒。（唐·王维《酌酒与裴迪》）

可怜白雪曲，未遇知音人。（唐·韦应物《简卢陟》）

这种以"三平调"对"三仄调"的情况毕竟少见，应该说这才是一种例外。

总之，我以为，从理论上说，人们在制定格律的时候，最初的想法大约是要求回避"三仄调"的；但是，在实践中，诗人们却没有严格遵守这一规定。既然古代的诗人们并不忌讳"三仄调"，那么，我们在写格律诗的时候，也就不必以"三仄调"为忌了。当然，如果能避免三仄调，自然是更好了。

二、关于四仄、五仄与六仄

在由"仄仄平平仄"和"平平仄仄平"两种句式构成的一联

---

① 如吴丈蜀即认为"浮云一别后，流水十年间"与"逐客虽皆万里去，悲君已是十年流"二例是"当救而未救"的拗句。

中，有时候会由于“一三五不论”以及“拗救”的同时存在，而出现四个仄声相连、五个仄声相连或者七字六仄的情况。先看四仄的例证。

肠断未忍扫，眼穿仍欲归。（唐·李商隐《落花》颔联）

此联出句的格式本应是“仄仄平平仄”，“断”字用仄声是理所当然的；“未”字处于第三字，平仄本可不拘；“忍”字虽拗，却有对句的“仍”字补救。这样，便出现四个仄声相连的情况了。以下三例的情况与此相同。

闲赏步易远，野吟声自高。（唐·许棠《野步》首联）

人事有代谢，往来成古今。（唐·孟浩然《与诸子登岘山》首联）

终岁不得意，春风今复来。（唐·岑参《春兴思南山旧庐招柳建正字》）

四个仄声相连的句子，在杜甫的诗作中也有不少用例。比如：

幽意忽不惬，归期无奈何。（唐·杜甫《陪郑广文游何将军山林十首之十》）

行色递隐见，人烟时有无。（唐·杜甫《自阆州领妻子却赴蜀山行三首之三》）

南雪不到地，青崖沾未消。（唐·杜甫《又雪》）

乘尔亦已久，天寒关塞深。（唐·杜甫《病马》）

河汉不改色，关山空自寒。（唐·杜甫《初月》）

摧折不自守，秋风吹若何。（唐·杜甫《蒹葭》）

鹰隼亦屈猛，乌鸢何所蒙。（唐·杜甫《苦雨奉寄陇西公兼呈王徵士》）

春宅弃汝去，秋帆催客归。（唐·杜甫《登舟将适汉阳》）

以上十余例中，由于出句的第一字根据“一三五不论”的“自由”用了平声字，所以只是四个仄声。如果第一字仍用仄声字，就会出现一句之中连用五个仄声的情况。比如：

响发调尚苦，清商劳一弹。（唐·王昌龄《段宥厅孤桐》）

待月月未出，望江江自流。（唐·李白《挂席江山待月有怀》）

禹力不到处，河声流向西。（唐·周朴《董岭水》）

渐与骨肉远，转于童仆亲。（唐·崔涂《除夜有感》）

白日若不落，红尘应更深。（唐·于武陵《东门路》）

此地际会夕，当时雷雨寒。（唐·贾岛《忆江上吴处士》）

向晚意不适，驱车登古原。（唐·李商隐《登乐游原》）

五个仄声相连的现象，我们在杜甫的诗篇中也可以见到，例如：

小雨夜复密，回风吹早秋。（唐·杜甫《夜雨》）

草木岁月晚，关河霜雪清。（唐·杜甫《送远》）

乱后碧井废，时清瑶殿深。（唐·杜甫《铜瓶》）

悄悄素浐路，迢迢天汉东。（唐·杜甫《苦雨奉寄陇西公兼呈王徵士》）（悄，旧读 qiǎo，《广韵》作亲小切，上声。）

一饭四五起，凭轩心力穷。（同上）

需要指出的是，有的人似乎对这种五仄连用而有救的现象往往予以否定，以为这是不合规律的。但是，根据律诗“拗救”的原则来分析，以上各例中的四个仄声字或五个仄声字连用的情况，依然是符合诗律的。不过，由于第四字的“拗”必须由对句的第三字来救，因此只有在“仄仄平平仄”这一句式用作出句的时候，五律中的这种五仄连用的情况才会出现。据我们所见，没有五个平声字连用的现象，因为这种情况是不可能的。

在七言律诗中，当“平平仄仄平平仄”这一句式用做出句时，也可能出现七字六仄的情况：如果第一字和第五字用仄声，而第六字虽拗（即用仄声字）却有救，这样就形成七字六仄的格局。不过，这种情况相当少见，目前，我们仅见到一例：

一身报国有万死，双鬓向人无再青。（宋·陆游《夜泊水村》）①

出句中的“一”字和“有”字处于一、五的位置，平仄可以不拘；“万”字虽拗，却有对句的“无”字补救，因此全句除“身”字外，其余六字都是仄声字。当然，这种情况仍然是合乎格律的。

三、关于拗而未救

拗救是在出现拗字时必须根据一定的规则予以补救的一种变通的格律，可以说，它是诗人们在写作实践中所创造的，是对格律的一种突破。有时候，由于表达的需要出现了拗字，

① 此例转引自王力先生主编《古代汉语》。

而诗人们却无法予以补救，这时候，他们便舍形式而就内容，也就不再补救了。《红楼梦》第四十八回中林黛玉说："若是果有了奇句，连平仄虚实不对都使得的。"我想，曹雪芹借黛玉之口，说的就是这个意思吧。请看例句：

万木冻欲折，孤根暖独回。（唐·齐己《早梅》）

出句连用五个仄声字，其中的"欲"字当平而仄，本应由对字的第三字补救，然而"暖"字仍为仄声字，这可能是无法选用平声字的缘故吧。又如：

二月二日江上行，东风日暖闻吹笙。（唐·李商隐《二月二日》）

出句第四字"日"字拗。这恐怕也是出于表达的需要而无法换字的缘故。（按：句中"闻"字宜读去声，亡运切。）又如：

郑县亭子涧之滨，户牖凭高发兴新。（唐·杜甫《题郑县亭子》）

出句的"县"字在节奏点上，本当用平声字，而诗人却并不回避。这种情况在杜甫的诗中还有多处。复如《将赴成都草堂途中有作，先寄严郑公五首》，前四首均合格律，而第五首却出现拗而未救的情况。如首联：

锦官城西生事微，乌皮几在还思归。

出句中第二字"官"字拗（宜仄而平），对句中第三字"还"也宜仄而平。作者均未补救。又《解闷十二首》，其中十一首皆合律，唯第十一首稍有例外。

翠瓜碧李沈玉甃，赤梨蒲萄寒露成。

出句中第六字"玉"字拗（当平而仄），有对句第五字"寒"字救，但对句中第二字"梨"字拗（当仄而平）却不合格律。同样的情况又见《即事》颔联：

一双白鱼不受钓，二寸黄甘犹自青。

如果说出句中的第六字“受”字拗，用对句中的第五字“犹”字救，那么，出句中的第四字“鱼”字便是拗而未救了。又如《覃山人隐居》首联：

南极老人自有星，北山移文谁勒铭。

对句中的第四字“文”当仄而平，第六字“勒”当平而仄，均为拗字。看来，诗人们在无可奈何的情况下，也只好任其自然了。大概也是出于这个原因，有时候，诗人们连“三平调”也允许存在了。如：

宝塔凌苍苍，登攀揽四荒。（唐·李白《秋日登扬州西灵塔》）

鸣雨既过渐细微，映空摇扬如丝飞。（唐·杜甫《雨不绝》）

岸上丰茸五花树，波中的皪千金珠。（唐·崔日用《奉和圣制龙池篇》）

拗而不救的情况毕竟是少见的，我们只是企图说明诗是以表情达意为主的，当格律实在难以恪守时，便偶尔有所不遵。王力先生说：“初学诗的人应该先求平仄分明，绝不能因为弄错了平仄而以此为口实。”这正是需要我们格外注意的。

（说明：这一节曾以《诗律补说》为题，发表于《古汉语研究》2002年第1期）

四、关于“失粘”

前文说过，格律诗应该避免“失粘”，但是，在初期的格律诗中，失粘的情况还是比较多见的。比如，在王维的诗中，就可以见到较多的失粘之处。到了后来，当其格律日益严格之后，失粘就比较少见了。如，杜甫等人的诗中，偶尔也出现失粘的情况。就拿《唐诗三百首》来说，其所选的诗中就有一些失粘的情况。如：

和贾至舍人早朝大明宫之作　唐·王维

绛帻鸡人报晓筹，尚衣方进翠云裘。
九天阊阖开宫殿，万国衣冠拜冕旒。
日色才临仙掌动，香烟欲傍衮龙浮。
朝罢须裁五色诏，佩声归到凤池头。

这首诗的尾联与颈联之间失粘。又如：

和太常韦主簿五郎温泉寓目　唐·王维

汉主离宫接露台，秦川一半夕阳开。
青山尽是朱旗绕，碧涧翻从玉殿来。
新丰树里行人度，小苑城边猎骑回。
闻道甘泉能献赋，悬知独有子云才。

这首诗的颈联与颔联之间失粘。又如：

出塞作　唐·王维

居延城外猎天骄，白草连天野火烧。
暮云空碛时驱马，秋日平原好射雕。
护羌校尉朝乘障，破虏将军夜度辽。
玉靶角弓珠勒马，汉家将赐霍嫖姚。

这首诗的颔联与首联之间、颈联与颔联之间失粘。

登金陵凤凰台　唐·李白

凤凰台上凤凰游，凤去台空江自流。
吴宫花草埋幽径，晋代衣冠成古邱。
三山半落青天外，二水中分白鹭洲。
总为浮云能蔽日，长安不见使人愁。

这首诗的颔联与首联之间、颈联与颔联之间都失粘。而其编者仍将它视为“七言律诗”。又如：

夜投丰德寺谒液上人　唐·卢纶

半夜中峰有磬声，偶逢樵者问山名。
上方月晓闻僧语，下界林疏见客行。
野鹤巢边松最老，毒龙潜处水偏清。
愿得远公知姓字，焚香洗钵过浮生。

这首诗的尾联与颈联之间失粘。

长安晓望寄程补阙　唐·司空曙

迢递山河拥帝京，参差宫殿接云平。
风吹晓漏经长乐，柳带晴烟出禁城。
天净笙歌临路发，日高车马隔尘行。
独有浅才甘未达，多惭名在鲁诸生。

这首诗的尾联与颈联之间失粘。

荆州道怀古　唐·刘禹锡

南国山川旧帝畿，宋台梁馆尚依稀。
马嘶古道行人歇，麦秀空城野雉飞。
风吹落叶填空井，火入荒陵化宝衣。
徒使词臣庾开府，咸阳终日苦思归。

这首诗的颈联与颔联之间失粘。

衡阳与梦得分路赠别　唐·柳宗元

十年憔悴到秦京，谁料翻为岭外行。
伏波故道风烟在，翁仲遗墟草树平。
直以慵疏招物议，休将文字占时名。
今朝不用临河别，垂泪千行便濯缨。

这首诗的颔联与首联之间失粘。

秋夕寄怀契上人　唐·皇甫曾

已见槿花朝委露，独悲孤鹤在人群。
真仙出世心无事，静夜名香手自焚。
窗临绝涧闻流水，客至孤峰扫白云。
更想清晨诵经处，独看松上雪纷纷。

这首诗的颈联与颔联之间"失粘"。（另外，诗中用了两个"孤"字，两个"独"字，未免重复。）

王力先生指出："首先我们须知，'对'和'粘'的格律在盛唐以前并不十分讲究；二者比较起来，'粘'更居于不甚重要的地位。直至中唐以后，还偶然有不对不粘的例子。'失对'和'失粘'的'失'字，是后代的诗人说出来的，'失'是'不合格'的意思，而唐人并不把不对不粘的情形认为这样严重。"（见《汉语诗律学》，上海教育出版社 1962 年版第 112 页）他又说："大约'粘'的形式，在律诗形成的时候虽已有这种倾向，却还未成为必须遵守的规律。中唐以后，粘的规律渐严。……近代（也许是自宋以后）科场中不准有失对失粘的诗，于是粘对几乎成为金科玉律。它是被算入平仄格式以内的。"（同上书第 118—119 页）王力先生的这一段话，是很值得我们注意的。

练习三

（一）分析下列各首诗的平仄，并指出其失粘之处。

1. 春晚山庄率题　唐·卢照邻

田家无四邻，独坐一园春。
莺啼非选树，鱼戏不惊纶。
山水弹琴尽，风花酌酒频。
年华已可乐，高兴复留人。

2. 送别崔著作东征　唐·陈子昂

金天方肃杀，白露始专征。
王师非乐战，之子慎佳兵。
海气侵南部，边风扫北平。
莫卖卢龙塞，归邀麟阁名。

3. 晚次乐乡县　唐·陈子昂

故乡杳无际，日暮且孤征。
川原迷旧国，道路入边城。
野戍荒烟断，深山古木平。
如何此时恨，嗷嗷夜猿鸣。

4. 使至塞上　唐·王维

单车欲问边，属国过居延。
征蓬出汉塞，归雁入胡天。
大漠孤烟直，长河落日圆。
萧关逢候吏，都护在燕然。

5. 龙池篇　唐·沈佺期

龙池跃龙龙已飞，龙德先天天不违。

池开天汉分黄道，龙向天门入紫薇。

邸第楼台多气色，君王凫雁有光辉。

为报寰中百川水，来朝此地莫东归。

按：此诗首句的第四字“龙”字不合律。由此可见初期的格律诗，其格律尚不严密。

6. 春日京中有怀　唐·杜审言

今年游寓独游秦，愁思看春不当春。

上林苑里花徒发，细柳营前叶漫新。

公子南桥应尽兴，将军西第几留宾。

寄语洛城风日道，明年春色倍还人。

7. 积雨辋川庄作　唐·王维

积雨空林烟火迟，蒸藜炊黍饷东菑。

漠漠水田飞白鹭，阴阴夏木啭黄鹂。

山中习静观朝槿，松下清斋折露葵。

野老与人争席罢，海鸥何事更相疑。

8. 春日与裴迪过新昌里访吕逸人不遇　唐·王维

桃源一向绝风尘，柳市南头访隐沦。

到门不敢题凡鸟，看竹何须问主人。

城上青山如屋里，东家流水入西邻。

闭户著书多岁月，种松皆老作龙鳞。

注：闭，《广韵》作博计切，去声霁韵；又作方结切，入声屑韵。

9. 三阳宫侍宴应制得幽字　唐·宋之问

离宫秘苑胜瀛洲，别有仙人洞壑幽。

岩边树色含风冷，石上泉声带雨秋。

鸟向歌筵来度曲，云依帐殿结为楼。

微臣昔忝方明御，今日还陪八骏游。

10. 宾至　唐·杜甫

幽栖地僻经过少，老病人扶再拜难。
岂有文章惊海内，漫劳车马驻江干。
竟日淹留佳客坐，百年粗粝腐儒餐。
不嫌野外无供给，乘兴还来看药栏。

（二）下列各首诗中有无“拗而未救”之处，请指出。

1. 陆浑山庄　唐·宋之问

归来物外情，负杖阅岩耕。
源水看花入，幽林采药行。
野人相问姓，山鸟自呼名。
去去吾独乐，无能愧此生。

2. 阙题　唐·刘眘虚

道由白云尽，春与青溪长。
时有落花至，远随流水香。
闲门向山路，深柳读书堂。
幽映每白日，清辉照衣裳。

3. 将赴成都草堂，途中有作五首（其五）　唐·杜甫

锦官城西生事微，乌皮几在还思归。
昔去为忧乱兵入，今来已恐邻人非。
侧身天地更怀古，回首风尘甘见机。
共说总戎云鸟去，不妨游子芰荷衣。

4. 至后　唐·杜甫

冬至至后日初长，远在剑南思洛阳。
青袍白马有何意，金谷铜驼非故乡。

梅花欲开不自觉，棣萼一别永相望。
愁极本凭诗遣兴，诗成吟咏转凄凉。

5. 二月二日　唐·李商隐

二月二日江上行，东风日暖闻吹笙。
花须柳眼各无赖，紫蝶黄蜂俱有情。
万里忆归元亮井，三年从事亚夫营。
新滩莫悟游人意，更作风檐夜雨声。

6. 奉酬卢端公饮后赠诸公见示之作　唐·戴叔伦

佐慕临戎旌旆间，五营无事万家闲。
风吹杨柳渐拂地，日映楼台欲下山。
绮席昼开留上客，朱门半掩拟重关。
当时不敢辞先醉，误逐群公倒载还。

7. 三绝句(之三)　唐·杜甫

无数春笋满林生，柴门密掩断人行。
会须上番看成竹，客至从嗔不出迎。

按:朱注:"斩新、上番，皆唐人方言。"番:毛晃《增韵》读甫患切。

8. 江畔独步寻花七绝句(之六)　唐·杜甫

黄四娘家花满蹊，千朵万朵压枝低。
留连戏蝶时时舞，自在娇莺恰恰啼。

第四节　近体诗的用韵

押韵是诗歌的要素之一，近体诗对于用韵的要求尤其严格，这是其又一显著特点。所谓严格，主要是指这样一些内容：

1. 每首诗必须一韵到底。这就是说，每首诗只能用同一韵部中的字来押韵，既不允许“换韵”，也不允许“出韵”。所谓“换韵”，就是整首诗中的入韵字，用了两个或者两个以上韵部中的字。所谓“出韵”，就是整首诗的入韵字中，用了本韵部以外的字。“出韵”是格律诗的一大禁忌（首句用邻韵则是例外）。

2. 韵脚固定。即必须是偶句末一字押韵。首句可以押韵，也可以不押韵。

3. 押平声韵。押仄声韵者一般视为例外。

一、“平水韵”简说

格律诗的用韵必须严格按照“诗韵”来遣字用韵。所谓“诗韵”，就是通常所说的“平水韵”。

远在三国时代，我国的韵书就已经出现了。据史书记载，我国第一部韵书就是三国时魏人李登的《声类》。到了南北朝时期，更呈现出“韵书蜂出”的局面。究其原因，一方面是佛教梵文对我国汉语音韵学的发展起到了一定的促进作用；另一方面，也是由于我国文学创作发展的自身需要(参见前文“引言”所述)。所以，我们说，韵书正是适应社会的需要应运而生的——所谓韵书就是“一种按韵归类编成的同音字典”(引自陈振寰《音韵学》，湖南人民出版社 1986 年 10 月版第 146 页)，其主要目的就是为了给人们写诗作赋提供一个用韵的依据，提供检索的方便。然而，这些韵书却“各有土风”，也就是说，它们大多是按照汉魏以来的古反切或者是根据某一地域的方音来编写的，没有一个统一的标准。到了隋代，随着国家的统一，人们便要求统一诗歌创作中的用韵准则。于是，萧该、颜之推、卢思道、薛道衡等七八个有影响的文人、学者，便聚在陆法言家中，一起讨论这一问题，论其是非，捃选精切。当时年仅二十余岁的陆法言负责记录。后来，经过他的整理，编成了一部新的韵书，这就是《切韵》。从此，这部韵书便取代了其他韵书，成为我国一部权威性的著作，受到历代的尊重，并被不断加以增补和修订。唐代则把它作为科举考试的标准用书。(因《切韵》无完整的传本，现今人们是以其增订本《广韵》为依据的。该书共有 206 韵，其中平声 57 部，上声 55 部，去声 60 部，入声 34 部。)可是，由于《切韵》的分韵过于细密，与当时的实际语音并不完全吻合，人们对于其中的一些韵部已经不能加以分别(如“支、脂、之”等韵)，因而，在使用中甚感不便。这就是封演在《闻见记》中所记载的：“属文之士，共苦其苛细”。在唐朝初期，许敬宗等人就把当时人们已经不再区别的韵部“奏合而用之”。其办法是以《切韵》的 206 部为基础，在凡是不能区别的韵部之下，注明“同用”，对于可以区别的韵部，则标出“独用”。只要是“同用”的韵部，就准许人们在写诗时通押，不算出韵。到了十三世纪，即南宋理宗淳祐十二年（1252 年），江南的宋平水刘渊，索性将这些“同用”的韵部合并在一起，编成《壬子新刊礼部韵略》，该书共分为 107 个韵部。（据专家考证，在刘渊之书问世前，江北的金平水书籍王文郁也编写出《平水新刊韵略》一书，分为 106 韵。）然而刘书并没有流传下来，不过，元代熊忠的《古今韵会举要》、阴时夫的《韵府群玉》，都沿用了刘渊之书。《韵府群玉》还将上声迥、拯合为一部，成为 106 韵。此后，这 106 韵便成为作诗用韵的标准，人们把它叫作“平水韵”——也就是通常所说的“诗韵”。平水韵虽然是南宋时期才出现的，但是，由于它与唐人的“同用”“独用”的规定是一脉相承的，因此，它和唐人的用韵基本上是一致的。例如，第一节所举元淳的《寄洛中诸姊》用“支韵”，杜甫的《月夜忆舍弟》用庚韵，周繇的《望海》用先韵，戴叔伦的《山居即事》用微韵。苏颋的《兴庆池侍宴应制》用东韵，李商隐的《曲江》用歌韵，武元衡的《酬严司空荆南见寄》用尤韵，崔颢的《行经华阴》用庚韵。又如，杜甫的《秋兴八首》就分别押侵韵、麻韵、微韵、支韵、删韵、尤韵、东韵、支韵。

千百年来，尽管人们的实际语音已经有了很大的发展变化，但是，居于官韵地位的“诗韵”始终被奉为作文赋诗的圭臬。

平水韵共有 106 韵，其中平声为 30 部，上声为 29 部，去声为 30 部，入声为 17 部。平声 30 部因为字数甚多，又分为上下两卷。平声的具体的韵目如下：

平声上：东冬江支微鱼虞齐佳灰真文元寒删

平声下：先萧肴豪歌麻阳庚青蒸尤侵覃盐咸

这30个韵部（包括它们的仄韵），每个韵部所收的字数各不相同，有的字多，有的字少。例如，东部收字357个（据《广韵》，下同），其常用字为63个（据王力主编《古代汉语·诗韵常用字表》，下同）；冬部（含钟部）收字299个，常用字为40个；江部收字108个，常用字为12个。又如，王力主编《古代汉语·诗韵常用字表》中列支部常用字为170个，先部常用字为115个，阳部常用字为154个，而微部的常用字却只有33个，佳部的常用字只有27个，文部的常用字只有35个，覃部的常用字只有33个，盐部的常用字只有37个，咸部的常用字只有18个。一部之中所收的字多，自然可供人们选择的余地就大，使用起来就比较自由，反之，选择的余地就小，对人们的约束就很大。因此，我们可以看到，东部的诗很多，冬部的诗就较少，而江部的诗就更少。通常，根据字数的多少，把这些韵部分为宽韵和窄韵。如，东、支、虞、先、阳、庚、尤等，就是宽韵，微、文、删、青、蒸、盐、覃等就是窄韵。当然，有些窄韵虽然字数较少，但却容易入诗。如微、文、删等韵就是这样。所以，这些韵部的诗也就很多。如果字数又少，又难以入诗，那就是所谓的“险韵”了。如，江、佳、肴、咸等，即是险韵。这种生僻少用的韵，古人也叫作“强（qiǎng）韵”。《红楼梦》第三十七回，有一段薛宝钗向史湘云谈论作诗的高见。宝钗道：“诗题也别过于新巧了。你看古人中那里有那些刁钻古怪的题目和那极险的韵呢？若题目过于新巧，韵过于险，再不得好诗，倒小家子气。诗固然怕说熟话，然也不可过于求生。头一件，只要主意清新，措词就不俗了。”《镜花缘》第六十九回有一段关于作诗的描写，其中写道：“及至轮到妹子，又是险韵，想了许多句子，再也压不稳。”可见，险韵是很难驾驭的。

按照现代普通话的语音系统来看，平水韵的30个韵部已经发生了很大的变化：有的韵部今天已经没有什么区别——它们发展到现代，已经合为一类了。例如，东与冬，江与阳，真与文，萧与肴、豪，寒、删、先与覃、盐、咸等等（这里只是一个大概的说法。如在《中原音韵》里，元部也有一部分字并入到“真文”之中。从发展的角度来说，总的情况是有合有分的）。因此，我们要分辨古人格律诗的用韵，就会相当困难。试看下面同一标题的两首诗：

蛩　唐·郭震

愁杀离家未达人，一声声到枕前闻。

苦吟莫向朱门里，满耳笙歌不听君。

蛩　唐·李中

月冷莎庭夜已深，百虫声外有清音。

诗情正苦无眠处，愧尔阶前相伴吟。

依现代语音读来，这两首诗的用韵是相同的。在十三辙中，它们的韵脚字同属于“人辰辙”。十三辙是现代北方说唱文学押韵的依据。“人辰辙”包括今天的en、in、un、ün等韵母。它是由《中原音韵》的“真文”和“侵寻”两个韵部发展而成的。可是，按照平水韵，这两首诗却采用了不同的韵部。前一首用“文”韵，首句的“人”字不入韵，而属于其邻韵“真”部。后一首用“侵”韵，首句的“深”字也入韵。再看下面几首诗：

骢马　唐·万楚

金络青骢白玉鞍，长鞭紫陌游野盘。

朝驱东道尘恒灭，暮到河源日未阑。

汗血每随边地苦，蹄伤不惮陇阴寒。
君能一饮长城窟，为尽天山行路难。

长安春望 唐·卢纶

东风吹雨过青山，却望千门草色闲。
家在梦中何日到，春来江上几人还？
川原缭绕浮云外，宫阙参差落照间。
谁念为儒逢世难，独得衰鬓客秦关。

中年 唐·郑谷

漠漠秦云淡淡天，新年景象入中年。
情多最恨花无语，愁破方知酒有权。
苔色满墙寻故第，雨声一夜忆春田。
衰迟自喜添诗学，更把前题改数联。

送桂州严大夫 唐·韩愈

苍苍森八桂，兹地在湘南。
江作青罗带，山如碧玉簪。
户多输翠羽，家自种黄甘。
远胜登仙去，飞鸾不假骖。

豆腐 清·彭孙遹

藿食终年竟自饮，朝来净馔况清严。
绨巾未藉先砻玉，雪乳初融更点盐。
味异鸡豚偏不俗，气含蔬笋亦何嫌。
素餐似我真堪笑，此物惟应久属厌。

老君庙 唐·温庭筠

紫气氤氲捧半岩，莲峰仙掌共巉巉。
庙前晚色连寒水，天外斜阳带远帆。

百二关山扶玉座，五千文字闷瑶缄。
自怜金骨无人识，知有飞龟在石函。

按照十三辙来说，这六首诗的韵脚都属于“言前辙”，是同一个韵辙。可是在“平水韵”中，它们却分别属于“寒、删、先、覃、盐、咸”六个韵部，彼此是不能够混用的。

平水韵与今韵比较，其发展变化的另一种情况则是：一些韵部分化成现代的几个韵母而不再押韵。例如，麻部分化为麻沙、梭波和乜斜三个韵辙。元部的字，一部分（开合二呼的字）与“真”“文”合并而成为“人辰辙”；另一部分（齐撮二呼的字）则与“先”韵合并而成为“言前辙”。灰部的字一部分（合口呼的字）与“齐”“微”合并而成为“灰堆辙”（今韵母为 ei、uei）；另一部分字（开口呼的字）与“佳”韵合并而成为“怀来辙”（今韵母为 ai、uai）。而“佳”韵又有一部分字与“麻”韵合并。其他如支部、寒部、庚部、青部等，也都有所分化。这种复杂的情况，自然令今人难以掌握。如果让我们判断某首诗是否押韵，恐怕也不是一件轻而易举的事。如：

正月十五夜　唐·苏味道

火树银花合，星桥铁锁开。
暗尘随马去，明月逐人来。
游妓皆浓李，行歌尽落梅。
金吾不禁夜，玉漏莫相催。

按照今音，这首诗的“开”“来”与“梅”“催”不相押韵，但是依照“平水韵”，它们却同在“灰”韵。如果不知道诗韵，可能还会以为古人用错了韵字。

欣赏古人的格律诗，还存在着一个分辨首句是否入韵的问题。不熟悉诗韵，也难以解决这个问题。如：

竹石　清·郑燮

咬定青山不放松，立根原在破岩中。

千磨万击还坚劲，任尔东西南北风。

画眉鸟　宋·欧阳修

百啭千声随意移，山花红紫树高低。

始知锁向金笼听，不及林间自在啼。

博浪沙　元·陈孚

一击车中胆气豪，祖龙社稷已惊摇。

如何十二金人外，犹有民间铁未销。

这三首诗的首句末一字，分别属于"冬""支""豪"，与原诗所押的"东""齐""萧"并不押韵。也就是说，它们都是首句不入韵的（而是用邻韵）。可是，按照今读，却往往会误作是首句入韵的。又如：

送和甫至龙安，微雨，因寄吴氏女子　宋·王安石

荒烟凉雨助人悲，泪染衣襟不自知。

除却春风沙际绿，一如看汝过江时。

樱桃花　宋·范成大

借暖冲寒不用媒，匀朱匀粉最先来。

玉梅一见怜痴小，教向傍边自在开。

这两首诗的首句似乎是不入韵的，其实，却不然。"悲"字与"知""时"同在"支"部；"媒"字与"来""开"同在"灰"部。首句是入韵的。

上述问题归根到底，关键在于不知道某个字应属于哪一个韵部。由于古今的声韵变化很大，难以分辨，另外，常用字的数量也比较多，至少在四五千左右，掌握起来，自然困难。这就是“古诗难学”的原因之一。为了解决这个问题，人们想了许多办法，其中最主要的是编写可供人们查韵检字的韵书。比如，唐代有颜真卿的《韵海镜源》，元代有阴幼遇（时夫）的《韵府群玉》、凌稚隆的《五车韵瑞》等等。到了清代，张玉书等奉康熙饬令，动用了大量的人力，以《韵府群玉》和《五车韵瑞》为底本，历时 7 年，编成了一部大型的辞书，这就是有名的《佩文韵府》。该书正集共有 444 卷，拾遗有 112 卷，共收 10257 字。其目的主要是供人们写作诗词歌赋时查检辞藻，选择典故。全书按平水韵排列，采用每字之下按照词语的末一字归韵的办法收录了大量的二字、三字词语，也收录一部分四字词语。单字下注明读音和词义，词语则以经史子集为序，其下备载出典，以供人们选择。该书所收词语甚多，资料丰富，但是卷帙浩繁，不便携带。后来，又有《佩文诗韵释要》问世。该书仍按平水韵编排，只收单字，不录词语，每字之下，作以简要的释义。对多义词和多音词，还标明了又读、他义所属的韵部。该书虽由博反约，但内容又失之简略。于是，人们又在此书的基础上，相继增补，编成了《诗韵含英》《诗韵珠玑》《渔古轩诗韵》等书。后来，人们又将这些韵书汇集起来，成为《诗韵合璧》《诗韵全璧》。今上海古籍出版社 1983 年 2 月出版的《诗韵》一书，就是根据《增广诗韵全璧》影印的。但是，这些旧时代的韵书，缺乏现代辞书的科学的编排方法，其列部顺序是按照 106 韵排列的，这对于不熟悉诗韵的现代读者来说，就显得十分不便。另外，每部之中的列字顺序，一般是将常用字列在前面，而没有按照笔画或者音序排列，缺乏严密的规律性，查检起来很不便捷。(今之《诗韵》一书之后,附有按部首排列的"笔画检字",可资利用。)为此,我们以王力先生的《诗韵常用字表》为基础,又增补了一些常用字,重新按照今韵的韵母以类排列,附在书后,以供查检。兹以"元、真、文"三部为例,说明如下:

元部:(an)番蕃翻蹯繁蘩 (ian)言掀犍 (üan)喧萱元沅芫阮原源塬嫄

(en)门闷扪根跟痕 (uen)昏婚阍屯钝炖纯尊樽

真部:(en)申伸呻绅溱榛臻 (in)宾滨缤槟辛莘新薪

(uen)仑伦抡沦轮论纯莼春椿 (ün)旬询峋巡

文部:(en)分芬纷氛汾 (in)斤芹欣筋 (uen)文纹蚊雯 (ün)云芸耘员郧君群。

这样编排,既便于查检,又可以看出一韵之中包括现代那些韵母,还可以比较"元、真、文"三部的异同,从而看出它们的分合与变化。此外,旧版《辞海》在解说字音时,是按平水韵来说明的,也可以利用。

最后,需要说明的是,就平水韵而言,少数字还存在一字数韵的情况。如,"车"字,既属"鱼部",又属"麻部"。杜甫《对雨书怀走邀许主簿》:"东岳云峰起,溶溶满太虚。震雷翻幕燕,骤雨落河鱼。座对贤人酒,门听长者车。相邀愧泥泞,骑马到阶除。"此诗中"车"押鱼部。又《官亭夕坐,戏简颜使少府》:"南国调寒杵,西江浸日车。客愁连蟋蟀,亭古带蒹葭。不返青丝鞚,虚烧夜烛花。老翁须地主,细细酌流霞。"此诗中"车"又属"麻部"。他如,"涯"既属"支部",又属"佳部",还属"麻部";"蠡"既属"支部",又属"齐部";"槐",既属"佳部",又属“灰部”；“簪”既属“侵部”，又属“覃部”等等。

有些字，虽然可以属于不同的韵部，但它们的词义却没什么不同。如，“车”、“蠡”、“槐”等字。有些字属于不同的韵部，它们的词义也不相同。如，“嶷”字，属“支部”时，为山名用字；在“职部”时表示“幼小聪慧”、“高峻”等义。今读 nì。“函”在覃部时，用作动词，表示“容也”之义；在咸部时，用作名词，如“玉函”、“宝函”等（《汉语大词典》就标出这两个韵部）。当然，多数情况是因为读音不同而分属不同的韵部的。如“为”读平声在“支部”，读去声则在“寘部”，意义也不相同。这种情况，也是需要我们在阅读古人的诗歌时，应该留心注意的。

二、首句入韵与首句用邻韵

前文说过，首句可以入韵，也可以不入韵。首句入韵的例子如：

赤壁　唐·杜牧

折戟沉沙铁未销，自将磨洗认前朝。
东风不与周郎便，铜雀台深锁二乔。

还自广陵　宋·秦观

天寒水鸟自相依，十百为群戏落晖。
过尽行人都不起，忽闻冰响一齐飞。

柿　明·陈汝秩

晚风吹雨过林庐，柿叶飘红手自书。
无限潇湘江海意，一樽相对忆鲈鱼。

第一首诗首句的“销”与“朝、乔”同押“萧韵”，第二首诗首句的“依”与“晖、飞”同押“微韵”，第三首诗首句的“庐”与“书、鱼”同押“鱼韵”。它们都是首句入韵的。

前文又说，“出韵”是格律诗的一大禁忌，但是首句用邻韵却是例外。所谓“首句用邻韵”，即是允许首句的韵脚使用和全诗相邻的韵部中的字。如：

元日　宋·王安石

爆竹声中一岁除，春风送暖入屠苏。
千门万户曈曈日，总把新桃换旧符。

全诗押“七虞”韵，而首句的“除”为“六鱼”韵。这就是首句用邻韵。据王力先生研究，盛唐以前，这种情况甚少，到了中晚唐时期，逐渐多了起来。到了宋代，几乎成为风气。（见王力《汉语诗律学》第53页）下面，我们再举几首常见的诗歌为例。

隋宫　唐·李商隐

乘兴南游不戒严，九重谁省谏书函。
春风举国裁宫锦，半作障泥半作帆。

按：严，十四盐；函、帆，十五咸。

伤春　宋·杨万里

准拟今春乐事浓，依然枉却一东风。
年年不带看花眼，不是愁中即病中。

按：浓，二冬；风、中，一东。

蚕妇吟　宋·谢枋得

子规涕彻四更时，起视蚕稠怕叶稀。
不信楼头杨柳月，玉人歌舞未曾归。

按：时，四支；稀、归，五微。

四时田园杂兴（其一）　宋·范成大

采菱辛苦废犁锄，血指流丹鬼质枯。

无力买田聊种水，近来湖面亦收租。

按：锄，六鱼；枯、租，七虞。

清明　宋·王禹偁

无花无酒过清明，兴味萧然似野僧。

昨日邻家乞新火，晓窗分与读书灯。

按：明，八庚；僧、灯，十蒸。

题邸间壁　南宋·郑会

酴醾香梦怯春寒，翠掩重门燕子闲。

敲断玉钗红烛冷，计程应说到常山。

按：寒，十四寒；闲、山，十五删。

练习四

试说明下列各诗的首句是否用邻韵。

1. 竹石　清·郑燮

咬定青山不放松，立根原在破岩中。

千磨万击还坚劲，任尔东西南北风。

2. 观蚁　宋·杨万里

偶尔相逢细问途，不知何事数迁居。

微躯所馔能多少？一猎归来满后车。

3. 五月闻莺　宋·范成大

桑阴净尽麦头齐，江上闻莺每岁迟。

不及晓风鹎鵊子，迎春啼到送春时。

按：鹎鵊子，音 bēijiāzǐ，即鹎鹍，俗称寒鸦。

4. 画眉鸟　宋·欧阳修

百啭千声随意移，山花红紫树高低。

始知锁向金笼听，不及林间自在啼。

5. 和太常段少卿东都行里有嘉莲　唐·温庭筠

春秋罢注直铜龙，旧宅嘉莲照水红。
两处龟巢清露里，一时鱼跃翠茎东。
同心表瑞荀池上，半面分妆乐镜中。
应为临川多丽句，故持重艳向西风。

6. 咏槟榔　宋·苏轼

异味谁栽向海滨，亭亭直干乱枝分。
开花树杪翻青箨，结子苞中皱锦纹。
可疗饥怀香自吐，能消瘴疠暖如薰。
堆盘何物堪为偶，蒌叶清新卷翠云。

7. 雨后独行洛北　宋·欧阳修

北阙望南山，明岚杂紫烟。
归云向嵩岭，残雨过伊川。
树绕芳堤外，桥横落照前。
依依半荒苑，行处独闻蝉。

8. 石榴　唐·李商隐

榴枝婀娜榴实繁，榴膜轻明榴子鲜。
可羡瑶池碧桃树，碧桃红颊一千年。

9. 寒雀　宋·杨万里

百千寒雀下空庭，小集梅梢话晚晴。
特地作团喧杀我，忽然惊散寂无声。

10. 博浪沙　元·陈孚

一击车中胆气豪，祖龙社稷已惊摇。
如何十二金人外，犹有民间铁未销。

第五节　诗韵例说

上一节谈到，诗韵的古今变化很大，我们不易掌握。这一节，我们试以“麻部”、“微部”和“灰部”为例，予以简要说明。

一、麻部简析

金城无处不飞花，寒食东风御柳斜。
日暮汉宫传蜡烛，轻烟散入五侯家。

这是唐代诗人韩翃的名作《寒食》诗。按照唐诗的格律，“斜”与“家”应该是押韵的(包括“花”字)。可是，用我们现代普通话来读，它们并不押韵。然而，在唐宋诗歌中，“斜”与“家”“花”等字押韵诗篇却不在少数。例如，

唐·刘禹锡的《乌衣巷》：

朱雀桥边野草花，乌衣巷口夕阳斜。
旧时王谢堂前燕，飞入寻常百姓家。

唐·刘方平的《月夜》：

更深月色半人家，北斗阑干南斗斜。
今夜偏知春气暖，虫声新透绿窗纱。

唐·张泌的《寄人》：

别梦依依到谢家，小廊回合曲阑斜。
多情只有春庭月，犹为离人照落花。

唐·杜牧的《山行》：

远上寒山石径斜，白云深处有人家。
停车坐爱枫林晚，霜叶红于二月花。

唐·孟浩然的《过故人庄》：

故人具鸡黍，邀我至田家。
绿树村边合，青山郭外斜。
开轩面场圃，把酒话桑麻。
待到重阳日，还来就菊花。

唐·顾况的《望简寂观》：

青嶂青溪直复斜，白鸡白犬到人家。
仙人住在最高处，向晚春泉流白花。

唐·张祜的《题邮亭残花》：

云暗山横日欲斜，邮亭下马对残花。
自从身逐征西府，每到花时不在家。

以上所举各例，“斜”和“家”“花”等字的今读并不相同。有时候，“斜”字的押韵情况又和现代的读音相同。如，宋人林洪的《宫词》（之一）又是这样用韵的：

殿上衮衣明日月，砚中旗影动龙蛇。
纵横礼乐三千字，独对丹墀日未斜。

按照现代普通话的读音，“斜”与“蛇”的主要元音是“e”，而上举之例中的“家”“麻”“花”等字的主要元音是“ɑ”。那么，“斜”的主要元音应该是哪一个呢？请再看杜甫的《禹庙》：

禹庙空山里，秋风落日斜。
荒庭垂橘柚，古屋画龙蛇。
云气生虚壁，江声走白沙。
早知乘四载，疏凿控三巴。

唐·李白的《蜀道难》中，有这么几句：

朝避猛虎，夕避长蛇。
磨牙吮血，杀人如麻。
锦城虽云乐，不如早还家。

可见，“斜”既可以与“e”韵的字押韵，也可以与“a”韵的字押韵。一些用现代普通话读来与“斜”“蛇”可以押韵的字（即韵母是“e”“ie”的字），在唐宋人的诗歌中，也都可以与“a”“ia”“ua”韵中的字相押。例如，宋·白玉蟾的《早春》：

南枝才放两三花，雪里吟香弄粉些。
淡淡著烟浓著月，深深笼水浅笼沙。

唐·王翰的《春日归思》：

杨柳青青杏花发，年光误客转思家。
不知湖上菱歌女，几个春舟在若耶。

唐·卢照邻的《长安古意》前四句：

长安大道连狭斜，青牛白马七香车。
玉辇纵横过主第，金鞭络绎向侯家。

唐·李颀的《古从军行》中有这样几句：

闻道玉门犹被遮，应将性命逐轻车。
年年战骨埋荒外，空见蒲萄入汉家。

唐·王维的《夷门歌》中唱道：

公子为赢停驷马，执辔愈恭意愈下。
亥为屠肆鼓刀人，赢乃夷门抱关者。

唐·李贺的《梦天》后四句：

黄尘清水三山下，更变千年如走马。
遥望齐州九点烟，一泓海水杯中泻。

唐·李商隐的《无题》诗中又有这样四句：

十二学弹筝，银甲不曾卸。
十四藏六亲，悬知犹未嫁。

唐·白居易的《长恨歌》中有此二句：

承欢侍宴无闲暇，春从春游夜专夜。

诗例甚多，不能尽举。总之，“斜、蛇、些、耶、车、遮”及其仄韵字“者、卸、泻、夜”等，当时都是与“麻、花、家、沙”及其仄韵字“下、暇、马、嫁”等相押的。对此，我们还可以从当时的反切和现今的方言读音两个方面来加以证明。比如：

在《广韵》中，蛇，作食遮切；车，作尺遮切；爷，作以遮切。它们的反切下字都是“遮”。按照反切的原则，它们都应该与“遮”的韵母相同。而陕西省的大荔、韩城等地方音，正将“遮”读为 zhá，依然保存其古音（遮，《广韵》作正奢切，麻韵章母。）另外，这些地区的方音，读“斜、些”为 xiá，读“蛇”为 shá，读“也”为 yà，读“爷”为 yá，读“舍”为 shā，读“惹”为 rà，读“褯”为 qià，读“卸”为 xià，读“奢”为 shà，等等。据我们调查，韩城、大荔等地区，几乎全部保留着中古麻部字的韵读。这种情况不仅在陕西是如此，在客家、闽南、闽北和吴方言等地，也都全部或者基本保留着麻部字的古读。

斜、蛇等字与麻、花等字如今不再押韵，说明中古麻部字读音发生了变化。那么，它们是怎样变化的呢？

中古的麻部字有三种声调，即平声、上声和去声，分别用“麻”“马”“祃”三字表示。根据音韵学家的研究，麻部只有二等和三等两类。二等字没有 i 介音，因此，这些字的主要元音没有变化，仍然是 a——它们变成了现代的 a、ia 、ua 三个韵母。而麻部的三等字都有 i 介音，由于受声母的影响，它们便演变成为今天的 ie 韵字或者 e 韵字。下面，我们列出一部分麻部三等字的反切、开合等呼及其声、韵、调，即可看出这一变化的前提：

jiē　嗟　子邪切　开口三等平声麻韵精母

jiě　姐　兹野切　开口三等上声马韵精母

jiè　借　子夜切　开口三等去声祃韵精母

jiè　褯　兹夜切　开口三等去声祃韵从母

jiè　藉　兹夜切　开口三等去声祃韵从母

qiě　且　七也切　开口三等上声马韵清母

xiě　写　悉姐切　开口三等上声马韵心母

xiè　泻　司夜切　开口三等去声祃韵邪母

xiè　卸　司夜切　开口三等去声祃韵邪母

yě　也　羊者切　开口三等上声马韵以母

yě　野　羊者切　开口三等上声马韵以母

yě　冶　羊者切　开口三等上声马韵以母

yè　夜　羊谢切　开口三等去声祃韵以母

（据《古今字音对照手册》，下同）

由这些字的情况不难看出，现代变为 ie 韵的字，它们的声母在中古是“精、清、从、心、邪”（简称“精组”）和“以母”（即喻母四等字，简称“喻四”）的字。

再看下面的一些例字：

zhē　遮　正奢切　开口三等平声麻韵章母

zhě　者　章也切　开口三等上声马韵章母

zhè　蔗　之夜切　开口三等去声祃韵章母

zhè　鹧　之夜切　开口三等去声祃韵章母

zhè　柘　之夜切　开口三等去声祃韵章母

chē　车　尺遮切　开口三等平声麻韵昌母

shē　奢　式车切　开口三等平声麻韵书母

shē　赊　式车切　开口三等平声麻韵书母

shé　蛇　食遮切　开口三等平声麻韵船母

shé　佘　视遮切　开口三等平声麻韵禅母

shě　舍　书冶切　开口三等上声马韵书母

shě　捨　书冶切　开口三等上声马韵书母

shè　社　常者切　开口三等上声马韵禅母

shè　射　神夜切　开口三等去声祃韵船母

shè　麝　神夜切　开口三等去声祃韵船母

rě　惹　人者切　开口三等上声马韵日母

同样，我们也可以发现，现代读为 e 韵的麻部字，它们的中古声母为“章、昌、船、书、禅、日”这一类。这些声母是《切韵》系统的声母，一般又称为照系三等字，简称照三。这一类的字都是卷舌声母。由于这些卷舌声母的影响，麻部三等字的韵头 i 便逐渐失落，主要元音也就由 a 变成了 e。

根据现有的史料，音韵学家认为远在十二世纪，麻部的字就分化为 a、e 两类了。如南宋时期的毛晃在《增修互注礼部韵略》(成书于绍兴 32 年，即公元 1162 年)中就说：“所谓一韵当析为二者，如麻韵自奢以下，马韵自写以下，祃韵自藉以下，皆当别为一韵。”尔后，元代周德清的《中原音韵》，就分为“家麻”和“车遮”两个韵部了。正是由于古今语音发生了变化，所以，我们“以今之音读古之作”，自然是乖剌不入了。麻部的变化，可用下图表示：

- 麻部
  - 未变者 （二等字）
    - a 麻 马 祃
    - ia 家 霞 假 架
    - ua 花 瓦 化
  - 变化者 （三等字）
    - ie 斜 姐 爷 野
    - e 蛇 车 遮 惹

为了便于记忆，我们作顺口溜一首。其词曰：

麻韵三声麻马祃，
二等三等有分化。
三等变作 e 和 ie，
二等成为 a、ia、ua。
熟读唐诗细分辨，
诗韵原本可相押。

二、微部简析

在平水韵中，微部虽然是个窄韵，可是，其中的一些字却非常合用，所以诗人们常常喜欢选用微部的字来入诗。例如，唐·张籍的《夜到渔家》：

渔家在江口，潮水入柴扉。
行客欲投宿，主人犹未归。
竹深村路远，月出钓船稀。
遥见寻沙岸，春风动草衣。

按照现代的读音，诗中的入韵字已经分为两类："扉"和"归"为一类，"稀"和"衣"为一类。又如，唐·刘长卿的《余干旅舍》，也是用"稀""衣""归""飞"等字来押韵的：

摇落暮天迥，青枫霜叶稀。

孤城向水闭，独鸟背人飞。

渡口月初上，邻家渔未归。

乡心正欲绝，何处捣寒衣？

又如，唐·张祜的《舞》，韵脚中也有“衣”“稀”“飞”这几个微部的字：

荆台呈妙舞，云中半罗衣。

袅袅腰疑折，褰褰袖欲飞。

雾轻红踯躅，风艳紫蔷薇。

强许传新态，人间弟子稀。

微部的字很容易与“支部”的字相混。例如：

蚕妇吟　宋·谢枋得

子规啼彻四更时，起视蚕稠怕叶稀。

不信楼头杨柳月，玉人歌舞未曾归。

这首诗首句的“时”与第二句的“稀”，今韵相近，但是，“时”却是“支部”的字，是不入韵的。

微部的字共有70左右，常用字在30左右。根据这些字今读的韵母来看，可以分为两类。第一类的韵母是ei、uei，如上述三首诗中的“扉”、“归”、“飞”、“葳”等。第二类的韵母为i，如上述三首诗中的“衣”、“稀”。第一类字，现代依然可以与“微”相押，但是，我们却不能说，“凡是可以与微相押的字，都在微部。”因为，在与微部相邻的“支部”中，也有许多今韵母是ei、uei的字（共有80左右）。如：“卑、碑、眉、吹、炊、垂、规、推、谁、为、委、追”等等。在“灰部”中，今韵母是ei、uei的字，为数也不少。如：“枚、玫、梅、媒、煤、陪、培、醅、裴、杯、雷、催、摧、堆、傀、瑰、灰、诙、恢、回、徊、偎、嵬”等等。另外，“齐部”中也有少量今韵母是 uei 的字。如：“圭、闺、邽、奎、睽”等。可见，微部中的字，如果按其今读，是容易与“支部”“灰部”，甚至“齐部”的字相混。因此，有必要将它们分清。分清的办法自然是记少不记多。比较起来，微部的字数量最少。这样，我们可以利用谐声偏旁，来掌握微部的字。

非声：扉、斐、绯、菲、霏、腓，诽（今读上声）。

（注意：悲在支部；裴、徘在灰部；排、俳在佳部。）

韦声：围、帏、闱、违。

军声：挥、辉、晖、珲、翚。

他如：肥、淝；威、葳；微、薇；飞、妃、徽等。约 20 多个。

第二类今韵母为 i 的字，因为与“支”的今韵母相同，最容易令我们误解——以为它们应该属于“支部”。好在这一类的字数量很少，常用字也就那么十来个，只要我们按谐声偏旁来记，问题也就更为简化了。这些字是：

几、叽、讥、饥、机、玑、矶、畿；希、晞、欷、稀；衣、依；

圻、祈、蕲、颀、沂。

此外，多背诵一些押微韵的诗，也有利于掌握该部的常用字。除前举三首诗外，下面再选几首前人的诗歌，以资利用。

送沈子福之江东　唐·王维

杨柳渡头行客稀，罟师荡桨向临圻。

惟有相思似春色，江南江北送君归。

渭上题　唐·温庭筠

吕公荣达子陵归，万古烟波绕钓矶。

桥上一通名利迹，至今江鸟背人飞。

宿莹公禅房闻梵　唐·李颀

花宫仙梵远微微，月隐高城钟漏稀。
夜动霜林惊落叶，晓闻天籁发清机。
萧条已入寒空静，飒沓仍随秋雨飞。
始觉浮生无住著，顿令心地欲皈依。

寄周至薛能少府　唐·许棠

满县惟云水，何曾似近畿。
晓庭禽集惯，寒暑吏衙稀。
冰色封深涧，樵声出翠微。
时闻迎隐者，依旧著山衣。

送陆沣仓曹西上　唐·刘长卿

长安此去欲何依，先达谁当荐陆机？
日下凤翔双阙迥，雪中人去二陵稀。
舟从故里难移棹，家在寒塘独掩扉。
临水自伤流落久，赠君空有泪沾衣。

田家　唐·王维

旧谷行将尽，良苗未可希。
老年方爱粥，卒岁且无衣。
雀乳青苔井，鸡鸣白板扉。
柴车驾羸牸，草屩牧豪猪。
夕雨红榴折，新秋绿芋肥。
饷田桑下憩，旁舍草中归。
住处名愚谷，何烦问是非。

按：夕，一作多。

三、灰部简析

我们读李白的名句“黄河之水天上来，奔流到海不复回”。常常要把“回”字读作 huái，因为这样听起来就押韵了。其实，“来”与“回”本来就是押韵的，只是现在变得不再相押了。用今音读来，灰部的许多字，已经不再押韵了。例如：

扈从登封涂中作　唐·宋之问

帐殿郁崔嵬，仙游实壮哉。
晓云连幕卷，夜火杂星回。
谷暗千旗出，山鸣万乘来。
扈游良可赋，终乏掞天才。
注：掞，音 yàn。

幸蜀西至剑门　唐·玄宗

剑阁横云峻，銮舆出狩回。
翠屏千仞合，丹嶂五丁开。
灌木萦旗转，仙云拂马来。
乘时方在德，嗟尔勒铭才。

玄都观桃花　唐·刘禹锡

紫陌红尘拂面来，无人不道看花回。
玄都观里桃千树，尽是刘郎去后栽。

再游玄都观　唐·刘禹锡

百亩庭中半是苔，桃花净尽菜花开。
种桃道士归何处，前度刘郎今又来。

打毬　宋·晁无咎

阊阖千门万户开，三郎沉醉打毬回。

九龄已老韩休死，无复明朝谏疏来。

送春　宋·王令

三月残花落更开，小檐日日燕飞来。

子规夜半犹啼血，不信东风唤不回。

小至　唐·杜甫

天时人事日相催，冬至阳生春又来。

刺绣五纹添弱线，吹葭六管动飞灰。

岸容待腊将舒柳，山意冲寒欲放梅。

云物不殊乡国异，教儿且覆掌中杯。

归雁　唐·钱起

潇湘何事等闲回，水碧沙明两岸苔。

二十五弦弹夜月，不胜清怨却飞来。

落花　唐·朱淑贞

连理枝头花正开，妒花风雨便相催。

愿教青帝常为主，莫遣纷纷点翠台。

罢相作　唐·李适之

避贤初罢相，乐圣且衔杯。

为问门前客，今朝几个来。

上元应制　宋·王淇

雪消华月满仙台，万烛当楼宝扇开。

双凤云中扶辇下，六鳌海上驾山来。

镐京春酒沾周宴，汾水秋风陋汉才。

一曲升平人尽乐，君王又进紫霞杯。

游月陂　宋·程颢

月陂堤上四徘徊，北有中天百尺台。

万物已随秋气改，一樽聊为晚凉开。
水心云影闲相照，林下泉声静自来。
世事无端何足计，但逢佳节约重陪。

观书有感　宋·朱熹

半亩方塘一鉴开，天光云影共徘徊。
问渠那得清如许，为有源头活水来。

以上十三首诗，其韵脚字的今韵母主要有两类。一类是 ai、uai，另一类的韵母是 ei、uei。它们都是由中古的“灰部”变化而来的。变化的条件，也和它们的等呼有关。变为 ei、uei 的，如：

（唇）杯、胚、培、陪、赔、梅、枚、玫、媒、煤、倍、每、辈、背、配、佩、妹、昧。

（泥、来）雷、馁、儡、内。

（喉舌齿）盔、魁、灰、诙、恢、回、桅、隈、煨、傀、贿、悔、晦、溃、堆、推、颓、腿、对、队、退、催、崔、摧、罪、碎。

（摘自王力《汉语史稿》，中华书局 1980 年版，第 159—160 页）

变为 ai、uai 的，是由《广韵》的“咍”部来的（《平水韵》的“灰”部包括《广韵》的“灰”“咍”二部）。如：

胎、台、苔、抬、来、栽、灾、猜、才、财、材、裁、腮、该、开、呆、孩、哀、埃、唉、待、怠、殆、戴、代、贷、袋。

（摘自王力《汉语史稿》，中华书局 1980 年版，第 174 页）

练习五

试说出下列各首诗所押的韵部，并说明首句是否入韵。

1. 题宣州开元寺水阁，阁下宛溪，夹溪居人　唐·杜牧

六朝文物草连空，天淡云闲今古同。
鸟去鸟来山色里，人歌人哭水声中。
深秋帘幕千家雨，落日楼台一笛风。
惆怅无因见范蠡，参差烟树五湖东。

2. 岳鄂王墓　元·赵孟頫

鄂王坟上草离离，秋日荒凉石兽危。
南渡君臣轻社稷，中原父老望旌旗。
英雄已死嗟何及，天下中分遂不支。
莫向西湖歌此曲，水光山色不胜悲。

3. 新雁　唐·吴融

湘浦春深始北归，玉关摇落又南飞。
数声飘去和秋色，一字横来背晚晖。
紫阁高飞云幂幂，灞川低渡雨微微。
莫从思妇台边过，未得征人万里衣。

4. 寄题义门胡氏华林书院　宋·王禹偁

水阁山斋架碧虚，亭亭华表映门闾。
力田岁取千箱稻，好事家藏万卷书。
旋对杯盘烧野笋，别开池沼养溪鱼。
吾生未有林泉计，空愧妨贤卧真庐。

5. 寄罗劭兴　唐·李商隐

棠棣黄花发，忘忧碧叶齐。
人闲微病酒，燕重远兼泥。
混沌何由凿，青冥未有梯。
高阳旧徒侣，时复一相携。

6. 樱桃花　宋·范成大

借暖冲寒不用媒，匀朱匀粉最先来。

玉梅一见怜痴小，教向傍边自在开。

7. 人日剪彩　唐·徐延寿

闺妇持刀坐，自怜剪裁新。

叶催情缀色，花寄手成春。

帖燕留妆户，粘鸡待饷人。

擎来问夫婿，何处不如真？

8. 惠山泉　宋·林景熙

第二名泉在，深云护石阑。

九峰灵气泄，三伏细流寒。

远脉松长润，馀香茗欲残。

荒祠怀陆羽，一掬酹空坛。

9. 荔支　唐·徐夤

日日薰风卷瘴烟，南园珍果荔支先。

灵鸦啄破琼津滴，宝器盛来蚌腹圆。

锦里只闻消醉渴，蕊宫惟合赠神仙。

何人刺出猩猩血，深染罗纹遍壳鲜。

10. 秋晴西楼　宋·刘敞

清风卷阴翳，广野见秋毫。

木落山觉瘦，雨晴天似高。

开窗置樽酒，看月涌江涛。

高卧淹湖海，非关气独豪。

11. 别韦郎中　唐·张谓

星轺计日赴岷峨，云树连天阻笑歌。

南入洞庭随雁去，西过巫峡听猿多。
峥嵘州上飞黄叶，滟滪堆边起白波。
不醉郎中桑落酒，教人无奈别离何！

12. 古戍　明·刘基

古戍连山火，新城殷地笳。
九州犹虎豹，四海未桑麻。
天迥云垂草，江空雪覆沙。
野梅烧不尽，时见两三花。

13. 杜少陵墓　清·刘青藜

万里清秋节，回头忆北邙。
可怜出巫峡，曾未到襄阳。
故国三千里，羁魂二十霜。
蹉跎稷契志，终生恨茫茫。

14. 保俶塔　元·钱惟善

金刹天开画，铁檐风语铃。
野云秋共白，江树晚逾青。
凿屋岩藏雨，粘崖石坠星。
下看湖上客，歌吹正沉冥。

15. 被出济州　唐·王维

微官易得罪，谪去济州阴。
执政方持法，明君无此心。
闾阎河润上，井邑海云深。
纵有归来日，多愁年鬓侵。

注：易，容易义为去声寘韵。

第六节　格律诗的对仗

对仗，也叫对偶。这是一种把字数相等、结构相同的两个句子安排在一起，来表现一定意义，以加强表达效果的修辞方式。汉民族喜欢追求一种对称的审美情趣，可以说，对仗这一修辞方式，正是汉民族的审美追求在语言表达方面的具体体现。因而，讲究对仗，便成为格律诗的又一必不可少的条件和显著特点。清人袁枚在《诗学全书·卷一·论近体》中说："近体有律诗。调平仄，拘对偶，严如法律也。"（贵州人民出版社1990年1月版第52页）这就道出了格律诗要求对仗的特点。一般说来，律诗和排律十分讲究对仗，在绝句中，对仗的要求并不严格。

格律诗讲究对仗，是从南北朝时代开始的。清人赵翼在《瓯北诗话·卷十二·七言律》条下说："自古诗十九首以五言传，柏梁以七言传，于是才士专以五七言为诗。然汉魏以来，多尚散行，不尚对偶。自谢灵运辈始以对属为工，已为律诗开端。"（人民文学出版社，1963年2月版，第175页）

关于格律诗的对仗，这里着重谈谈以下几个问题。

一、对仗的位置

就对仗的位置而言，一般说来，在格律诗的四联之中，中间两联讲究对仗。首联和尾联是否对仗，则没有严格的要求。

我们前面所选的格律诗，中间两联往往都是对仗的。这里复举两首中间两联对仗的律诗为例：

高冠谷口招郑鄠　唐·岑参

谷口来相访，空斋不见君。
涧花然暮雨，潭树暖春云。
门径稀人迹，檐峰下鹿群。
衣裳与枕席，山霭碧氛氲。

行经华阴　唐·崔颢

岧峣太华俯咸京，天外三峰削不成。
武帝祠前云欲散，仙人掌上雨初晴。
河山北枕秦关险，驿路西连汉畤平。
借问路傍名利客，何如此处学长生？

有时候，颔联也可以不对仗。这样，全诗就只有颈联对仗了。如：

塞下曲　唐·李白

五月天山雪，无花只有寒。
笛中闻折柳，春色未曾看。
晓战随金鼓，宵眠抱玉鞍。
愿将腰下剑，直为斩楼兰。

早寒有怀　唐·孟浩然

木落雁南渡，北风江上寒。
我家襄水曲，遥隔楚云端。
乡泪客中尽，孤帆天际看。
迷津欲有问，平海夕漫漫。

有时候，首联也有对仗的。于是，全诗的前三联都对仗。

如：

送青苗郑判官归江西　唐·刘长卿

三苗馀古地，五稼满秋田。
来问周公税，归输汉俸钱。
江城寒背日，湓水暮连天。
南楚凋残后，疲民赖尔怜。

遣意二首(之二)　唐·杜甫

檐影微微落，津流脉脉斜。
野船明细火，宿鹭起圆沙。
云掩初弦月，香传小树花。
邻人有美酒，稚子也能赊。

有的尾联也用对仗，于是，全诗便是后三联对仗。如：

送张子荣进士赴举　唐·孟浩然

夕曛山照灭，送客出柴门。
惆怅野中别，殷勤岐路言。
茂林予偃息，乔木尔飞翻。
无使谷风诮，须令友道存。

奉和初春幸太平公主南庄应制　唐·李峤

主家山第接云开，天子春游动地来。
羽骑参差花外转，霓旌摇曳日边回。
还将石溜调琴曲，更取峰霞入酒杯。
鸾辂已辞乌鹊渚，箫声犹绕凤凰台。

按：此诗收入《唐诗别裁集》中，编者指出："初唐每多对结。"看来这是初唐时期的一种习尚。

有时候，也有首尾两联都对仗的。这样，全诗四联都对仗了。如：

奉和幸安乐公主山庄应制　唐·宗楚客

玉楼银榜枕严城，翠盖红旗列禁营。
日映层岩图画色，风摇杂树管弦声。
水边重阁含飞动，云里孤峰类削成。
幸睹八龙游阆苑，无劳万里访蓬瀛。

按：《唐诗别裁集》编者云："八句皆对，能以鼙实胜人。"

登高　唐·杜甫

风急天高猿啸哀，渚清沙白鸟飞回。
无边落木萧萧下，不尽长江滚滚来。
万里悲秋常作客，百年多病独登台。
艰难苦恨繁霜鬓，潦倒新停浊酒杯。

按：《唐诗别裁集》编者云："八句皆对，起二句对举之中仍复用韵，格奇而变。"

有时候，也有全诗四联都不用对仗的。如：

夜泊牛渚怀古　唐·李白

牛渚西江夜，青天无片云。
登舟望秋月，空忆谢将军。
余亦能高咏，斯人不可闻。
明朝挂帆去，枫叶落纷纷。

按：《唐诗别裁集》编者云："不用对偶，律诗中有此一格。"

二、对仗的要求

对仗的基本要求是字面相对，基本规则是实对实，虚对虚，即要求实词对实词，虚词对虚词。具体地说，就是在实词的对仗中，一般还要求名词与名词相对，动词与动词相对，形容词与形容词相对，数词与数词相对，叠音词与叠音词相对，联绵词与联绵词相对，词组与词组相对等等；在虚词的对仗中，一般也要求副词与副词相对，连词与连词相对，介词与介词相对，语气词与语气词相对等等。我们前面所举的大量诗例，都可以说明这一点。这里再举一些例证，予以简要说明。先看下面的一首诗：

金陵怀古　唐·许浑

玉树歌残王气终，景阳兵合戍楼空。
楸梧远近千官冢，禾黍高低六代宫。
石燕拂云晴亦雨，江豚吹浪夜还风。
英雄一去豪华尽，惟有青山似洛中。

按："楸梧"，《唐诗鼓吹集》作"松楸"。

此诗颔联和颈联的"楸梧"与"禾黍"、"千官"与"六代"、"冢"与"宫"、"石燕"与"江豚"、"雨"与"风"等，都是名词或名词词组相对；"远近"对"高低"，是形容词词组相对；"拂云"与"吹浪"是动词性的词组相对；"亦"对"还"，是副词相对。又如：

树树皆秋色，山山惟落晖。
牧人驱犊返，猎马带禽归。（唐·王绩《野望》中二联）

"树树"与"山山"，是叠音词相对；"秋色"与"落晖"，"牧人"与"猎马"，是名词性的词组相对；"驱犊"与"带禽"、"返"与"归"，是动词词组或动词相对；"皆"对"惟"，则是副词相对。下面的诗句也都符合对仗的基本要求：

兀尔水边坐，翛然桥上行。（唐·白居易《首夏》第四联）

三点五点映山雨，一枝两枝临水花。（唐·吴融《闲望》首联）

一身去国六千里，万死投荒十二年。（唐·柳宗元《别舍弟宗一》颔联）

凤驾北归山寂寂，龙旗西幸水滔滔。（唐·许浑《骊山》颈联）

已被乱蝉催婉娩，更禁凉雨动襹褷。（唐·吴融《高侍御话皮博士池中白莲》颈联）

按：婉娩，柔顺、美好貌。襹褷，音 líshī，本指妇人之缨，句中形容花带雨而离披散乱之貌。

君以旷怀宜静境，我因蹇步称闲官。（唐·白居易《酬杨八》首联）

昨日紫姑神去也，今朝青鸟使来赊。（唐·李商隐《昨日》首联）

按：赊，同"哆"。

以上例句中，除了名词、动词与数量词等相对仗以外，"兀尔"与"翛然"是附加式的词语相对，"婉娩"与"襹褷"是联绵词相对，"已"与"更"是副词相对，"以"与"因"是介词相对，"也"与"赊"是语气词相对。

不过，古人的所谓实词、虚词，都有一定的变通之处。只要它们在句中的作用相同，往往也就可以相对。例如：

独立　唐·杜甫

空外一鸷鸟，河间双白鸥。

飘飖搏击便，容易往来游。

草露亦多湿，蛛丝仍未收。

天机近人事，独立万端忧。

诗句中的“空外”与“河间”、“鸷鸟”与“白鸥”、“草露”与“蛛丝”等是名词词组相对；“搏击”与“往来”等是复音动词相对；“亦”与“仍”是副词相对。至于颔联中的“便”与“游”，则都可以看作是动词，颈联中的“多”与“未”是形容词与副词相对，又都可以看作是副词。又如：

星临万户动，月傍九霄多。（唐·杜甫《春宿左省》颔联）

池荷雨后衣香起，庭草春深绶带长。（唐·刘禹锡《送周使君罢渝州归郢中别墅》颈联）

例句中“动”、“起”是动词，“多”、“长”是形容词。它们同用作谓语，都可以看作动词。又如：

长江一帆远，落日五湖春。（唐·刘长卿《饯别王十一南游》颈联）

山势雄三辅，关门扼九州。（唐·崔颢《题潼关楼》颔联）

秋水才深四五尺，野航恰受两三人。（唐·杜甫《与朱山人》颈联）

句中的“远”与“春”、“雄”与“扼”、“深”与“受”，都作谓语，也可以看作一类（同为动词）。又如：

人间长见画，老去恨空闻。

范蠡舟偏小，王乔鹤不群。（唐·杜甫《观李固请司马第山水图》中二联）

颔联中的“长”与“恨”，也是由形容词和动词构成对仗的；颈联对句中的“群”，则是由于活用而作谓语的，这样，才和出句中的“小”构成对仗。又如：

海明先见日，江白迥闻风。（唐·张祜《题松汀驿》颔联）

句中“先”本为时间名词，“迥”本为形容词，这里都用作状语。又如：

兴来书自圣，醉后语尤颠。

白发老闲事，青云在目前。（唐·高适《醉后赠张九旭》中二联）

句中的“自”与“尤”都可以看作副词，“老”与“在”都可以看作动词。又如：

心事同漂泊，生涯共苦辛。（唐·王勃《秋日别薛昇华》颈联）

为客黄金尽，还家白发新。（唐·王维《送丘为落第归江东》颔联）

此二例中，动词“漂泊”、“尽”分别与形容词“苦辛”、“新”对仗，可以看成一类。

重以观鱼乐，因之鼓枻歌。（唐·孟浩然《寻梅道士》颈联）

去日儿童皆长大，昔年亲友半凋零。（唐·窦叔向《表兄话旧》颈联）

有时闻虎啸，无夜不猿啼。（唐·张子容《贬乐城尉日作》颔联）

例句中“以”是介词，“之”是代词，虽然同属虚词却并不完全相同。“皆”与“半”、“闻”与“不”的词性也不相同，都属于变通性的相对。

有时候，诗人们还常常将数词与具有数量性质的词语相对仗。例如：

宫阙通群帝，乾坤到十州。（唐·杜甫《玉台观》颈联）

窗影摇群木，墙阴载一峰。（唐·岑参《题山寺僧房》首联）

亲朋无一字，老病有孤舟。（唐·杜甫《登岳阳楼》颈联）

一叶兼萤度，孤云带雁来。（唐·钱起《和万年成少府寓直》颈联）

户外一峰秀，阶前众壑深。（唐·孟浩然《题义公禅房》颔联）

岛屿分诸国，星河共一天。（唐·李洞《送云卿上人游安南》颈联）

一花开楚国，双燕入庐家。（唐·刘方平《新春》颔联）

长安万里传双泪，建德千峰寄一身。（唐·刘长卿《送耿拾遗归上都》颈联）

一春梦雨常飘瓦，尽日灵风不满旗。（唐·李商隐《重过圣女祠》颔联）

日下凤翔双阙迥，雪中人去二陵稀。（唐·刘长卿《送陆沣仓曹西上》颔联）

有的学者指出："古人没有现在的词类概念，讲究的是虚对虚，实对实，虚词和实词分辨得比较清楚。实词和虚词内部则常有变通之处。用今天的语法术语来解释，那就是：凡用作主语、宾语的，一律可以看成名词；凡用作定语的，可以把名词和形容词看成一类；凡用作谓语的，可以把形容词和动词看成一类；凡用作状语的，一般都可以看成是副词。"（见郭锡良等先生编写的《古代汉语》下册，商务印书馆 1999 年 1 月版，第

861—862页)这虽然是针对骈体文的变通情况而言的,但是,对于格律诗也基本适用。故特录出,以供参考。

三、对仗的句式

就对仗的句式而言,其基本要求是利用结构相同的句式来构成对仗。即并列结构对并列结构,偏正结构对偏正结构,主谓结构对主谓结构,动宾结构对动宾结构。现分别举例如下。

并列结构相对者如:

八月枚乘笔,三吴张翰杯。(唐·李白《送友人寻越中山水》第五联)

鸡声茅店月,人迹板桥霜。(唐·温庭筠《商山早行》颔联)

渭水故都秦二世,咸原衰草汉诸陵。(唐·刘沧《咸阳怀古》颔联)

偏正结构相对者如:

两行灯下泪,一纸岭南书。(唐·卢纶《夜中得循州赵司马侍郎书,因寄回使》颔联)

使君滩上草,神女馆前云。(唐·沈佺期《十三四时尝从巫峡过他日偶然有思》颔联)

王孙草上悠扬蝶,少女风前烂漫花。(唐·薛逢《长安春日》颈联)

主谓结构相对者如:

厨人具鸡黍,稚子摘杨梅。(唐·孟浩然《裴司士见寻》颈联)

户外一峰秀,阶前众壑深。(唐·孟浩然《题义公禅

房》颔联）

山从人面起，云傍马头生。（唐·李白《送友人入蜀》颔联）

南山当户牖，澧水映园林。（唐·祖咏《苏氏别业》颔联）

寒随一夜去，春逐五更来。（唐·王諲《除夜》颔联）

动宾结构相对者如：

独敲初夜磬，闲倚一枝藤。（唐·李商隐《北青萝》颈联）

但见文翁能化俗，焉知李广未封侯。（唐·杜甫《将赴荆南寄别李剑州》颔联）

复句相对者如：

洲白芦花吐，园红柿叶稀。（唐·张均《岳阳晚景》颈联）

马嘶古道行人歇，麦秀空城野雉飞。（唐·刘禹锡《荆州道怀古》颔联）

上方月晓闻僧语，下界林疏见客行。（唐·卢纶《夜投丰德寺谒液上人》颔联）

以上所举之例，是就整句的结构而言的，但是，这种情况是比较少见的。如果就一句之中的局部结构而言，其要求也是一样的。例如，前举动宾结构相对仗的第二例中，"但见"和"焉知"的宾语部分"文翁能化俗"和"李广未封侯"又都是主谓结构。又如：

罢归无旧业，老去恋明时。（唐·刘长卿《送李中丞归汉阳别业》颔联）

秋草通征骑，寒城背落晖。（唐·刘长卿《送王端公入奏赴上都》颈联）

过雨看松色，随山到水源。（唐·刘长卿《寻南溪常

道士》颈联）

以上各句中的“无旧业”与“恋明时”、“通征骑”与“背落晖”、“过雨”与“随山”、“看松色”与“到水源”等都是动宾结构相对。“秋草”与“寒城”以及“旧业”与“明时”、“征骑”与“落晖”、“松色”与“水源”等都是偏正结构相对。这种情况十分常见，这里就不多举例了。

当然，所谓相同的结构形式对仗的要求也不是绝对的。有时候，不同的结构方式也可以相对。如：

惯看宾客儿童喜，得食阶除鸟雀驯。（唐·杜甫《南邻》颔联）

“惯看”为偏正结构，“得食”为动宾结构。又如：

古路无行客，空山独见君。

野桥经雨断，涧水向田分。（唐·刘长卿《碧涧别墅喜皇甫侍御相访》中二联）

远书珍重何由答，旧事凄凉不可听。（唐·窦叔向《表兄话旧》中二联）

横空过雨千峰出，大野新霜万叶枯。（唐·耿沣《九日》颈联）

远天蝃蝀收残雨，映水鸬鹚近夕阳。

万事无成空过日，十年多难不还乡。（唐·戎昱《江城秋霁》中二联）

“无行客”与“独见君”、“经雨断”与“向田分”的结构各不相同；“何由”为宾语前置的动宾结构，“不可”为状中式的偏正结构；“过雨”为动宾结构，“新霜”为偏正结构；“远天”为偏正结构，“映水”为动宾结构；“无成”为动宾结构，“多难”为偏正结构。

格律诗的对仗，还要求句子的成分相同。也就是要求主语对主语，谓语对谓语，宾语对宾语，状语对状语，补语对补语，定语对定语。例如，前举例句中的“山从人面起，云傍马头生”一联，对仗的成分依次是主语、状语、谓语。又如，“水洁三空性，香沾四大身”（唐·寇坦《同皇甫兵曹天官寺浴室新成招友人赏会》颈联），则是主语、谓语和宾语的对仗。又如，“鸡声茅店月，人迹板桥霜”（唐·温庭筠《商山早行》颔联）一联，是两个偏正结构相对，即分别具有两个定语和两个中心词。“独敲初夜磬，闲倚一枝藤”（李商隐《北青萝》颈联）一联，“初夜磬”和“一枝藤”都是宾语。“金镞有苔人拾得，芦花无主鸟衔将”（唐·吴融《彭门用兵后经汴路》之二，颔联）一联，“拾得”和“衔将”都是动补结构。

四、工对与宽对

格律诗十分注重词语的对仗，尤以名词的对仗最为讲究。往往要求对仗的名词必须是属于同一类的。为此，人们又把名词分为许多门类。这里介绍王力先生所划分的十四小类。它们是：

1. 天文 2. 时令 3. 地理 4. 宫室 5. 器物 6. 衣饰 7. 饮食 8. 文具 9. 文学 10. 草木花果 11. 鸟兽虫鱼 12. 形体 13. 人事 14. 人伦。

此外，数目词、颜色词、方位词等，也自成一类，很少与其他词语相对。

同类的词语相对，通常称为“工对”。例如：

少妇今春意，良人昨夜情。（唐·沈佺期《杂诗》之三

颈联）

酒客逢山简，诗人得谢公。（唐·韩翃《华亭夜宴庚侍御宅》颈联）

绕郭荷花三十里，拂城松树一千株。（唐·白居易《余杭形胜》颔联）

第一例中的“少妇”与“良人”为人伦类，“意”与“情”为人事类，“今春”与“昨夜”为时令类，对仗甚工。第二例中的“酒客”与“诗人”、“逢”与“得”、“山简”与“谢公”，第三例中的“绕”与“拂”、“荷花”与“松树”、“三十”与“一千”、“里”与“株”，都属于同类的词语，字字相对，十分工整。下面的诗句也都属于工对：

弓抱关西月，旗翻渭北风。（唐·岑参《奉送李太保兼御史大夫充渭北节度使》颈联）

花暖青牛卧，松高白鹤眠。（唐·李白《寻雍尊师隐居》颈联）

云白兰陵渚，烟青建业岑。（唐·蒋涣《途次维扬望京口寄白下诸公》颈联）

细雨鱼儿出，微风燕子斜。（唐·杜甫《水槛遣心》之一颈联）

此外，一些经常被人们平列并称的词语，如 “诗”与“酒”、“兵”与“马”、“金”与“玉”、“人”与“物”等等，虽然并不属于同一小类，通常也视为工对。例如：

敏捷诗千首，飘零酒一杯。（唐·杜甫《不见》颈联）

碛迥兵难伏，天寒马易收。（唐·张蠙《边将》之二颈联）

解拈玉叶排新句，认得金环识旧身。（唐·元稹《赠

严童子》颔联）

如果是句中自对而同时又两句相对，也被认为是工对。例如：

小院回廊春寂寂，浴凫飞鹭晚悠悠。（唐·杜甫《涪城县香积寺官阁》颈联）

江流天地外，山色有无中。（唐·王维《汉江临眺》颔联）

例一中的"院"与"廊"、"凫"与"鹭"，就是句中自对，"小院回廊"又与"浴凫飞鹭"相对，这也就是工对。例二中的"天地"自对、"有无"自对，同时又在联中相对。这也可以看作是工对。下面的诗句也是如此：

涧水流年月，山云变古今。（唐·崔曙《缑山庙》颈联）

不辨风尘色，安知天地心？（唐·张巡《闻笛》颔联）

日落江湖白，潮来天地青。（唐·王维《送邢桂州》颈联）

云随夏后双龙尾，风逐周王八马蹄。（唐·李商隐《九成宫》颔联）

朝登剑阁云随马，夜度巴江雨洗兵。（唐·岑参《奉和杜相公发益州》颔联）

工对的情况毕竟是比较难得的，更多的则是宽对。宽对是相对于工对而言的。其要求是，只要用以对仗的词语词性相同，也就可以了。例如：

系马垂杨下，衔杯大道间。（唐·李白《广陵送别》颔联）

江月随人影，山花趁马蹄。（唐·张谓《送裴侍御归上都》颈联）

独立三边静，轻生一剑知。（唐·刘长卿《送李中丞归汉阳别业》颈联）

人烟一饭少，山雪独行深。（唐·钱起《送少微师西行》颈联）

天意怜幽草，人间重晚晴。（唐·李商隐《晚晴》颔联）

秋后见飞千里雁，月中闻捣万家衣。（唐·刘方平《秋夜呈皇甫冉、郑丰》颔联）

马嘶古道行人歇，麦秀空城野雉飞。（唐·刘禹锡《荆州道怀古》颔联）

细雨湿衣看不见，闲花落地听无声。（唐·刘长卿《赠别严士元》颔联）

五、特殊的对仗技巧

古代的诗人们为了追求对仗工整，还创造了一些特殊的对仗技巧。下面主要介绍“借对”和“流水对”。

（一）借对

借对是利用汉字所具有的一字多义或者二字同音的特点而构成的对仗。又可以分为借义对和借音对两种情况。

1. 借义对

借义对是利用汉字的多义性的特点而构成的对仗。一字有两义，诗句中表义时用甲义，而借其乙义（另一意义）来对仗。例如：

白发催年老，青阳逼岁除。（唐·孟浩然《归终南山》颈联）

雨昏青草湖边过，花落黄陵庙里啼。（唐·郑谷《鹧鸪》颔联）

世间好物黄醅酒，天下闲人白侍郎。（唐·白居易

《尝黄醅新酎忆微之》首联）

例一中的“青阳”是春的别名。《尔雅·释天》：“春为青阳。”诗人在诗句中正用这一意义，而同时又用“青”的“青色”之义，和出句的“白发”构成对仗。例二中的“黄陵”指黄陵庙，又称二妃庙。相传是舜的二妃娥皇、女英之庙。在湖南省湘阴县北边。这里也是借其“黄色”之义与“青”对仗。例三中的“白”本指姓氏，诗人则借用其“白色”之义与“黄”构成对仗。下面的例子也是这样。

赤羽千夫膳，黄河十月冰。（唐·杜甫《故武卫将军挽词三首之二》颈联）

漫作潜夫论，虚传幼妇碑。（唐·杜甫《偶题》第十联）

彩云萧史驻，文字鲁恭留。（唐·杜甫《玉台观》颔联）

家贫青史在，身老白云深。（唐·皇甫曾《送孔徵士》颔联）

三春日日黄梅雨，孤客年年青草湖。（唐·韩偓《赠湖南李思齐处士》颔联）

2. 借音对

借音对是利用汉语中的同音现象所构成的一种对仗。一般多见于颜色对。例如：

借“清”为“青”：

若听清猿后，应多白发生。（唐·马戴《送人游蜀》颔联）

西山白雪三城戍，南浦清江万里桥。（唐·杜甫《野望》首联）

清句三朝谁是敌？白须四海半为兄。（唐·白居易《赠杨秘书巨源》颔联）

借“沧”为“苍”：

一官成白首，万里寄沧州。（唐·刘长卿《松江独宿》颈联）

沧溟恨衰谢，朱绂负平生。（唐·杜甫《独坐》颈联）

借“皇”为“黄”：

事直皇天在，归迟白发生。（唐·刘长卿《新安奉送穆谕德》颔联）

鸡鸣紫陌曙光寒，莺啭皇州春色阑。（唐·岑参《和贾至舍人早朝大明宫之后》首联）

借“下”为“夏”：

根非生下土，叶不坠秋风。（唐·张乔《试月中桂》第二联）

借“杨”为“羊”：

厨人具鸡黍，稚子摘杨梅。（唐·孟浩然《裴司士见寻》颈联）

借“枸”为“狗”：

枸杞因吾有，鸡栖奈汝何。（唐·杜甫《恶树》颈联）
注：鸡栖：皂角树。

借“子”为“紫”：

卷帘黄叶落，开户子规啼。（唐·贾岛《寄武功姚主簿》）

（二）流水对

这是诗人们巧妙地把一句话分成两句，出句与对句在意思上是相承而连贯的，必须联系起来，才能表达一个完整的意思，但同时却又在字面上形成对仗。这两个条件同时兼备，便是流水对。例如：

纵被微云掩，终能永夜清。（唐·杜甫《天河》颔联）

由来强干地，未有不臣朝。（唐·杜甫《有感五首》之四颔联）

当君怀归日，是妾断肠时。（唐·李白《春思》颔联）

城池百战后，耆旧几家残？（唐·刘长卿《穆陵关北逢人归渔阳》颈联）

野火烧不尽，春风吹又生。（唐·白居易《赋得古原草送别》颔联）

渐与骨肉别，转于童仆亲。（唐·崔涂《除夜有怀》颈联）

慈母手中线，游子身上衣。（唐·孟郊《游子吟》首联）

承恩不在貌，教妾若为容？（唐·杜荀鹤《春宫怨》颔联）

即从巴峡穿巫峡，便下襄阳向洛阳。（唐·杜甫《闻官军收河南河北》尾联）

谁闻垅水回肠后，更听巴猿拭袂时。（宋·杨亿《泪》）

练习六

（一）分析下列各首诗中的对仗情况，说明哪一联中运用了对仗。

1. 途中遇雨　唐·孟浩然

已失巴陵雨，犹逢蜀坂泥。
天开斜景遍，山出晚云低。
馀湿犹沾草，残流尚入溪。
今宵有明月，乡思远凄凄。

2. 除夜　唐·王諲

今岁今宵尽，明年明日催。
寒随一夜去，春逐五更来。
气色空中改，容颜暗里回。
风光人不觉，已著后园梅。

3. 送贺遂员外外甥　唐·王维

南国有归舟，荆门溯上流。
苍茫葭菼外，云水与昭丘。
樯带城乌去，江连暮雨愁。
猿声不可听，莫待楚山秋。

注：菼，音 tǎn。初生的荻。似苇而小。

4. 寻梅道士　唐·孟浩然

彭泽先生柳，山阴道士鹅。
我来从所好，停策夏阴多。
重以观鱼乐，因之鼓枻歌。
崔徐迹未朽，千载揖清波。

5. 公安县怀古　唐·杜甫

野旷吕蒙营，江深刘备城。
寒天催日短，风浪与云平。
洒落君臣契，飞腾战伐名。

维舟倚前浦，长啸一含情。

6. 蕃将　唐·杜甫

致此自僻远，又非珠玉装。

如何有奇怪，每夜吐光芒？

虎气必腾上，龙身宁久藏！

风尘苦未息，持汝奉明王。

7. 挂席江山待月有怀　唐·李白

待月月未出，望江江自流。

倏忽城西郭，青天悬玉钩。

素华虽可揽，清景不同游。

耿耿金波里，空瞻鳷鹊楼。

8. 野望　唐·杜甫

西山白雪三城戍，南浦清江万里桥。

海内风尘诸弟隔，天涯涕泪一身遥。

惟将迟暮供多病，未有涓埃答圣朝。

跨马出郊时极目，不堪人事日萧条。

9. 始闻秋风　唐·刘禹锡

昔看黄菊与君别，今听玄蝉我却回。

五夜飕飗枕前觉，一年形状镜中来。

马思边草拳毛动，雕眄青云倦眼开。

天地肃清堪四望，为君扶病上高台。

10. 南朝　唐·李商隐

玄武湖中玉漏催，鸡鸣埭口绣襦回。

谁言琼树朝朝见，不及金莲步步来。

敌国军营漂木柹，前朝神庙锁烟煤。

满宫学士皆颜色，江令当年只费才。

（二）分析下列各首诗中对仗句子所使用的结构类型。

1. 春日游九华观　唐·陈子昂

白玉仙台古，丹丘别望遥。
山川乱云日，楼榭入烟霄。
鹤舞千年树，虹飞百尺桥。
还逢赤松子，天路坐相邀。

2. 送方城韦明府　唐·王维

遥思葭菼际，寥落楚人行。
高鸟长淮水，平芜故郢城。
使车听雉乳，县鼓应鸡鸣。
若见州从事，无嫌手板迎。

3. 月夜忆舍弟　唐·杜甫

戍鼓断人行，边秋一雁声。
露从今夜白，月是故乡明。
有弟皆分散，无家问死生。
寄书长不达，况乃未休兵。

4. 熟食日示宗文宗武　唐·杜甫

消渴游江汉，羁栖尚甲兵。
几年逢熟食，万里逼清明。
松柏邙山路，风花白帝城。
汝曹催我老，回首泪纵横。

5. 送行军张司马罢使回　唐·刘长卿

时危身赴敌，事往任浮沉。
末路三江去，当时百战心。

春风吴苑绿，古木剡溪深。
千里沧波上，孤舟不可寻。

注：诗题又作《送张扈司直归越中》，诗中异文较多，不一一列出。

6. 楚江怀古　唐·马戴

露气寒光集，微阳下楚丘。
猿啼洞庭树，人在木兰舟。
广泽生明月，苍山夹岸流。
云中君不降，竟夕自悲秋。

7. 太子西湖　唐·温庭筠

花红兰紫茎，愁草雨新晴。
柳占三春色，莺偷百鸟声。
日长嫌辇重，风暖觉衣轻。
薄暮香尘起，长杨落照明。

8. 江村　唐·杜甫

清江一曲抱村流，长夏江村事事幽。
自去自来梁上燕，相亲相近水中鸥。
老妻画纸为棋局，稚子敲针作钓钩。
多病所需惟药物，微躯此外复何求？

9. 见萤火　唐·杜甫

巫山秋夜萤火飞，帘疏巧入坐人衣。
忽惊屋里琴书冷，复乱檐边星宿稀。
却绕井阑添个个，偶经花蕊弄辉辉。
沧江白发愁看汝，来岁如今归未归？

10. 淮阴阻风寄呈楚州韦中丞　唐·许浑

垂钓京江欲白头，江鱼堪钓却西游。
刘伶台下稻花晚，韩信庙前枫叶秋。
淮月未明先倚槛，海云初起更维舟。
河桥有酒无人醉，独上高城望庾楼。

（三）分析下列各首诗中的对仗是工对还是宽对。

1. 送杨长史赴果州　唐·王维

褒斜不容幰，之子去何之？
鸟道一千里，猿声十二时。
官桥祭酒客，山木女郎祠。
别后同明月，君应听子规。

2. 使至塞上　唐·王维

单车欲问边，属国过居延。
征蓬出汉塞，归雁入胡天。
大漠孤烟直，长河落日圆。
萧关逢候吏，都护在燕然。

3. 临洞庭上张丞相　唐·孟浩然

八月湖水平，涵虚混太清。
气蒸云梦泽，波撼岳阳城。
欲济无舟楫，端居耻圣明。
坐观垂钓者，徒有羡鱼情。

4. 天河　唐·杜甫

常时任显晦，秋至最分明。
纵被微云掩，终能永夜清。
含星动双阙，伴月落边城。

牛女年年渡，何曾风浪生？

5. 早归　唐·元稹

春静晓风微，凌晨带酒归。

远山笼宿雾，高树影朝晖。

饮马鱼惊水，穿花露滴衣。

娇莺似相恼，含啭傍人飞。

6. 泊舟盱眙　唐·常建

泊舟淮水次，霜降夕流清。

夜久潮浸岸，天寒月近城。

平沙依雁宿，候馆听鸡鸣。

乡国云霄外，谁堪羁旅情？

7. 河清与赵氏昆季燕集，拟杜工部　唐·李商隐

胜概殊江右，佳名逼渭川。

虹收青嶂雨，鸟没夕阳天。

客鬓行如此，沧江坐渺然。

此中真得地，漂荡钓鱼船。

8. 望秦川　唐·李颀

秦川朝望迥，日出正东峰。

远近山河净，逶迤城阙重。

秋声万户竹，寒色五陵松。

客有归与叹，凄其霜露浓。

9. 村舍(之二)　唐·许浑

尚平多累自归难，一日身闲一日安。

山径有云收猎网，水门无月挂鱼竿。

花间酒气春风暖，竹里棋声夜雨寒。

三顷水田秋更熟，北窗谁拂旧尘冠？

10. 当句有对　唐·李商隐

密迩平阳接上兰，秦楼鸳瓦汉宫盘。
池光不定花光乱，日气初涵露气干。
但觉游蜂绕舞蝶，岂知孤凤忆离鸾。
三星自转三山远，紫府程遥碧落宽。

（四）指出下列各首诗中所使用的特殊的对仗方法。

1. 在狱咏蝉　唐·骆宾王

西陆蝉声唱，南冠客思深。
那堪玄鬓影，来对白头吟。
露重飞难进，风多响易沉。
无人信高洁，谁为表予心。

2 秋夜宴临津郑明府宅　唐·杜审言

行止皆无地，相寻独有君。
酒中堪累月，身外即浮云。
霜白宵钟彻，风清晓漏闻。
坐携余兴往，还似未离群。

3. 中夜　唐·杜甫

中夜江山静，危楼望北辰。
长为万里客，有愧百年身。
故国风云气，高堂战伐尘。
胡雏负恩泽，嗟尔太平人。

4. 喜观即到，复题短篇　唐·杜甫

巫峡千山暗，终南万里春。
病中吾见弟，书到汝为人。

意答儿童问，来经战伐新。
泊船悲喜后，款款话归秦。

5. 卖松人　唐·于武陵

入市虽求利，怜君意独真。
欲将寒涧树，卖与翠楼人。
瘦叶几经雪，淡花应少春。
长安重桃李，徒染六街尘。

6. 题灵隐寺山顶禅院　唐·綦毋潜

招提出山顶，下界不相闻。
塔影挂清汉，钟声和白云。
观空静室掩，行道众香焚。
且住西来驾，人天日未曛。

7. 送友人下第归省　唐·殷遥

君此卜行日，高堂应梦归。
莫将和氏泪，滴著老莱衣。
岳雨连河细，田禽出麦飞。
到家调膳后，吟好送斜晖。

8. 送李少府贬峡中王少府贬长沙　唐·高适

嗟君此别意何如？驻马衔杯问谪居。
巫峡啼猿数行泪，衡阳归雁几封书。
青枫江上秋帆远，白帝城边古木疏。
圣代即今多雨露，暂时分手莫踌躇。

9. 无题二首（之一）　唐·李商隐

凤尾香罗薄几重，碧文圆顶夜深缝。
扇裁月魄羞难掩，车走雷声语未通。

曾是寂寥金烬暗，断无消息石榴红。
斑骓只系垂杨岸，何处西南任好风。

10. 哭晁卿衡　唐·李白

日本晁卿辞帝都，征帆一片绕蓬壶。
明月不归沉碧海，白云愁色满苍梧。

第七节　入声识辨

一、入声简说

中古时期的调类共有四种，入声就是与平声、上声、去声相对的一种调类。对于中古的入声，前人有过这样一些论述，如唐代处忠在《元和韵谱》中说："入声直而促"。明代的真空和尚在《玉钥匙歌诀》中说道："入声短促急收藏"。清代学者顾炎武在《音论》中也说："入则诎然而止，无余音矣。"这些论述都说明了入声是以"短促"为其特点的。根据现代汉语方言中的入声以及日本、朝鲜、越南汉语借词中的入声字等材料，音韵学家推断中古的入声应是一种促调。除了这一特点之外，人们还发现了中古入声的另外两个特点，那就是：其一，中古的入声同塞音韵尾是密切相关的——这也正是它读作促调的原因。《广韵》一书中共收 34 个入声韵，其韵尾分别是[-p]、[-t]、[-k]。其中"缉""合""盍""叶""帖""洽""狎""业""乏"九韵的韵尾均为[-p]，"质""术""栉""物""迄""月""没""曷""末""黠""辖""屑""薛"十三韵的韵尾均为[-t]，"药""铎""陌""麦""昔""锡""职""德""屋""沃""烛""觉"十二韵的韵尾均为[-k]。其二，中古的入声只同阳声韵相配，《广韵》206 韵中，入声韵只与"真""谆""臻""文""欣""魂"等 35 组阳声韵相配(其中"痕"韵入声仅有 5 个字，归入"没"韵。)，而

“歌”“戈”“麻”“鱼”“虞”“模”等26组阴声韵都不配入声韵。

平水韵中的入声韵有十七个，它们是：屋、沃、觉、质、物、月、曷、黠、屑、药、陌、锡、职、缉、合、叶、洽。

普通话中的入声，在十四世纪就已经消失了。现代北方的绝大多数地区没有入声。这对我们分辨近体诗的平仄格律，显然是很不方便的。

不知道入声字，就难以正确判断近体诗的格式。例如杜甫的《登高》，首句为：“风急天高猿啸哀”。不少人按照今音来分析，往往就误以为是“平起平收式”，其原因就是不知道“急”是古入声字。又如韦应物的《答李瞻》，首句为：“去年花里逢君别”，本应为“平起仄收式”。不知“别”是古入声字（今派入阳平声），又会误为“平起平收式”。他如王安石的《元日》（首句是“爆竹声中一岁除”）、陈子昂的《春夜别友人》（首句是“银烛吐清烟”）、王维的《晚春严少尹与诸公见过》（首句是“松菊荒三径”）、孟浩然的《寻梅道士》（首句是“彭泽先生柳”）等诗，其“竹”“烛”“菊”“泽”都是古入声字，现在都读作阳平声，很易致误。

不知道入声字，也不能正确地分析近体诗的平仄。例如范成大的《田家》：“昼出耘田夜绩麻，村庄儿女各当家。童孙未解供耕织，也傍桑阴学种瓜。”其中“出”“绩”“织”“学”四字都是古入声字，均为仄声。若不明此理，就会误作平声，以至于以为全诗不合格律。又如窦叔向的《表兄话旧》：“夜合花开香满庭，夜深微雨醉初醒。远书珍重何由答，旧事凄凉不可听。去日儿童皆长大，昔年亲友半凋零。明朝又是孤舟别，愁见河桥酒幔青。”其中“合”“答”“别”为古入声字，也很容易让现代人判断失误。

不知道入声字，还难以识别拗救。例如孟浩然的《题义公禅房》首联："义公习禅寂，结宇依空林。"出句为"本句自救"："禅"字拗，用"习"字救。而"习"今读为阳平声。若不知它是古入声字，就难以看出它是补救之字。又如杜甫的《宴胡侍御书堂》颔联："暗暗书籍满，轻轻花絮飞。"不知"籍"为入声字，则不知此联有不同位置的联中拗救。复如杜甫《促织》一诗的颈联："久客得无泪，故妻难及晨。"不知"得"为入声字，就难以知晓该联中存在一字两救的情况。

由此可见识别古入声字，对于分辨近体诗的平仄格律有相当重要的意义。正因为如此，所以罗常培先生强调："北方人欲调平仄，宜先认清入声，始可避免失粘之弊。"那么，北方人如何"认清入声"呢？惟一的办法就是识记。不过，需要识记的只是派入阴平、阳平中的入声字。

现代汉语的阴平、阳平、上声、去声四种声调，是由中古的平声、上声、去声、入声四种声调演变而来的。其演变规律可以用三句话概括：平分阴阳，浊上变去，入派三声。"平分阴阳"是说中古的平声分化为阴平、阳平两类。换言之，现代普通话中的阴平与阳平两类声调，在中古本为一类，都是平声。"浊上变去"是指中古的全浊上声字，在现代普通话中变成了去声字（如：动、荡、愤、忿等字）。"入派三声"是说中古的入声字分别派入平声、上声和去声之中。就普通话而言，入声分别归入阴平、阳平、上声、去声四类之中了。声调的这些变化关系，可图示如下：

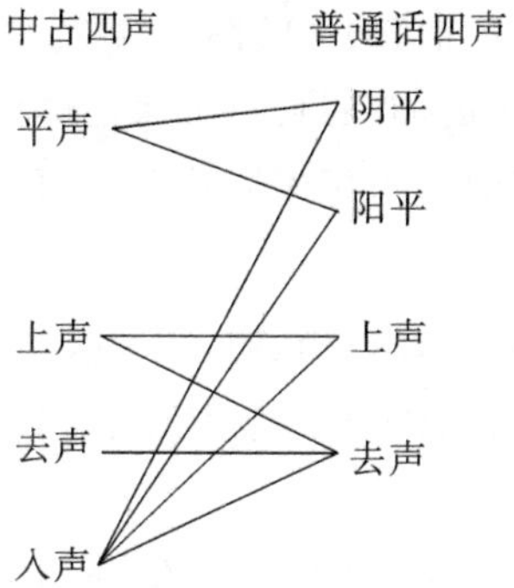

由上图可以看出,普通话的上声来自中古的上声和入声,普通话的去声来自中古的上声、去声和入声。因此,普通话的上声字和去声字,在中古都是“仄”声。而普通话的阴平和阳平,既有中古的平声字,又有中古的入声字。在分析格律诗的平仄时,最令北方人困惑的,就是这些派入到阴平声和阳平声中的古入声字。需要记忆的,也正是这一批字。派入阴平、阳平中的古入声字,除少数冷僻字外,将近 600 字。为此,人们曾经设计了许多方法以便记忆。这里,介绍几种常用的方法,供大家参考。

二、入声字的识辨方法

(一)利用工具书,查找古入声字

一些工具书,往往注明某字在中古所属的韵部。这就为我们提供了查阅的便利。例如旧版《辞海》就是这么做的,可以利用。前文所说的《诗韵》、《佩文韵府》以及今人所编的《诗韵新编》等书,是按平水韵来分部的,使用起来,自然比较方便。但是,多数工具书(如《辞源》、《汉语大词典》、《汉语大字典》等书，都使用《广韵》的 206 韵，这就需要我们必须记熟《广韵》中的 34 个入声韵的韵目。（如果能够熟悉它们在平水韵中的归并情况，当然就更好了）《广韵》中的 34 个入声韵的韵目如下：

屋、沃、烛、觉、质、术、栉、物、迄、月、没、曷、末、黠、辖、屑、薛、药、铎、陌、麦、昔、锡、职、德、缉、合、盍、叶、帖、洽、狎、业、乏。

例如"学"字，查看《辞源》，注为"觉"韵，则知"学"当为入声字。

（二）利用语音演变规律

李荣先生在《四声答问》一文中，从语音演变的规律出发，详细介绍了根据北京话辨别古入声字的方法。为了便于记忆，我们把李先生所指出的规律，编成顺口溜，介绍如下：

1. zh、z、g、j 和 b、d，可管阳平二百多。这就是说，凡是和这六个声母相拼的阳平调的字，在中古都是入声字。其常用字（据《新华字典》，下同）如下：

zh：札铡闸（牐）炸（煠）喋（啑喋）摘（摘采）宅择翟着折哲蜇哲摺褶谪嫡（同谪）磔辙詟直值埴植殖职执絷侄（姪）跖蹠（蹠躅）蹢（蹢躅）摭（摭采。义为拾取）轴妯舳术（白术）竹逐烛蠋躅灼酌拙茁卓斫（斲）浊镯浞诼啄琢涿椓擢濯鸑禚（姓）61

z：杂凿则责啧帻箦赜迮笮舴择泽贼鲗足卒崒（崪）族镞昨 21

g：革合蛤颌阁格胳骼鬲（河名）隔膈葛国掴帼虢馘 17

j：及岌汲级极笈急吉佶诘即亟殛疾蒺嫉棘集楫辑戢嵴瘠鹡（鹡鸰）踖藉籍夹（裌、袷）郏荚铗颊蛱恝戛嚼孑节讦劫杰桀傑劼诘洁（潔）结袺鲒捷婕睫偈（勇武貌）碣竭羯截局焗桔橘菊

鹀孓决诀抉玦驶鴂角(角色)桷珏觉绝倔掘崛厥劂橛蕨蹶獗傕(人名)谲镢爵嚼矍攫镬 102

b:拔茇胈跋魃白雹薄别蹩伯帛泊柏(柏林)铂舶箔驳勃渤浡饽脖鹁钹亳博搏馎(馎饦)镈膊礴醭(例外:鼻)33

d:达鞑怛妲炟笪(竹席)靼答得德狄荻迪笛籴敌(敵)嫡镝翟觌涤迭昳瓞垤咥绖耋谍堞喋牒碟蝶蹀(蹀躞)峫(峫嵲)叠毒独读渎椟犊牍黩髑夺铎 48(共 282 字)

2. zh、ch、sh、r 加上 k,拼 uo 皆入不用说。这就是说,凡是这五个声母和 uo 相拼的字,不论什么声调(实际上无上声),都是中古的入声字。如:

zh:拙捉桌卓倬焯涿灼酌茁卓斫(斲)浊镯浞诼啄琢涿椓擢濯鷟禚(姓)

ch:逴踔戳龊啜惙辍绰歠

sh:说妁烁铄朔搠硕数(屡次)

r:若弱篛箬爇

k:扩括阔廓

按:此条与第一条的 zhuó 音节有重复之处。

3. d、t、n、l、b、p、m,拼 ie 除去爹。这就是说,凡是这七个声母和 ie 相拼的字,不论什么声调(实际上无上声),除去“爹”字之外,都是中古的入声字。如:

d:跌迭昳瓞垤咥绖耋谍堞喋牒碟蝶蹀(蹀躞)峫(峫嵲)叠氎

t:帖贴铁餮

n:捏苶涅聂嗫颞(颞颥)蹑臬嵲啮孽蘖

l:列裂冽洌咧裂劣埒捩猎躐鬣

b：憋鳖别蹩瘪

p：撇瞥

m：灭蔑篾蠛

按：此条与第一条的 bié、dié 两个音节有重复之处。

4. üe 韵除去嗟（旧读 juē，今读 jiē）、瘸、靴。这就是说，凡是 üe 韵的字，除了“嗟、瘸、靴”三字以外，都是中古的入声字。如：

jue：撅孓决诀抉玦驮鴃角（角色）桷珏觉绝倔掘崛厥劂橛蕨蹶獗傕（人名）谲镢爵嚼脚（脚色）矍攫镬

lüe：掠略

nüe：虐疟谑

que：缺却埆确悫雀阕阙榷榷鹊

xue：削薛穴学鸴踅噱雪鳕血谑

yue：曰约哕月刖玥钥乐岳说阅悦钺越樾跃（躍）粤龠瀹籥

按：此条与第一条的 jué 音节有重复之处。

5. d、t、n、l、z、c、s，拼 e 皆入宜自知。如：

d：得德

t：特忒忑慝

n：讷

l：乐勒肋

z：则责啧帻箦赜迮笮舴择泽仄昃

c：册厕侧测恻策

s：色涩啬穑瑟塞

按：此条与第一条的 dé、zé 两个音节有重复之处。

6. fa、fo 皆入。这就是说，凡是这两个音节的字，都是中古的入声字。如：

fa：发（發）乏伐垡阀筏罚法发（髮）

fo：佛

以上各条，有些重复。同时，还有个别例外的情况，也是需要注意的。如：第一条中的“鼻”，就不是入声字。

另外，还可以用排除法来排除一些非入声字。属于以下情况的，都不是入声字。

1. 鼻音韵尾非入。凡韵母以鼻音（m、n、ng）为韵尾的，音韵学上称为阳声韵，它们在中古都不是入声字。如：阳光、广场、平安、咸阳、长安等等。

2. uei 韵非入。如：危、畏、微、吹、垂等。

3. zi、ci、si 非入。如：咨、兹、滋、资、姿、缁、辎、孳，词、雌、辞、祠、慈，丝、私、思、斯、司等。按：此条似与第 1 条有冲突，实则 zi 音节无阳平调的字。

4. m、n、l、r 的阴、阳、上声非入。如：妈、麻、马，拿、哪，罗、裸，惹等。

（三）利用谐声偏旁记忆古入声字

这是利用谐声偏旁来类推的办法。例如已经知道了“白”是入声字（陌部），则可推及伯、泊、柏、舶、拍、迫、珀、帛、魄等字也是入声字（陌部）。而“百”从白声、“陌”又从百声、“箔”从泊声，因此它们也是同部的入声字。又如，已知“及”为入声字，则可类推“级、伋、汲、岌、芨、吸”等字也是古入声字。已知“析”为入声，则“淅、晰、皙”也为入声。利用谐声偏旁记忆中古入声字，并不是绝对可靠的，因为声符相同的字，在中古并不一定属于同一韵部。所以，利用偏旁类推时要格外注意一些例外的情况。例如，“辟”以及从“辟”得声的字“壁、薜、璧、劈、僻、霹、擗、癖、檗、擘”等字都是入声字，但是“避、臂、嬖、譬”等字却不是入声字。再如“亿（億）、忆（憶）、臆、噫、薏、癔”等字都是入声字，而“意、譩”等字却不是入声字；“昨、作、炸、蚱”等字是入声字，但是“乍”不是入声字；“窄”是入声字，而“榨”不是入声字。这些例外情况都是需要我们认真注意的。

（四）利用现成的词语掌握入声字

其实，在我们日常使用的词语中，就有不少的入声字。例如，“八月节”“独立国”“吸铁石”，就全是入声字。又如，“黑灯瞎火”和“黑瞎子”中的“黑”和“瞎”、“膝盖骨”中的“膝”和“骨”、“节衣缩食”中的“节”、“缩”和“食”、“十冬腊月”中的“十”“腊”和“月”、“八九不离十”中的“八”“不”“十”、榆林市的名胜“红石峡”中的“石”和“峡”等等，都是入声字。这里，我们将一些由中古入声字所组成的常见词语介绍如下，以供大家习读。

下面所列的词语，都是入声字，其中的两个字今读都是平声（包括阴平和阳平）：

八节	拔白	拔节	拔擢	白搭	白吃	白鸽	白芨
白食	白石	白说	白芍	白皙	白术	白族	别集
剥夺	剥蚀	剥削	剥啄	勃发	博得	博识	博学
搏击	搏杀	插菊	出发	出伏	出服	出格	出阁
出国	出击	出局	出脱	出息	出席	嗒嗒	达达
德国	得食	滴答	敌国	嫡出	跌足	迭迭	喋喋
督学	独白	独出	独绝	渎职	咄咄	发达	发福

发急	发觉	发掘	伐竹	佛国	佛学	伏击	伏服
伏帖	伏贴	服毒	服帖	格格	割漆	割席	革出
革职	格局	隔阂	隔绝	国格	国籍	国学	国贼
虢国	喝粥	合格	合闸	合辙	核发	核实	黑白
黑瞎	黑鸭	黑竹	活佛	活结	活泼	活脱	活捉
击发	击节	唧唧	积德	积极	积食	积习	积压
激发	激活	及格	吉德	岌岌	即席	急急	集合
集结	集约	蛱蝶	嚼舌	接合	接活	揭发	节级
节拍	节食	节约	劫夺	杰出	洁白	洁菊	结实
结合	结核	结集	结节	结局	结石	结识	结穴
结扎	捷达	捷足	截击	竭泽	诀别	觉得	拉杂
拉闸	邋遢	捏合	拍发	七绝	七夕	七一	漆黑
掐诀	切割	切合	切削	曲折	曲直	屈服	屈节
屈膝	缺德	缺乏	缺席	杀伐	失节	失实	失学
失约	失职	失足	十八	十六	十七	十一	十足
石窟	石匣	石竹	识别	实说	实习	实学	实则
实足	拾掇	食积	食屋	叔伯	倏忽	熟食	熟悉
熟习	说白	说服	说合	塌实	突出	突发	突击
托福	托熟	脱出	脱服	脱节	脱俗	挖出	挖掘
吸毒	吸食	惜别	锡箔	习读	习俗	习习	袭击
瞎哭	瞎说	歇乏	歇伏	歇息	学阀	学籍	学级
学舌	学识	学塾	学说	学习	压服	压缩	一发
一席	一夕	杂食	杂说	择吉	贼谍	贼滑	贼窟
贼秃	择席	闸盒	折叠	折服	折福	折合	折杀
折实	哲学	蛰伏	直裰	直接	直觉	直辖	职别

职责　竹笛　竹筏　竹帛　捉贼　灼灼　茁实　卓绝

卓识　濯濯

下面所列的词语，也都是入声字，只是其中一个字的今读为阴平或者阳平，另一个则为仄声调：

八角　八字　拔步　拔脚　跋涉　白炽　白发　白骨

白鹤　白蜡　白热　白肉　白色　白铁　白雪　白药

白玉　白质　百尺　百十　百物　百叶　别业　伯乐

博洽　博物　薄弱　不白　不得　不乏　不服　不合

不及　不觉　不屈　不惜　不一　不足　尺牍　斥革

斥责　斥逐　赤足　出列　出猎　出纳　出色　出月

促膝　的确　敌特　喋血　督促　毒辣　毒药　独立

独力　独木　独特　读物　发迹　发落　发墨　发热

发物　伐木　佛法　伏法　服色　服药　割裂　割肉

格物　隔热　隔日　国策　国脚　国力　国立　国色

黑话　黑麦　黑色　黑帖　黑血　获得　激烈　激切

激越　吉日　极力　极目　即刻　即日　即若　急促

急迫　急切　急速　集录　脚镯　接触　接骨　接力

接木　接纳　接洽　节烈　节录　节略　节目　节日

劫狱　结束　截略　截获　竭力　克服　克复　刻薄

刻毒　腊八　蜡白　蜡烛　勒逼　力学　立决　立足

列席　掠夺　路局　拍摄　霹雳　撇脱　扑克　扑灭

扑朔　乞食　日食　日夕　肉搏　肉食　入伏　入阁

入托　杀戮　涉足　摄食　湿热　失落　失密　失窃

失物　失血　失业　十月　石笔　石墨　实绩　实录

实业　实质　食物　蚀刻　熟客　熟肉　熟铁　属国

说法　说客　贴切　脱发　脱落　吸力　吸墨　吸血
昔日　息肉　熄灭　蟋蟀　习作　侠客　峡谷　歇脚
歇业　学力　学历　学业　压力　一切　一日　杂遝
执笔　直角　直立　直属　直译　值日　职业　植物
竹刻　竹叶　逐客　逐鹿　逐日　嘱托　拙笔　拙劣
卓跞　卓越　啄木　昨日

（五）背诵一些押入声韵的诗歌来记忆古入声字

这是一种颇有兴味的记忆方法。如杜甫的《北征》、《自京赴奉先县咏怀五百字》、《哀江头》，李白的《大车扬飞尘》（见《古风五十九首》）、柳宗元的《渔翁》、《江雪》等，都是押入声韵的。这些诗篇易于找到，这里仅举其他诗篇为例。

读《文山集》　宋·林景熙

黑风夜撼天柱折，万里飞尘九溟竭。
谁欲扶之两腕绝，英泪浪浪满襟血。
龙庭戈铤烂如雪，孤臣生死早已决。
纲常万古悬日月，百年身世轻一发。
苦寒尚握苏武节，垂尽犹存杲卿舌。
膝不可下头可截，白日不照吾忠切。
哀鸿上诉天欲裂，一编千载虹光发。
书生倚剑歌激烈，万壑松声助幽咽。
世间泪洒儿女别，大丈夫心一寸铁！

其中每句的末一字都是入声字。（月、发为月部，其余均在屑部。这里所说的韵部，都是平水韵。下同。）

利用背诵押入声韵诗歌来记忆入声字，还可以采用"滚雪球"的办法，逐渐扩大识辨古入声字的范围。例如，由上举诗篇中知“绝”为入声字，那么，在其他诗歌中，与“绝”相押的字也应是入声字。试读唐·李贺的《官街鼓》：

晓声隆隆催转日，暮声隆隆呼月出。
汉城黄柳映新帘，柏陵飞燕埋香骨。
槌碎千年日长白，孝武秦皇听不得。
从君翠发芦花色，独共南山守中国。
几回天上葬神仙，漏声相将无断绝。

诗中“出、骨、得、国”四字均在韵脚的位置，与“绝”相押，据此，我们就可以判定它们是入声字。知道了“国”是入声字，那么，唐·于渍《古宴曲》中的入声字，也就不难判定了：

雉扇合蓬莱，朝车回紫陌。
重门集嘶马，言宴金张宅。
燕娥奉卮酒，低鬟若无力。
十户手胼胝，凤凰钗一只。
高楼齐下视，日照罗衣色。
笑指负薪人，不信生中国。

练习七

下列诗都是押入声韵的，请认真阅读，并熟记韵脚的入声字。（由此开始，不再标出入声字，请读者自己练习分辨。）

1. 马嵬驿　唐·于渍

常经马嵬驿，见说坡前客。
一从屠贵妃，生女愁倾国。
是日芙蓉花，不如秋草色。
当时嫁匹夫，不妨得头白。

2. 秦原览古　唐·于渍

耕者戮力地，龙虎曾角逐。
火德道将亨，夜逢蛇母哭。
昔日望夷宫，是处寻桑榖。
汉祖竟为龙，赵高徒指鹿。
当时行路人，已合伤心目。
汉祚又千年，秦原草还绿。

3. 陇头水　唐·于渍

行人何彷徨，陇头水呜咽。
寒沙战鬼愁，白骨风霜切。
薄日朦胧秋，怨气阴云结。
杀成边将名，名著生灵灭。

4. 织素谣　唐·于渍

贫女苦筋力，缲丝夜夜织。
万梭为一素，世重韩娥色。
五侯初买笑，建章方落籍。
一曲古凉州，六亲长血食。
劝尔画长眉，学歌饱亲戚。

5. 戍卒伤春　唐·于渍

连年戍边塞，过却芳菲节。
东风气力尽，不减阴山雪。
萧条柳一株，南枝叶微发。
为带故乡情，依依藉攀折。
晚风吹碛沙，夜泪啼乡月。
凌烟阁上人，未必皆忠烈。

6. 长安别　唐·王建

长安清明好时节，只宜相送不宜别。

恶心床上铜片明，照见离人白头发。

7. 洛桥晚望　唐·孟郊

天津桥下冰初结，洛阳陌上行人绝。

榆柳萧疏楼阁闲，月明直见嵩山雪。

8. 春夜　唐·刘兼

薄薄春云笼皓月，杏花满地堆香雪。

醉垂罗袂倚朱栏，小数玉仙歌未阕。

9. 贺延碛作　唐·岑参

沙上见日出，沙上见日没。

悔向万里来，功名是何物！

10. 华子冈　唐·王维

飞鸟去不穷，连山复秋色。

上下华子冈，惆怅情何极？

第八节　平仄异读

分析格律诗的平仄，除了不明入声而致误之外，一些古今平仄异读的字，也容易使我们出错。例如：

题画　明·文徵明

天削芙蓉万玉攒，十分寒思属吟鞍。

不知拥褐茅檐下，别有幽人冷眼看。

诗中“思”读去声，“拥”读上声，“看”读平声，其声调均与今读不同。如果不明白这一点，也就无法正确地分析前人的诗作。故此，我们选择了一些常见的平仄异读字，胪列如下，以供大家参考。

古今平仄异读的情况，大体可分为两类。

一、今平而古仄

(一)这类字中，有些字是古今的平仄有了变化：古为仄声，今作平声。如：

颗　今作阴平声。中古为“苦果切”，上声。

数回细写愁仍破，万颗匀圆讶许同。（唐·杜甫《野人送朱樱》颔联）

京华应见无颜色，红颗酸甜只自知。（唐·杜甫《解闷十二首》之十第二联）

燕脂掌中颗，甘露舌头浆。（唐・白居易《题郡中荔枝》）

日啖荔枝三百颗，不妨长作岭南人。（宋・苏轼《食荔枝诗》之二）

孺　今作阳平声。中古为“而遇切”，去声。

未及冯公老，何惊孺子贫。（唐・陈子昂《酬李参军崇嗣旅馆见赠》）

童孺交游尽，喧卑俗事牵。（唐・杜甫《哭韦大夫之晋第十五联》）

长安六月半云雨，孺子轩窗清杳然。（明・何景明《雨过徐舍人》）

注：后一例中“孺子”，为东汉隐士徐稚之字。

茗　今作阳平声。中古为“莫迥切”，上声。

落日平台上，春风啜茗时。（唐・杜甫《重游何氏五首》之三首联）

茗饮蔗浆携所有，瓷罂无谢玉为缸。（唐・杜甫《进艇》尾联）

晴明路出山初暖，行踏春芜看茗归（唐・皎然《山居示灵澈上人》

兰台架列排书目，顾渚香浮瀹茗花。（唐・李洞《和曹监〈春晴〉见寄》）

晚窗思茗饮，自取雪芽煎。（宋・陆游《初夏昼眠》）

偶为老僧煎茗粥，自携修绠汲清泉。（宋・苏轼《绝

句》之二）

偶约故人同茗芋，居然文室坐莲须。（清·黄遵宪《小饮息亭醉后作》）

拥 今作阴平声。中古为“於陇切”，上声。

三千堂上客，出入拥平原。（唐·李白《赠宣城赵太守悦》）

诸公不相弃，拥别惜光辉。（唐·杜甫《巫山县唐使君宴别》尾联）

渡江随鸟影，拥树隔猿吟。（唐·杜牧《云》）

返照入江翻石壁，归云拥树失山村。（唐·杜甫《返照》颔联）

云横秦岭家何在？雪拥蓝关马不前。（唐·韩愈《左迁至蓝关示侄孙湘》）

遥知通德凄凉甚，拥髻无言怨未归。（宋·苏轼《九日舟中望见有美堂上鲁少卿饮处以诗戏之》之二）

拥炉可使曲身直，饮酒能回槁面红。（宋·陆游《冬夜炉边小饮》）

僵缩不能寐，起坐拥故袍。（宋·陆游《雪夜》）

（二）有些字今作平声，而古有平仄两读。这类字，又可分为两类。

1.一类是虽有平仄两读而意义无别，作平声还是作仄声，可视其在诗中的地位而定。如（只举作仄声的例子）：

飏 今只作阳平声。中古为“与章切”平声；又为“馀亮切”去声。

天乐流香阁，莲舟飏晚风。（唐·李白《流夜郎至江夏陪长史叔及薛明府宴兴德寺南阁》）

鸣雨既过渐细微，映空摇飏如丝飞。（唐·杜甫《雨不绝》）

按：杨伦注："飏，去声"。"过"用平声。"如"作去声。

今日鬓丝禅榻畔，茶烟轻飏落花风。（唐·杜牧《醉后题僧院》）

斜日苇汀凝立处，远波微飏翠如苔。（南唐·李建勋《离阙下日感恩》）

落花风飏步虚声，翠草玄芝烂漫生。（元·萨都剌《憩奉真道院》）

以上各例中，"飏"均应作仄声。

听　今作阴平声。中古为"他丁切"，平声；又为"他定切"，去声。

浮客空留听，褒城闻曙鸡。（唐·沈佺期《宿七盘岭》）

丈人试静听，贱子请具陈。（唐·杜甫《奉赠韦左丞丈二十二韵》）

只须伐竹开荒径，倚仗穿花听马嘶。（唐·杜甫《严公垂寄奉答二绝》之二）

侧听中兴主，长吟不世贤。（唐·杜甫《秋日夔府咏怀一百韵》）

滥窃商歌听，时忧卞泣诛。（唐·杜甫《出江陵南浦寄郑少尹》）

海色晴看雨，江声夜听潮。（唐·祖咏《江南旅情》）

2.另一类情况是平声与仄声所表示的意义不同，而今均作平声。如：

疏　今只作阴平声。中古为“所菹切”，平声；又为“所去切”，去声。“书疏”“疏陈”“奏疏”等义中古作去声。

匡衡抗疏功名薄，刘向传经心事违。（唐·杜甫《秋兴八首》之三）疏：指奏疏，奏章。

洞庭无过雁，书疏莫相忘。（唐·杜甫《潭州送韦员外牧诏州》）书疏：书信。

时应念旧疾，书疏及沧浪。（唐·杜甫《魏十四侍御就弊庐相别》）

朱点草书疏，雪平麻履踪。（唐·贾岛《宿赞上人房》）疏：指僧道所用的祈祷文。

思　今只作平声。中古动词（表思念等义）作平声，《广韵》作“息兹切”；名词（表思绪等义）作去声，《广韵》作“相吏切”。

牛女漫愁思，秋期欲渡河。（唐·杜甫《一百五日夜对月》尾联）

愁思胡笳夕，凄凉汉苑春。（唐·杜甫《喜达行在所三首》之二首联）

秋思抛云髻，腰支胜宝衣。（唐·杜甫《即事》）

淮海风涛起，江关幽思长。（唐·皇甫冉《途中送权三兄弟》）

风流与才思，俱似晋时人。（唐·李嘉佑《送杜士瞻》）

城上高楼接大荒，海天愁思正茫茫。（唐·柳宗元《登柳州城楼寄漳汀封连四州》）

寻常诗思巧如春，又喜幽亭蕙草新。（唐·杜牧《和令狐侍御赏蕙草》）

纵然满眼添归思，未把渔竿奈尔何？（唐·罗邺《洛水》）

有时候，名词与动词的平仄也可以相混。

濯濯烟条拂地垂，城边楼畔结春思。（唐·张旭《柳》）

永巷长年怨绮罗，离情终日思风波。（唐·李商隐《泪》首联）

幸有白云眠楚客，不劳芳草思王孙。（唐·吴融《秋日经别墅》）

南北千山与万山，轩车谁不思乡关。（唐·高衢《和三乡诗》）

按：后二例中，“思”作平声则成“三平调”。

吹　今只作平声。中古为“昌垂切”，平声；又为“尺伪切”，去声。“管乐之吹奏”及“管乐之声”等名词义作去声。

晚来横吹好，泓下亦龙吟。（唐·杜甫《刘九法曹宴集》）

凝妆耀州渚，繁吹荡人心。（唐·韩愈《幽怀》）

龙镳天路远，骑吹礼容全。（唐·刘禹锡《文宗皇帝挽歌》）

谁知竹西路，歌吹是扬州。（唐·杜牧《题扬州禅智寺》）

晚下蛙为吹，闲来叶作舟。（宋·梅尧臣《依韵和王中丞忆许州西湖》）

城中爆竹已残更，朔吹翻江意未平。（宋·陈与义《除夜》）

轻车繁吹尚纷纭，衮衮香浮紫陌尘。（元·周权《晚春》）

闻　今只作阳平声。中古动词作“无分切”平声；名词“声誉”“名声”义作“亡运切”，去声。

家声同令闻，时论以儒称。（唐·杜甫《寄刘峡州》）

烧　今只作平声。古动词作平声为“式招切”。名词作去声，为“失照切”。“焚烧野草之火”以及“野火”“彩霞”等义古作去声。

野烧明山郭，寒更出县楼。（唐·严维《荆溪馆呈丘义兴》）

雪助河流急，人耕烧色残。（唐·许棠《登渭南县楼》）

晚烧平芜外，朝阳叠浪东。（唐·司空曙《送李嘉祐正字括图书兼往扬州觐省》）

稍闻决决流冰谷，尽放青青没烧痕。（宋·苏轼《正

月二十日往岐亭》）

塍外新陂绿，冈头宿烧红。（宋·范成大《南塘寒食书事》）

日落山前野烧生，白茅黄苇地初晴。（元·张雨《春烧》）

二、今仄而古平

（一）这类字中，有些字也是古今的平仄发生了变化。

跳　今作去声。古为“徒聊切”，平声。

鼍吼风奔浪，鱼跳日映山。（唐·杜甫《暂如临邑》）

岸合愁天断，波跳恐地翻。（唐·白居易《上峡》）

跳花泼半散，涌沫飞旋圆。（唐·陆龟蒙《引泉诗》）

濯锦翻红蕊，跳珠乱碧荷。（唐·钱起《苏端林亭对酒喜雨》）

尘卷跳疆寇，琛来渡海船。（宋·苏辙《郊祀庆成》）

还来一醉西湖雨，不见跳珠十五年。（宋·苏轼《与莫同年雨中饮湖上》）

篦　今作去声。古为“边兮切”，平声。

耳聋须画字，发短不胜篦。（唐·杜甫《水宿遣兴奉呈群公》）

金篦空刮眼，镜象未离铨。（唐·杜甫《秋日夔府咏怀一百韵》）

按：篦，通錍。是古人用以治疗眼疾的器械。

客心如头垢，日欲撩千篦。（宋·黄庭坚《次韵寄李六弟济南郡城桥亭之诗》）

俱　今姓氏作平声。其他意义作去声。古只作“举朱切”，平声。

野径云俱黑，江船火独明。（唐·杜甫《春夜喜雨》）

水流心不竞，云在意俱迟。（唐·杜甫《江亭》）

尔曹身与名俱灭，不废江河万古流。（唐·杜甫《戏为六绝句》之二）

纫　今作去声。古为“女邻切”，平声。

兰湿难纫佩，花凋易落妆。（唐·白居易《多雨春空过》）

岂知泽畔纫兰客，来赴城中角黍期。（宋·徐铉《和萧郎中午日见寄》）

（二）有些字今作仄声，中古却有平仄两读。

1.有时候，一些字的平仄两读其意义无别。如：

看　“看见”义今作去声。古亦可作平声，《广韵》作“苦寒切”。（今用于表示“看守”“监视”等义。）

向国惟看日，归帆但信风。（唐·王维《送秘书晁监还日本国》）

今夜鄜州月，闺中只独看。（唐·杜甫《月夜》）

晓看红湿处，花重锦官城。（唐·杜甫《春夜喜雨》）

春风自信牙樯动，迟日徐看锦缆牵。（唐·杜甫《城西陂泛舟》）

此生此夜不长好，明月明年何处看？（唐·杜牧《中秋》）

过　“经过”义今作去声。古亦可作“古禾切”，为平声。

扬子谈经处，淮王载酒过。（唐·王维《从岐王过杨氏别业应教》）

水花寒落岸，山鸟暮过庭。（唐·杜甫《独坐二首》之一）

百年已过半，秋至转饥寒。（唐·杜甫《因崔五侍御寄高彭州一绝》）

鸿雁不堪愁里听，云山况是客中过。（唐·李颀《送魏万之京》）

按：听，去声。

忘　“忘记”等义今作去声。古亦可作平声，《集韵》作“武方切”。

诗罢闻吴咏，扁舟意不忘。（唐·杜甫《夜宴左氏庄》）

物情尤可见，辞客未能忘。（唐·杜甫《寄彭州高十五》）

昨属愁春雨，能忘欲漏时。（唐·杜甫《王录事许修草堂赀》）

精理通谈笑，忘形向友朋。（唐·杜甫《赠特进汝阳王二十韵》）

按：“忘”作去声则犯孤平。

溪花与禅意，相对亦忘言。（唐·刘长卿《寻南溪常道士》）

望　今作去声。古"看望"义也可作平声，《广韵》为"武方切"，阳韵。

诸侯春不贡，使者日相望。（唐·杜甫《有感五首》之二）

清秋望不极，迢递起层阴。（唐·杜甫《野望》）

鸳鸯差池出建章，采旗朱户蔚相望。（唐·刘禹锡《郎州窦员外见示》）

红楼隔雨相望冷，珠箔飘灯独自归。（唐·李商隐《春雨》）

2.另外一些今多作仄声的字，中古不但有平仄两读，而且其意义也有别。如：

扁　在"扁舟"一词中作平声（狭小貌）。《广韵》作"芳连切"，《集韵》作"纰延切"，平声，今音 piān。

古岸扁舟晚，荒园一径微。（唐·张祜《晚夏归别业》）

他人不见扁舟意，却笑轻生泛五湖。（唐·张蠙《经范蠡旧居》）

人踪鸟迹俱沉寂，独有扁舟兴尽归。（宋·张元干《跋赵唐卿所藏访戴图》之一）

知君定有扁舟意，却为丹青肯少留。（宋·王安石《次韵吴仲庶省中画壁》）

雪晴花发须相记，我亦扁舟乘兴来。（明·高启《题朱氏梅雪轩》）

浪　今只作去声。中古还可以作平声："鲁当切"。"水流貌"及在"沧浪"、"浪汗"等词语中皆作平声。

万里桥西一草堂，百花潭水即沧浪。（唐·杜甫《狂夫》）

扁舟乘月暂来去，谁道沧浪吴楚分。（唐·王昌龄《送李五》）

绕鬓沧浪有几茎，珥貂相问夕郎惊。（唐·姚合《奉和前司苏郎中惊斑鬓之什》）

沧浪浩荡杳难期，此别重逢又几时？（明·高棣《题台江别意饯顾存信归番禺》）

关河泱漭连兵气，齿发沧浪寄病身。（清·纪昀《阅微草堂笔记·滦阳消夏录六》）

令　今"使""让"义作去声。中古却作平声："吕贞切"。只是"命令""县令"等义作去声。

但令归有日，不敢怨长沙。（唐·宋之问《度大庾岭》）

本卖文为活，翻令室倒悬。（唐·杜甫《闻斛六官未归》）

莫令鞭血地，再湿汉臣衣。（唐·杜甫《遣愤》尾联）

但令心事在，未肯鬓毛衰。（唐·严武《酬别杜二》）

翰　今只作去声。中古"羽翰"等义作平声，《广韵》上平声寒韵“胡安切”:“翰,天鸡羽,有五色。”

慎尔参筹画,从兹正羽翰。(唐·杜甫《送杨六判官使西番》)

内窥深深息,仰视冥冥翰。(宋·叶适《陈园甫抱膝斋》)

幽想忽飞去,无由生彩翰。(清·龚自珍《退朝遇雪车中忽然有怀吟寄江左》)

论　今“讨论”义作去声。中古作平声,《广韵·上平声二十三魂》:“论,说也,议也,思也,卢昆切。”

自有还丹术,时论太素初。(唐·王维《赠东岳焦炼师》)

何时一尊酒,重与细论文。(唐·杜甫《春日忆李白》)

时危当雪耻,计大岂空论。(唐·杜甫《建都十二韵》)

陈平亦分肉,太史竟论功。(唐·杜甫《社日两篇》之二)

目前百口还相逐,旧事无人可共论。(唐·韩愈《过始兴江口感怀》)

胜　“禁得起”“能承受”之义今作去声。中古作平声,《广韵》作“识蒸切”。(“胜过”“胜败”等义作去声,《广韵》作“诗证切”。)

招要恩屡至,崇重力难胜。(唐·杜甫《赠特进汝阳王二十韵》)

色好梨胜颊，穰多栗过拳。（唐·杜甫《秋日夔府咏怀一百韵》）

才薄难胜任，空销懒惰情。（宋·张咏《县斋秋夕》）

仙家未必能胜此，何必吹箫向碧空。（唐·王维《敕借岐王九成宫避暑应教》）

琴书何必求王粲，与女犹胜与外人。（唐·白居易《余思未尽加为六韵重寄微之》）

藕丝作线难胜针，蕊粉染黄那得深。（唐·温庭筠《懊恼曲》）

沈郎清瘦不胜衣，边老便便带十围。（宋·苏轼《次韵王巩颜复同泛舟》）

按：衣作去声。“胜过”义本作去声，唐宋诗人每用作平声。

禁　“胜任”“经得起”等义中古用平声。《广韵》作“居吟切”。“禁止”等义用仄声，《广韵》作“居荫切”。如：

巡檐索共梅花笑，冷蕊疏枝半不禁。（唐·杜甫《舍弟自蓝田迎妻子到江陵喜寄三首》之二）

绿樽须尽日，白发好禁春。（唐·杜甫《奉陪郑驸马韦曲二首》之一）

游人一听头堪白，苏武争禁十九年。（唐·杜牧《边上闻笳》）

大知高士禁愁寂，试倚阑干莫断肠。（唐·唐彦谦《寄蒋二十四》）

鬓疏也被轻轻点，齿冷犹禁细细餐。（宋·杨万里

《和马公粥雪》）

以上仅列举了部分常见字，来说明古今平仄每每不同。我们在阅读、分析前人的诗作时，遇到问题，应勤查字典、诗韵等工具书（如《汉语大词典》就分为某1、某2等项）才不会误解、出错。

练习八

（一）说明下列诗歌中加横线的字的声调。

1. 寄贺兰铦　唐·杜甫

朝野欢娱后，乾坤震荡中。
相随万里日，总作白头翁。
岁晚仍分袂，江边更转蓬。
勿云俱异域，饮啄几回同？

2. 登渭南城楼　唐·许棠

近甸名偏著，登楼景又宽。
半空分太华，极目是长安。
雪助河流涨，人耕烧色残。
闲来时甚少，欲下重凭栏。

3. 渡扬子江　唐·丁仙芝

桂楫中流望，空波两畔明。
林开扬子驿，山出润州城。
海尽边阴静，江寒朔吹生。
更闻枫叶下，淅沥度秋声。

4. 苏氏别业　唐·祖咏

别业居幽处，到来生隐心。

南山当户牖，沣水映园林。
竹覆经冬雪，庭昏未夕阴。
寥寥人境外，闲坐听春禽。

5.秋兴八首(之三)　唐·杜甫

千家山郭静朝晖，日日江楼坐翠微。
信宿渔人还泛泛，清秋燕子故飞飞。
匡衡抗疏功名薄，刘向传经心事违。
同学少年多不贱，五陵衣马自轻肥。

6. 宿府　唐·杜甫

清秋幕府井梧寒，独宿江城蜡炬残。
永夜角声悲自语，中天月色好谁看。
风尘荏苒音书绝，关塞萧条行路难。
已忍伶俜十年事，强移栖息一枝安。

7. 岭南郊行　唐·柳宗元

瘴江南去入云烟，望尽黄茆是海边。
山腹雨晴添象迹，潭心日暖长蛟涎。
射工巧伺游人影，飓母偏惊旅客船。
从此忧来非一事，岂容华发待流年。

8. 月中泛舟　宋·戴复古

满船明月浸虚空，绿水无痕夜气冲。
诗思浮沉樯影里，梦魂摇曳橹声中。
星辰冷落碧潭水，鸿雁悲鸣红蓼风。
数点渔灯依古岸，断桥垂露滴梧桐。

9. 和寇十一晚登白门　宋·陈师道

重门杰观屹相望，表里山河自一方。

小市张灯归意动，轻衫当户晚风长。
孤臣白首逢新政，游子青春见故乡。
富贵本非吾辈事，江湖安得更相忘。

10. 梅花九首(其一)　明·高启

梦断扬州阁掩尘，幽期犹自属诗人。
立残孤影长过夜，看到余芳不是春。
云暖空山裁玉遍，月寒深浦泣珠频。
掀蓬图里当时见，错爱横斜却未真。

（二）根据格律诗的规则，看看下面的诗是否是律诗。

1. 送客　唐·陈子昂

故人洞庭去，杨柳春风生。
相送河洲晚，苍茫别思盈。
白蘋已堪把，绿芷复含荣。
江南多桂树，归客赠生平。

2. 望岳　唐·杜甫

岱宗夫如何，齐鲁青未了。
造化钟神秀，阴阳割昏晓。
荡胸生层云，决眥入归鸟。
会当凌绝顶，一览众山小。

3. 滕王阁　唐·王勃

滕王高阁临江渚，佩玉鸣鸾罢歌舞。
画栋朝飞南浦云，珠帘暮卷西山雨。
闲云潭影日悠悠，物换星移几度秋。
阁中帝子今何在？槛外长江空自流。

4. 寒食陆浑别业　唐·宋之问

洛阳城里花如雪，陆浑山中今始发。
旦别河桥杨柳风，夕卧伊川桃李月。
伊川桃李正芳新，寒食山中酒复春。
野老不知尧舜力，酣歌一曲太平人。

5. 夜归鹿门歌　唐·孟浩然

山寺鸣钟昼已昏，渔梁渡头争渡喧。
人随沙岸向江村，余亦乘舟归鹿门。
鹿门月照开烟树，忽到庞公栖隐处。
岩扉松径长寂寥，惟有幽人自来去。

6. 阆水歌　唐·杜甫

嘉陵江色何所似?石黛碧玉相因依。
正怜日破浪花出，更复春从沙际归。
巴童荡桨欹侧过，水鸡衔鱼来去飞。
阆中胜事可断肠，阆州城南天下稀。

7. 黄牛庙　宋·苏轼

江边石壁高无路，上有黄牛不服箱。
庙前行客拜且舞，击鼓吹箫屠白羊。
山下耕牛苦硗确，两角磨崖四蹄湿。
青刍半束长苦饥，仰看黄牛安可及。

8. 北窗闻杜鹃　宋·洪炎

山中二月闻杜鹃，百草争芳已消歇。
绿荫初不待薰风，啼鸟区区自流血。
北窗移灯欲三更，南山高林时一声。
言归汝亦无归处，何用多言伤我情。

9. 登古邺城　唐·岑参

下马登邺城，城空复何见。
东风吹野火，暮入飞云殿。
城隅南对望陵台，漳水东流不复回。
武帝宫中人去尽，年年春色为谁来？

10. 宿北乐馆　唐·陈润

欲眠不眠夜深浅，越鸟一声空山远。
庭木萧萧落叶时，溪声雨声听不辨。
溪流潺潺风习习，灯影山光满窗入。
栋里不知浑是云，晓来但觉衣裳湿。

附录一：王鉴《四声纂句》(录自《青照堂丛书》朝邑刘振清金亭汇梓)

一屋(乌谷切)

王缵旧服，恭己圣淑，尧颡舜目，陶冶瑞木，乘马驾六，风洒露沐，崇本重穀，民喜岁熟，钟鼎授禄，登选忌速，官有世族，恩宠诰轴，卑以自牧，兴起教育，无有怨讟，谁敢畏缩，年俭造粥，田叟献曝，瞻彼旱麓，兰芷桂馥，花蕊凤啄，轻绮雾縠，毛者孕鬻，何忍射鹿，伦取嶰谷，锋解破竹，光武赐复，林甫剑腹，隋广炀蹙，萤火数斛，民罔佩犊，东里巷哭，高隐卖卜，堪鄙障簏，酖酒跪祝，酲解枕麴，心耻聚畜，知己鲍叔，歆满器覆，胡马祸福，终数更仆，行止信宿，觞酒豆肉，蔬水半菽，天朗气肃，斟酒泛菊，无与世逐，乡里叹伏，天禀孝睦，怀道钓筑，珠反故椟，忻以素牍，灯火夜读，文采润屋，容整顾縠，功首慎独。

二沃(乌酷切)

姬吕钓玉，神采四烛，崇道受箓，刑缓议狱，才取干局，当展骥足，丰野地沃，疆土润溽，军首要束，光请教督，尊主敬梏，伤善赦赎，齐使献鹄，辞酒受粟，千里骥騄，山道乘樺，平陇望蜀，蜂尾虿毒，轻语召辱，弦短柱促，忠谨洞属，隅以类触，黄卷异俗，人道致曲，文耻丽缛，情减忿欲，晨起望旭，风舞净绿，芳草眺瞩，晴满涨渌，登览壮躅，寒柳早櫜，醇饮未酷，春酒荐醁，交广厚蓐，芙隐绣褥，兄弟诚勖，情好甚笃，彭老闭欲，仙子枕襆，神爽盥浴，胡乃羁跼，良史记录，非敢妄续。

三觉（古岳切）

东鲁岱岳，云洒霑渥，山陡峭埆，兴起霰雹，麟吐绣角，明礼备乐，论语道学，颜苦圣卓，灵府濬邈，详审粹驳，贞叟献璞，刚守粹悫，高隐抱朴，恬养志确，诚感兽驳，鹦鹉稻啄，春晓梦觉，良友过数，丰草秀擢，嘉种异穛，寒影雾濯，风冷帐幄，词稳细琢，宜酒半榖，泾以渭浊，桑李就斮，工取细桷，机巧善斫，更始晦朔，人访大较。

四质（之日切）

巡守望秩，天子驻跸，心膂造膝，投枣报栗，朝有俊弼，纲纪慎密，官准彀律，朝典练悉，英伟辈出，萧管亚匹，腾举茂实，夷简荐姪，刑赏信必，奸诡怖慄，贫者赈卹，耆老赐蜜，人语是恤，民喜化日，终始致一，河海静谧，恭俭净壹，行善命吉，师保放黜，群起愤嫉，轻道任术，徒苦自窒，闻鼓瘥疾，蓬矢贯虱，光羽翠鹬，淮水第七，终亩种秫，松煮饭术，烟冶露茁，金琑露橘，琴古退漆，文岂胜质，晨起盥栉，垂幌弄瑟，文史案溢，今古贯轶，文藻梦笔，词采丽逸，编简旧帙，何敢宴佚，敷藻载述，琴酒愿毕，无悔暗室，尤恐自失。

五物（文弗切）

金紫印绂，怀乃凤绋，宗礼缊韨，星引袖拂，秋典富讫，囊少长物，年老自乞，无所愧艴，茔土负掘，为弟敬诎，南岭桂郁，兰采郑袚，允准佞佛，雄与艾吃，仁请四勿，何以战屈。

六月（鱼厥切）

门宠世阀，师济魏阙，刑靡异罚，天讨授钺，津沮渡筏，怀美晋谒，峰岭秀发，千里共月，青履布袜，风雅未歇，眉斧自伐，因母犯刖，封董氏发，呼主簿蝎，丰采寿骨，诸子度越，音审治忽，藩屏荫樾，咸有备腯，怀拥扇暍，诗醒睡兀，陶酒限竭，槎影半没，泉涌趵突，云滃雾浡，摇演动机，兴也甚勃，名久记笏，常衮应猝，元宝富窟，雏感义鹘，功赏郡卒。

七曷（胡葛切）

青琐禁闼，朱紫素脱，王道四达，多所鉴拔，仪掌赞喝，边鄙式遏，姜老性辣，梅止大渴，寒者利褐，当暑衣葛，齑糁供钵，蒲首缊袯，鲈火树枿，金可断割，年驶电抹，篙短笑拨，飞雨溅沫，泉响昼聒，诗冷淡活，山晓翠泼，冲隐探括，标比近撮，先本后末，神远意豁，师俭忌阔，无使势夺。

八黠（胡八切）

恭谨毖劼，搜举吏黠，神武弃杀，惟剿巨猾，军勇帜拔，尘羽共戛，官久势轧，轮转寸辖，书简记札，梳枕被刷，将宝篦刮，优品俊鹘，舟仰丽刹，松下径滑，翁喜望八，人恐太察。

九屑（先结切）

元首载哲，扬武大烈，惇允俊杰，文炳豹别，藩屏建设，询下辩讦，除谄槛折，群丑镜澈，民以信结，恩感卧辙，旁午布列，谋老少决，沟古地裂，周礼献鳖，宛马汉血，梁土贡铁，堤柳浪啮，孤屿雾截，飞鸟径灭，凫藻豫悦，环转掉舌，滕口巷说，无逞辩谲，言语漏泄，羞耻愧切，惭引面热，胸吐茹噎，明审辩晰，持满声折，存道用拙，心远志洁，躬秉汉节，峣者易缺，君子佩玦，雏好凤穴，祥雨瑞雪，溪水咏啜，清浅洞彻，书染翠碣，弦管韵咽，言吐锯屑，诗品振绝，祛饮气劣，离酒怅别，欢恐电掣，今古市阅，年永要诀，难老大耋。

十药（以灼切）

虚左帝幕，民道地著，清警大籥，狸首善博，天险剑阁，遐举大莫，经理量度，风雨庇讬，根本淡泊，车引示弱，扃启放钥，司马振铎，饶有将略，君子化鹤，仙羽成削，光彩照灼，金马翠络，天远地廓，眠起翠箔，丝吐自缚，岐乃柄凿，徒悔铸错，重耳困约，荀子性恶，君子病疟，康子馈药，欧史布橐，梁武帝镬，蓬转露蒻，香草杜若，端午寿索，炎景豹脚，秋罔怨落，鸿眇燕雀，平野燕掠，枝绕倦鹊，斜影翠崿，之子钓缴，佳酒上箬，诸阮太礿，卮满素萼，知己对酌，无使算者，馋口大嚼，田有负郭，甘苦茹藿，维锦泛洛，歌舞忭跃，文藻思各，书每应诺，论理辨博，如水赴壑，无止胜昨，三省致恪，周反坐作，皆否善谑，差等厚薄，为善最乐。

十一陌（莫白切）

躬览载籍，钩隐探赜，千亩帝耤，三老赐帛，池有太液，茅土受赤，冠冕绛帻，阶品架戟，珂马度陌，名显杖策，公辅上客，周道佑辟，才美干剧，官守抱责，平减调役，租有定额，仓廪岁积，材准匠伯，明允宪辟，精谨课核，瓜恐四摘，罚少劝百，征讨讯馘，无取贯革，秦岭奉辟，郝莒视鲫，雷夏既泽，流水地脉，平渚细碛，云影镜碧，冬乃岁夕，冰解涣释，新甫树柏，崖耸地脊，霞彩荡射，芳草燕折，槐里故驿，离久念隔，门迥地僻，鸡散暮栅，鹦鹉话昔，虞草应拍，离坎再索，同举异翮，晨引露舄，风起臂腋，题隐士宅，名左传癖，高简大册，沉咀细绎，诗首炼格，文孅试掷，才敏韵窄，还锦数尺，机警介石，遵礼固获，行访四逆，高处避厄，扶引诱掖，交靡后择，人罔自画，师反问易，资美践迹，心镜洞辟，驹影过隙，游感燕麦，杯酒自适，穿几量屐，钻李卖核，胡尔吝惜，裘有粹白，廉数臣擘，曾子避席，元起换箦，谦乃受益，人泯怨啧。

十二锡（先击切）

元纪凤历，优旨睿锡，治仿救溺，民可令觌，祥履惠迪，樽酒坫幂，鸡羽传檄，防水画鹢，忠勇贯霓，刁斗夜击，飞矢破的，雷走电激，甘守皂枥，难与虑敌，材散寿栎，松雨翠滴，烟渚细笛，花影昼寂，飘洒荡涤，蔬笋淡吃，铿尔笑觅，名点字皙，陶侃运甓，梭乃挂壁，陈写愧惕，其母自绩，商贾利析，千里贩籴，牛饭宁戚，名品破荻，经史遍历，难以句摘，言语破镝，文锦似翟。

十三职（之翼切）

君主社稷，惟宝稼穑，华辇画轼，三壤奠国，治水尚黑，封赏进陟，良吏赞极，箴尹效职，支掌供亿，无取俭啬，师旅誓饬，严谨教勒，文武是式，攸往后得，惟口诏敕，

文采润色，裘美豹饬，行恐践阈，清举畏逼，词本自尅，
车引避匿，雌守善抑，驰马帽侧，无损盛德，春暖寿域，
遵道顺则，民有僭忒，承旨按劾，童子篆刻，中道断织，
无谄货殖，闻道愿息，关口对臆，淮母进食，山险径仄，
修绠潭测，沙苑细肋，名马冀北，驱鬼远蜮，痴鸟弹弋，
梧槚樲棘，治圃异力，蓬草自直，香远净植，碑久字蚀，
尘土未拭，偷语钝贼，惩狠辨惑，冬凛闭塞，人守静默，
金虎向昃，初朏卧忆，夷远器识，阿堵在即，无使聚慝，
须泯忌克，维我丧特，伤隐痛恻，诒子燕翼，烟蒸帐墨。

十四缉（七入切）

虞夏继立，纲纪世及，天社凤集，和喜共给，封土聚邑，
申警缮葺，青紫芥拾，垂老半级，优予稍入，容改敬揖，
天九地十，星斗露湿，香洒雨裛，神柳染汁，江左柄笠，
清谨畏戢，燃煮豆泣，兄弟既翕，机去瓮汲，三斗鼻吸，
韦警性急，奚取忿悒，封壤戴粒，维马授絷，求友负笈，
明善固执，书谨缀缉，辞以义辑，文耻蹈袭，尤洗彊涩，
篇雅艳什，家晓户习。

十五合(侯阁切)

名显雁塔，恩普苫盖，思补闭阁，留所坐榻，媒掌判合，
庭燎凤蜡，元礼算合，心颇耐杂，开捭闭阖，轻吐重纳，
雷吨雾喝，风鼓地匝，茫沆洞踏，川满震沓，舒柳待腊，
幽草吠蛤，香永布衲，游览背拉，留守赠襛，英敏赋鸽，
轻艇坐盍，缯缟赠答，耆朽鬓飒，遗组弃鞁。

十六叶（与涉切）

端拱帝协，瞻仰昼接，元始浩劫，槐守昼聂，登选试帖，

珠履进蹑，烦简称惬，黔首解慄，官耻僭躐，谁敢自辄，言去谤嗫，无调废跕，分掌讼牒，家史按谍，群小惮慑，寰宇震叠，弓矢既挟，姬斩战詟，军勇示怯，旋凯献捷，名马换妾，相与尚侠，毶摒镜镊，童靡佩韘，裳有袴褶，烦暑用箑，生理善摄，羹饭用梜，生产作业，南亩敬馌，寻水问艓，兰桨桂楫，萍沼钿靥，堤柳细蹀，条软露厌，风舞翠蓮，榆美素荚，云绕绣堞，书染柿叶，抄写数箧，坟典兽猎，郊饮步屧，红涌醉颊，思永倦睫，烟袅剑铗，眉子爱歙，朱文曜晔，斑管笑捻，毋逞利喋，情感意浃，终始利涉，神妥志帖，粉羽翠鬣，庄子梦蝶。

十七洽（侯夹切）

王者振乏，仁广化洽，舒卷万劫，神享禘祫，垂统创业，形壤带胁，关辅近压，金口建闸，车起四夹，行启风翣，垂拱奏劄，相与殿歃，申晓令甲，无使串狎，躬请判押，夫岂器狭，和煦衣袷，飞鸟睡鸭，零雨半霎，香隐细掐，云惨暗峡，山影倒插，尘染砚匣，花盏对呷，行酒将法，携酒负锸。

附录二：诗韵常用字表

本表以常用字为主，为便于古诗的阅读，也收录了一些“非常用字”。

本表按106韵的平声、上声、去声和入声部次排列。每部之中按今音的韵母排列，其次序是：

a，ia，ua；e，o，uo；ie，üe；i；er；i；u，ü，ai，uai；ei，uei；ao，iao；ou，iou；an，ian，uan，üan；en，in，uen，ün；ang，iang，uang；eng，ing，ong，ueng，iong.

韵母相同的字，按汉语拼音方案字母表的顺序及声调的顺序排列。一字数音或数韵者，也分别列出。

(一)上平声

[一东](eng)风沨枫疯丰(豐)沣酆瞢冡蒙幪濛懞曚朦檬矇艨幪甍懵梦莑蓬篷鬔芃(ong)充茺珫冲忡翀虫崇匆忽葱囱骢聪丛东鸫涑冯工功红虹玒(又江韵)攻宫弓躬公蚣哄烘洪红虹讧(今读去声)鸿空倥悾崆箜咙泷庞珑栊昽胧砻聋笼泷蛩袱隆狨戎绒融菘彤嵩娀通恫痌同侗峒桐铜酮鲖童僮潼曈瞳橦艟毵穜艟仝筒(今读上声)衕筩(今读上声)中忠衷盅终螽棕鬃葼惾稯缨猣葼螋鬉豵鯼(ueng)翁嗡螉(iong)穷藭穹芎雄熊

[二冬](eng)封葑犎峰烽锋蜂丰逢缝(ong)舂憃憧橦艟冲(衝)重从枞纵淙悰琮賨冬鼕共供恭龚龙茏农侬哝浓脓秾襛

酞容傛蓉溶榕瑢熔褣鎔茸忪松凇菘松（鬆）彤钟锺宗倧踪枞纵（纵横）（iong）邛筇蛩跫銎凶兇匈讻汹恟胸庸佣慵滽墉鄘镛鳙邕雝廱灉癰痈雍壅噰拥澭臃饔禺喁颙鳙鹏

［三江］（ang）邦梆扛杠肛矼缸釭龙咙牻駹庬厖逄（iang）江玒茳豇控腔椌降桻（uang）囱窗幢双泷桩撞

［四支］（i）蚩嗤媸絺䶵笞离摛螭魑眵鸱痴池弛驰迟墀持峙泜坻治踟篪漦差柴玼疵词祠茈雌茨瓷餈兹慈磁鹚辞尸鸤师狮浉绝施鍦诗蓍时埘莳鲥丝鸶思偲缌罳斯厮澌撕嘶私司虒之芝支枝肢氏秖祇泜卮栀知蜘脂疻孖孜次（通趑）咨姿资粢趑兹嗞嵫滋孳镃赀訾觜呰髭菑淄缁椔辎锱鲻鄑鼒（er）而洏耏陑栭鲕鸸儿唲（i）肌饥机奇畸觭羁羇其基朞箕谌锜姬居漓缡璃樆褵醨离蓠篱罹骊郦鹂酾蠡（齐韵同）劙狸蔾蔾蘩犛氂厘弥（瀰）猕縻縻靡蘼攠醾麋尼妮呢怩泥柅跜丕邳狉秠钚駓纰披被翍铍錍皮陂疲仳枇芘纰毗蚍琵魮郫陴埤脾裨蜱罴欺期僛魌攲踦芪岐歧蚑祇跂其萁淇骐琪祺蜞綦藄旗麒蜝奇峙骑琦锜碕耆鳍鬐祁僖嘻嬉熹譆羲曦熙巇伊咿洢猗漪椅（木名）陭噫祎黟夷荑姨咦桋胰痍蛦跠鮧台诒饴怡贻眙迤匜施讫暆椸迻扅移簃疑嶷𪟝仪圯宜崖涯（又佳韵）宧颐蛇遗彝（ai）篩釃（uai）衰（ei）卑庳椑碑痺裨悲陂累樏羸眉郿嵋湄楣麋蘪（uei）吹炊垂倕捶陲锤（鎚）箠槌规摫龟妫麾亏悝岿窥葵逵馗頯夔犩蕤绥桵擩谁虽睢滖荽隋随绥推委倭萎逶蜲危为沩唯帷惟维潍隹萑骓锥骓追

［五微］（i）几（幾）叽玑机矶讥礼钒畿鞿圻祈肵颀旂蕲俟（万俟）希浠晞欷稀睎豨衣依沂譩（ei）非婓扉斐绯菲骓霏蜚馡飞妃屝腓痱诽肥淝蟹（uei）挥晖楎翚辉祎徽归巍威葳蛜微薇韦围帏闱违湋

［六鱼］(u)摴樗初除滁蒢涂(水名)蜍锄躇储徂殂庐如洳茹帑挐駕纾舒梳疏蔬书疋摅荼诸藷猪潴橥槠(ü)居琚车闾榈驴胠袪祛阹蛆渠蕖磲璩蘧胥谞湑稰虚墟嘘歔驉魖徐於淤与欤玙誉(动词)舆予妤余狳蜍馀鱼渔舁衙龉

［七虞］(o)摸谟嫫模摹膜(u)逋脯晡餔貐樗刍犓雏厨蹰粗(麤)徂租殂都阇夫玞䏲麸肤桴柎怤敷鄜夫芙扶蚨孚俘郛莩桴罦苻符凫枹垺沽姑蛄菇酤鸪辜呱孤菰觚箛乎呼滹狐弧瓠胡湖葫瑚糊蝴餬醐鹕壶枯骷刳挎卢垆泸栌胪鸬颅舻鲈芦炉轳镂奴拏帑驽筱痡铺匍葡莆蒲酺菩儒薷嚅濡獳襦繻蠕醹颥姝殊输毹殳枢稣苏酥荼涂(塗)途稌酴骖屠图菟徒乌呜邬钨圬污杇巫诬於恶无芜吾浯梧铻鼯吴蜈朱侏诛邾茱洙珠株铢蛛跦絑租蒩(ü)俱拘驹痀跔娄区岖驱躯趋驺趣劬朐鸲瞿氍臞癯衢吁盱须需繻欨呕扜纡迂腧于杅玗盂邘竽钎臾谀萸腴禺湡嵎隅愚锅髃俞揄嵛愉渝喻堬婾逾隃瑜榆覦毹窬羭蝓褕踰骗娱虞鹏雩(ou)膢

［八齐］(ie)携(i)蓖箆氐低衹羝堤磾笄嵇稽乩鸡跻齑赍梨犁黎藜蠡迷泥儿(通倪)倪猊霓鲵麑麛批砒鼙妻凄萋栖齐脐蛴畦嘶梯绨锑鹈荑提缇騠题醍啼蹄西粞奚傒徯溪蹊鸂鼷犀觿醯兮撕医繄(uei)圭闺邽鲑睽奎

［九佳］(ia)佳厓崖涯(o)蜗(麻韵通)(ua)哇娃(麻韵通)蛙娲(ai)啀差(支麻韵并异)钗釵(又麻韵)茈柴侪豺荄(灰韵同)骸揩楷埋霾俳排牌崽斋(uai)咼乖怀淮槐(ie)皆阶(階)街鞋偕喈谐

［十灰］(e)颏(i)坏坯(ai)唉埃哀皑猜才(纔)材财裁垓该陔赅咍咳孩开剀来莱崃徕涞徕腮鳃台(臺)苔胎邰骀炱鲐哉栽灾(uai)佪槐(ei)杯雷玫枚莓梅酶媒煤胚醅陪培裴(uei)缞

崔催摧堆傀瑰灰诙恢虺隳回茴迴蛔悝盔魁蓑推颓隤魋偎隈煨桅嵬

[十一真](en)嗔瞋辰宸晨尘臣陈填(长久)人仁纫申伸呻绅胂侁姺诜身娠莘神真禛蓁溱榛臻枨珍砧甄(in)邠玢宾傧滨缤槟彬斌豳濒巾津邻嶙邻瞵磷辚鳞麟民岷珉缗暋旻泯闽嫔螟频蘋颦贫亲秦蓁辛莘新薪因茵姻骃堙湮闉垠银狺寅夤沂嚚(uen)春椿纯莼(蓴)唇淳醇鹑皴仑(崙)伦抡沦纶轮屯肫窀谆遵(ün)均钧龟麕竣逡困旬询郇荀峋恂洵驯巡循匀筠

[十二文](en)分芬氛纷汾棼鼢贲坟焚(in)斤筋勤芹廑欣忻昕殷龈(uen)荤文纹蚊雯闻阌(ün)军皲君群宭裙麇勋埙熏薰獯曛醺氲辒云沄芸纭耘员郧

[十三元](uei)珲(美玉)(an)番潘幡蕃翻蹯反烦繁蘩燔樊礬袢(ian)犍掀言甗(üan)萱喧暄煊谖轩宛智蜿鸳鹓冤元沅芫阮黿爰援媛原源螈垣洹袁园辕猿怨(又作去声)(en)恩奔贲根跟痕闷门扪亹瞒喷盆溢(uen)村存踆惇敦墩镦蹲昏婚阍浑馄魂昆琨锟鲲坤髡论孙荪飧吞屯饨炖纯豚臀温瘟尊樽(ün)埙

[十四寒](an)安鞍犴般瘢餐残单郸殚丹干肝杆竿乾顸鼾汗寒刊看阑谰澜斓兰拦栏蘭谩蔓馒鳗瞒难番潘盘般磐弁胖蹒珊跚摊滩弹坛檀(ian)奸(uan)攒端官倌棺莞冠观(翰韵异)欢鹳洹桓萑宽髋峦孪娈栾滦挛鸾脔銮酸狻湍团抟鹑(tuán,即雕)剜蜿丸芄纨完钻

[十五删](an)班斑般扳颁孱潺患蛮攀删姗山潸(ian)艰奸(姦)菅间(閒)悭闲娴鹇痫殷颜(uan)关纶鳏还环圜寰鬟锾弯湾顽

(二)下平声

［一先］（an）单（单于）婵禅蝉孱（chán 窄小等义）澶廛缠躔然燃扇搧煽膻毡旃（ian）边笾编蝙鳊鞭滇颠巅癫笺坚鲣湔煎肩孱（jiān 窘迫）鞯连莲涟琏鲢怜联绵棉眠蔫年扁偏篇翩便骈胼谝蹁千（韆）仟阡芊汧岍骞搴褰迁牵铅愆前虔犍钱乾膻天田佃钿填阗滇仙籼先跣跹祆鲜弦舷贤舷涎咽胭焉鄢嫣湮烟阏燕延埏蜒筵妍研沿（uan）川穿传船遄椽栓专砖颛（üan）捐涓娟鹃睃朘镌蠲圈悛券全诠荃辁痊筌卷蜷鬈拳权泉纯（quán 全，一双）颧宣揎瑄儇亘玄痃旋漩璇悬还（xuán）癣渊鸢缘橼员圆

［二萧］（ao）超怊弨朝嘲潮晁猫尧蛲饶荛娆桡烧捎韶招昭朝（iao）标膘镖瀌镳杓髟飙刁貂凋雕娇骄焦噍蕉鹪浇椒撩僚嘹潦寮獠燎辽疗缭镣鹩聊寥廖苗描票剽摽嘌嫖漂飘螵瓢跷垸锹撬乔侨荞峤桥谯憔樵翘烧韶佻挑祧条鲦岧苕迢龆髫调蜩跳肖削消宵逍绡梢硝销蛸霄鮹（又肴韵）魈枵鸮哓骁萧潇箫嚣枭幺吆夭妖要腰邀鹞尧侥峣姚珧铫谣摇徭遥瑶繇鳐窑轺陶

［三肴］（ao）坳謷包苞枹（树名）胞抄钞剿巢唠茅犛蝥铙呶硇抛泡脬飑刨咆狍庖泡炮匏跑捎梢蛸筲鞘鮹钊（iao）交佼茭咬郊蛟鲛胶艽教敲垸（qiāo 瘠薄之地）硗哮淆崤姣绞爻肴（ou）啁

［四豪］（ao）敖嗷遨熬獒螯聱鳌嚣翱麈褒操糙曹嘈漕槽螬艚刀叨忉羔高膏篙皋槔咎蒿薅毫豪濠壕号嗥尻捞劳唠牢醪毛旄牦髦挠猱袍搔骚缫缲臊涛焘滔韬叨绦掏饕挑洮逃桃鼗陶淘萄遭糟（ou）艘

［五歌］（e）阿婀俄峨娥哦莪睋硪蛾鹅讹哥歌戈呵诃禾和

盉何荷河菏苛珂柯轲砢科蝌稞窠髁(o)波菠玻嶓番么(麽)摩磨坡陂(陂陁)颇婆番鄱皤繁(姓)(uo)搓瑳磋蹉醝嵯瘥鹾矬多埚过罗萝逻椤锣箩骡螺那挪傩莎娑挲唆梭蓑傞趓拕拖佗陀沱驼砣鸵纥酡跎鮀鼧驮陁骍堶鼍涡莴窝蜗倭踒(üe)瘸

[六麻](a)巴芭笆钯豝叉杈差茶查楂苴槎麻蟆拿钯葩杷爬琶沙莎挲裟鲨纱砂煞查楂渣(ia)加茄迦珈枷痂笳袈跏嘉葭家呀虾遐瑕霞丫呀鸦牙芽崖涯衙(ua)瓜騧花华骅划哇洼蛙娲挝(e)车咩赊畲奢佘蛇遮(ie)爹嗟些邪斜爷耶揶邪琊铘

[七阳](ang)昂帮仓沧苍鸧藏昌倡猖娼菖阊鲳伥长苌尝偿常嫦裳场肠当珰铛裆方芳枋钫坊妨防房肪鲂冈刚岗纲钢亢行桁吭杭航颃康慷糠郎廊榔狼浪阆琅锒稂忙芒邙茫囊滂彷旁傍蒡膀磅螃攘禳穰瓤丧桑伤殇觞汤商荡镗唐塘搪溏瑭螗糖堂膛镗螳棠脏臧牂章鄣彰獐漳嫜璋樟张(iang)将蒋浆僵缰(韁)礓疆良粮踉椋凉梁粱量羌蜣抢呛玱枪跄戕斨锵墙蔷嫱樯强彊乡芗相厢湘缃箱襄骧镶香详庠祥翔央泱殃秧鸯铁鞅扬玚杨旸炀钖疡阳羊佯徉洋烊(uang)创疮床光洸桄胱荒肓皇凰隍喤徨惶湟遑煌蝗篁艎锽鳇黄潢璜癀磺簧趪鳠匡劻洭恇框筐狂霜孀骦鹴鹩汪尪亡王忘望庄装妆桩

[八庚](en)贞侦浈桢祯(in)姘拼(ang)盲(eng)绷榜(校弓之器)撑柽蛏赪樘瞠枪(星名)噌成城诚宬盛呈程裎酲伧枨庚赓鹒更耕羹亨哼珩桁衡蘅横坑铿硎(石)萌盟虻氓黾甍抨怦砰烹澎棚硼彭澎膨蟛生牲笙甥声正征怔钲争峥狰睁铮筝丁(伐木声)(ing)并兵京鲸茎泾经菁睛精荆惊旌晶粳令名明鸣狞平评坪苹枰轻顷倾卿勍黥清情晴擎行饧英瑛婴撄嘤缨樱鹦罂莺迎茔莹营萦溁盈楹羸瀛赢(ong)訇轰泓闳宏黉荣嵘蝾

(iong)琼茕兄

[九青](in)馨(ing)丁仃玎订泾经伶怜囹苓泠玲铃聆蛉鸰羚翎零龄灵棂酃铭冥溟暝瞑螟宁(甯)咛聍俜娉萍屏瓶青蜻鲭厅汀町听桯廷莛庭蜓霆亭停婷星猩惺醒(桑经切)刑邢形型硎陉荥荧萤(iong)坰扃

[十蒸](in)矜(eng)崩曾层秤称乘惩澄丞承塍登灯镫恒棱楞能朋堋鹏扔仍僧升胜绳渑腾滕藤曾增憎缯罾矰症蒸徵(ing)冰兢凌菱陵绫鲮凝冯凭兴应膺鹰蝇(ong)肱薨弘

[十一尤](u)芣罘浮蜉涪(ao)矛蝥蝥(ou)抽紬瘳畴筹踌惆绸稠仇愁酬雠兜勾佝枸钩沟篝缑够侯喉猴糇篌抠芤娄偻蒌搂楼褛耧蝼髅牟侔眸蛑谋缪鍪区讴呕沤瓯欧鸥朴桴掊裒柔揉蹂鞣收叟搜馊溲飕锼螋涑偷投骰头舟州洲周啁调赒诌盩妯邹驺诹陬鲰(iou)鸠啾揪阄蝤留馏骝榴遛瘤刘浏流琉旒鎏牛丘邱蚯秋湫楸龟仇囚泅求俅逑球毬裘酋遒蝤虬休咻庥鸺貅髹羞馐修忧优攸悠呦幽尤疣犹莸猷由油柚蚰邮游蝣

[十二侵](an)簪(en)岑涔郴深琛沈沉湛壬任森掺参针椹斟箴(in)今衿禁襟金祲林淋琳霖临钦侵浸衾琴芩禽擒檎心芯歆镡阴荫音喑瘖淫霪吟(un)寻浔枏鲟

[十三覃](an)庵鹌谙暗参骖蚕惭眈耽酖儋担(擔)聃湛甘泔坩柑酣蚶憨含邯函(咸韵异)涵堪戡龛蓝褴篮岚婪南楠男三毵贪坍谈郯痰锬覃谭潭镡昙坛澹探(今读去声)簪

[十四盐](an)觇蚺髯苫占沾霑詹瞻(ian)砭阽(今读去声)兼蒹缣鹣歼尖渐廉簾镰蠊帘奁蔹拈粘鲇佥签谦黔钤钳箝潜添恬甜纤暹忺嫌崦阉淹腌厌恹严炎盐阎檐

[十五咸](an)搀谗馋巉镵帆凡函喃杉衫髟掺芟(ian)监

缄鸧咸衔岩

(三)上声

(注意:许多上声字现在都读成去声,少数字还读成平声:阴平或者阳平。这里我们将这些今读为去声的字,随其韵母所在标出之后,再将它们另行列出,以便查看。今读平声的字,则在括号中标明。此外,某字之后的括号中的字,有的是简要说明其义,以与另一韵部区别;有的是其繁体字或者异体字等,请读者多加留意。)

[一董](ěng)琫幪(幪幪)蠓懵塕滃蓊(ǒng)董懂(心乱也)动洞(洞然)汞澒(同汞)鸿(鸿蒙。今读阳平)孔拢笼(名词,东韵同)桶嵸(山貌)总偬(倥偬)䈬(东韵异)

动洞

[二肿](ěng)覂奉捧(ǒng)宠拱珙栱巩恐陇(垄)冗(宂)茸(推入)竦悚耸肿种(种子)踵冢重(轻重)(iǒng)拥(今读阴平)壅(今读阴平)甬勇俑涌(湧)汹(洶)詾

奉重(轻重)

[三讲](ǎng)棒蚌港(iǎng)讲项

棒蚌项

[四纸](ěr)尔迩耳珥駬(ǐ)彼比(比较)妣秕鄙俾婢庳髀匕此弛(今读阳平)侈齿耻褫砥几已纪麂伎技妓李里俚理鲤裏(简化为里)靡(披靡)弭瀰你拟(擬)旎否(臧否,否泰)嚭绮企起杞屺跂矢豕始史使(使令)驶氏市是諟视恃士仕酾(今读阴平)俟涘耜巳汜似姒死兕徙屣蓰纚喜玺枲以苡蚁(螘)已匜迤(斜行支韵异)酏矣倚纸只咫枳轵旨指止沚址阯祉趾芷徵(角

徵)抵(角抵)豕雉峙畤豸痔紫姊笫胏秭子梓滓訾(ǔ)履(uǎi)揣(ěi)被(寝衣)垒壘藟絫累(积累)诔美(uěi)捶(今读阳平)箠(今读阳平)诡簋晷癸宄匭轨垝跪毁燬跬傀揆岿蕊髓水觜(鸟嘴)嘴洧痏鲔唯(应答声)委

婢庳髀匕纪伎技妓氏市是諟视恃士仕俟涘耜巳汜祀似姒兕雉峙畤豸痔被(寝衣)跪

[五尾](ǎng)长(长者)(ěi)诽菲(菲薄)斐匪榧篚蜚悱朏(ǐ)几(几多)岂晞(今读阴平)豨(猪也)虨扆虮蟻螘顗(uěi)鬼卉(未韵同)虺苇尾娓伟炜(赤貌)暐玮韪韡亹(勉也)

虨卉

[六语](uǒ)所(ǔ)诅阻组俎祖杵处(居住)楚础(礎)楮汝茹(食也)抒纾(缓也)暑鼠黍墅渚煮褚杼(机杼)宁(宁,庭宁)伫(伫)苎(苎)纻(纻)羜(肥羜)贮(ǚ)举榉沮莒筥筥吕侣儢旅膂女敉去(除也)许湑谞湑醑叙溆序绪语(言语)峿(岨峿)圄敔龉圉与(给予)予(赐予)屿禦

墅杼(机杼)宁(宁,庭宁)伫(伫)苎(苎)纻(纻)羜(肥羜)贮叙溆序绪禦

[七麌](ǔ)补簿堵睹赌肚杜甫辅脯簠黼府腑俯(俛)腐抚斧釜父古估罟诂牯股鼓瞽贾(商贾)羖蛊(寄生虫)盬虎琥苦户怙祜扈沪(滬)卤鲁橹虏姥努弩怒(遇韵同)普谱浦圃莆乳数(动词)竖树(种植,动词)土吐(遇韵异)五伍武鹉午仵舞庑(廡)妩(嫵)膴(膴仕)怃(憮)侮庑坞(隖)组祖主拄麈柱炷(灯炷)(ǚ)聚窭缕偻取诩庾(仓无屋者)麌雨羽诩栩禹瑀宇俣伛窳愈(ǎng)莽(莫补切。养韵、有韵同)

簿肚杜父户怙祜扈沪(滬)怒(遇韵同)竖树(种植,动词)

坞（隖）柱炷（灯炷）聚窭愈

［八荠］（ǐ）陛髀泚底邸诋抵坻牴柢弟娣（霁韵同）递（遞，霁韵同）济（水名）荠礼澧醴蠡（范蠡）祢瀰（支纸韵并通）米眯启棨缇醍体（體）悌涕（霁韵同）徯洗

陛髀弟娣（霁韵同）递（遞，霁韵同）荠悌涕（霁韵同）

［九蟹］（ǎ）灑（马韵作"洒"。又去声寘韵）（ǎi）矮騃（今读阳平）摆枴骇楷锴买（ǐ）躧（舞履也）廌（同豸。纸韵同）（iè）解蟹獬（豸也）澥

骇廌蟹獬（豸也）澥

［十贿］（ě）颏（今读阴平）（ǎi）欸采彩綵待怠殆绐诒骀改海醢亥垲（塏）恺鎧乃鼐宰载（年也）在（存在）（ěi）倍蓓琲蕾儡櫑（古木剑也）礧每浼餧餒（同馁）（uěi）璀悔汇贿嵬（灰韵同）猥隗罪（辠）

待怠殆绐诒骀亥鼐在（存在）倍蓓汇贿罪（辠）

［十一轸］（uǎn）踳（ěn）忿愤忍哂矧脤肾蜃参诊轸昣畛紾袗稹缜朕纼赈（ǐn）臏紧尽嶙（巉嶙）敏闵悯愍泯（真韵通）愍黾（黽，勉也）牝尹隐引蚓靷（uěn）偆惷蠢盾（阮韵异）菌箘稛（同稛，动词）囷（真韵通）吮允狁楯殒陨隼笋（筍）准（準）纯（缘也）（iǒng）窘

忿愤脤肾蜃朕纼赈臏尽牝盾（阮韵异）菌箘

［十二吻］（ěn）龀蚡粉墳（土膏肥也，文韵异）忿（问韵同）坋（问韵同）愤（ǐn）堇谨槿卺近（远近）隐听（笑貌）（uěn）吻刎抆（ǚn）蕴藴（积也）

龀忿（问韵同）坋（问韵同）愤近（远近）蕴藴（积也）

［十三阮］（ǎn）阪反返饭鳍（同鳍）（iǎn）蹇（铣韵同）楗揵

偃堰（壅水为埭曰堰）鄢巘（铣韵同）幰（uǎn）阮娩（孏娩）晚宛婉琬菀晼蜿（蜿蟺）（üǎn）绻圈（兽闌）咺烜远（远近，愿韵异）苑（愿韵同）（ěn）本畚稳很垦（墾）恳（懇）（uěn）沌盾（轸韵同）遁（遯，愿韵同）鲧辊绲衮（衮）混焜（今读阴平）梱悃阃壸损（动词）鳟（今有阴平和去声两读）

饭鳝（同鳝）楗揵圈（兽闌）苑（愿韵同）沌盾（轸韵同）遁（遯，愿韵同）混

［十四旱］（ǎn）伴但诞蜑断（断绝）亶笴罕旱悍（翰韵同）侃懒（嬾）满伞散（散誕）繖坦袒瓒（uǎn）短管琯馆（翰韵同）澣（浣）盥缓款（欵）卵（咢韵同）暖（翰韵同）煖算（动词）盌（碗）脘缵纂

伴但诞蜑断（断绝）旱悍（翰韵同）瓒澣（浣）盥算（动词）

［十五潸］（ǎn）版板产潸（删韵同）赸盏琖栈（iǎn）简揀柬限眼（uǎn）绾（谏韵同）撰（谏韵同）

栈柬限撰（谏韵同）

［十六铣］（ǎn）阐蒇单墠鱓（同鳝）善墡（亦作礂）展辗（霰韵异）栈（iǎn）扁（不正圆，又扁额，先韵异）惼褊（狭小）辨辩辫典茧筧翦（剪）蹇（跛行，阮韵同）謇钱（先韵异）饯（霰韵同）践件键戬琏（先韵异）冕免勉眄（霰韵同）沔（水流满貌）勔缅湎黾（地名，轸韵通，梗韵异）渑（渑池）辇撚（执）谝搴（今读阴平，详先韵）浅遣缱腆殄（灭绝）覥（面惭也）洗（洒足也。荠韵异）毨燹铣（光泽度好的金属）跣显鲜（少也，先韵异）藓癣岘蚬（霰韵同）宴（亦作"醼"）衍（霰韵同）巘（阮韵同）甗（元霰韵通）谳（屑韵同）演兖（uǎn）喘舛荈脔（今读阳平）娈（今读阳平）软（輭）转（自转，不及物动词，霰韵并异）羂（同罥）隽犬畎（沟渠，亦作

呭)选(霰韵异)泫铉㾼(ěn)姺(苏典切,古国名,今读阴平)(ǔn)吮(徂兖切。轸韵同)

单墠鱓(同鳝)善墡(亦作磰)栈辨辩辫饯(霰韵同)践件键岘蚬(霰韵同)宴(亦作"醼")撰(潸韵通)譔(霰韵同)瑑篆羂(同罥)隽泫铉

[十七篠](ǎo)扰娆绕(啸韵异)遶少(多少,啸韵异)绍(继承)沼赵兆旐肇(iǎo)表摽(啸韵同,萧韵异)标(今读阴平,与萧韵多异)褾掉(啸韵同)娇(萧韵异)撟矫蹻(药韵异)譑皦曒缴(缴纳,又缠也)皎湫(湫隘,尤韵异)了僚(与萧韵多异)燎(萧韵异)缭(今读阳平)瞭蓼(屋韵异)瞭杪(树梢)秒眇渺缈藐淼鸟袅(同裹)裹褭茑(啸韵同)嫋慓缥(淡青色)殍悄愀釥朓(晦而见月)挑(引也。萧豪韵并异)窅(深目)窈窕窱(深远貌,啸韵同)鹭小篠(小竹)晓夭(夭折)杳(幽暗)

绍(继承)赵兆旐肇摽(啸韵同,萧韵异)掉(啸韵同)慓

[十八巧](ǎo)拗(折断,效韵异)饱鲍炒卯昴茆(茆葵)挠(豪韵通)爪(又音 zhuǎ)(iǎo)佼(肴韵异)筊(今读阳平)娇(肴韵异)狡绞搅媌(肴韵通)巧咬齩

鲍

[十九皓](ǎo)媪袄(襖)宝保葆堡褓鸨抱草懆岛倒(仆也。号韵异)祷(号韵同)捣道稻槁(稾)稿缟镐鄗杲(日出明)好(好醜,号韵异)皓皡昊颢(白貌)灏镐鄗(同镐)考栲老潦(雨水大貌)涝(今读阳平。水名,豪号韵俱异)脑恼碯埽(扫。号韵同而异)嫂讨藻澡燥早枣蚤造(造作,号韵异)阜(同皂)缫(豪韵异)

抱道稻镐皓皡昊颢(白貌)灏镐鄗(同镐)燥造(造作,号韵

异）皁（同皂）

［二十哿］（ǎ）那（奴可切。歌箇韵异）（ě）硪哿（欢乐）舸（大船）荷（负荷。歌韵异）可坷（箇韵同）堁（箇韵同）颗（今读阴平）（ǒ）跛簸（动词）颇（稍也。今读阴平）叵（uǒ）瑳（歌韵通）揣（摇也。纸韵异）亸（下垂）朵垛柁（舵）沱（歌韵异）堕（支韵异）惰（箇韵同）果裹蜾火夥祸砢蠃裸蓏娜（今读阳平）锁（鏁）琐妥我左坐（坐立）（ǎn）瘅（箇韵同，寒韵异）笴（uǎn）卵（郎果切）

荷（负荷。歌韵异）堁（箇韵同）柁（舵）沱（淡沱。歌韵异）堕（支韵异）惰（箇韵同）祸坐（坐立）瘅（箇韵同，寒韵异）

［二十一马］（ǎ）把马灑（简化为“洒”）鲊（禡韵异）（iǎ）贾（姓也。麌韵异）槚假（真假。禡韵异）斝嘏（福也。又音 gǔ）厦下（上下。禡韵异）夏（华夏。禡韵异）哑雅疋（雅的古字）（uǎ）寡瓦（ě）撦（同扯）若（般若）惹捨（舍。禡韵异）社者赭（红土）（iě）姐且寫瀉（祃韵同）野冶也（ǐ）哆（昌者切。麻纸哿韵并异）（uǎi）踝

厦下（上下）夏（华夏）社瀉（祃韵同）

［二十二养］（ǎng）盎（漾韵同）榜（庚敬韵并异）苍（阳韵异）袒敞氅（鸟羽，氅衣）党（黨）谠（正直）欓崵盪（摇动）荡簜仿昉纺放（仿效）倣罔沆吭（嗓音。）慷（今读阴平）朗莽（麌韵同）漭（水广大貌）蟒曩壤攘（阳韵异）穰（阳韵异）磉颡（额头）赏上（升也。漾韵异）傥帑（虞韵异）驵（又读 zù）髒（体胖也）奘掌长（长幼。阳漾韵并异）丈仗（漾韵同）杖（iǎng）奖桨蒋（阳韵异）两（漾韵异）蜽（蝄蜽）魉彊（同强，勉强。阳韵异）襁繦响想享象像橡蠁鲞块泱（泱漭。阳韵异）怏（漾韵同）鞅养（漾韵异）

瀁（瀁漭。漾韵异）痒仰（漾韵异）（uǎng）广（廣）迋（欺也。漾韵异）晃幌榥怳爽枉往罔惘網（网）辋魍

愓盪（摇动）荡簜沆吭（嗓音。）上（升也。漾韵异）奘丈仗（漾韵同）杖象像橡怏（漾韵同）榥

[二十三梗]（ǎ）打（德冷切）（ǐn）皿（uàng）矿（ěng）骋逞裎（庚韵异）梗哽绠鲠骾耿冷猛蜢艋黾（轸铣韵俱异）省（察也，反省）省（省减）眚整（ǐng）饼屏（除也）丙炳（光明）怲邴蛃秉景璟憬井警颈境静靖岭（嶺）领请（敬韵异）顷幸杏荇影颍颖郢瘿（iǒng）囧煛永

矿境静靖幸杏荇

[二十四迥]（ěn）肯（ěng）等拯（ǐng）并酊顶鼎铤到胫茗（今读阳平）酩溟（青韵异）侹珽挺（青韵异）梃艇町（青韵通）醒（青韵同）婞涬（iǒng）迥（僻远）炯泂颎褧

胫婞涬

[二十五有]（ǔ）瓿母拇畝牡妇负阜（ǔ）取（麌韵通）（ǒu）偶耦藕欧（呕吐。尤韵异）殴（今读阴平）趣（遇韵异）丑杻（又音 niǔ）醜斗（北斗）枓（麌韵异）蚪陡否（是否）缶枸（枸杞。虞麌韵并异）狗笱苟耇垢吼后（君也）後（简化为“后”。前后）厚口扣（叩）塿篓某剖（今读阴平）掊糗蹂（今读阳平）叟嗾擞薮（湖泽）手守（宥韵异）受绶寿（宥韵同）首（宥韵异）黈走鲰（今读阴平）帚（篝）肘纣（iǒu）酒久玖九赳（今读阴平）咎（灾祸，豪韵异）纠（今读阴平）韭臼舅柳罶溜（今读阳平。尤韵通）懰绺纽忸狃钮糗朽琇滫有友卣牖酉莠黝诱右

瓿妇负阜垢后（君也）後（简化为“后”。前后）厚扣（叩）受绶寿（宥韵同）纣臼舅琇诱右

[二十六寝](ěn)谌(今读阳平)稔荏饪恁审(審)婶渖(汁也)沈(姓也)谂甚(沁韵同)葚枕(衾枕。沁韵异)朕(我也)(ǐn)锦噤廪(粮仓)凛懔品寝饮(饮食。沁韵异)(ǐng)稟

饪恁甚(沁韵同)葚朕(我也)噤

[二十七感](ǎn)惨黪(浅青黑色)憯(悲痛)胆(膽)淡(徒敢切。又见去声勘韵)澹(覃韵异,勘韵同)憺萏紞黮噉感敢橄颔喊撼菡坎轗(轗轲)览揽擥(同揽)榄罱糁(米粒;散落)毯菼壍(iǎn)椠(艳韵同)嵌晻揜

淡(徒敢切。又见去声勘韵)澹(覃韵异,勘韵同)憺萏噉颔撼菡壍椠(艳韵同)嵌

[二十八俭](ǎn)谄染冉苒陕闪崭飐(iǎn)贬点玷簟(簟席)俭检渐(徐进。盐韵异)敛(艳韵异)潋脸歉芡嗛慊冉苒忝(艳韵同)险猃崦琰剡(削也。又音 shàn)奄掩广(崖广)俨餤魇(葉韵同)黡

玷簟(簟席)渐(徐进。盐韵异)潋歉芡餤

[二十九豏](ǎn)黯巉犯范範帆喊(感韵通)阚(虎声。勘陷韵并异)滥(勘韵异)掺(咸韵异)斩湛(水深貌。侵覃韵俱异)(iǎn)减槛舰(艦)豏(豆馅儿)黤

黯犯范範帆滥(勘韵异)湛(水深貌。侵覃韵俱异)槛舰(艦)豏(豆馅儿)

(四)去声

去声字中,也有一些字的今读发生了变化:一些去声字今读上声或者平声。对于这些字,我们均在括号中加以说明。还有一些字的读音不同而韵部相同,我们则标出“又音”。如:

校(学校。又音 jiào)

[一送](èng)讽凤赗梦(òng)冻栋洞(严洞)恫(东韵异)栋贡鬨(斗声也)哄(同鬨)蕻(菜苔)空(空缺)控鞚哢讋弄凇(霜凇)送痛恸偬(董韵通)糉(同粽)中(射中,击中)仲众(uèng)甕

[二宋](èng)葑(菰根。冬韵异)俸缝(隙也)(òng)从(仆从)共供(供设,名词)宋送颂诵讼统(今读上声)综(今读zèng,旧读 zòng。)纵(放纵)重种(种植)(iòng)用雍(州名,冬韵异)壅(加土壅田,与冬肿韵并异)

[三绛](iàng)洚绛降(升降)巷(uàng)撞(江韵同)

[四寘](è)厕瑟(ì)刺次啻翅眙(视也)饎伺嗣四泗驷饲肆思(名词)笥食(以食与人也)寺(名词)使(使者。今读上声。纸韵异)施(今读上声。支韵通)侍示嗜事试謚自字渍牸恣眥胾值(直吏切。今读阳平。又职韵)植(直吏切。今读阳平。职韵同)织(職吏切。同"帜"。今读阴平。职韵同)置寘志痣誌治(治安,太平)至致轾緻帜炽识(音志,记也,又标识)穉智贽挚鸷觯(支韵通)踬(èr)刵咡(口吻)珥饵衈贰二(ì)鼻避臂比(大比)庇泌畀痹奰诐贲(卦名,文元韵俱异)赑閟跸地積塈暨寄积(储蓄也,陌韵异)芰洎记冀懻悸惎骑骥忌季觊吏利痢莉詈莅荔秘腻譬器弃企(纸韵通)咥(笑貌,此义与质屑韵俱通,餘异)戏勩(劳勩)谊懿意义议易(容易)异薏(职韵同)肄儗(迟滞)劓廙缢(ài)晒(曬,卦韵同)(uài)帅(将帅)(èi)被(覆也)备糒类累(连累)泪媚寐魅帔譥(uèi)悴粹萃翠䡣(车骑,名词)吹(名词)怼位为(因为)伪(guì,钱币)垝(坫堂隅也,纸韵异)樻彗恚匮馈篑蕢愧(媿)瑞祟睟谇睢(支韵通,餘异)穗遂燧

隧䍁邃檖璲穟襚睡诿（今读上声）遗（赠也，支韵异）餧醉坠惴缒

［五未］（ì）既暨蔇穊（福祥也。今读阴平声。微韵通）气忾（太息，队韵异）衣（著衣，动词）毅（ài）溉（èi）翡（今读上声）（uèi）贵沸费讳彙卉（尾韵同）纬（今读上声）未味尉慰蔚胃渭谓蝟畏魏

［六御］（ù）处（处所，语韵异）如（鱼韵通）茹（度也。鱼语韵俱异）疏（书疏，章疏）恕庶署（今读上声）曙（今读上声）诅（今读上声）箸助著（显著）翥（ù）倨据踞锯勮（劇）遽沮（潮湿。鱼语韵并异）狙（音聚。獲属。鱼韵通）洳讵虑去（来去）觑絮御誉（名词）驭豫与（参与）预滪蓣语（告也）饫

［七遇］（uà）胯（禡韵同）（uò）厝（置也）措塑胙祚阼（ì）斁（ù）布怖步哺（今读上声）捕（今读上声）醋错（药韵异）蠹度（法度）渡镀妒付附驸袝跗（今读阴平）鲋赋讣赴傅赙固锢痼露故酤（今读阴平。同沽，与虞韵同，餘与虞麌韵并异）雇顾互沍瓠（瓠瓜）戽护（護）濩（布散）頀謼（呼）绔（袴）库辂路璐潞露鹭赂墓暮慕募怒（麌韵同）仆（今读阴平）铺（同舖）孺（今读阳平）塑泝诉素嗉（膆）尌树（麌韵异）澍数（数目）戍输（所送之物，今读阴平）兔菟务婺雾鹜吐（呕吐，麌韵通）汙（污，动词）忤（今读上声）误悟寤晤恶（憎恶）骛婺住注炷註驻戍（戍守）咮（鸟声）铸畀（ù）具惧（懼）句屦屡（今读上声）娶（今读上声）趣煦酗芋遇裕谕喻妪寓

［八霁］（è）掣（屑韵同）（iè）捩（屑韵异）曳（ì）敝幣弊蔽毙鷩（屑韵同）箅嬖闭薜杕（杕杜）第帝娣禘谛蒂缔棣螮（同蝃，虹也）遞睇（斜视）疐（同蒂）哜继祭计际剂济（渡也）挤（今读上

声。齐韵同）霁偈（屑韵异）蓟罽斓髻历厉励砺疠粝例荔丽（麗）俪砅隶粝戾唳沴谜（今读阳平）泥（拘泥）埿睨睥嵽砌契（契约）妻（以女妻人）替嚏涕（荠韵同）薙细系係繫禊艺诣裔羿泄（水名，屑韵异）袘瘗瘱翳曀殪豷（ì）傺势世贳誓筮噬澨逝瞢（寘韵通）彘制製滞（ù）壻婿（ài）逮（èi）袂（uèi）毳脆刿桂彗嘒槥篲慧惠蕙叡（睿）锐枘汭芮蚋繐岁帨税说蜕卫（衛）轊缀赘

［九泰］（à）大（箇韵通）（ē）磕（今读阴平，合韵同）（ì）釱（dì，足械也，霁韵通。又音 dài，通软）（ài）霭蔼艾蔡带软盖匄（同丐）丐害愒（霁韵同，餘异）赖濑籁奈柰泰太汰忲汏（曷韵异）（uài）会（记也）侩脍（鲙）浍狯外（èi）贝狈酹（队韵同）沛霈旆（同旆）（uèi）兑会（合也）桧浍襘绘荟哕（鸟鸣）翙蜕（霁韵同）最蕞

［十卦］（uà）卦挂话画（图画）（iè）介芥玠疥界届戒诫械懈廨薤瀣（队韵同）（ài）噫（饱食息也）隘败拜稗瘥（病愈）虿卖迈派湃晒（曬）债祭（姓也）瘵（uài）嘬（吞食）怪夬（卦名）坏哙快蒯蒉（芜秽）（uèi）聩喟

［十一队］（iè）瀣（卦韵同）（ì）乂刈（ài）爱暧薆瑷碍（礙）菜裁（灰韵异）代岱帒贷黛玳（同瑇）埭逮（及也）戴逮概槩溉嘅慨欬忾（未韵异）铠（贿韵通）徕（灰韵异）睐赉耐鼐赛塞（边塞）态载（载运）在（所在）再（èi）背（名词，动词）焙孛（月韵同）悖（月韵同）誖（月韵同）辈废吠肺朏（今读上声，尾韵异）耒（今读上声）颣酹（泰韵通）昧妹内佩珮配（uài）块（uèi）倅（佐贰也）淬队敦（食器，元寒愿韵俱异）憝（亦作懟）碓对秽喙诲晦悔（贿韵异）阓缋溃愦碎谇退硙晬（ào）瑁（号韵异）

［十二震］（èn）趁榇衬（櫬）疢龀认刃仞轫慎娠（真韵通）

震阵填(同镇。真先霰韵俱异)瑱镇振赈(ìn)傧摈殡鬓仅(今为上去两读)晋进琎搢瑨缙墐瑾(今读上声)觐殣馑(今读上声)烬荩(藎)贶賮(同贶)吝蔺躏粦遴信衅(衅)印慭靷(轸韵通)(uèn)闰润顺舜瞬谆(今读阴平。真韵通)(ǜn)俊儁(同俊)峻浚晙骏餕徇殉讯迅

[十三问](èn)分(名分,文韵异)偾奋粪忿(吻韵同)汶(水名)抆(今读上声)紊(今读上声)问闻(名誉,文韵异)璺(ìn)斤(察也。文韵异)近(动词)焮(亦作炘)靳(ǜn)郡训运韵(韻)缊愠酝(醞)晕郓员(姓也)

[十四愿](àn)饭(名词)贩曼蔓(iàn)建健宪献堰(阮韵通)郾(今读上声)(uàn)万(üàn)圈(阮韵异)劝券绻(阮韵同,今读上声)楦愿怨远(阮韵异)苑(愿韵同)(èn)坌艮恨闷嫩(uèn)寸顿钝遯(阮韵同)溷慁困论(元韵异)巽潠逊

[十五翰](uò)偄(弱也。奴乱切)(àn)岸案按犴(寒删韵俱同)半绊粲璨灿(燦)旦弹(名词,寒韵异)惮旰(日晚也)暵(旱韵同)盰骭幹(寒韵异)汉汗(寒韵异)扞闬翰(翰墨)瀚悍侃(今读上声,旱韵通)看(寒韵通)衎(乐也。旱韵异)烂谰(今读阳平,寒韵通)澜(寒韵通)谩(谩骂)墁(寒韵通)漫(寒韵同,又副词独用)幔缦难(灾难)判叛畔胖(寒韵异)散(解散)歎(叹)炭腕赞讚(iàn)晏(翰韵同)(uàn)窜撺(今读阴平)爨断(决断)段碫锻观(楼观,寒韵异)(旱韵同)盥(旱韵同)馆贯冠(冠军,寒韵异)祼雚(同鹳)灌瓘鹳欢(寒韵同)奂唤换涣焕乱畔算(名词又写作筭)蒜彖褖玩(今读阳平)惋(今读上声)腕钻(鑽,寒韵同)

[十六谏](àn)扮办(辦)瓣慢缦盼襻汕讪(删韵通)疝栈

輚（潸韵同）戁绽（iàn）辨谏间（间隔。删韵异）涧苋晏（翰韵同）鷃雁赝（uàn）串丱惯患（删韵同）宦擐轘（删韵异）豢（潸韵同）幻绾（今读上声。潸韵同）

［十七霰］（àn）颤扇（先韵异）膳煽（先韵同。今读阴平）禅（封禅。先韵异）擅善缮鄯战（iàn）变便（便利。先韵异）徧（遍）卞汴忭弁拚（亦作“抃”）颤佃（先韵异）甸钿（先韵通）殿（声母有清浊之别：殿堂为清声母，殿军为浊声母）澱（已而，副词）淀（浅水也）奠电洊荐（薦）栫瑐箭见（音 xiàn，则义别而韵同）贱溅（动词）饯（铣韵通）煎（蜜饯。先韵异）拣（今读上声。潸韵通）练楝鍊恋眄（今读阳平。铣韵同）瞑（今读上声。青韵异）眄（铣韵通）面（面粉。本作麪，亦作麵）偭（今读上声）片汧（今读阴平）茜倩（敬韵异）蒨綪（耕韵异）牵（挽舟索。先韵异）遣（铣韵异）缱（今读上声。铣韵通）譴（今读上声）填（先韵通，真震韵异）瑱（震韵通）先（今读阴平。先韵异）县（先韵异，其音 xuán）霰线（同线）羡砚研（先韵异）趼（铣韵异）衍（今读上声。铣韵通）燕（先韵异）嚥（同咽）嬿醼宴彦谚唁堰（阮願韵俱通）（uàn）穿（贯也。先韵异）钏娈（今读阳平。铣韵通）啭馔传（传记。先韵异）转（以力转。铣韵异）啭篹（üàn）狷睊绢倦卷（书卷）罥眷鄄桊（先韵异）绚旋（先韵异）炫眩衒袨选（今读上声，铣韵异）贙援（人名与元韵异）媛（元韵异）瑗掾缘（先韵异）院

［十八啸］（üè）爝（今读阳平。药韵同）（ào）娆（今读上声。萧筱韵异）绕（筱韵异）烧（萧韵异）少（老少。筱韵异）劭邵召诏照（iào）俵摽掉（篠韵同）钓弔（锡韵异）调（音调。萧韵异）藋叫噭（吼也）徼（边徼。萧韵异）峤（萧韵别）轿（萧韵通）

醮釂燎(萧韵通)疗(療。今读阳平)鹩(今读阳平)料尿茑(今读上声。篠韵同)庙妙剽(萧韵异)漂(萧韵异)骠(又音 biāo,义别)窍峭陗(同峭)诮鞘眺頫(麌韵异)肖(萧韵异。枭啸笑)要(重要。萧韵别)葽(萧韵通)曜耀(燿)窔(同突)铫(萧韵通)鹞(萧韵别)

[十九效](uò)踔(今读阴平。觉韵异)(ào)拗(巧韵异)豹爆(觉韵异)钞(今读阴平。肴韵通)桡(今读阳平。萧韵别)淖闹貌礟(同砲)稍(今读阴平)櫂(棹)罩笊(iào)教(教训。肴韵异)酵窖珓较(觉韵异)觉(寤也。觉韵异)敲(今读阴平。肴韵通)校(学校。又音 jiào)孝效(効)傚斅乐(觉药韵俱异)

[二十号](ào)傲骜奥墺澳(屋韵异)燠(今读 yù。屋皓韵俱异)懊隩奡报暴(强暴。屋韵异)瀑(屋韵异)薃操(今读阴平。豪韵异)漕(今读阳平。豪韵异)糙(今读阴平)导(今读上声)祷(今读上声。皓韵同)蹈(今读上声)倒(颠倒,皓韵异)翿(豪韵通)悼盗到焘纛(沃韵同)告(告诉。沃韵异)诰郜缟(今读上声。皓韵通)膏(豪韵异)号(号令,名号。豪韵异)耗好(喜好。皓韵异)靠犒劳(慰劳)涝嫪冒帽媢瑁(队韵异)眊芼(豪韵异)旄(豪韵异)耄埽(皓韵通)氉噪躁譟造(造就。皓韵异)慥灶(竈)凿(今读阳平。药韵异)

[二十一箇](à)大(泰韵通)(è)饿个個箇贺和(唱和。歌韵异)坷(今读上声。哿韵同)轲(今读阴平。轗轲。歌哿韵俱通)堁(哿韵通)课(ò)卧播(今读阴平)磨破簸(uò)剉挫磋(今读阴平。歌韵通)惰(哿韵通)媠(同惰。哿韵异)瘅(丁佐切,今读 dàn,哿韵同,寒韵异)过(经过,歌韵有同有异)货逻(今读阳平)䃰磨(石磑也。歌韵异)那(歌哿韵俱异)懦(同懦。虞

韵同）稬（同糯）些（麻韵异）唾卧涴左（哿韵异）佐（今读上声）作（药韵异）做坐（行之反，又同座）座

［二十二祃］（à）弝杷（田器。麻韵同。馀异）靶罢霸（陌韵异）坝（壩）欛灞诧姹（马韵通）骂祃怕帕帊嗄乍诈咤（麻韵异）蜡（ià）架驾嫁稼架假（借也，又休假。马韵异）價（简化为“价”）暇（今读阳平）夏（春夏。马韵音同义别）下（降也。马韵异）罅亚娅讶迓砑（uà）化华（华山。麻韵异）桦（麻韵通）胯（遇韵同）跨（è）麝赦舍（庐舍。马韵异）射（陌韵异。又音 yè，韵同而义别。又音 yì，陌韵）蔗（iè）借（陌韵异）藉（凭藉。陌韵异）谢榭卸泻（马韵异）夜（ì）贳（今读 shì。霁韵通）炙（炮肉也，名词。陌韵异）

［二十三漾］（àng）盎醠傍（依傍。阳韵异）徬谤鬯唱偿（今读阳平。阳韵通）怅畅韔当（适当。阳韵今读上声）挡荡（养韵异）盪妨（今读阳平。阳韵异）防（阳韵通）航行（阳庚敬韵俱异）桁（衣架也。阳庚韵俱异）吭颃（今读阳平）亢（高亢，又星名。阳韵异）伉抗炕閌浪（波浪。阳韵异）阆讓丧（丧失。阳韵异）上（上下）尚（阳韵异）汤（阳韵异）傥（养韵异）葬脏（臟）藏（库藏。阳韵异）长（多也，余也。阳养韵俱异）帐张（阳韵异）涨胀仗（养韵同）障嶂瘴（iàng）酱将（将帅。阳韵异）匠量（度量，数量，名词。养韵异）悢谅掠（力让切。今读 lüè。药韵同）亮两（养韵异）緉（今读上声。）酿饷（今读上声）相（视也，卿相。阳韵异）向（許亮切。又式亮切，词义有别）珦饟（今读上声）仰（养韵异）怏（养韵同）恙样（様）漾（水名。养韵异）瀁（养韵异）养（供养。养韵异）恙炀（阳韵异）飏（今读阳平）（uàng）创（开创。阳韵异）怆刱廣（养韵异）圹旷纩况（同況）

况贶诳(今读阳平)潢(今读阳平)旺妄忘(阳韵异)王(王天下,霸王。阳韵异)望(观望,阳韵同;又地名、人名独用)迋(养韵异)壮状

[二十四敬](èn)侦(丑郑切。今读阴平。庚韵通)(ìn)劲聘娉(àng)榜(北孟切。漾韵通,庚养韵异)(èng)迸更(更加。庚韵异)横(横逆,庚韵异)孟圣盛(庚韵异)正(正直。庚韵异)政证(證)郑诤(ìng)病柄(今读上声)邴(今读上声)并(庚韵异)倂(合倂)競净敬儆(今读上声)檠(庚韵异)竟獍镜靓令(命令)命庆倩(霰韵异)清请(朝会名。梗韵异)晟(今读又音chéng)盛(多也)姓性行(品行。今读xíng。阳庚漾韵俱异)硬映(iòng)敻泳(今读上声)詠(今读上声)

[二十五径](ùn)孕(以证切)(èn)亘(古邓切)(èng)乘(车乘,名词。蒸韵异)称(相称,蒸韵异)凳邓(鄧)蹬蹭剩賸胜(胜败。青韵异)赠甑(又音jìn)证(證)(ìng)定锭顁钉(青韵异)饤径迳胫(迥韵通)经(青韵同,餘不通)佞甯(姓也)磬罄聽(简化为"听",今读阴平。聆也,青韵同;又听从,独用)廷(青韵同)兴(兴趣。蒸韵异)醒(今读上声。青迥韵俱通)莹(今读阳平。庚韵同。磨莹、聪莹独用)应(答应。蒸韵异)媵

[二十六宥](ù)畜(丑救切。六畜。屋韵亦该此义)富复(復,又也。屋韵异)覆(盖也。屋韵异)副(屋职韵俱异)辐(屋韵异)姆(亦作"娒")漱戊(ào)贸茂懋瞀(以上四字皆"莫候切","瞀"又有"莫角切")(iòu)究疚就鹫救廄(又写作"廐")究(今读阴平)旧(舊)灸柩疚留(尤韵异)溜雷瘤(尤韵通)馏鹨谬缪(错也。尤屋韵俱异)秀绣(同繡)宿(星宿。屋韵异)岫袖褎(同袖、褏)嗅齅又右佑祐侑宥囿(屋韵通)幼柚(屋韵异)狖(亦

作“䝉”)輶(尤韵通)(òu)凑(亦作“凑”)腠辏蔟(屋韵异)臭(又音 xiù)豆脰逗饾窦读(句读。屋韵别)鬭(同“鬥”)媾彀构(構)遘觏购(購)句(尤遇韵俱异)雊厚(有韵通)吼(有韵通)後后姤诟逅候堠扣寇蔻簆鷇漏陋镂(虞韵异)瘘沤糅(今读阳平)嗾(今读上声。有韵通)瘦授绶售寿(有韵同)兽守(有韵异)狩首(自首也。有韵异)收(舒救切,尤韵通。今读阴平)透(屋韵异)奏走(有韵异)宙胄咮咒昼甃骤皱籀绉繇(萧尤韵俱异)酎

[二十七沁](èn)谶任(负担。侵韵异)妊(亦作“姙”)衽纴(亦作“絍”)鵀(今读阳平。侵韵同)甚(寝韵同)谮揕枕(今读上声。)(动词)鸩(ìn)禁(禁令,宫禁。侵韵异)浸(侵韵异)祲噤临(侵韵异)沁喑(侵韵异)窨饮(使饮。寝韻微异)荫(侵韵异)

[二十八勘](àn)暗(闇)参(侵覃韵并异)啗(啖)淡(徒滥切)擔(名词,简化为“担”。覃韵异)澹(覃韵异感韵同)憺(感韵异)甔(今读阴平。覃韵通)淦(覃韵异)灨(感韵通)绀憨憾琀(今读阳平)勘(今读阴平)磡瞰阚缆(今读上声)滥(豏韵异)三(再三。覃韵异)暂錾

[二十九艳](àn)赡厌(盐葉韵俱异)餍占(佔据。盐韵异)(iàn)砭(今读阴平。盐韵通)窆(今读上声)垫坫(侵韵异)店剑僭敛(今读上声,聚敛也。俭韵异)潋(俭韵通)殓念潜(今读阳平。盐韵同)壍(同“堑”)椠(感韵通)欠挦苫(盐韵异)忝(今读上声。俭韵同)舚(舌出貌。今读阴平)猃(今读上声)嬐(今读上声)焰爓(亦作“焰”)盐(腌也。盐韵异)验艳(艶。同“豔”)滟(水动也)酽

注:剑,《廣韻》作“居欠切”,去声,梵韵。欠,《廣韻》去劍切,去声,

梵韵。《诗韵》当归“陷韵”。而《佩文韵府》“艳韵”和“陷韵”皆收，且云二者同。

[三十陷]（àn）韽（今读阴平。覃韵通）忏（懺）谗（今读阳平，咸韵通）镵（今读阳平。土具，长镵也。与咸韵餘义不通）梵帆（船使风也。咸韵微通）汎阚（虎怒貌。今读上声。豏勘韵并异）蘸站（iàn）鑑监（同鑑，又中书监。感韵异）欠（欠少义，详艳韵）陷淹（盐韵通）（uàn）赚

（五）入声

[一屋]（e）熇（uo）凿缩（i）副槭（u）醭卜鞴揞矗蔟簇蹙蹴读渎椟犊牍黩独髑伏栿茯服菔匐幅辐福蝠复腹蝮馥谷榖縠斛槲彀觳哭禄碌鹿漉辘簏麓陆稑勠蓼戮六木沐目苜睦牧缪穆仆扑蹼暴曝瀑叔菽淑倏孰塾熟肃涑速觫蔌簌宿夙谡秃屋鹜竹舳逐竺筑祝族镞（ü）掬鞠鞫菊恧畜蓄蓿育煜郁澳燠毓鬻（ao）凿（ou）肉柚

[二沃]（o）襮（uo）沃（u）触亍怵促督毒碡笃梏牿鹄喾酷录渌逯箓镤幞辱蓐溽缛褥赎属蜀束俗粟鋈烛瘃属嘱瞩足（ü）局绿曲顼旭勖续玉钰谷峪浴欲鹆狱

[三觉]（e）壳（o）趵剥暴（旧读有 bó 音）爆驳（uo）逴踔（效韵异）戳搦朔蒴搠槊数喔偓握幄渥龌卓倬桌捉浊镯浞啄琢濯（üe）角觉珏确学乐岳（u）璞朴（ao）雹

[四质]（e）瑟（uo）茁（ie）诘拮（i）笔必铋毕筚跸弼觱唧叱吉佶疾嫉蒺栗溧宓密蜜谧尼暱昵腻匹漆七桼日失实室虱悉蟋肸膝一壹乙佚轶溢镒佾逸侄郅桎窒蛭帙秩质骘栉（u）出绌黜怵术秫沭述卒（ü）橘律率汩鹬聿（uai）率蟀帅

［五物］(o)佛 (üe)倔掘崛厥(i)吃乞讫汔迄(u)不弗拂佛绋艴绂祓黻勿物芴(ü)诎屈尉蔚(ei)熨

［六月］(a)发伐阀筏罚(ua)袜腽(e)纥讷(o)饽孛勃渤悖脖鹁没殁咄(uo)咄棁(ie)揭羯碣竭暍谒歇蝎(üe)掘厥劂蕨撅獗橛蹶鳜阙曰哕月刖钺越樾粤(u)骨鹘汩忽惚芴笏窟堀突凸(屑韵同)兀杌卒

［七曷］(a)犮拔茇跋魃怛妲笪达剌辣捺萨獭挞闼捋(ie)栉(ua)栝鸹(e)遏割葛曷喝褐渴(o)钵拨泼末沫抹妹秣袜钹(uo)撮掇夺活聒豁活括栝适阔捋脱(ai)癞

［八黠］(a)八拔菝察刹嗄肭帕杀铩煞獭扎哳(ia)圿戛颉瞎辖锗黠轧揠(ua)刮滑猾刷(ie)楷秸(u)鹘

［九屑］(e)彻撤澈掣呐热舌设蜇折哲辙浙(uo)啜缀辍掇说拙涿(ie)鳖别憋蹩跌咥垤绖耋迭昳瓞铁偈揭桀杰洁拮结桔颉碣孑讦节截列冽洌烈裂戾捩劣埒鬣灭蔑篾蠛捏陧涅臬孽蘖瞥撇切窃契锲挈沏铁饕楔撷缬挈泄绁契屑亵噎拽咽(üe)决诀抉玦驮觖谲绝缺阕薛穴踅雪血哕说悦阅(i)闭唳(u)凸

［十药］(e)愕谔萼鄂腭锷鳄颚鹗恶垩噩格阁各涸鹤壑乐(o)博搏薄礴簿亳魄(落魄)膜莫漠寞镆瘼粕(uo)绰厝错度踱铎郭霍藿获(穫)瓠扩廓泺跞洛骆络珞烙硌落雒诺若箬弱烁铄妁索托橐柝簿拓魄焯勺灼酌斫著褯缴昨笮作怍柞迮酢凿(üe)孱爵嚼爝矍攫噱掠略虐疟却雀芍鹊削谑约钥龠瀹栎跃(u)幕(ao)薄酪勺芍杓(iao)脚嚼药

［十一陌］(a)蚱(ia)唬(ua)画划(e)册策坼额厄扼轭格骼鬲隔膈革核翮赫客喀绎槭责啧帻箦赜迮咋笮舴择泽谪磔(o)伯帛泊箔柏舶檗擘陌貊蓦貘脉迫珀魄霸(uo)获(獲)硕蝈

帼虢諴(ie)液掖腋(i)辟薜璧襞碧尺斥赤屐积迹脊瘠鹡藉籍戟鲫逆擗癖薜僻癖碛石硕(shí)适释奭螫夕穸昔惜腊席蓆舄隙亦奕弈役疫译怿驿绎易埸蜴益嗌摭跖踯(ai)白百佰柏脉麦拍摘宅翟窄

[十二锡](i)壁滴狄荻翟籴敌嫡镝的迪笛涤觌绩击激寂历苈沥枥疬雳郦栎轹砾跞鬲幂觅溺劈霹僻戚槭剔踢惕摘倜逖畜析菥淅晢晰蜥锡裼檄觋阋 (ü)湨

[十三职](e)侧厕测恻得德刻克剋仂泐勒啬穑色塞忒忑慝特则仄昃贼(o)踣墨默万(姓)冒(uo)国或惑(i)逼愎敕饬唧即亟极(極)棘稷鲫力匿食蚀识式拭饰息熄嶷弋亿忆臆噫薏癔翊翼抑织直植殖职陟(ü)洫域阈蜮魊(ei)北黑贼鲗

[十四缉] (e)涩蛰(i)及急级集湿十什拾汁执絷立粒笠泣葺翕吸习袭隰揖邑挹悒熠(u)入(ian)廿

[十五合](a)搭耷答拉腊蜡内(nà)纳衲卅飒塌塔鳎沓踏嗒阘榻蹋遝帀匝杂(e)鸽蛤合郃盒喝盍阖磕瞌溘嗑

[十六叶](a)霎箑(洽韵同)歃炸(ia)浃荚铗颊侠(e)摄滠慑涉叶歙辄摺詟褶(ie)喋堞谍牒蝶蹀叠褶接捷婕睫猎躐鬣聂嗫镊颞蹑捻妾踥惬箧慊贴帖协勰叶挟燮躞晔烨靥(i)楫

[十七洽](a)臿插锸扱乏法霎翣啑箑歃喋炸眨(ia)夹郏鵊袷跲甲岬胛钾掐恰洽匣狎峡狭硖押鸭压(ie)劫怯胁业邺(ao)凹

附录三：派入阴平、阳平二声中的中古入声字表

本表收录派入阴平、阳平二声中常用的古入声字近600个，凡声母相同的字排在一起，声母按声母表的次序排列，y、w开头者排在最后。

［入声作阴平声］(b)八捌钵拨剥逼憋鳖(p)泼劈撇瞥仆扑拍霹泊(m)摸抹(f)发(d)答搭滴跌督掇裰咄(t)塌踏剔踢帖贴怗秃托脱突(n)捏(l)拉勒(g)搁疙胳割鸽刮聒郭(k)瞌磕哭窟(h)哈喝忽惚唿豁黑(j)激迹击积绩缉屐夹揭结接噘撅锔掬鞠(q)七柒漆戚沏掐切曲屈缺(x)吸翕歙悉蟋析晰皙淅蜥夕汐昔惜息熄膝瞎歇楔戌薛削(zh)只汁织扎卓倬桌捉涿拙摘粥(ch)吃插出戳拆(sh)失湿虱杀刷说叔淑菽倏(y)一壹揖押鸭噎掖曰约压(w)屋挖

［入声作阳平声］(b)拔跋钹魃白舶帛伯泊箔勃渤脖鹁博薄礴搏膊驳别蹩(p)仆璞濮(m)膜没(f)乏伐筏阀垡罚佛弗拂佛绋茀伏茯袱服菔绂幅福辐蝠(d)答瘩沓达鞑妲怛靼得德笛迪狄荻敌嫡镝觌翟涤籴的喋堞碟蝶牒迭叠独读渎椟牍毒夺铎度踱(g)阁格骼革隔膈国帼虢(k)咳壳(h)合盒曷盍阖劾核阂貉涸翮斛縠滑猾活(j)及汲级岌笈亟极殛吉急即脊瘠疾嫉蒺集籍辑楫戢棘夹荚郏颊洁结桔诘颉劫桀杰偈羯竭碣节捷婕睫截局跼菊橘决抉诀玦倔掘崛桷厥蕨獗橛蹶谲觉爵嚼绝矍攫躩

(x)习席媳袭檄侠狭匣峡狎辖黠协胁勰颉撷穴学(zh)直值植殖姪职栉扎铡札闸宅折辙摺哲辄谪蛰詟竹竺烛逐躅轴妯酌浊镯啄琢濯擢茁斫(ch)察(sh)十什拾石食蚀实识舌折孰熟秫赎芍杓(z)杂砸凿则择泽责啧帻箦贼足卒族镞昨(s)俗(e)额

（此表转引自江建名、何毓玲《韵文概论》16—17页，稍有增改）

附录四：诗韵举例

这一部分是为了增强对“诗韵”的感性认识而编的。以平声30部为序，最后为入声韵。熟读这些诗篇，即可以“滚雪球”的办法来系联、扩展各部之字。例如，知道了陆游的《晚泊》一诗中“东”“中”“风”“空”为东韵，那么，谢宗可《晓色》一诗中与“中”押韵的“胧”“穷”“红”也应在东部。如此系联，则有利于掌握各部之字。

首句入韵的字，其下加三角号标出。

上平声

一东

晚泊　宋·陆游

半世无归似转蓬△，今年作梦到巴东。
身游万死一生地，路入千峰百嶂中。
邻舫有时来乞火，丛祠无处不祈风。
晚潮又泊淮南岸，落日啼鸦戍堞空。

晓色　元·谢宗可

远似烟霏近又空△，非明非夜雨朦胧。
一天清露洗难退，几抹曙云遮不穷。
断角楼台浓淡里，残灯院落有无中。
苍茫半逐鸡声散，又被朝阳染作红。

咸阳怀古 清·严虞惇

六五毕后霸图空，三百离宫一炬中。
八水凄清秋色早，九嵏巀嶭夕阳红。
车迴博浪沙中客，舟引蓬莱海上风。
自料骊山万年计，岂知遗恨在樵童。

注：九嵏（zōng），山名，以山有九峰高耸而得名。在陕西礼泉县东北，其南麓为咸阳北坂。巀嶭，音 jiéniè。高耸。

和仆射晋公扈从温汤 唐·王维

天子幸新丰，旌旗渭水东。
寒山天仗外，温谷幔城中。
奠玉群仙座，焚香太乙宫。
出游逢牧马，罢猎见非熊。
上宰无为化，明时太古同。
灵芝三秀紫，陈粟万箱红。
王礼尊儒教，天兵小战功。
谋猷归哲匠，词赋属文宗。
司谏方无阙，陈诗且未工。
长吟吉甫颂，朝夕似清风。

二冬

过香积寺 唐·王维

不知香积寺，数里入云峰。
古木无人径，深山何处钟。
泉声咽危石，日色冷青松。
薄暮空潭曲，安禅制毒龙。

竹　唐·郑谷

宜烟宜雨又宜气,拂水藏村又间松。
移得萧骚从远寺,洗束疏净见前峰。
侵阶藓折春芽迸,绕径莎微夏荫浓。
无赖杏花多意绪,数枝穿翠好相容。

寻郭道士不遇　唐·白居易

郡中乞假来相访,洞里朝元去不逢。
看院只留双白鹤,入门惟见一青松。
药炉有火丹应伏,云碓无人水自春。
欲问参同契中事,更期何日得相从?

函谷关　清·吴廷桢

丸泥塞险恃崇墉,表里山河百二重。
城晚角声通晋塞,关寒树色锁秦封。
惊心逋客听鸡度,矫首真人跨犊逢。
西去岳莲迎面起,云开立马许从容。

榕荫古渡　清·徐廷诤

江畔横生久耐冬,早知杨柳不如榕。
盘根错节枝千干,古洞穿岩影一重。
朝夕乘舟看画锦,往来过客卧荫浓。
山河自古钟灵气,万丈仙藤欲化龙。

三江

季秋苏五弟缨江楼夜宴三首(之三)　唐·杜甫

对月那无酒,登楼况有江。
听歌惊白鬓,笑舞拓秋窗。
尊蚁添相续,沙鸥并一双。

尽怜君醉倒，更觉片心降。

答刘连州邦字　唐·柳宗元

连壁本难双，分符刺小邦。
崩云下漓水，劈箭上浔江。
负弩啼寒狖，鸣枹惊夜狵。
遥怜郡山好，谢守但临窗。

注：狵，音 máng。多毛犬。

白鸽　唐·徐夤

带翼凌空碧，依人到大邦。
粉翎栖画阁，云影拂琼窗。
振鹭堪为侣，鸣鸠好作双。
狎鸥归未得，睹尔忆晴江。

金陵怀古（其一）　宋·王安石

霸祖孤身取二江，子孙多以百城降。
豪华尽出成功后，逸乐安知与祸双。
东府旧基留佛刹，后庭余唱落船窗。
黍离麦秀从来事，且置兴亡近酒缸。

横塘春泛　明·王世懋

吴姬小馆碧纱窗，十里飞花点玉缸。
蜡屐去寻芳草路，青丝留醉木兰舡。
山连暮霭迷前浦，云拥春流入远江。
棹里横塘听一曲，烟波起处白鸥双。

四支

云安九日郑十八携酒　唐·杜甫

寒花开已尽，菊蕊独盈枝。

旧摘人频异，轻香酒暂随。
地偏初衣袂，山拥更登危。
万国皆戎马，酣歌泪欲垂。

凉思　唐·李商隐

客去波平槛，蝉休露满枝。
永怀当此节，倚立自移时。
北斗兼春远，南陵寓使迟。
天涯占梦数，疑误有新知。

孤雁　唐·崔涂

几行归塞尽，念尔独何之。
暮雨相呼失，寒塘欲下迟。
渚云低暗度，关月冷相随。
未必逢缯缴，孤飞自可疑。

使院黄葵花　唐·韦庄

薄妆新著淡黄衣，对捧金炉侍醮时。
向日似矜倾国貌，倚风如唱步虚词。
乍开檀柱疑闻语，试与云和必解吹。
为报同人看来好，不禁秋露即离披。

注：衣，微韵。

赴戍登程口占示家人(其一)　清·林则徐

力微任重久神疲，再竭衰庸定不支。
苟利国家生死以，岂因祸福避趋之。
谪居正是君恩厚，养拙刚于戍卒宜。
戏与山妻谈故事，试吟断送老头皮。
莫向西湖歌此曲，水光山色不胜悲。

五微

秋露　唐·骆宾王

玉关寒气早，金塘秋色归。
泛掌光逾净，添荷滴尚微。
变霜凝晓液，承月委圆辉。
别有吴台上，应湿楚臣衣。

塞上　唐·郭震

塞上虏尘飞，频年出武威。
死生随玉剑，辛苦向金微。
久戍人将老，长征马不肥。
仍闻酒泉郡，已合数重围。

衣襟中诗　宋·李若水

胡马南来久不归，山河残破一身微。
功名误我等云过，岁月惊人和雪飞。
每事恐贻千古笑，此心甘与众人违。
艰难惟有君亲重，血泪斑斑染客衣。

金陵驿　宋·文天祥

草合离宫转夕晖，孤云飘泊复何依。
山河风景原无异，城郭人民半已非。
满地芦花和我老，旧家燕子傍谁飞。
从今别却江南路，化作啼鹃带血归。

春日述怀　清·王苹

泉头十九年前住，试看垂杨大几围。
犹是双鸡招近局，依然山鸟怪儒衣。
诗如上水船难进，身似沾泥絮不飞。

屈指年华竟虚掷，从前悔未买渔矶。

六鱼

送屈突司马充安西书记　唐·钱起

制胜三军劲，澄清万里余。
星飞庞统骥，箭发鲁连书。
海月低云旆，江霞入锦车。
遥知太阿剑，计日斩鲸鱼。

题邻居　唐·于鹄

僻巷邻家少，茅檐喜并居。
蒸梨常共灶，浇薤亦同渠。
传屐朝寻药，分灯夜读书。
虽然在城市，还得似樵渔。

闻蛙　宋·陆游

科斗忽安在，蛙声豪有余。
虽成两部乐，恨失一编书。
忿怒缘何事，号呼可奈渠。
厨人不遐弃，犹得伴溪鱼。

苏主簿挽歌　宋·欧阳修

布衣驰誉入京都，丹旐俄惊反旧闾。
诸老谁能先贾谊，君王犹未识相如。
三年弟子行丧礼，千两乡人会葬车。
我独空斋挂尘榻，遗编时阅子云书。

注：都，虞韵。

寄家人　清·沈绍姬

归来偕隐计犹虚△，垂老他乡叹索居。

别久乍疑前劫事，路歧才得去年书。
梦如柳絮飞无定，愁似芭蕉卷未舒。
记得小园亲手植，一栏红药近何如。

七虞

过檐石湖　唐·窦叔向

晓发渔门戍，晴看檐石湖。
日衔高浪出，天入四空无。
咫尺分洲岛，纤毫辨舳舻。
渺然从此去，谁念客帆孤。

宿孤馆　唐·贾岛

落日投村戍，愁生为客途。
春山晴后绿，江月夜深孤。
橘村千树在，渔家一半无。
自知风水静，舟系岸边芦。

奉和幸安乐公主山庄应制　唐·韦元旦

银河南渚帝城隅，帝辇平明出九衢。
刻凤蟠螭凌桂邸，穿池叠石写蓬壶。
琼箫暂下钧天乐，绮缀长悬明月珠。
仙榜承恩争既醉，方知朝野更欢娱。

书武侯传　清·李寅

寤想宗臣握帝图，盟心无地不艰虞。
运移京国方扶汉，力竭西南更托孤。
纵使河山分鼎足，忍教正朔委当途。
可知空谷龙蟠日，莘野躬耕道自符。

纪事(一)　清·陈学泗

臣浸东南力未苏，万家饥鹄不胜呼。

中丞欲请敖仓粟，司谏先陈郑侠图。

漫议补苴停转运，最怜剜肉赐全租。

春来县吏敲门早，试问三农一饱无。

八齐

紫骝马　唐·李白

紫骝行且嘶，双翻白玉蹄。

临流不肯渡，似惜锦障泥。

白雪关山远，黄云海戍迷。

挥鞭万里去，安得念春闺。

钱塘湖春行　唐·白居易

孤山寺北贾亭西，水面初平云脚低。

几处早莺争暖树，谁家新燕啄春泥。

乱花渐欲迷人眼，浅草才能没马蹄。

最爱湖东行不足，绿杨阴里白沙堤。

九成宫　唐·李商隐

十二层城阆苑西，平时避暑拂虹霓。

云随夏后双龙尾，风逐周王八马蹄。

吴岳晓光连翠巘，甘泉晚景上丹梯。

荔枝卢桔沾恩幸，鸾鹊天书湿紫泥。

步入衡山　宋·范成大

应有人家住隔溪，绿阴亭午但闻鸡。

松根当路龙筋瘦，竹笋漫山凤尾齐。

墨染深云犹似瘴，丝来小雨不成泥。

更无骑吹喧相逐，散诞闲身信马蹄。

出嘉峪关感赋（其一）　清·林则徐

严关百尺界天西，万里征人驻马蹄。
飞阁遥连秦树直，缭垣斜压陇云低。
天山巉峭摩肩立，瀚海苍茫入望迷。
谁道崤函千古险，回看只见一丸泥。

九佳

春感　唐·李白

茫茫南与北，道直事难谐。
榆荚钱生树，杨花玉糁街。
尘萦游子面，蝶弄美人钗。
却忆青山上，云门掩竹斋。

赠水军都将　唐·张祜

平生为有安邦术，便别秋曹最上阶。
战舰却容儒客卧，公厅惟伴野僧斋。
裁书榭迥冰胶笔，养药堂深藓惹鞋。
直待门前见幢节，始应高惬圣启怀。

遣悲怀（其一）　唐·元稹

谢公最小偏怜女，自嫁黔娄百事乖。
顾我无衣搜荩箧，泥他沽酒拔金钗。
野蔬充膳甘尝藿，落叶添薪仰古槐。
今日俸钱过十万，与君营奠复营斋。

病起　清·李永祺

崚嶒未怕骨如柴，排闷时时强散怀。
州夜养生终是癖，伯伦醉死便须埋。

枕边唤梦劳黄鸟，陌上行游让玉騧。
莫负阳春好烟景，且教办取踏青鞋。
注：騧，属佳、麻两韵。义同。

寄怀查伊璜先辈　清·沈绍姬

亭亭绝巘结萧斋，高峙龙门百尺阶。
苏晋堂前宜绣佛，马融帐后有金钗。
凄凉歌板怜君僻，磊落文章与世乖。
爱我巴歌长击节，汝南月旦愧齐谐。

十灰

登襄阳城　唐·杜审言

旅客三秋至，层城四望开。
楚山横地出，汉水接天回。
冠盖非新里，章华即旧台。
习池风景异，归路满尘埃。

正月十五夜　唐·苏味道

火树银花合，星桥铁锁开。
暗尘随马去，明月逐人来。
游妓皆秾李，行歌尽落梅。
金吾不禁夜，玉漏莫相催。

喜达行在所三首(之一)　唐·杜甫

西忆岐阳信，无人遂却回。
眼穿当落日，心死著寒灰。
雾树行相引，连山望忽开。
所亲惊老瘦，辛苦贼中来。

雷　唐·杜甫

巫峡中宵动，沧江十月雷。
龙蛇不成蛰，天地划争回。
却碾空山过，深蟠绝壁来。
何须妒云雨，霹雳楚王台。

遣悲怀三道(其二)　唐·元稹

昔日戏言身后意，今朝都到眼前来。
衣裳已施行看尽，针线犹存未忍开。
尚想旧情怜婢仆，也曾因梦送钱财。
诚知此恨人人有，贫贱夫妻百事哀。

十一真

又呈吴郎　唐·杜甫

堂前扑枣任西邻，无食无儿一妇人。
不为困穷宁有此？只缘恐惧转相亲。
即防远客虽多事，便插疏篱却任真。
已诉征求贫到骨，正思戎马泪盈巾。

春日京中有怀　唐·杜审言

今年游春独游秦，愁思看春不当春。
上林苑里花徒发，细柳营前叶漫新。
公子南桥应尽兴，将军西第几留宾。
寄语洛城风日道，明年春色倍还人。

八月七日初入赣，过惶恐滩　宋·苏轼

七千里外二毛人，十八滩头一叶身。
山忆喜欢劳远梦，地名惶恐泣孤臣。
长风送客添帆腹，积雨浮舟减石鳞。

便合与官充水手，此生何止略知津。

登拟砚台　宋·陆游

层台缥缈压城闉，倚杖来观浩荡春。
於尽樽前千里目，洗空衣上十年尘。
萦回水抱中和气，平远山如醖藉人。
更喜机心无复在，沙边鸥鹭亦相亲。

忆母　清·沈受宏

贫是儒家事，难安为老亲。
遥怜负米客，长作倚间人。
夜绩孤灯暗，朝梳白发新。
生男亦何益，只是累艰辛。

十二文

送张判官赴河西　唐·王维

单车会出塞，报国敢邀勋。
见逐张征虏，今思霍冠军。
沙平连白雪，蓬卷入黄云。
慷慨倚长剑，高歌一送君。

谢柳子厚寄迭石观　唐·刘禹锡

常时同砚席，寄砚感离群。
清越敲寒玉，参差迭碧云。
烟岚余斐亹，水墨两氛氲。
好与陶贞白，松窗写紫文。

注：亹，音 wěi，美。

少华甘露寺　唐·郑谷

石门萝径与天邻，雨桧风篁远近闻。

饮涧鹿喧双泒水，上楼僧踏一梯云。
孤烟薄暮关城没，远色初清渭曲分。
长欲燃灯来此宿，北林猿鹤旧同群。

注：邻，真韵。泒，《广韵》作古胡切，平声。疑当是“派”字之误。

过陈琳墓　唐·温庭筠

曾于青史见遗文，今日飘蓬过此坟。
词客有灵应识我，霸才无主始怜君。
石麟埋没藏春草，铜雀荒凉对暮云。
莫怪临风倍惆怅，欲将书剑学从军。

题武侯祠　明·无名氏

剑江春水绿沄沄，五丈原头日又曛。
旧业未能归后主，大星先已落前军。
南阳祠宇空秋草，西蜀关山隔暮云。
正统不惭传万古，莫将成败论三分。

十三元

辋川闲居　唐·王维

一从归白社，不复到青门。
时倚檐前树，远看原上村。
青菰临水映，白鸟向山翻。
寂寞於陵子，桔槔方灌园。

乱后却至近甸有感　唐·韩偓

狂童容易犯金门，比屋齐人作旅魂。
夜户不扃生茂草，春渠自溢浸荒园。
关中忽见屯边卒，塞外翻闻有汉村。
堪恨无情清渭水，渺茫依旧绕秦原。

游鹊山院　宋·陈师道

积石横成岭，行杨密映门。
人声隐林杪，僧舍绕云根。
顿摄尘缘尽，方知象教尊。
只应羊叔子，名字与山存。

岸贫　宋·梅尧臣

无能事耕获，亦不有鸡豚。
烧蚌熬槎沫，织蓑依树根。
野芦编作室，青蔓与为门。
稚子将荷叶，还充犊鼻裈。

楼观　宋·苏轼

鸟噪猿呼昼闭门，寂寥谁识古皇尊。
青牛久已辞辕轭，白鹤时来访子孙。
山近朔风吹积雪，天寒落日淡孤村。
道人应怪游人众，汲尽阶前井水浑。

十四寒

与颜钱塘登樟亭望潮作　唐·孟浩然

百里雷声震，鸣弦暂辍弹。
府中连骑出，江上待潮观。
照日秋云迥，浮天渤澥宽。
惊涛来似雪，一坐凛生寒。

注：澥，音 xiè。伸入陆地的海湾。

洞灵观冬青　唐·许浑

雪霰不凋色，两株交石坛。
未秋红实浅，经夏绿阴寒。

露重蝉鸣急，风多鸟宿难。
何如西禁柳，晴舞玉阑干。

宾至　唐·杜甫

幽栖地僻经过少，老病人扶再拜难。
岂有文章惊海内，漫劳车马驻江干。
竟日淹留佳客坐，百年粗粝腐儒餐。
不嫌野外无供给，乘兴还来看药栏。

骢马　唐·万楚

金络青骢白玉鞍，长鞭紫陌野游盘。
朝驱东道尘恒灭，暮到河源日未阑。
汗血每随边地苦，蹄伤不惮陇阴寒。
君能一饮长城窟，为尽天山行路难。

泰山　元·张养浩

风云一举到天关，快意生平有此观。
万古齐州烟九点，五更沧海日三竿。
向来井处方知隘，今后巢居亦觉宽。
笑拍洪崖咏新句，满空笙鹤下高寒。

注：关，删韵。

十五删

同崔兴宗送瑗公　唐·王维

言从石菌阁，新下穆陵关。
独向池阳去，白云留故山。
绽衣秋日里，洗钵古松间。
一施传心法，惟将戒定还。

淮上喜会梁州故人　唐·韦应物

江汉曾为客，相逢每醉还。
浮云一别后，流水十年间。
欢笑情如旧，萧疏鬓已斑。
何因不归去？淮上有秋山。

奉送晁伯南归金溪　宋·张元干

君家诸父多人杰，半是平生亲旧间。
莫话故园空矫首，相从逆旅足开颜。
文元勋业金瓯字，昭德风流玉笋斑。
此去腾骧吐虹气，何由来伴老夫闲。

西湖泛舟　宋·朱松

望湖楼下照衰颜，羞见尘埃两鬓斑。
风艇纵看山转侧，烟堤尽逐水回还。
唤人归去城钟急，触处相亲岭月弯。
不用新诗摹绝境，定知长到梦魂间。

次韵和子由欲得骊山澄泥砚　宋·苏轼

举世争称邺瓦坚，一枚不换百金颁。
岂知好事王夫子，自采临潼绣岭山。
经火尚含泉脉暖，吊秦应有泪痕潸。
封题寄去吾无用，近日从戎拟学班。

注：坚，先韵。

下平声

一先

使至塞上　唐·王维

单车欲问边，属国过居延。

征蓬出汉塞，归雁入胡天。
大漠孤烟直，长河落日圆。
萧关逢候骑，都护在燕然。

苏武庙　唐·温庭筠

苏武魂销汉使前，古祠高树两茫然。
云边雁断胡天月，陇上羊归塞草烟。
回日楼台非甲帐，去时冠剑是丁年。
茂陵不见封侯印，空向秋波哭逝川。

自咏　唐·韩愈

一封朝奏九重天，夕贬潮阳路八千。
本为圣朝除弊政，敢将衰朽惜残年。
云横秦岭家何在，雪拥蓝关马不前。
知汝远来应有意，好收吾骨瘴江边。

商山富水驿　唐·杜牧

益戆由来未觉贤，终须南去吊湘川。
当时物议朱云小，后代声华白日悬。
邪佞每思当面唾，清贫长欠一杯钱。
驿名不合轻移改，留警朝天者惕然。

注：原诗题云："驿本名与杨谏议同姓名，因此改为富水驿。"

鲥鱼　明·何景明

五月鲥鱼已至燕，荔枝卢桔未应先。
赐鲜遍及中珰第，荐熟谁开寝庙筵。
白日风尘驰驿骑，炎天冰雪护江船。
银鳞细骨堪怜汝，玉箸金盘敢望传。

二萧

鸥　唐·杜甫

江浦寒鸥戏，无他亦自饶。
却思翻玉羽，随意点青苗。
雪暗还须浴，风生一任飘。
几群沧海上，清影日萧萧。

泊扬子岸　唐·祖咏

才入维扬郡，乡关此路遥。
林藏初霁雨，风退欲归潮。
江火明沙岸，云帆碍浦桥。
客衣今日薄，寒气近来饶。

出塞作　唐·王维

居延城外猎天骄，白草连天野火烧。
暮云空碛时驱马，秋日平原好射雕。
护羌校尉朝乘障，破虏将军夜渡辽。
玉靶角弓珠勒马，汉家将赐霍嫖姚。

送张六谏议归朝　唐·武元衡

诏书前日下丹霄，头戴儒冠脱皂貂。
笛怨柳营烟漠漠，云愁江馆雨萧萧。
鸳鸿得路争先翥，松柏凌寒独后凋。
归去朝端如有问，玉门关外老班超。

秦淮夜泊　宋·贺铸

官柳动春条，秦淮生暮潮。
楼台见新月，灯火上双桥。
隔岸开朱箔，临风弄紫箫。

谁怜远游子，心旆正摇摇。

三肴

堂成　唐·杜甫

背郭堂成荫白茅，缘江路熟俯青郊。
桤林碍日吟风叶，笼竹和烟滴露梢。
暂止飞乌将数子，频来语燕定新巢。
旁人错比扬雄宅，懒惰无心作解嘲。

陪诸公上白帝城头宴越公堂之作　唐·杜甫

此堂存古制，城上俯江郊。
落构垂云雨，荒阶蔓草茅。
柱穿蜂溜蜜，栈缺燕添巢。
坐接春怀气，心伤艳蕊梢。
英灵如过隙，宴衎愿投胶。
莫问东流水，生涯未即抛。

注：衎，音 kàn，欢乐。

江边四十韵　唐·元稹

官借江边宅，天生地势坳。
敧危饶坏构，迢递接长郊。
怪鹏频栖息，跳蛙颇混殽。
总无篱缴绕，尤怕虎咆哮。
停潦鱼招獭，空仓鼠敌猫。
土虚烦穴蚁，柱朽畏藏蛟。
蛇虺吞檐雀，豺狼逐野麃。
犬惊狂浩浩，鸡乱响嘐嘐。
濩落贫甘守，荒凉秽尽包。

断帘飞熠耀，当户网蟏蛸。
曲突翻成沼，行廊却代庖。
桥横老颠枿，马病裹刍茭。
一一床头点，连连砌下泡。
辱泥疑在绛，避雨想经崤。
相顾忧为鳖，谁能复系匏？
誓心来利往，卜食过安爻。
何计逃昏垫，移文报旧交。
栋梁存伐木，苫盖愧分茅。
金埦排黄荻，琅玕裹翠梢。
花砖水面斗，鸳瓦玉声敲。
方础荆山采，修椽郢匠刨。
隐锥雷震蛰，破竹箭鸣骹。
正寝初停午，频眠欲转胞。
囷圆收薄禄，厨敞备嘉肴。
各各人宁宇，双双燕贺巢。
高门受车辙，华厩称蒲捎。
尺寸皆随用，毫厘敢浪抛？
篾余笼白鹤，枝剩架青鸡。
制榻容筐篚，施关拒斗筲。
栏干防汲井，密室待持胶。
庭草慵工薙，园蔬稚子掊。
本图闲种植，那要择肥硗。
绿柚勤勤数，红榴个个抄。
池清漉螃蟹，瓜蠹拾螌蝥。

晒篆看沙鸟，磨刀绽海鲛。
罗灰修药灶，筑垛阅弓弰。
散诞都由习，童蒙剩懒教。
最便陶静饮，还作解愁嘲。
近浦闻归棹，遥城罢晓铙。
王孙如有问，须为并挥鞘。

注：麃，音 páo，即麅。蟏蛸，音 xiāoshāo，一种脚很长的蜘蛛，俗称蟢子。琅玕，音 lánggān，像珠子的美石。骹，音 xiāo，响箭。蒲捎，又作蒲梢、蒲稍。古代骏马名。鵁，音 jiāo，鸟名。薙，音 tì，除草。螌，音 bān，螌蝥，即斑蝥。一种黑色甲虫，成虫危害大豆、花生等农作物。亦可入药。弰，音 shāo，弓的末梢。

四豪

骊山　唐·许浑

闻说先皇醉碧桃，日华浮动郁金袍。
风随玉辇笙歌迥，云卷珠帘剑佩高。
凤驾北归山寂寂，龙舆西幸水滔滔。
蛾眉没后巡游少，瓦落空墙见野蒿。

登故洛阳河　唐·许浑

禾黍离离半野蒿，昔人城此岂知劳。
水声东去市朝变，山势北来宫殿高。
鸦噪暮云归故堞，雁迷寒雨下空壕。
可怜缑岭登仙子，犹自吹笙醉碧桃。

长安杂题（之二）　唐·杜牧

雨晴九陌铺江练，天近千峰迭海涛。
南苑草芳眠锦雉，夹城云暖下霓旄。
少年羁络青纹玉，游女花簪紫蒂桃。
江碧柳深人尽醉，一瓢颜巷日空高。

上元　宋·曾巩

金鞍驰骋属儿曹，夜半喧阗意气豪。
明月满街流水远，华灯入望众星高。
风吹玉漏穿花急，人近朱阑送目劳。
自笑低心逐年少，只寻前事捻霜毛。

前堂观月　宋·范成大

箕踞绳床政自豪，远游何暇续离骚。
萧森万竹秋逾瘦，突兀双楠夜更高。
东郭风喧三鼓市，西城石汹二江涛。
色尘声界如如现，本自无禅不用逃。

五歌

寻梅道士　唐·孟浩然

彭泽先生柳，山阴道士鹅。
我来从所好，停策夏阴多。
重以观鱼乐，因之鼓枻歌。
崔徐迹未朽，千载揖清波。

天末怀李白　唐·杜甫

凉风起天末，君子意如何？
鸿雁几时到，江湖秋水多。
文章憎命达，魑魅喜人过。
应共冤魂语，投诗赠汨罗。

送人游吴　唐·杜荀鹤

君到姑苏见，人家尽枕河。
古宫闲地少，水港小桥多。
夜市卖菱藕，春船载绮罗。

遥知未眠月，乡思在渔歌。

曲江　唐·李商隐

望断平时翠辇过，空闻子夜鬼悲歌。

金舆不返倾城色，玉殿犹分下苑波。

死忆华亭闻唳鹤，老忧王室泣铜驼。

天荒地变心虽折，若比伤春意未多。

山居杂咏　清·黄宗羲

锋镝牢囚取次过，依然不废我弦歌。

死犹未肯输心去，贫亦其能奈我何。

二两棉花装破被，三根松木煮空锅。

一冬也是堂堂地，岂信人间胜著多？

六麻

送孙秀才　唐·王维

帝城风日好，况复建平家。

玉枕双文簟，金盘五色瓜。

山中无鲁酒，松下饭胡麻。

莫厌田家苦，归期远复赊。

题大庾岭　唐·宋之问

度岭方辞国，停轺一望家。

魂随南翥鸟，泪尽北枝花。

山雨初含霁，江云欲变霞。

但令归有日，不敢怨长沙。

秋兴八首(其一)　唐·杜甫

夔府孤城落日斜，每依北斗望京华。

听猿实下三声泪，奉使虚随八月槎。

画省香炉违伏枕，山楼粉堞隐悲笳。
请看石上藤萝月，已映洲前芦荻花。

吴兴新堤　唐·朱庆馀

春堤一望思无涯，树势还同水势斜。
深映菰蒲三十里，晴分城郭几千家。
谋成既不劳人力，境远偏宜隔浪花。
若与青山常作对，汀洲肯恨柳丝遮。

村居　元·王冕

英雄在何处，气概属山家。
蚁布出入阵，蜂排早晚衙。
野花团部伍，溪树拥旗牙。
抱膝长吟罢，天边日又斜。

七阳

春日上方即事　唐·王维

好读高僧传，时看僻谷方。
鸠形将刻杖，龟壳用支床。
柳色春山映，梨花夕鸟藏。
此窗桃李下，闲坐但焚香。

春日山庄　唐·韦述

初岁开韶月，田家喜载阳。
晚晴摇水态，迟景荡山光。
浦净渔舟远，花飞樵路香。
自然成野趣，都使俗情忘。

秋日早行　唐·韦庄

上马萧萧襟袖凉，路穿禾黍绕宫墙。

半山残月露华冷，一岸野风莲萼香。
烟外驿楼红隐隐，渚边云树暗苍苍。
行人自是心如火，兔走乌飞不觉长。

村行　宋·王禹偁

马穿山径菊初黄，信马悠悠野兴长。
万壑有声含晚籁，数峰无语立斜阳。
棠梨叶落胭脂色，荞麦花开白雪香。
何事吟余忽惆怅，村桥原树似吾乡。

春日郊外　宋·唐庚

城中未省有春光，城外榆槐已半黄。
山好更宜积余雪，水生看欲倒垂杨。
莺边日暖如人语，草际风来作药香。
疑此江头有佳句，为君寻取却茫茫。

八庚

编集拙诗十五卷因题卷末戏赠元九二十　唐·白居易

一篇长恨有风情，十首秦吟近正声。
每被老元偷格律，苦教短李伏歌行。
世间富贵应无分，身后文章合有名。
莫怪气粗言语大，新排十五卷诗成。

春夕旅怀　唐·崔涂

水流花谢两无情，送尽东风过楚城。
蝴蝶梦中家万里，子规枝上月三更。
故园书动经年绝，华发春惟满镜生。
自是不归归便得，五湖烟景有谁争。

长安杂题　唐·杜牧

洪河清渭天池浚，太白终南地轴横。
祥云耀映汉宫紫，春光绣画秦川明。
草妒佳人钿朵色，风回公子玉衔声。
六飞南幸芙蓉苑，十里飘香入夹城。

雪霁独登南楼　宋·范成大

雪晴风劲晚来冰，楼上奇寒病骨惊。
雀啄空檐银笋坠，鸦翻高树玉尘倾。
青帘闪闪千家静，黄帽亭亭一水横。
坐久天容却温丽，一弯新月对长庚。

注：冰，蒸韵。

中秋　宋·李朴

皓魄当空宝镜升，云间仙籁寂无声。
平分秋色一轮满，长伴云衢千里明。
狡兔空从弦外落，娇蟆休向眼前生。
灵槎拟约同携手，更待银河彻底清。

注：升，蒸韵。

九青

细雨　唐·李商隐

萧洒傍回汀，依微过短亭。
气凉先动竹，点细未开萍。
稍促高高燕，微疏的的萤。
故园烟草色，仍近五门青。

注：《礼记注》："天子五门，皋，雉，库，应，路也。"

昭君怨　唐·白居易

明妃风貌最娉婷，合在椒房应四星。
只得当年备宫掖，何曾专夜奉帏屏？
见疏从道迷图画，知屈那教配虏庭。
自是君恩薄如纸。不须一向恨丹青。

宿巴陵闻笛　明·王偁

玉笛凌秋韵远汀，空江皓月思冥冥。
怪来杨柳移关塞，可是梅花落洞庭。
半夜旅魂随调切，谁家少妇倚楼听。
晓来更觅龙吟处，一点君山水面青。

山居　清·大成

一株两株老松青，松下结个小茅亭。
三日五日来一次，肩荷楖栗手持经。
读经读到山月出，听松听罢天落星。
适然抛卷松间卧，梦与松根乞茯苓。

注：楖栗，音 jìlì。木名，可用作手杖，禅杖的代称。

保俶塔　元·钱惟善

金刹天开画，铁檐风语铃。
野云秋共白，江树晚逾青。
凿屋岩藏雨，粘崖石坠星。
下看湖上客，歌吹正沉冥。

十蒸

早秋苦热堆案相仍　唐·杜甫

七月六日苦炎蒸，对食暂餐还不能。
每愁夜中自足蝎，况乃秋后转多蝇。

束带发狂欲大叫，簿书何急来相仍。
南望青松架短壑，安得赤脚踏层冰。

咸阳怀古　唐·刘沧

经过此地无穷事，一望凄然感废兴。
渭水故都秦二世，咸原秋草汉诸陵。
天空绝塞闻边雁，叶尽孤村见夜灯。
风景苍苍多少恨，寒山半出白云层。

蒲津河亭　唐·唐彦谦

宿雨清秋霁影澂，广亭高榭向晨兴。
烟横博望乘槎水，日上文王避雨陵。
孤棹夷犹期独往，曲栏愁绝每长凭。
思乡怀古多伤别，况此哀吟意不胜。

南庭夜坐贻开元禅定二道者　唐·许浑

暮暮焚香何处宿，两岩一室映疏藤。
光阴难驻迹如客，寒暑不惊心似僧。
高树有风闻夜磬，远山无月见秋灯。
身闲境静日为乐，若问其余非我能。

六和塔　清·陈景钟

宝盖高擎一七层，隔江烟火见西兴。
寒潮带雨攻秋岸，海舶乘风望夜灯。
白草已迷南渡寺，红兜犹说北来僧。
闲中指点兴亡事，独倚危阑百感增。

十一尤

送平谈然判官　唐·王维

不识阳关路，新从定远侯。

黄云断春色，画角起边愁。

瀚海经年别，交河出塞流。

须令外国使，知饮月支头。

同王徵君洞庭有怀　唐·张谓

八月洞庭秋，潇湘水北流。

还家万里梦，为客五更愁。

不用开书帙，偏宜上酒楼。

故人京洛满，何日复同游。

长安秋望　唐·赵嘏

云物凄清拂曙流，汉家宫阙动高秋。

残星几点雁横塞，长笛一声人倚楼。

紫艳半开篱菊静，红衣落尽渚莲愁。

鲈鱼正美不归去，空戴南冠学楚囚。

清明　宋·黄庭坚

佳节清明桃李笑，野田荒冢只生愁。

雷惊天地龙蛇蛰，雨足郊原草木柔。

人乞祭余骄妾妇，士甘焚死不公侯。

贤愚千载知谁是，满眼蓬蒿共一丘。

红木犀　明·瞿佑

滴露研朱染素秋，轻黄淡白总包羞。

量空金粟知难买，击碎珊瑚惜未收。

仙友自传丹灶术，状元须作锦衣游。

一枝拟向嫦娥乞，管取花神暗点头。

十二侵

登楼　唐·杜甫

花近高楼伤客心，万方多难此登临。

锦江春色来天地，玉垒浮云变古今。

北极朝廷终不改，西山寇盗莫相侵。

可怜后主还祠庙，日暮聊为梁甫吟。

山寺怀友人　唐·刘沧

萧寺楼台对夕阳，淡烟疏磬散空林。

风生寒渚白蘋动，霜落秋山黄叶深。

云尽独看晴塞雁，月明遥听远村砧。

相思不见又经岁，坐向松窗弹玉琴。

咏怀　唐·白居易

自从委顺任浮沉，渐觉年多功用深。

面上灭除尤喜色，胸中消尽是非心。

妻儿不问惟耽酒，冠带皆慵只抱琴。

长笑灵均不知命，江蓠丛畔苦悲吟。

霜寒舟中　宋·刘过

展转牛衣冷不禁，著人无奈晓寒侵。

由来十月清霜重，况乃荒村白露深。

有客分金来桔社，何人涂血染枫林。

不堪青女来料理，折尽衰翁一片心。

注：禁，胜任、忍受、禁受等义为平声，居吟切；禁止等义为去声，居荫切。

敝裘　清·惠周惕

一番凄风促暮砧，漫倾残筒付缝纴。

丝纹断续难容线，毛理稀疏不受针。
犹有余温胜短褐，还将独夜抵重衾。
岁寒惟尔堪相倚，忍为丰貂易素心。
注：纴，音 rèn，如林切，平声侵韵。

十三覃

朝　唐·杜甫

清旭楚宫南，霜空万岭含。
野人时独往，云木晓相参。
俊鹘无声过，饥乌下食贪。
病身终不动，摇落任江潭。

送桂州严大夫　唐·韩愈

苍苍森八桂，兹地在湘南。
江作青罗带，山如碧玉篸。
户多输翠羽，家自种黄甘。
远胜登仙去，飞鸾不假骖。

送方尊师归嵩山　唐·王维

仙官欲往九龙潭，旄节朱旛倚石龛。
山压天中半天上，洞穿江底出江南。
瀑布杉松常带雨，夕阳彩翠忽成岚。
借问迎来双白鹤，已曾衡岳送苏耽。

过岭　宋·苏轼

七年来往我何堪，又试曹溪一勺甘。
梦里似曾迁海外，醉中不觉到江南。
波生濯足鸣空涧，雾绕征衣滴翠岚。
谁遣山鸡忽惊起，半岩花雨落毵毵。

病起即事　清·江声

日暖风恬春正酣，闻听归燕语喃喃。

形同陌上三眠柳，心似筐中八茧蚕。

洛下有书凭犬附，床头无易任鸡谈。

抛荒残卷尘凝榻，裘褐萧然拥一龛。

十四盐

入宅三首(其一)　唐·杜甫

奔峭背赤甲，断崖当白盐。

客居愧迁次，春色渐多添。

花亚欲移竹，鸟窥新卷帘。

衰年不敢恨，胜概欲相兼。

送张十二参军赴蜀，因呈杨五侍御　唐·杜甫

好去张公子，通家别恨添。

两行秦树直，万点蜀山尖。

御史新骢马，参军旧紫髯。

皇华吾善处，於汝定无嫌。

题东溪公幽居　唐·李白

杜陵贤人清且廉，东溪小筑岁将淹。

宅近青山同谢朓，门垂碧柳似陶潜。

好鸟迎春歌后院，飞花送酒舞前檐。

客到但知留一醉，盘中只有水精盐。

春尽日　唐·韩偓

树头初日照西檐，树底蔫花夜雨沾。

外院池亭闻动锁，后堂阑槛见垂帘。

柳腰入户风斜倚，榆荚堆墙水半淹。

把酒送春惆怅在，年年三月病厌厌。

雪后书北台壁　宋·苏轼

黄昏犹作雨纤纤，夜静无风势转严。
但觉衾裯如泼水，不知庭院已堆盐。
五更晓色来书幌，半夜寒声落画檐。
试扫北台看马耳，未随埋没有双尖。

十五咸

家住　唐·寒山子

家住绿岩下，庭芜更不芟。
新藤垂缭绕，古石竖巉岩。
山果弥猴摘，池鱼白鹭衔。
仙书一两卷，树下读喃喃。

送孙逸归庐山得帆字　唐·刘长卿

炉峰绝顶楚云衔，楚客东归栖此岩。
彭蠡湖边香桔柚，浔阳郭外暗枫杉。
青山不断三湘道，飞鸟空随万里帆。
常爱此中多胜事，新诗他日伫开缄。

老君庙　唐·温庭筠

紫气氤氲捧半山，蓬莱仙掌共巉岩。
庙前晚色连寒水，天外斜阳带远帆。
百二关山扶玉座，五千文字闷瑶缄。
自怜金骨无人识，知有飞龟在石函。

忆钱塘江　宋·李觏

昔年乘醉举归帆，隐隐前山日半衔。
好是满江涵返照，水仙齐着淡红衫。

临高台　清·唐建中

临高望秋水，寒镜出尘函。
碧藓净孤渚，苍云阴半岩。
风传隔院笛，叶送下江帆。
正有南来雁，离情孰寄缄。

入声韵诗

齐州送祖三　唐·王维

相逢方一笑，相送还成泣。
祖帐已伤离，荒城复愁入。
天寒远山净，日暮长河急。
解缆君已遥，望君犹伫立。

杂诗四首(之二)　唐·韩愈

鹊鸣声楂楂，乌噪声获获。
争斗庭宇间，持身博弹射。
黄鹄能忍饥，两翅久不擘。
苍苍云海路，岁晚将无获。

秋晓行南谷经荒村　唐·柳宗元

杪秋霜露重，晨起行幽谷。
黄叶覆溪桥，荒村惟古木。
寒花疏寂历，幽泉微断续。
机心久已忘，何事惊麋鹿？

有木诗八首(其一)　唐·白居易

有木名丹桂，四时香馥馥。
花团夜雪明，叶剪春云绿。
风影清似水，霜枝冷如玉。

独占小山幽，不容凡鸟宿。
匠人爱芳直，裁截为厦屋。
干细力未成，用之君自速。
重任虽大过，直心终不曲。
纵非梁栋材，犹胜寻常木。

获稻　宋·李觏

朝阳过山来，下田犹露湿。
饷妇念儿啼，逢人不敢立。
青黄先后收，断折伛偻拾。
鸟鼠满官仓，于今又租入。

附录五：练习参考答案

练习一

分析下列各首诗的格律，并标出其平仄，看看它们分别属于哪种格式。

1. 送张子尉南海：仄起仄收式

仄仄平平仄，平平仄仄平。

平平平仄仄，仄仄仄平平。

仄仄平平仄，平平仄仄平。

㊣平平仄仄，仄仄仄平平。

2. 闻笛：平起平收式

平平仄仄平，仄仄仄平平。

仄仄平平仄，平平仄仄平。

平平平仄仄，仄仄仄平平。

仄仄平平仄，平平(仄)仄平。

（此联为相同位置的联中拗救，出句“北”字拗，对句“怀”字救。说详下文。）

3. 洛阳早春：仄起平收式

(仄)仄仄平平，平平仄仄平。

(平)平平仄仄，仄仄仄平平。

仄仄平平仄，平平仄仄平。

（平）平平仄仄，（仄）仄仄平平。

4. 令狐舍人说昨夜西掖玩月因戏赠：仄起平收式

仄仄仄平平，平平仄仄平。

平平平仄仄，仄仄仄平平。

仄仄平平仄，平平仄仄平。

（平）平平仄仄，仄仄仄平平。

（尾联出句为三仄调。说详下文。）

5. 送友人许棠：平起平收式

平平仄仄平，（仄）仄仄平平。

仄仄平平仄，平平仄仄平。

平平平仄仄，仄仄仄平平。

（仄）仄平平仄，平平仄仄平。

6. 奉和圣制从蓬莱向兴庆阁道中留春雨中春望之作应制：仄起仄收式

仄仄（平）平平仄仄，平平仄仄仄平平。

平平仄仄平平仄，仄仄平平仄仄平。

（仄）仄平平平仄仄，（平）平（仄）仄仄平平。

平平（仄）仄平平仄，仄仄平平仄仄平。

7. 客至：平起仄收式

（平）平仄仄平平仄，仄仄平平仄仄平。

（仄）仄（平）平平仄仄，平平（仄）仄仄平平。

平平仄仄平平仄，（仄）仄平平仄仄平。

仄仄平平平仄仄，(平)平(仄)仄仄平平。

8. 返照：平起平收式

(平)平(仄)仄仄平平，仄仄平平仄仄平。

仄仄(平)平平仄仄，平平仄仄仄平平。

平平仄仄平平仄，仄仄平平仄仄平。

仄仄(平)平平仄仄，平平仄仄仄平平。

9. 钱塘湖春行：平起平收式

平平仄仄仄平平，仄仄平平(仄)仄平。

仄仄(平)平平仄仄，平平(仄)仄仄平平。

(平)平仄仄平平仄，仄仄平平仄仄平。

仄仄平平平仄仄，平平(仄)仄仄平平。

10. 哭刘蕡：仄起平收式

仄仄平平仄仄平，平平仄仄仄平平。

(平)平仄仄平平仄，(仄)仄平平(仄)仄平。

仄仄平平平仄仄，平平仄仄仄平平。

平平(仄)仄平平仄，仄仄平平仄仄平。

11. 重过圣女祠：仄起平收式

仄仄平平仄仄平，(平)平(仄)仄仄平平。

(平)平仄仄平平仄，仄仄平平仄仄平。

仄仄平平平仄仄，(平)平(仄)仄仄平平。

(平)平仄仄平平仄，仄仄平平仄仄平。

12. 九月九日忆山东兄弟：仄起仄收式

仄仄(平)平平仄仄，(平)平(仄)仄仄平平。

平平(仄)仄平平仄，仄仄平平仄仄平。

13. 下江陵：平起平收式

平平仄仄仄平平，(仄)仄平平仄仄平。

仄仄平平平仄仄，平平仄仄仄平平。

14. 哭孟寂：平起仄收式

(平)平仄仄平平仄，仄仄平平仄仄平。

(仄)仄平平平仄仄，(平)平(仄)仄仄平平。

15. 咏鹰：仄起平收式

仄仄平平仄仄平，平平(仄)仄仄平平。

平平仄仄平平仄，仄仄平平仄仄平。

练习二

（一）分析下列各首诗的平仄，并说明有无本句自救的情况。（本句自救处标为"仄平仄"）

1. 登禅定寺阁

仄仄仄平平，平平仄仄平。

平平仄平仄，(仄)仄仄平平。

(仄)仄平平仄，平平仄仄平。

平平平仄仄，仄仄仄平平。

颔联出句为本句自救："霄"字拗，"坐"字救。

2. 闻高常侍亡

平平仄平仄，仄仄仄平平。

仄⃝仄平平仄，平平仄仄平。

平⃝平平仄仄，仄仄仄平平。

仄仄平平仄，平平仄仄平。

首联出句为本句自救："相"字拗，"不"字救。

3. 玉台观

仄仄平平仄，平平仄仄平。

平⃝平平仄仄，仄⃝仄仄平平。

仄⃝仄平平仄，平平仄仄平。

平平仄平仄，仄⃝仄仄平平。

尾联出句为本句自救："笙"字拗"有"字救。

4. 春日忆李白

仄仄平平仄，平平仄仄平。

平平仄平仄，仄仄仄平平。

仄仄平平仄，平平仄仄平。

平平仄平仄，仄⃝仄仄平平。

颔联和尾联的出句均为本句自救："开"字拗，"庾"字救；"尊"字拗"一"字救。

5. 逢郴州使因寄郑协律

平平仄平仄，仄仄仄平平。

仄仄平平仄，平平仄⃝仄平。

平平仄平仄，仄⃝仄仄平平。

仄仄平平仄，平平仄⃝仄平。

首联和颈联的出句为本句自救："天"字拗，"楚"字救；

“人”字拗“问”字救。

6. 题松汀驿

仄⃝仄仄平平，平平仄仄平。

平⃝平平仄仄，仄⃝仄仄平平。

仄仄平平仄，平平仄仄平。

平⃝平仄平仄，仄仄仄平平。

尾联出句为本句自救：“遗”字拗，“旧”字救。

7. 曲江对酒（其二）

平平仄仄仄平平，仄仄平平仄仄平。

仄仄平平平仄仄，平平仄仄仄平平。

平平仄仄平平仄，仄仄平平仄仄平。

仄⃝仄平平仄平仄，平⃝平仄⃝仄仄平平。

尾联出句为本句自救：“流”字拗，“共”字救。

8. 咏怀古迹五首（之四）

平平仄仄仄平平，仄⃝仄平平仄仄平。

仄仄平⃝平平仄仄，平⃝平仄⃝仄仄平平。

平⃝平仄仄平平仄，仄⃝仄平平仄仄平。

仄⃝仄平平仄平仄，平平仄仄仄平平。

尾联出句为本句自救：“胡”字拗，“作”字救。

9. 时世行

平平仄⃝仄仄平平，仄⃝仄平平仄仄平。

仄⃝仄平⃝平平仄仄，平平仄⃝仄仄平平。

平平仄仄平平仄，仄仄平平仄仄平。

仄仄平平仄平仄，(平)平(仄)仄仄平平。

尾联出句为本句自救："深" 字拗，"更"字救。

10. 村行

(平)平(仄)仄仄平平，仄仄平平仄仄平。

仄仄(平)平平仄仄，(平)平(仄)仄仄平平。

平平仄仄平平仄，(仄)仄平平仄仄平。

(仄)仄平平仄平仄，平平(仄)仄仄平平。

尾联出句为本句自救："惆" 字拗，"忽"字救。

（二）分析下列各首诗的平仄，并说明有无孤平拗救的情况。

1. 辋川闲居

(平)平平仄仄，仄仄仄平平。

(仄)仄平平仄，拗平救仄平。

平平平仄仄，仄仄仄平平。

仄仄平平仄，拗平救仄平。

颔联和尾联的对句为孤平拗救："远" 字拗，"原"字救；"桔" 字拗，"方"字救。

2. 寄江滔求孟六遗文

(仄)仄平平仄，平平(仄)仄平。

平平平仄仄，(仄)仄仄平平。

仄仄平平仄，拗平救仄平。

平平仄平仄，仄仄仄平平。

颈联对句为孤平拗救："昨"字拗，"闻"字救。尾联出句为

本句自救:“遗”字拗,“有”字救。(颔联出句为三仄调)

3. 闻角

平平仄仄仄平平,仄仄拗平救仄平。

仄仄平⃝平平仄仄,平平仄仄仄平平。

平平仄仄平平仄,仄仄平平仄仄平。

仄⃝仄平⃝平平仄仄,平⃝平仄⃝仄仄平平。

首联对句为孤平拗救:“对”字拗,“惊”字救。

4. 题妓莱儿壁

仄⃝仄拗平救仄平,平平仄⃝仄仄平平。

平⃝平仄⃝仄平平仄,仄⃝仄平平仄仄平。

仄仄平平平仄仄,平平仄⃝仄仄平平。

平⃝平仄⃝仄平平仄,仄仄平平仄仄平。

首联出句为孤平拗救:“兽”字拗“斜”字救。

5. 偕陈调翁龙山买舟待夜潮发

平平仄⃝仄仄平平,仄仄平平仄仄平。

仄仄平平仄平仄,平平仄仄仄平平。

平⃝平仄⃝仄平平仄,仄仄拗平救仄平。

仄⃝仄平⃝平平仄仄,平⃝平仄⃝仄仄平平。

颈联对句为孤平拗救:“所”字拗,“惟”字救。颔联出句为本句自救:“乡”字拗,“到”字救。

6. 题郭秀才钓亭

仄仄平平仄仄平,平⃝平仄⃝仄仄平平。

平⃝平仄仄平平仄,仄仄拗平救仄平。

仄仄平平仄平仄，(平)平(仄)仄仄平平。

平平仄仄平平仄，仄仄平平仄仄平。

颔联对句为孤平拗救：“白”字拗，“人”字救。颈联出句为本句自救：“茅”字拗，“揭”字救。

7. 和昌英叔久雨

仄仄平平仄仄平，平平仄仄仄平平。

(平)平(仄)仄平平仄，(仄)仄平平仄仄平。

仄仄(平)平仄平仄，(平)平(仄)仄仄平平。

平平(仄)仄平平仄，仄仄拗平救仄平。

尾联对句为孤平拗救：“一”字拗，“黄”字救。颈联出句为本句自救：“清”字拗，“堕”字救。

8. 送药职方知泗州

平平仄仄拗平仄，(仄)仄拗平救仄平。

(仄)仄平平平仄仄，平平仄仄仄平平。

平平仄仄平平仄，仄仄拗平救仄平。

仄仄(平)平平仄仄，平平(仄)仄仄平平。

颈联的对句为孤平拗救：“禹”字拗，“寒”字救。首联为一字两救：对句的“单” 字既救出句的“不”字，又救本句的“使”字。

9. 夜宿山寺

平平平仄仄，仄仄仄平平。

仄仄平平仄，拗平救仄平。

尾联对句为孤平拗救：“恐”字拗“天”字救。

10. 水口行舟(其二)

仄仄平平仄仄平，平平仄仄仄平平。

平平仄仄平平仄，仄仄拗平救仄平。

尾联对句为孤平拗救:“两”字拗“相”字救。

（三）分析下列各首诗的平仄，并指出其相同位置的联中拗救。

1. 天末怀李白

平平仄平仄，仄仄仄平平。

仄仄拗平仄，平平救仄平。

平平平仄仄，仄仄仄平平。

仄仄平平仄，平平仄仄平。

颔联为相同位置的联中拗救:出句“几”字拗，对句“秋”字救。首联出句为本句自救:“天”字拗“起”字救。(颈联出句为三仄调)

2. 空囊

仄仄拗平仄，平平救仄平。

平平平仄仄，仄仄仄平平。

仄仄拗平仄，平平救仄平。

平平仄平仄，仄仄仄平平。

首联和颈联为相同位置的联中拗救:首联出句“苦”字拗，对句“高”字救;颈联出句“井”字拗，对句“床”字救。又尾联的出句为本句自救:“羞”字拗，“恐”字救。(颔联出句为三仄调)

3. 岁暮

仄仄拗平仄，平平救仄平。

平平平⃝仄仄，仄仄仄平平。

仄⃝仄拗平仄，平平救仄平。

平⃝平平⃝仄仄，仄仄仄平平。

首联和颈联为相同位置的联中拗救：首联出句“远”字拗，对句“还”字救；颈联出句“日”字拗，对句“谁”字救。（颔联与尾联的出句均为三仄调）

4. 过故斛斯校书庄二首（之一）

仄仄拗平仄，平平救仄平。

平⃝平平仄仄，仄⃝仄仄平平。

仄⃝仄拗平仄，平平救仄平。

平平仄平仄，仄仄仄平平。

首联和颈联为相同位置的联中拗救：首联出句“已”字拗，对句“嗟”字救；颈联出句“寄”字拗，对句“非”字救。又尾联出句为本句自救：“帷”字拗，“穗” 字救。

5. 寄常徵君

仄仄平平仄⃝仄平，平平仄仄仄平平。

平⃝平仄⃝仄拗平仄，仄仄平平救仄平。

仄仄平平平仄仄，平⃝平仄⃝仄平平。

平平仄仄平平仄，仄仄平平仄仄平。

颔联为相同位置的联中拗救：出句“色”字拗，对句“鸣”字救。

6. 临雨亭

仄⃝仄拗平仄，平平救仄平。

平平仄平仄，仄仄仄平平。

仄⃝仄平平仄，平平仄仄平。

平平平⃝仄仄，仄仄仄平平。

首联为相同位置的联中拗救：出句“感”字拗，对句“成”字救；颔联出句为本句自救：“乡”字拗，“帝”字救。（又尾联出句为三仄调）

7. 即事

仄仄拗平仄，平平救仄平。

平平仄平仄，仄⃝仄仄平平。

仄仄平平仄，平平仄仄平。

平平仄平仄，仄⃝仄仄平平。

首联为相同位置的联中拗救：出句“草”字拗，对句“花”字救。颔联和尾联的出句均为本句自救：“川”字拗，“一”字救（且首字未用平声）；“人”字拗，“向”字救。

8. 新年

仄仄拗平仄，平平救仄平。

平⃝平平仄仄，仄⃝仄仄平平。

仄仄平平仄，平平仄仄平。

平平平⃝仄仄，仄⃝仄仄平平。

首联为相同位置的联中拗救：出句“暗”字拗，对句“连”字救。（又尾联出句为三仄调）

9. 宿山寺

仄仄平平仄仄平，平平仄⃝仄仄平平。

(平)平仄仄拗平仄，(仄)仄平平救仄平。

(仄)仄平平平仄仄，(平)平(仄)仄仄平平。

平平(仄)仄拗平仄，仄仄平平救仄平。

颔联和尾联为相同位置的联中拗救：颔联出句“客”字拗，对句“僧”字救；尾联出句“几”字拗，对句“催”字救。

10. 上虞逆旅见旧题岁月感怀

仄仄平平(仄)仄平，平平仄仄仄平平。

平平仄仄拗平仄，(仄)仄平平救仄平。

仄仄(平)平平仄仄，(平)平(仄)仄仄平平。

(平)平仄仄平平仄，仄仄平平仄仄平。

颔联为相同位置的联中拗救：出句“日”字拗，对句“莺”字救。

（四）分析下列各首诗的平仄，并指出其不同位置的联中拗救。

1. 孤雁

仄仄(平)拗仄，平平救仄平。

平平(平)仄仄，(仄)仄仄平平。

仄仄平平仄，平平(仄)仄平。

(平)平平仄仄，(仄)仄仄平平。

首联为不同位置的联中拗救：出句“饮”字拗，对句“声”字救。（又首联出句为四个仄声；颔联出句为三仄调。）

2. 严郑公阶下新松，得沾字

仄仄(平)拗仄，平平救仄平。

(平)平平仄仄，(仄)仄仄平平。

仄仄拗平仄，平平救仄平。

平平(平)仄仄，(仄)仄仄平平。

首联为不同位置的联中拗救：出句“自”字拗，对句“方”字救。颈联为相同位置的联中拗救：出句“紫”字拗，对句“清”字救。（又首联出句为五个仄声；尾联出句为三仄调。）

3. 自阆州领妻子却赴蜀山行三首（之三）

(仄)仄(平)拗仄，平平救仄平。

(平)平平仄仄，仄仄仄平平。

仄仄平平仄，平平仄仄平。

平平(平)仄仄，仄仄仄平平。

首联为不同位置的联中拗救：出句“隐”字拗，对句“时”字救。（又首联出句为四个仄声；尾联出句为三仄调。）

4. 归来

仄仄(平)拗仄，平平救仄平。

平平(平)仄仄，仄仄仄平平。

仄仄平平仄，平平仄仄平。

平平(平)仄仄，仄仄仄平平。

首联为不同位置的联中拗救：出句“所”字拗，对句“知”字救。（又首联出句为五个仄声；颔联和尾联出句为三仄调。）

5. 热三首（之三）

(仄)仄平拗仄，平平救仄平。

平平(平)仄仄,仄仄仄平平。

仄仄平平仄,平平(仄)仄平。

(平)平(平)仄仄,仄仄仄平平。

首联为不同位置的联中拗救:出句“不”字拗,对句“炊”字救。(又颔联和尾联出句为三仄调)

6. 陪郑广文游何将军山林十首(之十)

(仄)仄(平)拗仄,平平救仄平。

(平)平平仄仄,(仄)仄仄平平。

仄仄平平仄,平平仄仄平。

平平仄平仄,(仄)仄仄平平。

首联为不同位置的联中拗救:出句“不”字拗,对句“无”字救。又尾联出句为本句自救:“朋”字拗,“与”字救。(又首联出句为四个仄声)

7. 戏作俳谐体遣闷二首(之一)

仄仄平拗仄,平平救仄平。

平平仄平仄,仄仄仄平平。

仄仄平平仄,平平仄仄平。

(平)平仄平仄,仄仄仄平平。

首联为不同位置的联中拗救:出句“可”字拗,对句“难”字救。又颔联和尾联的出句均为本句自救:“乌”字拗,“养”字救;“耕”字拗,“且”字救(首字未用平声)。

8. 铜瓶

仄仄(平)拗仄,平平救仄平。

平平(平)仄仄，仄仄仄平平。

仄仄拗平仄，平平救仄平。

平平(平)仄仄，(仄)仄仄平平。

首联为不同位置的联中拗救：出句“井”字拗，对句“瑶”字救。又颈联为相同位置的联中拗救：出句“美”字拗，对句“寒”字救。（又首联出句为五个仄声；颔联和尾联的出句均为三仄调。）

9. 独行

平平仄平仄，(仄)仄仄平平。

仄仄平拗仄，平平救仄平。

(平)平平仄仄，仄仄仄平平。

仄仄平平仄，平平(仄)仄平。

颔联为不同位置的联中拗救：出句“独”字拗，对句“无”字救。又首联出句为本句自救：“云”字拗，“半”字救。

10. 观鱼台

仄仄平拗仄，平平救仄平。

平平平仄仄，仄仄仄平平。

(仄)仄平平仄，平平仄仄平。

平平仄平仄，仄仄仄平平。

首联为不同位置的联中拗救：出句“古”字拗，对句“多”字救。又尾联出句为本句自救：“愁”字拗，“四”字救。

（五）分析下列各首诗的平仄，并说明其一字两救的情况。

1. 雨四首(之一)

(仄)仄(平)拗仄，拗平救仄平。

(平)平平仄仄，仄仄仄平平。

(仄)仄平平仄，平平仄仄平。

平平平仄仄，仄仄仄平平。

首联为一字两救：对句的“疏”字既救本句犯孤平的“断”字，又救出句的“滑”字。是不同位置的联中拗救与孤平拗救同时出现。

2. 别韦五

平平仄平仄，仄仄仄平平。

(仄)仄平拗仄，拗平救仄平。

(平)平仄平仄，(仄)仄仄平平。

仄仄平平仄，平平(仄)仄平。

颔联为一字两救：对句的“翻”字既救本句犯孤平的“欲”字，又救出句的“远”字。是不同位置的联中拗救与孤平拗救同时出现。（首联出句和颈联出句均为本句自救：“杯”字拗，“酌”字救；“郊”字拗，“满”字救。）

3. 失鹤

仄仄平平仄，平平仄仄平。

(平)平平仄仄，(仄)仄仄平平。

(仄)仄拗平仄，拗平救仄平。

(平)平平仄仄，(仄)仄仄平平。

颈联为一字两救：对句的“明”字既救本句犯孤平的“影”字，又救出句的“碧”字。是相同位置的联中拗救与孤平拗救同时出现。

4. 秋日旅怀寄右省郑拾遗

仄仄平拗仄，拗平救仄平。

(平)平平仄仄，(仄)仄仄平平。

仄仄平平仄，平平仄仄平。

平平(平)仄仄，仄仄仄平平。

首联为一字两救：对句的“喧”字既救本句犯孤平的“草”字，又救出句的“不”字。是不同位置的联中拗救与孤平拗救同时出现。（又尾联出句为三仄调）

5. 喜外弟卢纶访宿

仄仄仄平平，平平仄仄平。

(平)平平仄仄，(仄)仄仄平平。

仄仄拗平仄，拗平救仄平。

平平仄平仄，仄仄仄平平。

颈联为一字两救：对句的“相”字既救本句犯孤平的“愧”字，又救出句的“独”字。是相同位置的联中拗救与孤平拗救同时出现。（尾联为本句自救：“深”字拗，“有”字救。）

6. 题慈云寺僧院

(平)平平仄仄，(仄)仄仄平平。

(仄)仄拗平仄，拗平救仄平。

平平平仄仄，(仄)仄仄平平。

仄仄平平仄，平平仄仄平。

颔联为一字两救：对句的“来”字既救本句犯孤平的“碧”字，又救出句的“去”字。是相同位置的联中拗救与孤平拗救同时出现。

7. 咏山鸡

仄仄拗平仄,平平救仄平。

(平)平平仄仄,(仄)仄仄平平。

(仄)仄拗平仄,拗平救仄平。

(平)平平仄仄,(仄)仄仄平平。

颈联为一字两救:对句的“清”字既救本句犯孤平的“影”字,又救出句的“碧”字。是相同位置的联中拗救与孤平拗救同时出现。又首联为相同位置的联中拗救:出句的“动”字拗,对句的“凌”字救。

8. 雨过

(仄)仄(平)拗仄,拗平救仄平。

平平仄平仄,(仄)仄仄平平。

仄仄(平)拗仄,拗平救仄平。

平平仄平仄,(仄)仄仄平平。

首联和颈联为一字两救:首联对句的“生”字既救本句犯孤平的“树”字,又救出句的“小”字。颈联对句的“初”字既救本句犯孤平的“绿”字,又救出句的“有”字。均是不同位置的联中拗救与孤平拗救同时出现。又颔联和尾联的出句均为本句自救:“山”字拗,“一”字救;“飞”字拗,“莫”字救。(又首联出句为四个仄声;颈联出句为五个仄声。)

9. 复愁十二首(之三)

仄仄拗平仄,拗平救仄平。

(平)平平仄仄，仄仄仄平平。

首联为一字两救：对句的“今”字既救本句犯孤平的“故”字，又救出句的“尚”字。是相同位置的联中拗救与孤平拗救同时出现。

10. 长安早春怀江南

(仄)仄拗平仄，拗平救仄平。

平平仄平仄，(仄)仄仄平平。

首联为一字两救：对句的“清”字既救本句犯孤平的“故”字，又救出句的“有”字。是相同位置的联中拗救与孤平拗救同时出现。（尾联出句为本句自救：“花”字拗，“一”字救。）

（六）分析下列各首诗的平仄，指出其拗救之处，并说明属于哪种类型的拗救。

1. 日暮

仄仄平拗仄，平平救仄平。

平平平仄仄，仄仄仄平平。

仄仄拗平仄，平平救仄平。

平平(平)仄仄，仄仄仄平平。

(1) 首联为不同位置的联中拗救：出句“亦”字拗，对句“乌”字救。

(2) 颈联为相同位置的联中拗救：出句“语”字拗，对句“行”字救。（又尾联出句为三仄调）

2. 别崔潩因寄薛据孟云卿

仄仄(平)拗仄，平平救仄平。

平平仄平仄，仄仄仄平平。

仄仄平平仄，平平仄仄平。

平平平仄仄，仄仄仄平平。

(1) 首联为不同位置的联中拗救：出句“妄”字拗，对句“难”字救。

(2) 颔联出句为本句自救：“磨”字拗，“久”字救。（“过”有平仄两读，此处取平声。又首联出句为五个仄声。）

3. 怀锦水居止二首（其二）

仄仄平平仄，拗平救仄平。

平平平仄仄，仄仄仄平平。

仄仄拗平仄，拗平救仄平。

(平)平平仄仄，(仄)仄仄平平。

(1) 首联对句为孤平拗救：“百”字拗，“潭”字救。

(2) 颈联为一字两救：对句的“曛”既救本句犯孤平的“锦”字，又救出句的“界”字。是相同位置的联中拗救与孤平拗救同时出现。

4. 病马

(仄)仄(平)拗仄，平平救仄平。

平平(平)仄仄，仄仄仄平平。

仄仄拗平仄，平平救仄平。

(平)平(平)仄仄，仄仄仄平平。

(1) 首联为不同位置的联中拗救：出句“已”字拗，对句“关”字救。

(2) 颈联为相同位置的联中拗救：出句“岂”字拗，对句

"犹"字救。(又首联出句为四个仄声;颔联与尾联的出句均为三仄调。)

5. 初月

(仄)仄平平仄,拗平救仄平。

平平(平)仄仄,仄仄仄平平。

(仄)仄(平)拗仄,平平救仄平。

平平(平)仄仄,仄仄仄平平。

(1) 首联对句为孤平拗救:"影"字拗,"轮"字救。

(2) 颈联为不同位置的联中拗救:出句"改"字拗,对句"空"字救。(又颈联出句为四个仄声;颔联与尾联的出句均为三仄调。)

6. 蒹葭

(仄)仄(平)拗仄,平平救仄平。

(平)平平仄仄,仄仄仄平平。

仄仄平平仄,平平仄仄平。

平平仄平仄,仄仄仄平平。

(1) 首联为不同位置的联中拗救:出句"自"字拗,对句"吹"字救。

(2) 尾联出句为本句自救:"摇"字拗,"后"字救。(又首联出句为四个仄声)

7. 送远

仄仄拗平仄,平平救仄平。

平平(平)仄仄,(仄)仄仄平平。

仄仄(平)拗仄，平平救仄平。

(平)平(平)仄仄，(仄)仄仄平平。

(1) 首联为相同位置的联中拗救：出句“满”字拗，对句“君”字救。

(2) 颈联为不同位置的联中拗救：出句“月”字拗，对句“霜”字救。（又颈联出句为五个仄声；颔联与尾联的出句均为三仄调。）

8. 发潭州

仄仄平平仄，拗平救仄平。

(平)平平仄仄，(仄)仄仄平平。

仄仄平拗仄，拗平救仄平。

平平平仄仄，(仄)仄仄平平。

(1) 首联对句为孤平拗救：“晓”字拗，“湘”字救。

(2) 颈联为一字两救：对句的“书”字既救本句犯了孤平的“褚”字，又救了出句的“未”字。是不同位置的联中拗救与孤平拗救同时出现的一字两救。

9. 白水明府舅宅喜雨，得过字

(仄)仄拗平仄，拗平救仄平。

(平)平平仄仄，仄仄仄平平。

(仄)仄(平)拗仄，平平救仄平。

平平仄平仄，(仄)仄仄平平。

(1) 首联为一字两救：对句的“谁”字既救本句犯了孤平的“古”字，又救了出句的“政”字。是相同位置的联中拗救与孤平拗救同时出现的一字两救。

(2) 颈联为不同位置的联中拗救：出句的“不”字拗，对句的“将”字救。

(3) 尾联的出句为本句自救：“颇”字拗，“旱”字救。（又颈联出句为四个仄声）

10. 一百五日夜对月

平平仄平仄，仄仄仄平平。

仄仄拗平仄，平平救仄平。

㊣平仄平仄，仄仄仄平平。

(仄)仄拗平仄，平平救仄平。

(1) 首联出句为本句自救：“寒”字拗，“对”字救。

(2) 颔联为相同位置的联中拗救：出句的“月”字拗，对句的“应”字救。

(3) 颈联出句为本句自救：“红”字拗，“放”字救（且首字未用平声）。

(4) 尾联为相同位置的联中拗救：出句的“漫”字拗，对句的“犹”字救。（又颈联的对句为三平调）

11. 避地

仄仄拗平仄，拗平救仄平。

平平仄平仄，(仄)仄仄平平。

(仄)仄拗平仄，拗平救仄平。

平平仄平仄，仄仄仄平平。

(1) 首联为一字两救：对句的“筋”字既救了本句犯了孤平的“窜”字，又救了出句的“岁”字，是相同位置的联中拗救与孤平拗救同时出现的一字两救。

(2) 颔联的出句为本句自救："墙"字拗，"遂"字救。

(3) 颈联为一字两救：对句的"随"字既救了本句犯了孤平的"此"字，又救了出句的"仅"字，是相同位置的联中拗救与孤平拗救同时出现的一字两救。

(4) 尾联的出句为本句自救："天"字拗，"旧"字救。

12. 奉答岑参补阙见赠

仄仄平拗仄，拗平救仄平。

平平平仄仄，仄仄仄平平。

仄仄拗平仄，平平救仄平。

㊥平仄平仄，仄仄仄平平。

(1) 首联为一字两救：对句的"归"字既救了本句犯了孤平的"罢"字，又救了出句的"禁"字，是不同位置的联中拗救与孤平拗救同时出现的一字两救。

(2) 颈联为相同位置的联中拗救：出句的"柳"字拗，对句的"花"字救。

(3) 尾联出句为本句自救："佳"字拗，"有"字救(且首字未用平声)。

13. 送郑堪归东京汜水别业，得闲字

仄仄拗平仄，拗平救仄平。

平平仄平仄，仄仄㊀平平。

仄仄平拗仄，拗平救仄平。

平平仄平仄，㊀仄㊀平平。

(1) 首联为一字两救：对句的"思"字既救了本句犯了孤

平的“忽”字，又救了出句的“见”字，是相同位置的联中拗救与孤平拗救同时出现的一字两救。

(2) 颔联的出句为本句自救：“陵”字拗，“霸”字救。

(3) 颈联为一字两救：对句的“河”字既救了本句犯了孤平的“向”字，又救了出句的“与”字，是不同位置的联中拗救与孤平拗救同时出现的一字两救。

(4) 尾联的出句为本句自救：“游”字拗，“宦”字救。（又颔联和尾联的对句均为三平调）

14. 送杜佐下第归陆浑别业

(仄)仄平拗仄，拗平救仄平。

(平)平仄平仄，(仄)仄仄平平。

(仄)仄拗平仄，平平救仄平。

平平仄平仄，仄仄仄平平。

(1) 首联为一字两救：对句的“花”字既救了本句犯了孤平的“陆”字，又救了出句的“欲”字，是不同位置的联中拗救与孤平拗救同时出现的一字两救。

(2) 颔联的出句为本句自救：“青”字拗，“见”字救（且首字未用平声）。

(3) 颈联为相同位置的联中拗救：出句的“且”字拗，对句的“方”字救。

(4) 尾联的出句为本句自救：“秋”字拗，“及”字救。

15. 落日怅望

平平仄平仄，(仄)仄仄平平。

仄仄平平仄，平平仄仄平。

平平仄平仄，仄仄仄平平。

仄仄(平)拗仄，拗平救仄平。

（1）首联出句为本句自救："归"字拗，"与"字救。

（2）颈联出句为本句自救："乔"字拗，"下"字救。

（3）尾联为一字两救：出句的"平"字既救本句犯孤平的"恐"字，又救对句的"敢"字。是孤平拗救与不同位置的联中拗救同时出现。（又尾联出句为四个仄声）。

16. 及第后答潼关主人

仄仄平拗仄，拗平救仄平。

(平)平仄平仄，仄仄(仄)平平。

仄仄拗平仄，平平救仄平。

(平)平仄平仄，仄仄仄平平。

（1）首联为一字两救：对句的"波"字既救本句犯了孤平的"却"字，又救出句的"雨"字。

（2）颔联出句为本句自救："常"字拗，"太"字救（且首字未用平声）。

（3）颈联为相同位置的联中拗救：出句的"且"字拗，对句的"谁"字救。

（4）尾联出句为本句自救："相"字拗，"故"字救（且首字未用平声。又颔联对句为三平调）。

17. 送覃二判官

(仄)仄平拗仄，拗平救仄平。

平平仄平仄，仄仄仄平平。

仄仄拗平仄，拗平救仄平。

平平㊣仄仄，仄仄仄平平。

(仄)仄平拗仄，平平救仄平。

(平)平仄平仄，仄仄仄平平。

(1) 首联为一字两救：对句的“馀”字既救了本句犯了孤平的“小”字，又救了出句的“剑”字，是不同位置的联中拗救与孤平拗救同时出现的一字两救。

(2) 第二联出句为本句自救：“江”字拗，“病”字救。

(3) 第三联为一字两救：对句的“丹”字既救了本句犯了孤平的“永”字，又救了出句的“白”字，是相同位置的联中拗救与孤平拗救同时出现的一字两救。

(4) 第五联为不同位置的联中拗救：出句的“舸”字拗，对句的“沙”字救。

(5) 尾联出句为本句自救：“稍”字拗，“若”字救(且首字未用平声。又第四联出句为三仄调)。

18. 登舟将适汉阳

(仄)仄(平)拗仄，平平救仄平。

平平平仄仄，仄仄仄平平。

(仄)仄平拗仄，拗平救仄平。

平平平仄仄，仄仄仄平平。

仄仄拗平仄，平平救仄平。

(平)平(平)仄仄，仄仄仄平平。

(1) 首联为不同位置的联中拗救：出句的“汝”字拗，对句的“催”字救。

(2) 第三联为一字两救：对句的“迟”字既救了本句犯了孤平的“有”字，又救了出句的“荡”字，是不同位置的联中拗救与孤平拗救同时出现的一字两救。

(3) 第五联为相同位置的联中拗救：出句的“与”字拗，对句的“终”字救。（又尾联出句为三仄调）

19. 登历下古城员外孙新亭

平平仄平仄，仄仄仄平平。

(仄)仄平拗仄，平平救仄平。

(平)平平仄仄，仄仄仄平平。

(仄)仄拗平仄，拗平救仄平。

平平平仄仄，仄仄仄平平。

仄仄拗平仄，平平救仄平。

(1) 首联出句为本句自救：“神”字拗，“固”字救。

(2) 第二联为不同位置的联中拗救：出句的“古”字拗，对句的“延”字救。

(3) 第四联为一字两救：对句的“清”字既救了本句犯了孤平的“永”字，又救了出句的“汨”字，是相同位置的联中拗救与孤平拗救同时出现的一字两救。

(4) 尾联为相同位置的联中拗救：出句的“喜”字拗，对句的“歌”字救。

20. 苦雨奉寄陇西公兼呈王徵士

平平仄平仄，仄仄仄平平。

(仄)仄拗平仄，拗平救仄平。

(平)平仄平仄，仄仄仄拗平。

仄仄(平)拗仄，平平救仄平。

(平)平(平)仄仄，仄仄(仄)平平。

仄仄平拗仄，平平救仄平。

(平)平仄平仄，仄仄(仄)平平。

仄仄(平)拗仄，平平救仄平。

(平)平(平)仄仄，(仄)仄仄平平。

(仄)仄(平)拗仄，平平救仄平。

(平)平仄平仄，仄仄仄拗平。

仄仄拗平仄，平平救仄平。

（1）这首诗有几处不合律。首联出句为本句自救：“淫”字拗，“乃”字救。（又对句的“来”宜去声，否则则为三平调。）

（2）第二联为相同位置的联中拗救与孤平拗救同时出现的一字两救：出句的“云”字既救本句犯孤平的“万”字，又救出句的“水”字。

（3）第三联出句为本句自救：“行”字拗，“碍”字救（且首字未用平声。又对句第四字亦不合律：拗而未救）。

（4）第四联为不同位置的联中拗救：出句“浐”字拗，对句“天”字救。（又出句为五个仄声）

（5）第五联出句为三仄调：“尺”字拗，“六”字未救；对句为三平调：“孤”字拗而未救。

（6）第六联为不同位置的联中拗救：出句“子”字拗，对句“欢”字救。

(7) 第七联出句为本句自救："胡"字拗，"既"字救（且首字未用平声）。又对句为三平调："伤"字拗而未救。

(8) 第八联为不同位置的联中拗救：出句"五"字拗，对句"心"字救。（又出句为五个仄声）

(9) 第九联出句为三仄调

(10) 第十联为不同位置的联中拗救：出句"屈"字拗，对句"何"字救（且出句为四个仄声）。

(11) 第十一联的出句和对句皆不合律。

(12) 尾联为相同位置的联中拗救：出句的"钓"字拗，对句的"清"字救。

练习三

（一）分析下列各首诗的平仄，并指出其失粘之处。

1. 春晚山庄率题

颔联出句与首联对句失粘。

2. 送别崔著作东征

颔联出句与首联对句失粘，尾联出句与颈联对句失粘。

3. 晚次乐乡县

颔联出句与首联对句失粘。

4. 使至塞上

颔联出句与首联对句失粘。

5. 龙池篇

颔联出句与首联对句失粘，尾联出句与颈联对句失粘。

6. 春日京中有怀

颔联出句与首联对句失粘，尾联出句与颈联对句失粘。

7. 积雨辋川庄作

颔联出句与首联对句失粘。

8. 春日与裴迪过新昌里访吕逸人不遇

颔联出句与首联对句失粘，尾联出句与颈联对句失粘。

9. 三阳宫侍宴应制得幽字

颔联出句与首联对句失粘。

10. 宾至

颈联出句与颔联对句失粘。

（二）下列各首诗中有无“拗而未救”之处，请指出。

1. 陆浑山庄

尾联出句第四字“独”字拗，对句第三字“愧”字未救（愧，俱位切，去声，寘韵）。

2. 阙题

首联对句第三字“青”字拗（当仄而平），故使该句成为三平调。

尾联出句第四字“白”字拗，对句第三字“照”字未救（照，之少切，去声，啸韵）。

尾联对句第四字“衣”字有平仄两读，若读平声，则拗（当仄而平）。

3. 将赴成都草堂，途中有作五首（其五）

首联不合律：出句第二字“官”字拗（当仄而平）；对句

“还”字拗（当仄而平），出现三平调（思，作平声）。

颔联对句第五字“邻”字拗（当仄而平）；又颔联出句与首联对句失粘。

4. 至后

首联出句第二字“至”字拗（当平而仄）。

颔联与首联之间失粘。

颈联出句第四字“开”字拗（当仄而平）；第六字“自”字拗（当平而仄），对句的第五字“永”字未救（永，于憬切，上声梗韵）。又对句第三字“一”拗（犯孤平），第四字“别”字亦拗（当平而仄）。“相”字有去声一读，故暂不作拗字看待。

5. 二月二日

首联出句第四字“日”拗而未救（当平而仄）；对句的“闻”有去声一读，故暂不作拗字看待（即不视为三平调）。

6. 奉酬卢端公饮后赠诸公见示之作

颔联出句第六字“拂”字拗，对句第五字“欲”字未救（欲，余蜀切，入声，沃韵）。

7. 三绝句（之三）

首句第四字“笋”字拗（当平而仄），第六字“林”字拗（当仄而平）。

8. 江畔独步寻花七绝句（之六）

第二句第二字“朵”字拗而未救（当平而仄）。

练习四

试说明下列各诗的首句是否用邻韵

1. 竹石

中、风，东韵；松，冬韵；首句用邻韵。

2. 观蚁

居、车，鱼韵；途，虞韵。首句用邻韵。

3. 五月闻莺

迟、时，支韵；齐，齐韵。首句用邻韵。

4. 画眉鸟

低、啼，齐韵；移，支韵。首句用邻韵。

5. 和太常段少卿东都行里有嘉莲

红、东、中、风，东韵；龙，冬韵，首句用邻韵。

6. 咏槟榔

分、纹、薰、云，文韵；滨，真韵，首句用邻韵。

7. 雨后独行洛北

烟、川、前、蝉，先韵，山，删韵，首句用邻韵。

8. 石榴

鲜、年，先韵；繁，元韵，首句用邻韵。

9. 寒雀

晴、声，庚韵；庭，青韵，首句用邻韵。

10. 博浪沙

摇、销，萧韵；豪，豪韵，首句用邻韵。

练习五

试说出下列各首诗所押的韵部，并说明首句是否入韵。

1. 题宣州开元寺水阁，阁下宛溪，夹溪居人

空，同、中、风、东，东韵；首句入韵。

2. 岳鄂王墓

离、危、旗、支、悲，支韵；首句入韵。

3. 新雁

归、飞、晖、微、衣，微韵；首句入韵。

4. 寄题义门胡氏华林书院

虚、闾、书、鱼、庐，鱼韵；首句入韵。

5. 寄罗劭兴

齐、泥、梯、携，齐韵；首句不入韵。

6. 樱桃花

媒、来、开，灰韵；首句入韵。

7. 人日剪彩

新、春、人、真，真韵；首句不入韵。

8. 惠山泉

阑、寒、残、坛，寒韵；首句不入韵。

9. 荔支

烟、先、圆、仙、鲜，先韵；首句入韵。

10. 秋晴西楼

毫、高、涛、豪，豪韵；首句不入韵。

11. 别韦郎中

峨、歌、多、波、何，歌韵；首句入韵。

12. 古戍

笳、麻、沙、花，麻韵；首句不入韵。

13. 杜少陵墓

邙、阳、霜、茫，阳韵；首句不入韵。

14. 保俶塔

铃、青、星、冥，青韵；首句不入韵。

15. 被出济州

阴、心、深、侵，侵韵；首句不入韵。

练习六

（一）分析下列各首诗中的对仗情况，说明哪一联中运用了对仗。

1. 途中遇雨　前三联用对仗。
2. 除夜　前三联用对仗。
3. 送贺遂员外外甥　颔联不用对仗，只有颈联对仗。
4. 寻梅道士　首联和颈联对仗，颔联不用对仗。
5. 公安县怀古　首联和颈联对仗，颔联不用对仗。
6. 蕃将　颔联不用对仗，只有颈联对仗。
7. 挂席江山待月有怀　首联和颈联对仗，颔联不用对仗。
8. 野望　前三联用对仗。
9. 始闻秋风　颔联和颈联用对仗。
10. 南朝　前三联用对仗。

（二）分析下列各首诗中对仗句子所使用的结构类型。

1. 春日游九华观

（1）颔联可以看作是两个主谓句相对：主语部分“山川”与“楼榭”为并列结构，谓语“乱”与“入”为动词相对，宾语“云日”与“烟霄”也是并列结构。

（2）颈联以主谓结构“鹤舞”与“虹飞”相对；以偏正结构“千年树”对“百尺桥”。从句义上看，该联省略了一些句子成分。

2. 送方城韦明府

(1) 颔联是两个并列的名词性词组相对:“高鸟”与“平芜”为两个偏正词组相对;“长淮水”与“故郢城”也是两个偏正词组相对。

(2) 颈联是两个主谓结构相对:“使车”与“县鼓”两个偏正词组为主语,“听”与“应”两个动词为谓语,“雉乳”与“鸡鸣”为宾语。

3. 月夜忆舍弟

(1) 颔联是两个主谓结构相对。

(2) 颈联的“有弟”对“无家”,是两个动宾词组相对;“皆分散”与“问死生”的结构形式不同,只可以看作是大致相对。

4. 熟食日示宗文宗武

(1) 颔联“几年”对“万里”,为偏正结构对偏正结构;“逢熟食”对“逼清明”,为动宾结构对动宾结构。

(2) 颈联为并列结构相对:“松柏”对“风花”,为两个并列的同类词语相对;“邙山路”对“白帝城”为偏正结构对偏正结构。

5. 送行军张司马罢使回

(1) 颔联可为两个复句相对:“末路”对“当时”,为偏正结构相对;“三江去”与“百战心”,又是主谓结构对偏正结构。

(2) 颈联也可以看作是两个复句相对:“春风”对“古木”,是偏正结构对偏正结构;“吴苑绿”对“剡溪深”是主谓结构对主谓结构。

6. 楚江怀古

（1）颔联可以看作是两个主谓句相对："人在木兰舟"为主谓句，"猿啼洞庭树"也可以看作是形式上的主谓句。

（2）颈联也可以看作是两个形式上的主谓句相对："广泽"与"苍山"两个偏正结构为主语，"生明月"与"夹岸流"为谓语部分，不过，"生明月"是动宾关系，而"夹岸流"却是状语和中心动词的关系。

7. 太子西湖

（1）颔联是两个主谓结构相对："柳"与"莺"两个名词作主语，"占"与"偷"两个动词作谓语，"三春色"与"百鸟声"两个偏正词组作宾语。

（2）颈联为两个复句相对："日长"对"风暖"，是主谓对主谓；"嫌辇重"与"觉衣轻"是动宾对动宾。

8. 江村

（1）颔联"自去自来"与"相亲相近"对，可以看作是两个并列的词组相对（"自去自来"为两个主谓词组，"相亲相近"为两个状中词组）；"梁上燕"与"水中鸥"为两个偏正词组相对。

（2）颈联"老妻"与"稚子"为两个偏正词组相对；"画纸"与"敲针"为两个动宾词组相对；"为棋局"与"作钓钩"也是两个动宾词组相对。（"画纸为棋局"与"敲针作钓钩"又可以看作是两个动补结构相对。）

9. 见萤火

（1）颔联可以看作是两个动宾结构相对："忽惊"与"复乱"动词性词组相对，其宾语为两个主谓结构："屋里琴书冷"与"檐边星宿稀"。

（2）颈联"却"与"偶"相对，为两个修饰成分；"却绕井阑"与"偶经花蕊"为两个动宾结构；"添"与"弄"是动词相对；"个个"与"辉辉"为叠音词相对。

10. 淮阴阻风寄呈楚州韦中丞

（1）颔联是两个主谓结构相对："刘伶台下"与"韩信庙前"两个偏正词组作主语，"稻花晚"与"枫叶秋"两个主谓结构作谓语。

（2）颈联"淮月未明"与"海云初起"是两个主谓结构相对；"先"与"更"是两个修饰成分相对；"倚槛"与"维舟"是两个动宾结构相对。

（三）分析下列各首诗中的对仗是工对还是宽对。

1. 送杨长史赴果州

颔联和颈联都是工对。

2. 使至塞上

颔联和颈联都是工对。

3. 临洞庭上张丞相

颔联为工对；颈联为宽对。

4. 天河

颔联为流水对，也为工对；颈联为工对。

5. 早归

颔联可为工对，颈联为宽对。

6. 泊舟盱眙

颔联可为工对;颈联为宽对。

7. 河清与赵氏昆季燕集,拟杜工部

首联、颔联都是工对,颈联可视为宽对。

8. 望秦川

颔联和颈联都可为工对。

9. 村舍(之二)

颔联和颈联都是工对。

10. 当句有对

颔联和颈联都可为工对。

(四) 指出下列各首诗中所使用的特殊的对仗方法。

1. 在狱咏蝉

颔联为流水对。

2. 秋夜宴临津郑明府宅

颔联为借义对:借“累月”之“月”与“浮云”之“云”构成对仗。颈联为借音对:借“清”为“青”,对出句之“白”构成颜色对。

3. 中夜

颔联为流水对。

4. 喜观即到,复题短篇

首联为流水对。《唐诗别裁集》于首联下云:“十字成句。”

5. 卖松人

颔联为流水对。

6. 题灵隐寺山顶禅院

颔联为借音对:借“清汉”之“清”为“青”,与“白云”之

“白”构成对仗。

7. 送友人下第归省

颔联为流水对。

8. 送李少府贬峡中王少府贬长沙

颈联为借义对：借“白帝”之“白”的“白色”义与“青枫”之“青”对，构成颜色对。

9. 无题二首(之一)

颈联为借义对：借“石榴”之“石”为“金石”之“石”，与“金”构成对仗。

10. 哭晁卿衡

尾联为借音对：借“苍梧”之“苍”与“碧海”之“碧”对，构成颜色对。

练习七

下列诗都是押入声韵的，请认真阅读，并熟记韵脚的入声字。

1. 马嵬驿

入声字：驿、客、国、色、白。

2. 秦原览古

入声字：逐、哭、榖、鹿、目、绿。

3. 陇头水

入声字：咽、切、结、灭。

4. 织素谣

入声字：力、织、色、籍、食、戚。

5. 戍卒伤春

入声字：节、雪、发、折、月、烈。

6. 长安别

入声字：节、别、发。

7. 洛桥晚望

入声字：结、绝、雪。

8. 春夜

入声字：月、雪、阙。

9. 贺延碛作

入声字：出、没、物。

10. 华子冈

入声字：色、极。

练习八

（一）说明下列诗歌中加横线的字的声调。

1. 寄贺兰铦

俱，诗中作平声，举朱切。

2. 登渭南城楼

华，诗中作去声，胡化切。

烧，诗中作去声，失照切。

3. 渡扬子江

吹，诗中作去声，尺伪切。

4. 苏氏别业

听，诗中作去声，他定切。

5. 秋兴八首（之三）

疏，诗中作去声，所去切。

6. 宿府

看，诗中作平声，苦寒切。

7. 岭南郊行

长，诗中作上声，知丈切。

8. 月中泛舟

思，诗中作去声，相吏切。

9. 和寇十一晚登白门

望，诗中作平声，武方切。

忘，诗中作平声，武方切。

10. 梅花九首(其一)

过，诗中作平声，古禾切。

（二）根据格律诗的规则，看看下面的诗是否是律诗。

1. 送客

全诗虽用庚韵，但是其诗句不合平仄格律，故为古体诗。

2. 望岳

全诗押仄声韵，《唐诗别裁集》归入古体诗。

3. 滕王阁

根据诗中换韵，可知应为古体诗。（舞、雨，上声，麌韵，为仄声韵；秋、流，尤韵，为平声韵。）

4. 寒食陆浑别业

根据诗中换韵，可知应为古体诗。（雪、发、月，为入声；新、春、人，为平声。）

5. 夜归鹿门歌

根据诗中换韵，可知应为古体诗。（昏、喧、门，为元韵，平声；处、去，御韵，仄声。）

6. 阆水歌

全诗虽用微韵，但是其诗句不合平仄格律，故为古体诗。

7. 黄牛庙

根据诗中换韵，可知应为古体诗。（箱、羊，阳韵，平声；湿、及，入声，仄声韵。）

8. 北窗闻杜鹃

根据诗中换韵，可知应为古体诗。（歇、血，为入声；声、情，为庚韵，平声。）

9. 登古鄴城

根据其诗句的字数不等，可知应为古体诗。

10. 宿北乐馆

诗中多次换韵：浅，音 qiǎn，《广韵》作七演切，狝韵；辨，音 biàn，《广韵》作符蹇切，狝韵。浅、辨均在《平水韵》的铣韵；远，音 yuǎn，《广韵》作云阮切，阮韵。《平水韵》也在阮韵。以上三字均为上声。习、入、湿，为入声韵。同时，其诗句也不合格律。故为古体诗。

参 考 文 献

《辞源》(修订版)商务印书馆,1997 年 7 月修订第 1 版。

《读诗常识》吴丈蜀著,上海古籍出版社,1981 年版。

《古代汉语》(修订本)王力主编,中华书局,1981 年 6 月版。

《古代汉语》郭锡良等编,商务印书馆,1999 年 1 月版。

《古今字音对照手册》丁声树编录,李荣参订,中华书局,1981 年 10 月新 1 版。

《汉语大词典》汉语大词典出版社,1990 年 12 月—1993 年 11 月。

《汉语大字典》四川辞书出版社、湖北辞书出版社,1986 年 10 月—1990 年 10 月。

《汉语诗律学》王力著,上海教育出版社,1962 年 12 月版。

《汉语史稿》王力著,中华书局,1980 年 6 月新 1 版。

《瓯北诗话》赵翼著,霍松林、胡主佑校点,人民文学出版社,1963 年 2 月版。

《诗人玉屑》魏庆之编,王仲闻校勘,上海古籍出版社,1978 年 3 月版。

《诗学全书》袁枚著,潘中心、韩建芬校点,贵州人民出版社,1990 年 6 月版。

《音韵存稿》李荣著,商务印书馆,1982 年 4 月版。

《语音常识》董少文著,文化教育出版社,1964 年版。

《中国古典诗歌写作学》经本植著，语文出版社，1994 年 2 月版。
《杜诗镜铨》杨伦笺注，中华书局，1962 年 12 月版。
《杜诗详注》仇兆鳌注，中华书局，1979 年 10 月版。
《古诗类编》胡光舟、周满江主编，广西人民出版社，1990 年 7 月版。
《黄庭坚诗选注》陈永正选注，上海古籍出版社，1985 年 4 月版。
《李太白全集》王琦辑注，中华书局，1957 年 9 月版。
《陆放翁全集》中国书店，1986 年 6 月版。
《千家诗》湖南人民出版社，1980 年 10 月版。
《清诗别裁集》沈德潜选注，中华书局，1975 年 11 月版。
《全唐诗》上海古籍出版社，1986 年 10 月版。
《全唐诗外编》中华书局，1982 年 7 月版。
《三家评注李长吉歌诗》王琦等评注，中华书局，1959 年 1 月版。
《宋诗别裁集》张景星等选注，中华书局，1975 年 11 月版。
《苏轼诗集》王文浩辑注，孔凡礼点校，中华书局，1982 年 2 月版。
《唐诗别裁集》沈德潜选注，上海古籍出版社，1979 年版。
《唐诗鼓吹评注》郗政民、房日晰校注，西北大学出版社，1993 年 9 月版。
《唐诗三百首》蘅塘退士编，陈婉俊补注，中华书局，1959 年 9 月版。
《万首唐人绝句》明赵宧光、黄习远编定，书目文献出版社，

1983 年 6 月版。
《中国历代文学作品选》朱东润主编，上海古籍出版社，1979 年 7 月版。
《佩文韵府》清张玉书等编，上海古籍出版社，1983 年 6 月版。
《诗韵》据鸿宝斋《增广诗韵全璧》本印行，上海古籍出版社 1983 年 2 月版。

后　　记

当我为本书画上最后一个句号的时候，不禁想起了许多教诲过我、影响过我的师辈们。这里，我首先要感谢祝敏彻先生和王力先生。祝先生是我的导师，王先生是我的导师的导师。他们严谨的治学态度，给我极大的影响。祝先生治学严谨认真，一丝不苟。在我们攻读研究生阶段，他经常给我们讲王力先生严格要求学生的故事。为了提高我们的水平，他还专门请王力先生批改我们的学年论文。那时候，王力先生已是年近八十的高龄，工作又十分繁忙，但是，他仍然仔细地批改，连一个标点符号也不放过。这件事给我留下了极为深刻的印象。后来，我又有幸随祝先生来到北京大学，听王力先生讲授《汉语语音史》。望着年事已高的王先生，听着他的娓娓讲述，我又一次为他考察问题的细密、精到而折服。先生们的这种精神和作风，令我仰慕终生。这也就是我之所以耗费了许多时间和精力，编写本书的主要原因。

在教学中，为了讲好诗词格律，必须对诗律中的问题有全面、深入的了解，并且能够娴熟地掌握、运用。显然，仅仅局限于课本上所提供的诗篇是不够的。于是，我便逐一分析了《唐诗三百首》、《杜诗镜铨》、《唐诗别裁集》、《古诗类编》等书中的律诗，并进而扩展到《全唐诗》、《万首唐人绝句》、《宋诗别裁集》、《清诗别裁集》等书。通过对上万首诗作的分析，我不仅从深度和广度等方面，加深了对诗律的认识，而且终于找到了较多数量的所需例证。现在，展现在读者面前的，就是自己的研习所得。不过，需要说明的是，本书中有关诗律的基本知识和观点，都是遵照王先生和祝先生的教诲的，我只不过是在此基础上，增补了一些例子，改变了一些教学方法而已。这里，我还想说的是，当我收集了相当数量的例子之后，又拜读了王力先生的《汉语诗律学》一书。书中的例证之丰、内容详尽、博大精深，令我感乎不已。记得有一年春节，我为自己有所"新见"而兴奋，冷静之后忽然想到，应该看看王力先生的书中是否谈到。一查《汉语诗律学》，果然已经提及……想起这些往事，怎不令人感慨万端呢？

本书还参考了许多先贤时哲的著作，在此，我也向他们表示衷心的感谢。当然，我还应特别感谢我的同行、高等教育出版社的何毓玲女士，她十分爽快地同意我将其大著中的有关内容，列入本书作为附录。

这里，我还要感谢我们陕西师范大学的领导。为了提高我校的科研和教学水平，学校不仅健全了科研奖励制度，而且还加大了对教学研究的投入力度。我们的"汉语言文字学"专业，被列入重点学科，我们的"古代汉语教学研究"，也被列入学校的重点教改课题。身为学科带头人和课题负责人，我常常感到自己的责任重大。本书也正是在这种形势之下而促成的教改的成果之一。

最后，我必须感谢商务印书馆的史建桥等诸位编审同志。他们收到我的书稿之后，经过认真地审阅，很快就予以支持；责任编辑许国永同志，一丝不苟地审阅书稿，提出了许多宝贵的意见，为本书的出版做了大量的工作。这种积极负责的敬业精神，实在是很令我感动的。

书中的缺点和不足，在所难免，欢迎海内外方家和广大读者，不吝赐教，提出批评和改进意见。

郭芹纳记于陕西师范大学

2003年2月26日

再版后记

在大力弘扬传统文化的当今之世，拙编能够于世有益，自然是令人欣慰的。今天是教师节，我不禁思绪万千，这里，我要再次感谢我的小学、中学的各位老师，感谢我大学的各位老师，感谢我的导师祝敏彻先生和师祖王力先生。正是他们，培养了我对古典诗词的兴趣，传授了我古典诗词的知识。

诗词格律，只是古典诗词的基本知识之一。我的体会是，掌握了格律诗的格律，再学习词的格律、曲的格律，就容易多了。但是，仅仅掌握了格律诗的格律，并不一定就能写出格律诗，尤其不能保证写出好诗——因为写诗还有更多、更高的要求。不过，我希望读者，在搞清了格律诗的格律之后，最好也能学着写诗。这样，不仅能够更好地掌握格律，而且能够深化我们对古人诗歌作品的理解，升华我们的境界，提高我们的修养。现在，人们对传统诗歌的爱好与日俱增，传统诗、词、曲的写作队伍正在不断地扩大，希望这本小书，能够对读者、写作者有所帮助。

郭芹纳记于　2017 年 9 月 10 日　教师节

此书得到上海外国语大学校级重大项目
（项目编号：KX 161076）的部分资助。

本书编委会

总 主 编　齐沪扬
主　　编　邵洪亮
副 主 编　董　莉
编　　者　（按音序排列）
蔡慧云　林艳新　刘慧清　娄文珺
钱夏玲　谢文娟　杨　村　余剑峰
张　琬　张汶静　张智俐　周晓璐
翻　　译　董　莉
英文审订　梅　皓〔美〕

Mùlù

目　录
Contents

语音下载

前　言

《留学汉语800句》是“汉语800句”系列丛书中的一本，我们把这本小书呈现给大家，希望能够对来中国学汉语的留学生有所帮助。

这本书具有以下特点：

1. 秉承“汉语800句”系列丛书的风格和体例，由主题和次主题构成，每个主题下面包括多个次主题。每个次主题包括10个基本句与2组对话。每一组对话根据对话上句的内容给出了两种不同的对话下句，帮助使用者了解对同一个问题，可以根据情况做出不同的应答。

2. 每一个次主题包含16个句子，每一个句子的长度是15个词语左右。

3. 每一个次主题的16个句子后面有一个词语表，平均每个次主题30条词语左右，按照在正文中出现的先后顺序排列。

4. 每一个句子都有拼音，拼音是分词连写，分词标准参照《新华拼写词典》（商务印书馆）和《现代汉语词典》（第7版）（商务印书馆）。

5. 每一个句子和词表中的每一条词语都有英文翻译，便于使用者学习和理解。

6. 书后有词语索引，索引按照英文排序，便于使用者查找。

7. 书后有附录，提供与留学生活有关的一些知识、常识和信息，便于读者了解和查阅。

这本《留学汉语800句》紧扣留学生活主题，无论是话题的选择、句子的编写、词语的筛选、附录的设计，都与此话题相关，并在此基础上组织语句。希望能够帮助汉语学习者掌握更多的相关词语和表达方式，同时了解与留学生活相关的知识。

本书既可以作为外国留学生在中国生活的会话手册，也可以作为留学咨询领域从业人士的专项汉语教材使用，还可为具备一定汉语水平的外国人提供与日常学习生活相关的阅读素材。

编者

2019年5月

Preface

Studying abroad Chinese 800 is a part of the *Chinese 800* series. This book is targeted towards international students, aiming to provide them with help in learning Chinese.

The book has the following characteristics:

1. It adheres to the style and structure of the *Chinese 800* series; this brochure is categorized into themes and sub-themes. Each theme consists of several different sub-themes. Each sub-theme includes 10 sentences and 2 dialogues. Each dialogue presents 2 different answers to the same question to let the learners know that they can respond differently in different situations.

2. Each sub-theme includes 16 sentences of about 15 words.

3. A word list is at the end of each sub-theme. Each sub-theme includes an average of about 30 vocabulary entries ranked by their precedence order in the text.

4. Each sentence is labeled with transcriptions of Chinese *Pinyin* with word segmentation. The standard for the word segmentation relies upon rules set forth in the *Xinhua Spelling Dictionary* and *Modern Chinese Dictionary* (7th edition) (both published by The Commercial Press).

5. Both sentences and vocabulary items are provided with English translations for the convenience of the learners in learning and understanding.

6. At the end of the book, there is a vocabulary index which is ordered by the alphabetical order of the English translations for reference convenience.

7. At the end of the book, there are appendices which supply some knowledge, common senses and information about studying abroad for the convenience of the learners.

Studying abroad Chinese 800 is centrally focused on the topic of studying abroad, which is reflected in the selection of topics, the penning of the sentences, the choice of words and the design of the appendices. It is our desire that Chinese learners will be able to not only improve their language skills by mastering the sentences and vocabulary items contained within, but also gain related knowledge related to studying abroad.

This book can be used as a survival conversation handbook for Chinese-language learners in China, a specialized Chinese textbook for study abroad related professionals, or reading material for daily life and learning for non-native learners with a certain level of Chinese proficiency.

Editors

2019.5

Yī Rùxué Zhīqián

一、入学 之前

UNIT 1 BEFORE ENROLLMENT

Dì-yī Kè Rùxué Zīxún

第一课 入学 咨询

Lesson 1 Enrollment Consultation

Dǎ diànhuà gěi Zhōngguó de xuéxiào zīxún qián, jìde jìsuàn shíchā.

1. 打电话给中国的学校咨询前，记得计算时差。

Remember to calculate the time difference before calling the school in China for consultation.

Qǐngwèn nǐmen xuéxiào de shīzī lìliàng zěnmeyàng? Zài Zhōngguó gāoxiào li páimíng duōshao?

2. 请问你们学校的师资力量怎么样？在中国高校里排名多少？

How are the faculty in your school? What is the rank of your school among colleges and universities in China?

Wǒ xiǎng zài nǐmen xuéxiào shàng yǔyánbān, jiéshù de shíhou kěyǐ nádào jiéyè zhèngmíng ma?

3. 我想在你们学校上语言班，结束的时候可以拿到结业证明吗？

I would like to attend the language class in your school. Will I receive a certificate of completion after completing the lessons?

Nǐmen xuéxiào de liúxuéshēng rùxué zhǐnán jūrán zhème xiángxì,
4. 你们 学校 的 留学生 入学 指南 居然 这么 详细，
lián zhōuwéi de gègè jiànshēn chǎngsuǒ dōu biāo chūlái le, hái néng
连 周围的 各个健身 场所 都 标 出来 了，还 能
miǎnfèi xiàzài ne.
免费 下载 呢。

The registration guide of your school for the overseas students is so detailed that even the fitness sites nearby are all marked out. Plus, it is free to download.

Wǎngshàng de lùqǔ míngdān yǒu wǒ de míngzi, kěshì dào xiànzài
5. 网上 的 录取 名单 有 我 的 名字，可是 到 现在
wǒ hái méi shōudào lùqǔ tōngzhī, shì bú shì chūle shénme
我 还 没 收到 录取 通知，是不是 出了 什么
wèntí ne?
问题 呢？

My name appears on the admission list online. However, I have not yet received the Admission Notice. Is there any problem?

Shēnqǐng zhège zhuānyè bùguāng xūyào HSK chéngjì, hái yào
6. 申请 这个 专业 不光 需要 HSK 成绩，还 要
cānjiā shùxué hé wùlǐ cèshì.
参加 数学 和 物理 测试。

This course requires examinations. To apply for it, you are required to have your HSK results, as well as to take the maths and physics exams.

Qǐngwèn wǒ zài Hánguó de tǐjiǎn zhèngmíng hái yǒuxiào ma?
7. 请问 我 在 韩国 的 体检 证明 还 有效 吗？

Xū bù xūyào chóngxīn tǐjiǎn?
需不需要重新体检?

Excuse me. Is my medical certificate in Korea still valid? Do I need to re-do the medical test?

Wǒ xiǎng jǐnzǎo lái Zhōngguó shúxi yíxià zhōubiānhuánjìng, qǐngwèn
8. 我想尽早来中国熟悉一下周边环境，请问
kěyǐ tíqián duō jiǔ rùxiào?
可以提前多久入校?

How much earlier can I be enrolled in school? I would like to visit China as soon as possible in order to familiarize myself with the environment.

Shànghǎi de xiāofèi shuǐpíng gāo ma? Yí gè yuè dàgài xūyào
9. 上海的消费水平高吗? 一个月大概需要
duōshao shēnghuófèi?
多少生活费?

Are costs in Shanghai high? What are the estimated living expenses per month?

Wǒ zài wǎngshàng zhǎodàole xuéxiào de liúxuéshēng lùntán, hěn duō
10. 我在网上找到了学校的留学生论坛，很多
liúxuéshēng dōu fāle tiězi, yǒu bù shǎo yǒu jiàzhí de xìnxī.
留学生都发了帖子，有不少有价值的信息。

I found the school's overseas students' forum online. A lot of students have made posts there, many of which have quite valuable information.

Wèi, nín hǎo! Wǒ xiǎng shēnqǐng nǐmen xuéxiào de Hànyǔ
11. A: 喂，您好! 我想申请你们学校的汉语
guójì jiàoyù shuòshì, qǐngwèn yào shénme cáiliào?
国际教育硕士，请问要什么材料?

Hi, I would like to apply to the Master of Teaching Chinese to Speakers of Other Languages (MTCSOL) program in your school. May I know what the required documents are?

Nǐ hǎo! Xūyào Shēnqǐngshū、bìyèzhèng、xuéwèizhèng、
B1: 你好！需要申请书、毕业证、学位证、
chéngjìdān、liǎng fēng zhuānjiā tuījiànxìn、HSK zhèngshū fùyìnjiàn.
成绩单、两封专家推荐信、HSK证书复印件。

You are required to provide your application form, graduation certificate, academic degree certificate, result slips, two reference letters by professionals, as well as photocopied certificates of your HSK results.

Xūyào de cáiliào bǐjiào duō, nǐ kěyǐ kànkan wǒmen
B2: 需要的材料比较多，你可以看看我们
xuéxiào wǎngzhàn shang de zhāoshēng jiǎnzhāng.
学校网站上的招生简章。

There is quite a lot of documents required. You can take a look at our admission guide on the school website.

Shì XXX lǎoshī ma? Wǒ shì jīnnián de xīnshēng. Qǐngwèn
12. A: 是×××老师吗？我是今年的新生。请问
xuéxiào tígōng jiējī fúwù ma?
学校提供接机服务吗？

Is this Mr. / Mrs. ×××? I am a freshman this year. Does the school provide airport pickup service?

Tígōng a, qǐng xiān bǎ nǐ de xìngmíng、hángbānhào、
B1: 提供啊，请先把你的姓名、航班号、

dàodá shíjiān děng xìnxī gàosù wǒmen.
到达时间等信息告诉我们。

Yes, of course. Please provide us with your full name, flight number, arrival time, etc. in advance.

Bàoqiàn, jīnnián méiyǒu zhè xiàng fúwù, nǐ kěyǐ
B2: 抱歉，今年没有这项服务，你可以
shàngwǎng cházhǎo lùxiàn.
上网查找路线。

I am sorry, we do not provide this service this year. You can check transit routes online.

词语 Vocabulary

序号	词语	拼音	词性	翻译
1	入学	rùxué	动	to enroll in school
2	咨询	zīxún	动	to consult
3	时差	shíchā	名	time difference
4	师资力量	shīzī lìliàng		faculty
5	高校	gāoxiào	名	colleges and universities
6	排名	páimíng	动	to rank
7	结业证明	jiéyè zhèngmíng		certificate of completion
8	留学生	liúxuéshēng	名	overseas student
9	指南	zhǐnán	名	guide
10	健身	jiànshēn	动	to work out
11	场所	chǎngsuǒ	名	site
12	标	biāo	动	to mark
13	免费	miǎnfèi	动	free of charge
14	下载	xiàzài	动	to download

15	录取	lùqǔ	动	to admit (to a school)
16	名单	míngdān	名	name list
17	通知	tōngzhī	名 / 动	notice; to notify
18	申请	shēnqǐng	动	to apply
19	专业	zhuānyè	名	major
20	数学	shùxué	名	mathematics
21	物理	wùlǐ	名	physics
22	测试	cèshì	动	to test
23	体检	tǐjiǎn	动	to have a physical examination
24	有效	yǒuxiào	动	valid
25	熟悉	shúxi	形	be familiar with
26	周边	zhōubiān	名	neighborhood
27	环境	huánjìng	名	environment
28	消费	xiāofèi	动	to consume
29	生活费	shēnghuófèi	名	living expenses
30	论坛	lùntán	名	forum
31	帖子	tiězi	名	post
32	汉语国际教育硕士	Hànyǔ guójì jiàoyù shuòshì	名	Master of Teaching Chinese to Speakers of Other Languages (MTCSOL)
33	材料	cáiliào	名	document
34	学位	xuéwèi	名	academic degree
35	专家	zhuānjiā	名	expert
36	推荐	tuījiàn	动	to recommend
37	证书	zhèngshū	名	certificate
38	复印件	fùyìnjiàn	名	photocopy
39	网站	wǎngzhàn	名	website

40	招生简章	zhāoshēng jiǎnzhāng		admission guide
41	接机	jiējī	动	to pick sb up at the airport
42	航班号	hángbānhào	名	flight number
43	路线	lùxiàn	名	route

Dì-èr Kè Bànlǐ Qiānzhèng

第二课 办理 签证

Lesson 2 Applying for a Visa

Shēnqǐng qiānzhèng yào tíqián zuòhǎo ānpái, rúguǒ qiānzhèng shīxiào
1. 申请 签证 要 提前 做好 安排，如果 签证 失效
huò láibují qiānzhèng, huì dānwù xíngchéng.
或 来不及 签证，会 耽误 行程。

A detailed arrangement needs to be made before applying for a visa; your itinerary will be delayed if your visa becomes invalid or you don't have enough time to apply for a visa.

Shēnqǐng qiānzhèng qián, yào xiān qǔdé Zhōngguó gāoxiào de
2. 申请 签证 前，要 先 取得 中国 高校 的
lùqǔ tōngzhī bìng tiánxiě《Wàiguórén Tǐgé Jiǎnchábiǎo》.
录取 通知 并 填写《外国人 体格 检查表》。

Before applying for a visa, you must get an "Admission Notice" from the school in China and fill in a Medical Examination Form for Foreigners.

Yào quèbǎo hùzhào zài shēnqǐng qiānzhèng shí yǒuxiàoqī bù shǎoyú
3. 要 确保 护照 在 申请 签证 时 有效期 不 少于

liù gè yuè bìng yǒu zhìshǎo liǎng yè kòngbái qiānzhèngyè.
六个月并有至少两页空白签证页。

Make sure that your passport has a validity of at least 6 months and at least two blank pages.

Shēnqǐng qiānzhèng cáiliào xū zhēnshí ér qíbèi, wěizào cáiliào huò cáiliào bùquán zhě, jiāng bèi jùjué bànlǐ.
4. 申请签证材料须真实而齐备，伪造材料或材料不全者，将被拒绝办理。

The materials for applying for a visa should be truthful and complete; anyone who provides forged or incomplete materials will be denied.

Shēnqǐng qiānzhèng shí, xū chí hùzhào、lùqǔ tōngzhī、《Wàiguó Liúxué Rényuán Lái Huá Qiānzhèng Shēnqǐngbiǎo》hé《Wàiguórén Tǐgé Jiǎnchábiǎo》děng yuánjiàn, dào suǒzàiguó de Zhōngguó dàshǐguǎn huò lǐngshìguǎn shēnqǐng X qiānzhèng (xuéshēng qiānzhèng) huò F qiānzhèng (fǎngwèn qiānzhèng).
5. 申请签证时，须持护照、录取通知、《外国留学人员来华签证申请表》和《外国人体格检查表》等原件，到所在国的中国大使馆或领事馆申请X签证（学生签证）或F签证（访问签证）。

The original copies of your passport, Admission Notice, "Visa Application Form for International Students" and "Medical Examination Form for Foreigners" are needed when you apply for an X visa (student visa) or F visa (visitor's visa) at Chinese Embassy or Consulate in your home country.

Shēnqǐng qiānzhèng tōngguò hòu, xū chí shàngshù wénjiàn de yuánjiàn
6. 申请签证通过后，须持上述文件的原件

rùjìng.
入境。

When the application for a visa is approved, the original copies of the above documents are needed to enter China.

Dàoxiào bàodào zhùcè hòu, xū chí běnrén hùzhào hé《Wàiguórén Tǐgé Jiǎnchábiǎo》yuánjiàn dào dāngdì wèishēng jiǎnyì bùmén bànlǐ tǐgé jiǎnchá fùhé shǒuxù.
7. 到校 报到 注册 后，须 持 本人 护照 和《外国人 体格 检查表》原件 到 当地 卫生 检疫 部门 办理 体格 检查 复核 手续。

After registering at your school, you should go to a local health quarantine department to do a re-examination, by holding the original copies of your passport and "Medical Examination Form for Foreigners".

Rúguǒ chí X qiānzhèng, zì rùjìng zhī rì qǐ sānshí tiān nèi, bìxū qiánwǎng dāngdì gōng'ān bùmén bànlǐ zài Huá jūliú shǒuxù.
8. 如果 持 X 签证，自 入境 之 日 起 三十 天 内，必须 前往 当地 公安 部门 办理 在 华 居留 手续。

All X visa holders must apply for a residence permit at the local public security department within 30 days of entry into China.

Wàiguórén rùjìng hòu, rú xū shēnqǐng yáncháng huò biàngēng qiānzhèng, yīng xiàng dāngdì gōng'ān bùmén shēnqǐng.
9. 外国人 入境 后，如 需 申请 延长 或 变更 签证，应 向 当地 公安 部门 申请。

After entering China, you should apply at a local public security department if you need to stay longer than permitted on the visa or change the type of visa.

Zài xué qījiān, rú jūliú xǔkě shang tiánxiě de xiàngmù yǒu

10. 在学期间，如居留许可上填写的项目有

biàngēng, bìxū jǐnkuài dào liúxuéshēng bàngōngshì kāijù jièshàoxìn,

变更，必须尽快到留学生办公室开具介绍信，

zài dào shì gōng'ānjú qiānzhèng zhōngxīn bànlǐ biàngēng shǒuxù.

再到市公安局签证中心办理变更手续。

When you're at the university, if any of the information on your residence permit changes, you have to go to the foreign students' office as soon as possible to obtain an introduction letter, and then again to the public security bureau's visa centre to conduct update procedures.

Wǒ shì Hánguó rén, jìnqī xiǎng dào Shànghǎi xuéxí Hànyǔ,

11. A: 我是韩国人，近期想到上海学习汉语，

qǐngwèn wǒ gāi shēnqǐng shénme qiānzhèng?

请问我该申请什么签证？

I'm a Korean, I intend to go to Shanghai to learn Chinese in the near future. What kind of visa should I apply for?

Qǐng dào suǒzàiguó de Zhōngguó dàshǐguǎn huò lǐngshìguǎn

B1: 请到所在国的中国大使馆或领事馆

shēnqǐng X qiānzhèng huò F qiānzhèng.

申请X签证或F签证。

Please go to the Chinese Embassy or Consulate in your home country to apply for an X visa or F visa.

Rúguǒ láibují shēnqǐng X qiānzhèng huò F qiānzhèng, kěyǐ

B2: 如果来不及申请X签证或F签证，可以

xiān qǔdé L qiānzhèng (lǚyóu qiānzhèng) rùxué hòu yóu xuéxiào

先取得L签证（旅游签证），入学后由学校

bāngzhù bànlǐ qiānzhèng biàngēng shǒuxù (L—X), bìng shēnqǐng
帮助 办理 签证 变更 手续(L—X),并 申请
jūliúzhèng.
居留证。

If you do not have enough time to apply for an X visa or an F visa, you can first get an L visa (tourist visa). After registration, your school will help you complete the visa alternation formalities and apply for a residence permit.

Wǒ yǐ bèi nǐmen xuéxiào de Hànyǔ guójì jiàoyù shuòshì
12. A: 我已被你们学校的汉语国际教育硕士
zhuānyè lùqǔ, qǐngwèn shēnqǐng qiānzhèng xūyào nǎxiē cáiliào a?
专业录取,请问 申请 签证 需要哪些材料啊?

I have been admitted to MTCSOL at your school. Could you tell me what materials are needed to apply for a visa?

Xūyào de cáiliào bǐjiào duō, qǐng dēnglù wǒxiào guójì
B1: 需要的材料比较多,请登录我校国际
jiāoliú chù de wǎngzhàn, shàngmian yǒu xiángxìde jièshào.
交流处的网站,上面 有 详细的 介绍。

Quite a lot of materials are needed. You can find a detailed introduction after logging on to the website of the international communications department of our school.

Kěyǐ dǎ diànhuà xiàng Zhōngguó zhù suǒzàiguó de dàshǐguǎn
B2: 可以打电话向 中国 驻所在国的大使馆
huò lǐngshìguǎn zīxún.
或领事馆 咨询。

You can make a call to Chinese Embassy or Consulate in your country to enquire.

词语 Vocabulary

序号	词语	拼音	词性	翻译
1	办理	bànlǐ	动	to transact
2	签证	qiānzhèng	名	visa
3	安排	ānpái	动	to arrange; schedule
4	失效	shīxiào	动	to become invalid
5	耽误	dānwù	动	to delay
6	行程	xíngchéng	名	itinerary
7	体格	tǐgé	名	physique
8	确保	quèbǎo	动	to make sure
9	护照	hùzhào	名	passport
10	有效期	yǒuxiàoqī	名	validity
11	空白	kòngbái	名	blank
12	须	xū	副	must
13	齐备	qíbèi	形	complete
14	伪造	wěizào	动	to forge
15	持	chí	动	to hold
16	原件	yuánjiàn	名	original copy
17	所在国	suǒzàiguó	名	one's resident country
18	大使馆	dàshǐguǎn	名	embassy
19	领事馆	lǐngshìguǎn	名	consulate
20	上述	shàngshù	形	abovementioned
21	入境	rùjìng	动	to enter a country
22	报到	bàodào	动	to report one's arrival
23	注册	zhùcè	动	to register
24	本人	běnrén	代	oneself
25	当地	dāngdì	名	local

26	卫生	wèishēng	名	hygiene
27	检疫	jiǎnyì	动	to quarantine
28	部门	bùmén	名	department
29	复核	fùhé	动	to re-examine
30	手续	shǒuxù	名	procedure
31	自……起	zì...qǐ		from...
32	公安	gōng'ān	名	public security
33	居留	jūliú	动	to reside
34	延长	yáncháng	动	to prolong
35	变更	biàngēng	动	to change
36	许可	xǔkě	动 / 名	to permit; permit
37	项目	xiàngmù	名	item
38	开具	kāijù	动	to issue
39	公安局	gōng'ānjú	名	public security bureau
40	近期	jìnqī	名	in the near future
41	登录	dēnglù	动	to log on
42	驻	zhù	动	to be stationed in

Dì-sān Kè Zhuólù Zhōngguó

第三课 着陆 中国

Lesson 3 Landing in China

Qǐngwèn tuōyùn de xíngli qù nǎli qǔ?

1. 请问 托运 的 行李 去 哪里 取?

Excuse me. Where can I get my checked luggage?

Wǒmen de xíngli tài duō le, qù chūzūchē hòuchēdiǎn dǎchē ba,

2. 我们 的 行李 太 多 了，去 出租车 候车点 打车 吧，

bié zuò jīchǎng dàbā le.
别坐机场大巴了。

We have too much luggage. Let's wait for a taxi at the taxi stand instead of taking the airport bus.

Nàbiān yǒu rén jǔ páizi, qù kànkan shì bú shì lái jiē wǒmen de.

3. 那边有人举牌子，去看看是不是来接我们的。

There is someone holding a sign over there. Let's go and see if they are here to pick us up.

Jīchǎng fúwùtái tígōng miǎnfèi de Shànghǎi dìtú hé guǐdào jiāotōngtú.

4. 机场服务台提供免费的上海地图和轨道交通图。

The airport service desk provides free copies of a Shanghai city map and its rail transit map.

Jīchǎng miǎnshuìdiàn de dōngxi bǐ wàimiàn huásuàn, wǒmen qù kànkan mǎi diǎnr shénme ba.

5. 机场免税店的东西比外面划算，我们去看看买点儿什么吧。

The duty free shops in the airport are cheaper than the shops outside. Let's go and see if we can buy something.

Wǒ tuōyùn de xíngli zhǎo bú dào le, qǐngwèn kěyǐ qù nǎli zhǎo ne?

6. 我托运的行李找不到了，请问可以去哪里找呢?

I can't find my checked luggage. Where can I look for it?

Xíngli kěyǐ zài jīchǎng jìcún liǎng gè yuè, érqiě hái kěyǐ

7. 行李可以在机场寄存两个月，而且还可以

zhǎo rén dàilǐng.

找人代领。

Your luggage can be deposited in the airport for as long as two months and you can send a representative to collect it on your behalf.

Děng wǒ yíxià, wǒ yào qù yínháng duìhuàn rénmínbì, jiù zài

8. 等我一下，我要去银行兑换人民币，就在

yī hào hángzhànlóu nàr.

1号航站楼那儿。

Please wait for me for a while as I need to exchange some RMB in the bank at Terminal 1.

Rùjìng shí, huì yǒu yí cì hǎiguān ānjiǎn, bù néng xiédài wéijìn

9. 入境时，会有一次海关安检，不能携带违禁

wùpǐn hé guòliàng de yān、jiǔ děng, fǒuzé kěnéng huì bèi mòshōu

物品和过量的烟、酒等，否则可能会被没收

bìng fákuǎn.

并罚款。

When entering the country, there will be a customs security check. Prohibited items as well as excessive amount of tobacco or liquids are not allowed. Otherwise, the items might be confiscated and you will be fined.

Nǐ zěnme chuān zhème shǎo? Biékàn jīchǎng dàtīng li nuǎnhuo,

10. 你怎么穿这么少？别看机场大厅里暖和，

jīntiān Shànghǎi de qìwēn kěshì língxià ne!

今天上海的气温可是零下呢！

Why have you worn so little? Though it's warm in

the airport hall, the temperature of Shanghai today is below zero degrees Celsius.

11. Nín hǎo, nín shì XXX Dàxué lái jiējī de ma?
A: 您好，您是×××大学来接机的吗？

Hi, are you from ×××University, here to pick me up?

Shì a, nǐ shì Měiguó de Màikè ba, huānyíng nǐ lái Zhōngguó!
B1: 是啊，你是美国的迈克吧，欢迎你来中国！

That's right! Are you Michael from the US? Welcome to China!

Duì a, nín yílù shang xīnkǔ le, chē zài nàbiān, qǐng gēn wǒ lái ba!
B2: 对啊，您一路上辛苦了，车在那边，请跟我来吧！

Yes. It must have been a tough journey. Please come along; the car is over there.

12. Shīfu, qǐngwèn dào XXX Lù de XXX Dàxué yào duōshao qián?
A: 师傅，请问到×××路的×××大学要多少钱？

Excuse me, Sir. How much is it to travel to ××× University on ×××Road?

Dàgài wǔshí yuán ba, chūzūchē shì dǎbiǎo de, nǐ dào shíhou kàn biǎo shang de shùzì jiù xíngle.
B1: 大概 50 元吧，出租车是打表的，你到时候看表上的数字就行了。

Around 50 yuan. My taxi is metered. You can just

look at the meter at the end of the journey.

Xiànzài shì gāofēng shíjiān, suànbùzhǔn, búguò, zuìduō
B2: 现在 是 高峰 时间，算不准，不过，最多
yìbǎi èrshí yuán.
120 元。

I can't say for sure as it is peak hour now. However, it is at most 120 yuan.

词语 Vocabulary

序号	词语	拼音	词性	翻译
1	着陆	zhuólù	动	to land
2	托运	tuōyùn	动	to check (luggage)
3	行李	xíngli	名	luggage
4	候车	hòuchē	动	to wait for a bus or train... etc.
5	打车	dǎchē	动	to take a taxi
6	服务台	fúwùtái	名	service desk
7	提供	tígōng	动	to provide
8	地图	dìtú	名	map
9	轨道	guǐdào	名	railway
10	交通	jiāotōng	名	transportation
11	免税店	miǎnshuìdiàn	名	duty free shop
12	划算	huásuàn	形	cost effective; cheap
13	寄存	jìcún	动	to deposit
14	代领	dàilǐng	动	to collect on behalf
15	银行	yínháng	名	bank
16	兑换	duìhuàn	动	to exchange
17	航站楼	hángzhànlóu	名	terminal

18	海关	hǎiguān	名	customs
19	安检	ānjiǎn	动	to carry out a security check
20	携带	xiédài	动	to carry
21	违禁	wéijìn	动	to violate a prohibition
22	没收	mòshōu	动	to confiscate
23	罚款	fákuǎn	动	to fine
24	暖和	nuǎnhuo	形	warm
25	气温	qìwēn	名	temperature
26	零下	língxià	名	degrees below zero
27	辛苦	xīnkǔ	形	tired
28	师傅	shīfu	名	Sir (form of address, to show respect for skilled men)
29	打表	dǎbiǎo	动	to run the meter
30	高峰	gāofēng	名	peak

Èr Kèqián Zhǔnbèi

二、课前 准备

UNIT 2 PREPARATION FOR CLASS

Dì-sì Kè Bàodào Zhùcè

第四课 报到 注册

Lesson 4 Registration

Liúxuéshēng dàoxiào hòu yīng chí běnrén hùzhào、 lùqǔ tōngzhīshū hé
1. 留学生 到校 后 应 持 本人 护照、录取通知书 和
sān zhāng hùzhào zhàopiàn, dào xuéyuàn zhāoshēng bàngōngshì bàodào.
三 张 护照 照片，到 学院 招生 办公室 报到。

When the international students arrive at school, they are required to report to the Admission Office with their passport, Admission Notice and three passport-sized photos.

Qǐngwèn, kāixué bàodào de shíhou xūyào dài shénme zhèngjiàn
2. 请问，开学 报到 的 时候 需要 带 什么 证件
huòzhě cáiliào ma?
或者 材料 吗?

Excuse me, what certificates or documents are required for registration when school opens?

Qiánghuàbān de xuéfèi yí gè xuéqī duōshao qián? Kěyǐ shuākǎ
3. 强化班 的 学费 一 个 学期 多少 钱? 可以 刷卡
huòzhě wǎngshàng zhuǎnzhàng ma?
或者 网上 转账 吗?

What is the tuition for the enrichment course per semester? Can I use a credit card or online transfer?

Wǒ de HSK zhèngshū wàng dài le, néng bù néng chí diǎnr jiāo?
4. 我的HSK证书忘带了，能不能迟点儿交？
Wǒ yǐjīng ràng wǒ de jiārén jìlái le.
我已经让我的家人寄来了。

I forgot to bring my HSK certificate. Can I hand it in later? I have already asked my family to send it over.

Nǐ dài zhèngjiànzhào le ma? Bànlǐ xuéshēngzhèng de shíhou yào yòngdào.
5. 你带证件照了吗？办理学生证的时候要用到。

Have you brought your ID photo, which is needed for the student card application?

Zhè shì liúxuéshēng bàodào xūzhī, shàngmiàn yǒu jiēxiàlái jǐ tiān de
6. 这是留学生报到须知，上面有接下来几天的
huódòng liúchéng, nǐ kěyǐ dài huíqù kànkan.
活动流程，你可以带回去看看。

These are the registration instructions for the international students. The schedule for the following days is printed on it as well. You can take it back with you and have a look.

Qǐng zài běn Zhōusì lái xuéxiào lǐngqǔ kèchéngbiǎo, bìng zài Zhōuwǔ
7. 请在本周四来学校领取课程表，并在周五
zhī qián dào xiàoyīyuàn tǐjiǎn.
之前到校医院体检。

Please come to school and collect your timetable this Thursday and go to the school hospital for a medical examination before Friday.

Míngtiān zǎoshang jiǔ diǎn zài xuéxiào dà lǐtáng jǔxíng kāixué

8. 明天 早上 九 点 在 学校 大 礼堂 举行 开学

diǎnlǐ, qǐng gè wèi liúxuéshēng zhǔnshí cānjiā.

典礼，请 各 位 留学生 准时 参加。

There will be a school opening ceremony at 9 tomorrow morning at the auditorium. All international students are required to attend punctually.

Míngtiān de kāixué diǎnlǐ, nǐ yào zuòwéi liúxuéshēng dàibiǎo

9. 明天 的 开学 典礼，你 要 作为 留学生 代表

fāyán, hǎohāor zhǔnbèi yíxià ba.

发言，好好儿 准备 一下 吧。

You will be giving a speech at tomorrow's opening ceremony as a representative of the international students. Please be fully prepared.

Zhè shì jiàowù bàngōngshì de diànhuà, rúguǒ hái yǒu shénme

10. 这 是 教务 办公室 的 电话，如果 还 有 什么

wèntí bù míngbai, kěyǐ dǎ diànhuà wènwen nàli de lǎoshī.

问题 不 明白，可以 打 电话 问问 那里的 老师。

This is the telephone number of the Administration Office. If you still have any enquires, you can call and ask the teachers there.

Wǒ gāng dào Zhōngguó, yí gè péngyou dōu méiyǒu, duì shénme

11. A: 我 刚 到 中国，一 个 朋友 都 没有，对 什么

dōu bù shúxi, zhēn yǒudiǎnr yùmèn.

都 不 熟悉，真 有点儿 郁闷。

I am quite depressed as I have just reached China. I have no friends, and I am not familiar with anything around here.

Zhèli de xuéshēng hé lǎoshī dōu hěn rèxīn, nǐ yǒu
B1: 这里的学生和老师都很热心，你有
shénme wèntí, tāmen yídìng huì bāngmáng de.
什么问题，他们一定会帮忙的。

The students and the teachers here are very warm-hearted. If you have any problem, they will definitely lend you a helping hand.

Tīngshuō guò jǐ tiān xuéyuàn huì jǔbàn yí gè liúxuéshēng
B2: 听说过几天学院会举办一个留学生
yíng xīn wǎnhuì, dào shíhou kěndìng huì rènshi hěn duō péngyou de.
迎新晚会，到时候肯定会认识很多朋友的。

I heard that our college will hold a welcome party for the international students in a few days. You will definitely make a lot of friends.

Qǐngwèn, kāixué yǐhòu, rúguǒ xuéyuàn yǒu shénme huódòng,
12. A: 请问，开学以后，如果学院有什么活动，
shéi fùzé tōngzhī wǒmen ne?
谁负责通知我们呢？

Excuse me. Who will be in charge of notifying us about any school activities after school starts?

Xuéyuàn wǎngzhàn de gōnggàolán li huì yǒu huódòng tōngzhī,
B1: 学院网站的公告栏里会有活动通知，
nǐmen píngcháng kěyǐ duō liúyì yíxià.
你们平常可以多留意一下。

There will be notifications of activities on the notice board of the school website. Just check it out.

Měi gè bān dōu yǒu yí gè bānzhǔrèn, rúguǒ yǒu shénme
B2: 每个班都有一个班主任，如果有什么

huódòng, bānzhǔrèn huì tōngzhī nǐmen de.
活动，班主任会通知你们的。

There will be a homeroom teacher for every class. So if there is any activity, he/she will update the class.

词语 Vocabulary

序号	词语	拼音	词性	翻译
1	证件	zhèngjiàn	名	certificate
2	强化班	qiánghuàbān	名	enrichment course
3	学费	xuéfèi	名	tuition fee
4	学期	xuéqī	名	semester
5	刷卡	shuākǎ	动	to pay by card
6	转账	zhuǎnzhàng	动	to transfer (accounts)
7	迟	chí	形	late
8	寄	jì	动	to send
9	须知	xūzhī	名	instruction
10	活动	huódòng	名	activity
11	流程	liúchéng	名	schedule
12	本	běn	代	current
13	领取	lǐngqǔ	动	to collect
14	课程	kèchéng	名	course
15	礼堂	lǐtáng	名	auditorium
16	举行	jǔxíng	动	to hold
17	典礼	diǎnlǐ	名	ceremony
18	准时	zhǔnshí	形	punctually
19	作为	zuòwéi	动	as

20	代表	dàibiǎo	名	representative
21	发言	fāyán	动	to give a speech
22	教务	jiàowù	名	educational administration
23	郁闷	yùmèn	形	depressed
24	热心	rèxīn	形	warm-hearted
25	举办	jǔbàn	动	to hold
26	迎新	yíng xīn		to welcome new arrivals
27	晚会	wǎnhuì	名	evening party
28	肯定	kěndìng	副	definitely
29	负责	fùzé	动	(to be) in charge of
30	公告栏	gōnggàolán	名	notice board
31	留意	liúyì	动	to pay attention (to)
32	班主任	bānzhǔrèn	名	homeroom teacher

Dì-wǔ Kè Fēn Bān Dìngjí

第五课 分班定级

Lesson 5 Placement Test and Grading

Qǐngwèn, fēn bān kǎoshì chúle bǐshì hái yǒu miànshì ma?

1. 请问，分班考试除了笔试还有面试吗？

Excuse me, is there still an interview for the placement test in addition to the written test?

Lǎoshī, wǒ juéde zhōngděng èr jí de kèchéng duì wǒ láishuō

2. 老师，我觉得中等二级的课程对我来说

yǒudiǎnr nán, wǒ xiǎng huàndào zhōngděng yī jí.

有点儿难，我想换到中等一级。

Professor, I felt Level 2 of the intermediate course is quite difficult for me. I want to switch to Level 1.

Wǒ zài Měiguó de shíhou xuéguo Hànyǔ, yǒu yìxiē jīchǔ,
3. 我在美国的时候学过汉语，有一些基础，
suǒyǐ wǒ bù xiǎng cóng chūjí kāishǐ xué.
所以我不想从初级开始学。

I do not want to start from the beginner level as I have learnt Chinese in the US before, and have some basic knowledge.

Wǒ zài Zhōngguó shēnghuóle liǎng nián le, kǒuyǔ hěn hǎo, wǒ
4. 我在中国生活了两年了，口语很好，我
néng dào gāojíbān shàng kǒuyǔkè ma?
能到高级班上口语课吗？

I have been living in China for two years and I can speak well. Can I attend the advanced level oral lessons?

Wǒ shì jīnnián chūnjìbān de liúxuéshēng, yīnwèi yǒu jíshì méi néng
5. 我是今年春季班的留学生，因为有急事没能
cānjiā fēnbān kǎoshì, nà wǒ xiànzài yīnggāi qù nǎge bān
参加分班考试，那我现在应该去哪个班
shàngkè ne?
上课呢？

I am an international student for the spring semester this year. I didn't attend the placement test due to some urgent matters. Which class should I go for lessons now?

Wǒmen huì ànzhào cèshì de chéngjì fēn děngjí, zuìzhōng jiéguǒ huì
6. 我们会按照测试的成绩分等级，最终结果会

zhāngtiē zài xuéyuàn de gōnggàolán li, qǐng dàjiā liúyì yíxià.
张贴在学院的公告栏里，请大家留意一下。

We will rate your level according to your test results. The final result will be posted on the notice board of our university. Please pay attention to it.

Fēn bān jiéguǒ、 shàngkè shíjiān hé jiàoshì wèizhì děng xìnxī dōu
7. 分班结果、上课时间和教室位置等信息都
kěyǐ dēnglù xuéxiào wǎngzhàn cháxún.
可以登录学校网站查询。

You can log on to the school website to see your placement result, timetable and the classroom location, etc.

Rúguǒ nǐmen duì fēnbān jiéguǒ yǒu shénme yìjiàn, kěyǐ xiàng
8. 如果你们对分班结果有什么意见，可以向
jiàowù lǎoshī fǎnyìng.
教务老师反映。

If you have any enquires regarding the placement results, you can give feedback to the administrative staff.

Lǎoshī, zhècì fēnbān kǎoshì wǒ méi fāhuī hǎo, píng wǒ
9. 老师，这次分班考试我没发挥好，凭我
zhēnzhèng de shílì kěyǐ shàng zhōngjí de, ràng wǒ zài kǎo
真正的实力可以上中级的，让我再考
yí cì ba.
一次吧。

Professor, I did not give full play to my actual ability for the placement test this time. I should have been able to go for the intermediate level. Please allow me to retake the test.

Jiǔyuè shíwǔ hào zhèngshì shàngkè, qǐng dàjiā ànzhào fēnbān de

10. 9月15号正式上课，请大家按照分班的

jiéguǒ dào zìjǐ de bānjí zhǔnshí shàngkè.

结果到自己的班级准时上课。

The lessons will start on September 15. Please report punctually to your specific class according to your placement result.

Lǎoshī, wǒ de péngyou bèi fēndào sān bān le, wǒ yě xiǎng

11. A: 老师，我的朋友被分到三班了，我也想

tiáodào sān bān, kěyǐ ma?

调到三班，可以吗？

Professor, my friend is assigned to class 3. Can I change to that class as well?

Xuéxí Hànyǔ zuì zhòngyào de jiù shì yòng Hànyǔ hé biérén

B1: 学习汉语最重要的就是用汉语和别人

jiāoliú, hé péngyou yìqǐ shàngkè bù yídìng yǒu hǎochu.

交流，和朋友一起上课不一定有好处。

The most important thing in learning Chinese is to use Chinese to communicate with the others. It's not necessarily beneficial to have lessons together with your friends.

Wǒ chá yíxià sān bān de rénshù, rúguǒ hái méiyǒu

B2: 我查一下三班的人数，如果还没有

mǎn'é dehuà, yěxǔ nǐ néng tiáo guòqù.

满额的话，也许你能调过去。

I will check the number of students in class 3. If it is not full yet, we may transfer you to that class.

Nǐ zhīdào fēnbān kǎoshì de tíxíng ma? Wǒ gēnběn

12. A: 你知道分班考试的题型吗？我根本

bù zhīdào yào kǎo xiē shénme, zhēn yǒudiǎnr jǐnzhāng.
不知道要考些什么，真有点儿紧张。

Do you know the question types on the placement test? I am kind of nervous, as I have no idea at all what we will be tested on.

Wǎngshàng yǒu tíkù, wǎngnián de shìtí dōu néng chádào,
B1: 网上有题库，往年的试题都能查到，
nǐ qù kàn yí kàn ba.
你去看一看吧。

There is a question bank for past years' authentic tests papers online. You can take a look.

Fēnbān kǎoshì jiù shì yào cèshì nǐ de Hànyǔ shuǐpíng,
B2: 分班考试就是要测试你的汉语水平，
jiéguǒ yuè zhēnshí yuè hǎo, búyòng kèyì zhǔnbèi.
结果越真实越好，不用刻意准备。

The placement test is to identify your level of Chinese proficiency. It's better for the results to be more accurate. Hence, there is no need for deliberate preparation.

词语 Vocabulary

序号	词语	拼音	词性	翻译
1	分班	fēn bān		class placement
2	定级	dìngjí	动	to grade
3	笔试	bǐshì	动	written test
4	面试	miànshì	动	to interview
5	中等	zhōngděng	形	intermediate
6	基础	jīchǔ	名	basic

7	初级	chūjí	形	beginning level
8	生活	shēnghuó	动	to live
9	口语	kǒuyǔ	名	spoken language
10	高级	gāojí	形	advanced level
11	春季	chūnjì	名	spring
12	按照	ànzhào	介	according to
13	最终	zuìzhōng	名	final
14	张贴	zhāngtiē	动	to post
15	位置	wèizhì	名	location
16	查询	cháxún	动	to check
17	意见	yìjiàn	名	opinion
18	反映	fǎnyìng	动	to feedback
19	发挥	fāhuī	动	to give play to
20	凭	píng	介	according to
21	真正	zhēnzhèng	形	actual
22	实力	shílì	名	ability
23	正式	zhèngshì	形	official
24	交流	jiāoliú	动	to communicate
25	满额	mǎn'é	动	full
26	调	tiáo	动	to transfer
27	题型	tíxíng	名	question type
28	紧张	jǐnzhāng	形	nervous
29	题库	tíkù	名	question bank
30	往年	wǎngnián	名	past years
31	真实	zhēnshí	形	authentic
32	刻意	kèyì	副	deliberately

Dì-liù Kè　Kèchéng　Xuǎnzé
第六课　课程　选择
Lesson 6　Course Selection

Wǒmen zhège xuéqī yǒu nǎxiē bìxiū kèchéng, nǎxiē xuǎnxiū kèchéng?

1. 我们这个学期有哪些必修课程，哪些选修课程？

   What are our compulsory courses and elective courses for this semester?

Duìbuqǐ, wǒ de Hànyǔ bú tài hǎo, néng bù néng qǐng huì shuō Hányǔ de lǎoshī gěi wǒ jièshào yíxià zhè xuéqī de kèchéng ānpái?

2. 对不起，我的汉语不太好，能不能请会说韩语的老师给我介绍一下这学期的课程安排？

   I am sorry. My Chinese is not good. Is it possible to ask a teacher who can speak Korean to introduce this semester's curriculum to me?

Zhōngguó wénhuà kè de shàngkè shíjiān hé wǒ lìng yì mén kè de shíjiān chōngtū le, qǐngwèn wǒ néng huànchéng bié de kè ma?

3. 中国文化课的上课时间和我另一门课的时间冲突了，请问我能换成别的课吗？

   The schedule of Chinese Culture conflicts with my other lesson. Could I take another lesson instead?

Wǒmen yí gè xuénián zuì shǎo yào xiūmǎn shí gè xuéfēn cái néng bìyè, suǒyǐ xuǎn kè de shíhou yídìng yào zhùyì.

4. 我们一个学年最少要修满10个学分才能毕业，所以选课的时候一定要注意。

You'll have to get at least ten credits for a school year in order to graduate, so be careful when you choose courses.

Wǒ méiyǒu xuǎn shāngwù Hànyǔ kè, dànshì wǒ hěn gǎn xìngqù,
5. 我没有选商务汉语课，但是我很感兴趣，
kěyǐ pángtīng ma?
可以旁听吗？

I did not choose Business Chinese but I am interested in it. Can I audit?

Wǒ xiǎng jiāqiáng wǒ de tīnglì, qǐngwèn yǒu zhè fāngmiàn de
6. 我想加强我的听力，请问有这方面的
xuǎnxiūkè ma?
选修课吗？

I want to strengthen my listening skills. Are there any elective courses regarding this?

Zhè mén kè de kǎoshì xíngshì shì kāijuàn háishi bìjuàn a?
7. 这门课的考试形式是开卷还是闭卷啊？

Is the exam for this course open-book or closed-book?

Kāixué de dì-yī zhōu, nǐmen kěyǐ shìtīng suǒyǒu de kèchéng,
8. 开学的第一周，你们可以试听所有的课程，
ránhòu zài juédìng shàng nǎxiē kè.
然后再决定上哪些课。

For the first week of the new semester, all of you can try out all the courses before deciding what courses you'd like to attend.

Wǒ bú tài xiǎng xuǎn zhè mén kè, yīnwèi zhè mén kè zhǔyào jiǎng
9. 我不太想选这门课，因为这门课主要讲
lǐlùn, shíyòngxìng bù qiáng.
理论，实用性不强。

I am not really interested in this course because it emphasizes theory and is not practical.

Zài wǎngshàng xuǎn kè zuìhǎo zǎo diǎnr, yǒuxiē rèmén de kè hěn kuài jiù huì xuǎnmǎn, dào shíhou nǐ jiù xuǎn bú dào zìjǐ xǐhuan de le.

10. 在网上选课最好早点儿，有些热门的课很快就会选满，到时候你就选不到自己喜欢的了。

You need to choose the courses online as early as possible. Some popular courses will be full very quickly. By then, you will not be able to choose the courses you prefer.

Nǐ zhège xuéqī zěnme xuǎnle zhème duō kèchéng a? Yě tài máng le ba?

11. A: 你这个学期怎么选了这么多课程啊？也太忙了吧？

Why did you choose so many courses this semester? Won't you be too busy?

Zhè xuéqī kāi de jǐ mén xuǎnxiūkè dōu hěn yǒu yìsi, xiàng shénme tàijíquán la, shūfǎ la, wǒ dōu xiǎng shàng a.

B1: 这学期开的几门选修课都很有意思，像什么太极拳啦，书法啦，我都想上啊。

The elective courses for this semester seem interesting. Tai Chi Chuan and calligraphy are some of the courses I'd like to take.

Wǒ xiǎng zhège xuéqī duō xiū jǐ gè xuéfēn, xiàxuéqī jiù yǒu shíjiān chūqù zhǎo gōngzuò le.

B2: 我想这个学期多修几个学分，下学期就有时间出去找工作了。

I want to finish more credits this semester so that I will have time to look for a job next semester.

Tīngshuō zhège lǎoshī fēicháng yánlì, xuǎn tā de kè hěn

12. A: 听说 这个 老师 非常 严厉, 选 他 的 课 很

nán dé gāofēn a.

难 得 高分 啊。

I heard that the lecturer for this course is very strict and it's very hard to score high.

Lǎoshī yángé yāoqiú, wǒmen cái néng jìnbù a, wǒ

B1: 老师 严格 要求, 我们 才 能 进步 啊, 我

juéde lǎoshī yánlì yìdiǎnr shì hǎoshì a.

觉得 老师 严厉 一点儿 是 好事 啊。

We will be able to improve if the lecturer is strict. I think it's good to have a strict teacher.

Shì ma? Wǒ shàng gè xuéqī yě shàngguo tā de kè,

B2: 是吗? 我 上 个 学期 也 上过 他 的 课,

qíshí yě méi nàme kuāzhāng la.

其实 也 没 那么 夸张 啦。

Is it? I attended his lessons last semester. Actually, it's not that intense.

词语 Vocabulary

序号	词语	拼音	词性	翻译
1	必修	bìxiū	形	compulsory
2	选修	xuǎnxiū	形	elective
3	冲突	chōngtū	动	to conflict
4	换	huàn	动	to change

5	修	xiū	动	to get (credit)
6	学分	xuéfēn	名	credit
7	毕业	bìyè	动	to graduate
8	商务	shāngwù	名	business
9	旁听	pángtīng	动	to audit a course
10	加强	jiāqiáng	动	to strengthen
11	开卷	kāijuàn	动	open-book
12	闭卷	bìjuàn	动	closed-book
13	试听	shìtīng	动	to try out
14	理论	lǐlùn	名	theory
15	实用	shíyòng	形	practical
16	热门	rèmén	形	popular
17	像	xiàng	动	such as
18	太极拳	tàijíquán	名	Tai Chi Chuan
19	书法	shūfǎ	名	calligraphy
20	严厉	yánlì	形	severe
21	严格	yángé	形	strict
22	进步	jìnbù	动	to improve
23	夸张	kuāzhāng	形	exaggerating

Dì-qī Kè Cānguān Xiàoyuán

第七课 参观 校园

Lesson 7 Having a Look around the Campus

Bàodào wán yǐhòu huì yǒu Zhōngguó xuéshēng dàilǐng nǐmen cānguān

1. 报到 完 以后 会 有 中国 学生 带领 你们 参观

xiàoyuán, ràng nǐmen jǐnkuài shúxī zhōuwéi de huánjìng.
校园，让你们尽快熟悉周围的环境。

After registration, there will be Chinese students to show you around the campus, so that you will get familiar with the surroundings quickly.

Zhè shì liúxuéshēng gōngyù, hòumiàn shì túshūguǎn, zuǒbiān jiù shì
2. 这是留学生公寓，后面是图书馆，左边就是
shítáng fēicháng fāngbiàn.
食堂，非常方便。

This is the international students' dorm; the library is to the back of it and the dining hall is on the left. It's very convenient.

Zài xuéxiào chāoshì pángbiān yǒu gè shuǐguǒdiàn, nàli de shuǐguǒ
3. 在学校超市旁边有个水果店，那里的水果
tǐng xīnxian de, yě bú guì.
挺新鲜的，也不贵。

There's a fruit store beside the school supermarket, and the fruits there are rather fresh and cheap.

Dì-yī gè lùkǒu zuǒzhuǎn shì liúxuéshēng huódòng zhōngxīn, lǐmiàn
4. 第一个路口左转是留学生活动中心，里面
yǒu zìxíshì、 xiūxishì, háiyǒu pīngpāngqiúshì děngděng.
有自习室、休息室，还有乒乓球室等等。

The International Students' Activity Centre is at the first intersection on the left turn. In the centre, there is a self-study room, a restroom and a Ping-Pong room, etc.

Cóng xuéxiào dàmén chūqù yòu zhuǎn, dàgài zǒu wǔ fēnzhōng jiù yǒu
5. 从学校大门出去右转，大概走五分钟就有

yí gè gōngjiāochēzhàn, yǒu hěn duō chē dōu kěyǐ qù shìzhōngxīn.
一个公交车站，有很多车都可以去市中心。

On the right, turn from the school main gate, after approximately 5 minutes' walk, there's a public bus stop where many buses head for the downtown area.

Xuéxiào nǎ jiā lǐfàdiàn jiǎn de hǎo? Wǒ tóufà tài cháng le,
6. 学校哪家理发店剪得好？我头发太长了，
xiǎng jiǎnjian.
想剪剪。

Is there a barbershop in our school that does a good haircut? My hair is too long.

Zài xuéxiào de shūdiàn li néng mǎidào shàngkè yòng de jiàocái ma?
7. 在学校的书店里能买到上课用的教材吗？

Are textbooks available at the school bookshop?

Xuéxiào li yǒu tǐyùguǎn huòzhě jiànshēnfáng ma? Wǒ xíguàn
8. 学校里有体育馆或者健身房吗？我习惯
měi zhōu dōu yào yùndòng liǎng dào sān cì.
每周都要运动两到三次。

Is there a stadium or gym in the school? I have a habit of exercising two to three times a week.

Tīngshuō xuéxiào měi gè zhōumò dōu fàng miǎnfèi diànyǐng, nǐ zhīdao
9. 听说学校每个周末都放免费电影，你知道
zài nǎli kàn ma?
在哪里看吗？

I heard that there will be free movies every weekend. Do you have any idea where can we watch them?

Wǒmen zhǔyào zài nǎge jiàoxuélóu shàngkè? Lí wǒmen de
10. 我们 主要 在 哪个 教学楼 上课? 离 我们 的
sùshè yuǎn ma?
宿舍 远 吗?

In which teaching building will most our lessons be given? Is it far from our dorm?

Wǒ hǎoxiàng gǎnmào le, húnshēn méiyǒu lìqi, nǐ zhīdao
11. A: 我 好像 感冒 了, 浑身 没有 力气, 你 知道
xiàoyīyuàn zài nǎr ma?
校医院 在 哪儿 吗?

I'm afraid I've got a cold. I'm weak. Do you know where the school hospital is?

Wǒ dài nǐ qù ba, jiù zài sùshèlóu hòumiàn.
B1: 我 带 你 去 吧, 就 在 宿舍楼 后面。

Let me take you there. It's located behind the dormitory.

Xiànzài xiàoyīyuàn kěnéng yǐjīng xiàbān le, wǒ bāng nǐ
B2: 现在 校医院 可能 已经 下班 了, 我 帮 你
qù xuéxiào pángbiān de yàodiàn mǎi diǎnr yào ba.
去 学校 旁边 的 药店 买 点儿 药 吧。

The school hospital should be closed by now. Let me help you buy some medicine from the pharmacy beside the school.

Xuéxiào de nǎ jiā cāntīng bǐjiào hǎochī?
12. A: 学校 的 哪 家 餐厅 比较 好吃?

Which dining hall at our school has good food?

Wǒmen yìbān zài xuéxiào shítáng chī, dànshì nàli
B1: 我们 一般 在 学校 食堂 吃, 但是 那里

shíwù bǐjiào dāndiào, nǐ kěyǐ qù xuéxiào fùjìn de
食物比较单调，你可以去学校附近的
xiǎochījiē kànkan.
小吃街看看。

We usually have our meals in the dining halls at school, but the food there is rather monotonous. You can go to the food street nearby to look around.

Shítáng èrlóu yǒu jiā Hánguó cāntīng, hěn duō Hánguó
B2：食堂二楼有家韩国餐厅，很多韩国
xuéshēng zài nàli chī, wǒ dài nǐmen qù ba.
学生在那里吃，我带你们去吧。

There's a Korean restaurant on level 2 of the dining hall. Many Korean students often eat there. Let me take you there.

词语 Vocabulary

序号	词语	拼音	词性	翻译
1	参观	cānguān	动	to look around
2	带领	dàilǐng	动	to lead
3	尽快	jǐnkuài	副	as soon as possible
4	周围	zhōuwéi	名	surrounding
5	公寓	gōngyù	名	apartment
6	图书馆	túshūguǎn	名	library
7	食堂	shítáng	名	dining hall
8	方便	fāngbiàn	形	convenient
9	超市	chāoshì	名	supermarket
10	新鲜	xīnxian	形	fresh
11	转	zhuǎn	动	to turn

12	中心	zhōngxīn	名	center
13	自习室	zìxíshì	名	self-study room
14	大概	dàgài	副	approximately
15	公交车站	gōngjiāochēzhàn	名	public bus stop
16	理发	lǐfà	动	to have a haircut
17	剪	jiǎn	动	to cut
18	教材	jiàocái	名	textbook
19	体育馆	tǐyùguǎn	名	stadium
20	健身房	jiànshēnfáng	名	gym
21	教学楼	jiàoxuélóu	名	teaching building
22	宿舍	sùshè	名	dormitory
23	好像	hǎoxiàng	副	seem to
24	浑身	húnshēn	名	all over
25	药店	yàodiàn	名	pharmacy
26	餐厅	cāntīng	名	dining room, restaurant
27	食物	shíwù	名	food
28	单调	dāndiào	形	monotonous
29	小吃	xiǎochī	名	snack

Sān Kètáng Xuéxí

三、课堂 学习

UNIT 3 CLASSROOM STUDY

Dì-bā Kè Xuéxí Xīnkè

第八课 学习 新课

Lesson 8 Studying a New Lesson

Dàjiā hǎo, zhège xuéqī wǒ lái gěi dàjiā shàng kǒuyǔkè, wǒ

1. 大家好，这个学期我来给大家上口语课，我

xìng Liú, xīwàng zhège xuéqī wǒmen néng yúkuài xiāngchǔ.

姓刘，希望这个学期我们能愉快相处。

Hello, everybody. I'll give oral lessons of this semester. My surname is Liu. Hopefully we will have an enjoyable time together.

Shàngkè zhīqián, dàjiā xiān kàn yí duàn shìpín, kànwán yǐhòu,

2. 上课之前，大家先看一段视频，看完以后，

lǎoshī huì gēnjù shìpín de nèiróng tíwèn, qǐng dàjiā rènzhēn

老师会根据视频的内容提问，请大家认真

guānkàn.

观看。

Before the lesson begins, let's watch a video clip. After that, I will ask some questions about it. Please watch closely.

Zhège shìpín de zhǔyào nèiróng jiù shì wǒmen jīntiān shàngkè de

3. 这个视频的主要内容就是我们今天上课的

zhǔtí, dàjiā dōu kàndǒngle ma?
主题，大家都看懂了吗？

The main content of this video clip is our topic for today. Does everyone get it?

Zhīdao dá'àn de tóngxué kěyǐ jǔshǒu huídá.
4. 知道答案的同学可以举手回答。

Any student who knows the answer, raise your hand.

Jīntiān wǒmen yào xuéxí de kèwén shì guānyú Zhōngguó de yǐnshí,
5. 今天我们要学习的课文是关于中国的饮食，
shǒuxiān qǐng gè wèi tóngxué shuō yì shuō nǐmen guójiā de yǐnshí
首先请各位同学说一说你们国家的饮食
xíguàn.
习惯。

The text we are going to learn today is about Chinese delicacies. But first, I would like everyone to talk about food in your own countries.

Xiàmiàn, dàjiā fēn zǔ tǎolùn, sì rén yì zǔ ránhòu měi yì
6. 下面，大家分组讨论，四人一组，然后每一
zǔ pài yí gè dàibiǎo gàosu dàjiā nǐmen tǎolùn de jiéguǒ.
组派一个代表告诉大家你们讨论的结果。

Now everyone split into groups of 4 for group discussion and then each group send a representative to report the outcome of the discussion.

Qǐng dàjiā ānjìng! Bǎ shū fāndào liùshísān yè, gēn wǒ yìqǐ
7. 请大家安静！把书翻到 63 页，跟我一起
dú zhè yí kè de shēngcí.
读这一课的生词。

Please be quiet, everybody. Turn to page 63 and

read the new words of this lesson after me.

Dàjiā dú kèwén de shíhou yào zhùyì mófǎng lǎoshī de yǔdiào

8. 大家读课文的时候要注意模仿老师的语调

hé yǔqì, zhùyì zěnyàng zhèngquè de biǎodá gǎnqíng.

和语气，注意怎样正确地表达感情。

When reading the text, please try to imitate the intonation and the tone of the teacher. Pay attention to the ways of expressing the feelings properly.

Zhè piān kèwén de yǔfǎdiǎn bù nán, guānjiàn shì dàjiā yào xuéhuì

9. 这篇课文的语法点不难，关键是大家要学会

línghuó yùnyòng kèwén li de jùxíng.

灵活运用课文里的句型。

The grammar in this text is not difficult to understand. The key is that everybody should learn how to use the sentence structures flexibly.

Zhè jié kè de zhīshidiǎn hé lǎoshī bǔchōng de nèiróng dōu zài

10. 这节课的知识点和老师补充的内容都在

PPT shang, rúguǒ yǒu tóngxué xiǎng yào, kěyǐ ná yōupán

PPT上，如果有同学想要，可以拿优盘

lái kǎo.

来拷。

The learning points and the teacher's supplementary content are in the slides. If anyone would like to have a copy, you may use your USB flash drive to copy it.

Xiànzài wǒmen yòng jīntiān xīn xué de shēngcí "bìjìng"

11. A: 现在我们用今天新学的生词“毕竟”

zào yí gè jùzi, nǎ wèi tóngxué lái huídá?

造一个句子，哪位同学来回答？

Now we will use the new word "毕竟" that we learnt

today to form a sentence. Who would like to try?

Lǎoshī, wǒ huì! "Wǒ bìjìng dào Zhōngguó cái bànnián,

B1: 老师，我会！“我毕竟到中国才半年，

Hànyǔ bù kěnéng shuō de hěn liúlì."

汉语不可能说得很流利。”

Professor, I would like to try! "After all I've been in China for just half a year, it's impossible for me to speak fluent Chinese."

Lǎoshī, zhège cí tài nán le, wǒmen dōu xiǎng bù

B2: 老师，这个词太难了，我们都想不

chūlái, nín xiān gěi wǒmen jǔ gè lìzi, hǎo ma?

出来，您先给我们举个例子，好吗？

Professor, this word is too difficult, we can't think of any examples. Would you please give us an example first?

Jīntiān shì wǒmen de dì-yī táng kè, dàjiā kěnéng hái

12. A: 今天是我们的第一堂课，大家可能还

bú tài shúxi, qǐng měi wèi tóngxué zìwǒ jièshào yíxià ba.

不太熟悉，请每位同学自我介绍一下吧。

This is our first lesson; we might not be familiar with each other. Could every student give a self introduction?

Wǒ shì Tiánzhōng, láizì Rìběn, xiànzài wǒ zài Shànghǎi

B1: 我是田中，来自日本，现在我在上海

de yì jiā Rìqǐ gōngzuò. Chūcì jiànmiàn, qǐng dàjiā duōduō

的一家日企工作。初次见面，请大家多多

zhǐjiào.

指教。

I am Tanaka from Japan. Presently I am working

in a Japanese corporation in Shanghai. Nice to meet all of you; your kind advice will be highly appreciated.

Wǒ shì Měiguórén, wǒ jiào Lìshā. Zhè shì wǒ dì-yī cì lái Zhōngguó, wǒ fēicháng jīdòng yě fēicháng kāixīn, xīwàng néng hé dàjiā chéngwéi hǎo péngyou.

B2: 我是美国人，我叫丽莎。这是我第一次来中国，我非常激动也非常开心，希望能和大家成为好朋友。

I'm from America. My name is Lisa. This is my first time to China. I'm very excited and happy. I hope we can become good friends.

词语 Vocabulary

序号	词语	拼音	词性	翻译
1	希望	xīwàng	动	to hope
2	愉快	yúkuài	形	enjoyable
3	相处	xiāngchǔ	动	to get along (with)
4	视频	shìpín	名	video clip
5	内容	nèiróng	名	content
6	提问	tíwèn	动	to ask question
7	观看	guānkàn	动	to watch
8	主题	zhǔtí	名	topic
9	答案	dá'àn	名	answer
10	举手	jǔshǒu	动	to raise one's hand
11	课文	kèwén	名	text
12	饮食	yǐnshí	名	diet

13	分组	fēn zǔ		to split into groups
14	讨论	tǎolùn	动	to discuss
15	派	pài	动	to send
16	生词	shēngcí	名	new word
17	模仿	mófǎng	动	to imitate
18	语调	yǔdiào	名	intonation
19	语气	yǔqì	名	tone
20	正确	zhèngquè	形	correct
21	表达	biǎodá	动	to express
22	感情	gǎnqíng	名	feeling
23	语法	yǔfǎ	名	grammar
24	关键	guānjiàn	名	key
25	灵活	línghuó	形	flexible
26	运用	yùnyòng	动	to use
27	句型	jùxíng	名	sentence structure
28	知识点	zhīshidiǎn	名	learning point
29	补充	bǔchōng	动	to supplement
30	优盘	yōupán	名	USB flash drive
31	拷	kǎo	动	to copy (a file)
32	流利	liúlì	形	fluent
33	举例子	jǔ lìzi		to give an example
34	自我介绍	zìwǒ jièshào		to give a self introduction
35	初次	chūcì	名	the first time
36	指教	zhǐjiào	动	to give advice or comments
37	激动	jīdòng	形	excited

Dì–jiǔ Kè　Fùxí　Jiǎnchá

第九课　复习　检查

Lesson 9　Review and Check

Shàng jié kè xué de nèiróng dàjiā huíqù fùxí le ma? Shàng
1. 上节课学的内容大家回去复习了吗？上
xīn kè zhīqián lǎoshī yào jiǎnchá yíxià, xiànzài xiān tīngxiě
新课之前老师要检查一下，现在先听写
shēngcí.
生词。

Has everyone reviewed the previous lesson? Before moving on to a new lesson, I would like to have a check. Let's first have a dictation of the words.

Lǎoshī bùzhì de zuòyè yào rènzhēn wánchéng, cái néng bǎozhèng
2. 老师布置的作业要认真完成，才能保证
měi jié kè de nèiróng dōu néng zhǎngwò.
每节课的内容都能掌握。

You'll have to complete the assignments given to you to ensure you can understand every lesson.

Shàng cì kè lǎoshī liúgěi dàjiā de rènwu shì liǎng rén yì zǔ
3. 上次课老师留给大家的任务是两人一组
zuò duìhuà, nèiróng shì guānyú bǎohù huánjìng, xiànzài nǎ yì zǔ
做对话，内容是关于保护环境，现在哪一组
tóngxué xiān lái a?
同学先来啊？

The task I gave you last time is to work in pairs to make a dialogue about environmental protection. Which group would like to go first?

Shéi lái fùshù shàng yì piān kèwén de zhǔyào nèiróng?

4. 谁来复述上一篇课文的主要内容?

Who would like to summarise the last text?

Shàng jié kè wǒmen bǎ kèwén xuéwán le, zhè jié kè wǒmen yìqǐ lái zuò yíxià kèhòu liànxítí.

5. 上节课我们把课文学完了,这节课我们一起来做一下课后练习题。

We finished the text last time. Today let's deal with the exercises following the text together.

Zhōngguó yǒu jù gǔhuà, "wēn gù ér zhī xīn", suǒyǐ dàjiā kè hòu yídìng yào hǎohāor fùxí gōngkè, cái néng jìnbù de gèng kuài.

6. 中国有句古话,"温故而知新",所以大家课后一定要好好儿复习功课,才能进步得更快。

There is an old Chinese saying, "A person will gain new knowledge by reviewing the old." Therefore, after class, everyone must revise your work; in this way you can make quick improvements.

Shàngcì wǒmen xuéxíle zěnyàng xiěxìn, zuòyè shì xiě yì fēng xìn gěi zìjǐ zuì xiǎngniàn de rén, shéi lái dú yíxià zìjǐ xiě de xìn?

7. 上次我们学习了怎样写信,作业是写一封信给自己最想念的人,谁来读一下自己写的信?

Last time we learned how to write a letter and the assignment was to write a letter to someone whom you miss most. Who would like to read out your own letter?

Zhège dānyuán wǒmen yǐjīng quánbù xuéwán le, xiànzài wǒmen

8. 这个 单元 我们 已经 全部 学完 了，现在 我们

yìqǐ lái zǒngjié yíxià zhège dānyuán de zhòngdiǎn zhīshi.

一起 来 总结 一下 这个 单元 的 重点 知识。

Since we have finished learning the whole unit, let's sum up the important learning points of this unit.

Měi cì shàngkè zhīqián, qǐng tóngxuémen bǎ shàng yí cì de zuòyè

9. 每 次 上课 之前，请 同学们 把 上 一 次 的 作业

jiāodào jiǎngtái shang.

交到 讲台 上。

Before each lesson, please submit your homework to the lectern.

Shàngcì dàjiā jiāo shànglái de zuòyè, lǎoshī pīgǎiguo le,

10. 上次 大家 交 上来 的 作业，老师 批改过 了，

fāxiànle hěn duō wèntí, xiànzài wǒmen yìqǐ dìngzhèng

发现了 很 多 问题，现在 我们 一起 订正

yíxià ba.

一下 吧。

I have marked the assignments you handed in last time and found quite a lot of problems. Let's correct them together.

Lǎoshī, néng bù néng búyào mòxiě kèwén a, hǎo nán a!

11. A: 老师，能 不 能 不要 默写 课文 啊，好 难 啊!

Professor, is it possible that we won't have the dictation of the text? It's so difficult!

Mòxiě kèwén shì wèile jiǎnyàn nǐmen de xuéxí chéngguǒ,

B1: 默写 课文 是 为了 检验 你们 的 学习 成果，

bù yīnggāi yǒu dǐchù qíngxù.

不 应该 有 抵触 情绪。

Having a dictation of the text is to check your learning results, so you should not resist it.

Shì bú shì huíqù méiyǒu yònggōng bèi kèwén a? Bú

B2: 是不是回去没有用功背课文啊？不

xià gōngfu shì xué bù hǎo Hànyǔ de ō.

下功夫是学不好汉语的哦。

Is it that you didn't work hard? If you don't put time and effort, you won't learn Chinese well.

Jīn Dàyǒng, nǐ hái jìde wǒmen shàngcì xuéxí de

12. A: 金大永，你还记得我们上次学习的

jùxíng ma?

句型吗？

Kim Tae-yong, do you still remember the sentence structure that we learnt last time?

Bù hǎoyìsi, lǎoshī, shàngzhōu wǒ de péngyou cóng

B1: 不好意思，老师，上周我的朋友从

Hánguó lái kàn wǒ, suǒyǐ wǒ méi shénme shíjiān fùxí.

韩国来看我，所以我没什么时间复习。

I'm sorry, professor. Last week my friends came from Korea to visit me, so I did not have enough time to review my work.

Èn, jìde, dàn wǒ háishi bú tài huì yòng.

B2: 嗯，记得，但我还是不太会用。

Yes, I do remember but I'm not too sure of how to use it.

词语 Vocabulary

序号	词语	拼音	词性	翻译
1	复习	fùxí	动	to review

2	检查	jiǎnchá	动	to check
3	听写	tīngxiě	动	to dictate
4	布置	bùzhì	动	to assign
5	保证	bǎozhèng	动	to ensure
6	掌握	zhǎngwò	动	to master
7	任务	rènwu	名	task
8	对话	duìhuà	动	to dialogue
9	保护	bǎohù	动	to protect
10	复述	fùshù	动	to retell
11	温故而知新	wēn gù ér zhī xīn		A person will gain new knowledge by reviewing the old.
12	进步	jìnbù	动	to make improvement
13	想念	xiǎngniàn	动	to miss
14	单元	dānyuán	名	unit
15	全部	quánbù	名	whole
16	总结	zǒngjié	动	to summarize
17	重点	zhòngdiǎn	名	important point
18	知识	zhīshi	名	knowledge
19	讲台	jiǎngtái	名	lectern
20	批改	pīgǎi	动	to mark
21	订正	dìngzhèng	动	to correct
22	默写	mòxiě	动	to write from memory
23	检验	jiǎnyàn	动	to check
24	成果	chéngguǒ	名	outcome
25	抵触	dǐchù	动	to resist
26	情绪	qíngxù	名	mood
27	用功	yònggōng	形	diligent
28	功夫	gōngfu	名	time and effort

Dì-shí Kè Tíwèn Dáyí

第十课 提问 答疑

Lesson 10 Question and Answer

Zhège wèntí shéi lái huídá? Huídá zhèngquè yǒu jiǎnglì.

1. 这个问题谁来回答？回答正确有奖励。

Who would like to answer this question? A prize will be given for correct answer.

Dàjiā yào dàdǎn de huídá wèntí, búyào pà fàncuò, xuéxí yǔyán jiù shì yào búduàn fàncuò cái huì jìnbù.

2. 大家要大胆地回答问题，不要怕犯错，学习语言就是要不断犯错才会进步。

Everyone is encouraged to answer questions boldly and not be afraid of making mistakes. You will make progress by making mistakes in terms of language learning.

Zhè piān kèwén li hái yǒu méiyǒu bù dǒng de dìfang? Rúguǒ yǒu kěyǐ xiànzài tí chūlái.

3. 这篇课文里还有没有不懂的地方？如果有可以现在提出来。

Is there any part that you don't understand in the text? Please say so if there is.

Xiàzhōu jiù shì qīzhōng kǎoshì le, zhè jié kè zhuānmén dáyí, nǐmen duìyú kǎoshì xíngshì yǒu méiyǒu shénme yíwèn?

4. 下周就是期中考试了，这节课专门答疑，你们对于考试形式有没有什么疑问？

The mid-term exam will be held next week, so this

lesson is specially for Q & A. Do you have any questions about the exam format?

Qǐngwèn lǎoshī, zhège cí yòng zài zhèli héshì ma?

5. 请问 老师，这个 词 用 在 这里 合适 吗？

Professor, is it appropriate to use this word here?

Lǎoshī, gāngcái nín jiǎng de wǒ méi tài tīngdǒng, néng zài jiǎng yí biàn ma?

6. 老师，刚才 您 讲 的 我 没 太 听懂，能 再 讲 一 遍 吗？

Professor, I don't quite understand what you have said just now. Could you repeat it?

Lǎoshī, nín de yǔsù néng màn yìdiǎnr ma? Wǒ yǒudiǎnr gēnbúshàng le.

7. 老师，您 的 语速 能 慢 一点儿 吗？我 有点儿 跟不上 了。

Professor, could you slow down? I can't keep up.

Zhège jùzi de yǔqì shì bú shì bǐjiào suíbiàn? Yòng zài zhèngshì chǎnghé bú tài héshì a!

8. 这个 句子 的 语气 是 不 是 比较 随便？用 在 正式 场合 不 太 合适 啊！

Isn't the tone of this sentence too casual to use at a formal occasion?

Lǎoshī, zhège cí wǒ bú tài míngbai, nín néng gěi wǒ jǔ gè lìzi ma?

9. 老师，这个 词 我 不 太 明白，您 能 给 我 举 个 例子 吗？

Professor, I do not quite understand this word. Could you give me an example?

10. Qǐngwèn, zài hé zhǎngbèi shuōhuà de shíhou yě kěyǐ zhème shuō ma?

请问，在和长辈说话的时候也可以这么说吗？

Excuse me. Is it all right to use this expression when speaking to elders?

11. Lǎoshī, zhè liǎng gè cí de yìsi hǎoxiàng chàbuduō, yòngfǎ yǒu shénme bù yíyàng ma?

A：老师，这两个词的意思好像差不多，用法有什么不一样吗？

Professor, these two words have similar meanings. Is there any difference in their usage?

Zhè liǎng gè cí yí gè shì shūmiànyǔ, yí gè shì kǒuyǔ.

B1：这两个词一个是书面语，一个是口语。

One word of the two is used in written language, the other is used in spoken language.

Zhè liǎng gè cí de cíxìng bù tóng, yí gè shì xíngróngcí, lìng yí gè shì fùcí, zhǐ néng chūxiàn zài dòngcí qiánmian.

B2：这两个词的词性不同，一个是形容词，另一个是副词，只能出现在动词前面。

The parts of speech of these two words are different. One is an adjective, the other is an adverb which can only appear in front of a verb.

12. Lǎoshī, kèhòu liànxítí de dì-sān tí wǒ bú tài dǒng.

A：老师，课后练习题的第三题我不太懂。

Professor, I do not quite understand the third exercise question.

Hǎo de, děnghuìr jiǎngjiě liànxí de shíhou, nǐ yǒu
B1: 好的，等会儿讲解练习的时候，你有
wèntí kěyǐ tí chūlái.
问题可以提出来。

All right, you can put forward your questions when I explain the exercises.

Nà zhè dào tí nǐ zìjǐ shì zěnme lǐjiě de ne?
B2: 那这道题你自己是怎么理解的呢？

Then how do you interpret this question?

词语 Vocabulary

序号	词语	拼音	词性	翻译
1	答疑	dáyí	动	to answer questions
2	奖励	jiǎnglì	动	to award
3	大胆	dàdǎn	形	bold
4	犯错	fàncuò	动	to make mistakes
5	期中	qīzhōng	名	mid-term
6	专门	zhuānmén	副	specially
7	形式	xíngshì	名	format
8	疑问	yíwèn	名	question
9	合适	héshì	形	appropriate
10	语速	yǔsù	名	speed (of speaking)
11	随便	suíbiàn	形	casual
12	场合	chǎnghé	名	occasion
13	长辈	zhǎngbèi	名	elders
14	差不多	chàbuduō	形	similar
15	用法	yòngfǎ	名	usage

16	书面语	shūmiànyǔ	名	written language
17	词性	cíxìng	名	part of speech
18	形容词	xíngróngcí	名	adjective
19	副词	fùcí	名	adverb
20	动词	dòngcí	名	verb
21	讲解	jiǎngjiě	动	to explain
22	提	tí	动	to put forward
23	道	dào	量	the measure word for a question
24	理解	lǐjiě	动	to interpret, to understand

Dì-shíyī Kè　Chídào　Qǐngjià

第十一课　迟到　请假

Lesson 11　Being Late and Asking for Leave

Rúguǒ yǒu shì bù néng lái shàngkè, yídìng yào tíqián qǐngjià,

1. 如果有事不能来上课，一定要提前请假，

fǒuzé àn kuàngkè chǔlǐ.

否则按旷课处理。

If you are unable to attend class due to some reason, you must always ask for leave in advance. Otherwise, it will count as truancy.

Shàngkè jǐnliàng búyào chídào, fǒuzé búdàn yǐngxiǎng zìjǐ de

2. 上课尽量不要迟到，否则不但影响自己的

xuéxí, hái huì fēnsàn lǎoshī hé qítā tóngxué de zhùyìlì.

学习，还会分散老师和其他同学的注意力。

Please try not to be late for classes as it will not only affect your own learning, it will also distract your instructor and classmates.

Rúguǒ chūqínlǜ dīyú sān fēnzhī èr, jiù bù néng cānjiā qīmò kǎoshì.

3. 如果出勤率低于三分之二，就不能参加期末考试。

If your attendance rate is less than 2/3 of the total, you will be barred from the final examination.

Xuéxiào guīdìng chídào huòzhě zǎotuì chāoguò shàngkè shíjiān de sān fēnzhī yī jiù suàn kuàngkè.

4. 学校规定迟到或者早退超过上课时间的三分之一就算旷课。

Our school rule states that if you are late for class or leave earlier during class for 1/3 or more of the lesson time, it will count as truancy.

Rúguǒ yào qǐngjià, kěyǐ gěi lǎoshī dǎ diànhuà、fā yóujiàn huòzhě xiě qǐngjiàtiáo.

5. 如果要请假，可以给老师打电话、发邮件或者写请假条。

If you need to ask for leave, you can call, email or write a note to your teacher.

Xiě yóujiàn huòzhě qǐngjiàtiáo qǐngjià shí, yídìng yào xiě qīngchu qǐngjià de jùtǐ shíjiān hé yuányīn.

6. 写邮件或者请假条请假时，一定要写清楚请假的具体时间和原因。

When asking for leave by an email or a written request, you must always state clearly the exact time and reason for leave.

Qián jǐ jié nǐ làxia de kè fēicháng zhòngyào, nǐ zuìhǎo jiè
7. 前几节你落下的课非常重要，你最好借
qítā tóngxué de bǐjì kàn yí kàn.
其他同学的笔记看一看。

You'd better borrow notes from your classmates as those first few lessons that you missed are really important.

Wèi? Lǎoshī nín hǎo, wǒ shì Lìshā. Xiànzài lùshang dǔchē,
8. 喂？老师您好，我是丽莎。现在路上堵车，
suǒyǐ shàngkè kěnéng huì chídào yíhuìr.
所以上课可能会迟到一会儿。

Hello Professor? I am Lisa. I'm currently on my way to school and I'm stuck in a traffic jam, so I might be slightly late for class today.

Lǎoshī, wǒ jīntiān yào qù bàn qiānzhèng, zhè jié kè néng bù néng
9. 老师，我今天要去办签证，这节课能不能
tíqián zǒu?
提前走？

Professor, is it okay if I leave class earlier as I need to apply for my visa today?

Wǒ de fùmǔ xiàzhōu cóng Rìběn lái kàn wǒ, wǒ xiǎng qǐng
10. 我的父母下周从日本来看我，我想请
liǎng tiān jià, péi tāmen dàochù guàngguang.
两天假，陪他们到处逛逛。

My parents are coming from Japan to visit me next week. I would like to take two days' leave to show them around.

Xiànzài dōu jǐ diǎn le? Nǐ zěnme yòu chídào le?
11. A：现在都几点了？你怎么又迟到了？

What time is it already? Why are you late again?

Lǎoshī, jīntiān shuì guòtóu le, wǒ bǎozhèng bú huì yǒu
B1：老师，今天睡过头了，我保证不会有
xià yí cì le.
下一次了。

Professor, I overslept today but I promise it won't happen again.

Wǒ jīntiān gǎnmào le, gāng qùle xiàoyīyuàn.
B2：我今天感冒了，刚去了校医院。

I went to the school hospital just now because I have the flu.

Màikè zhè jǐ tiān dōu méi lái shàngkè, shéi zhīdào shì
12. A：迈克这几天都没来上课，谁知道是
zěnme huí shì ma?
怎么回事吗？

Mike hasn't been coming to school these few days, does anybody know what happened to him?

Màikè jiāli yǒu jí shì huíguó le, méi láidejí
B1：迈克家里有急事回国了，没来得及
qǐngjià, tā ràng wǒ bāng tā gēn lǎoshī shuō yì shēng.
请假，他让我帮他跟老师说一声。

Mike has returned to his country due to some urgent matters, he wasn't able to apply for leave before he left. He asked me to inform the teachers, though.

Màikè de gōngsī línshí pài tā huíguó gōngzuò le,
B2：迈克的公司临时派他回国工作了，

tā hǎoxiàng zài bànlǐ xiūxué shǒuxù.
他 好像 在 办理 休学 手续。

Mike's company has sent him back to his country to work at the last minute. He seems to be going through formalities to take a break.

词语 Vocabulary

序号	词语	拼音	词性	翻译
1	迟到	chídào	动	to be late
2	请假	qǐngjià	动	to ask for leave
3	旷课	kuàngkè	动	to be truant
4	处理	chǔlǐ	动	to handle
5	尽量	jǐnliàng	副	as far as possible
6	分散	fēnsàn	动	to distract
7	注意力	zhùyìlì	名	attention
8	出勤率	chūqínlǜ	名	attendance rate
9	期末	qīmò	名	the end of a semester
10	规定	guīdìng	动	to regulate
11	早退	zǎotuì	动	to leave earlier
12	超过	chāoguò	动	to exceed
13	算	suàn	动	to be deemed as
14	具体	jùtǐ	形	concrete
15	原因	yuányīn	名	reason
16	落	là	动	to miss
17	笔记	bǐjì	名	note
18	堵车	dǔchē	动	traffic jam
19	陪	péi	动	to accompany

20	逛	guàng	动	to stroll
21	睡过头	shuì guòtóu		to oversleep
22	急事	jí shì		urgent matters
23	来得及	láidejí	动	be able to do sth in time
24	临时	línshí	副	temporarily
25	休学	xiūxué	动	to take time off from school
26	手续	shǒuxù	名	formality

Dì-shí'èr Kè Kǎoshì

第十二课 考试

Lesson 12 Examination

Lǎoshī, qǐngwèn dúxiěkè shénme shíhou zài nǎr kǎoshì?

1. 老师，请问读写课什么时候在哪儿考试？

Excuse me, Professor. When and where will our Reading and Writing exam be held?

Lǐ lǎoshī, néng bù néng gěi wǒmen kànkan kǒuyǔ kǎoshì de yàngjuàn? Wǒmen xiǎng liǎojiě yíxià tíxíng.

2. 李老师，能不能给我们看看口语考试的样卷？我们想了解一下题型。

Professor Li, could you let us take a look at a sample paper for the oral examination? We would like to learn more about the question types.

Hòutiān jiù yào kǎoshì le, Lín lǎoshī nín gěi wǒmen huàhua zhòngdiǎn ba!

3. 后天就要考试了，林老师您给我们画画重点吧！

Please highlight the important points for us, Professor Lin, as we are having our exams the day after tomorrow.

Míngtiān de qīzhōng kǎoshì shì shéi jiānkǎo? Jiānkǎo lǎoshī yángé

4. 明天 的 期中 考试 是 谁 监考？ 监考 老师 严格

ma? Wǒ hǎo jǐnzhāng a!

吗？ 我 好 紧张 啊！

Who is the professor of tomorrow's mid-term exam? Is the professor strict? I am so nervous!

Rúguǒ nǐ yǒu zhòngyào de shìqing bù néng cānjiā kǎoshì, kěyǐ

5. 如果 你 有 重要 的 事情 不 能 参加 考试，可以

shēnqǐng huǎnkǎo.

申请 缓考。

If you are unable to take the exam for important reasons, you may apply to take the exam at a later date.

Qīmò kǎoshì de jùtǐ ānpái yǐjīng tiēzài jiàoshì ménkǒu de

6. 期末 考试 的 具体 安排 已经 贴在 教室 门口 的

xuānchuánlán li le, qǐng dàjiā zhùyì yíxià.

宣传栏 里 了，请 大家 注意 一下。

Everybody please take note that the schedule for the final exam has been pasted on the bulletin board outside of the classroom.

Kǎoshì de shíhou zuìhǎo yòng hēisè、 lánsè de gāngbǐ、 shuǐbǐ

7. 考试 的 时候 最好 用 黑色、蓝色 的 钢笔、水笔

huò yuánzhūbǐ dátí, búyào yòng qiānbǐ, yě búyào yòng hóngsè

或 圆珠笔 答题，不要 用 铅笔，也 不要 用 红色

de bǐ.

的 笔。

It is advised to use black and blue ink fountain pens, ink pens and ballpoint pens during examinations. Please refrain from using pencils and red ink pens.

Wǒmen de jiānkǎo fēicháng yángé, xīwàng dàjiā búyào zuòbì,
8. 我们的监考非常严格，希望大家不要作弊，
rúguǒ zhuādào zuòbì, wǒmen jiù àn língfēn chǔlǐ le.
如果抓到作弊，我们就按零分处理了。

We invigilate very strictly. I urge all of you not to cheat, and if you are caught cheating, you will be failed.

Míngtiān de kǎoshì xīwàng dàjiā rènzhēn dátí, fāhuī chū nǐmen
9. 明天的考试希望大家认真答题，发挥出你们
zuì gāo de shuǐpíng!
最高的水平！

For tomorrow's exam, I hope all of you will take it seriously and unleash your maximum potential!

Kǎowán shì sān tiān hòu, nǐmen kěyǐ qù jiàowù bàngōngshì
10. 考完试三天后，你们可以去教务办公室
nàli chá fēn.
那里查分。

You may check your results at the administrative office three days after the examination.

Zuìhòu yì jié kè nǐ qùle ma? Lǎoshī shuō kǎoshì de
11. A: 最后一节课你去了吗？老师说考试的
shì le ma?
事了吗？

Did you attend the last class? Did the teacher mention anything about the exam?

Wǒ qù le, lǎoshī shuō kǎoshì bù nán, zhǐyào hǎohāor
B1: 我去了，老师说考试不难，只要好好儿
fùxí, jiù néng dé gāofēn.
复习，就能得高分。

I did and the teacher said that the exam is not going to be difficult, if we do our revisions, we will be able to score high.

Lǎoshī shuō zhè cì de kǎoshì bǐ shàngcì de nán duōle,
B2: 老师说这次的考试比上次的难多了，
ràng wǒmen hǎohāor fùxí.
让我们好好儿复习。

The teacher said that the exam is much more difficult than the previous one, we'd better revise thoroughly.

Nǐ zhè cì kǎoshì zěnmeyàng? Juéde nán ma?
12. A: 你这次考试怎么样？觉得难吗？

How do you feel about the exam? Was it difficult for you?

Biétí duō dǎoméi le! Wǒ huì de dōu bù kǎo, kǎo de
B1: 别提多倒霉了！我会的都不考，考的
dōu bú huì!
都不会！

Don't mention how unlucky I was! Those that I know how to do did not come out; those that came out I didn't know how to do!

Tài jiǎndān le! Méi shénme tiǎozhàn, wǒ bàn gè xiǎoshí
B2: 太简单了！没什么挑战，我半个小时
jiù jiāojuàn le.
就交卷了。

It's too simple! It wasn't challenging at all. I handed in my paper in half an hour.

词语 Vocabulary

序号	词语	拼音	词性	翻译
1	样卷	yàngjuàn	名	sample paper
2	画重点	huà zhòngdiǎn		to highlight the important points
3	监考	jiānkǎo	动	to invigilate
4	缓考	huǎnkǎo	动	to take the exam at a later date
5	宣传	xuānchuán	动	to publicize
6	钢笔	gāngbǐ	名	ink fountain pen
7	水笔	shuǐbǐ	名	ink pen
8	圆珠笔	yuánzhūbǐ	名	ballpoint pen
9	铅笔	qiānbǐ	名	pencil
10	作弊	zuòbì	动	to cheat (in an exam)
11	发挥	fāhuī	动	to unleash
12	高分	gāofēn	名	high score
13	倒霉	dǎoméi	形	unlucky
14	挑战	tiǎozhàn	动	to challenge
15	交卷	jiāojuàn	动	to hand in a test paper

Sì Kèhòu Xuéxí

四、课后 学习

UNIT 4 AFTER-CLASS LEARNING

Dì-shísān Kè Yùxí Fùxí

第十三课 预习 复习

Lesson 13 Previewing and Reviewing

Míngtiān lǎoshī yào jiǎng xīn kè le, wǒ xiǎng jīntiān xiān yùxí

1. 明天老师要讲新课了，我想今天先预习

yíxià, bèibei shēngcí, dúdu kèwén.

一下，背背生词，读读课文。

The teacher is going to start a new lesson tomorrow. I would like to preview it today by memorizing new words and reading the texts.

Lǎoshī shuō yùxí hěn zhòngyào, kěyǐ shǐ wǒmen shàngkè de

2. 老师说预习很重要，可以使我们上课的

shíhou xiàolǜ gèng gāo, xuédào gèng duō de zhīshi.

时候效率更高，学到更多的知识。

Our teacher says that previewing a lesson is very important because it will enable us to study more efficiently during class and we will also learn more.

Měi cì shàng xīn kè zhīqián, wǒ dōu huì xiān yòng diànzǐ cídiǎn

3. 每次上新课之前，我都会先用电子词典

chájiǎn kèwén zhōng de shēngcí.

查检课文中的生词。

I look up the new words in the textbook with my electronic dictionary every time before the new lesson starts.

Xià jié kè de nándiǎn hěn duō, dàjiā tíqián shúxi yíxià kèwén ba.

4. 下节课的难点很多，大家提前熟悉一下课文吧。

There are a lot of difficult points in the next lesson, so everyone please familiarize yourselves with the text beforehand.

Wǒ niándǐ xiǎng kǎo HSK liù jí, nín néng gěi wǒ yìxiē fùxí jiànyì ma?

5. 我年底想考HSK六级，您能给我一些复习建议吗？

I would like to take level 6 HSK examination at the end of the year. Could you give me some revision tips?

Wǒ de yǔfǎ xué de bú tài zhāshi, xiǎng mǎi yì běn shū xìtǒng de fùxí yíxià.

6. 我的语法学得不太扎实，想买一本书系统地复习一下。

My grammar is not very good, so I would like to buy a book to revise it systematically.

Wǎngluò shang yǒu hěn duō fēicháng hǎo de xuéxí ruǎnjiàn, kěyǐ yǒuxiào de bāngzhù wǒmen fùxí Hànyǔ.

7. 网络上有很多非常好的学习软件，可以有效地帮助我们复习汉语。

There is a lot of useful learning software on the Internet that can help us revise effectively.

Xuéxí Hànyǔ de fāngfǎ yīnrén'éryì, dànshì yùxí hé fùxí
8. 学习 汉语 的 方法 因人而异，但是 预习 和 复习
de zhòngyàoxìng què shì wúyōng zhìyí de.
的 重要性 却 是 毋庸 置疑 的。

The methods of learning Chinese differ from person to person, but preview and review are undoubtedly important.

Xià gè yuè jiù yào kǎoshì le, dàjiā zuìhǎo zhìdìng yí fèn
9. 下 个 月 就 要 考试 了，大家 最好 制订 一 份
xiángxì de fùxí jìhuà, hélǐ ānpái shíjiān.
详细 的 复习 计划，合理 安排 时间。

You are taking your examination next month. It's advisable for everyone to make a detailed revision plan and use your time reasonably.

Yào xiǎng xuéhǎo Hànyǔ, jīngcháng fùxí, zhāzhāshishi dǎhǎo
10. 要 想 学好 汉语，经常 复习，扎扎实实 打好
jīchǔ shì zuì zhòngyào de.
基础 是 最 重要 的。

Revising frequently and building a solid foundation is of the utmost importance if you want to master Chinese language.

Lǎoshī, qǐngwèn wǒ yīnggāi yùxí xiē shénmen nèiróng?
11. A: 老师，请问 我 应该 预习 些 什么 内容？
Zěnme yùxí ne?
怎么 预习 呢？

Excuse me, Professor. Could you please tell me what I should preview and how I should preview?

Nǐ kěyǐ xiān chájiǎn shēngcí, liǎojiě shēngcí de yìsi
B1: 你 可以 先 查检 生词，了解 生词 的 意思

hé yòngfǎ.
和用法。

You can first look up the new words to get a general understanding of the meaning and usage of important words.

Nǐ kěyǐ qù túshūguǎn huòzhě shàngwǎng cházhǎo hé
B2: 你可以去图书馆或者上网查找和
kèwén yǒuguān de huàtí, duō liǎojiě yìxiē bèijǐng zhīshi.
课文有关的话题，多了解一些背景知识。

You can go to the library or go online to check out the topics relevant to the text and gain background knowledge.

Zěnme fùxí cái néng yǒu xiàoguǒ ne?
12. A: 怎么复习才能有效果呢?

How can we revise effectively?

Lǎoshī shuō yào duō bèi cíyǔ, duō dú kèwén.
B1: 老师说要多背词语，多读课文。

Our teacher told us to memorize more words and read more texts from the textbook.

Xué yǔyán zuì zhòngyào de shì shíjì cāoliàn, jiànyì nǐ
B2: 学语言最重要的是实际操练，建议你
duō hé Zhōngguórén liáotiānr.
多和中国人聊天儿。

The most important thing when learning a language is the practical usage; we must chat with Chinese more frequently.

词语 Vocabulary

序号	词语	拼音	词性	翻译
1	预习	yùxí	动	to preview
2	背	bèi	动	to memorize, to recite
3	效率	xiàolǜ	名	efficiency
4	电子	diànzǐ	名	electron
5	词典	cídiǎn	名	dictionary
6	查检	chájiǎn	动	to look up
7	难点	nándiǎn	名	difficult points
8	建议	jiànyì	名	suggestion
9	扎实	zhāshi	形	solid
10	系统	xìtǒng	形	systematical
11	网络	wǎngluò	名	Internet
12	软件	ruǎnjiàn	名	software
13	有效	yǒuxiào	形	effective
14	方法	fāngfǎ	名	method
15	因人而异	yīnrén'éryì		differ from person to person
16	毋庸置疑	wúyōng zhìyí		undoubted
17	制订	zhìdìng	动	to work out (a plan...)
18	计划	jìhuà	名	plan
19	合理	hélǐ	形	reasonable
20	上网	shàngwǎng	动	to surf online
21	有关	yǒuguān	动	to be related (to)
22	话题	huàtí	名	topic
23	背景	bèijǐng	名	background
24	效果	xiàoguǒ	名	effect
25	实际	shíjì	形	practical
26	操练	cāoliàn	动	to practice
27	聊天儿	liáotiānr	动	to chat

Dì-shísì Kè Kèwài Fǔdǎo

第十四课 课外 辅导

Lesson 14 Extracurricular Tutorials

Wǒ de jīchǔ bú tài hǎo, xiǎng zhǎo gè jiājiào gěi wǒ zuò kèhòu fǔdǎo.

1. 我的基础不太好，想找个家教给我做课后辅导。

My foundation is not very good, I would like to hire a tutor to help me after school.

Lǐ lǎoshī, qǐngwèn nín yǒu shíjiān ma? Wǒ xiǎng qǐng nín gěi wǒ fǔdǎo Hànyǔ.

2. 李老师，请问您有时间吗？我想请您给我辅导汉语。

Professor Li, have you got free time? I would like you to tutor me in Chinese.

Wǒ de fǔdǎo lǎoshī fāyīn bù biāozhǔn, yǒu kǒuyīn, nín néng bāng wǒ zài jièshào yí gè ma?

3. 我的辅导老师发音不标准，有口音，您能帮我再介绍一个吗？

My tutor pronounces poorly and he has an accent. Could you recommend another tutor for me?

Wǒ xiǎng zhǎo yí gè zérènxīn qiáng, nàixīn qīnqiè, niánqīng huópō de nǚlǎoshī gěi wǒ fǔdǎo.

4. 我想找一个责任心强，耐心亲切，年轻活泼的女老师给我辅导。

I would like to find a female teacher who is responsible, kind and patient, young and active as my tutor.

Wǒ zhǐ zài Shànghǎi xué bànnián Hànyǔ, kètáng xuéxí yuǎnyuǎn
5. 我只在上海学半年汉语，课堂学习远远
bú gòu, suǒyǐ xiǎng zài zhǎo yí gè jiājiào.
不够，所以想再找一个家教。

I will study Chinese in Shanghai for only half a year, so it's far from enough to study solely in class. That's why I'd like to find a home tutor.

Wǒ xiǎng qǐng gè Hànyǔ jiājiào, zěnme shōufèi ne? Yìbān
6. 我想请个汉语家教，怎么收费呢？一般
yí gè xiǎoshí duōshao qián?
一个小时多少钱？

I would like to hire a Chinese home tutor, how much does it cost? Normally how much per hour?

Lǎoshī, duìbuqǐ, míngtiān wǒ de fùmǔ lái Shànghǎi, wǒ xiǎng
7. 老师，对不起，明天我的父母来上海，我想
hǎohāor péipei tāmen, wǒmen shàngkè de shíjiān néng bù néng
好好儿陪陪他们，我们上课的时间能不能
tuīchí dào xià Xīngqīyī ne?
推迟到下星期一呢？

I'm sorry, Professor. My parents are coming to Shanghai tomorrow, and I would like to keep them company. Can we postpone our lesson to next Monday instead?

Tīngshuō wǒmen xuéxiào yǒu gè Hànyǔjiǎo, yǒu hěn duō láizì
8. 听说我们学校有个汉语角，有很多来自
bù tóng guójiā de liúxuéshēng zài nàli liànxí Hànyǔ, hěn yǒu
不同国家的留学生在那里练习汉语，很有
yìsi, wǒmen yìqǐ qù ba!
意思，我们一起去吧！

I heard that there is a Chinese corner in our school,

students from different countries practice Chinese over there. It sounds really interesting. Let's go there together!

Wǒ xiǎng bǔxí Hànyǔ, yì zhōu sān cì、 yí cì liǎng gè xiǎoshí,
9. 我想补习汉语，一周三次、一次两个小时，
nín juéde zěnmeyàng?
您觉得怎么样？

I would like to have Chinese tutorial lessons, three times a week, two hours per lesson, what do you think?

Hǎojiǔ bú jiàn, tīngshuō nǐ zuìjìn huànle yí gè xīn de Hànyǔ
10. 好久不见，听说你最近换了一个新的汉语
lǎoshī, xiàoguǒ zěnmeyàng?
老师，效果怎么样？

Long time no see; I heard that you have a new Chinese tutor, how is it?

Wǒ xiǎng zhǎo gè yǔbàn, wǒ jiāo tā Yīngyǔ, tā jiāo wǒ
11. A: 我想找个语伴，我教他英语，他教我
Hànyǔ.
汉语。

I would like to find a language exchange partner: I teach him English while he teaches me Chinese.

Zhèyàng hěn hǎo a, jì néng miǎnfèi xué Hànyǔ, yòu néng
B1: 这样很好啊，既能免费学汉语，又能
jiāodào péngyou.
交到朋友。

That's very good, since you can not only learn Chinese for free but also make friends.

Wǒ juéde bú tài hǎo, suīrán shì miǎnfèi de, dànshì
B2: 我 觉得 不 太 好，虽然 是 免费 的，但是
kěnéng bùrú jiājiào jīngyàn fēngfù.
可能 不如 家教 经验 丰富。

I don't think that's a good idea. Even though it's free, their experience may not be as rich as tutors.

Lǎoshī, nín kèhòu néng gěi wǒ fǔdǎo ma?
12. A: 老师，您 课后 能 给 我 辅导 吗？

Professor, could you tutor me after class?

Kěyǐ a, zuìjìn wǒ bú tài máng, nǐ xiǎng yì zhōu
B1: 可以 啊，最近 我 不 太 忙，你 想 一 周
xuéxí jǐ cì?
学习 几 次？

Sure, I'm not too busy lately. How often do you want to have remediation lessons?

Duìbuqǐ, wǒ zuìjìn méiyǒu shíjiān, búguò wǒ kěyǐ
B2: 对不起，我 最近 没有 时间，不过 我 可以
gěi nǐ jièshào wǒ de péngyou, tā shàngkè hěn shòu liúxuéshēng
给 你 介绍 我 的 朋友，她 上课 很 受 留学生
de huānyíng.
的 欢迎。

Sorry, I haven't got time lately. I can introduce you to my friend, who is very popular among overseas students.

词语 Vocabulary

序号	词语	拼音	词性	翻译
1	辅导	fǔdǎo	动	to tutor
2	家教	jiājiào	名	home tutor

3	发音	fāyīn	动 / 名	to pronounce; pronunciation
4	标准	biāozhǔn	形	standard
5	口音	kǒuyīn	名	accent
6	责任心	zérènxīn	名	responsibility
7	耐心	nàixīn	形 / 名	patient; patience
8	亲切	qīnqiè	形	kind
9	活泼	huópō	形	active
10	课堂	kètáng	名	classroom
11	收费	shōufèi	动	to charge
12	推迟	tuīchí	动	to postpone
13	听说	tīngshuō	动	to hear
14	来自	láizì	动	to come from
15	补习	bǔxí	动	to have a tutorial lesson
16	语伴	yǔbàn	名	language exchange partner
17	经验	jīngyàn	名	experience
18	丰富	fēngfù	形	rich
19	受欢迎	shòu huānyíng		to be popular

Dì-shíwǔ Kè Túshū Zīyuán

第十五课 图书 资源

Lesson 15 Books and Reference Resource

Nǐ qùguo xuéxiào de túshūguǎn ma? Nàli de túshū duō ma?

1. 你去过学校的图书馆吗？那里的图书多吗？

Shèshī zěnmeyàng?

设施怎么样？

Have you been to our school library? How are the

collections there? What about the facilities of the library?

Túshūguǎn de shū yǒude kěyǐ wàijiè, yǒude zhǐ néng zài yuèlǎnshì kàn.

2. 图书馆的书有的可以外借，有的只能在阅览室看。

Some books in the library can be borrowed, while some other books can only be read in the reading room.

Wǒmen xiàwǔ yìqǐ qù túshūguǎn ba, wǒ xiǎng zhǎozhao guānyú HSK kǎoshì de zīliào.

3. 我们下午一起去图书馆吧，我想找找关于HSK考试的资料。

Let's go to the library together in the afternoon. I would like to look for some materials for the HSK examination.

Wǒ de túshūzhèng diū le, qǐngwèn zěnme bǔbàn?

4. 我的图书证丢了，请问怎么补办？

Excuse me. I have lost my library pass. How can I replace it?

Rúguǒ nǐ zài túshūguǎn zhǎo bú dào xiǎng yào de shū, kěyǐ qù shìzhōngxīn de Xīnhuá Shūdiàn zhǎozhao kàn, nàli de shū hěn quán.

5. 如果你在图书馆找不到想要的书，可以去市中心的新华书店找找看，那里的书很全。

If the books you want cannot be found in the library, you could find them at The Xinhua Bookstore located downtown. It has a huge collection.

Xiànzài yǒu hěn duō rén zài wǎngshàng mǎi shū, yòu fāngbiàn yòu

6. 现在有很多人在网上买书，又方便又

piányi, zhēnshi tǐng búcuò de.

便宜，真是挺不错的。

Nowadays, many people buy books online. It is convenient and inexpensive. It is quite good!

Yǔqí huā nàme duō qián mǎi shū, hái bùrú qù túshūguǎn

7. 与其花那么多钱买书，还不如去图书馆

jiè, shěng qián shěng shí yòu shěnglì!

借，省钱省时又省力！

Why don't you borrow books from the library instead of spending so much buying them? It saves you money, time and effort.

Xiánzhe yě shì xiánzhe, bùrú wǒmen qù shūdiàn guàngguang ba?

8. 闲着也是闲着，不如我们去书店逛逛吧？

Mǎi běn lǚyóu zhǐnán, hǎohāor zài Shànghǎi wánrwanr.

买本旅游指南，好好儿在上海玩儿玩儿。

Since we are just chilling, let's go to the bookstore and have a look. We can buy a guidebook and have fun in Shanghai.

Xiàzhōu jiù děi jiāo lùnwén le! Nǐ fàngzhe zhèngjing shì bú zuò,

9. 下周就得交论文了！你放着正经事不做，

jiù zhīdao tiāntiān qù pào jiǔbā! Hái bù gǎnkuài qù túshūguǎn

就知道天天去泡酒吧！还不赶快去图书馆

chá zīliào?

查资料？

We have to submit our essay next week. Why do you indulge yourself in bars instead of doing what you should do? Shouldn't you go to the library and do some research?

Tā xuéxí hěn yònggōng, rúguǒ bú zài sùshè jiù zài zìxíshì,

10. 他学习很用功，如果不在宿舍就在自习室，

zài bùrán jiù shì qù túshūguǎn le.

再不然就是去图书馆了。

He is hardworking. If he is not in his dorm, he may be in the self-study room or the library.

Lǎoshī, zài túshūguǎn jièshū yǒu shénme yāoqiú ma?

11. A: 老师，在图书馆借书有什么要求吗？

Professor, are there any requirements when we borrow books from the library?

Huán shū zuìhǎo búyào chāoguò guīdìng de qīxiàn, yìbān

B1: 还书最好不要超过规定的期限，一般

láishuō shì yí gè yuè, rúguǒ guòqī bù huán shì yào bèi

来说是一个月，如果过期不还是要被

fákuǎn de.

罚款的。

You'd better not exceed the deadline when you return books. Usually, the period is one month. If you do not return the books on time, you'll be fined.

Jiè chūqù de shū yídìng yào àixī, búyào luàn xiě

B2: 借出去的书一定要爱惜，不要乱写

luàn huà, tuǒshàn bǎoguǎn, zuìhǎo búyào zhuǎn jiè gěi qítā rén.

乱画，妥善保管，最好不要转借给其他人。

You must take good care of the books that you have borrowed. Do not doodle on books and keep them properly. Don't lend the books to others.

Lǎoshī, qǐngwèn wǒ zěnme zài xuéxiào túshūguǎn de wǎngyè
12. A: 老师，请问我怎么在学校图书馆的网页
shang xiàzài lùnwén?
上下载论文？

Professor, how can I download the essays from the website of the school library?

Nǐ kěyǐ dào túshūguǎn yèmiàn de "Shùzì Zīyuán" li
B1: 你可以到图书馆页面的"数字资源"里
sōusuǒ nǐ xiǎng yào de lùnwén.
搜索你想要的论文。

You can click on the resource icon on the library's website and search for your desired essays.

Nǐ zhùzài xuéxiào wàimiàn, rúguǒ xiàzài lùnwén shì
B2: 你住在学校外面，如果下载论文是
yào fù fèi de, nǐ kěyǐ qù túshūguǎn xiàzài.
要付费的，你可以去图书馆下载。

You need to pay for your downloads because you are not living within the school premises. You can go to the library for free downloads.

词语 Vocabulary

序号	词语	拼音	词性	翻译
1	图书	túshū	名	book
2	资源	zīyuán	名	resource
3	设施	shèshī	名	facility
4	外借	wàijiè	动	to loan
5	阅览	yuèlǎn	动	to read
6	资料	zīliào	名	material

7	补办	bǔbàn	动	to reissue
8	全	quán	形	complete
9	挺	tǐng	副	quite
10	不错	búcuò	形	good
11	与其	yǔqí	连	instead of
12	不如	bùrú	连	had better
13	省	shěng	动	to save
14	闲	xián	形	idling
15	旅游	lǚyóu	动	to travel
16	指南	zhǐnán	名	guidebook
17	得	děi	动	should
18	交	jiāo	动	to submit
19	论文	lùnwén	名	essay
20	正经事	zhèngjing shì		serious affair
21	泡	pào	动	to indulge in
22	酒吧	jiǔbā	名	bar
23	赶快	gǎnkuài	副	hurry up
24	期限	qīxiàn	名	time-limit
25	过期	guòqī	动	to exceed a time limit
26	爱惜	àixī	动	to take good care of
27	乱写乱画	luàn xiě luàn huà		to doodle
28	妥善	tuǒshàn	形	properly
29	保管	bǎoguǎn	动	to keep
30	转借	zhuǎn jiè		to under lease
31	网页	wǎngyè	名	website
32	页面	yèmiàn	名	page
33	搜索	sōusuǒ	动	to search
34	付费	fù fèi		to pay

Dì-shíliù Kè Yǔyán Shíjiàn

第十六课 语言 实践

Lesson 16 Language Practice

Yào xiǎng tígāo Hànyǔ de shuǐpíng, zhǐ bèi yǔfǎ hé cíhuì

1. 要想提高汉语的水平，只背语法和词汇

shì bùxíng de, guānjiàn háishi děi duō kāikǒu, bié pà diūrén,

是不行的，关键还是得多开口，别怕丢人，

shuōcuòle yě búyàojǐn de.

说错了也不要紧的。

If you want to improve your Chinese, memorizing grammar and vocabulary is not enough. The key point is to start talking. Do not be afraid of embarrassment. It doesn't matter even if you mess up.

Shàng Zhōusān lǎoshī dàilǐng wǒmen qù cānguānle Shànghǎi Bówùguǎn,

2. 上周三老师带领我们去参观了上海博物馆，

wǒmen liǎojiěle bù shǎo Zhōngguó wénhuà, hěn yǒu yìsi.

我们了解了不少中国文化，很有意思。

Last Wednesday, we visited The Shanghai Museum with our teachers. We have learnt a lot about Chinese culture, and it is interesting.

Fǎnzhèng xiàwǔ yě méishì zuò, bùrú wǒmen yìqǐ qù Hànyǔjiǎo

3. 反正下午也没事做，不如我们一起去汉语角

liànlian kǒuyǔ?

练练口语？

We have nothing to do in the afternoon anyway. Why don't we go to the Chinese corner to practice our spoken Chinese?

Míngtiān de yǔyán shíjiàn wǒmen qī diǎnzhōng zài xuéxiào ménkǒu

4. 明天的语言实践我们七点钟在学校门口

jíhé, qī diǎn shíwǔ fēn chūfā, dàjiā dōu bié chídào le,

集合，七点十五分出发，大家都别迟到了，

guò shí bú hòu a.

过时不候啊。

We'll meet for the language practicum at 7 AM at the school's gate tomorrow. We'll set out at 7:15, so don't be late, because we won't wait for you.

Zhè cì xuéxiào zǔzhī de lǚyóu kě zhēn hǎo, wǒmen xuéle bù shǎo

5. 这次学校组织的旅游可真好，我们学了不少

rìcháng de jiāojì yòngyǔ, hái jiāole hěn duō Zhōngguó péngyou.

日常的交际用语，还交了很多中国朋友。

The trip organized by our school is so fantastic! We have learnt quite a lot of everyday expressions and have made many Chinese friends.

Búshì wǒ shuō nǐ! Hái bù gǎnkuài duō liànxí liànxí nǐ de

6. 不是我说你！还不赶快多练习练习你的

kǒuyǔ, xià gè yuè jiùyào huíguó le, huíqù yào xiǎng xué

口语，下个月就要回国了，回去要想学

Hànyǔ kě méi zhèr zhème fāngbiàn le!

汉语可没这儿这么方便了！

I'm not giving you a hard time. If you don't start practicing your spoken Chinese more, with you going home next month, you'll have a much less convenient time studying there.

Niánsānshí wǒ qù yí gè Zhōngguó péngyou jiā zuòkè le, bāo

7. 年三十我去一个中国朋友家做客了，包

jiǎozi, fàng biānpào, wǒ zhōngyú tǐhuìle Zhōngguó chuántǒng

饺子，放鞭炮，我终于体会了中国传统

jiérì de qìfēn.
节日的气氛。

I visited one of my Chinese friends on the eve of the Chinese lunar new year. By making dumplings and setting off firecrackers, I finally experienced the atmosphere of this traditional Chinese festival.

Jīntiān wǒmen xuéxíle qiúzhí de xiāngguān yòngyǔ, xià cì kè
8. 今天我们学习了求职的相关用语，下次课
wǒmen jìnxíng yí gè mónǐ miànshì ba.
我们进行一个模拟面试吧。

Today we have learnt some expressions that are related to job hunting. Next time let's have a mock interview.

Xiàzhōumò Guójì Wénhuàjié de kāimùshì zài Shànghǎi jǔxíng,
9. 下周末国际文化节的开幕式在上海举行，
wǒmen yìqǐ qù kànkan ba, kěndìng néng xuédào bù shǎo dōngxi.
我们一起去看看吧，肯定能学到不少东西。

The opening ceremony of International Cultural Festival is going to be held in Shanghai next weekend. Let's attend it together. It will be a fruitful trip.

Tīngshuō diànshìtái yào qǐng yí gè wàiguó jiābīn zuò jiémù,
10. 听说电视台要请一个外国嘉宾做节目，
wǒ yě xiǎng qù shìshi, zhè zhǒng jīhuì zuì néng duànliàn
我也想去试试，这种机会最能锻炼
Hànyǔ de jiāojì nénglì le.
汉语的交际能力了。

I hear that the TV station is inviting a foreign guest to star in a show. I would love to give it a try as it can best practice my Chinese language communication skills.

Lǎoshī, zǒngshì zài jiàoshì li xuéxí wǒmen dōu juéde

11. A: 老师，总是在教室里学习我们都觉得

hěn méi yìsi, tài wúliáo le.

很没意思，太无聊了。

Professor, it is boring when we always learn within the classroom. It is boring.

Hǎo ba, nà míngtiān wǒ dài nǐmen qù Nánjīng Lù guàngjiē,

B1: 好吧，那明天我带你们去南京路逛街，

gānghǎo fùxí jīntiān xuéxíguo de mǎi dōngxī de kèwén.

刚好复习今天学习过的买东西的课文。

Alright, tomorrow I shall take you guys to Nanjing Road for shopping. It can also serve as a revision for the lesson about shopping that we have learnt today.

Zhèyàng ba, xiàwǔ de kè, wǒmen yìqǐ qù fùjìn de

B2: 这样吧，下午的课，我们一起去附近的

cāntīng, biān chī biān xué, nǐmen hái néng liànxí hé fúwùyuán

餐厅，边吃边学，你们还能练习和服务员

duìhuà.

对话。

How about this? For class this afternoon, we can go to a nearby restaurant. We can learn while we are eating and you can practice conversational skills with the waiters and waitresses.

Tóngxuémen, shàngzhōumò qù Sūzhōu de wénhuà kǎochá nǐmen

12. A: 同学们，上周末去苏州的文化考察你们

juéde zěnmeyàng?

觉得怎么样？

Class, how do you think about the trip to Suzhou

last weekend for cultural research?

Wǒmen zhùzài dāngdì jūmín de jiāli, hái gēn tāmen
B1: 我们 住在 当地 居民 的 家里，还 跟 他们
xuéle jǐ jù Sūzhōu fāngyán ne.
学了 几 句 苏州 方言 呢。

We stayed in a local's house, and we have picked up some Suzhou dialect.

Sūzhōu yuánlín de shèjì shífēn jīngqiǎo biézhì, hé
B2: 苏州 园林 的 设计 十分 精巧 别致，和
běifāng jiànzhù de fēnggé wánquán bù yíyàng!
北方 建筑 的 风格 完全 不 一样！

Suzhou gardens are delicately and uniquely designed, and architecture is totally different from the northern style!

词语 Vocabulary

序号	词语	拼音	词性	翻译
1	实践	shíjiàn	名 / 动	practice; to practice
2	词汇	cíhuì	名	vocabulary
3	开口	kāikǒu	动	to start talking
4	丢人	diūrén	动	to lose face
5	不要紧	búyàojǐn	形	not matter
6	博物馆	bówùguǎn	名	museum
7	反正	fǎnzhèng	副	anyway
8	集合	jíhé	动	to gather
9	组织	zǔzhī	动	to organize
10	日常	rìcháng	形	everyday
11	交际	jiāojì	动	to communicate

12	用语	yòngyǔ	名	expression
13	年三十	niánsānshí	名	the eve of Chinese lunar new year
14	做客	zuòkè	动	to be a guest
15	包	bāo	动	to make (dumplings...etc.)
16	饺子	jiǎozi	名	dumpling
17	鞭炮	biānpào	名	firecracker
18	体会	tǐhuì	动	to experience
19	传统	chuántǒng	形	tradition
20	气氛	qìfēn	名	atmosphere
21	求职	qiúzhí	动	job hunting
22	相关	xiāngguān	动	to be related
23	模拟	mónǐ	动	to simulate
24	开幕式	kāimùshì	名	opening ceremony
25	嘉宾	jiābīn	名	guest
26	能力	nénglì	名	ability
27	无聊	wúliáo	形	boring
28	逛街	guàngjiē	动	to go shopping
29	考察	kǎochá	动	to investigate
30	居民	jūmín	名	resident
31	方言	fāngyán	名	dialect
32	园林	yuánlín	名	garden
33	设计	shèjì	动	to design
34	精巧	jīngqiǎo	形	delicate
35	别致	biézhì	形	unique
36	建筑	jiànzhù	名	architecture
37	风格	fēnggé	名	style
38	完全	wánquán	副	totally

Wǔ Xuéshù Huódòng

五、学术 活动

UNIT 5 ACADEMIC ACTIVITIES

Dì-shíqī Kè Shālóng Jiǎngzuò

第十七课 沙龙 讲座

Lesson 17 Salons and Lectures

Nǐ kàndào hēibǎn shang de jiǎngzuò tōngzhī le ma? Wǒ hěn gǎn

1. 你看到黑板上的讲座通知了吗？我很感

xìngqù, nǐ néng hé wǒ yìqǐ qù ma?

兴趣，你能和我一起去吗？

Have you seen the notice about the lecture on the blackboard? Will you go with me? I'm interested in it.

Qǐngwèn shéi zhīdao jīntiān wǎnshang xuéshù jiǎngzuò de shíjiān hé

2. 请问谁知道今天晚上学术讲座的时间和

dìdiǎn ma?

地点吗？

Who knows the site and time of the academic lecture tonight?

Nǐ kàndào ménkǒu de hǎibào le ma? Xiàwǔ yǒu yì chǎng HSK

3. 你看到门口的海报了吗？下午有一场HSK

kǎoqián zhǐdǎo de jiǎngzuò, yào bú yào yìqǐ qù tīngting?

考前指导的讲座，要不要一起去听听？

Have you seen the poster outside the door? There will be a lecture on pre HSK examination instruction. Shall we attend it together?

Wǔyuè de dì-èr zhōu shì xuéshùzhōu, dàoshí huì yǒu yíxìliè
4. 五月的第二周是学术周，到时会有一系列
jīngcǎi de jiǎngzuò, dàjiā kěyǐ tíqián zài wǎngshàng yùyuē
精彩的讲座，大家可以提前在网上预约
zìjǐ gǎn xìngqù de chǎngcì.
自己感兴趣的场次。

The second week of May is the academic week. There will be a series of wonderful lectures. Everyone can book seats online in advance for your preferred sessions.

Tīngshuō guónèi zhīmíng de cháyì dàshī xiàzhōu yào lái wǒmen
5. 听说国内知名的茶艺大师下周要来我们
xuéxiào jǔbàn cháyì jiǎngzuò, kěyǐ miǎnfèi suǒ piào.
学校举办茶艺讲座，可以免费索票。

It is said that well-known Chinese tea art master is coming to our school to hold a lecture on tea art next week. Tickets can be requested for free.

Wǒmen bān tóngxué zài wǎngshàng kāile gè "Liúxuéshēng Hànyǔ
6. 我们班同学在网上开了个“留学生汉语
Lùntán", yě jiànlìle bānjí wēixìnqún, chángcháng yìqǐ
论坛”，也建立了班级微信群，常常一起
tǎolùn wèntí, jiāoliú xuéxí xīndé.
讨论问题，交流学习心得。

Our classmates have set up a "Chinese Forum for International Students", and a wechat group for our class has also been created. We often have discussions and exchange our thoughts on our studies.

Měi Zhōusān wǎnshang, wǒmen dōu huì zǔzhī yí cì shālóng, dàjiā
7. 每周三晚上，我们都会组织一次沙龙，大家

zài yìqǐ liáoliao lái Zhōngguó de suǒjiàn-suǒwén, duì tígāo Hànyǔ
在一起聊聊来中国的所见所闻，对提高汉语
shuǐpíng hěn yǒu bāngzhù.
水平很有帮助。

Every Wednesday night, we will hold a salon. Everyone gets together and discusses what he/she sees and hears in China. This is a great help in learning Chinese.

Xuéxiào dìngqī wèi liúxuéshēng jǔbàn Hànyǔ shālóng, měi cì dōu
8. 学校定期为留学生举办汉语沙龙，每次都
huì jiāoshòu yì mén Zhōnghuá cáiyì.
会教授一门中华才艺。

The school organizes a Chinese salon regularly for international students, and each time they will teach a Chinese art topic.

Jīntiān de jiǎngzuò tài bàng le, xiànchǎng bàomǎn, qìfēn huóyuè
9. 今天的讲座太棒了，现场爆满，气氛活跃
jíle.
极了。

The lecture today is fantastic! Seats were full, and the atmosphere is extremely active.

Zuówǎn de "Mínsú Wénhuà Zhīshi Jiǎngzuò" tài yǒuqù le!
10. 昨晚的"民俗文化知识讲座"太有趣了！
Hái yǒu mínjiān lǎo yìrén dào xiànchǎng zuò jiǎnzhǐ biǎoyǎn ne!
还有民间老艺人到现场做剪纸表演呢！

The lecture on folk cultural knowledge last night was so interesting. There were senior folk artists demonstrating the art of paper cutting!

Nǐ zhīdao xiàzhōu de "Zhōngguó Wénhuà Jiǎngzuò" de

11. A: 你 知道 下周 的"中国 文化 讲座"的

zhǔjiǎngrén shì shéi ma?

主讲人 是 谁 吗?

Do you know who the keynote speaker of the lecture on Chinese culture is next week?

Zhège... wǒ bú tài qīngchu, yàobù nǐ qù xuéyuàn

B1: 这个……我 不 太 清楚,要不 你 去 学院

bàngōngshì wènwen lǎoshī ba.

办公室 问问 老师 吧。

I am not sure. Why don't you go to your college office and ask your teacher instead?

Shì dàmíngdǐngdǐng de Yì Zhōngtiān jiàoshòu, yīnggāi hěn

B2: 是 大名鼎鼎 的 易 中天 教授,应该 很

zhídé qīdài.

值得 期待。

The speaker is the well-known professor Yi Zhongtian, so it is worth looking forward to.

Qǐngwèn wǒ zěnme huòdé xuéyuàn jiǎngzuò de xiāngguān

12. A: 请问 我 怎么 获得 学院 讲座 的 相关

xìnxī ne?

信息 呢?

How can I get information on lectures held by the college?

Nǐ kěyǐ guānzhù xuéyuàn de zhǔyè, lǐmiàn de gōnggàolán

B1: 你 可以 关注 学院 的 主页,里面 的 公告栏

huì jíshí gēngxīn jiǎngzuò xìnxī de.

会 及时 更新 讲座 信息 的。

You can keep an eye on our college website; the

bulletin board will be updated in time.

Xuéyuàn ménkǒu xuānchuánlán huì tiēchū jiǎngzuò de xìnxī,
B2: 学院 门口 宣传栏 会 贴出 讲座 的 信息，
nǐ kěyǐ duō liúyì xià.
你 可以 多 留意 下。

There will be posts about the lectures on the bulletin board at the college gate. You can pay more attention to it.

词语 Vocabulary

序号	词语	拼音	词性	翻译
1	学术	xuéshù	名	academic
2	沙龙	shālóng	名	salon
3	讲座	jiǎngzuò	名	lecture
4	地点	dìdiǎn	名	location
5	海报	hǎibào	名	poster
6	指导	zhǐdǎo	动	to guide
7	一系列	yíxìliè	形	a series of
8	精彩	jīngcǎi	形	wonderful
9	预约	yùyuē	动	to book
10	场次	chǎngcì	名	session
11	知名	zhīmíng	形	well-known
12	茶艺	cháyì	名	tea art
13	大师	dàshī	名	master
14	索	suǒ	动	to ask for
15	交流	jiāoliú	动	to exchange
16	心得	xīndé	名	thoughts and experienc

17	所见所闻	suǒjiàn-suǒwén		what one sees and hears
18	定期	dìngqī	动	at regular intervals
19	中华	Zhōnghuá	名	China
20	才艺	cáiyì	名	acqierement
21	爆满	bàomǎn	动	to have a full house
22	活跃	huóyuè	形	active
23	民俗	mínsú	名	folk custom
24	民间	mínjiān	名	folk
25	艺人	yìrén	名	artist
26	剪纸	jiǎnzhǐ	动	to perform paper cutting
27	表演	biǎoyǎn	动	to perform
28	大名鼎鼎	dàmíng dǐngdǐng		well-known
29	值得	zhídé	动	to be worth
30	期待	qīdài	动	to expect
31	获得	huòdé	动	to receive
32	关注	guānzhù	动	to pay attention
33	及时	jíshí	形	timely
34	更新	gēngxīn	动	to update

Dì-shíbā Kè Fǎngwèn Jiāoliú

第十八课 访问 交流

Lesson 18 Visiting and Exchange

Xià gè yuè Shànghǎi Shì gè dà gāoxiào de liúxuéshēng huì yǒu yí cì
1. 下个月上海市各大高校的留学生会有一次

xiàojì jiāoliú yǎnchū, dàjiā yào jījí bàomíng, zhēnxī zhè cì
校际 交流 演出，大家 要 积极 报名，珍惜 这 次
jīhuì.
机会。

Next month there will be an interscholastic exchange performance program for foreign students between many institutes of higher education. Yon should all sign up, and take advantage of the opportunity.

Zhè zhōu zài Shànghǎi Měishùguǎn jǔxíngle zhōngwài dàxuéshēng jiāoliú
2. 这 周 在 上海 美术馆 举行了 中外 大学生 交流
huàzhǎn, wǒ de zuòpǐn yě cānzhǎn le, hái huòdéle yōuxiùjiǎng ne.
画展，我 的 作品 也 参展 了，还 获得了 优秀奖 呢。

There was an exchange art exhibition at the Shanghai Art Museum for Chinese and international students this week. My work was exhibited, and I got a merit prize.

Zhè cì de xuéshù jiāoliú liúxuéshēng yě kěyǐ cānjiā, dànshì
3. 这 次 的 学术 交流 留学生 也 可以 参加，但是
děi xiān tōngguò xuéxiào de xuǎnbá.
得 先 通过 学校 的 选拔。

International students can participate in the academic exchange. However, they will have to go through a selection process.

Qǐngwèn zhège xuéqī qù Táiwān de wénhuà jiāoliú huódòng shénme
4. 请问 这个 学期 去 台湾 的 文化 交流 活动 什么
shíhou kāishǐ? Wéiqī duō cháng shíjiān? Cānyùzhě dōu yǒu shéi?
时候 开始？ 为期 多 长 时间？ 参与者 都 有 谁？

When will this semester's cultural exchange trip to Taiwan start and how long will it last? Who will the participants be?

Xiàzhōu de huódòng Rìběn de fǎngwèn xuézhě yě huì chūxí, zhǔtí
5. 下周 的 活动 日本 的 访问 学者 也 会 出席，主题
shì Zhōng-Rì wénhuà duìbǐ.
是 中日 文化 对比。

The visiting scholars from Japan will also attend the activity next week. The theme of this activity is "A Comparison between Chinese Culture and Japanese Culture".

Zhècì xiàojì jiāoliú huódòng de zōngzhǐ shì ràng gèng duō de
6. 这次 校际 交流 活动 的 宗旨 是 让 更 多 的
liúxuéshēng liǎojiě Zhōngguó, liǎojiě Zhōngguó wénhuà.
留学生 了解 中国，了解 中国 文化。

The aim of this inter-school exchange activity is to let more international students understand China and her culture.

Shàng gè yuè de huódòng wèi kuà wénhuà jiāoliú tígōngle nándé de
7. 上 个 月 的 活动 为 跨 文化 交流 提供了 难得 的
jīyù, shōudàole fēicháng hǎo de xiàoguǒ.
机遇，收到了 非常 好 的 效果。

The activity last month provided a great opportunity for cross-cultural exchange and the responses received were fantastic.

Wǒ zuòwéi yì míng jiāohuànshēng, zài Zhōngguó xuéxíle yì nián,
8. 我 作为 一 名 交换生，在 中国 学习了 一 年，
liǎojiě dào le bù yíyàng de Zhōngguó.
了解 到 了 不 一样 的 中国。

As an exchange student, I have studied in China for

a year and got to know a different China.

Zuòwéi wǒmen xuéxiào liúxuéshēng de dàibiǎo qù fǎngwèn Shànghǎi de
9. 作为我们学校留学生的代表去访问上海的
qítā gāoxiào, wǒ zhēnshi tài róngxìng le.
其他高校，我真是太荣幸了。

I am really honored to visit the other universities in Shanghai as a representative of international students of our school.

Wǒmen xuéxiào de Hánguó liúxuéshēng měi nián dōu huì dìngqī
10. 我们学校的韩国留学生每年都会定期
jǔbàn jiāoliú huódòng, xíngshì duōyàng.
举办交流活动，形式多样。

The students from Korea in our school conduct annual exchange activities in various forms.

Shàngzhōu de xiàojì jiāoliú zhēn shì tǐng búcuò de, nǐ
11. A: 上周的校际交流真是挺不错的，你
juéde ne?
觉得呢？

The inter-school exchange last week was very good, don't you think?

Nà shì, jiāojìquān yíxiàzi kuòdà le, yǐhòu wǒmen
B1: 那是，交际圈一下子扩大了，以后我们
jiù kěyǐ kuà xiào zǔzhī gè zúqiúduì le.
就可以跨校组织个足球队了。

Yes, it is! It expands our social circle, and it enables us to organize an inter-school football team.

Wǒ dào juéde méi shénme yìsi, wǒ bù xǐhuan tài
B2: 我倒觉得没什么意思，我不喜欢太

rènao, háishi yí gè rén dāizhe bǐjiào hǎo.
热闹，还是一个人待着比较好。

Well, I actually found it meaningless because I don't enjoy crowds. I prefer to be alone.

Lǎoshī, wǒ yě xiǎng cānjiā xià gè yuè de jiāoliú huódòng,
12. A: 老师，我也想参加下个月的交流活动，
néng gěi wǒ kànkan huódòng de jùtǐ liúchéng hé nèiróng ma?
能给我看看活动的具体流程和内容吗？

Professor, I would like to participate in the exchange activity next month. Can I have a look at the schedule and content of this activity?

Dāngrán kěyǐ, nǐmen yuèshì yǒngyuè, huódòng jiù yuè
B1: 当然可以，你们越是踊跃，活动就越
chénggōng, jùtǐ de ānpái wǒ fādào nǐ yóuxiāng li ba,
成功，具体的安排我发到你邮箱里吧，
nǐ zhùyì cháshōu.
你注意查收。

Of course you can. The more active you are, the more successful the activity will be. I will send the detailed arrangement to you by email. Please remember to check your mailbox.

Xià gè yuè de huódòng yǐjīng bàomǎn le, yǐhòu zài yǒu
B2: 下个月的活动已经报满了，以后再有
lèisì de huódòng, kě yào zǎodiǎnr bàomíng a.
类似的活动，可要早点儿报名啊。

The enrollment for the activity of next month is complete. Should there be a similar activity, do sign up early.

词语　Vocabulary

序号	词语	拼音	词性	翻译
1	访问	fǎngwèn	动	to visit
2	校际	xiàojì	形	inter-school
3	积极	jījí	形	active
4	珍惜	zhēnxī	动	to treasure
5	中外	zhōngwài	名	Chinese and foreign
6	画展	huàzhǎn	名	art exhibition
7	作品	zuòpǐn	名	work
8	参展	cānzhǎn	动	to take part in an exhibition
9	优秀	yōuxiù	形	excellent
10	选拔	xuǎnbá	动	to select
11	为期	wéiqī	动	to last
12	参与	cānyù	动	to participate
13	学者	xuézhě	名	scholar
14	出席	chūxí	动	to be present
15	对比	duìbǐ	动	to contrast
16	宗旨	zōngzhǐ	名	aim
17	跨文化	kuà wénhuà		cross-cultural
18	难得	nándé	形	rare
19	机遇	jīyù	名	opportunity
20	交换	jiāohuàn	名	to exchange
21	荣幸	róngxìng	形	honoured
22	多样	duōyàng	形	various
23	圈	quān	名	circle
24	扩大	kuòdà	动	to expand
25	倒	dào	副	actually

26	热闹	rènao	形	noisy and exciting
27	待	dāi	动	to stay
28	踊跃	yǒngyuè	形	active
29	邮箱	yóuxiāng	名	mailbox
30	查收	cháshōu	动	to check
31	类似	lèisì	动	to be similar to
32	报名	bàomíng	动	to sign up

Liù Jiàoxué Guǎnlǐ

六、教学 管理

UNIT 6 TEACHING MANAGEMENT

Dì-shíjiǔ Kè Shēnqǐng Jiǎngxuéjīn

第十九课 申请 奖学金

Lesson 19 Applying for Scholarships

Wǒ xiǎng shēnqǐng jiǎngxuéjīn, xūyào shénme tiáojiàn a?

1. 我 想 申请 奖学金，需要 什么 条件 啊？

I want to apply for a scholarship. What are the requirements?

Tā píngzhe zìjǐ de nǔlì huòdéle zhèngfǔ jiǎngxuéjīn.

2. 他 凭着 自己 的 努力 获得了 政府 奖学金。

He obtained the government scholarship with his hard work.

Jiǎngxuéjīn bùjǐn kěyǐ jiějué wǒ shēnghuó shang de kùnnan, gèng shì duì wǒ xuéxí de kěndìng.

3. 奖学金 不仅 可以 解决 我 生活 上 的 困难，更是 对 我 学习 的 肯定。

The scholarship not only settles my financial problems, it is also a recognition of my school work.

Shēnqǐng jiǎngxuéjīn xūyào rúshí tiánxiě shēnqǐngbiǎo, tíjiāo xuélì zhèngmíng、chéngjìdān、jiànkāng zhèngmíng, yǐjí xuéxí jìhuà děng

4. 申请 奖学金 需要 如实 填写 申请表，提交 学历 证明、成绩单、健康 证明，以及 学习 计划 等

cáiliào.
材料。

To apply for a scholarship, the application form has to be filled in truthfully. Education certificates, result slips, health certificates, study plans and other necessary documents have to be submitted as well.

Nǐ de cáiliào zhǔnbèi hǎo le ma? Rúguǒ yīnwèi shǎole yí fèn
5. 你的材料准备好了吗？如果因为少了一份
cáiliào ér bèi qǔxiāo jiǎngxuéjīn zīgé, nà jiù tài kěxī le.
材料而被取消奖学金资格，那就太可惜了。

Are you fully prepared? It will be such a pity if you are disqualified for scholarship because of a missing document.

Rúguǒ nǐ xiǎng jìxù shēnzào dehuà, kěyǐ shēnqǐng Zhōngguó
6. 如果你想继续深造的话，可以申请中国
Zhèngfǔ Yōuxiù Wàiguó Liúxuéshēng Jiǎngxuéjīn.
政府优秀外国留学生奖学金。

If you would like to pursue your studies further, you can apply for the Chinese Government Scholarship for Outstanding International Students.

Nǐ kàndào le ma? Kǒngzǐ Xuéyuàn Jiǎngxuéjīn huòdézhě míngdān
7. 你看到了吗？孔子学院奖学金获得者名单
yǐjīng zài Guójiā Hànbàn de wǎngzhàn shang gōngbù le.
已经在国家汉办的网站上公布了。

Have you seen it? The list of winners of the Confucius Institute Scholarship has been announced on the Hanban website.

Zhè cì de quán'é jiǎngxuéjīn míng'é yǒu wǔ gè, nǐ kěyǐ qù
8. 这次的全额奖学金名额有五个，你可以去

zhēngqǔ yíxià.
争取 一下。

Five full scholarships are available this time. You can apply for it.

Tā ménmén gōngkè dōu shì dì-yīmíng, háowú yíwèn huòdéle běn xuénián de yīděng jiǎngxuéjīn.
9. 他门门功课都是第一名，毫无疑问获得了本学年的一等奖学金。

He scored the first place in every subject, and got the first grade scholarship of this school year without difficulty.

Míngtiān de jiǎngxuéjīn bānjiǎng yíshì, wǒ yào zuòwéi liúxuéshēng dàibiǎo fāyán, jīntiān děi hǎohāor zhǔnbèi fāyángǎo le.
10. 明天的奖学金颁奖仪式，我要作为留学生代表发言，今天得好好儿准备发言稿了。

I'll give a speech at tomorrow's scholarship award ceremony as the international student representative. I'll have to prepare well for it.

Míngtiān jiù shì jiǎngxuéjīn shēnqǐng de zuìhòu qīxiàn le, nǐ xiě shēnqǐngbiǎo le ma?
11. A: 明天就是奖学金申请的最后期限了，你写申请表了吗？

Tomorrow is the deadline for scholarship application. Have you filled in the application form?

Á? Míngtiān? Wǒ dōu wàngjì yǒu zhè huí shì le.
B1: 啊？明天？我都忘记有这回事了。

Oops! Tomorrow? I totally forgot about it!

Shēnqǐngbiǎo dàoshì tiánhǎo le, dànshì qítā zhèngmíng
B2: 申请表 倒是 填好 了，但是 其他 证明
cáiliào hái méi zhǔnbèi hǎo.
材料 还 没 准备 好。

The application form is filled in, but the other certificate documents are still not ready yet.

Gōngxǐ nǐ huòdéle jiǎngxuéjīn!
12. A: 恭喜 你 获得了 奖学金！

Congratulations on getting the scholarship!

Xièxie! Zhēnshi tài yìwài le, jìngrán dédàole quán'é de
B1: 谢谢！真是 太 意外 了，竟然 得到了 全额 的
jiǎngxuéjīn.
奖学金。

Thank you! It was such a surprise! I've got a full scholarship!

Xièxie! Duōkuīle lǎoshī de bāngzhù, wǒ yídìng huì
B2: 谢谢！多亏了 老师 的 帮助，我 一定 会
zàijiē-zàilì de.
再接再厉 的。

Thank you! Thanks to the teachers' help. I'll make persistent efforts.

词语 Vocabulary

序号	词语	拼音	词性	翻译
1	奖学金	jiǎngxuéjīn	名	scholarship
2	政府	zhèngfǔ	名	government
3	困难	kùnnan	名	difficulty
4	肯定	kěndìng	动	to approve

5	如实	rúshí	副	honestly
6	提交	tíjiāo	动	to submit
7	学历	xuélì	名	education background
8	取消	qǔxiāo	动	to cancel
9	资格	zīgé	名	qualification
10	可惜	kěxī	形	regretful
11	继续	jìxù	动	to continue
12	深造	shēnzào	动	to pursue advanced studies
13	孔子学院	Kǒngzǐ Xuéyuàn		Confucius Institute
14	汉办	Hànbàn	名	Hanban
15	公布	gōngbù	动	to announce
16	全额	quán'é	名	full amount
17	名额	míng'é	名	the number of people assigned or allowed
18	争取	zhēngqǔ	动	to fight for
19	功课	gōngkè	名	subject
20	毫无	háowú	副	not in the least
21	学年	xuénián	名	school year
22	颁奖	bānjiǎng	动	to award a prize
23	仪式	yíshì	名	ceremony
24	稿	gǎo	名	text
25	倒是	dàoshì	副	actually
26	恭喜	gōngxǐ	动	to congratulate
27	意外	yìwài	形	unexpected
28	多亏	duōkuī	动	thanks to
29	再接再厉	zàijiē-zàilì		to make persistent efforts

Dì-èrshí Kè Shēnqǐng Xuéwèi

第二十课 申请 学位

Lesson 20 Applying for a Degree

Wǒ de lùnwén kāití tōngguò le, dédàole píngshěn lǎoshī de yízhì kěndìng.

1. 我的论文开题通过了，得到了评审老师的一致肯定。

My thesis proposal has been approved and got unanimously endorsed assessment from the reviewers.

Xiě lùnwén zhēnshi tài tòngkǔ le, xiànzài zǒngsuàn wánchéng le, zhōngyú kěyǐ búyòng nàme jǐnzhāng le.

2. 写论文真是太痛苦了，现在总算完成了，终于可以不用那么紧张了。

Thesis writing really is torture. Finally I have finished and don't need to be so nervous anymore.

Wǒ xiàwǔ yào qù zhǎo yí tàng dǎoshī, bìyè lùnwén xiězuò guòchéng zhōng yùdào jǐ gè wèntí xūyào xiàng dǎoshī qǐngjiào yíxià.

3. 我下午要去找一趟导师，毕业论文写作过程中遇到几个问题需要向导师请教一下。

In the afternoon, I will go and meet my supervisor to ask for advice about several problems I encountered while writing the thesis.

Bìxū xiūmǎn suǒyǒu xuéfēn, érqiě lùnwén dábiàn tōngguò, cái néng nádào xuéwèi.

4. 必须修满所有学分，而且论文答辩通过，才能拿到学位。

Before getting the degree, one must gain all credits and successfully defend one's thesis.

Wǒ zài děngdài mángshěn jiéguǒ, jǐnzhāng de lián jiào dōu shuì bù hǎo.
5. 我在等待盲审结果，紧张得连觉都睡不好。

I was too nervous to sleep well when I was waiting for the result of the blind evaluation of my thesis.

Wǒ de lùnwén yù dábiàn méiyǒu tōngguò, zhēnshi jísǐ rén le!
6. 我的论文预答辩没有通过，真是急死人了！
Zhè jǐ tiān děi jiābān jiādiǎn hǎohāor xiūgǎi xiūgai.
这几天得加班加点好好儿修改修改。

I was so anxious because I did not pass my pre oral thesis defense. I'll have to work overtime these few days to modify it.

Wǒ zài zuò lùnwén, shèjìle yí gè shíyàn, nǐ kěyǐ dāng yíxià bèishì ma?
7. 我在做论文，设计了一个实验，你可以当一下被试吗？

I am doing my thesis and have designed an experiment. Would you like to participate?

Míngtiān jiù dábiàn le, yào yǎnshì de PPT zhǔnbèi hǎo le ma?
8. 明天就答辩了，要演示的PPT准备好了吗？

The oral thesis defense is going to be held tomorrow; have you got the presentation ready?

Nádào shuòshì xuéwèi hòu, wǒ dǎsuàn jìxù shēnzào, yìkǒuqì dúwán bóshì.
9. 拿到硕士学位后，我打算继续深造，一口气读完博士。

I intend to continue my studies all the way to a Ph.D. degree after getting my Master's Degree.

Sān nián de fèndòu zhōngyú dédàole huíbào, wǒ nádàole
10. 三年的奋斗终于得到了回报，我拿到了
bìyèzhèng hé xuéwèizhèng le!
毕业证和学位证了！

After three years of effort, I finally got the graduation certificate and degree certificate.

Nǐ de lùnwén jìnxíng de zěnmeyàng le?
11. A: 你的论文进行得怎么样了？

How's your thesis going?

Wǒ hái zài sōují zīliào ne, hái méiyǒu dòngbǐ.
B1: 我还在搜集资料呢，还没有动笔。

I am still collecting materials and have not started writing.

Xiě de chàbuduō le, wǒ zhǔnbèi qǐng dǎoshī títi
B2: 写得差不多了，我准备请导师提提
xiūgǎi yìjiàn.
修改意见。

I almost finished writing and I am going to ask my supervisor for advice of modifications.

Wǒ hái zài guónèi, kǒngpà gǎnbúshàng bìyè diǎnlǐ jí
12. A: 我还在国内，恐怕赶不上毕业典礼及
xuéwèi shòuyǔ yíshì.
学位授予仪式。

As I am still in my country, I am afraid I cannot attend the graduation ceremony and degree awarding ceremony.

Nà zhēnshi tài yíhàn le! Wǒ bǎ nà tiān de lùxiàng
B1：那真是太遗憾了！我把那天的录像
jì gěi nǐ ba.
寄给你吧。

What a pity! I will send you the video of that day.

Yǒu shíjiān jǐnliàng gǎn huílai ba! Sì nián de dàxué
B2：有时间尽量赶回来吧！四年的大学
shēnghuó, bú jiù shì wèile děngdài chuānshàng xuéshìfú, dàishàng
生活，不就是为了等待穿上学士服，戴上
xuéshìmào zhè yí kè ma?
学士帽这一刻吗？

Try to come back if only you have time! Isn't four years of university life just for the moment of putting on the baccalaureate gown and trencher cap?

词语 Vocabulary

序号	词语	拼音	词性	翻译
1	开题	kāití	动	to put forward a thesis proposal
2	评审	píngshěn	动	to review
3	一致	yízhì	形	unanimous
4	总算	zǒngsuàn	副	finally
5	导师	dǎoshī	名	supervisor
6	请教	qǐngjiào	动	to consult
7	修	xiū	动	to gain (credits), to take (a course)
8	答辩	dábiàn	动	to defend (one's thesis)
9	盲审	mángshěn	动	to evaluate blindly
10	加班加点	jiābān jiādiǎn		work overtime

11	修改	xiūgǎi	动	to modify
12	实验	shíyàn	名	experiment
13	当	dāng	动	to act as
14	被试	bèishì	名	subject
15	演示	yǎnshì	动	to present
16	一口气	yìkǒuqì	副	all the way
17	博士	bóshì	名	Ph.D.
18	奋斗	fèndòu	动	to strive
19	回报	huíbào	动	to pay off
20	搜集	sōují	动	to collect
21	动笔	dòngbǐ	动	to start writing
22	意见	yìjiàn	名	suggestion
23	恐怕	kǒngpà	动	to be afraid
24	授予	shòuyǔ	动	to award
25	遗憾	yíhàn	形	regretful
26	录像	lùxiàng	名	video
27	赶	gǎn	动	to rush
28	学士	xuéshì	名	bachelor
29	戴	dài	动	to put on (hat, scarf, watch...)

Dì-èrshíyī Kè Xuéjí Yáncháng
第二十一课 学籍延长
Lesson 21 Enrollment Extension

Nǐ zhǐ yǒu yí cì yáncháng xuéjí de jīhuì, yào hǎohāor bǎwò,
1. 你只有一次延长学籍的机会，要好好儿把握，

bùrán jiù ná bú dào xuéwèizhèng le.
不然就拿不到学位证了。

You can only extend your enrollment once; after that it's over. Don't mess it up!

Xuéjí yáncháng xūyào dìjiāo shēnqǐngshū, bìng shuōmíng lǐyóu hé yáncháng shíjiān.
2. 学籍延长需要递交申请书，并说明理由和延长时间。

An application is needed for extending enrollment. The reasons and extension period should also be stated.

Rúguǒ shēnqǐng xuéjí yáncháng, xūyào zhēngdé xuéyuàn tóngyì, bìng bào xuéxiào jiàowùchù pīzhǔn.
3. 如果申请学籍延长，需要征得学院同意，并报学校教务处批准。

Application for extending enrollment requires an agreement from the college and an approval from the administration office.

Rúguǒ wéifǎnle Zhōngguó fǎlǜ, huòshì yánzhòng wéifǎn xuéxiào jìlǜ, jiāng qǔxiāo xuéjí yáncháng de zīgé.
4. 如果违反了中国法律，或是严重违反学校纪律，将取消学籍延长的资格。

If you violate Chinese law or seriously violate school regulations, you'll be disqualified to extend enrollment.

Zāogāo le, wǒ jīntiān suànle yíxià cái fāxiàn xuéfēn hái búgòu, gūjì míngnián cái néng bìyè le.
5. 糟糕了，我今天算了一下才发现学分还不够，估计明年才能毕业了。

Oh my! I just figured out that I have not got enough credits; therefore I think I can only graduate next year.

Wǒ huáiyùn le, néng bù néng wèi wǒ bǎoliú yì nián de xuéjí?

6. 我怀孕了，能不能为我保留一年的学籍？

I am pregnant, so is it possible to retain my student status for one year?

Wǒ méiyǒu hǎohāor zuò lùnwén, dǎozhì dábiàn méiyǒu tōngguò, zhēnshi zìshí-qíguǒ a!

7. 我没有好好儿做论文，导致答辩没有通过，真是自食其果啊！

I didn't give it my all writing my thesis, and it didn't go through. Guess that's my lot!

Fàngxīn ba, nǐ yáncháng xuéjí qījiān háishi kěyǐ xiǎngshòu xuéxiào de yībǎo de.

8. 放心吧，你延长学籍期间还是可以享受学校的医保的。

You can rest assured that you can still enjoy the school's medical insurance during your enrollment extension period.

Wǒ xià yì xuénián yào qù Měiguó jìnxiū yì nián, suǒyǐ huì yánhuǎn bìyè.

9. 我下一学年要去美国进修一年，所以会延缓毕业。

I am going to America for advanced studies for a year, so I will postpone my graduation.

Zhēn máfan! Wǒ gāng bànwán xuéjí yáncháng, hái děi qù

10. 真麻烦！我刚办完学籍延长，还得去

lǐngshìguǎn bànlǐ qiānzhèng yáncháng shǒuxù.
领事馆办理签证 延长手续。

What a hassle! I've just gone through the formalities of extending my enrollment, and now I'll have to go to the consulate to settle the visa extension procedure.

Lǎoshī, wǒ xiǎng yáncháng xuéjí, yīnwèi shèngxia de kèchéng
11. A: 老师,我想 延长学籍,因为剩下的课程
wǒ yì nián nèi xiū bù wán.
我一年内修不完。

Professor, I wish to extend my enrollment because I could not finish the left over courses in a year.

Hǎo de, nǐ xiān tián yíxià shēnqǐngbiǎo ba!
B1: 好的,你先填一下 申请表 吧!

Oh well, then you fill in this application form first.

Zhè shì shēnqǐngbiǎo hé shēnqǐng shuōmíng, nǐ huíqù
B2: 这是申请表和申请 说明,你回去
hǎohāor kànkan, jǐnkuài bǎ xiāngguān cáiliào jiāo gěi wǒ.
好好儿看看,尽快把相关材料交给我。

This is the application form and instructions. Take a good look at it and hand over the relevant materials to me as soon as possible.

Nǐ de kuàngkè cìshù tài duō le, zhè xuéqī yǒu liǎng mén kè
12. A: 你的旷课次数太多了,这学期有两门课
bù néng cānjiā kǎoshì, xiàxuéqī chóngxiū ba!
不能参加考试,下学期重修吧!

You have been absent from classes for too many times, so you cannot take two exams this semester, and you must repeat the two courses next semester.

Kěshì wǒ xiǎng jīnnián bìyè, nín jiù ràng wǒ cānjiā kǎoshì ba!

B1: 可是我想今年毕业，您就让我参加考试吧！

But I wish to graduate this year. Please allow me to take the exam!

Xiàxuéqī chóngxiū dehuà, wǒ jiù zhǐ néng tuīchí yì nián bìyè le, nín tōngróng yíxià ba!

B2: 下学期重修的话，我就只能推迟一年毕业了，您通融一下吧！

If I repeat the courses next semester, my graduation will be delayed by a year, please give me another chance.

词语 Vocabulary

序号	词语	拼音	词性	翻译
1	学籍	xuéjí	名	school roll
2	把握	bǎwò	动	to seize
3	递交	dìjiāo	动	to submit
4	理由	lǐyóu	名	reason
5	征得	zhēngdé	动	to obtain
6	报	bào	动	to report
7	批准	pīzhǔn	动	to approve
8	违反	wéifǎn	动	to violate
9	严重	yánzhòng	形	serious
10	糟糕	zāogāo	形	terrible

11	算	suàn	动	to calculate
12	估计	gūjì	动	to estimate
13	怀孕	huáiyùn	动	to be pregnant
14	保留	bǎoliú	动	to retain
15	导致	dǎozhì	动	to result in
16	自食其果	zìshí-qíguǒ		to eat one's own bitter frui
17	享受	xiǎngshòu	动	to enjoy
18	医保	yībǎo	名	medical insurance
19	进修	jìnxiū	动	to advance study
20	延缓	yánhuǎn	动	to postpone
21	麻烦	máfan	形	troublesome
22	次数	cìshù	名	time
23	重修	chóngxiū	动	to repeat a course
24	通融	tōngróng	动	to give another chance

Dì-èrshí'èr Kè Bǔkǎo Chóngxiū

第二十二课 补考 重修

Lesson 22 Make-up Exams and Repeating a Course

Zhè cì kǎoshì bù jígé, zhǐ yǒu yí cì bǔkǎo de jīhuì,

1. 这次考试不及格，只有一次补考的机会，

rúguǒ hái bù tōngguò, jiù děi chóngxiū le.

如果还不通过，就得重修了。

If you fail the exam this time, only one make-up exam will be given, and if you fail the make-up exam, you'll have to repeat the course.

Guānyú bǔkǎo hé chóngxiū de ānpái, bù míngbai de tóngxué

2. 关于补考和重修的安排，不明白的同学

kěyǐ qù xuéyuàn dǎting dǎting.

可以去学院打听打听。

Those who are not clear about the arrangements of the make-up courses and repeating of courses may enquire our college.

Zhè shì guānyú èr líng yī wǔ dào èr líng yī liù xuénián chóngxiū jí bǔxiū

3. 这是关于 2015—2016 学年重修及补修

kèchéng xuǎn kè de tōngzhī.

课程选课的通知。

This is a notice about the course selections for making up and repeating of courses in the 2015－2016 school year.

Nàge xuéshēng kǎoshì bù hégé, méiyǒu nádào xuéfēn, xià xuéqī

4. 那个学生考试不合格，没有拿到学分，下学期

děi cānjiā chóngxiū.

得参加重修。

That student hasn't got the credits because he failed the exam and has to repeat the course next semester.

Wǒ shàngxuéqī qù Niǔyuē Dàxué jiāohuàn xuéxí, xuéfēn kěyǐ

5. 我上学期去纽约大学交换学习，学分可以

hùrèn, suǒyǐ jiù búyòng bǔxiū zhèxiē kèchéng le.

互认，所以就不用补修这些课程了。

I went to New York University for an exchange program last semester, and the course credits are transferrable, therefore, I do not have to make up these courses.

Zhège xuéqī nǐ hái méi jiāo xuéfèi, suǒyǐ bù néng cānjiā bǔxiū

6. 这个学期你还没交学费，所以不能参加补修

huò chóngxiū de xuǎnkè.

或重修的选课。

You cannot attend the course selection for make-up and repeating of courses because you have not paid tuition for this semester.

Wǒ yùmèn sǐle! Bǔkǎo yòu méi guò, xiàxuéqī děi chóngxiū

7. 我郁闷死了！补考又没过，下学期得重修

zhè mén kè le.

这门课了。

I am so depressed! I failed the make-up exam and have to repeat this course next semester.

Shàngxuéqī wǒ yīnwèi shēngbìng xiūxuéle yì nián, zhège xuéqī děi

8. 上学期我因为生病休学了一年，这个学期得

bǔxiū sān mén kè, yālì hǎo dà a!

补修三门课，压力好大啊！

I'm so stressed out! I have to repeat three courses this semester because I took a year of medical leave last semester.

Wǒ xiǎng zhuǎndào guójì jīngjì yǔ màoyì zhuānyè, yě bù zhīdao

9. 我想转到国际经济与贸易专业，也不知道

děi bǔxiū jǐ mén kè ne?

得补修几门课呢？

I want to transfer to the International Economics and Trade major, but I'm not sure how many courses I have to make up for.

Tā bù jígé de kèchéng méiyǒu jíshí chóngxiū, yǐzhì bù néng

10. 他不及格的课程没有及时重修，以致不能

ànshí bìyè.
按时 毕业。

He did not repeat the courses which he failed on time, and as a result he was unable to graduate as scheduled.

Qǐngwèn nǐ zhīdao bǔxiū、chóngxiū de xuǎnkè shíjiān ma?
11. A: 请问 你 知道 补修、重修 的 选课 时间 吗?

Do you know the times for selecting courses to make up or retake?

Wǒ yào zhīdao, hái huì zài zhèr ma? Zǒu ba, wǒmen yìqǐ qù bàngōngshì wènwen.
B1: 我 要 知道，还 会 在 这儿 吗? 走 吧，我们 一起 去 办公室 问问。

Would I be here if I knew that? Let's go to the office and ask.

Bǔxiū de xuǎnkè shíjiān shì èr líng yī liù nián Jiǔyuè shíyī rì jiǔ diǎn dào Jiǔyuè shísì rì shí'èr diǎn, chóngxiū de xuǎnkè shíjiān hái méi dìng xiàlái, wǒmen huì lìngxíng tōngzhī de.
B2: 补修 的 选课 时间 是 2016 年 9 月 11 日 9:00—9 月 14 日 12:00，重修 的 选课 时间 还 没 定 下来，我们 会 另行 通知 的。

The selection timing for make-up courses is from 9 AM, Sept. 11th to 12 PM, Sept. 14th, 2016. The selection timing for course repetition is not decided yet. Seperate notice will be given regarding it.

Wǒ kě zǒngsuàn xuǎnwán chóngxiū kèchéng le! Dānxīn sǐ wǒ le!
12. A: 我 可 总算 选完 重修 课程 了! 担心 死 我 了!

I have finally finished selecting the courses which I have to repeat! I was so worried!

Nǐ děi dào xuéxiào wǎngzhàn de jiàowù guǎnlǐ xìtǒng li
B1: 你得到学校网站的教务管理系统里
kànkan nǐ de gèrén kèchéngbiǎo, quèdìng xuǎnshàngle cái néng
看看你的个人课程表，确定选上了才能
fàngxīn a!
放心啊！

You have to check the educational administration management system of the school website for your personal timetable to be sure!

Shì ma? Jiézhǐ rìqī shì shénme shíhou a? Wǒ hái
B2: 是吗？截止日期是什么时候啊？我还
méi xuǎn ne, bù zhīdao hái lái bù láidejí.
没选呢，不知道还来不来得及。

Really? When is the deadline? I have not selected the courses for repetition yet. I wonder if I can make it in time.

词语 Vocabulary

序号	词语	拼音	词性	翻译
1	补考	bǔkǎo	动	to take a make-up exam
2	及格	jígé	动	to pass a test
3	打听	dǎting	动	to inquire
4	补修	bǔxiū	动	to make up a course
5	互认	hùrèn	动	to be mutually recognizable
6	压力	yālì	名	stress
7	经济	jīngjì	名	economy

8	贸易	màoyì	名	trade
9	以致	yǐzhì	连	as a result
10	按时	ànshí	副	on time
11	另行	lìngxíng	动	seperately
12	担心	dānxīn	动	to worry
13	管理	guǎnlǐ	动	to manage
14	系统	xìtǒng	名	system
15	确定	quèdìng	动	to make sure
16	截止	jiézhǐ	动	(date, time...) to close
17	日期	rìqī	名	date

Dì-èrshísān Kè　Xiūxué　Tuìxué

第二十三课　休学　退学

Lesson 23 Taking a Break and Dropping out of School

Wǒ xiǎng bànlǐ xiūxué shǒuxù, qǐngwèn yào zhǔnbèi shénme cáiliào a?

1. 我想办理休学手续，请问要准备什么材料啊？

What documents should I prepare for taking a term off?

Tā zài xiūxué qījiān, yīnwèi zuìjiǔ jiàchē zhuàngshāngle rén, bèi qǔxiāole fùxué de zīgé.

2. 他在休学期间，因为醉酒驾车撞伤了人，被取消了复学的资格。

He hit someone because of drink driving during his time off and was disqualified to re-enroll.

3. Xiǎng bànlǐ xiūxué dehuà, bìxū yào yǒu shūmiàn shēnqǐng, yǐjí
想办理休学的话，必须要有书面申请，以及
yīshēng zhèngmíng huò qítā xiāngguān zhèngmíng cáiliào.
医生证明或其他相关证明材料。

If you want to take time off, you must submit a written application, a medical certificate or other related evidentiary material.

4. Nǐ zhīdao xiūxué de qīxiàn ma? Zuì cháng shì duō jiǔ?
你知道休学的期限吗？最长是多久？

Do you know what the timing is for taking time off? What's the maximum amount you can take off?

5. Xiūxué qījiān, bù néng xiǎngshòu jiǎngxuéjīn dàiyù.
休学期间，不能享受奖学金待遇。

Scholarships will be terminated during the period you take off.

6. Xiūxué qīmǎn, bìxū ànshí fùxué, fǒuzé huì bèi tuìxué de.
休学期满，必须按时复学，否则会被退学的。

You must come back to school when your leave is over, or else you will be forced to drop out.

7. Yào zūnshǒu xuéxiào de xiàojì xiàoguī, yàobùrán huì bèi jǐnggào
要遵守学校的校纪校规，要不然会被警告
chǔfèn, yánzhòng dehuà kěnéng huì bèi kāichú xuéjí de.
处分，严重的话可能会被开除学籍的。

School regulations have to be strictly followed, otherwise, a disciplinary warning will be issued, and those who seriously break school regulations will be dismissed.

Tuìxué shǒuxù xūyào dào jiàowùchù bànlǐ, pīzhǔn hòu hái yīnggāi

8. 退学手续需要到教务处办理，批准后还应该

bànlǐ líxiào shǒuxù cái néng líkāi.

办理离校手续才能离开。

Withdrawal procedures should be processed by administration office and after approval you should go through leaving procedures before leaving.

Yīshēng shuō wǒ wánquán kāngfù le, kěyǐ huíxiào jìxù xuéxí

9. 医生说我完全康复了，可以回校继续学习

le, zhè shì yīyuàn zhěnduànshū hé wǒ de fùxué shēnqǐngshū.

了，这是医院诊断书和我的复学申请书。

The doctor said that I have completely recovered and can come back to school. These are the doctor's medical certificate and my application for resuming studies.

Tā méiyǒu lái bàodào zhùcè, yě méiyǒu xiàng lǎoshī shuōmíng

10. 他没有来报到注册，也没有向老师说明

yuányīn, rúguǒ tā zài bù gēn lǎoshī liánxì, shì yào bèi

原因，如果他再不跟老师联系，是要被

tuìxué de.

退学的。

He did not come for the registration, neither did he explain to the teacher. If he still does not contact the teacher, he will have to drop out.

Màikè, hǎojiǔ bú jiàn le, nǐ xiànzài shēntǐ zěnmeyàng a?

11. A: 麦克，好久不见了，你现在身体怎么样啊？

Hi, Mike, haven't seen you for a long time. How are you now?

Yǐjīng wánquán hǎole, wǒ jīntiān jiù shì lái bànlǐ

B1: 已经完全好了，我今天就是来办理

fùxué shǒuxù de.
复学手续的。

I am fully recovered; I'm to go through the formalities of returning to school.

Wǒ hái xiǎng zài xiūyǎng yí duàn shíjiān, xià gè xuéqī
B2: 我还想再休养一段时间，下个学期
zài kāishǐ shàngkè.
再开始上课。

I would like to recuperate for a longer time and come back to school next semester.

Nǐ tīngshuō le ma? Màikè jìngrán tuìxué le!
12. A: 你听说了吗？麦克竟然退学了！

Have you heard about it? Mike dropped out of school!

Zhēn de ma? Màikè zhème yōuxiù, zěnme huì bèi
B1: 真的吗？麦克这么优秀，怎么会被
tuìxué ne?
退学呢？

Really? Mike was doing so well; how could he drop out of school?

Wǒ yě shì gānggāng cái zhīdao de, hǎoxiàng shì jiāli
B2: 我也是刚刚才知道的，好像是家里
chūle yìwài, suǒyǐ bìxū huíguó.
出了意外，所以必须回国。

I also just got the news. It seems like something unexpected happened to his family and he had to return back to his country.

词语　Vocabulary

序号	词语	拼音	词性	翻译
1	退学	tuìxué	动	to drop out of school
2	醉酒	zuìjiǔ	动	to get drunk
3	驾车	jiàchē	动	to drive
4	复学	fùxué	动	to go back to school
5	待遇	dàiyù	名	treatment
6	遵守	zūnshǒu	动	to abide by
7	校纪校规	xiàojì xiàoguī		school regulations
8	警告	jǐnggào	动	to warn
9	处分	chǔfèn	动	to punish
10	开除	kāichú	动	to expel
11	康复	kāngfù	动	to recover
12	诊断	zhěnduàn	动	to diagnosis
13	联系	liánxì	动	to contact
14	休养	xiūyǎng	动	to recuperate
15	意外	yìwài	名	accident

Qī Yī-shí-zhù-xíng

七、衣食住行

UNIT 7 CLOTHING, FOOD, SHELTER AND TRANSPORTATION

Dì-èrshísì Kè Zhōubiān Huánjìng

第二十四课 周边 环境

Lesson 24 Surroundings

Xuéxiào lí shìyīyuàn hěn jìn, dǎchē zhǐ xūyào shí fēnzhōng, zuò gōngjiāo yě zhǐ yào yí zhàn lù.

1. 学校离市医院很近，打车只需要10分钟，坐公交也只要一站路。

Our school is very close to the municipal hospital. You can get there by a taxi in 10 minutes, and it's just one stop away if you take a bus.

Wǒ xiǎng mǎi diǎnr shēnghuó yòngpǐn, xuéxiào fùjìn yǒu bǐjiào dà de chāoshì ma?

2. 我想买点儿生活用品，学校附近有比较大的超市吗？

I want to buy some articles for daily use. Is there any big supermarket nearby?

Wǒmen xuéxiào de jiāotōng hěn fāngbiàn, chūmén zuǒzhuǎn jiù shì gōngjiāochēzhàn, yòuzhuǎn jiù shì dìtiězhàn, dǎchē yě hěn róngyì.

3. 我们学校的交通很方便，出门左转就是公交车站，右转就是地铁站，打车也很容易。

It's very convenient to get everywhere from our school as there is a bus stop on the left and a subway station on the right. It's also very easy to grab a taxi.

Xuéxiào zhōuwéi yǒu hěn duō yǒu tèsè de xiǎo fàndiàn, wèidào

4. 学校周围有很多有特色的小饭店，味道

búcuò, jiàgé yě bù gāo, hěn shìhé tóngxué jùhuì.

不错，价格也不高，很适合同学聚会。

There are many small, good restaurants near our school. It's good for classmates' party as they provide great food at reasonable price.

Wǒ xiànzài zài xiàowài zū fángzi zhù, dànshì yínháng hé yóujú

5. 我现在在校外租房子住，但是银行和邮局

dōu hěn yuǎn, hái bùrú zhùzài xuéxiào li fāngbiàn ne.

都很远，还不如住在学校里方便呢。

Currently I live outside the campus in an apartment, but it is not as convenient as living on the campus as the bank and post office are both far away from where I live.

Wǒmen xuéxiào lí shāngyèqū hěn jìn, wǒ jīngcháng zhōumò yuē

6. 我们学校离商业区很近，我经常周末约

jǐ gè péngyou yìqǐ qù guàngjiē gòuwù.

几个朋友一起去逛街购物。

Our school is very close to the shopping center. I often go shopping with several friends at weekends.

Xuéxiào chāoshì kěndìng guānmén le, nǐ děi qù xuéxiào ménkǒu de

7. 学校超市肯定关门了，你得去学校门口的

èrshísì xiǎoshí biànlìdiàn mǎi le.

二十四小时便利店买了。

It's so late that the shop on the campus must have been closed. You'll have to go to the 24-hour convenience store at the school gate.

Wǒmen xuéxiào zài xīnjiàn de dàxuéchéng, suīrán shì jiāoqū, dànshì

8. 我们 学校 在 新建 的 大学城，虽然 是 郊区，但是

zhōuwéi de pèitào shèshī hěn qíquán, rìcháng shēnghuó yě méi shénme

周围 的 配套 设施 很 齐全，日常 生活 也 没 什么

bù fāngbiàn de.

不 方便 的。

Our school is located at the newly built university town in the suburbs, but the surrounding supporting facilities are complete without any inconvenience in daily life.

Biànxíng Jīngāng Sān shàngyìng le, wǒ xiǎng qù diànyǐngyuàn kàn, zuò

9. 变形 金刚 3 上映 了，我 想 去 电影院 看，坐

jǐ lù chē zuì fāngbiàn a?

几 路 车 最 方便 啊？

Transformers 3 is on now. Which is the most convenient bus that can take me to the cinema?

Xuéxiào fùjìn yǒu méiyǒu bǐjiào ānjìng de kāfēitīng, shìhé

10. 学校 附近 有 没有 比较 安静 的 咖啡厅，适合

jǐ gè rén liáoliao tiān tántan shìqing de?

几 个 人 聊聊 天 谈谈 事情 的？

Is there a quiet café near our school that is suitable for several people chatting?

Tīngshuō nǐmen xuéxiào zài shìzhōngxīn? Píngshí chūxíng hěn

11. A：听说 你们 学校 在 市中心？平时 出行 很

fāngbiàn ba? Zhēn ràng rén xiànmù a!

方便 吧？真 让 人 羡慕 啊！

I heard that your school is located in downtown area. It must be convenient to get around. How I envy you!

Shì hěn fāngbiàn, dànshì yào jǐnliàng bìkāi shàng-xiàbān

B1: 是很方便，但是要尽量避开上下班

gāofēngqī, bùrán yào bǐ píngshí duō huā yí bèi de shíjiān.

高峰期，不然要比平时多花一倍的时间。

It is convenient, but I must avoid going out during rush hours. Otherwise I'll spend twice as much time as usual.

Hǎo shénme ya! Shìzhōngxīn zàoyīn tài dà, wūrǎn yòu hěn

B2: 好什么呀！市中心噪音太大，污染又很

yánzhòng, wǒ juéde háishi lí shìzhōngxīn yuǎn yìdiǎnr hǎo.

严重，我觉得还是离市中心远一点儿好。

I don't think it's good as there's too much noise and serious pollution. I prefer an area that is a little further from the downtown.

Wǒ tóufa zhǎngcháng le, gāi qù lǐfàdiàn lǐli fà le,

12. A: 我头发长长了，该去理发店理理发了，

fùjìn yǒu shénme hǎo de lǐfàdiàn ma?

附近有什么好的理发店吗？

I need to have my hair cut. Would you recommend a good barbershop nearby?

Zhè wǒ bú shì hěn qīngchu, yìbān wǒ dōu suíbiàn zhǎo

B1: 这我不是很清楚，一般我都随便找

yì jiā.

一家。

I'm not sure which is better as I'll usually find one at random.

Wǒ zhīdao yǒu yì jiā, jiù zài lùkǒu, wǒ yìzhí qù

B2: 我知道有一家，就在路口，我一直去

nàr lǐfà, tāmen de fúwù tàidu hěn hǎo.

那儿理发，他们的服务态度很好。

There is one at the crossing. I've been always going there because they provide very good service.

词语 Vocabulary

序号	词语	拼音	词性	翻译
1	生活用品	shēnghuó yòngpǐn		articles for daily use
2	地铁	dìtiě	名	subway
3	特色	tèsè	名	distinctiveness
4	味道	wèidào	名	flavour
5	适合	shìhé	动	to fit
6	聚会	jùhuì	名 / 动	party; to gather
7	租	zū	动	to rent
8	邮局	yóujú	名	post office
9	商业区	shāngyèqū	名	commercial area
10	约	yuē	动	to invite
11	购物	gòuwù	动	to go shopping
12	便利店	biànlìdiàn	名	convenient store
13	郊区	jiāoqū	名	suburbs
14	配套设施	pèitào shèshī		supporting facilities
15	齐全	qíquán	形	complete
16	咖啡厅	kāfēitīng	名	café
17	平时	píngshí	名	at ordinary time

18	出行	chūxíng	动	to get around
19	羡慕	xiànmù	动	to envy
20	避开	bìkāi	动	to avoid
21	噪音	zàoyīn	名	noise
22	污染	wūrǎn	动	to pollute
23	态度	tàidu	名	attitude

Dì-èrshíwǔ Kè Gòuwù

第二十五课 购物

Lesson 25 Going Shopping

Wǒ xiǎng mǎi xiē yùndòng pǐnpái de yīfu, nǐ zhīdao nǎr yǒu

1. 我想买些运动品牌的衣服，你知道哪儿有

bǐjiào dà de zhékòudiàn ma?

比较大的折扣店吗?

I want to buy some sportswear. Do you know where I can find a big discount store?

Wǒ zuótiān qù guàngle Nánjīng Lù Bùxíngjiē, kàndàole hěn duō

2. 我昨天去逛了南京路步行街，看到了很多

hěn yǒu tèsè de lǎodiàn. Dàn jiùshì rén shízài tài duō le.

很有特色的老店。但就是人实在太多了。

I went to Nanjing Road Pedestrian Mall yesterday and found many distinctive old shops, but it was too crowded.

Wǒ hěn xǐhuan zhège páizi de huàzhuāngpǐn, xìngjiàbǐ hěn gāo,

3. 我很喜欢这个牌子的化妆品，性价比很高，

dànshì bù zhīdao zài Zhōngguó yǒu méiyǒu zhuānguì.

但是不知道在中国有没有专柜。

I like the cosmetics of this brand because of its favorable price performance ratio. I'm not sure whether there are its shoppes in China.

Nàbiān yǒu hěn duō tèsè xiǎodiàn, wǒ zhōumò dài nǐ qù guàngguang

4. 那边有很多特色小店，我周末带你去逛逛

ba, yàoshi nǐ nàixīn táo, yídìng néng zhǎodào xǐhuan de dōngxi.

吧，要是你耐心淘，一定能找到喜欢的东西。

You can find many small distinctive shops there. I can take you there at weekends and as long as you are patient enough you'll find what you like.

Zhè tiáo niúzǎikù tài kuānsōng le, bù zěnme xiǎn shēncái, hái yǒu

5. 这条牛仔裤太宽松了，不怎么显身材，还有

bié de kuǎnshì ma?

别的款式吗?

This pair of jeans are too loose to highlight my figure. Do you have any other designs?

Zhè tiáo qúnzi cái xǐle yí cì jiù tuìsè le, wǒ míngtiān

6. 这条裙子才洗了一次就褪色了，我明天

jiù qù tuìhuò.

就去退货。

The dress faded after the first wash. I'll return it tomorrow.

Wǒ de shùmǎ xiàngjī yòngle sān tiān jiù huàile, shāngchǎng hái bù

7. 我的数码相机用了三天就坏了，商场还不

gěi wǒ tuìhuò, wǒ yào qù Xiāofèizhě Xiéhuì tóusù.

给我退货，我要去消费者协会投诉。

My digital camera broke down three days after purchase, but the shopping mall refused the return of it. I'll complain to the Consumers' Association.

Kuài yào huànjì le, shāngchǎng dōu kāishǐ dǎzhé cùxiāo le, yǒude

8. 快要换季了，商场 都开始打折促销了，有的

hái mǎiyī-sòngyī ne, wǒmen yǒu kòng qù kànkan ba?

还买一送一呢，我们有空去看看吧？

The seasonal sales in shopping malls have already begun as it's almost the time for the change of seasons. When you buy just one you can get one more free for some products. How about we go and take a look?

Zhè jiàn yīfu tài guì le, néng bù néng piányi diǎnr? Wǒ hái shì

9. 这件衣服太贵了，能不能便宜点儿？我还是

xuésheng a.

学生啊。

This piece of clothing is too expensive. Can you give me a discount considering I'm still a student?

Zhēnshi "yì fēn jiàqian yì fēn huò", mǎi nàge bāo de

10. 真是"一分价钱一分货"，买那个包的

shíhou zhēn bù gāi tān piányi, guǒrán méi jǐ tiān jiù huài le.

时候真不该贪便宜，果然没几天就坏了。

It's true that you get what you pay for. I bought the bag for its low price, and it was worn out after a few days.

Shàng gè yuè wǒ qù Xiānggǎng lǚyóu, mǎile hěn duō huàzhuāngpǐn,

11. A: 上个月我去香港旅游，买了很多化妆品，

jiàqian bǐ nèidì de piányi hǎoduō ne.

价钱比内地的便宜好多呢。

I bought a lot of cosmetics last month when I

traveled to Hong Kong. They are much cheaper than the ones in the mainland.

Nà dāngrán le, Xiānggǎng kěshì yǒumíng de "gòuwù tiāntáng" a! Jiéjiàrì cùxiāo de shíhou huì gèng piányi ne.

B1: 那当然了，香港可是有名的"购物天堂"啊！节假日促销的时候会更便宜呢。

Of course! Hong Kong is a famous "shopping paradise". Things will be much cheaper during festivals and holidays.

Qù Xiānggǎng bié zhǐ gùzhe mǎi huàzhuāngpǐn ya, Xiānggǎng de shǒugōngyìpǐn、zhūbǎo shǒushi、gǎngshì gāodiǎn shénmede yě shì fēicháng yǒumíng de.

B2: 去香港别只顾着买化妆品呀！香港的手工艺品、珠宝首饰、港式糕点什么的也是非常有名的。

Cosmetics are not the only things that are worth buying in Hong Kong. Handicrafts, jewelry, Hong Kong style dim sum etc. are also very famous.

Wǒ xiǎng mǎi yì tái bǐjìběn diànnǎo, gāi qù nǎr mǎi bǐjiào hǎo ne?

12. A: 我想买一台笔记本电脑，该去哪儿买比较好呢？

Where should I go to buy a laptop?

Nǐ kěyǐ qù shùmǎ guǎngchǎng huòzhě jiādiàn shāngchǎng, nàli pǐnpái de xuǎnzé bǐjiào duō, yě jīngcháng gǎo huódòng.

B1: 你可以去数码广场或者家电商场，那里品牌的选择比较多，也经常搞活动。

You can go to digital square or household appliance store where there are many brands to choose from and there are promotions from time to time.

Mǎi diànzǐ chǎnpǐn, wǒ juéde háishi qù zhuānmàidiàn
B2: 买电子产品，我觉得还是去专卖店
bǐjiào hǎo. Suīrán guìle diǎnr, dànshì bú huì mǎidào
比较好。虽然贵了点儿，但是不会买到
jiǎhuò, shòuhòu fúwù yě yǒu bǎozhàng.
假货，售后服务也有保障。

I think a brand store is a better choice for buying digital products. It's less likely to buy fake goods and the after-sale service can be guaranteed though you need to spend more money.

词语 Vocabulary

序号	词语	拼音	词性	翻译
1	品牌	pǐnpái	名	brand
2	折扣	zhékòu	名	discount
3	步行街	bùxíngjiē	名	pedestrian street
4	实在	shízài	副	indeed
5	化妆品	huàzhuāngpǐn	名	cosmetics
6	性价比	xìngjiàbǐ	名	price performance ratio
7	专柜	zhuānguì	名	shoppe
8	淘	táo	动	to search for sth patiently
9	牛仔裤	niúzǎikù	名	jeans
10	宽松	kuānsōng	形	loose
11	显	xiǎn	动	to show
12	身材	shēncái	名	figure
13	款式	kuǎnshì	名	design

14	裙子	qúnzi	名	dress
15	褪色	tuìsè	动	to fade
16	退货	tuìhuò	动	sales return
17	数码	shùmǎ	名	digital
18	商场	shāngchǎng	名	shopping mall
19	协会	xiéhuì	名	association
20	投诉	tóusù	动	to complain
21	换季	huànjì	动	the change of seasons
22	打折	dǎzhé	动	to be on sale
23	促销	cùxiāo	动	to promote sales
24	一分价钱一分货。	Yì fēn jiàqian yì fēn huò.		You get what you pay for.
25	贪便宜	tān piányi		to be keen on gaining petty advantages
26	果然	guǒrán	副	as expected
27	内地	nèidì	名	the mainland
28	天堂	tiāntáng	名	paradise
29	节假日	jiéjiàrì	名	festivals and holidays
30	手工艺品	shǒugōngyìpǐn	名	handicraft
31	珠宝	zhūbǎo	名	jewelry
32	首饰	shǒushi	名	ornaments
33	糕点	gāodiǎn	名	pastry
34	家电	jiādiàn	名	household appliance
35	产品	chǎnpǐn	名	product
36	专卖店	zhuānmàidiàn	名	exclusive store
37	假货	jiǎhuò	名	fake goods
38	售后	shòuhòu	形	after-sale

Dì-èrshíliù Kè Yǐnshí

第二十六课 饮食

Lesson 26 Food and Drink

Zài xuéxiào shítáng chī hěn fāngbiàn, érqiě jì piányi yòu gānjìng,

1. 在学校食堂吃很方便，而且既便宜又干净，

búguò wǔfàn de shíhou rén hěn duō, dǎfàn yào páiduì.

不过午饭的时候人很多，打饭要排队。

It's not only convenient but also cheap and clean to have meals at the school dining hall, but queuing is inevitable at lunch time when there are too many people.

Xuéxiào xīcāntīng xīn tuīchū de tiándiǎn wǒ juéde hái búcuò,

2. 学校西餐厅新推出的甜点我觉得还不错，

yǒu kòng yìqǐ qù chángchang ba?

有空一起去尝尝吧？

The school's Western restaurant has introduced new desserts that look good. Shall we go and check it out next time?

Xià zhème dà de yǔ, wǒmen háishi bié chūqù chīfàn le,

3. 下这么大的雨，我们还是别出去吃饭了，

jiào wàimài ba.

叫外卖吧。

It's raining so heavily that we'd better order takeout instead of going out to eat.

Tā jiā de xiǎolóngbāo zuò de hěn zhèngzōng, guàibude měi tiān dōu

4. 他家的小笼包做得很正宗，怪不得每天都

yǒu rén pái chángduì mǎi ne.

有人排长队买呢。

They sell authentic Shanghainese steam dumplings. No wonder people queue up every day.

Nǐ zhīdao Shànghǎi nǎli néng chīdào dìdao de Tàiguócài ma?

5. 你知道上海哪里能吃到地道的泰国菜吗?

Do you know where can I find authentic Thai cuisine in Shanghai?

Tā zuótiān chīle lùbiāntān, jiéguǒ wǎnshang huílai jiù lā dùzi le.

6. 他昨天吃了路边摊，结果晚上回来就拉肚子了。

He had the shits at night yesterday as a result of having meals at sidewalk snack booth.

Háishi zìjǐ zài qǐnshì zuòfàn zuì shíhuì, zhǐbúguò wǒ de chúyì bù zěnmeyàng.

7. 还是自己在寝室做饭最实惠，只不过我的厨艺不怎么样。

It's most cost effective to cook meals in the dorm, but I'm not good at cooking.

Zhōngguórén zuòcài hěn xǐhuan fàng wèijīng, wǒ juéde bú tài jiànkāng.

8. 中国人做菜很喜欢放味精，我觉得不太健康。

The Chinese like to put MSG in dishes. I don't think that's healthy.

Xuéxiào li de dōngxi dōu chīnì le, wǒmen jīntiān chūqù huànhuan kǒuwèi ba.

9. 学校里的东西都吃腻了，我们今天出去换换口味吧。

Let's go out to dine for a change as I'm fed up with the food in our school.

Zuìjìn wǒ chángwèi bù hǎo, yīshēng zhǔfù wǒ yào duō hē zhōu,
10. 最近我肠胃不好，医生嘱咐我要多喝粥，
shǎo chī yóunì、xīnlà de shíwù.
少吃油腻、辛辣的食物。

Suffering from indigestion, I was advised by the doctor to have more porridge and less greasy and spicy food.

Nǐ hǎo, wǒ xiǎng yào liǎng fèn xiāngcháng chǎofàn, qǐng nǐ
11. A: 你好，我想要两份香肠炒饭，请你
sòngdào shí hào lóu lóuxià kěyǐ ma?
送到10号楼楼下可以吗?

Hello, I'd like to order 2 servings of fried rice with sausage. Please send my order to the first floor of building 10.

Hǎo de. Dànshì wǒmen xiànzài shì dìngcān gāofēng shíjiān,
B1: 好的。但是我们现在是订餐高峰时间，
yǒu kěnéng děng de shíjiān huì cháng yìdiǎnr cái néng sòngdào,
有可能等的时间会长一点儿才能送到，
kěyǐ ma?
可以吗?

OK, got it. But as it's rush time now, you'll need to wait a little longer. Is it all right for you?

Wǒmen jiā jīntiān tèjià tàocān shì Gōngbǎo jīdīng
B2: 我们家今天特价套餐是宫保鸡丁
tàocān, nín xūyào ma?
套餐，您需要吗?

Our special offer today is spicy diced chicken with

peanuts set. Would you like to order one?

12. A: Nǐmen juéde Zhōngguócài zěnmeyàng? Chī de guàn ma?
你们觉得中国菜怎么样?吃得惯吗?

What do you think of Chinese food? Do you like it?

B1: Ǹg, wǒ juéde hěn hǎochī. Érqiě bù tóng dìfang yǒu bù tóng de tèsè, xiàng Sìchuāncài hé Guǎngdōngcài de chābié jiù hěn dà. Nǐ zǒng néng zhǎodào shìhé zìjǐ de kǒuwèi.
嗯,我觉得很好吃。而且不同地方有不同的特色,像四川菜和广东菜的差别就很大。你总能找到适合自己的口味。

I think it's pretty good. I also like it that the different regions have their own cuisine. For instance, there's a big distance between Sichuan and Cantonese cuisine. You can always find something that suits you.

B2: Hǎochī shì hǎochī, jiùshì yǒudiǎnr yóunì, gāng lái Zhōngguó de shíhou bú tài xíguàn.
好吃是好吃,就是有点儿油腻,刚来中国的时候不太习惯。

Yeah it's good, but it's pretty heavy. I wasn't that into it when I first got here.

词语 Vocabulary

序号	词语	拼音	词性	翻译
1	干净	gānjìng	形	clean
2	打饭	dǎfàn	动	to buy food in the dining hall
3	排队	páiduì	动	to queue
4	西餐	xīcān	名	Western-style food

5	推出	tuīchū	动	to introduce
6	甜点	tiándiǎn	名	desserts
7	尝	cháng	动	to taste
8	外卖	wàimài	名	takeout
9	小笼包	xiǎolóngbāo	名	Shanghainese steamed dumplings
10	正宗	zhèngzōng	形	authentic
11	怪不得	guàibude	副	no wonder
12	地道	dìdao	形	authentic
13	路边摊	lùbiāntān	名	sidewalk snack booth
14	拉肚子	lā dùzi		to have loose bowels
15	寝室	qǐnshì	名	dorm
16	实惠	shíhuì	形	cost effective
17	厨艺	chúyì	名	cooking skill
18	味精	wèijīng	名	MSG
19	腻	nì	形	to be fed up with
20	口味	kǒuwèi	名	taste
21	肠胃	chángwèi	名	digestion
22	嘱咐	zhǔfù	动	to enjoin
23	粥	zhōu	名	porridge
24	油腻	yóunì	形	greasy
25	辛辣	xīnlà	形	spicy
26	香肠	xiāngcháng	名	sausage
27	炒饭	chǎofàn	名	fried rice
28	订餐	dìngcān	动	to order food
29	特价	tèjià	名	special offer
30	套餐	tàocān	名	set meal
31	差别	chābié	名	difference

Dì-èrshíqī Kè Xiàonèi Zhùsù

第二十七课 校内 住宿

Lesson 27 Living on Campus

Wǒmen de fángjiān shì zìjǐ dǎsǎo háishi yǒu zhuānmén de āyí dìngqī dǎsǎo a?

1. 我们的房间是自己打扫还是有专门的阿姨定期打扫啊?

Do we need to clean up our room by ourselves or is there a cleaning lady doing it regularly for us?

Wǒ de shìyǒu xià gè yuè yào huíguó le, wǒmen liǎ tiáodào yìqǐ zhù ba?

2. 我的室友下个月要回国了，我们俩调到一起住吧?

My roommate will go back home next month. Would you like to be my roommate?

Wǒ jiù zhùzài sān líng yāo, nǐ méishì de shíhou jìde guòlái chuànchuan ménr a.

3. 我就住在 301，你没事的时候记得过来串串门儿啊。

I live in room 301. Do drop around when you have time.

Wǒ fángjiān de shāchuāng huàile, yīnggāi dào nǎli qù bàoxiū?

4. 我房间的纱窗坏了，应该到哪里去报修?

The window screen in my room is wore out. Where should I report it?

Nǐ zhīdao zěnme kāitōng kuāndài ma? Fèiyong shì duōshao a?

5. 你知道怎么开通宽带吗? 费用是多少啊?

Do you know how to get broadband and how much will it cost?

Wǒ bǐjiào xǐhuan ānjìng, kěnéng bù xíguàn liǎng gè rén yìqǐ
6. 我比较喜欢安静，可能不习惯两个人一起
zhù, wǒ háishi zhù dānjiān ba.
住，我还是住单间吧。

I like quiet surroundings and I'm afraid that I cannot get used to living with another person. So I'd better choose a single room.

Xuéxiào de zhùsù tiáojiàn hěn búcuò, qǐnshì li yǒu diànshì、
7. 学校的住宿条件很不错，寝室里有电视、
kōngtiáo、bīngxiāng、dúlì de wèishēngjiān, měi céng lóu hái yǒu
空调、冰箱、独立的卫生间，每层楼还有
yí gè gōngyòng chúfáng.
一个公用厨房。

The living conditions in our dorm are good with a TV set, an air-conditioner, a fridge, and a separate toilet equipped. There is also a public kitchen on every level.

Wǒ juéde zhù xuéxiào de sùshè, zuì zhòngyào de jiù shì yào hé
8. 我觉得住学校的宿舍，最重要的就是要和
shìyǒu hémù xiāngchǔ, bùrán dītóu bú jiàn táitóu jiàn, duō
室友和睦相处，不然低头不见抬头见，多
gāngà ya.
尴尬呀。

Getting on well with our roommates is the most important thing when living in the school dorms. As we cannot get away from each other, it will be awkward if we don't get along well.

Hé láizì bù tóng guójiā de tóngxué zhù tóng yì jiān qǐnshì,
9. 和来自不同国家的同学住同一间寝室，
Hànyǔ shuǐpíng huì tígāo de hěn kuài.
汉语水平会提高得很快。

Students from different countries will improve their Chinese level quickly if they live in the same dorm.

Āyí, wǒ yùshì de xiàshuǐdào hǎoxiàng dǔ le, néng bù néng
10. 阿姨，我浴室的下水道好像堵了，能不能
zhǎo wèi wéixiū de shīfu bāng wǒ kànkan?
找位维修的师傅帮我看看？

Auntie, it seems that the drains in my bathroom are blocked. Would you please help me find a repairman?

Tiān na! Wǒ de fángmén yàoshi zhǎo bú dào le, zhè kě
11. A: 天哪！我的房门钥匙找不到了，这可
zěnmebàn na?
怎么办哪？

Oh, my God! I can't find my room key! What should I do?

Nǐ kuàiqù lóuxià qiántái nàli dēngjì yíxià ba,
B1: 你快去楼下前台那里登记一下吧，
tāmen huì bāng nǐ jiějué de.
他们会帮你解决的。

Go and register your information at the front desk downstairs. They'll help you.

Nǐ bié jí, xiān dào wǒ qǐnshì zuò yíhuìr ba,
B2: 你别急，先到我寝室坐一会儿吧，
zǐxì xiǎngxiang yǒu kěnéng diào zài nǎli le.
仔细想想有可能掉在哪里了。

Don't worry. You can have chill at my dorm and think about where you lost it.

Wǒmen xuéxiào yì nián de zhùsùfèi dàgài shì duōshao?
12. A: 我们 学校 一 年 的 住宿费 大概 是 多少?

How much is the annual accommodation fee of our school?

Dānrénjiān hé shuāngrénjiān fèiyong shì bù yíyàng de,
B1: 单人间 和 双人间 费用 是 不 一样 的,
lóucéng bù tóng jiàgé yě bù tóng.
楼层 不 同 价格 也 不 同。

The price of single rooms and double rooms is different and rooms on different levels also cost differently.

Dàgài shì yìbǎi wǔshí yuán yì tiān ba, dànshì rúguǒ zhù
B2: 大概 是 150 元 1天 吧, 但是 如果 住
yí gè xuéqī yǐshàng kěyǐ dǎ duìzhé.
一 个 学期 以上 可以 打 对折。

It's about 150 yuan a day, but you'll get 50% off if you stay for more than one semester.

词语 Vocabulary

序号	词语	拼音	词性	翻译
1	住宿	zhùsù	动	to get accommodation
2	打扫	dǎsǎo	动	to clean
3	专门	zhuānmén	形	specialized
4	室友	shìyǒu	名	roommate
5	串门儿	chuànménr	动	to drop around

6	纱窗	shāchuāng	名	window screen
7	报修	bàoxiū	动	to request repair
8	开通	kāitōng	动	to open up
9	宽带	kuāndài	名	broadband
10	费用	fèiyong	名	cost
11	单（人）间	dān (rén) jiān	名	single room
12	电视	diànshì	名	TV
13	空调	kōngtiáo	名	air-conditioner
14	冰箱	bīngxiāng	名	fridge
15	独立	dúlì	动	to be used privately
16	卫生间	wèishēngjiān	名	toilet
17	公用	gōngyòng	动	to be used publicly
18	厨房	chúfáng	名	kitchen
19	和睦	hémù	形	harmony
20	尴尬	gāngà	形	awkward
21	浴室	yùshì	名	bathroom
22	下水道	xiàshuǐdào	名	drain
23	堵	dǔ	动	to block
24	维修	wéixiū	动	to repair
25	钥匙	yàoshi	名	key
26	前台	qiántái	名	front desk
27	登记	dēngjì	动	to register
28	仔细	zǐxì	形	careful
29	双人间	shuāngrénjiān	名	double room

Dì-èrshíbā Kè Xiàowài Zū Fáng

第二十八课 校外 租房

Lesson 28 Renting an Apartment off Campus

Wǒ xiǎng zài xiàowài zū jiān fángzi, nǎge wǎngzhàn de zū fáng
1. 我想在校外租间房子，哪个网站的租房
xìnxī bǐjiào kěkào a?
信息比较可靠啊？

I want to rent an apartment outside the campus, but which website provides trustworthy rental information?

Suīrán xuéxiào li yǒu hěn duō zū fáng xiǎo guǎnggào, dànshì wèi
2. 虽然学校里有很多租房小广告，但是为
bǎoxiǎn qǐjiàn, wǒ háishi zhǔnbèi qù zhèngguī de fángchǎn zhōngjiè.
保险起见，我还是准备去正规的房产中介。

There are many small rental ads on campus, but I decided to seek help from a formal real estate agency just in case.

Wǒ zài wǎngshàng kàndàole nǐ fā de zū fáng xìnxī, qǐngwèn
3. 我在网上看到了你发的租房信息，请问
nǐ shì zhège fángzi de fángdōng háishi zhōngjiè a?
你是这个房子的房东还是中介啊？

I found your letting out information on the Internet. Are you the landlord of the apartment or an agent?

Wǒ xiànzài zhù de nàge xiǎoqū lǜhuà、zhì'ān dōu búcuò, lí
4. 我现在住的那个小区绿化、治安都不错，离
xuéxiào yě hěn jìn, nǐ kěyǐ kǎolǜ yě zài nàli zū yí tào.
学校也很近，你可以考虑也在那里租一套。

There's a good green space in my compound, plus it's safe and near campus. You should think about renting a place there.

Zhè dòng lóu hòumian yǒu gè shīgōng gōngdì, gūjì huì hěn chǎo,
5. 这栋楼后面有个施工工地，估计会很吵，
wǒmen háishi zài kànkan bié de fángyuán ba.
我们还是再看看别的房源吧。

Since there's construction behind this building, I'm afraid it'll be noisy. Let's look elsewhere.

Míngtiān wǒ yuēle fángdōng kàn fángzi, nǐ néng péi wǒ qù ma?
6. 明天我约了房东看房子，你能陪我去吗？

I have made an appointment with the landlord to look at the apartment. Would you like to go with me?

Fángdōng, zhège rèshuǐqì de chāzuò hǎoxiàng yǒudiǎnr jiēchù
7. 房东，这个热水器的插座好像有点儿接触
bùliáng, zhège shuǐlóngtóu yě nǐng bù jǐn, nǐ xiūhǎo yǐhòu
不良，这个水龙头也拧不紧，你修好以后
wǒ zài bān jìnlái ba.
我再搬进来吧。

The plug for the water heater doesn't stick in right, and the faucet cannot be tightened. Could you repair them before I move in?

Yàoshi ménchuāng、jiādiàn、jiājù shénmede huài le, yào wǒ
8. 要是门窗、家电、家具什么的坏了，要我
zìjǐ fù wéixiū fèiyong ma?
自己付维修费用吗？

Do I need to pay for repairs if there are any problems

with doors, windows, home appliances, furniture and the like?

Wǒ hé liǎng gè tóngxué、hézū yí tào fángzi, shuǐdiànfèi、

9. 我和两个同学合租一套房子，水电费、

kuāndàifèi、 méiqìfèi píngtān, měi gè yuè de kāixiāo yě

宽带费、煤气费平摊，每个月的开销也

jiùshì yìqiān wǔbǎi kuài zuǒyòu.

就是 1500 块左右。

I share one apartment with two classmates and we share the cost of water, electricity, broadband and gas. The expenses are about 1500 yuan per month.

Shàng gè xīngqī, wǒ zhù de xiǎoqū li yǒu hǎo jǐ hù rénjiā

10. 上个星期，我住的小区里有好几户人家

dōu bèi dào le, wǒ děi gǎnjǐn qù zhuāng gè fángdàochuāng.

都被盗了，我得赶紧去装个防盗窗。

Last week several families were got jacked in the community I live. I must have security windows installed in my apartment as soon as possible.

Zhèyàng de fángzi yí gè yuè cái liǎngqiān kuài, yǐjīng hěn

11. A: 这样的房子一个月才2000块，已经很

piányi le, nǐ zài biéchù gēnběn zū bú dào.

便宜了，你在别处根本租不到。

It's a bargain to rent an apartment like this for 2000 yuan per month. You can't rent elsewhere at such a price.

Wǒ yǒu gè péngyou jiù zài zhège xiǎoqū li zū de,

B1: 我有个朋友就在这个小区里租的，

yí gè yuè cái yìqiān wǔ ne.

一个月才 1500 呢。

One of my friends has rented one in this community for 1500 yuan per month.

Nà wùyèfèi xūyào lìngjiāo ma? Xūyào zhīfù jǐ gè
B2: 那物业费需要另交吗? 需要支付几个
yuè de yājīn ne?
月的押金呢?

Should I pay property management fee separately? How many months' rent do you charge as guarantee deposit?

Wǒ yào tíqián huíguó, dànshì zū fáng de hétong háiyǒu
12. A: 我要提前回国, 但是租房的合同还有
bànnián cái dàoqī, wǒ xiǎng zhuǎnzū chūqù.
半年才到期, 我想转租出去。

I'll go back to my country ahead of schedule, so I'm going to sublease my apartment as the renting contract will be due half a year later.

Nà nǐ děi shìxiān gēn fángdōng shāngliang hǎo cái xíng ba.
B1: 那你得事先跟房东商量好才行吧。

Then you should reach an agreement with the landlord before doing that.

Kěyǐ zài wǎngzhàn shang fā gè zhuǎnzū de tiězi, gūjì
B2: 可以在网站上发个转租的帖子, 估计
hěn kuài jiù huì yǒu rén huíyìng de.
很快就会有人回应的。

You can post on the Internet about subleasing and I guess you'll get responses.

词语 Vocabulary

序号	词语	拼音	词性	翻译
1	可靠	kěkào	形	trustworthy
2	保险	bǎoxiǎn	形	safe
3	正规	zhèngguī	形	formal
4	房产	fángchǎn	名	real estate
5	中介	zhōngjiè	名	agency
6	房东	fángdōng	名	landlord
7	小区	xiǎoqū	名	community
8	绿化	lǜhuà	动	to make green
9	治安	zhì'ān	名	public security
10	考虑	kǎolǜ	动	to consider
11	施工	shīgōng	动	construction
12	工地	gōngdì	名	construction site
13	吵	chǎo	形	noisy
14	房源	fángyuán	名	source of housing
15	热水器	rèshuǐqì	名	water heater
16	插座	chāzuò	名	plug
17	接触	jiēchù	动	to contact
18	不良	bùliáng	形	poor
19	水龙头	shuǐlóngtóu	名	faucet
20	拧	nǐng	动	to screw
21	紧	jǐn	形	tight
22	家具	jiājù	名	furniture
23	合租	hézū	动	to share an apartment with
24	煤气	méiqì	名	gas
25	平摊	píngtān	动	to split (shares)

26	开销	kāixiāo	名	expense
27	盗	dào	动	to steal
28	赶紧	gǎnjǐn	副	as soon as possible
29	装	zhuāng	动	to install
30	物业	wùyè	名	property management
31	支付	zhīfù	动	to pay
32	押金	yājīn	名	guarantee deposit
33	合同	hétong	名	contract
34	转租	zhuǎnzū	动	to sublease
35	回应	huíyìng	动	to response

Dì-èrshíjiǔ Kè Jiāotōng Piàowù

第二十九课 交通 票务

Lesson 29 Transportation and Tickets

Wǒ shēnshang de língqián búgòu le, qǐngwèn, chúle zìdòng shòupiàojī, fúwùtái yě mài dìtiěpiào ma?

1. 我身上的零钱不够了，请问，除了自动售票机，服务台也卖地铁票吗？

I do not have enough change. Can I buy a ticket from the passenger service station instead of the automated ticketing machine?

Xuéxiào fùjìn yǒu huǒchēpiào dàishòudiǎn ma? Huǒchēzhàn tài yuǎn le, wǒ lǎnde qù.

2. 学校附近有火车票代售点吗？火车站太远了，我懒得去。

Are there any railway ticket agencies around our

school? I'm reluctant to go to the train station because it is too far.

Nǐ zuìhǎo háishi bié mǎi huángniúpiào, wànyī shì jiǎ piào jiù
3. 你最好还是别买黄牛票，万一是假票就
máfan le.
麻烦了。

You'd better not buy tickets from scalpers as it's really troublesome if you are tricked with fake tickets.

Nǐ xià cì zuò dìtiě de shíhou shùnbiàn bàn zhāng jiāotōngkǎ ba,
4. 你下次坐地铁的时候顺便办张交通卡吧，
jiù búyòng měi cì dōu zhǔnbèi língqián le, huànchéng hái néng
就不用每次都准备零钱了，换乘还能
yōuhuì ne.
优惠呢。

You'd better buy a transportation card when you take the subway next time, so that you don't need to prepare changes, and there is a discount for transfer.

Xiànzài lùshang zhèng dǔchē ne, bù hǎoyìsi, nǐ kěnéng hái yào
5. 现在路上正堵车呢，不好意思，你可能还要
zài děng yíhuìr, wǒ jǐnkuài gǎndào.
再等一会儿，我尽快赶到。

Sorry I am stuck in a traffic jam. You need to wait for me a little longer. I will be there as soon as possible.

Míngtiān wǒ línshí yǒu shì zǒu bù liǎo le, tuì huǒchēpiào yào
6. 明天我临时有事走不了了，退火车票要
jiāo kòu duōshao shǒuxùfèi a?
交扣多少手续费啊？

I am not able to leave tomorrow as something unexpected came up. How much is the processing fee for a train ticket refund?

Chūnjié chūqù lǚyóu zuìhǎo háishi zuò fēijī ba, chūnyùn gāofēng shí, huǒchēpiào kě nán mǎi le, chē shang hái tèbié jǐ.

7. 春节出去旅游最好还是坐飞机吧，春运高峰时，火车票可难买了，车上还特别挤。

You'd better go by air when you travel during Spring Festival. During the Spring Festival travel rush, it is hard to get a train ticket and it is also very the crowded on the train.

Mǎi dòngchēpiào huòzhě gāotiěpiào dōu shì shímíngzhì, mǎipiào de shíhou jìde dàishàng hùzhào huòzhě shēnfènzhèng, miǎnde báipǎo yí tàng.

8. 买动车票或者高铁票都是实名制，买票的时候记得带上护照或者身份证，免得白跑一趟。

Remember to bring your passport or ID card when you buy bullet train tickets or high-speed rail ticket because tickets are sold under the real-name registration system. Otherwise you'll make a trip in vain.

Xiànzài hěn duō dà chāoshì dōu yǒu zìjǐ de miǎnfèi bānchē, wǒmen xuéxiào ménkǒu jiù yǒu yí gè hòuchēdiǎn.

9. 现在很多大超市都有自己的免费班车，我们学校门口就有一个候车点。

Many big supermarkets provide free shuttle buses, and there's a waiting point at our school gate.

Wǒ xiǎng xiànzài chènzǎo yùdìng wǎngfǎn jīpiào, bǐjiào huásuàn.

10. 我 想 现在 趁早 预订 往返 机票，比较 划算。

I want to book round trip tickets now as they're cheaper.

Wǒ shǔjià chūqù lǚyóu, zěnme néng dìngdào dǎzhé de

11. A: 我 暑假 出去 旅游，怎么 能 订到 打折 的

fēijīpiào a?

飞机票 啊?

I intend to travel during summer vacation. How can I book discounted air tickets?

Nǐ kěyǐ zhǎo jiā lǚxíngshè bāng nǐ dìng, zuìhǎo tíqián

B1: 你 可以 找 家 旅行社 帮 你 订，最好 提前

bàn gè yuè yǐshàng.

半 个 月 以上。

You may ask a travel agency to book for you. You'd better book your tickets at least half a month in advance.

Nǐ shàngwǎng chácha ba, hěn duō hángkōng gōngsī shǔjià

B2: 你 上网 查查 吧，很 多 航空 公司 暑假

dōu huì tuīchū yōuhuì xiànlù.

都 会 推出 优惠 线路。

You can check the Internet. Many airlines may offer preferential routes in summer vacation.

Wǒ xià fēijī de shíhou yǐjīng shì wǎnshang shíyī diǎn le,

12. A: 我 下 飞机 的 时候 已经 是 晚上 11 点 了，

bù zhīdao hái néng bù néng gǎnshàng mòbān dìtiě huí xuéxiào.

不 知道 还 能 不 能 赶上 末班 地铁 回 学校。

It will be 11 PM when I alight from the plane. I am

not sure whether I can board the last train to get back to school.

Wǎngshàng jiù néng chádào dìtiě de shǒu-mòbānchē shíjiān,
B1: 网上 就 能 查到 地铁 的 首末班车 时间，
wǒ bāng nǐ chácha ba.
我 帮 你 查查 吧。

The time schedule of the first and last train can be checked online. I can help to check.

Zhème wǎn le, gūjì yǒudiǎnr wēixiǎn, jīchǎng dàbā
B2: 这么 晚 了，估计 有点儿 危险，机场 大巴
zài xuéxiào fùjìn yě yǒu zhàn ne.
在 学校 附近 也 有 站 呢。

I think it will be too late to take the subway. There is an airport bus stop near our school.

词语 Vocabulary

序号	词语	拼音	词性	翻译
1	票务	piàowù	名	ticket
2	零钱	língqián	名	change
3	自动	zìdòng	形	automated
4	售票机	shòupiàojī	名	ticketing machine
5	代售	dàishòu	动	to be commissioned to sell sth
6	懒得	lǎnde	动	to be reluctant to do sth
7	黄牛	huángniú	名	scalper
8	万一	wànyī	连	in case
9	顺便	shùnbiàn	副	at a convenient occasion; b the way
10	换乘	huànchéng	动	to transfer
11	优惠	yōuhuì	形	discount

12	扣	kòu	动	to deduct
13	春节	Chūnjié	名	Spring Festival
14	春运	chūnyùn	动	Spring Festival travel rush
15	挤	jǐ	形	crowded
16	动车	dòngchē	名	bullet train
17	高铁	gāotiě	名	high-speed rail
18	实名制	shímíngzhì	名	real-name registration system
19	身份证	shēnfènzhèng	名	ID card
20	免得	miǎnde	连	so as not to
21	白	bái	副	in vain
22	班车	bānchē	名	shuttle bus
23	趁早	chènzǎo	副	as early as possible
24	预订	yùdìng	动	to book
25	往返	wǎngfǎn	动	to round trip
26	旅行社	lǚxíngshè	名	travel agency
27	航空	hángkōng	动	aviation
28	线路	xiànlù	名	route
29	末班	mòbān	名	last (bus, train... etc.)
30	首班	shǒubān	名	first (bus, train... etc.)
31	危险	wēixiǎn	形	risky

Dì-sānshí Kè Yóujú Yínháng

第三十课 邮局 银行

Lesson 30 Post Office and Bank

Xuéxiào pángbiān xīnjiànle yí gè yóujú, yǐhòu gěi péngyou

1. 学校旁边新建了一个邮局，以后给朋友

jìxìn jì dōngxi jiù huì fēicháng fāngbiàn le.
寄信寄东西就会非常方便了。

A post office branch was newly open near our school. It will be quite convenient to send letters or packages to friends.

Wǒ xiǎng kāitōng wǎngshàng yínháng, shì zhíjiē jiù néng zài wǎngshàng kāitōng, háishi yào qù yíngyètīng bànlǐ a?
2. 我想开通网上银行，是直接就能在网上开通，还是要去营业厅办理啊？

I want to open an online banking account. Can I open it directly online or should I go to the business hall of a bank branch to do it?

Wǒ yǒu gè bāoguǒ zài sān hào lóu lóuxià, wǒ xiànzài zǒu bù kāi, nǐ néng bāng wǒ qù ná yíxià ma?
3. 我有个包裹在三号楼楼下，我现在走不开，你能帮我去拿一下吗？

I have a package downstairs in Building 3. Would you please get it for me because I am not able to leave now?

Rúguǒ kuàidì gōngsī bǎ wǒ de bāoguǒ gěi nòngdiūle huòzhě yùnsòng de wùpǐn sǔnhuài le, wǒ gāi zěnme xiàng tāmen suǒpéi?
4. 如果快递公司把我的包裹给弄丢了或者运送的物品损坏了，我该怎么向他们索赔？

If the courier company lose my package or damage the items shipped, how should I file a claim for compensation?

Wǒ xiǎng bàn zhāng Gōngshāng Yínháng de xìnyòngkǎ, bù zhīdao
5. 我想办张工商银行的信用卡，不知道

xuéxiào fùjìn yǒu méiyǒu wǎngdiǎn.
学校附近有没有网点。

I want to apply for a credit card from the Industrial and Commercial Bank of China (ICBC). I wonder if there is a branch near our school.

Wǒmen xuéxiào pángbiān de Jiànshè Yínháng néng bù néng duìhuàn wàibì
6. 我们学校旁边的建设银行能不能兑换外币
a? Yào shōu shǒuxùfèi ma?
啊？要收手续费吗？

Can I exchange foreign currency at the China Construction Bank (CCB) near our school? Do they charge a processing fee?

Nǐ de yínhángkǎ diū le? Kuàidiǎnr qù yínháng bàn guàshī ba,
7. 你的银行卡丢了？快点儿去银行办挂失吧，
rúguǒ mìmǎ xièlòule jiù zāo le.
如果密码泄露了就糟了。

Did you lose your bank card? Go to the bank to report the loss quickly, or it will be a huge headache if the PIN is leaked.

Xiǎojiě, nǐ hǎo, wǒ gāngcái zài qǔkuǎnjī qǔqián de shíhou,
8. 小姐，你好，我刚才在取款机取钱的时候，
kǎ bèi tūn le, máfan nǐmen pài rén bāng wǒ qǔ chūlái ba.
卡被吞了，麻烦你们派人帮我取出来吧。

Excuse me, Miss, my bank card was swallowed by the ATM machine when I was withdrawing money just now. Please help me take it out.

Wǒ xiǎng gěi jiāli jì yìdiǎnr Zhōngguó de tèchǎn, nǐ zhīdao
9. 我想给家里寄一点儿中国的特产，你知道

nǎxiē dōngxī shì wéijìnpǐn ma?
哪些东西是违禁品吗?

I want to mail some Chinese specialties to my family. Do you know what items are prohibited?

Wǒ shàng gè yuè huā qián tài méiyǒu jiézhì le, shuā xìnyòngkǎ tòuzhīle yìqiān duō kuài, zhè gè yuè kě yào shěngzhe diǎnr huā le.
10. 我上个月花钱太没有节制了,刷信用卡透支了一千多块,这个月可要省着点儿花了。

I did not limit my spending last month and overdrafted more than one thousand yuan from my credit card. I must try to save money this month.

Nǐ zhīdao nǎli yǒu Nóngyè Yínháng de cún-qǔkuǎnjī ma?
11. A: 你知道哪里有农业银行的存取款机吗?

Do you know where can I find an ATM of Agricultural Bank of China (ABC) for both depositing and withdrawing?

Xuéxiào li hǎoxiàng zhǐ yǒu qǔkuǎnjī, yàoshi cún qián dehuà, zhǐ néng qù guìtái le.
B1: 学校里好像只有取款机,要是存钱的话,只能去柜台了。

It seems like that there's only a machine for withdrawal. You must go to the counter for depositing.

Fùjìn shì yǒu yí gè, dànshì hǎoxiàng chū gùzhàng le,
B2: 附近是有一个,但是好像出故障了,

zhèngzài wéixiū zhōng.
正在维修中。

There is one nearby, but it broke down and is being fixed.

Wǒ xiǎng jì yí gè bāoguǒ huíguó, shì yóujú de kuàidì
12. A: 我想寄一个包裹回国，是邮局的快递
hǎo ne, háishi sīrén kuàidì gōngsī hǎo ne?
好呢，还是私人快递公司好呢？

I want to mail a package back to my country, which one is better? Express of the post office or express of a private company?

Yóujú de EMS suīrán guì xiē, dànshì bǐjiào zhèngguī,
B1: 邮局的EMS虽然贵些，但是比较正规，
rúguǒ jì bǐjiào zhòngyào de zhèngjiàn huòzhě wénjiàn, háishi yòng
如果寄比较重要的证件或者文件，还是用
EMS ba.
EMS吧。

Although EMS of the post office is a bit more expensive, but it is more formal, and it will be better to mail some important certificates or documents by EMS.

Wǒ bǐjiào xǐhuan sīrén kuàidì gōngsī, fúwù tàidu
B2: 我比较喜欢私人快递公司，服务态度
hǎo, sùdù kuài, hái kěyǐ shàngmén qǔjiàn.
好，速度快，还可以上门取件。

I prefer a private express company, because their service is very good and they provide door-to-door pick-up service.

词语 Vocabulary

序号	词语	拼音	词性	翻译
1	营业厅	yíngyètīng	名	business hall
2	包裹	bāoguǒ	名	package
3	快递	kuàidì	名	express delivery
4	损坏	sǔnhuài	动	to damage
5	索赔	suǒpéi	动	to claim for compensation
6	信用卡	xìnyòngkǎ	名	credit card
7	网点	wǎngdiǎn	名	branch (of a bank... etc.
8	外币	wàibì	名	foreign currency
9	挂失	guàshī	动	to report a loss
10	密码	mìmǎ	名	password
11	泄露	xièlòu	动	to leak
12	糟	zāo	形	terrible
13	取款机	qǔkuǎnjī	名	ATM machine
14	吞	tūn	动	to swallow
15	特产	tèchǎn	名	speciality
16	违禁品	wéijìnpǐn	名	prohibited goods
17	节制	jiézhì	动	to control
18	透支	tòuzhī	动	to overdraft
19	存取款机	cún-qǔkuǎnjī	名	ATM for both depositin and withdrawing
20	柜台	guìtái	名	counter
21	故障	gùzhàng	名	breakdown
22	私人	sīrén	形	private
23	上门	shàngmén	动	door-to-door

Dì-sānshíyī Kè　Wǎngluò　Fúwù

第 三十一 课　网络　服务

Lesson 31 Internet Services

Wǒmen xuéxiào de qǐnshì li yǒu kuāndài ma? Měi gè yuè de

1. 我们 学校 的 寝室 里 有 宽带 吗? 每 个 月 的

wǎngfèi shì duōshao a?

网费 是 多少 啊?

Is there broadband in the dormitories of our school? How much is it monthly?

Zài xuéxiào de túshūguǎn、jiàoshì、cāntīng dōu yǒu wúxiàn wǎngluò,

2. 在 学校 的 图书馆、教室、餐厅 都 有 无线 网络,

yòng xuéshēngzhènghào hé mìmǎ dēnglù jiù xíng le.

用 学生证号 和 密码 登录 就 行 了。

There is wifi in our school library, classrooms and dining halls. You can log on with your student number and password.

Xuéxiào xiàoyuánwǎng de wǎngsù shízài shì tài màn le, xià gè

3. 学校 校园网 的 网速 实在 是 太 慢 了, 下 个

xuéqī wǒ xiǎngqù Zhōngguó Diànxìn yíngyètīng zìjǐ shēnqǐng kuāndài.

学期 我 想去 中国 电信 营业厅 自己 申请 宽带。

The campus network is too slow, so I'll go to a China Telecom business hall to apply for my own broadband next semester.

Wǒ zhōumò shàngwǔ dōu yǒu kòng, zhuāng kuāndài de shīfu kěyǐ

4. 我 周末 上午 都 有 空, 装 宽带 的 师傅 可以

zhōumò guòlái.

周末 过来。

I am free in the mornings on weekends, so you can send your staff to install broadband at the weekend.

Wǒmen jiā de kuāndài zǒngshì diàoxiàn, néng bù néng ràng wéixiū
5. 我们家的宽带总是掉线，能不能让维修
rényuán lái bāngzhù jiǎnxiū yíxià ya?
人员来帮助检修一下呀？

The broadband of my home constantly disconnects. Would you please send a tech guy to examine and repair it?

Wèi, nǐ hǎo, wǒ wàngle wǒ jiā kuāndài shàngwǎng de mìmǎ,
6. 喂，你好，我忘了我家宽带上网的密码，
qǐngwèn zěnme zhǎohuí a?
请问怎么找回啊？

Hello! I' ve forgotten the password for my broadband. How can I get it back?

Rúguǒ xiǎng yòng shǒujī shàngwǎng, shì bú shì yào qù Zhōngguó Yídòng
7. 如果想用手机上网，是不是要去中国移动
yíngyètīng kāitōng shàngwǎng yèwù a?
营业厅开通上网业务啊？

Should I go to China Mobile business hall to get Internet service if I want to get access to the Internet by a mobile phone?

Ānzhuāngle kuāndài yǐhòu, zài zhuāng yí gè lùyóuqì, zhèyàng
8. 安装了宽带以后，再装一个路由器，这样
nǐ de shǒujī hé diànnǎo dōu kěyǐ shǐyòng wúxiàn wǎngluò le.
你的手机和电脑都可以使用无线网络了。

After the broadband is installed, a router is also needed for you to use wireless network on both your computer and mobile phone.

Wǒ xǐhuan yòng shǒujī xiàzài gèzhǒng ruǎnjiàn, hái xǐhuan zàixiàn
9. 我喜欢用手机下载各种软件，还喜欢在线
kàn shìpín, tài fèi liúliàng le.
看视频，太费流量了。

I like to download all kinds of software and watch videos on my mobile which costs a lot of flow.

Wǒ hěn xǐhuan yòng shǒujī shàngwǎng, qǐngwèn nǎ zhǒng tàocān
10. 我很喜欢用手机上网，请问哪种套餐
bǐjiào shìhé wǒ a?
比较适合我啊？

I love to get access to the Internet on my mobile phone. Which package suits me the best?

Xiǎojiě, qǐngwèn liǎng zhào de kuāndài bāoyuè duōshao qián?
11. A：小姐，请问两兆的宽带包月多少钱？
Xiànzài yǒu méiyǒu yōuhuì huódòng a?
现在有没有优惠活动啊？

Miss, how much is the monthly subscription for 2 M broadband? Are there any promotions now?

Xiànzài liǎng zhào bāoyuè méiyǒu yōuhuì, dànshì shí zhào
B1：现在两兆包月没有优惠，但是十兆
bāoyuè zài gǎo huódòng, jiàqian hé liǎng zhào de yíyàng, nǐ
包月在搞活动，价钱和两兆的一样，你
yào bú yào kǎolǜ yíxià?
要不要考虑一下？

There is no promotion for 2 M now, but there is a promotion for 10 M, and the price is the same as 2 M. Would you like to consider it?

Háishi bāonián bǐjiào huásuàn. Yì nián yìqiān èr,
B2: 还是包年比较划算。一年一千二，
liúliàng shíjiān dōu bú xiàn, hái sòng wǔbǎi kuài huàfèi.
流量时间都不限，还送五百块话费。

The yearly subscription is more cost-effective. One thousand two hundred yuan for one year, the time and data are both unlimited, and you can get a five-hundred-yuan phone bill for free.

Wǒ shǒujī de wǎngluò xìnhào zǒngshì bù wěndìng, shàngwǎng de
12. A: 我手机的网络信号总是不稳定，上网的
shíhou jīngcháng shàngzhe shàngzhe jiù duànxiàn le.
时候经常上着上着就断线了。

The signal of my mobile phone is not steady. The network is often disconnected when I am surfing the Internet.

Wǒ de yě shì ne, shì bú shì wǒmen sùshè de xìnhào
B1: 我的也是呢，是不是我们宿舍的信号
jiēshōu bù hǎo a?
接收不好啊？

I have the same problem. Is it because the signal reception of our dormitory is not good?

Yàobù nǐ huàn gè gōngsī zài bàn gè shǒujīhào ba,
B2: 要不你换个公司再办个手机号吧，
tīngshuō hǎo jǐ gè yòng zhè jiā gōngsī hàomǎ de tóngxué dōu
听说好几个用这家公司号码的同学都
yǒu zhèyàng de wèntí ne.
有这样的问题呢。

Or you change the providers and get a new mobile phone number. I heard that many classmates using this company's numbers are facing the same problem.

词语 Vocabulary

序号	词语	拼音	词性	翻译
1	无线网络	wúxiàn wǎngluò		wireless network
2	校园网	xiàoyuánwǎng	名	campus network
3	网速	wǎngsù	名	network speed
4	电信	diànxìn	名	telecom
5	掉线	diàoxiàn	动	to disconnect
6	检修	jiǎnxiū	动	to examine and repair
7	移动	yídòng	动	to move; mobile
8	业务	yèwù	名	business
9	安装	ānzhuāng	动	to install
10	路由器	lùyóuqì	名	router
11	在线	zàixiàn	动	to be online
12	流量	liúliàng	名	flow
13	套餐	tàocān	名	package
14	兆	zhào	数	mega-
15	包月	bāoyuè	动	monthly payment
16	包年	bāonián	动	yearly payment
17	话费	huàfèi	名	phone charges
18	信号	xìnhào	名	signal
19	稳定	wěndìng	形	steady
20	断线	duànxiàn	动	to disconnect

Bā Wéntǐ Yúlè

八、文体 娱乐

UNIT 8 RECREATION, SPORTS AND ENTERTAINMENT

Dì-sānshí'èr Kè Jiérì Huódòng

第三十二课 节日 活动

Lesson 32 Festivals and Activities

Jīnnián wǒ zài Zhōngguó guòle dì-yī gè Chūnjié, fàng biānpào、

1. 今年我在中国过了第一个春节，放鞭炮、

tiē chūnlián、chī jiǎozi..., kě rènao le.

贴春联、吃饺子……，可热闹了。

I spent my first Spring Festival in China this year. We had a lot of fun by setting off firecrackers, pasting Spring Festival couplets, eating dumplings... and so on.

Chúxī nà tiān, jiājiāhùhù zǒng huì shāo yì zhuō fēngshèng de

2. 除夕那天，家家户户总会烧一桌丰盛的

niányèfàn, xiàngzhēngzhe tuántuányuányuán.

年夜饭，象征着团团圆圆。

On Lunar New Year's Eve, each family will always prepare a splendid Lunar New Year's Eve Dinner, symbolizing the reunion of the whole family.

Míngtiān jiù shì Zhēngyuè shíwǔ Yuánxiāojié le, yòu néng chī tāngyuán、

3. 明天就是正月十五元宵节了，又能吃汤圆、

kàn huādēng le.
看花灯了。

It will be the 15th of the first month of lunar year tomorrow, the Lantern Festival. Again we can eat the glutinous rice balls and watch the lantern show.

Qīngmíngjié dào le, wǒmen yìqǐ qù jiāowài tàqīng ba!
4. 清明节到了，我们一起去郊外踏青吧！

It is the Tomb-Sweeping Day. Let's go hiking in the suburbs.

Qīngmíngjié de shíhou, yǒu rén huì qù sǎomù, jìbài zǔxiān;
5. 清明节的时候，有人会去扫墓，祭拜祖先；
yǒu rén huì qù chūnyóu, fàng fēngzheng.
有人会去春游，放风筝。

On Tomb-Sweeping Day, some people may go to sweep their ancestors' graves and worship while some other people may go for a spring trip, flying kites.

Duānwǔjié nà tiān, rénmen sài lóngzhōu、chī zòngzi lái jìniàn
6. 端午节那天，人们赛龙舟、吃粽子来纪念
Zhōngguó wěidà de àiguó shīrén Qū Yuán.
中国伟大的爱国诗人屈原。

On the Dragon Boat Festival, people will have dragon boat races and eat sticky rice dumplings in order to commemorate the great Chinese patriotic poet Qu Yuan.

Qīxī shì Zhōngguó de Qíngrénjié, lǎoshī shàngkè de shíhou gěi
7. 七夕是中国的情人节，老师上课的时候给
wǒmen jiǎngle Niúláng Zhīnǚ de gùshi.
我们讲了牛郎织女的故事。

The Double Seventh Festival is the Chinese Valentine's Day. During the lesson time the lecturer told us about the legend of the Cowherd and the Weaving Maid.

Guānyú Zhōngqiūjié de láilì, yǒu yí gè hěn měilì de chuánshuō,
8. 关于中秋节的来历，有一个很美丽的传说，
nà jiù shì Cháng'é bēnyuè.
那就是嫦娥奔月。

There is a very beautiful tale regarding the origin of the Mid-Autumn Festival which is about the goddess Chang'e's flying to the moon.

Zhōngqiūjié de yuèliang yòu yuán yòu liàng. Wǎnshang bié wàngle yìqǐ
9. 中秋节的月亮又圆又亮。晚上别忘了一起
qù shǎngyuè, chī yuèbing ō!
去赏月，吃月饼哦！

The moon on the day of Mid-Autumn Festival is extremely round and bright. Do not forget to admire the full moon and eat mooncakes in the evening.

Jiàoshījié nà tiān, nǐ kěyǐ shìzhe yòng Zhōngwén xiě zhāng
10. 教师节那天，你可以试着用中文写张
hèkǎ sònggěi nǐ de lǎoshī.
贺卡送给你的老师。

On Teachers' Day, you can try to write a greeting card in Chinese for your teacher.

Jīntiān shì Duānwǔjié, wǒ lái jiāo dàjiā bāo zòngzi,
11. A：今天是端午节，我来教大家包粽子，
zěnmeyàng?
怎么样？

It is the Dragon Boat Festival today. I'll teach you how to make sticky rice dumplings. How do you think?

Tài hǎo le! Wǒ zuì xǐhuan dànhuáng xiànr de zòngzi.

B1: 太好了！我最喜欢蛋黄馅儿的粽子。

Brilliant! My favourite is the one stuffed with salted yolk.

Zhè kě shì wǒ dì-yī cì chī zìjǐ bāo de zòngzi a.

B2: 这可是我第一次吃自己包的粽子啊。

It is the first time for me to eat rice dumplings made by myself.

Zhōngqiūjié shì jiārén tuánjù de rìzi. Nǐ lái Zhōngguó

12. A: 中秋节是家人团聚的日子。你来中国

yǐjīng yì nián duō le, kěndìng hěn xiǎng jiā ba!

已经一年多了，肯定很想家吧！

The Mid-Autumn Festival is a day of reunion for the whole family. You have been in China for more than a year. You must miss your family very much.

Èn, yǒu yìdiǎnr, dàn néng lái Zhōngguó xuéxí wǒ

B1: 嗯，有一点儿，但能来中国学习我

zhēn de hěn kāixīn.

真的很开心。

Errm, just a little bit, however, I am really happy to study in China.

Wǒ zài Zhōngguó jiāole xǔduō péngyou, tāmen dōu fēicháng

B2: 我在中国交了许多朋友，他们都非常

guānxīn wǒ, suǒyǐ wǒ bù juéde gūdān.

关心我，所以我不觉得孤单。

I have made many friends in China. They always care for me, and thus I do not really feel lonely.

词语 Vocabulary

序号	词语	拼音	词性	翻译
1	贴	tiē	动	to paste
2	春联	chūnlián	名	Spring Festival couplets
3	除夕	Chúxī	名	Lunar New Year's Eve
4	烧	shāo	动	to cook
5	丰盛	fēngshèng	形	splendid
6	年夜饭	niányèfàn	名	Lunar New Year's Eve Dinner
7	象征	xiàngzhēng	动	to symbolize
8	团圆	tuányuán	动	to reunite
9	元宵节	Yuánxiāojié	名	Lantern Festival
10	汤圆	tāngyuán	名	glutinous rice balls
11	清明节	Qīngmíngjié	名	Tomb-Sweeping Day
12	郊外	jiāowài	名	suburb
13	踏青	tàqīng	动	to go hiking in spring
14	扫墓	sǎomù	动	to sweep a grave
15	祭拜	jìbài	动	to worship
16	祖先	zǔxiān	名	ancestor
17	春游	chūnyóu	动	to have a spring trip
18	风筝	fēngzheng	名	kite
19	端午节	Duānwǔjié	名	Dragon Boat Festival
20	龙舟	lóngzhōu	名	dragon boat
21	粽子	zòngzi	名	rice dumplings

22	纪念	jìniàn	动	to commemorate
23	诗人	shīrén	名	poet
24	七夕	Qīxī	名	Double Seventh Festival
25	情人节	Qíngrénjié	名	Valentine's Day
26	中秋节	Zhōngqiūjié	名	Mid-Autumn Festival
27	来历	láilì	名	origin
28	传说	chuánshuō	名	tale
29	赏月	shǎngyuè	动	to admire the full moon
30	月饼	yuèbing	名	mooncake
31	贺卡	hèkǎ	名	greeting card
32	蛋黄	dànhuáng	名	yolk
33	馅儿	xiànr	名	stuffing
34	团聚	tuánjù	动	to reunite
35	孤单	gūdān	形	lonely

Dì-sānshísān Kè Jiàqī Ānpái

第三十三课 假期安排

Lesson 33 Holiday Arrangements

Yì zhōu de xuéxí jiéshù le, zhōumò hǎohāor fàngsōng yíxià,

1. 一周的学习结束了，周末好好儿放松一下，

míngtiān qù shāngchǎng guàngguang ba!

明天去商场逛逛吧！

After a week's study, we need a good relax on weekends. Let's go shopping tomorrow.

Shàng gè yuè wǒ cānjiāle yí gè jiēwǔ shètuán, nàli de

2. 上个月我参加了一个街舞社团，那里的

jiēwǔ dárén duōle qùle, měi zhōu zhǐyào yì yǒu kòng wǒ
街舞达人多了去了，每周只要一有空我
jiù qù xiàng tāmen qǐngjiào.
就去向他们请教。

I joined a street dance society last month. There are so many masters of street dance around. I go to learn from them every week as long as I have time.

Súhuà shuō, "Shàng yǒu tiāntáng, xià yǒu Sū-Háng." Zhè Zhōuliù, xuéxiào zǔzhī wǒmen qù Hángzhōu lǚyóu, kěyǐ hǎohāor de yóulǎn yì fān.
3. 俗话说，“上有天堂，下有苏杭。”这周六，学校组织我们去杭州旅游，可以好好儿地游览一番。

As the saying goes, "There is a paradise above us and we have Suzhou and Hangzhou on earth". Our school is arranging a trip to Hangzhou for us this Saturday and we can have a great tour then.

Hánjià de shíhou wǒ méiyǒu huíjiā, zài xuéxiào bāng dǎoshī zuòle yí gè guānyú Zhōngguó wénhuà de kètí, hěn yǒu chéngjiùgǎn.
4. 寒假的时候我没有回家，在学校帮导师做了一个关于中国文化的课题，很有成就感。

Instead of going home during the winter vacation, I stayed at school assisting my tutor in doing a project on Chinese culture, which gave me a great sense of achievement.

Shǔjià qījiān, liúxuéshēng kěyǐ jìsù zài Zhōngguó xuéshēng de jiāzhōng, yì fāngmiàn kěyǐ liànxí kǒuyǔ; lìng yì fāngmiàn, hái yǒu
5. 暑假期间，留学生可以寄宿在中国学生的家中，一方面可以练习口语；另一方面，还有

jīhuì xuéxí Zhōngguó de fēngsú xíguàn.
机会 学习 中国 的 风俗 习惯。

During summer vacation, international students can stay with the families of Chinese students. By doing so, they can not only practice their oral Chinese but also learn about Chinese customs.

Wǒ xiǎng lìyòng hán-shǔjià jiānzhí dǎgōng, zhuàn diǎnr shēnghuófèi,
6. 我 想 利用 寒暑假 兼职 打工，赚 点儿 生活费，
jiǎnqīng jiāli de fùdān.
减轻 家里 的 负担。

I want to work part-time during my summer and winter vacations to earn my own living and lighten my family's economic burden.

Liúxuéshēng Jiāoliú Zhōngxīn yú Zhōuliù xiàwǔ yī diǎn jǔxíng "Zhōng-wài
7. 留学生 交流 中心 于 周六 下午 1 点 举行 "中 外
xuéshēng jiāoliúhuì", qǐng dàjiā jījí cānyù.
学生 交流会"，请 大家 积极 参与。

A Chinese and International Students Exchange Meeting will be held at 1PM on Saturday in International Students Exchange Center. Please take active part in it.

Zhè cì shǔjià wǒ zhǔnbèi qù Hǎinán Dǎo lǚyóu, nǐ néng gěi wǒ
8. 这 次 暑假 我 准备 去 海南 岛 旅游，你 能 给 我
tuījiàn yìxiē hǎowánr de jǐngdiǎn ma?
推荐 一些 好玩儿 的 景点 吗？

I'm intended to make a trip to Hainan Island in this summer vacation. Could you please recommend some interesting scenic spots for me?

9. Nà jiā huǒguōdiàn de shēngyi hǎo jíle, rénjūn xiāofèi běnlái jiù bù gāo, xiànzài hái gǎo huódòng、dǎzhé, wǒmen kuài qù chángchang ba!

那家火锅店的生意好极了，人均消费本来就不高，现在还搞活动、打折，我们快去尝尝吧！

That hot pot restaurant is very popular with low consumption per person and there are promotions and discounts now. Let's go and try!

10. Jiàqī shíjiān tài duǎn le, zìzhùyóu bú tài fāngbiàn, háishi gēn tuán lǚyóu ba, shěngshì duōle.

假期时间太短了，自助游不太方便，还是跟团旅游吧，省事多了。

This holiday is too short for us to have a self-guided travel. It's more convenient to have a package tour.

11. Zhège shǔjià nǐ yǒu shénme ānpái ma?

A: 这个暑假，你有什么安排吗？

Have you made any arrangements for this summer vacation?

Wǒ zhǔnbèi huíguó yí tàng, yǒudiǎnr xiǎng fùmǔ le.

B1: 我准备回国一趟，有点儿想父母了。

I intend to go back home as I miss my parents.

Wǒ dǎsuàn qù yì jiā dà gōngsī shíxí yíxià, míngnián yào miànlín zhǎo gōngzuò le.

B2: 我打算去一家大公司实习一下，明年要面临找工作了。

I'm seeking an internship in a big company as it's time for me to look for a job next year.

Xīngqītiān, wǒ de Zhōngguó péngyou yāoqǐng wǒ qù tā jiā

12. A: 星期天，我的中国朋友邀请我去他家

zuòkè.

做客。

I was invited by my Chinese friend to visit his/her family this Sunday.

Búcuò a, nǐ bùjǐn kěyǐ chīdào Zhōngguó de

B1: 不错啊，你不仅可以吃到中国的

jiāchángcài, hái néng xuédào bù shǎo Zhōngguó de fànzhuō

家常菜，还能学到不少中国的饭桌

wénhuà、jiǔwénhuà děngděng.

文化、酒文化等等。

That's a good chance. You can not only try some Chinese home cooked meals but also learn some Chinese "dining table culture" and "wine culture" etc.

Dì-yī cì bàifǎng, bié kōngzhe shǒu qù, dài diǎnr lǐwù,

B2: 第一次拜访，别空着手去，带点儿礼物，

biǎoshì yíxià xīnyì.

表示一下心意。

Don't go empty-handed for your first visit. Show your kindness by bringing a little present.

词语 Vocabulary

序号	词语	拼音	词性	翻译
1	假期	jiàqī	名	holiday
2	放松	fàngsōng	动	to relax
3	街舞	jiēwǔ	名	street dance
4	社团	shètuán	名	society

5	达人	dárén	名	master
6	俗话	súhuà	名	saying
7	游览	yóulǎn	动	to go sightseeing
8	寒假	hánjià	名	winter vacation
9	课题	kètí	名	project
10	成就	chéngjiù	名	achievement
11	寄宿	jìsù	动	to lodge
12	风俗	fēngsú	名	custom
13	兼职	jiānzhí	动	to work part-time
14	打工	dǎgōng	动	to work for others
15	赚	zhuàn	动	to earn
16	减轻	jiǎnqīng	动	to lighten
17	负担	fùdān	名	burden
18	景点	jǐngdiǎn	名	scenic spot
19	火锅	huǒguō	名	hot pot
20	生意	shēngyi	名	business
21	人均	rénjūn	动	average
22	本来	běnlái	副	originally
23	自助	zìzhù	动	self-help
24	省事	shěngshì	动	to save trouble
25	实习	shíxí	动	to go through internship
26	面临	miànlín	动	to face
27	邀请	yāoqǐng	动	to invite
28	家常	jiācháng	名	the daily life of a family
29	拜访	bàifǎng	动	to visit
30	表示	biǎoshì	动	to show
31	心意	xīnyì	名	kindness

Dì-sānshísì Kè Yùndòng Jiànshēn

第三十四课 运动 健身

Lesson 34 Exercise and Fitness

Zhōngguó yǒu jù súhuà shuō de hǎo, fàn hòu bǎi bù zǒu, huódào
1. 中国有句俗话说得好，饭后百步走，活到
jiǔshíjiǔ. Suǒyǐ zánmen háishi bié jízhe huí sùshè le, zài
九十九。所以咱们还是别急着回宿舍了，在
xiàoyuán li sànsan bù ba.
校园里散散步吧。

There is a Chinese saying "you may live up to 99 years if you take a walk after meals", so let's take a walk in the campus instead of going back directly to the dorm.

Nà ge jūmín xiǎoqū pángbiān xīn kāile yì jiā jiànshēnfáng,
2. 那个居民小区旁边新开了一家健身房，
shèshī fēicháng qíquán, jiārù huìyuán dehuà hái yǒu bù shǎo
设施非常齐全，加入会员的话还有不少
yōuhuì huódòng ne.
优惠活动呢。

A well-equipped fitness center was newly opened beside the residential quarter and there's a discount for new members.

Wǒ měi tiān xiàwǔ shàng wán kè dōu huì hé péngyou yìqǐ dǎ
3. 我每天下午上完课都会和朋友一起打
lánqiú huò tī zúqiú, yǐjīng xíngchéng xíguàn le.
篮球或踢足球，已经形成习惯了。

I have formed a habit of playing basketball or football with friends after class every afternoon.

Yóuyǒng jì néng bāngzhù jiǎnféi, yòu néng zēngqiáng xīnfèi gōngnéng yǔ miǎnyìlì.

4. 游泳 既 能 帮助 减肥，又 能 增强 心肺 功能 与 免疫力。

Swimming can not only help in losing weight but also enhance the cardio-pulmonary function and immunity.

Yóuyú wǒ měi tiān jiānchí chénpǎo, suǒyǐ shàngkè de shíhou wǒ jīngshén bǎomǎn, yì zhěng tiān zhuàngtài dōu hěn hǎo.

5. 由于 我 每 天 坚持 晨跑，所以 上课 的 时候 我 精神 饱满，一 整 天 状态 都 很 好。

Due to my morning jog everyday, I'm always full of spirit and energy while having lessons, and I'm in good shape all day long.

Xuéxiào yǔmáoqiúguǎn de chǎngdì měi tiān hěn zǎo jiù bèi yùdìng wán le, wǒmen děi kuài diǎnr, bùrán yòu méide dǎ le.

6. 学校 羽毛球馆 的 场地 每 天 很 早 就 被 预订 完 了，我们 得 快 点儿，不然 又 没得 打 了。

The courts in the badminton center will be all reserved very early every day. Let's be quick, or we cannot play again.

Běn jiè yùndònghuì dìngyú xià Zhōusān zài xībù dà cāochǎng jǔxíng, yǒu hěn duō yǒuqù de xiàngmù, xīwàng tóngxuémen dōu néng jījí cānjiā bǐsài, huòzhě wèi yùndòngyuán jiāyóu zhùwēi.

7. 本 届 运动会 定于 下 周三 在 西部 大 操场 举行，有 很 多 有趣 的 项目，希望 同学们 都 能 积极 参加 比赛，或者 为 运动员 加油 助威。

The sports meet of this year will be held at the sports ground in the west campus next Wednesday. There are lots of interesting events for you to take part in, or just cheer for the athletes.

Míngtiān zǎoshang wǒmen qù gōngyuán kànkan ba, nàr zǎoqǐ
8. 明天 早上 我们 去 公园 看看 吧，那儿 早起
jiànshēn de rén tèbié duō, yǒu dǎ tàijí de, yǒu tī jiànzi
健身 的 人 特别 多，有 打 太极 的，有 踢 毽子
de, hái yǒu tiào jiànměicāo de.
的，还 有 跳 健美操 的。

Let's go to the park tomorrow morning where there are many people getting up early and doing exercises. Some people are playing Tai Chi, some are playing shuttlecock and some are doing aerobics.

Pǎobù qián, nǐ zuìhǎo xiān zuò yíxià rèshēn yùndòng ba, fǒuzé
9. 跑步 前，你 最好 先 做 一下 热身 运动 吧，否则
hěn róngyì shòushāng.
很 容易 受伤。

You'd better warm up before running, or you'll easily get hurt.

Zhōumò nǐ gēn wǒ yìqǐ qù liàn yújiā ba, nàli de lǎoshī
10. 周末 你 跟 我 一起 去 练 瑜伽 吧，那里 的 老师
jiāo de hěn hǎo, yě hěn yǒu nàixīn.
教 得 很 好，也 很 有 耐心。

Go and do yoga with me this weekend. My teacher teaches very well and he/she is patient too.

Yùndònghuì mǎshàng jiùyào kāishǐ le, nǐ bàole shénme
11. A: 运动会 马上 就要 开始 了，你 报了 什么
xiàngmù?
项目？

The sports meeting is at the corner. What sports event did you sign up?

Wǒ pǎobù pǎo de tǐng kuài de, suǒyǐ bàole 50 mǐ duǎnpǎo.

B1：我跑步跑得挺快的，所以报了50米短跑。

I can run fast so I signed up for 50 meters dash.

Wǒ de tǐyù bú tài hǎo, suǒyǐ zhè cì méiyǒu cānjiā.

B2：我的体育不太好，所以这次没有参加。

I'm not good at sports, so I will not take part in it this time.

Bǐsài mǎshàng jiùyào kāishǐ le, hǎo jǐnzhāng a, xiànzài wǒ de xīn pēngpēng zhí tiào.

12. A：比赛马上就要开始了，好紧张啊，现在我的心怦怦直跳。

The match will begin soon. I'm so nervous that my heart is drumming.

Bié jǐnzhāng, fāhuī chū nǐ zhèngcháng de shuǐpíng jiù kěyǐ le.

B1：别紧张，发挥出你正常的水平就可以了。

Don't be nervous. It's OK to perform the way you normally do.

Lái, shēn hūxī yíxià, wǒmen huì wèi nǐ jiāyóu de.

B2：来，深呼吸一下，我们会为你加油的。

Take a deep breath. We'll root for you.

词语 Vocabulary

序号	词语	拼音	词性	翻译
1	散步	sànbù	动	to take a walk

2	会员	huìyuán	名	member
3	减肥	jiǎnféi	动	to lose weight
4	增强	zēngqiáng	动	to enhance
5	心肺功能	xīnfèi gōngnéng		cardio-pulmonary function
6	免疫力	miǎnyìlì	名	immunity
7	坚持	jiānchí	动	to insist
8	晨跑	chénpǎo	动	to jog in the morning
9	精神	jīngshén	名	spirit
10	饱满	bǎomǎn	形	full
11	整	zhěng	形	whole
12	状态	zhuàngtài	名	status
13	羽毛球	yǔmáoqiú	名	badminton
14	场地	chǎngdì	名	courts
15	加油	jiāyóu	动	to root for
16	助威	zhùwēi	动	to cheer for
17	早起	zǎoqǐ	动	to get up early
18	太极	tàijí	名	Tai Chi
19	毽子	jiànzi	名	shuttlecock
20	健美操	jiànměicāo	名	aerobics
21	热身	rèshēn	动	to warm up
22	受伤	shòushāng	动	to get hurt
23	瑜伽	yújiā	名	yoga
24	项目	xiàngmù	名	sports event
25	短跑	duǎnpǎo	名	dash
26	正常	zhèngcháng	形	normal
27	深呼吸	shēn hūxī		to take a deep breath

Dì-sānshíwǔ Kè Xīnnián Wǎnhuì

第三十五课 新年晚会

Lesson 35 New Year Party

Jīnnián de xīnnián wǎnhuì dìngyú Shí'èr yuè èrshísān rì wǎnshang

1. 今年的新年晚会定于12月23日晚上

liù diǎnzhōng, zài dà lǐtáng jǔxíng, huānyíng gèwèi jièshí guānglín.

六点钟，在大礼堂举行，欢迎各位届时光临。

This year, the New Year Party will be held at 6 PM on Dec. 23 at the auditorium. All of you are expected to come at that time.

Wǒmen xuéxiào de xīnnián wǎnhuì, liúxuéshēng kěshì zhǔlìjūn ne,

2. 我们学校的新年晚会，留学生可是主力军呢，

tāmen cānyǎn de jiémù yíxiàng dàshòu huānyíng.

他们参演的节目一向大受欢迎。

The international students are the main force in the performance of the New Year Party of our school. The programs they participate are always very popular.

Xuéxiào lùntán wèi chóubèi zhè cì wǎnhuì tèdì kāitōngle zhuānlán,

3. 学校论坛为筹备这次晚会特地开通了专栏，

xīwàng dàjiā duō tí bǎoguì yìjiàn, jījí bàomíng cānyù.

希望大家多提宝贵意见，积极报名参与。

A column was specially opened in our school forum for the preparation of the New Year Party. Your precious advice and active participation are greatly appreciated.

Zhǐyào nǐ yǒu hǎo jiémù, jiù kěyǐ zhǎo wǎnhuì zǔzhīzhě

4. 只要你有好节目，就可以找晚会组织者

bàomíng, rúguǒ tōngguòle tāmen de píngshěn, jiù néng zài xīnnián
报名，如果通过了他们的评审，就能在新年
wǎnhuì shang yǔ guānzhòng jiànmiàn le.
晚会上与观众见面了。

You can sign up for the New Year Party to the organizer if you have a good program. You can present your performance to the audience if your program passes the organizer's review.

5. Jīnnián wǒ hé péngyou yìqǐ biǎoyǎn lādīngwǔ, nǐ kě yídìng
今年我和朋友一起表演拉丁舞，你可一定
yào lái gěi wǒ pěngchǎng a!
要来给我捧场啊！

I'll perform a Latin dance with my friend on the New Year Party this year. Do come and support me!

6. Ài, wǒ jīnnián běnlái dǎsuàn lái duàn xiàngsheng, kěshì jiémù
哎，我今年本来打算来段相声，可是节目
píngshěn shuō wǒ de Zhōngwén búgòu liù, kǒngpà shàng bù liǎo
评审说我的中文不够溜，恐怕上不了
jīnnián de wǎnhuì le.
今年的晚会了。

I intended to perform a cross talk at this year's party, but the reviewers told me that my Chinese was not good enough to perform at the party.

7. Wǒ hé liǎng wèi láizì Dōngnányà de tóngxué gòusīle yí gè
我和两位来自东南亚的同学构思了一个
xiǎopǐn, búguò wǒmen hái quē gè rén lái yǎn fǎnpài, nǐ xiǎng
小品，不过我们还缺个人来演反派，你想
shì yíxià ma?
试一下吗？

I conceived a short sketch with two classmates from

Southeast Asia, but we need one to play a villain in the performance. Would you like to join us?

Měi nián wǎnhuì de jiémù dōu fēngfù-duōcǎi, gēqǔ、 wǔdǎo、
8. 每年晚会的节目都丰富多彩，歌曲、舞蹈、
xiàngsheng、xiǎopǐn、 wǔshù děng, yīngyǒu-jìnyǒu.
相声、小品、武术等，应有尽有。

There are rich and colorful performances on every year's party, such as songs, dances, cross talks, short sketches, martial art, etc. There is everything that can be expected.

Wā, jīntiān wǎnhuì de guānzhòng zhēn duō, rénshān-rénhǎi, yàoshi
9. 哇，今天晚会的观众真多，人山人海，要是
zuòwèi zài kào qián yìdiǎnr jiù hǎo le.
座位再靠前一点儿就好了。

Wow, there is a large audience today. If only our seats were several rows front!

Nǐ kànle wǎnhuì jiémùdān le ma? Lìshā tāmen de
10. 你看了晚会节目单了吗？丽莎她们的
Yìndùwǔ dì-jǐ gè chūchǎng?
印度舞第几个出场？

Did you see the program list? When will Lisa and her friends perform their Indian dance?

Ài, wǒ yě xiǎng cānyù xīnnián wǎnhuì, kěshì wǒ yī
11. A: 哎，我也想参与新年晚会，可是我一
bú huì yuèqì, èr bú huì wǒmen guójiā chuántǒng wǔdǎo,
不会乐器，二不会我们国家传统舞蹈，
bāng bú shàng máng ya!
帮不上忙呀！

I'd like to participate in the New Year Party

but I cannot help as I cannot play any musical instruments or perform the traditional dances of my country.

Bié nánguò ma, zuò yí gè rènzhēn xīnshǎng tāmen biǎoyǎn de guānzhòng, xiǎngshòu wǎnhuì, píngxuǎn chū zhè cì wǎnhuì zuì shòu huānyíng de jiémù, bù yě hěn hǎo ma.

B1: 别难过嘛，做一个认真欣赏他们表演的观众，享受晚会，评选出这次晚会最受欢迎的节目，不也很好嘛。

Don't feel upset. You can appreciate the performances, enjoy the party, and vote for the most popular program.

Cānjiā xīnnián wǎnhuì, bù jǐnjǐn shì biǎoyǎn jiémù, nǐ yě kěyǐ zhǔnbèi dàojù、 tiáo dēngguāng, hái kěyǐ zài hòutái dāng hòuqín a, zhǐyào nǐ yǒuxīn chūlì, zǒngshì néng bāng shàng máng de.

B2: 参加新年晚会，不仅仅是表演节目，你也可以准备道具、调灯光，还可以在后台当后勤啊，只要你有心出力，总是能帮上忙的。

Performing at the party is not the only way to participate in the party. You can help by preparing stage props, adjusting the lights and doing stuff backstage. You can help if you want to.

Wǒ juéde jīnnián de jiémù bǐ qùnián de gèng chūcǎi, hái duōle yí gè yóuxì hùdòng huánjié, shèngchūzhě yǒu jiǎngpǐn, wǒ hái huòjiǎng le ne.

12. A: 我觉得今年的节目比去年的更出彩，还多了一个游戏互动环节，胜出者有奖品，我还获奖了呢。

In my opinion, the programs this year are even better than the ones last year, and there is an interactive segment of games, in which I won a big prize.

Shì ma? Wǒ dào juéde qùnián de bǐjiào hǎo, qùnián hái yǒu nà jǐ gè liúxuéshēng chàng yáogǔn ne, kěxī tāmen bìyè le, jīnnián wǎnhuì jiù méi yáogǔn le.

B1：是吗？我倒觉得去年的比较好，去年还有那几个留学生唱摇滚呢，可惜他们毕业了，今年晚会就没摇滚了。

Well, I think last year's programs were better. There were several international students performing rock and roll last year, but we cannot see their performance this year as they have graduated.

Tài bàng le, gōngxǐ nǐ ō! Wǒ běnlái yě xiǎng shàngtái wán yóuxì de, búguò dāngshí rén mǎn le.

B2：太棒了，恭喜你哦！我本来也想上台玩游戏的，不过当时人满了。

Great! Congratulations! I intended to go on the stage to play the game too, but there were enough people.

词语 Vocabulary

序号	词语	拼音	词性	翻译
1	新年	xīnnián	名	New Year
2	届时	jièshí	副	at that time
3	光临	guānglín	动	to be present (pol.)

4	主力军	zhǔlìjūn	名	main force
5	参演	cānyǎn	动	to perform
6	一向	yíxiàng	副	always
7	筹备	chóubèi	动	to prepare
8	特地	tèdì	副	specially
9	专栏	zhuānlán	名	column
10	宝贵	bǎoguì	形	precious
11	观众	guānzhòng	名	audience
12	捧场	pěngchǎng	动	to support
13	相声	xiàngsheng	名	cross talk
14	溜	liù	形	fluent
15	构思	gòusī	动	to conceive
16	小品	xiǎopǐn	名	sketch
17	缺	quē	动	to be short of
18	反派	fǎnpài	名	villain
19	丰富多彩	fēngfù-duōcǎi		rich and colorful
20	舞蹈	wǔdǎo	名	dance
21	武术	wǔshù	名	martial art
22	应有尽有	yīngyǒu-jìnyǒu		have everything that one can expect
23	人山人海	rénshān-rénhǎi		huge crowds of people
24	座位	zuòwèi	名	seat
25	出场	chūchǎng	动	to come onto the stage
26	乐器	yuèqì	名	musical instrument
27	欣赏	xīnshǎng	动	to appreciate
28	评选	píngxuǎn	动	to appraise and elect
29	道具	dàojù	名	prop

30	后台	hòutái	名	backstage
31	后勤	hòuqín	名	rear service
32	有心	yǒuxīn	动	to intend to (do things
33	出力	chūlì	动	to contribute
34	出彩	chūcǎi	动	to be brilliant
35	互动	hùdòng	动	to interact
36	环节	huánjié	名	segment
37	胜出	shèngchū	动	to win
38	奖品	jiǎngpǐn	名	prize
39	摇滚	yáogǔn	名	rock and roll

Dì-sānshíliù Kè Cānjiā Bǐsài

第三十六课 参加比赛

Lesson 36 Joining a Competition

Yàoshi yíngle zhè cì Zhōngwén yǎnjiǎng bǐsài, biàn kěyǐ nádào

1. 要是赢了这次中文演讲比赛，便可以拿到

Zhōngguó zhèngfǔ de jiǎngxuéjīn ne, wǒ yídìng yào hǎohāor

中国政府的奖学金呢，我一定要好好儿

zhǔnbèi, zhēngqǔ huòjiǎng.

准备，争取获奖。

If I win the Chinese Speech Competition this time, I will be able to get that Chinese government scholarship. I must make a good preparation to achieve a prize.

Ānnà zài běn jiè Hànyǔ lǎngdú dàsài zhōng rónghuò yīděngjiǎng,

2. 安娜在本届汉语朗读大赛中荣获一等奖，

zhè yǔ tā píngshí de nǔlì shì fēn bù kāi de.
这与她平时的努力是分不开的。

Anna has attained first prize in the Chinese Reading Aloud Competition this year. She couldn't have done this without her hard work.

Jīntiān, shāngwù Hànyǔ yī bān jǔxíngle Hànyǔ ràokǒulìng
3. 今天，商务汉语一班举行了汉语绕口令
bǐsài, tóngxuémen dōu biǎoxiàn de hěn chūsè.
比赛，同学们都表现得很出色。

Class 1 of Business Chinese major held a Chinese tongue twister competition today. The students performed very well.

Tīngshuō nǐ Zhōngwéngē chàng de búcuò, kuài diǎnr bàomíng cānjiā
4. 听说你中文歌唱得不错，快点儿报名参加
zhè cì de "Zhōngwén gēyǒng bǐsài" ba!
这次的"中文歌咏比赛"吧！

I heard that you can sing Chinese songs very well. Do register for the Chinese singing contest!

Suīrán nǐ de Zhōngwén shuǐpíng hái búcuò, dànshì cānjiā yǎnjiǎng
5. 虽然你的中文水平还不错，但是参加演讲
bǐsài de xuǎnshǒu gègè shēnhuái juéjì, nǐ hěn nán tuōyǐng'érchū.
比赛的选手个个身怀绝技，你很难脱颖而出。

Although your Chinese is not bad, the participants for this speech competition are all equipped with special skills. It's not easy for you to stand out.

Cānjiā Zhōngwén yǎnjiǎng dàsài de tóngxué jì yào shēngyīn xiǎngliàng,
6. 参加中文演讲大赛的同学既要声音响亮，
tǔzì qīngxī, hái yào fùyǒu gǎnqíng.
吐字清晰，还要富有感情。

Students who'll attend the Chinese speech competition are required to speak loudly, pronounce each word clearly and show rich emotion.

Xiànzài, Zhōngguó Hànbàn jǔbàn de "Hànyǔqiáo" bǐsài xīyǐnle shìjiè gèdì yōuxiù de Hànyǔ àihàozhě qiánlái xiàncái xiànyì.

7. 现在，中国汉办举办的"汉语桥"比赛吸引了世界各地优秀的汉语爱好者前来献才献艺。

The Chinese Bridge competition organized by Hanban has attracted outstanding Chinese lovers from all over the world to show their talents.

Lìshā zài zhè cì yǎnjiǎng bǐsài zhōng yòu déle guànjūn, nǎ tiān wènwen tā shì rúhé xuéhǎo Hànyǔ de.

8. 丽莎在这次演讲比赛中又得了冠军，哪天问问她是如何学好汉语的。

Lisa won the championship of the speech contest again. Someday I'll ask her how she has learnt Chinese so well.

Nǐ zhè cì lǎngdú bǐsài jiù shì shū zài shēngdiào shang, huíqù hái děi duō dú duō liàn.

9. 你这次朗读比赛就是输在声调上，回去还得多读多练。

You lost in the reading-aloud competition due to your tones. You need to read and practice more.

Bǐdé zài xuéxiào Zhōngwén dàsài zhōng biǎoyǎnle Zhōngguó chuántǒng wǔshù, yíngdéle mǎntángcǎi.

10. 彼得在学校中文大赛中表演了中国传统武术，赢得了满堂彩。

Peter performed traditional Chinese martial arts in

the Chinese competition of our school and brought down the house.

11. A: Nǐ yǒu méiyǒu cānjiā zhè cì xuéxiào zǔzhī de Zhōngwén dàsài?
你有没有参加这次学校组织的中文大赛?

Did you participate in the Chinese competition organized by the school?

B1: Méiyǒu, wǒ duì zìjǐ de Zhōngwén shuǐpíng bú shì hěn yǒu bǎwò.
没有,我对自己的中文水平不是很有把握。

No, I did not. I am not very confident in my Chinese.

B2: Cānjiā le. Suīrán chéngjì yìbān, dànshì zhòngzài cānyù ma, shōuhuò háishi hěn dà de.
参加了。虽然成绩一般,但是重在参与嘛,收获还是很大的。

I did. Although my performance was just fair, it's more important to participate than to win. Besides, I've learnt a lot.

12. A: Cānjiā zhè jiè "Hànyǔqiáo" bǐsài de xuǎnshǒu dōu hěn yōuxiù a, nǐ juéde ne?
参加这届“汉语桥”比赛的选手都很优秀啊,你觉得呢?

The participants of Chinese Bridge competition this year are all excellent. What do you think?

B1: Shì a. Bùjǐn kǒucái hǎo, érqiě biǎoyǎn de yě hěn hǎo.
是啊。不仅口才好,而且表演得也很好。

Yes. They are eloquent and made good performances as well.

Gāoshǒu rú yún, suǒyǒu de xuǎnshǒu dōu hěn yōuxiù, jìngzhēng
B2: 高手如云，所有的选手都很优秀，竞争
shífēn jīliè a, hěn nán píngpàn dàodǐ shúyōu-shúliè.
十分激烈啊，很难评判到底孰优孰劣。

There are so many excellent participants. All of them are so great and the competition is very fierce. It is very hard to judge who is better.

词语　Vocabulary

序号	词语	拼音	词性	翻译
1	赢	yíng	动	to win
2	演讲	yǎnjiǎng	动	to make a speech
3	朗读	lǎngdú	动	to read aloud
4	荣获	rónghuò	动	to have the honor to wi
5	绕口令	ràokǒulìng	名	tongue twister
6	表现	biǎoxiàn	动	to perform
7	出色	chūsè	形	outstanding
8	歌咏	gēyǒng	动	to sing
9	选手	xuǎnshǒu	名	contestant
10	身怀绝技	shēnhuái juéjì		with unique skills
11	脱颖而出	tuōyǐng'érchū		to stand out (in a competition... etc.)
12	响亮	xiǎngliàng	形	loud
13	吐字	tǔzì	动	to articulate
14	清晰	qīngxī	形	clear
15	富有	fùyǒu	动	to be rich with

16	汉语桥	Hànyǔqiáo	名	Chinese Bridge
17	吸引	xīyǐn	动	to attract
18	献才献艺	xiàncái xiànyì		to show one's talents
19	冠军	guànjūn	名	championship
20	输	shū	动	to lose
21	声调	shēngdiào	名	tone
22	满堂彩	mǎntángcǎi	名	bringing down the house
23	收获	shōuhuò	名	gain
24	口才	kǒucái	名	eloquent
25	高手如云	gāoshǒu rú yún		there are as many masters as clouds
26	竞争	jìngzhēng	动	to compete
27	激烈	jīliè	形	fierce
28	评判	píngpàn	动	to judge
29	孰优孰劣	shúyōu-shúliè		who is better and who is worse

Dì-sānshíqī Kè Guójì Wénhuàjié

第三十七课 国际文化节

Lesson 37 International Cultural Festival

Wǒmen xuéxiào měi nián dōu huì jǔbàn guójì wénhuàjié, zhǎnshì

1. 我们学校每年都会举办国际文化节，展示

gè guó wénhuà, kāikuò xuéshēng shìyě.

各国文化，开阔学生视野。

Every year, our school holds an international cultural festival to showcase the culture of different countries and broaden the students' horizons.

Wǒ zuì qīdài de jiù shì guójì wénhuàjié de měishí zhǎnshì le,
2. 我最期待的就是国际文化节的美食展示了，
dōu shì xiànchī xiànzuò.
都是现吃现做。

What I'm most excited about the international cultural festival is the food exhibition. All foods are cooked on-site.

Zhōng-wài wénhuà zhīshi jìngsài yě shì zhè cì guójì wénhuàjié
3. 中外 文化知识竞赛也是这次国际文化节
de huódòng zhīyī, wǒmen yě qù cānjiā ba, hé Zhōngguó xuéshēng
的活动之一，我们也去参加吧，和中国学生
yìbǐgāoxià de shíhou dào le!
一比高下的时候到了！

The Chinese and foreign cultural knowledge competition is one of the activities of the international cultural festival. Let's join in it too! It's time to compare ourselves with the Chinese students.

Kuài kàn a, nàxiē měinǚ de fúzhuāng zhēn piàoliang, yǒu qípáo、
4. 快看啊，那些美女的服装真漂亮，有旗袍、
tángzhuāng, hái yǒu hànfú!
唐装，还有汉服！

Just look at those gorgeous costumes on those beautiful ladies. There are chi-pao, Tang costumes and also Han costumes!

Zhè xiē zhǎnbǎn dōu shì liúxuéshēng zìjǐ dòngshǒu zhìzuò de, hěn
5. 这些展板都是留学生自己动手制作的，很
yǒu tāmen guójiā de tèsè.
有他们国家的特色。

Those panels are all handmade by international

students which show the characteristics of their own countries.

Wǒ zuì xǐhuan wénhuàjié de "guójì fēngqíngzhǎn" le, ràng wǒ
6. 我最喜欢文化节的"国际风情展"了，让我
liǎojiěle hěn duō guójiā de zhèngzhì、jīngjì、fēngtǔ xísú、
了解了很多国家的政治、经济、风土习俗、
yǐnshí wénhuà.
饮食文化。

My favorite part of this festival is the "international style exhibition". It allows me to know more about other countries' politics, economies, local conditions, customs and food cultures.

Nǐ kàn, zhè jiù shì wǒmen tiàowǔ shíhou chuān de yīfu,
7. 你看，这就是我们跳舞时候穿的衣服，
zěnmeyàng, hěn yǒu mínzú tèsè ba? Dōu shì shǒugōng féngzhì
怎么样，很有民族特色吧？都是手工缝制
de o!
的哦！

Look, these are the costumes we wore during our dance. What do you think of them? Legit, aren't they? They are all hand-stitched.

Kěyǐ zài zhèli hé nǐ héyǐng ma? Nǐmen guójiā de zhǎnbǎn
8. 可以在这里和你合影吗？你们国家的展板
tài yǒu chuàngyì le.
太有创意了。

Can I take a picture here with you? Your country's panel is very creative.

Guǎngchǎng shang yǒu Fēizhōu de wǔdǎo biǎoyǎn, tāmen zài yāoqǐng
9. 广场上有非洲的舞蹈表演，他们在邀请

guānzhòng yìqǐ cānyù ō.
观众 一起 参与 哦。

There is an African dance performance at the square and they are also inviting the audience to participate.

Xià yí ge lúndào Rìběn liúxuéshēng shàngchǎng, tāmen jiāng
10. 下一个轮到日本留学生 上场，他们将
shēnzhuó héfú wèi wǒmen biǎoyǎn chádào.
身着 和服 为 我们 表演 茶道。

It will be the Japanese students' turn on stage for the next round. They will be dressed in kimono to perform tea ceremony.

Nàbiān zài yāohe shénme? Hǎo xiāng a!
11. A: 那边 在 吆喝 什么？ 好 香 啊！

What are they hawking over there? Great smell!

Hǎoxiàng shì tāmen zài zuò Yìndù fēibǐng, hěn duō rén
B1: 好像 是 他们 在 做 印度 飞饼，很 多 人
zài wéiguān ne.
在 围观 呢。

It looks like they are making Roti Prata and there are a lot of onlookers.

Kàn yàngzi yīnggāi tǐng hǎochī de, wǒmen yě qù còucou
B2: 看 样子 应该 挺 好吃 的，我们 也 去 凑凑
rènao.
热闹。

It seems delish. Let's go and join in the crowd too.

Guójì wénhuàjié jīntiān xiàwǔ ānpáile yí gè jiǎngzuò.
12. A: 国际 文化节 今天 下午 安排了 一 个 讲座。

A seminar is arranged in the afternoon as part of the international cultural festival.

Shénme zhǔtí? Qǐng shéi lái jiǎng?

B1: 什么 主题? 请 谁 来 讲?

What's the theme? Who's the invited speaker?

Duì a, shì wǒmen guójiā de lǐngshì qīnzì chūxí,

B2: 对 啊, 是 我们 国家 的 领事 亲自 出席,

wǒ dōu shōudào duǎnxìn tōngzhī le.

我 都 收到 短信 通知 了。

Yes, the consul of our country will attend personally. I have already received the notice by text message.

词语 Vocabulary

序号	词语	拼音	词性	翻译
1	展示	zhǎnshì	动	to showcase
2	开阔	kāikuò	动	to broaden
3	视野	shìyě	名	horizon
4	美食	měishí	名	delicious food
5	现吃现做	xiànchī xiànzuò		cook for immediate consumption
6	竞赛	jìngsài	动	to compete
7	一比高下	yìbǐgāoxià		to compare to see who is better
8	服装	fúzhuāng	名	costumes
9	旗袍	qípáo	名	chi-pao
10	唐装	tángzhuāng	名	Tang costume
11	汉服	hànfú	名	Han costume

12	展板	zhǎnbǎn	名	panel
13	动手	dòngshǒu	动	to do sth by hand
14	制作	zhìzuò	动	to make
15	风情	fēngqíng	名	style
16	政治	zhèngzhì	名	politics
17	风土	fēngtǔ	名	local conditions
18	习俗	xísú	名	custom
19	民族	mínzú	名	nation
20	手工	shǒugōng	名	handwork
21	缝制	féngzhì	动	to stitch
22	合影	héyǐng	动	to take a picture with sb
23	创意	chuàngyì	名	originality
24	广场	guǎngchǎng	名	square
25	轮	lún	动	to take turns
26	上场	shàngchǎng	动	to step onto the stage
27	和服	héfú	名	kimono
28	茶道	chádào	名	tea arts
29	吆喝	yāohe	动	to hawk
30	印度飞饼	Yìndù fēibǐng		Roti Prata
31	围观	wéiguān	动	to gather to watch
32	凑热闹	còu rènao		to join in the fun
33	亲自	qīnzì	副	personally
34	短信	duǎnxìn	名	text message

Jiǔ Ānquán Wèishēng

九、安全 卫生

UNIT 9 SAFETY AND HEALTH

Dì-sānshíbā Kè Qiúyī-wènyào

第 三十八 课 求医问药

Lesson 38 Consultation with the Doctor

Wǒ zhè jǐ tiān bú tài shūfu, xiǎng qù yīyuàn jiǎnchá yíxià

1. 我这几天不太舒服，想去医院检查一下

shēntǐ, nǐ zhīdao Shànghǎi nǎ jiā yīyuàn bǐjiào hǎo, érqiě

身体，你知道上海哪家医院比较好，而且

shōufèi bǐjiào hélǐ ma?

收费比较合理吗？

I'm feeling unwell these few days and would like to go to the hospital for a check up. Do you know any good hospital with reasonable charges in Shanghai?

Nǐ zuìhǎo xiān qù yùjiǎnchù yùjiǎn, ránhòu zài guàhào.

2. 你最好先去预检处预检，然后再挂号。

You'd better go for a pre-examination first before registering.

Yīyuàn yǒu xǔduō kēshì, bǐrú: érkē、 nèikē、 wàikē、

3. 医院有许多科室，比如：儿科、内科、外科、

shāngkē、 gǔkē、 yákē děngděng, nǐ kěyǐ gēnjù nǐ de

伤科、骨科、牙科等等，你可以根据你的

zìshēn qíngkuàng lái guàhào.

自身情况来挂号。

There are many departments in the hospital, like pediatrics, the department of medicine, surgery, department of traumatology, orthopedics, dentistry, etc. You can register according to your needs.

Wǒ xiǎng qù yīyuàn kànbìng, dàn wǒ de Zhōngwén bú shì hěn hǎo,

4. 我想去医院看病，但我的中文不是很好，

nǐ kěyǐ péi wǒ yíkuàir qù ma?

你可以陪我一块儿去吗?

I would like to go to the hospital to see a doctor. Can you go with me as my Chinese isn't good?

Yīshēng, wǒ tóuyūn xiǎng tù, húnshēn méi lìqi, érqiě hái

5. 医生，我头晕想吐，浑身没力气，而且还

késou、fāshāo.

咳嗽、发烧。

Doctor, I feel dizzy, sick and weak. Moreover I am coughing and have got a fever.

Nǐ de jiǎo dōu zhǒng le, děi xiān pāi gè piānzi, yàoshi gǔzhé

6. 你的脚都肿了，得先拍个片子，要是骨折

le, bìxū děi dǎ shígāo, shāngjīn-dònggǔ yìbǎi tiān, nǐ yào

了，必须得打石膏，伤筋动骨一百天，你要

hǎohāor xiūxi a.

好好儿休息啊。

You'll need to take an X-ray first as your leg is swollen. If the bone fractures, you'll have to wear a plaster cast. It is said that if someone is injured in the sinews or bones, he/she will need a recovery period of a hundred days. Do have a good rest.

Wǒ gāng lái Zhōngguó méi duō jiǔ, kěnéng shì shuǐtǔ bùfú, wèi

7. 我刚来中国没多久，可能是水土不服，胃

tòngle hǎo jǐ tiān le, hái lā dùzi.
痛了好几天了，还拉肚子。

It could be that I'm not acclimatized as I just came to China not long ago. I've been suffering from stomachache and diarrhea for a few days.

Nǐ gāoshāo bú tuì, qíngkuàng bǐjiào yánzhòng, háishi qù yīyuàn guà gè jízhěn ba.
8. 你高烧不退，情况比较严重，还是去医院挂个急诊吧。

You'd better go to the emergency clinic as your high fever is not going down showing that your condition is quite serious.

Nǐ bié yì zhěngtiān dōu dāizài kōngtiáofáng li, zhèyàng hěn róngyì dé "kōngtiáo bìng", yīnggāi kāichuāng tòutou qì, yàobù jiù chūqù zǒuzou.
9. 你别一整天都待在空调房里，这样很容易得"空调病"，应该开窗透透气，要不就出去走走。

Don't stay in an air-conditioned room for the whole day in case of getting "air-conditioning disease". You should open the windows for some fresh air or go out for a walk.

Zhuānjiā ménzhěn yìbān yào tíqián yùyuē, nǐ kěyǐ dǎ diànhuà zīxún yíxià.
10. 专家门诊一般要提前预约，你可以打电话咨询一下。

You have to book in advance for a consultation with an expert. You can make a call to check with them first.

Yīshēng, qǐngwèn zhèxiē yào zěnme yòng?

11. A: 医生，请问这些药怎么用？

Doctor, how often should I take these medicines?

Zhè zhǒng shì yì tiān sān cì, yí cì liǎng piàn, fànhòu fúyòng; nà zhǒng shì zǎowǎn gè yí cì, yí cì sān piàn, fànqián fúyòng.

B1: 这种是一天三次，一次两片，饭后服用；那种是早晚各一次，一次三片，饭前服用。

Take 2 tablets after meals for three times a day for this medicine and take 3 tablets before meals twice a day in the mornings and evenings respectively for that one.

Píngzhuāng de shì wàiyòng de, měi tiān cā sāncì, hézhuāng de shì nèifú de, měi tiān zǎowǎn gè chī yí cì.

B2: 瓶装的是外用的，每天擦三次，盒装的是内服的，每天早晚各吃一次。

The bottled medicine is for external use and need to be applied three times daily. The boxed medicine is to be taken orally and need to be taken twice daily in the mornings and evenings respectively.

Yīshēng, tǐjiǎn xūyào zhùyì xiē shénme?

12. A: 医生，体检需要注意些什么？

Doctor, of what should I take note during body check-up?

Dàihǎo tǐjiǎnbiǎo、zhàopiàn、shēnfènzhèng děng xiāngguān

B1: 带好体检表、照片、身份证等相关

zhèngjiàn.
证件。

Bring along your body check-up form, photo, identity card and other relevant documents.

Chōu xiě qián jìde yào kōngfù.
B2: 抽血前记得要空腹。

Remember to come with an empty stomach before having blood drawn.

词语 Vocabulary

序号	词语	拼音	词性	翻译
1	安全	ānquán	形	safe
2	求医问药	qiúyī wènyào		consultation with the doctor
3	舒服	shūfu	形	well
4	预检	yùjiǎn	动	to re-examine
5	挂号	guàhào	动	to register (at a hospital)
6	科室	kēshì	名	department
7	儿科	érkē	名	pediatrics
8	内科	nèikē	名	department of medicine
9	外科	wàikē	名	surgery
10	伤科	shāngkē	名	department of traumatology
11	骨科	gǔkē	名	orthopedics
12	牙科	yákē	名	dentistry
13	情况	qíngkuàng	名	case, situation
14	看病	kànbìng	动	to see a doctor
15	晕	yūn	形	dizzy

16	吐	tù	动	to vomit
17	咳嗽	késou	动	to cough
18	发烧	fāshāo	动	to get a fever
19	肿	zhǒng	动	to swell
20	拍片子	pāi piānzi		to take an X-ray
21	骨折	gǔzhé	动	to have a fracture
22	打石膏	dǎ shígāo		to wear a plaster cast
23	伤筋动骨	shāngjīn-dònggǔ		to be injured in the sinews or bones
24	水土不服	shuǐtǔ bùfú		to be not acclimatized
25	胃痛	wèi tòng		to have a stomachache
26	高烧	gāoshāo	名	high fever
27	急诊	jízhěn	名	emergency
28	透气	tòuqì	动	to get some fresh air
29	门诊	ménzhěn	动	outpatient department
30	服用	fúyòng	动	to take (medicine)
31	外用	wàiyòng	动	to use externally
32	内服	nèifú	动	to be taken orally
33	抽血	chōu xiě		to draw blood
34	空腹	kōngfù	动	empty stomach

Dì-sānshíjiǔ Kè Qiúzhù Qiújiù

第 三十九 课 求助 求救

Lesson 39 Asking for Help

Jiùmìng a! Jiùmìng a! Qiǎngjié la!

1. 救命啊！救命啊！抢劫啦！

Help! Help! Robbery!

Wèi, wǒ bèi kùnzài sān hào lóu de diàntī li le, kuài lái
2. 喂，我被困在三号楼的电梯里了，快来
jiù wǒ a!
救我啊！

Hello, please help me out! I have been trapped in the lift at building 3.

Zhèli méiyǒu xìnhào, kuài dǎ yāo yāo èr qiújiù! Wǒmen bìxū zài
3. 这里没有信号，快打 112 求救！我们必须在
tiānhēi zhīqián zhǎodào xiàshān de lù.
天黑之前找到下山的路。

There is no signal here. Call 112 for help quickly! We have to find a way down the mountain before it turns dark.

Wèi! Yāo yāo jiǔ ma? Kuài lái Nánjīng Lù sānbǎi sānshí lòng Guāngmíng
4. 喂！119 吗？快来南京路 330 弄 光明
Xiǎoqū! Zhèli zháohuǒ le!
小区！这里着火了！

Hello! Is this 119? Please come to Guangming District on Lane 330 Nanjing Road quickly! There is a fire!

Zhèli shì Jiěfàng Lù yìbǎi hào, yǒu rén chū chēhuò le, kuài lái
5. 这里是解放路100号，有人出车祸了，快来
jiùmìng a!
救命啊！

I'm on No. 100 Jie Fang Road. There is a car accident. Help!

Kuài lái rén a! Zhuā xiǎotōu a! Nàge rén tōule wǒ de
6. 快来人啊！抓小偷啊！那个人偷了我的

qiánbāo hé shǒujī!
钱包和手机！

Help! Catch the thief! That guy stole my wallet and mobile phone!

Yǒu rén nìshuǐ le, jiùhùchē hái méi lái, shéi huì zuò réngōng
7. 有人溺水了，救护车还没来，谁会做人工
hūxī? Kuài lái bāngbang máng ba!
呼吸？快来帮帮忙吧！

Help! Someone is drowning here. The ambulance is not here yet. Who can do CPR?

Wǒ de péngyou yūndǎo le, yìzhí hūnmí bù xǐng, kuài dǎ jíjiù
8. 我的朋友晕倒了，一直昏迷不醒，快打急救
diànhuà!
电话！

My friend has fainted and remained unconscious. Make an emergency call quickly please!

Xiànzài měi yí liàng gōngjiāochē、dìtiě hé huǒchē dōu pèiyǒu
9. 现在每一辆公交车、地铁和火车都配有
ānquánchuí. Yùxiǎn shí, ná tā zá bōli de sì gè jiǎo
安全锤。遇险时，拿它砸玻璃的四个角
táoshēng.
逃生。

Every form of public transport such as buses, subway and trains are now equipped with safety hammers. In case of emergency, you can smash the four corners of the glass with it to escape.

Qǐngwèn zuìjìn de pàichūsuǒ zài nǎr? Wǒ jízhe yào bào'àn.
10. 请问最近的派出所在哪儿？我急着要报案。

Where is the nearest police station? I want to report an emergency case.

Wèi, jǐngchájú ma? Wǒmen mílù le, bèi kùnzài

11. A: 喂，警察局吗？我们迷路了，被困在

shānshang le, kuài lái jiùjiu wǒmen.

山上了，快来救救我们。

Hello, is this the police office? We have lost our way and been trapped in the mountains. Please come and rescue us.

Xiān bié huāng, zhīdao zìjǐ suǒ chǔ de dàzhì wèizhi

B1: 先别慌，知道自己所处的大致位置

ma? Fùjìn yǒu shénme biāozhì ma?

吗？附近有什么标志吗？

Don't panic. Do you know the approximate location where you are? Are there any signs nearby?

Nǐmen yǒu jǐ ge rén? Jùtǐ qíngkuàng rúhé? Bǎochí

B2: 你们有几个人？具体情况如何？保持

tōnghuà, wǒmen mǎshàng lái.

通话，我们马上来。

How many of you are there? How's the exact situation? Keep in touch, we'll be right there.

Wǒ de yì zhāng Zhōngguó Yínháng xìnyòngkǎ bèi dàoyòng le,

12. A: 我的一张中国银行信用卡被盗用了，

hái tòuzhīle yíwàn kuài, gāi zěnme bàn a?

还透支了10000块，该怎么办啊？

What should I do? My credit card from Bank of China was embezzled with an overdraft of 10000 yuan.

Nǐ gǎnkuài bàojǐng a, yídìng yào ràng jǐngchá lái chǔlǐ.

B1: 你赶快报警啊，一定要让警察来处理。

Report it to the police quickly! This must be handled by the police.

Xiān bàojǐng, ránhòu hé yínháng de kèfú gōutōng yíxià.

B2: 先报警，然后和银行的客服沟通一下。

Report to the police first, and then communicate with the bank customer service.

词语 Vocabulary

序号	词语	拼音	词性	翻译
1	求助	qiúzhù	动	to ask for help
2	求救	qiújiù	动	to cry for help
3	救命	jiùmìng	动	to help, to save sb's life
4	抢劫	qiǎngjié	动	to rob
5	困	kùn	动	to trap
6	弄	lòng	名	lane
7	着火	zháohuǒ	动	to catch fire
8	出车祸	chū chēhuò		to have a car accident
9	小偷	xiǎotōu	名	thief
10	溺水	nìshuǐ	动	to drown
11	救护车	jiùhùchē	名	ambulance
12	人工呼吸	réngōng hūxī		CPR
13	晕倒	yūndǎo	动	to faint
14	昏迷	hūnmí	动	to be unconscious
15	急救	jíjiù	动	to give first-aid treatment
16	配	pèi	动	to equip

17	安全锤	ānquánchuí	名	safety hammar
18	遇险	yùxiǎn	动	to be in danger
19	砸	zá	动	to smash
20	玻璃	bōli	名	glass
21	逃生	táoshēng	动	to escape
22	派出所	pàichūsuǒ	名	police station
23	报案	bào'àn	动	to report a case (to the police office)
24	警察局	jǐngchájú	名	police office
25	迷路	mílù	动	to get lost
26	慌	huāng	形	panic
27	大致	dàzhì	形	approximate
28	标志	biāozhì	名	sign
29	保持	bǎochí	动	to keep
30	通话	tōnghuà	动	to communicate with a phone
31	盗用	dàoyòng	动	to embezzle
32	报警	bàojǐng	动	to report sth to the police
33	客服	kèfú	名	customer service
34	沟通	gōutōng	动	to communicate

Dì-sìshí Kè　Jiāzhèng　Fúwù

第四十课　家政　服务

Lesson 40　Household Service

Sùshè āyí měi zhōu lái dǎsǎo sì cì, qíyú shíjiān kě yào

1. 宿舍阿姨每周来打扫四次，其余时间可要

kào wǒmen zìjué bǎochí wèishēng.
靠我们自觉保持卫生。

The maid will clean our dorm four times a week. We have to depend on ourselves to maintain the cleanliness during the rest of the time.

Wǒ xiǎng qǐng gè zhōngdiǎngōng, néng gěi wǒ jièshào yí gè ma?
2. 我想请个钟点工，能给我介绍一个吗？

I would like to hire an hourly cleaner. Would you introduce one for me?

Zhōngdiǎngōng de gōngzī àn xiǎoshí jìsuàn, bǎomǔ shì àn yuè
3. 钟点工的工资按小时计算，保姆是按月
jiésuàn de, wǒmen de gōngyù bú dà, háishi qǐng zhōngdiǎngōng
结算的，我们的公寓不大，还是请钟点工
lái dǎsǎo ba.
来打扫吧。

An hourly cleaner is paid hourly, while a housemaid is paid monthly. Since our apartment isn't big, I think an hourly cleaner is enough.

Nǐ zhīdao liúxuéshēng gōngyù de gōnggòng chúfáng zài nǎli ma?
4. 你知道留学生公寓的公共厨房在哪里吗？
Wǒ xiǎng zuò yí dùn Hánguó liàolǐ.
我想做一顿韩国料理。

Do you know where the public kitchen in the international students' apartment is? I would like to make a Korean meal.

Bù zhī zěnme de, shuǐguǎn cóng zǎoshang kāishǐ jiù yìzhí lòushuǐ,
5. 不知怎么的，水管从早上开始就一直漏水，
nǐ bāng wǒ kànkan wùyè gōngsī diànhuà shì duōshao, wǒ yào
你帮我看看物业公司电话是多少，我要

bàoxiū.
报修。

I do not know why the water pipe has been leaking since morning. Can you help me check the telephone number of the properties company? I want to ask for it to be repaired.

6. Fángjiān de kōngtiáo huài le, bàoxiū dōu sāntiān le hái méiyǒurén
房间的空调坏了，报修都三天了还没有人
lái xiū, kàn yàngzi yìshí-bànhuìr yě hǎo bù liǎo.
来修，看样子一时半会儿也好不了。

The air-conditioner in the living room does not work. No one is here to repair it even though I reported it three days ago. Look like it won't get any better soon.

7. Nín hǎo, wǒ fángjiān de diànshìjī méi xìnhào le, nǐ néng
您好，我房间的电视机没信号了，你能
zhǎo rén bāng wǒ qù kànkan ma?
找人帮我去看看吗?

Hi, there is no signal from the television in my room. Can you send someone to take a look?

8. Xuéxiào wǎngzhàn shang yě tígōng sùshè bàoxiū fúwù, zhèyàng
学校网站上也提供宿舍报修服务，这样
jiù shěngde xiàlóu pǎo yí tàng le.
就省得下楼跑一趟了。

The school website also offers a repair report service for the dorm. Now I can save a trip going downstairs.

9. Zhège zhōngdiǎngōng dào yuèdǐ jiù bú zuò le, xīn de hái méi
这个钟点工到月底就不做了，新的还没
zhǎodào, zànshí yào zìjǐ dǎsǎo wèishēng le.
找到，暂时要自己打扫卫生了。

This hourly worker only works till the end of this month. For the time being, I have to do the housework myself since I haven't found a new one.

10. Nǐ hǎo, wǒ xiǎng dìng yì tǒng shí kuài qián de chúnjìngshuǐ, qǐng jǐnkuài sòng guòlái hǎo ma? Wǒ děng yíxià yào chūmén.
你好，我想订一桶十块钱的纯净水，请尽快送过来好吗？我等一下要出门。

Hi, I would like to order a barrel of 10-yuan pure water. I'm going out later; could you please send it as soon as possible?

11. Nín hǎo, qǐngwèn yǒu shénme shì ma?
A：您好，请问有什么事吗？

Hi, is there anything I can do for you?

Wǒ shì wùyè gōngsī pàilái shōu guǎnlǐfèi de, yí jìdù shōu yí cì, zǒngjì liù bǎi yuán.
B1：我是物业公司派来收管理费的，一季度收一次，总计600元。

I'm from the property management company, and I'm here to collect the management fees. The total is 600 yuan, once a quarter.

Shì nín bàoxiū shuǐguǎn de ba? Wǒ shì wéixiū rényuán, zhè shì wǒ de zhèngjiàn.
B2：是您报修水管的吧？我是维修人员，这是我的证件。

Are you the one who asked for water pipe repair? I'm the repairman, and this is my employee card.

12. Nín hǎo, qǐngwèn nín xūyào shénme ma?
A：您好，请问您需要什么吗？

Hi, is there anything I can do for you?

Wǒ fángjiān yùshì de shuǐguǎn tūrán bào le, xiànzài
B1: 我房间浴室的水管突然爆了，现在
shuǐ dōu kuài màn chūlái le.
水都快漫出来了。

The water pipe in my bathroom burst all of a sudden. The water is overflowing now.

Wǒ xiǎng huàn fángjiān, xiànzài èr lóu zài zhuāngxiū, tài
B2: 我想换房间，现在二楼在装修，太
chǎo le!
吵了！

I would like to change rooms as the decoration work is going on at the second level. It' s too noisy.

词语 Vocabulary

序号	词语	拼音	词性	翻译
1	家政	jiāzhèng	名	household
2	其余	qíyú	代	the rest
3	自觉	zìjué	形	conscious
4	钟点工	zhōngdiǎngōng	名	hourly cleaner
5	工资	gōngzī	名	wage
6	保姆	bǎomǔ	名	housemaid
7	结算	jiésuàn	动	to pay
8	顿	dùn	量	(measure word for) meal
9	料理	liàolǐ	名	cuisine
10	水管	shuǐguǎn	名	water pipe
11	漏水	lòu shuǐ		to leak

12	一时半会儿	yìshí-bànhuìr		in a short time
13	省得	shěngde	连	so as to save
14	暂时	zànshí	名	for the time being, temporarily
15	纯净水	chúnjìngshuǐ	名	pure water
16	季度	jìdù	名	quarter of a year
17	爆	bào	动	to burst
18	装修	zhuāngxiū	动	to decorate

Dì-sìshíyī Kè Xīnlǐ Jiāoliú

第四十一课 心理 交流

Lesson 41 Psychological Communication

Wǒmen sùshè měi tiān wǎnshang dōu yǒu "wòtánhuì", guānle dēng,

1. 我们宿舍每天晚上都有“卧谈会”，关了灯，

tǎng chuáng shang, tiānnán-hǎiběi de liáo.

躺床上，天南海北地聊。

Every night there is a "bedtime chat" in our dorm. We turn off the lights, lie on our beds and talk about everything.

Màikè zuìjìn qíngxù dīluò, chángcháng gěi tā māma dǎ diànhuà,

2. 麦克最近情绪低落，常常给他妈妈打电话，

zǒng niàndaozhe xiǎng huíjiā.

总念叨着想回家。

Feeling down in spirits recently, Michael has been calling his mum constantly, saying that he wants to go home.

Wǒ hǎo xiǎngniàn māma zuò de cài. Zhèbu, xiàzhōu wǒ de

3. 我好想念妈妈做的菜。这不，下周我的

bàba māma yào lái kàn wǒ, zhènghǎo jiějie chán.

爸爸妈妈要来看我，正好解解馋。

How I miss the dishes made by my mum! See, my parents are coming to visit me next week and my craving for good food will be satisfied.

Wǒ zuìjìn kàn shénme dōu juéde bùshuǎng, yí dùzi de huǒ, hé

4. 我最近看什么都觉得不爽，一肚子的火，和

gāng lái de shíhou, kàn shénme dōu xīnxian, wánquán bù yíyàng.

刚来的时候，看什么都新鲜，完全不一样。

I have been feeling annoyed recently, which is completely different from the novelty when I first came.

Hěn duō liúxuéshēng gāng kāishǐ dōu huì chūxiàn "wénhuà xiūkè"

5. 很多留学生刚开始都会出现"文化休克"

xiànxiàng, búguò méi guānxi, duō hé tóngxué háiyǒu lǎoshī

现象，不过没关系，多和同学还有老师

liáoliao, guò yízhènzi kěnéng jiù huì hǎo le.

聊聊，过一阵子可能就会好了。

Many international students will suffer from "culture shock". But it doesn't matter. They will overcome it by chatting frequently with teachers and classmates.

Liúxué shēnghuó nánmiǎn huì gǎnjué gūdān jìmò, rúguǒ zhè zhǒng

6. 留学生活难免会感觉孤单寂寞，如果这种

qíngxù bù néng jíshí dédào páijiě, nà jiù děi kǎolǜ xúnqiú

情绪不能及时得到排解，那就得考虑寻求

zhuānyè bāngzhù le.

专业帮助了。

Loneliness is common for international students. But

if the feeling cannot be relieved promptly, they'll have to seek help from professionals.

Tīngshuō wǒmen xuéxiào yǒu zhuānmén de liúxuéshēng xīnlǐ zīxúnshì,
7. 听说 我们 学校 有 专门 的 留学生 心理 咨询室,
nǐ yàoshi yǒu shénme xīnjié jiě bù kāi, kěyǐ zhǎo tāmen.
你 要是 有 什么 心结 解 不 开, 可以 找 他们。

I heard that there is a psychological counseling room especially for international students in our school. You can approach them if you are feeling down.

Xièxie nǐ, dàole yí dùzi kǔshuǐ hòu xīnqíng shūchàng duōle.
8. 谢谢 你, 倒了 一 肚子 苦水 后 心情 舒畅 多了。

Thank you for listening. I am feeling much better after confiding in you.

Bān li de tóngxué Hànyǔ gègè dōu shuō de hěn hǎo, wǒ dōu
9. 班 里 的 同学 汉语 个个 都 说 得 很 好, 我 都
bù gǎn kāikǒu shuōhuà le, nǐ shuō wǒ gāi zěnme bàn a?
不 敢 开口 说话 了, 你 说 我 该 怎么 办 啊?

Our classmates are able to speak Chinese fluently. What should I do as I am too shy to speak?

Mǎshàng jiù yào kǎoshì le, wǒ hái méiyǒu fùxí, hǎo fán ya,
10. 马上 就 要 考试 了, 我 还 没有 复习, 好 烦 呀,
shuì yě shuì bù zháo.
睡 也 睡 不 着。

The exam is around the corner but I still have not started my revision. I am so upset that I cannot sleep.

Tā shì bú shì duì wǒ yǒu yìjiàn a? Zěnme lǎoshi duì
11. A: 她 是 不 是 对 我 有 意见 啊? 怎么 老是 对

wǒ bǎi yì zhāng chòuliǎn ya?
我摆一张臭脸呀?

Does she have something against me? Why does she always make a face when sees me?

Tā duì shéi dōu zhèyàng, méiyǒu èyì de, nǐ hé tā
B1: 她对谁都这样,没有恶意的,你和她
shúle jiù xíguàn le.
熟了就习惯了。

Now, she's like that with everyone, it's not you. You'll get used to it.

Tā gāng lái zhèli hái méi shìyìng, guò duàn shíjiān jiù
B2: 她刚来这里还没适应,过段时间就
hǎo le.
好了。

She is still new here and have not adapted to the new environment yet. She will get used to it after some time.

Wǒ xiǎng huíguó le, zhèli shénme dōu méiyǒu wǒmen
12. A: 我想回国了,这里什么都没有我们
guójiā de hǎo!
国家的好!

I feel like going back to my country. There is nothing better here than in my country.

Nǐ zěnme le? Gāng lái de shíhou hái hǎohāor de,
B1: 你怎么了?刚来的时候还好好儿的,
shì bú shì yǒu shénme bù kāixīn de shì le?
是不是有什么不开心的事了?

What's wrong with you? You were all right at first,

what makes you unhappy now?

Duō gēn lǎoshī hé tóngxué jiāoliú jiāoliú, shēnghuó chōngshíle

B2: 多跟老师和同学交流交流，生活充实了

jiù bú huì yǒu zhè zhǒng xiǎngfǎ le.

就不会有这种想法了。

Spending more time to interact with your teachers and classmates will bring colour to your life, and you won't think that way.

词语 Vocabulary

序号	词语	拼音	词性	翻译
1	心理	xīnlǐ	名	psychology
2	卧谈会	wòtánhuì		bedtime chat
3	天南海北	tiānnán-hǎiběi		all over the world
4	低落	dīluò	形	depressed
5	念叨	niàndao	动	to talk about again ar again; to harp on
6	解馋	jiěchán	动	to satisfy a crave for good food
7	不爽	bùshuǎng	形	annoyed
8	火	huǒ	名	anger
9	休克	xiūkè	动	to shock
10	一阵（子）	yízhèn(zi)	数量	a period of time
11	难免	nánmiǎn	形	unevitable
12	寂寞	jìmò	形	lonely
13	排解	páijiě	动	to relieve
14	寻求	xúnqiú	动	to seek
15	心结	xīnjié	名	heart knot

16	倒	dào	动	to pour out
17	苦水	kǔshuǐ	名	grievance
18	舒畅	shūchàng	形	free from worry
19	烦	fán	形	upset
20	老是	lǎoshi	副	always
21	摆	bǎi	动	to show
22	臭脸	chòuliǎn	名	a long face
23	恶意	èyì	名	hostility
24	适应	shìyìng	动	to adapt
25	充实	chōngshí	形	rich
26	想法	xiǎngfǎ	名	idea

Dì-sìshí'èr Kè　Bànlǐ　Bǎoxiǎn

第 四十二 课　办理　保险

Lesson 42　Insurance Management

Dào xuéxiào bàodào hòu, xuéxiào dōu huì yāoqiú lái Huá liúxuéshēng

1. 到学校报到后，学校都会要求来华留学生

cānjiā bǎoxiǎn.

参加保险。

International students are requested by our school to get insured after registration.

Wǒmen háishi bàn yíxià bǎoxiǎn ba, bú pà yíwàn, zhǐ pà

2. 我们还是办一下保险吧，不怕一万，只怕

wànyī ma.

万一嘛。

I think we should purchase insurance. Just in case!

Nǐ zhīdao ma? Yīnggāi zài gōnglì yīyuàn zhùyuàn zhìliáo, yàobùrán
3. 你知道吗？应该在公立医院住院治疗，要不然
dehuà jiù bù néng dédào péicháng le.
的话就不能得到赔偿了。

Do you know that you should be hospitalized in public hospitals, or you could not claim?

Hěn duō liúxuéshēng dōu huì cānjiā zàihuá liúxuéshēng zōnghé yīliáo
4. 很多留学生都会参加在华留学生综合医疗
bǎoxiǎn, shēngbìng zhùyuàn huòzhě wànyī fāshēng yìwài dōu néng
保险，生病住院或者万一发生意外都能
huòdé lǐpéi.
获得理赔。

Many international students purchase the Chinese International Students Comprehensive Medical Insurance Plan. Thus they can get the claims when being hospitalized or having an accident.

Wànyī fāshēng shìgù, yào xiān gěi bǎoxiǎn gōngsī dǎ diànhuà
5. 万一发生事故，要先给保险公司打电话
bào'àn, zhèyàng tāmen jiù huì pài rén lái chǔlǐ le.
报案，这样他们就会派人来处理了。

Please call the insurance company to make a report if any accident occurs, and they will send someone to deal with the case.

Liúxuéshēng bǎoxiǎn de jiǎo fèi kāitōng wǎngshàng zhīfù le, yǐhòu
6. 留学生保险的缴费开通网上支付了，以后
xuéfèi hé bǎofèi jiù néng yìqǐ jiāo le.
学费和保费就能一起交了。

The international students' insurance fee can be paid online. School fees and insurance fees can be paid together later on.

Bǎoxiǎn yǒu bǎodān、 hétong, zhèxiē dōu hěn zhòngyào, děi tuǒshàn
7. 保险有保单、合同，这些都很重要，得妥善
bǎoguǎn.
保管。

You will get an insurance policy and contracts when you purchase insurance. They are very important and have to be kept well.

Wǒmen zhè cì zìzhùyóu, kě yào jìde mǎi lǚyóu bǎoxiǎn,
8. 我们这次自助游，可要记得买旅游保险，
yǐ fáng wànyī.
以防万一。

We should buy travel insurance for our independent travel just in case.

Yào tóubǎo dehuà, kāixué shí tián yíxià biǎogé, jiāo yíxià
9. 要投保的话，开学时填一下表格，交一下
bǎofèi jiù kěyǐ le, fēicháng fāngbiàn, xuéxiào huì bāng wǒmen
保费就可以了，非常方便，学校会帮我们
bànlǐ de.
办理的。

If you want to purchase insurance, all you have to do is just fill in the form and pay the fee when school starts. It is very convenient as the school will deal with the rest.

Měi gè xuéxiào dōu huì xiàng liúxuéshēng tuījiàn bǎoxiǎn chǎnpǐn,
10. 每个学校都会向留学生推荐保险产品，
shěngqùle liúxuéshēng xǔduō shíjiān.
省去了留学生许多时间。

Every school will recommend insurance products to international students, which saves much time for them.

Wǒ shēngbìng shí zhùyuàn de fèiyong, shì bú shì kěyǐ yòng

11. A: 我 生病 时住院的费用，是不是可以用

yīliáo bǎoxiǎn bàoxiāo?

医疗保险报销？

Can I claim the medical expenses of hospitalization from medical insurance?

Dāngrán kěyǐ, nǐ wèn yíxià lǎoshī, yào dài shénme

B1: 当然可以，你问一下老师，要带什么

cáiliào qù bàoxiāo.

材料去报销。

Yes, of course! You may ask the teacher what are the materials needed for reimbursement.

Rúguǒ nǐ zhù de shì gōnglì yīyuàn jiù méi wèntí,

B2: 如果你住的是公立医院就没问题，

sīlì yīyuàn wǒ jiù bù qīngchu le.

私立医院我就不清楚了。

You can apply for reimbursement if you stayed in a public hospital, but I am not sure if you stayed in a private hospital.

Nǐ jíjímángmáng de yào qù gàn shénme ya?

12. A: 你急急忙忙地要去干什么呀？

Where are you going in such a hurry?

Wǒ qù xuéyuàn bàngōngshì bǔjiāo bǎoxiǎnfèi, wǒ cuòguò

B1: 我去学院办公室补交保险费，我错过

wǎngshàng jiǎofèi de shíjiān le.

网上缴费的时间了。

I am going to the school office to pay the insurance fee. I' ve missed the deadline for online payment.

Qù bàoxiāo yīliáofèi ya, zài guò yíhuìr jiù shì
B2：去报销医疗费呀，再过一会儿就是
wǔxiū shíjiān le, děi gǎnjǐn qù.
午休时间了，得赶紧去。

I'm going to apply for medical expenses reimbursement. I should hurry up as the lunch break is approaching.

词语 Vocabulary

序号	词语	拼音	词性	翻译
1	保险	bǎoxiǎn	名	insurance
2	不怕一万，只怕万一。	Bú pà yíwàn, zhǐ pà wànyī.		Just in case.
3	公立	gōnglì	形	public
4	住院	zhùyuàn	动	to be hospitalized
5	治疗	zhìliáo	动	to treat
6	赔偿	péicháng	动	compensation
7	综合	zōnghé	形	comprehensive
8	医疗	yīliáo	动	medical treatment
9	理赔	lǐpéi	动	to settle a claim
10	事故	shìgù	名	accident
11	缴	jiǎo	动	to pay
12	保费	bǎofèi	名	insurance premium
13	保单	bǎodān	名	guarantee slip
14	投保	tóubǎo	动	to insure
15	报销	bàoxiāo	动	to reimburse
16	私立	sīlì	形	private
17	急忙	jímáng	副	hurriedly
18	错过	cuòguò	动	to miss
19	午休	wǔxiū	动	to have a lunch break

Shí　Kuà Wénhuà　Jiāojì

十、跨文化　交际

UNIT 10 INTERCULTURAL COMMUNICATION

Dì-sìshísān Kè　Fēngsú　Lǐyí

第四十三课　风俗　礼仪

Lesson 43 Customs and Etiquette

Zài Zhōngguó, rénmen méiyǒu fù xiǎofèi de xíguàn.

1. 在中国，人们没有付小费的习惯。

Tipping is not a standard practice in China.

Duì Zhōngguórén ér yán, "sì" shì bù jílì de shùzì, yīnwèi

2. 对中国人而言，"4"是不吉利的数字，因为

tā de dúyīn hé "sǐ" hěn jiējìn.

它的读音和"死"很接近。

The number 4 is considered as unlucky for Chinese people, because it is pronounced much like the Chinese character "死(sǐ)", meaning "death".

Rúguǒ Zhōngguó péngyou bù kěn gēn nǐ fēn chī yí gè lí, bú shì

3. 如果中国朋友不肯跟你分吃一个梨，不是

yīnwèi tā xiǎoqi, érshì yīnwèi "lí" gēn "lí" xiéyīn,

因为他/她小气，而是因为"梨"跟"离"谐音，

tā bù xiǎng hé nǐ "fēnlí".

他/她不想和你"分离"。

If your friend does not want to share his/her pear with you, it's not because he/she is mean, but because the Chinese pronunciation of "sharing a pear" (in Chinese "fenli") sounds exactly like "seperation" (in Chinese "fenli"). Your friend just does not want to be seperated from you.

Zuótiān, wǒ qù yí gè Zhōngguó péngyou jiā cānjiā tāmen bǎobao
4. 昨天，我去一个中国朋友家参加他们宝宝
de mǎnyuè jiǔxí, hǎobú rènao!
的满月酒席，好不热闹！

I attended a Chinese baby's full month celebration. It was so boisterous.

Dōngfāng wénhuà zhōng, chēnghu zhǎngbèi shí yídìng bù kěyǐ zhíhū
5. 东方文化中，称呼长辈时一定不可以直呼
qí míng, zhèyàng shì hěn bù lǐmào de.
其名，这样是很不礼貌的。

In the eastern culture, we must not address elders by their names, for this is very rude.

Zhōngguórén shuōhuà fāngshì bǐjiào wěiwǎn, bǐrú shuō "háixíng ba"
6. 中国人说话方式比较委婉，比如说"还行吧"
qíshí shì "bùhǎo".
其实是"不好"。

The way Chinese speak is euphemistic. For example, when they say "it is OK", they actually mean "not good".

Guònián de shíhou, rénmen xǐhuan zǒu qīnqi, liánluò liánluo
7. 过年的时候，人们喜欢走亲戚，联络联络
gǎnqíng.
感情。

During the Chinese New Year, people like to visit

their relatives to bond with each other.

Wǒ qù Zhōngguó péngyou jiā zuòkè, tā de māma yígejìnr de wèn wǒ jīnnián duō dà, jiāli zěnmeyàng a, huídá yě búshì, bù huídá yě búshì, tài gāngà le!

8. 我去中国朋友家做客，她的妈妈一个劲儿地问我今年多大，家里怎么样啊，回答也不是，不回答也不是，太尴尬了！

When I visited a Chinese friend, her mother kept on asking about my age and my family. It was awkward because I am in a dilemma about whether to answer or not.

Wǒ qù Zhōngguó péngyou jiā guònián, tā de māma jìngrán gěi wǒ yí gè dà hóngbāo, zhēnshi tài yìwài le!

9. 我去中国朋友家过年，他的妈妈竟然给我一个大红包，真是太意外了！

I went to celebrate the Chinese New Year in a Chinese friend's family. To my surprise his mother gave me a big red packet.

Zài hěn duō xǐqìng de chǎnghé, Zhōngguórén dōu yào sòng hóngbāo, bǐrú guònián、jiéhūn huòzhě kǎoshàng dàxué děng.

10. 在很多喜庆的场合，中国人都要送红包，比如过年、结婚或者考上大学等。

For many festival occasions, the Chinese give out red packets, for example Chinese New Year, wedding or when a student is admitted to a university, and so on.

Zhōngguórén yí jiànmiàn jiù xúnwèn duìfāng "chīle ma"

11. A: 中国人一见面就询问对方“吃了吗”

"qù nǎr a", zhè shì wèi shénme ne?
"去哪儿啊",这是为什么呢?

Why do the Chinese like to greet each other by asking questions like "have you eaten", "where are you going"?

Zhèxiē dōu shì Zhōngguórén dǎ zhāohu de fāngshì, jiù xiàng
B1: 这些都是中国人打招呼的方式,就像
Yīngguórén tánlùn tiānqì yíyàng, méiyǒu tèbié de yìsi.
英国人谈论天气一样,没有特别的意思。

These are the ways the Chinese greet each other, which is similar to the ways of British people starting a conversation by talking about the weather. There's no special meaning behind it.

Búyào wùhuì, tāmen bú shì xiǎng màofàn nǐ, gèng bù
B2: 不要误会,他们不是想冒犯你,更不
xiǎng dǎting nǐ de yǐnsī, zhǐshì biǎoshì yíxià wènhòu.
想打听你的隐私,只是表示一下问候。

Please don't misunderstand them. They are not intending to offend you or to intrude upon your privacy. All they want to do is to extend their greetings.

Wǒ hé wǒ de Zhōngguó nánpéngyou jīnnián Shíyuè jiùyào
12. A: 我和我的中国 男朋友今年十月就要
jiéhūn le, suīrán wǒ hěn xiǎng chuān hūnshā, dàn yòu hěn
结婚了,虽然我很想 穿 婚纱,但又很
xiǎng bàn yí gè zhōngshì hūnlǐ.
想办一个中式婚礼。

My Chinese boyfriend and I are going to get married in the coming October. Though I want to wear a wedding gown, I am thinking about organizing a Chinese wedding ceremony at the same time.

Nà zhēn yào zhùhè nǐmen le. Zhōngshì hūnlǐ hěn yǒu
B1：那真要祝贺你们了。中式婚礼很有
yìsi, dànshì yào zhùyì de lǐjié yě tèbié duō, zhè diǎn
意思，但是要注意的礼节也特别多，这点
nǐ kě yào yǒu xīnlǐ zhǔnbèi a.
你可要有心理准备啊。

Congratulations! Chinese weddings are very interesting, but there are so many formalities to be obeyed. You'd better be prepared psychologically.

Nǐ kěyǐ jǔbàn liǎng chǎng hūnlǐ, yì chǎng zhōngshì de,
B2：你可以举办两场婚礼，一场中式的，
yì chǎng xīshì de, zhèyàng jiù bú huì liúxià yíhàn le.
一场西式的，这样就不会留下遗憾了。

You can hold 2 wedding ceremonies, Chinese and Western styles respectively to save yourself from regrets.

词语 Vocabulary

序号	词语	拼音	词性	翻译
1	礼仪	lǐyí	名	etiquette
2	小费	xiǎofèi	名	tip
3	吉利	jílì	形	lucky
4	接近	jiējìn	动	to get close to
5	小气	xiǎoqi	形	mean
6	谐音	xiéyīn	动	to be homophonic

7	分离	fēnlí	动	to seperate
8	满月	mǎnyuè	动	to complete one's first month of life
9	酒席	jiǔxí	名	feast
10	好不	hǎobù	副	very
11	东方	dōngfāng	名	the orient
12	称呼	chēnghu	名	to address
13	直呼其名	zhíhū qí míng		to address sb disrespectfully by name
14	礼貌	lǐmào	形	polite
15	方式	fāngshì	名	way
16	委婉	wěiwǎn	形	euphemistic
17	过年	guònián	动	to celebrate the Chinese new year
18	走亲戚	zǒu qīnqi		to visit the relatives
19	联络	liánluò	动	to contact
20	一个劲儿	yígejìnr	副	continuously
21	红包	hóngbāo	名	red packet
22	喜庆	xǐqìng	形	festival
23	结婚	jiéhūn	动	to marry
24	询问	xúnwèn	动	to ask
25	打招呼	dǎ zhāohu		to greet
26	谈论	tánlùn	动	to talk about
27	误会	wùhuì	动	to misunderstand
28	冒犯	màofàn	动	to offend
29	隐私	yǐnsī	名	privacy
30	问候	wènhòu	动	to greet
31	婚纱	hūnshā	名	wedding gown

32	中式	zhōngshì	形	Chinese style
33	婚礼	hūnlǐ	名	wedding ceremony
34	祝贺	zhùhè	动	to congratulate
35	礼节	lǐjié	名	etiquette
36	西式	xīshì	形	Western style

Dì-sìshísì Kè Zōngjiào Xìnyǎng

第四十四课 宗教 信仰

Lesson 44 Religion

Wǔdāng Shān bùjǐn fēngjǐng yōuměi, érqiě shì Dàojiào dì-yī

1. 武当山不仅风景优美，而且是道教第一

míngshān ne, wǒmen xià cì yìqǐ qù nàr lǚyóu ba.

名山呢，我们下次一起去那儿旅游吧。

The Wudang Mountain not only has graceful sceneries, it is also the most famous Taoist Mountain. Let's pay a visit there some time.

Tā shì yí gè qiánchéng de Jīdūjiàotú ne! Měi zhōu dōu qù

2. 她是一个虔诚的基督教徒呢！每周都去

jiàotáng zuò lǐbài.

教堂做礼拜。

She is a devout Christian. She goes to church every week.

Měi yí gè rén dōu yǒu quánlì xuǎnzé zōngjiào xìnyǎng, wǒmen

3. 每一个人都有权利选择宗教信仰，我们

yīnggāi zūnzhòng biéren de xuǎnzé.

应该尊重别人的选择。

Everyone has the right to choose a religious belief and we should respect others' choice.

Wǒ nǎinai xìnyǎng Fójiào, měi dào chūyī、 shíwǔ jiù huì qù
4. 我奶奶信仰佛教，每到初一、十五就会去
sìmiào li shāoxiāng, érqiě hái yào chīsù.
寺庙里烧香，而且还要吃素。

My gran is a Buddhist. She burns incense in the temple and eats vegetarian meals on the first day and fifteenth day every month of the lunar calendar.

Wǒ yǒu yí gè tóngxué shì mùsīlín, tā cóng bù chī zhūròu,
5. 我有一个同学是穆斯林，他从不吃猪肉，
dànshì kěyǐ chī shuǐchǎnpǐn.
但是可以吃水产品。

I have a Muslim classmate who never eats pork but he can eat seafood.

Fùhuójié jiù kuài dào le, xuéxiào huì jǔbàn yí gè shèngdà de
6. 复活节就快到了，学校会举办一个盛大的
pàiduì, yǒu méiyǒu xìngqù cānjiā a?
派对，有没有兴趣参加啊？

Easter Day is coming soon and our school is going to organize a grand party. Are you interested?

Nǐ kànguo 《Xīyóujì》 ma? Tā jiǎng de shì Tángsēng shītú
7. 你看过《西游记》吗？它讲的是唐僧师徒
sì rén dào xītiān qǔjīng de gùshi, tāmen suǒ qǔ de jīngshū
四人到西天取经的故事，他们所取的经书
jiù shì fójīng.
就是佛经。

Have you read *Journey to the West*? It is a story

about Tang Seng and his four disciples going on a pilgrimage to the West paradise for scriptures. The scripture they fetched was Buddhist scriptures.

Wǒ juéde, wǒmen háishi yào zhīdao yìxiē zōngjiào fāngmiàn de chángshí, zhèyàng zài jiāoliú de shíhou kěyǐ jǐnliàng bìmiǎn wùhuì hé gāngà.

8. 我觉得，我们还是要知道一些宗教方面的常识，这样在交流的时候可以尽量避免误会和尴尬。

I think we should have some common sense on the general issues of religions, so that we could avoid misunderstandings and awkwardness when interacting with people.

Zhōngguó yǒu gè shǎoshù mínzú jiào Huízú, qízhōng dà bùfen rén dōu xìnfèng Yīsīlánjiào.

9. 中国有个少数民族叫回族，其中大部分人都信奉伊斯兰教。

There is a minority named the Hui in China, and most of the Hui people believe in Islam.

Wǒ tóngxué gāng cóng Xīzàng lǚyóu huílai, tā shuō nàr de Zàngchuán-Fójiào shífēn yǒu tèsè.

10. 我同学刚从西藏旅游回来，她说那儿的藏传佛教十分有特色。

My classmate who has just come back from a trip to Tibet said Tibetan Buddhism has its own unique characteristics.

Wǒ gāng lái Shànghǎi, qǐngwèn kěyǐ qù nǎli zuò lǐbài?

11. A: 我刚来上海，请问可以去哪里做礼拜？

I just came to Shanghai. Where can I find churches?

Xúhuì Tiānzhǔjiàotáng shì Shànghǎi zuì dà de Tiānzhǔjiàotáng,
B1: 徐汇 天主教堂 是 上海 最 大 的 天主教堂，
érqiě shì duìwài kāifàng de, nǐ kěyǐ kǎolǜ yíxià.
而且 是 对外 开放 的，你 可以 考虑 一下。

Xuhui Catholic Church is the largest Catholic Church in Shanghai, which is open to the public. You can take that into consideration.

Shànghǎi jiàotáng háishi hěn duō de, nǐ kěyǐ shàngwǎng
B2: 上海 教堂 还是 很 多 的，你 可以 上网
sōusuǒ yíxià, kànkan nǎ yì suǒ lí nǐ jiā zuì jìn.
搜索 一下，看看 哪 一 所 离 你 家 最 近。

There are many churches in Shanghai. You can find the nearest church on the Internet.

Nǐ chīguo qīngzhēncài ma? Xuéxiào yǒu yí gè qīngzhēn
12. A: 你 吃过 清真菜 吗？ 学校 有 一 个 清真
cāntīng, wǒmen qù chángchang kàn ba!
餐厅，我们 去 尝尝 看 吧！

Have you ever eaten Muslim dishes? We should give it a try since our school has a Muslim canteen.

Hǎo a! Wǒ zuì xǐhuan chī nàli de kǎoyángròu le!
B1: 好 啊！ 我 最 喜欢 吃 那里 的 烤羊肉 了！

OK! Roasted mutton is my favorite!

Wǒ juéde qīngzhēncài kǒuwèi tài zhòng le, bú tài xǐhuan.
B2: 我 觉得 清真菜 口味 太 重 了，不 太 喜欢。

I do not really like Muslim dishes as they taste too strong.

词语 Vocabulary

序号	词语	拼音	词性	翻译
1	宗教	zōngjiào	名	religion
2	信仰	xìnyǎng	名 / 动	faith; to believe in
3	风景	fēngjǐng	名	scenery
4	优美	yōuměi	形	graceful
5	道教	Dàojiào	名	Taoism
6	虔诚	qiánchéng	形	devout
7	基督教	Jīdūjiào	名	Christianism
8	教徒	jiàotú	名	adherent
9	教堂	jiàotáng	名	church
10	礼拜	lǐbài	名	religious service
11	权利	quánlì	名	right
12	尊重	zūnzhòng	动	to respect
13	佛教	Fójiào	名	Buddhism
14	烧香	shāoxiāng	动	to burn incense
15	穆斯林	mùsīlín	名	Muslim
16	水产品	shuǐchǎnpǐn	名	seafood
17	复活节	Fùhuójié	名	Easter Day
18	盛大	shèngdà	形	grand
19	派对	pàiduì	名	party
20	《西游记》	Xīyóujì	名	*Journey to the West*
21	经书	jīngshū	名	Buddhist scriptures
22	常识	chángshí	名	common sense
23	避免	bìmiǎn	动	to avoid
24	少数民族	shǎoshù mínzú	名	(ethnic) minority
25	信奉	xìnfèng	动	to believe in

26	伊斯兰教	Yīsīlánjiào	名	Islam
27	藏传佛教	Zàngchuán-Fójiào	名	Tibetan Buddhism
28	天主教	Tiānzhǔjiào	名	Catholicism
29	开放	kāifàng	动	to be open
30	清真	qīngzhēn	名	Islam
31	烤	kǎo	动	to roast
32	重	zhòng	形	strong

Dì-sìshíwǔ Kè Liàn'ài Jiāoyǒu

第四十五课 恋爱 交友

Lesson 45 Relationships and Making Friends

Tán liàn'ài gùrán zhòngyào, dàn búyào lǎoshi xiǎngzhe qù nǎr

1. 谈恋爱固然重要，但不要老是想着去哪儿

yuēhuì, bǎ xuéxí diū zài yìbiān a!

约会，把学习丢在一边啊！

It's important to be involved in a relationship, but you still have to focus on studies instead of thinking about dating all the time.

Rénmín Gōngyuán zhège "xiāngqīnjiǎo" zhēnshi tài tèbié le,

2. 人民公园这个"相亲角"真是太特别了，

hěn duō fùmǔ zài wèi zǐnǚ xiāngqīn ne!

很多父母在为子女相亲呢！

The "blind date corner" in People's Park is really special. Many parents are going there to conduct blind dates for their children.

Wǒ duì yí gè nǚháir yíjiàn-zhōngqíng, yídìng yào bǎ tā zhuī

3. 我对一个女孩儿一见钟情，一定要把她追

dàoshǒu, nǐ yǒu méiyǒu shénme hǎo de jīngyàn kěyǐ chuánshòu

到手，你有没有什么好的经验可以传授

yíxià a?

一下啊？

I fell in love with a girl at the first sight. Can you teach me how to win her heart?

Hé lǎoyíbèirén bǐ qǐlái, niánqīngrén duìdài àiqíng yǔ hūnyīn

4. 和老一辈人比起来，年轻人对待爱情与婚姻

de tàidu xiǎnde zìyóu、kāifàng, yúshì "shǎnhūnzú" "luǒhūnzú"

的态度显得自由、开放，于是“闪婚族”“裸婚族”

"shǎnlízú" yě jiù gēnzhe chūxiàn le.

“闪离族”也就跟着出现了。

Compared to older generations, young people are more open-minded towards the concept of love and marriage, which has lead to the emergence of "flash marriage groups", "naked marriage groups" and "flash divorce groups".

Wǒ cānjiāle Zhōngguó wénhuà xìngqù shètuán, bùguāng qīnshēn

5. 我参加了中国文化兴趣社团，不光亲身

tǐyànle Zhōngguó wénhuà, hái jiāole hěn duō hǎo péngyou ne!

体验了中国文化，还交了很多好朋友呢！

Being a member of the Chinese Culture society, I've not only experienced the Chinese culture but also made many good friends!

Xiàndài shèhuì dà chéngshì li de dānshēn nǚxìng yuèláiyuè duō,

6. 现代社会大城市里的单身女性越来越多，

kě wǒ māma háishi cuīzhe wǒ zhuājǐn zhǎo duìxiàng.

可我妈妈还是催着我抓紧找对象。

Nowadays there are more and more single females in big cities, but my mom still prompts me to hurry up to find a boyfriend.

Jīntiān wǎnshang yǒu shíjiān ma? Qù wǒ jiā chīfàn ba, chángchang
7. 今天晚上有时间吗？去我家吃饭吧，尝尝
wǒ māma de shǒuyì.
我妈妈的手艺。

Are you free tonight? Come to my house and taste my mum's dishes!

Hěn gāoxìng rènshi nǐ, kěyǐ gěi wǒ liú yí gè shǒujīhào ma?
8. 很高兴认识你，可以给我留一个手机号吗？
Fāngbiàn yǐhòu liánxì.
方便以后联系。

Glad to know you. Can you please leave your mobile number with me so that we can get in touch in the future?

Nǐ zhīdao diànshì xiāngqīn jiémù ma? Xiànzài kě liúxíng le!
9. 你知道电视相亲节目吗？现在可流行了！
Hěn duō rén dōu zài shàngmiàn zhǎodàole zìjǐ xīnyí de lìng
很多人都在上面找到了自己心仪的另
yí bàn ne!
一半呢！

Do you know the TV show for blind date? It is so popular nowadays! Many people have found their ideal partner in this way.

Zuìjìn yǒu gè àiqíngpiàn kuàiyào shàngyìng le, nǐ yuàn bú yuànyì
10. 最近有个爱情片快要上映了，你愿不愿意
hé wǒ yìqǐ qù kàn?
和我一起去看？

There's an upcoming romantic film recently. Would you like to watch it with me?

Zuótiān wǎnshang, yí gè jiāoliúle hěn jiǔ de wǎngyǒu duì

11. A: 昨天 晚上，一 个 交流了 很 久 的 网友 对

wǒ biǎobái le, nǐ gěi wǒ chūchu zhǔyi ba!

我 表白 了，你 给 我 出出 主意 吧！

Last night a net pal with whom I chatted for a long time professed his love to me. Give me some advice!

Wǒ juéde wǎngshàng jiāoyǒu bú kàopǔ, nǐ háishi xiànshí

B1: 我 觉得 网上 交友 不 靠谱，你 还是 现实

yìdiǎnr ba!

一点儿 吧！

I think making friends online is not trustworthy. Get back to the real world!

Rúguǒ zài tóngyī chéngshì dehuà, kěyǐ xiān jiànjian miàn,

B2: 如果 在 同一 城市 的话，可以 先 见见 面，

shìzhe jiēchù kànkan.

试着 接触 看看。

If you're in the same city, both of you can try to meet up and get to know each other.

Wǒ hé wǒ de nǚpéngyou chǎojià le, yǒude shíhou zhēn de

12. A: 我 和 我 的 女朋友 吵架 了，有的 时候 真 的

hěn nán lǐjiě tā.

很 难 理解 她。

My girlfriend and I quarreled. Sometimes it's hard for me to understand her.

Nǐmen zhījiān cúnzài wénhuà chāyì, ràngrang tā ba,

B1: 你们 之间 存在 文化 差异，让让 她 吧，

tuì yí bù hǎikuò-tiānkōng.
退一步海阔天空。

There's a cultural difference between the two of you. Why don't you make a compromise? One step back for boundless sky.

Kuàguólián shì huì chǎnshēng hěn duō wèntí de, nǐmen yào
B2: 跨国恋是会产生很多问题的，你们要
xiānghù bāoróng, búyào yíwèi zhǐzé duìfāng.
相互包容，不要一味指责对方。

International relationships cause many troubles and thus both of you should try to accept each other instead of blaming each other.

词语 Vocabulary

序号	词语	拼音	词性	翻译
1	恋爱	liàn'ài	动	to love
2	交友	jiāoyǒu	动	to make friends
3	固然	gùrán	副	though
4	约会	yuēhuì	动	to date
5	相亲	xiāngqīn	动	to date blindly
6	一见钟情	yíjiàn-zhōngqíng		love sb at the first sight
7	追	zhuī	动	to run after
8	传授	chuánshòu	动	to pass on
9	爱情	àiqíng	名	love
10	婚姻	hūnyīn	名	marriage
11	显得	xiǎnde	动	to seem
12	自由	zìyóu	形	free

13	闪婚	shǎnhūn	动	to carry out a flash marriage
14	裸婚	luǒhūn	动	to carry out a naked marriage
15	闪离	shǎnlí	动	to carry out a flash divorce
16	亲身	qīnshēn	副	personally
17	体验	tǐyàn	动	to experience
18	越来越……	yuèláiyuè…	副	more and more
19	抓紧	zhuājǐn	动	to firmly grasp
20	手艺	shǒuyì	名	skill
21	流行	liúxíng	形	popular
22	心仪	xīnyí	动	to admire in the heart
23	上映	shàngyìng	动	to be on
24	表白	biǎobái	动	to profess one's love
25	主意	zhǔyi	名	advice
26	靠谱	kàopǔ	形	trustworthy
27	现实	xiànshí	形	real, actual
28	吵架	chǎojià	动	to quarrel
29	差异	chāyì	名	difference
30	让	ràng	动	to concede
31	海阔天空	hǎikuò-tiānkōng		unrestrained and far-ranging
32	包容	bāoróng	动	to accept
33	一味	yíwèi	副	always

Shíyī Gōngzuò Shíjiàn

十一、工作实践

UNIT 11 WORKING PRACTICE

Dì-sìshíliù Kè Dǎgōng Shíxí

第四十六课 打工 实习

Lesson 46 Working Part-time and Internships

Wǒ yìngpìnle yì jiā Yìdàlì cāntīng de shǔqī gōngzuò, fǎnzhèng

1. 我应聘了一家意大利餐厅的暑期工作，反正

shǔjià wǒ yě bù huíguó, zhènghǎo hái néng zhuàn diǎnr wàikuài.

暑假我也不回国，正好还能赚点儿外快。

I applied to work at an Italian restaurant during the summer vacation as I am not going back home and I can earn some extra money.

Yìbiān xuéxí yìbiān dǎgōng suīrán hěn xīnkǔ, dànshì zhèyàng

2. 一边学习一边打工虽然很辛苦，但是这样

néng zìshí-qílì, érqiě hěn chōngshí.

能自食其力，而且很充实。

Learning and working at the same time might be hard. But it is really enriching as you can live with your own earnings.

Píngshí búyào zuò tài duō jiānzhí, yàoburán huì yǐngxiǎng xuéxí de.

3. 平时不要做太多兼职，要不然会影响学习的。

Do not take too many part-time jobs or they may affect your studies.

Wǒ xiǎng wèn yíxià, shíxí jiéshù hòu kěyǐ gěi wǒ kāi yí fèn shíxí zhèngmíng ma?

4. 我想问一下，实习结束后可以给我开一份实习证明吗？

Could I get a certificate after the internship?

Wǒ xiǎng zhǎo yí fèn jiānzhí, zuìhǎo shì yǒu hěn duō jīhuì gēn Zhōngguórén jiēchù de, kěyǐ gěi wǒ jièshào yí gè ma?

5. 我想找一份兼职，最好是有很多机会跟中国人接触的，可以给我介绍一个吗？

I am looking for a part-time job. I prefer jobs that enable me to have many opportunities to interact with the Chinese. Can you recommend one to me?

Wǒ zài wǎngshàng kàndào yí gè Hánguó gōngsī zhèngzài zhāo shíxíshēng, yāoqiú Hànyǔ hé Hányǔ dōu hěn liúlì, wǒmen qù tóu fèn jiǎnlì ba!

6. 我在网上看到一个韩国公司正在招实习生，要求汉语和韩语都很流利，我们去投份简历吧！

I saw online that a Korean company is hiring interns who can speak Chinese and Korean fluently. Let's send our resumes now!

Tīngshuō Xújiāhuì yǒu yì jiā Rìyǔ péixùn jīgòu yào zhāo wàijiào, kěshì tāmen zhǐ zhāo quánzhí de, wǒ méiyǒu nàme duō shíjiān.

7. 听说徐家汇有一家日语培训机构要招外教，可是他们只招全职的，我没有那么多时间。

Heard that there is a Japanese training institution in Xujiahui that is hiring full-time native teachers, but

I do not have that much time.

Xià Zhōusān yǒu yí gè Měiguó dàibiǎotuán yào lái wǒmen xuéxiào,
8. 下周三有一个美国代表团要来我们学校，
nǐ yuànyì dāng péitóng fānyì ma?
你愿意当陪同翻译吗？

There will be a US delegation coming to our school on next Wednesday. Do you want to be our accompanying interpreter?

Wǒ zuò jiānzhí bìng bú shì xiǎng zhuàn shēnghuófèi, ér shì xiǎng
9. 我做兼职并不是想赚生活费，而是想
tǐyàn bù yíyàng de shēnghuó.
体验不一样的生活。

I am not making a living by doing a part-time job. I just want to experience a different life.

Wǒ bù xiǎng fàngqì xiànzài de gōngzuò, suǒyǐ xuǎnzéle yǐ
10. 我不想放弃现在的工作，所以选择了以
bàngōng-bàndú de fāngshì lái gōngdú shuòshì xuéwèi.
半工半读的方式来攻读硕士学位。

I do not want to give up my current job, so I chose to study and work at the same time to pursue my master's degree.

Tīngshuō nǐ zài yì jiā quánqiú wǔbǎi qiáng gōngsī shíxí,
11. A: 听说你在一家全球500强公司实习，
zěnmeyàng a? Shùnlì ma?
怎么样啊？顺利吗？

Heard that you are doing an internship in one of the world's top 500 companies, how was it? Is everything all right?

Wǒ zài zuò zhùlǐ fānyì, xiànzài cái fāxiàn zìjǐ de
B1：我在做助理翻译，现在才发现自己的
fānyì shuǐpíng hé zhuānyè rénshì hái chà de yuǎn ne.
翻译水平和专业人士还差得远呢。

I am working as an assistant interpreter, and I realized my translation capability is far yet behind the professionals.

Wǒ cānyùle gōngsī bù shǎo xiàngmù, shōuhuò hěn dà.
B2：我参与了公司不少项目，收获很大。

I have taken part in many projects of the company, and I' ve learnt a lot.

Wǒ xiǎng zhōumò zuòzuo jiānzhí, nǐ zhīdao zěnme zhǎo ma?
12. A：我想周末做做兼职，你知道怎么找吗？

I would like to do a part-time job during weekends. Do you know where can I find one?

Nǐ kěyǐ qù qiúzhí wǎngzhàn shang kànkan, shàngmian yǒu
B1：你可以去求职网站上看看，上面有
hěn duō zhāopìn xìnxī.
很多招聘信息。

You can take a look at the job-hunting websites where there is a lot of recruitment information.

Nǐ xiǎng zuò shénme lèixíng de gōngzuò? Wǒ bāng nǐ
B2：你想做什么类型的工作？我帮你
liúyì yíxià.
留意一下。

Which type of work are you looking for? I' ll keep a lookout for you.

词语 Vocabulary

序号	词语	拼音	词性	翻译
1	应聘	yìngpìn	动	to apply for a job
2	正好	zhènghǎo	副	just in time
3	外快	wàikuài	名	extra salary
4	自食其力	zìshí-qílì		to earn one' s own living
5	招	zhāo	动	to recruit
6	投	tóu	动	to send
7	简历	jiǎnlì	名	resume
8	培训	péixùn	动	to train
9	机构	jīgòu	名	institution
10	外教	wàijiào	名	foreign language teacher
11	全职	quánzhí	形	full-time
12	代表团	dàibiǎotuán	名	delegation
13	陪同	péitóng	动	to accompany
14	翻译	fānyì	名	interpreter
15	放弃	fàngqì	动	to give up
16	半工半读	bàngōng-bàndú		study and work at the same time
17	攻读	gōngdú	动	to pursue a degree
18	顺利	shùnlì	形	smooth
19	助理	zhùlǐ	形	assistant
20	差	chà	形	inferior
21	项目	xiàngmù	名	project
22	招聘	zhāopìn	动	to recruit
23	类型	lèixíng	名	type

Dì-sìshíqī Kè Zhìyuàn Fúwù

第四十七课 志愿 服务

Lesson 47 Volunteering

Wǒ zài wǎngshàng kàndào zhǎnhuì zhāo zhìyuànzhě, wàiguórén kěyǐ bàomíng ma?

1. 我在网上看到展会招志愿者，外国人可以报名吗？

I noticed online that the exhibition is recruiting volunteers. Can foreigners sign up for it?

Yǒu méiyǒu wàiguórén zhìyuàn fúwù de zǔzhī? Wǒ tiānshēng jiù shì yí gè rèxīncháng.

2. 有没有外国人志愿服务的组织？我天生就是一个热心肠。

Are there any volunteering organizations composed of foreigners? I was born warm-hearted.

Wèile néng gèng hǎo de róngrù dāngdìrén de shēnghuó, wǒ měi zhōu dōu huì qù shèqū zuò yìgōng.

3. 为了能更好地融入当地人的生活，我每周都会去社区做义工。

In order to mingle into the lives of local people, I do some volunteer work at the community every week.

Zhè wèi gāodà de Àodàlìyà shuài xiǎohuǒ, rèxīn yòu xìxīn, dàjiā dōu duì tā zànbùjuékǒu ne!

4. 这位高大的澳大利亚帅小伙，热心又细心，大家都对他赞不绝口呢！

The tall and handsome young Australian man is enthusiastic and careful and has got praise from everybody.

Tāmen liǎ měi zhōu dōu huì qù yòu'éryuán dāng yìjiào, háizimen
5. 他们 俩 每 周 都 会 去 幼儿园 当 义教，孩子们
kě xǐhuan tāmen le!
可 喜欢 他们 了！

Both of them go to a kindergarten every week to do some volunteer teaching. The children love them!

Zuótiān xiàwǔ, wǒ hé àixīn xiéhuì de tóngxuémen yìqǐ wèi
6. 昨天 下午，我 和 爱心 协会 的 同学们 一起 为
dìzhèn zāiqū mùjuān.
地震 灾区 募捐。

Yesterday afternoon, students from the Loving Association and I raised donation for the earthquake-stricken area.

Zuòwéi yì míng wàijiào, tā búdàn jījí cānjiā měi Zhōusān de
7. 作为 一 名 外教，他 不但 积极 参加 每 周三 的
Yīngyǔjiǎo, érqiě yìzhí yìwù wèi gōnggòng chǎngsuǒ de Yīngwén
英语角，而且 一直 义务 为 公共 场所 的 英文
biāozhì jiūcuò.
标志 纠错。

Being a foreign teacher, he actively participates in the English corner every Wednesday, and has been doing error correction for English signs in public places.

Guójì huìyì de zhìyuàn gōngzuò shì fēicháng fánsuǒ de, xūyào
8. 国际 会议 的 志愿 工作 是 非常 繁琐 的，需要
hěn hǎo de xiétiáo nénglì hé zǔzhī nénglì.
很 好 的 协调 能力 和 组织 能力。

Volunteer work at the international conference is full of details. It requires good coordination and organizational skills.

9. Zhōumò wǒmen yìqǐ qù gū'éryuàn kànwàng háizimen ba! Nàxiē
周末我们一起去孤儿院看望孩子们吧！那些
háizi zhēn shì tài kě'ài le, wǒ dōu xiǎng lǐngyǎng yí gè ne!
孩子真是太可爱了，我都想领养一个呢！

Let's visit the children in the orphanage this weekend! They are so cute that even I would also like to adopt one.

10. Nǐ kàn! Nàxiē rén dōu zài páiduì xiànxiě ne, wǒmen yě
你看！那些人都在排队献血呢，我们也
qù ba!
去吧！

Look! Those people are queuing for blood donation, let's join them!

11. Yìzhí méi jiàn nǐ rényǐngr, nǐ pǎo nǎr qù le?
A: 一直没见你人影儿，你跑哪儿去了？

I haven't seen you recently, where did you go?

Wǒ qù Guìzhōu de Xīwàng Xiǎoxué zhījiào le, gānggāng
B1: 我去贵州的希望小学支教了，刚刚
huílai ne.
回来呢。

I've just come back from Guizhou Hope Primary School. I went there to teach voluntarily.

Wǒ zuìjìn zài zuò yóuyǒng Shì-jǐn Sài de zhìyuànzhě ne!
B2: 我最近在做游泳世锦赛的志愿者呢！

Recently I'm working as a volunteer at the World Swimming Championship.

Tīngshuō xīn chénglìle yì zhī liúxuéshēng zhìyuànzhě fúwùduì,
12. A: 听说 新 成立了 一 支 留学生 志愿者 服务队，
yǒu méiyǒu xìngqù bàomíng a?
有 没有 兴趣 报名 啊？

I heard that there is a newly established student volunteer service team. Are you interested in signing up?

Hǎo shì hǎo, dànshì zuìjìn mángzhe qīmò kǎoshì, guò
B1: 好 是 好，但是 最近 忙着 期末 考试，过
yízhènr zài shuō ba.
一阵儿 再 说 吧。

It's good, but I am busy with the final exams recently. Let's talk about this after my exams.

Hǎo a, wǒ zài zìjǐ guójiā de shíhou jiù yìzhí
B2: 好 啊，我 在 自己 国家 的 时候 就 一直
zài zuò zhìyuànzhě ne.
在 做 志愿者 呢。

Sure, I was a volunteer back home too.

词语 Vocabulary

序号	词语	拼音	词性	翻译
1	志愿	zhìyuàn	动	to volunteer
2	展会	zhǎnhuì	名	exhibition
3	志愿者	zhìyuànzhě	名	volunteer
4	天生	tiānshēng	形	born
5	热心肠	rèxīncháng	名	warm-heartedness
6	融入	róngrù	动	to mingle
7	社区	shèqū	名	community

8	义工	yìgōng	名	volunteer
9	帅	shuài	形	handsome
10	细心	xìxīn	形	careful
11	赞不绝口	zànbùjuékǒu		full of praise
12	义教	yìjiào	名	voluntary teaching
13	地震	dìzhèn	动	earthquake
14	灾区	zāiqū	名	disaster area
15	募捐	mùjuān	动	to raise donation
16	英语角	Yīngyǔjiǎo	名	English corner
17	纠错	jiūcuò	动	to correct errors
18	繁琐	fánsuǒ	形	loaded down with trivi details
19	协调	xiétiáo	动	to coordinate
20	孤儿	gū'ér	名	orphan
21	领养	lǐngyǎng	动	to adopt
22	献血	xiànxiě	动	to donate blood
23	人影儿	rényǐngr	名	the shadow of a huma figure
24	支教	zhījiào	动	to teach voluntarily
25	世锦赛	Shì-jǐn Sài	名	World Championship

Dì-sìshíbā Kè Qiúzhí Jiùyè

第四十八课 求职 就业

Lesson 48 Job Hunting and Employment

Wǒ bìyè yǐhòu dǎsuàn liúzài Zhōngguó fāzhǎn, xiǎng cóngshì yǔ

1. 我 毕业 以后 打算 留在 中国 发展，想 从事 与

màoyì yǒuguān de gōngzuò.
贸易有关的工作。

I intend to work in China after graduation and hope to engage in trade-related work.

Miànshì de shíhou yào chuānzhuó zhèngshì détǐ, chénzhuó zìxìn,
2. 面试的时候要穿着 正式得体，沉着自信，
dǒng lǐmào, cái néng gěi miànshìguān liúxià hǎo yìnxiàng.
懂礼貌，才能给面试官留下好印象。

In order to impress the interviewer during an interview, you should dress formally and decently and be calm, confident and polite.

Wǒ juéde zhè fèn gōngzuò fāzhǎn kōngjiān bú dà, zǎo jiù xiǎng
3. 我觉得这份工作发展空间不大，早就想
tiàocáo le, zhǐshì yìzhí méiyǒu zhǎodào gèng héshì de.
跳槽了，只是一直没有找到更合适的。

I do not think there is much room for improvement in this job and have been considering job-hopping long since, but I haven't found an appropriate one.

Jiǎnlì bù néng zuò de tài huāshao, yào jiǎnjié、zhēnshí, érqiě
4. 简历不能做得太花哨，要简洁、真实，而且
yào tūchū nǐ de yōushì.
要突出你的优势。

Your resume should not be too garish. Instead, it should be simple, realistic and highlight your virtues.

Wǎngshàng yí gè liètóu gōngsī de rén zhǎodào wǒ, xiǎng wā wǒ
5. 网上一个猎头公司的人找到我，想挖我
guòqù, nǐ gěi wǒ chūchu zhǔyi ba!
过去，你给我出出主意吧！

A head-hunting company approached me online and wanted to poach me. Give me some advice!

Wǒ yǒu sān nián de gōngzuò jīngyàn, wǒ wánquán yǒu xìnxīn shèngrèn

6. 我有三年的工作经验，我完全有信心胜任

zhè fèn gōngzuò.

这份工作。

I have three years of working experience and I am fully confident of being qualified for the job.

Hǎo xiāoxi, wǒ shōudào yí gè guójì xuéxiào de lùyòng tōngzhī

7. 好消息，我收到一个国际学校的录用通知

le, kěshì wǒ yìzhí mèngmèiyǐqiú de gōngzuò ne!

了，可是我一直梦寐以求的工作呢！

Good news! I received a job offer from an international school. This is a job that I am earnestly eager for!

Wǒ xià gè xīngqī jiù yào zhèngshì shàngbān le, nǐ péi wǒ qù

8. 我下个星期就要正式上班了，你陪我去

mǎi jǐ tào zhíyèzhuāng ba!

买几套职业装吧！

I am going to start to work next week, please accompany me to buy a few suits.

Zài Zhōngguó zhǎo gōngzuò, yídìng yào bànlǐ jiùyè xǔkězhèng hé

9. 在中国找工作，一定要办理就业许可证和

jūliúzhèng.

居留证。

To find a job in China, you must apply for an employment permit and residence permit.

Xīngqītiān yǒu yì chǎng xiàoyuán zhāopìnhuì, tígōng gěi wénkē

10. 星期天有一场校园招聘会，提供给文科

xuéshēng de zhíwèi bù duō, dàn wǒmen háishi qù pèngpeng
学生的职位不多，但我们还是去碰碰
yùnqi ba.
运气吧。

There will be a campus career fair this Sunday. Let's try our luck, though there will not be many posts for students of arts.

Xīngqītiān yǒu yí gè jiùyè jiǎngzuò, wǒmen yìqǐ qù
11. A: 星期天有一个就业讲座，我们一起去
tīngting kàn ba!
听听看吧！

There will be a seminar about employment on Sunday. Let's attend it together!

Hǎo a, wǒ gāng shōudào yí gè miànshì tōngzhī, zhènghǎo
B1: 好啊，我刚收到一个面试通知，正好
qù tīngting, shuōbudìng yǒuyòng.
去听听，说不定有用。

Sure, I just got an interview notice. Let's go and have a listen; maybe we'll learn something.

Shì guānyú zhíyè guīhuà háishi miànshì zhǐdǎo de a?
B2: 是关于职业规划还是面试指导的啊？
Rúguǒ shì zhíyè guīhuà de, wǒ jiù bú qù le.
如果是职业规划的，我就不去了。

Is it about career planning or guidance for interviews? If it's about career planning, count me out.

Qù gōngsī miànshì, chúle jiǎnlì yǐwài, hái xūyào
12. A: 去公司面试，除了简历以外，还需要
zhǔnbèi qítā shénme ma?
准备其他什么吗？

Apart from resumes, do we need to prepare anything else for an interview?

Nǐ yào duō liǎojiě suǒ yào miànshì de gōngsī, érqiě yuè xiángxì yuè hǎo.

B1: 你要多了解所要面试的公司，而且越详细越好。

You'd better know about the company as much as possible.

Miànshì búyào chídào, zhùyì miànshì lǐyí.

B2: 面试不要迟到，注意面试礼仪。

Do not be late for the interview, and pay attention to etiquette during the interview.

● 词语 Vocabulary

序号	词语	拼音	词性	翻译
1	就业	jiùyè	动	to obtain employmen
2	发展	fāzhǎn	动	to develop
3	从事	cóngshì	动	to engage in
4	得体	détǐ	形	decent
5	沉着	chénzhuó	形	calm
6	自信	zìxìn	形	confident
7	印象	yìnxiàng	名	impression
8	空间	kōngjiān	名	space
9	跳槽	tiàocáo	动	to job-hop
10	花哨	huāshao	形	garish
11	简洁	jiǎnjié	形	simple
12	突出	tūchū	动	to highlight

13	优势	yōushì	名	virtue
14	猎头	liètóu	名	headhunter
15	挖	wā	动	to poach
16	信心	xìnxīn	名	confidence
17	胜任	shèngrèn	动	to be qualified
18	录用	lùyòng	动	to hire
19	梦寐以求	mèngmèiyǐqiú		earnestly long for sth
20	职业	zhíyè	名	occupation
21	文科	wénkē	名	liberal arts
22	职位	zhíwèi	名	position
23	碰运气	pèng yùnqi		to try one's luck
24	规划	guīhuà	动	to plan

Shí'èr Xuéchéng Huíguó

十二、学成 回国

UNIT 12 RETURNING HOME

Dì-sìshíjiǔ Kè Huíguó Zhǔnbèi

第四十九课 回国 准备

Lesson 49 Preparations for Return

Wǒ yào zài qù mǎi gè xínglixiāng, xiànzài de zhège tài xiǎo le, zhuāng bú xià.

1. 我要再去买个行李箱，现在的这个太小了，装不下。

I'm going to buy one more suitcase. My current one is too small.

Wǒ xiǎng dài xiē tǔtèchǎn huíjiā, dàn bù zhīdao dài diǎnr shénme hǎo, nǐ gěi wǒ chūchu zhǔyi ba.

2. 我想带些土特产回家，但不知道带点儿什么好，你给我出出主意吧。

I want to bring some local specialties back, but I don't know what to bring. Give me an idea.

Zài tuìsù zhīqián, yào gàosu sùshè guǎnlǐyuán, bānzǒu gèrén wùpǐn, jiéqīng shuǐdiànfèi.

3. 在退宿之前，要告诉宿舍管理员，搬走个人物品，结清水电费。

Before checking out from the dorm, you should inform the dorm administrator, remove all personal items and settle water and electricity fees.

Wǒ děng yíxià yào qù Zhōngguó Yídòng yíngyètīng zhùxiāo diànhuà hàomǎ, nǐ yào bú yào yìqǐ qù ā?

4. 我等一下要去中国移动营业厅注销电话号码，你要不要一起去啊?

I am going to China Mobile business hall to write off my number. Do you want to go with me?

Yàoshi nǐ huíguó de shíjiān quèdìng xiàlái le, háishi yào zǎo dìng jīpiào, yīnwèi dìng de yuè zǎo, jiàgé yuè piányi.

5. 要是你回国的时间确定下来了，还是要早订机票，因为订得越早，价格越便宜。

If you have decided the date to go back, you'd better get your air tickets as early as possible. The earlier you get them, the cheaper it is.

Bù zhī zěnme gǎo de, wǒ zǒng juéde yǒu dōngxi là zài fángjiān le, wǒ děi huíqù kànkan.

6. 不知怎么搞的，我总觉得有东西落在房间了，我得回去看看。

I don't know why but I have this feeling that I left something in the room. I have to go back and take a look.

Huàzhuāngpǐn、yǐnliào、xiāngshuǐ dōu bù kěyǐ suíshēn xiédài, nǐ háishi bǎ tāmen fàngzài xínglixiāng li tuōyùn ba.

7. 化妆品、饮料、香水都不可以随身携带，你还是把它们放在行李箱里托运吧。

Cosmetics, beverages and perfume are not allowed in your hand baggage, so you'd better place them in the checked baggage.

Zhè yí cì wǒ gěi tāmen dàile hěn duō yǒu yìsi de dōngxi

8. 这一次我给他们带了很多有意思的东西

huíqù, nǐ kàn, guāngshì gè zhǒng jìniànpǐn, bǐrú cháyè、

回去，你看，光是各种纪念品，比如茶叶、

sīchóu、 kuàizi a shénmede jiù yǒu yì xiāngzi ne.

丝绸、筷子啊什么的就有一箱子呢。

This time, I bought many interesting souvenirs back home. Look, all the souvenirs such as tea-leaves, silk and chopsticks.

Nǐ kàn wǒ zhè jìxing! Chàdiǎnr wàngle tuì fànkǎ hé

9. 你看我这记性！差点儿忘了退饭卡和

fángkǎ le.

房卡了。

Look at my memory! I almost forgot to return my meal card and room card.

Wǒ de fángzi tuìzū le, kěshì fángdōng bù kěn tuì yājīn

10. 我的房子退租了，可是房东不肯退押金

gěi wǒ, nǐ shuō zěnme bàn?

给我，你说怎么办？

I ended my lease but the landlord refused to return my deposit. What should I do?

Lǎoshī, wǒ shì jiāohuànshēng, wǒ xiǎng wèn yíxià yǒu xuéfēn

11. A: 老师，我是交换生，我想问一下有学分

zhèngmíng ma?

证明吗？

Professor, I am an exchange student. I would like to know if there is credit certificate.

Méiyǒu de, zhǐyǒu chéngjìdān, kěyǐ píng xuéshēngzhèng

B1: 没有的，只有成绩单，可以凭 学生证

lái lǐngqǔ.
来领取。

No, only a result slip. You can collect it by presenting your student card.

Yǒu de, xiànzài hái méi bànhǎo, xià Xīngqīyī zài
B2: 有的，现在还没办好，下星期一再
guòlái ná ba.
过来拿吧。

Yes, but it is not available yet. Do come again next Monday.

Wǒ mǎshàng jiù yào huíguó le, yìxiē bú dàizǒu de dōngxi
12. A: 我马上就要回国了，一些不带走的东西
xiǎng juāngěi pínkùn dìqū.
想捐给贫困地区。

I am leaving soon, and I am going to donate some of the things that I cannot bring back to poverty-striken regions.

Nǐ kěyǐ jìgěi tāmen, wǒ zhèli yǒu Hóngshízìhuì
B1: 你可以寄给他们，我这里有红十字会
tígōng de dìzhǐ.
提供的地址。

You can mail to them. I have the address provided by the Red Cross Association.

Wǒ yě shì zhème xiǎng de, děng wǒ huíguó de shíhou
B2: 我也是这么想的，等我回国的时候
yě yào bǎ dōngxi juānzèng chūqù.
也要把东西捐赠出去。

I agree, when it's time for me to go back, I will

donate some stuff too.

词语 Vocabulary

序号	词语	拼音	词性	翻译
1	行李箱	xínglixiāng	名	suitcase
2	土特产	tǔtèchǎn	名	local speciality
3	退宿	tuìsù	动	to check out from the dorm
4	结清	jiéqīng	动	to settle
5	注销	zhùxiāo	动	to write off
6	饮料	yǐnliào	名	beverage
7	香水	xiāngshuǐ	名	perfume
8	随身	suíshēn	动	to carry…with sb
9	纪念品	jìniànpǐn	名	souvenir
10	茶叶	cháyè	名	tea-leaf
11	丝绸	sīchóu	名	silk
12	筷子	kuàizi	名	chopsticks
13	退租	tuìzū	动	to throw a lease
14	肯	kěn	动	to be willing to
15	捐	juān	动	to donate
16	贫困	pínkùn	形	poverty-striken
17	地区	dìqū	名	region
18	红十字会	Hóngshízìhuì	名	Red Cross Association
19	捐赠	juānzèng	动	to donate

Dì-wǔshí Kè Yǔ Péngyou Gàobié
第五十课 与朋友 告别
Lesson 50 Bidding Friends Farewell

Wǒ míngtiān jiù yào huíguó le, zhēn de hěn shěbude zhèli,

1. 我明天就要回国了，真的很舍不得这里，

shěbude nǐ, wǒ huì gěi nǐ fā yóujiàn de!

舍不得你，我会给你发邮件的！

I am returning home tomorrow. I will miss here and I will miss you badly. I will send emails to you!

Yǐhòu zánmen kěyǐ jīngcháng tōngguò wēixìn liánxì, jìde duō

2. 以后咱们可以经常 通过微信联系，记得多

fā yìxiē piàoliang de zhàopiàn ō!

发一些漂亮的照片哦！

Let's keep in touch through Wechat. Do send me your beautiful pictures!

Lái lái lái, wǒmen jiàoshàng lǎoshī, yìqǐ dào xuéyuàn ménkǒu

3. 来来来，我们叫上老师，一起到学院门口

héyǐng liúniàn ba.

合影留念吧。

Come on! Let's ask our lecturer over to take a group photo to mark the occasion in front of the school gate.

Nǐ yí gè rén ná nàme duō dōngxi qù jīchǎng néng xíng ma?

4. 你一个人拿那么多东西去机场能行吗？

Háishi wǒ kāichē sòng nǐ ba.

还是我开车送你吧。

Can you manage so many things alone? Let me drive

you to the airport.

Nǐ dào jiā le yǐhòu jìde gěi wǒ dǎ gè diànhuà huò fā gè
5. 你到家了以后记得给我打个电话或发个
duǎnxìn, bào yíxià píng'ān.
短信，报一下平安。

When you get home, remember to give me a call or send me a message to let me know you're safe.

Nǐmen yǐhòu lái Měiguó lǚyóu dehuà yào lái zhǎo wǒ a,
6. 你们以后来美国旅游的话要来找我啊，
wǒ gěi nǐmen zuò dǎoyóu.
我给你们做导游。

Do let me know if you come to America for travelling. I will be your tour guide.

Nǐ shénme shíhou de fēijī? Dào shíhou wǒmen qù jīchǎng
7. 你什么时候的飞机？到时候我们去机场
sòngsong nǐ ba.
送送你吧。

When is your flight? We will send you to the airport at that time.

Zhè shì wǒmen liǎ sònggěi nǐ de lǐwù, zhù nǐ yílù
8. 这是我们俩送给你的礼物，祝你一路
shùnfēng!
顺风！

This is a gift from both of us. We wish you a happy voyage!

Zhōngguó de měishí zhēnshi tài duō le, tèbié shì nǎichá, hǎo
9. 中国的美食真是太多了，特别是奶茶，好
xiǎng huíguó kāi yí gè nǎichá liánsuǒdiàn!
想回国开一个奶茶连锁店！

There are so many delicacies in China! What impresses me most is milk tea. I want to open a milk tea chain when I go back home.

Wǒ yǐjīng shēnqǐngle zhèli de yánjiūshēng, bù zhīdao néng bù néng chéng, rúguǒ bùxíng dehuà, wǒ jiù zhǐ néng huíguó le.

10. 我已经申请了这里的研究生，不知道能不能成，如果不行的话，我就只能回国了。

I have already applied to be a postgraduate here, but I am not sure whether my application will be successful or not. If it is unsuccessful I'll have to return to my country.

Zuótiān wǒ jiālirén lái diànhuà le, shuō ràng wǒ dúwán zhège xuéqī jiù huíjiā dǎdiǎn shēngyi.

11. A: 昨天我家里人来电话了，说让我读完这个学期就回家打点生意。

I had a call from my family yesterday, asking me to return home to handle business after this semester.

Zhēn de ma? Zhème kuài a! Nà nǐ huíguó zhīhòu jìde yào hé wǒmen bǎochí liánxì, bié wàngle wǒmen ya.

B1: 真的吗？这么快啊！那你回国之后记得要和我们保持联系，别忘了我们呀。

Really? That's so fast! Please do keep in touch with us after you go back and don't forget us.

Nǐ gěi wǒmen yí gè nǐ jiā de dìzhǐ ba, wǒmen yǐhòu kěyǐ gěi nǐ jì míngxìnpiàn.

B2: 你给我们一个你家的地址吧，我们以后可以给你寄明信片。

Please leave us your home address so that we can

send postcards to you.

12. A: 周六晚上你有空吗？我们去外面吃顿散伙饭吧，我请客。

Zhōuliù wǎnshang nǐ yǒu kòng ma? Wǒmen qù wàimiàn chī dùn sànhuǒfàn ba, wǒ qǐngkè.

Are you free this coming Saturday night? Let's go out for a farewell dinner. I'll treat.

B1: 有时间啊，到时候我带个照相机，拍照留作纪念。

Yǒu shíjiān a, dào shíhou wǒ dài gè zhàoxiàngjī, pāizhào liúzuò jìniàn.

I am free at that time. I will bring a camera so that we can take pictures together to commemorate.

B2: 为什么要到外面去吃呢？我们自己动手做吧！

Wèi shénme yào dào wàimiàn qù chī ne? Wǒmen zìjǐ dòngshǒu zuò ba!

Why do we have to eat outside? Let's whip up some home-cooked food!

词语 Vocabulary

序号	词语	拼音	词性	翻译
1	告别	gàobié	动	to bid farewell
2	舍不得	shěbude	动	to be loath to part with or leave
3	留念	liúniàn	动	to mark the occasion
4	报平安	bào píng'ān		to send a message of safety
5	导游	dǎoyóu	名	guide

6	一路顺风	yílù shùnfēng		a happy voyage
7	奶茶	nǎichá	名	milk tea
8	连锁店	liánsuǒdiàn	名	chain
9	研究生	yánjiūshēng	名	postgraduate
10	打点	dǎdiǎn	动	to handle
11	明信片	míngxìnpiàn	名	postcard
12	散伙	sànhuǒ	动	to part ways
13	请客	qǐngkè	动	to treat sb

Suǒyǐn

索引

INDEX

according to	凭	Lesson 5	20
achievement	成就	Lesson 33	10
acqierement	才艺	Lesson 17	20
act as	当	Lesson 20	13
active	活泼	Lesson 14	9
active	活跃	Lesson 17	22
active	积极	Lesson 18	3
active	踊跃	Lesson 18	28
activity	活动	Lesson 4	10
actual	现实	Lesson 45	27
actual	真正	Lesson 5	21
actually	倒	Lesson 18	25
actually	倒是	Lesson 19	25
adapt	适应	Lesson 41	24
address	称呼	Lesson 43	12
address sb disrespectfully by name	直呼其名	Lesson 43	13
adherent	教徒	Lesson 44	8
adjective	形容词	Lesson 10	18
admire in the heart	心仪	Lesson 45	22
admire the full moon	赏月	Lesson 32	29
admission guide	招生简章	Lesson 1	40
admit (to a school)	录取	Lesson 1	15
adopt	领养	Lesson 47	21
advance study	进修	Lesson 21	19
advanced level	高级	Lesson 5	10
adverb	副词	Lesson 10	19
advice	主意	Lesson 45	25

aerobics	健美操	Lesson 34	20
after-sale	售后	Lesson 25	38
agency	中介	Lesson 28	5
aim	宗旨	Lesson 18	16
air-conditioner	空调	Lesson 27	13
all over	浑身	Lesson 7	24
all over the world	天南海北	Lesson 41	3
all the way	一口气	Lesson 20	16
always	老是	Lesson 41	20
always	一味	Lesson 45	33
always	一向	Lesson 35	6
ambulance	救护车	Lesson 39	11
ancestor	祖先	Lesson 32	16
anger	火	Lesson 41	8
announce	公布	Lesson 19	15
annoyed	不爽	Lesson 41	7
answer	答案	Lesson 8	9
answer questions	答疑	Lesson 10	1
anyway	反正	Lesson 16	7
apartment	公寓	Lesson 7	5
apply	申请	Lesson 1	18
apply for a job	应聘	Lesson 46	1
appraise and elect	评选	Lesson 35	28
appreciate	欣赏	Lesson 35	27
appropriate	合适	Lesson 10	9
approve	肯定	Lesson 19	4
approve	批准	Lesson 21	7

approximate	大致	Lesson 39	27
approximately	大概	Lesson 7	14
architecture	建筑	Lesson 16	36
arrange	安排	Lesson 2	3
art exhibition	画展	Lesson 18	6
articles for daily use	生活用品	Lesson 24	1
articulate	吐字	Lesson 36	13
artist	艺人	Lesson 17	25
as	作为	Lesson 4	19
as a result	以致	Lesson 22	9
as early as possible	趁早	Lesson 29	23
as expected	果然	Lesson 25	26
as far as possible	尽量	Lesson 11	5
as soon as possible	赶紧	Lesson 28	28
as soon as possible	尽快	Lesson 7	3
ask	询问	Lesson 43	24
ask for	索	Lesson 17	14
ask for help	求助	Lesson 39	1
ask for leave	请假	Lesson 11	2
ask question	提问	Lesson 8	6
assign	布置	Lesson 9	4
assistant	助理	Lesson 46	19
association	协会	Lesson 25	19
at a convenient occasion	顺便	Lesson 29	9
at ordinary time	平时	Lesson 24	17
at regular intervals	定期	Lesson 17	18
at that time	届时	Lesson 35	2

ATM for both depositing and withdrawing	存取款机	Lesson 30	19
ATM machine	取款机	Lesson 30	13
atmosphere	气氛	Lesson 16	20
attendance rate	出勤率	Lesson 11	8
attention	注意力	Lesson 11	7
attitude	态度	Lesson 24	23
attract	吸引	Lesson 36	17
audience	观众	Lesson 35	11
audit a course	旁听	Lesson 6	9
auditorium	礼堂	Lesson 4	15
authentic	地道	Lesson 26	12
authentic	真实	Lesson 5	31
authentic	正宗	Lesson 26	10
automated	自动	Lesson 29	3
average	人均	Lesson 33	21
aviation	航空	Lesson 29	27
avoid	避开	Lesson 24	20
avoid	避免	Lesson 44	23
award	奖励	Lesson 10	2
award	授予	Lesson 20	24
award a prize	颁奖	Lesson 19	22
awkward	尴尬	Lesson 27	20
B			
bachelor	学士	Lesson 20	28
background	背景	Lesson 13	23
backstage	后台	Lesson 35	30

badminton	羽毛球	Lesson 34	13
ballpoint pen	圆珠笔	Lesson 12	8
bank	银行	Lesson 3	15
bar	酒吧	Lesson 15	22
basic	基础	Lesson 5	6
bathroom	浴室	Lesson 27	21
be a guest	做客	Lesson 16	14
be able to do sth in time	来得及	Lesson 11	23
be afraid	恐怕	Lesson 20	23
be brilliant	出彩	Lesson 35	34
be commissioned to sell sth	代售	Lesson 29	5
be deemed as	算	Lesson 11	13
be familiar with	熟悉	Lesson 1	25
be fed up with	腻	Lesson 26	19
be homophonic	谐音	Lesson 43	6
be hospitalized	住院	Lesson 42	4
be in danger	遇险	Lesson 39	18
be injured in the sinews or bones	伤筋动骨	Lesson 38	23
be keen on gaining petty advantages	贪便宜	Lesson 25	25
be late	迟到	Lesson 11	1
be loath to part with or leave	舍不得	Lesson·50	2
be mutually recognizable	互认	Lesson 22	5
be not acclimatized	水土不服	Lesson 38	24
be on	上映	Lesson 45	23
be on sale	打折	Lesson 25	22

be online	在线	Lesson 31	11
be open	开放	Lesson 44	29
be popular	受欢迎	Lesson 14	19
be pregnant	怀孕	Lesson 21	13
be present	出席	Lesson 18	14
be present (pol.)	光临	Lesson 35	3
be qualified	胜任	Lesson 48	17
be related	相关	Lesson 16	22
be related (to)	有关	Lesson 13	21
be reluctant to do sth	懒得	Lesson 29	6
be rich with	富有	Lesson 36	15
be short of	缺	Lesson 35	17
be similar to	类似	Lesson 18	31
be stationed in	驻	Lesson 2	42
be taken orally	内服	Lesson 38	32
be truant	旷课	Lesson 11	3
be unconscious	昏迷	Lesson 39	14
be used privately	独立	Lesson 27	15
be used publicly	公用	Lesson 27	17
be willing to	肯	Lesson 49	14
be worth	值得	Lesson 17	29
become invalid	失效	Lesson 2	4
bedtime chat	卧谈会	Lesson 41	2
beginning level	初级	Lesson 5	7
believe in	信奉	Lesson 44	25
believe in	信仰	Lesson 44	2
beverage	饮料	Lesson 49	6

bid farewell	告别	Lesson 50	1
blank	空白	Lesson 2	11
block	堵	Lesson 27	23
bold	大胆	Lesson 10	3
book	图书	Lesson 15	1
book	预订	Lesson 29	24
book	预约	Lesson 17	9
boring	无聊	Lesson 16	27
born	天生	Lesson 47	4
branch (of a bank... etc.)	网点	Lesson 30	7
brand	品牌	Lesson 25	1
breakdown	故障	Lesson 30	21
bringing down the house	满堂彩	Lesson 36	22
broadband	宽带	Lesson 27	9
broaden	开阔	Lesson 37	2
Buddhism	佛教	Lesson 44	13
Buddhist scriptures	经书	Lesson 44	21
bullet train	动车	Lesson 29	16
burden	负担	Lesson 33	17
burn incense	烧香	Lesson 44	14
burst	爆	Lesson 40	17
business	商务	Lesson 6	8
business	生意	Lesson 33	20
business	业务	Lesson 31	8
business hall	营业厅	Lesson 30	1
buy food in the dining hall	打饭	Lesson 26	2
by the way	顺便	Lesson 29	9

chain	连锁店	Lesson 50	8
challenge	挑战	Lesson 12	14
championship	冠军	Lesson 36	19
change	变更	Lesson 2	35
change	换	Lesson 6	4
change	零钱	Lesson 29	2
charge	收费	Lesson 14	11
chat	聊天儿	Lesson 13	27
cheap	划算	Lesson 3	12
cheat (in an exam)	作弊	Lesson 12	10
check	查询	Lesson 5	16
check	检查	Lesson 9	2
check	检验	Lesson 9	23
check	查收	Lesson 18	30
check (luggage)	托运	Lesson 3	2
check out from the dorm	退宿	Lesson 49	3
cheer for	助威	Lesson 34	16
China	中华	Lesson 17	19
Chinese and foreign	中外	Lesson 18	5
Chinese Bridge	汉语桥	Lesson 36	16
Chinese style	中式	Lesson 43	32
chi-pao	旗袍	Lesson 37	9
chopsticks	筷子	Lesson 49	12
Christianism	基督教	Lesson 44	7
church	教堂	Lesson 44	9
circle	圈	Lesson 18	23
claim for compensation	索赔	Lesson 30	5

class placement	分班	Lesson 5	1
classroom	课堂	Lesson 14	10
clean	打扫	Lesson 27	2
clean	干净	Lesson 26	1
clear	清晰	Lesson 36	14
(date, time...) close	截止	Lesson 22	16
closed-book	闭卷	Lesson 6	12
collect	领取	Lesson 4	13
collect	搜集	Lesson 20	20
collect on behalf	代领	Lesson 3	14
colleges and universities	高校	Lesson 1	5
column	专栏	Lesson 35	9
come from	来自	Lesson 14	14
come onto the stage	出场	Lesson 35	25
commemorate	纪念	Lesson 32	22
commercial area	商业区	Lesson 24	9
common sense	常识	Lesson 44	22
communicate	沟通	Lesson 39	34
communicate	交际	Lesson 16	11
communicate	交流	Lesson 5	24
communicate with a phone	通话	Lesson 39	30
community	社区	Lesson 47	7
community	小区	Lesson 28	7
compare to see who is better	一比高下	Lesson 37	7
compensation	赔偿	Lesson 42	6
compete	竞赛	Lesson 37	6
compete	竞争	Lesson 36	26

complain	投诉	Lesson 25	20
complete	齐备	Lesson 2	13
complete	齐全	Lesson 24	15
complete	全	Lesson 15	8
complete one's first month of life	满月	Lesson 43	8
comprehensive	综合	Lesson 42	7
compulsory	必修	Lesson 6	1
concede	让	Lesson 45	30
conceive	构思	Lesson 35	15
concrete	具体	Lesson 11	14
confidence	信心	Lesson 48	16
confident	自信	Lesson 48	6
confiscate	没收	Lesson 3	22
conflict	冲突	Lesson 6	3
Confucius Institute	孔子学院	Lesson 19	13
congratulate	恭喜	Lesson 19	26
congratulate	祝贺	Lesson 43	34
conscious	自觉	Lesson 40	3
consider	考虑	Lesson 28	10
construction	施工	Lesson 28	11
construction site	工地	Lesson 28	12
consulate	领事馆	Lesson 2	19
consult	请教	Lesson 20	6
consult	咨询	Lesson 1	2
consultation with the doctor	求医问药	Lesson 38	2
consume	消费	Lesson 1	28
contact	接触	Lesson 28	17

contact	联络	Lesson 43	19
contact	联系	Lesson 23	13
content	内容	Lesson 8	5
contestant	选手	Lesson 36	9
continue	继续	Lesson 19	11
continuously	一个劲儿	Lesson 43	20
contract	合同	Lesson 28	33
contrast	对比	Lesson 18	15
contribute	出力	Lesson 35	33
control	节制	Lesson 30	17
convenient	方便	Lesson 7	8
convenient store	便利店	Lesson 24	12
cook	烧	Lesson 32	4
cook for immediate consumption	现吃现做	Lesson 37	5
cooking skill	厨艺	Lesson 26	17
coordinate	协调	Lesson 47	19
copy (a file)	拷	Lesson 8	31
correct	订正	Lesson 9	21
correct	正确	Lesson 8	20
correct errors	纠错	Lesson 47	17
cosmetics	化妆品	Lesson 25	5
cost	费用	Lesson 27	10
cost effective	划算	Lesson 3	12
cost effective	实惠	Lesson 26	16
costumes	服装	Lesson 37	8
cough	咳嗽	Lesson 38	17

counter	柜台	Lesson 30	20
course	课程	Lesson 4	14
courts	场地	Lesson 34	14
CPR	人工呼吸	Lesson 39	12
credit	学分	Lesson 6	6
credit card	信用卡	Lesson 30	6
cross talk	相声	Lesson 35	13
cross-cultural	跨文化	Lesson 18	17
crowded	挤	Lesson 29	15
cry for help	求救	Lesson 39	2
cuisine	料理	Lesson 40	9
current	本	Lesson 4	12
custom	风俗	Lesson 33	12
custom	习俗	Lesson 37	18
customer service	客服	Lesson 39	33
customs	海关	Lesson 3	18
cut	剪	Lesson 7	17
D			
damage	损坏	Lesson 30	4
dance	舞蹈	Lesson 35	20
dash	短跑	Lesson 34	25
date	日期	Lesson 22	17
date	约会	Lesson 45	4
date blindly	相亲	Lesson 45	5
decent	得体	Lesson 48	4
decorate	装修	Lesson 40	18
deduct	扣	Lesson 29	12

defend (one's thesis)	答辩	Lesson 20	8
definitely	肯定	Lesson 4	28
degrees below zero	零下	Lesson 3	26
delay	耽误	Lesson 2	5
delegation	代表团	Lesson 46	12
deliberately	刻意	Lesson 5	32
delicate	精巧	Lesson 16	34
delicious food	美食	Lesson 37	4
dentistry	牙科	Lesson 38	12
department	部门	Lesson 2	28
department	科室	Lesson 38	6
department of medicine	内科	Lesson 38	8
department of traumatology	伤科	Lesson 38	10
deposit	寄存	Lesson 3	13
depressed	低落	Lesson 41	4
depressed	郁闷	Lesson 4	23
design	款式	Lesson 25	13
design	设计	Lesson 16	33
desserts	甜点	Lesson 26	6
develop	发展	Lesson 48	2
devout	虔诚	Lesson 44	6
diagnosis	诊断	Lesson 23	12
dialect	方言	Lesson 16	31
dialogue	对话	Lesson 9	8
dictate	听写	Lesson 9	3
dictionary	词典	Lesson 13	5
diet	饮食	Lesson 8	12

differ from person to person	因人而异	Lesson 13	15
difference	差别	Lesson 26	31
difference	差异	Lesson 45	29
difficult points	难点	Lesson 13	7
difficulty	困难	Lesson 19	3
digestion	肠胃	Lesson 26	21
digital	数码	Lesson 25	17
diligent	用功	Lesson 9	27
dining hall	食堂	Lesson 7	7
dining room	餐厅	Lesson 7	26
disaster area	灾区	Lesson 47	14
disconnect	掉线	Lesson 31	5
disconnect	断线	Lesson 31	20
discount	优惠	Lesson 29	11
discount	折扣	Lesson 25	2
discuss	讨论	Lesson 8	14
distinctiveness	特色	Lesson 24	3
distract	分散	Lesson 11	6
dizzy	晕	Lesson 38	15
do sth by hand	动手	Lesson 37	13
document	材料	Lesson 1	33
donate	捐	Lesson 49	15
donate	捐赠	Lesson 49	19
donate blood	献血	Lesson 47	22
doodle	乱写乱画	Lesson 15	27
door-to-door	上门	Lesson 30	23
dorm	寝室	Lesson 26	15

dormitory	宿舍	Lesson 7	22
double room	双人间	Lesson 27	29
Double Seventh Festival	七夕	Lesson 32	24
download	下载	Lesson 1	14
dragon boat	龙舟	Lesson 32	20
Dragon Boat Festival	端午节	Lesson 32	19
drain	下水道	Lesson 27	22
draw blood	抽血	Lesson 38	33
dress	裙子	Lesson 25	14
drive	驾车	Lesson 23	3
drop around	串门儿	Lesson 27	5
drop out of school	退学	Lesson 23	1
drown	溺水	Lesson 39	10
dumpling	饺子	Lesson 16	16
duty free shop	免税店	Lesson 3	11
E			
earn	赚	Lesson 33	15
earn one's own living	自食其力	Lesson 46	4
earnestly long for sth	梦寐以求	Lesson 48	19
earthquake	地震	Lesson 47	13
Easter Day	复活节	Lesson 44	17
eat one's own bitter fruit	自食其果	Lesson 21	16
economy	经济	Lesson 22	7
education background	学历	Lesson 19	7
educational administration	教务	Lesson 4	22
effect	效果	Lesson 13	24
effective	有效	Lesson 13	13

efficiency	效率	Lesson 13	3
elders	长辈	Lesson 10	13
elective	选修	Lesson 6	2
electron	电子	Lesson 13	4
eloquent	口才	Lesson 36	24
embassy	大使馆	Lesson 2	18
embezzle	盗用	Lesson 39	31
emergency	急诊	Lesson 38	27
empty stomach	空腹	Lesson 38	34
engage in	从事	Lesson 48	3
English corner	英语角	Lesson 47	16
enhance	增强	Lesson 34	4
enjoin	嘱咐	Lesson 26	22
enjoy	享受	Lesson 21	17
enjoyable	愉快	Lesson 8	2
enrichment course	强化班	Lesson 4	2
enroll in school	入学	Lesson 1	1
ensure	保证	Lesson 9	5
enter a country	入境	Lesson 2	21
environment	环境	Lesson 1	27
envy	羡慕	Lesson 24	19
equip	配	Lesson 39	16
escape	逃生	Lesson 39	21
essay	论文	Lesson 15	19
estimate	估计	Lesson 21	12
etiquette	礼节	Lesson 43	35
etiquette	礼仪	Lesson 43	1

euphemistic	委婉	Lesson 43	16
evaluate blindly	盲审	Lesson 20	9
evening party	晚会	Lesson 4	27
everyday	日常	Lesson 16	10
exaggerating	夸张	Lesson 6	23
examine and repair	检修	Lesson 31	6
exceed	超过	Lesson 11	12
exceed a time limit	过期	Lesson 15	25
excellent	优秀	Lesson 18	9
exchange	兑换	Lesson 3	16
exchange	交换	Lesson 18	20
exchange	交流	Lesson 17	15
excited	激动	Lesson 8	37
exclusive store	专卖店	Lesson 25	36
exhibition	展会	Lesson 47	2
expand	扩大	Lesson 18	24
expect	期待	Lesson 17	30
expel	开除	Lesson 23	10
expense	开销	Lesson 28	26
experience	经验	Lesson 14	17
experience	体会	Lesson 16	18
experience	体验	Lesson 45	17
experiment	实验	Lesson 20	12
expert	专家	Lesson 1	35
explain	讲解	Lesson 10	21
express	表达	Lesson 8	21
express delivery	快递	Lesson 30	3

expression	用语	Lesson 16	12
extra salary	外快	Lesson 46	3
F			
face	面临	Lesson 33	26
facility	设施	Lesson 15	3
faculty	师资力量	Lesson 1	4
fade	褪色	Lesson 25	15
faint	晕倒	Lesson 39	13
faith	信仰	Lesson 44	2
fake goods	假货	Lesson 25	37
faucet	水龙头	Lesson 28	19
feast	酒席	Lesson 43	9
feedback	反映	Lesson 5	18
feeling	感情	Lesson 8	22
festival	喜庆	Lesson 43	22
festivals and holidays	节假日	Lesson 25	29
fierce	激烈	Lesson 36	27
fight for	争取	Lesson 19	18
figure	身材	Lesson 25	12
final	最终	Lesson 5	13
finally	总算	Lesson 20	4
fine	罚款	Lesson 3	23
firecracker	鞭炮	Lesson 16	17
firmly grasp	抓紧	Lesson 45	19
first (bus, train... etc.)	首班	Lesson 29	30
fit	适合	Lesson 24	5
flavour	味道	Lesson 24	4

flexible	灵活	Lesson 8	25
flight number	航班号	Lesson 1	42
flow	流量	Lesson 31	12
fluent	流利	Lesson 8	32
fluent	溜	Lesson 35	14
folk	民间	Lesson 17	24
folk custom	民俗	Lesson 17	23
food	食物	Lesson 7	27
for the time being	暂时	Lesson 40	14
foreign currency	外币	Lesson 30	8
foreign language teacher	外教	Lesson 46	10
forge	伪造	Lesson 2	14
formal	正规	Lesson 28	3
formality	手续	Lesson 11	26
format	形式	Lesson 10	7
forum	论坛	Lesson 1	30
free	自由	Lesson 45	12
free from worry	舒畅	Lesson 41	18
free of charge	免费	Lesson 1	13
fresh	新鲜	Lesson 7	10
fridge	冰箱	Lesson 27	14
fried rice	炒饭	Lesson 26	27
from...	自……起	Lesson 2	31
front desk	前台	Lesson 27	26
full	饱满	Lesson 34	10
full	满额	Lesson 5	25
full amount	全额	Lesson 19	16

full of praise	赞不绝口	Lesson 47	11
full-time	全职	Lesson 46	11
furniture	家具	Lesson 28	22
G			
gain	收获	Lesson 36	23
gain (credits)	修	Lesson 20	7
garden	园林	Lesson 16	32
garish	花哨	Lesson 48	10
gas	煤气	Lesson 28	24
gather	集合	Lesson 16	8
gather	聚会	Lesson 24	6
gather to watch	围观	Lesson 37	31
get (credit)	修	Lesson 6	5
get a fever	发烧	Lesson 38	18
get accommodation	住宿	Lesson 27	1
get along (with)	相处	Lesson 8	3
get around	出行	Lesson 24	18
get close to	接近	Lesson 43	4
get drunk	醉酒	Lesson 23	2
get hurt	受伤	Lesson 34	22
get lost	迷路	Lesson 39	25
get some fresh air	透气	Lesson 38	28
get up early	早起	Lesson 34	17
give a self introduction	自我介绍	Lesson 8	34
give a speech	发言	Lesson 4	21
give advice or comments	指教	Lesson 8	36
give an example	举例子	Lesson 8	33

give another chance	通融	Lesson 21	24
give first-aid treatment	急救	Lesson 39	15
give play to	发挥	Lesson 5	19
give up	放弃	Lesson 46	15
glass	玻璃	Lesson 39	20
glutinous rice balls	汤圆	Lesson 32	10
go back to school	复学	Lesson 23	4
go hiking in spring	踏青	Lesson 32	13
go shopping	购物	Lesson 24	11
go shopping	逛街	Lesson 16	28
go sightseeing	游览	Lesson 33	7
go through internship	实习	Lesson 33	25
good	不错	Lesson 15	10
government	政府	Lesson 19	2
graceful	优美	Lesson 44	4
grade	定级	Lesson 5	2
graduate	毕业	Lesson 6	7
grammar	语法	Lesson 8	23
grand	盛大	Lesson 44	18
greasy	油腻	Lesson 26	24
greet	打招呼	Lesson 43	25
greet	问候	Lesson 43	30
greeting card	贺卡	Lesson 32	31
grievance	苦水	Lesson 41	17
guarantee deposit	押金	Lesson 28	32
guarantee slip	保单	Lesson 42	13
guest	嘉宾	Lesson 16	25

guide	导游	Lesson 50	5
guide	指导	Lesson 17	6
guide	指南	Lesson 1	9
guidebook	指南	Lesson 15	16
gym	健身房	Lesson 7	20
H			
had better	不如	Lesson 15	12
Han costume	汉服	Lesson 37	11
Hanban	汉办	Lesson 19	14
hand in a test paper	交卷	Lesson 12	15
handicraft	手工艺品	Lesson 25	30
handle	处理	Lesson 11	4
handle	打点	Lesson 50	10
handsome	帅	Lesson 47	9
handwork	手工	Lesson 37	20
harmony	和睦	Lesson 27	19
harp on	念叨	Lesson 41	5
have a car accident	出车祸	Lesson 39	8
have a fracture	骨折	Lesson 38	21
have a full house	爆满	Lesson 17	21
have a haircut	理发	Lesson 7	16
have a lunch break	午休	Lesson 42	19
have a physical examination	体检	Lesson 1	23
have a spring trip	春游	Lesson 32	17
have a stomachache	胃痛	Lesson 38	25
have a tutorial lesson	补习	Lesson 14	15

have everything that one can expect	应有尽有	Lesson 35	22
have loose bowels	拉肚子	Lesson 26	14
have the honor to win	荣获	Lesson 36	4
hawk	吆喝	Lesson 37	29
headhunter	猎头	Lesson 48	14
hear	听说	Lesson 14	13
heart knot	心结	Lesson 41	15
help	救命	Lesson 39	3
high fever	高烧	Lesson 38	26
high score	高分	Lesson 12	12
highlight	突出	Lesson 48	12
highlight the important points	画重点	Lesson 12	2
high-speed rail	高铁	Lesson 29	17
hire	录用	Lesson 48	18
hold	持	Lesson 2	15
hold	举办	Lesson 4	25
hold	举行	Lesson 4	16
holiday	假期	Lesson 33	1
home tutor	家教	Lesson 14	2
homeroom teacher	班主任	Lesson 4	32
honestly	如实	Lesson 19	5
honoured	荣幸	Lesson 18	21
hope	希望	Lesson 8	1
horizon	视野	Lesson 37	3
hostility	恶意	Lesson 41	23
hot pot	火锅	Lesson 33	19
hourly cleaner	钟点工	Lesson 40	4

household	家政	Lesson 40	1
household appliance	家电	Lesson 25	34
housemaid	保姆	Lesson 40	6
huge crowds of people	人山人海	Lesson 35	23
hurriedly	急忙	Lesson 42	17
hurry up	赶快	Lesson 15	23
hygiene	卫生	Lesson 2	26
I			
ID card	身份证	Lesson 29	19
idea	想法	Lesson 41	26
idling	闲	Lesson 15	14
imitate	模仿	Lesson 8	17
immunity	免疫力	Lesson 34	6
important point	重点	Lesson 9	17
impression	印象	Lesson 48	7
improve	进步	Lesson 6	22
in a short time	一时半会儿	Lesson 40	12
in case	万一	Lesson 29	8
in charge of	负责	Lesson 4	29
in the near future	近期	Lesson 2	40
in vain	白	Lesson 29	21
indeed	实在	Lesson 25	4
indulge in	泡	Lesson 15	21
inferior	差	Lesson 46	20
ink fountain pen	钢笔	Lesson 12	6
ink pen	水笔	Lesson 12	7
inquire	打听	Lesson 22	3

insist	坚持	Lesson 34	7
install	安装	Lesson 31	9
install	装	Lesson 28	29
instead of	与其	Lesson 15	11
institution	机构	Lesson 46	9
instruction	须知	Lesson 4	9
insurance	保险	Lesson 42	1
insurance premium	保费	Lesson 42	12
insure	投保	Lesson 42	14
intend to (do things)	有心	Lesson 35	32
interact	互动	Lesson 35	35
intermediate	中等	Lesson 5	5
Internet	网络	Lesson 13	11
interpret	理解	Lesson 10	24
interpreter	翻译	Lesson 46	14
inter-school	校际	Lesson 18	2
interview	面试	Lesson 5	4
intonation	语调	Lesson 8	18
introduce	推出	Lesson 26	5
investigate	考察	Lesson 16	29
invigilate	监考	Lesson 12	3
invite	邀请	Lesson 33	27
invite	约	Lesson 24	10
Islam	清真	Lesson 44	30
Islam	伊斯兰教	Lesson 44	26
issue	开具	Lesson 2	38
item	项目	Lesson 2	37

itinerary	行程	Lesson 2	6
J			
jeans	牛仔裤	Lesson 25	9
jewelry	珠宝	Lesson 25	31
job hunting	求职	Lesson 16	21
job-hop	跳槽	Lesson 48	9
jog in the morning	晨跑	Lesson 34	8
join in the fun	凑热闹	Lesson 37	32
Journey to the West	《西游记》	Lesson 44	20
judge	评判	Lesson 36	28
Just in case.	不怕一万，只怕万一。	Lesson 42	2
just in time	正好	Lesson 46	2
K			
keep	保持	Lesson 39	29
keep	保管	Lesson 15	29
key	关键	Lesson 8	24
key	钥匙	Lesson 27	25
kimono	和服	Lesson 37	27
kind	亲切	Lesson 14	8
kindness	心意	Lesson 33	31
kitchen	厨房	Lesson 27	18
kite	风筝	Lesson 32	18
knowledge	知识	Lesson 9	18
L			
land	着陆	Lesson 3	1
landlord	房东	Lesson 28	6

lane	弄	Lesson 39	6
language exchange partner	语伴	Lesson 14	16
Lantern Festival	元宵节	Lesson 32	9
last	为期	Lesson 18	11
last (bus, train... etc.)	末班	Lesson 29	29
late	迟	Lesson 4	7
lead	带领	Lesson 7	2
leak	漏水	Lesson 40	11
leak	泄露	Lesson 30	11
learning point	知识点	Lesson 8	28
leave earlier	早退	Lesson 11	11
lectern	讲台	Lesson 9	19
lecture	讲座	Lesson 17	3
liberal arts	文科	Lesson 48	21
library	图书馆	Lesson 7	6
lighten	减轻	Lesson 33	16
live	生活	Lesson 5	8
living expenses	生活费	Lesson 1	29
loaded down with trivial details	繁琐	Lesson 47	18
loan	外借	Lesson 15	4
local	当地	Lesson 2	25
local conditions	风土	Lesson 37	17
local speciality	土特产	Lesson 49	2
location	地点	Lesson 17	4
location	位置	Lesson 5	15
lodge	寄宿	Lesson 33	11
log on	登录	Lesson 2	41

lonely	孤单	Lesson 32	35
lonely	寂寞	Lesson 41	12
look around	参观	Lesson 7	1
look up	查检	Lesson 13	6
loose	宽松	Lesson 25	10
lose	输	Lesson 36	20
lose face	丢人	Lesson 16	4
lose weight	减肥	Lesson 34	3
loud	响亮	Lesson 36	12
love	爱情	Lesson 45	9
love	恋爱	Lesson 45	1
love sb at the first sight	一见钟情	Lesson 45	6
lucky	吉利	Lesson 43	3
luggage	行李	Lesson 3	3
Lunar New Year's Eve	除夕	Lesson 32	3
Lunar New Year's Eve Dinner	年夜饭	Lesson 32	6
M			
mailbox	邮箱	Lesson 18	29
main force	主力军	Lesson 35	4
major	专业	Lesson 1	19
make	制作	Lesson 37	14
make (dumplings...etc.)	包	Lesson 16	15
make a speech	演讲	Lesson 36	2
make friends	交友	Lesson 45	2
make green	绿化	Lesson 28	8
make improvement	进步	Lesson 9	12
make mistakes	犯错	Lesson 10	4

make persistent efforts	再接再厉	Lesson 19	29
make sure	确保	Lesson 2	8
make sure	确定	Lesson 22	15
make up a course	补修	Lesson 22	4
manage	管理	Lesson 22	13
map	地图	Lesson 3	8
mark	标	Lesson 1	12
mark	批改	Lesson 9	20
mark the occasion	留念	Lesson 50	3
marriage	婚姻	Lesson 45	10
marry	结婚	Lesson 43	23
martial art	武术	Lesson 35	21
master	达人	Lesson 33	5
master	大师	Lesson 17	13
master	掌握	Lesson 9	6
Master of Teaching Chinese to Speakers of Other Languages (MTCSOL)	汉语国际教育硕士	Lesson 1	32
material	资料	Lesson 15	6
mathematics	数学	Lesson 1	20
(measure word for) meal	顿	Lesson 40	8
mean	小气	Lesson 43	5
medical insurance	医保	Lesson 21	18
medical treatment	医疗	Lesson 42	8
mega-	兆	Lesson 31	14
member	会员	Lesson 34	2
memorize	背	Lesson 13	2
method	方法	Lesson 13	14

Mid-Autumn Festival	中秋节	Lesson 32	26
mid-term	期中	Lesson 10	5
milk tea	奶茶	Lesson 50	7
mingle	融入	Lesson 47	6
(ethnic) minority	少数民族	Lesson 44	24
miss	错过	Lesson 42	18
miss	落	Lesson 11	16
miss	想念	Lesson 9	13
misunderstand	误会	Lesson 43	27
mobile	移动	Lesson 31	7
modify	修改	Lesson 20	11
monotonous	单调	Lesson 7	28
monthly payment	包月	Lesson 31	15
mood	情绪	Lesson 9	26
mooncake	月饼	Lesson 32	30
more and more	越来越……	Lesson 45	18
move	移动	Lesson 31	7
MSG	味精	Lesson 26	18
museum	博物馆	Lesson 16	6
musical instrument	乐器	Lesson 35	26
Muslim	穆斯林	Lesson 44	15
must	须	Lesson 2	12
N			
name list	名单	Lesson 1	16
nation	民族	Lesson 37	19
neighborhood	周边	Lesson 1	26
nervous	紧张	Lesson 5	28

network speed	网速	Lesson 31	3
new word	生词	Lesson 8	16
New Year	新年	Lesson 35	1
no wonder	怪不得	Lesson 26	11
noise	噪音	Lesson 24	21
noisy	吵	Lesson 28	13
noisy and exciting	热闹	Lesson 18	26
normal	正常	Lesson 34	26
not in the least	毫无	Lesson 19	20
not matter	不要紧	Lesson 16	5
note	笔记	Lesson 11	17
notice	通知	Lesson 1	17
notice board	公告栏	Lesson 4	30
notify	通知	Lesson 1	17
O			
obtain	征得	Lesson 21	5
obtain employment	就业	Lesson 48	1
occasion	场合	Lesson 10	12
occupation	职业	Lesson 48	20
offend	冒犯	Lesson 43	28
official	正式	Lesson 5	23
on time	按时	Lesson 22	10
one's resident country	所在国	Lesson 2	17
oneself	本人	Lesson 2	24
open up	开通	Lesson 27	8
open-book	开卷	Lesson 6	11
opening ceremony	开幕式	Lesson 16	24

opinion	意见	Lesson 5	17
opportunity	机遇	Lesson 18	19
order food	订餐	Lesson 26	28
organize	组织	Lesson 16	9
origin	来历	Lesson 32	27
original copy	原件	Lesson 2	16
originality	创意	Lesson 37	23
originally	本来	Lesson 33	22
ornaments	首饰	Lesson 25	32
orphan	孤儿	Lesson 47	20
orthopedics	骨科	Lesson 38	11
outcome	成果	Lesson 9	24
outpatient department	门诊	Lesson 38	29
outstanding	出色	Lesson 36	7
overdraft	透支	Lesson 30	18
overseas student	留学生	Lesson 1	8
oversleep	睡过头	Lesson 11	21
P			
package	包裹	Lesson 30	2
package	套餐	Lesson 31	13
page	页面	Lesson 15	32
panel	展板	Lesson 37	12
panic	慌	Lesson 39	26
paradise	天堂	Lesson 25	28
part of speech	词性	Lesson 10	17
part ways	散伙	Lesson 50	12
participate	参与	Lesson 18	12

party	聚会	Lesson 24	6
party	派对	Lesson 44	19
pass a test	及格	Lesson 22	2
pass on	传授	Lesson 45	8
passport	护照	Lesson 2	9
password	密码	Lesson 30	10
past years	往年	Lesson 5	30
paste	贴	Lesson 32	1
pastry	糕点	Lesson 25	33
patience	耐心	Lesson 14	7
patient	耐心	Lesson 14	7
pay	付费	Lesson 15	34
pay	缴	Lesson 42	11
pay	结算	Lesson 40	7
pay	支付	Lesson 28	31
pay attention	关注	Lesson 17	32
pay attention (to)	留意	Lesson 4	31
pay by card	刷卡	Lesson 4	5
pay off	回报	Lesson 20	19
peak	高峰	Lesson 3	30
pedestrian street	步行街	Lesson 25	3
pediatrics	儿科	Lesson 38	7
pencil	铅笔	Lesson 12	9
perform	表现	Lesson 36	6
perform	表演	Lesson 17	27
perform	参演	Lesson 35	5
perform paper cutting	剪纸	Lesson 17	26

perfume	香水	Lesson 49	7
permit	许可	Lesson 2	36
personally	亲身	Lesson 45	16
personally	亲自	Lesson 37	33
Ph.D.	博士	Lesson 20	17
pharmacy	药店	Lesson 7	26
phone charges	话费	Lesson 31	17
photocopy	复印件	Lesson 1	37
physics	物理	Lesson 1	21
physique	体格	Lesson 2	7
pick sb up at the airport	接机	Lesson 1	41
plan	规划	Lesson 48	24
plan	计划	Lesson 13	18
plug	插座	Lesson 28	16
poach	挖	Lesson 48	15
poet	诗人	Lesson 32	23
police office	警察局	Lesson 39	24
police station	派出所	Lesson 39	22
polite	礼貌	Lesson 43	14
politics	政治	Lesson 37	16
pollute	污染	Lesson 24	22
poor	不良	Lesson 28	18
popular	流行	Lesson 45	21
popular	热门	Lesson 6	16
porridge	粥	Lesson 26	23
position	职位	Lesson 48	22
post	帖子	Lesson 1	31

post	张贴	Lesson 5	14
post office	邮局	Lesson 24	8
postcard	明信片	Lesson 50	11
poster	海报	Lesson 17	5
postgraduate	研究生	Lesson 50	9
postpone	推迟	Lesson 14	12
postpone	延缓	Lesson 21	20
pour out	倒	Lesson 41	16
poverty-striken	贫困	Lesson 49	16
practical	实际	Lesson 13	25
practical	实用	Lesson 6	15
practice	操练	Lesson 13	26
practice	实践	Lesson 16	1
precious	宝贵	Lesson 35	10
prepare	筹备	Lesson 35	7
present	演示	Lesson 20	15
preview	预习	Lesson 13	1
price performance ratio	性价比	Lesson 25	6
privacy	隐私	Lesson 43	29
private	私立	Lesson 42	16
private	私人	Lesson 30	22
prize	奖品	Lesson 35	38
procedure	手续	Lesson 2	30
product	产品	Lesson 25	35
profess one's love	表白	Lesson 45	24
prohibited goods	违禁品	Lesson 30	16
project	课题	Lesson 33	9

project	项目	Lesson 46	21
prolong	延长	Lesson 2	34
promote sales	促销	Lesson 25	23
pronounce	发音	Lesson 14	3
pronunciation	发音	Lesson 14	3
prop	道具	Lesson 35	29
properly	妥善	Lesson 15	28
property management	物业	Lesson 28	30
protect	保护	Lesson 9	9
provide	提供	Lesson 3	7
psychology	心理	Lesson 41	1
public	公立	Lesson 42	3
public bus stop	公交车站	Lesson 7	15
public security	公安	Lesson 2	32
public security	治安	Lesson 28	9
public security bureau	公安局	Lesson 2	39
publicize	宣传	Lesson 12	5
punctually	准时	Lesson 4	18
punish	处分	Lesson 23	9
pure water	纯净水	Lesson 40	15
pursue a degree	攻读	Lesson 46	17
pursue advanced studies	深造	Lesson 19	12
put forward	提	Lesson 10	22
put forward a thesis proposal	开题	Lesson 20	1
put on (hat, scarf, watch...)	戴	Lesson 20	29
Q			
qualification	资格	Lesson 19	9

quarantine	检疫	Lesson 2	27
quarrel	吵架	Lesson 45	28
quarter of a year	季度	Lesson 40	16
question	疑问	Lesson 10	8
question bank	题库	Lesson 5	29
question type	题型	Lesson 5	27
queue	排队	Lesson 26	3
quite	挺	Lesson 15	9
R			
railway	轨道	Lesson 3	9
raise donation	募捐	Lesson 47	15
raise one's hand	举手	Lesson 8	10
rank	排名	Lesson 1	6
rare	难得	Lesson 18	18
read	阅览	Lesson 15	5
read aloud	朗读	Lesson 36	3
real	现实	Lesson 45	27
real estate	房产	Lesson 28	4
real-name registration system	实名制	Lesson 29	18
rear service	后勤	Lesson 35	31
reason	理由	Lesson 21	4
reason	原因	Lesson 11	15
reasonable	合理	Lesson 13	19
receive	获得	Lesson 17	31
recite	背	Lesson 13	2
recommend	推荐	Lesson 1	36
recover	康复	Lesson 23	11

recruit	招	Lesson 46	5
recruit	招聘	Lesson 46	22
recuperate	休养	Lesson 23	14
Red Cross Association	红十字会	Lesson 49	18
red packet	红包	Lesson 43	21
re-examine	复核	Lesson 2	29
re-examine	预检	Lesson 38	4
region	地区	Lesson 49	17
register	登记	Lesson 27	27
register	注册	Lesson 2	23
register (at a hospital)	挂号	Lesson 38	5
regretful	可惜	Lesson 19	10
regretful	遗憾	Lesson 20	25
regulate	规定	Lesson 11	10
reimburse	报销	Lesson 42	15
reissue	补办	Lesson 15	7
relax	放松	Lesson 33	2
relieve	排解	Lesson 41	13
religion	宗教	Lesson 44	1
religious service	礼拜	Lesson 44	10
rent	租	Lesson 24	7
repair	维修	Lesson 27	24
repeat a course	重修	Lesson 21	23
report	报	Lesson 21	6
report a case (to the police office)	报案	Lesson 39	32
report a loss	挂失	Lesson 30	9
report one's arrival	报到	Lesson 2	22

report sth to the police	报警	Lesson 39	33
representative	代表	Lesson 4	20
request repair	报修	Lesson 27	8
reside	居留	Lesson 2	33
resident	居民	Lesson 16	30
resist	抵触	Lesson 9	25
resource	资源	Lesson 15	2
respect	尊重	Lesson 44	12
response	回应	Lesson 28	35
responsibility	责任心	Lesson 14	6
restaurant	餐厅	Lesson 7	26
result in	导致	Lesson 21	15
resume	简历	Lesson 46	7
retain	保留	Lesson 21	14
retell	复述	Lesson 9	10
reunite	团聚	Lesson 32	34
reunite	团圆	Lesson 32	8
review	复习	Lesson 9	1
review	评审	Lesson 20	2
rice dumplings	粽子	Lesson 32	21
rich	充实	Lesson 41	25
rich	丰富	Lesson 14	18
rich and colorful	丰富多彩	Lesson 35	19
right	权利	Lesson 44	11
risky	危险	Lesson 29	31
roast	烤	Lesson 44	31
rob	抢劫	Lesson 39	4

rock and roll	摇滚	Lesson 35	39
roommate	室友	Lesson 27	4
root for	加油	Lesson 34	15
Roti Prata	印度飞饼	Lesson 37	30
round trip	往返	Lesson 29	25
route	路线	Lesson 1	43
route	线路	Lesson 29	28
router	路由器	Lesson 31	10
run after	追	Lesson 45	7
run the meter	打表	Lesson 3	29
rush	赶	Lesson 20	27
S			
safe	安全	Lesson 38	1
safe	保险	Lesson 28	2
safety hammar	安全锤	Lesson 39	17
sales return	退货	Lesson 25	16
salon	沙龙	Lesson 17	2
sample paper	样卷	Lesson 12	1
satisfy a crave for good food	解馋	Lesson 41	6
sausage	香肠	Lesson 26	26
save	省	Lesson 15	13
save sb's life	救命	Lesson 39	3
save trouble	省事	Lesson 33	24
saying	俗话	Lesson 33	6
scalper	黄牛	Lesson 29	7
scenery	风景	Lesson 44	3
scenic spot	景点	Lesson 33	18

schedule	安排	Lesson 2	3
schedule	流程	Lesson 4	11
scholar	学者	Lesson 18	13
scholarship	奖学金	Lesson 19	1
school regulations	校纪校规	Lesson 23	7
school roll	学籍	Lesson 21	1
school year	学年	Lesson 19	21
screw	拧	Lesson 28	20
seafood	水产品	Lesson 44	16
search	搜索	Lesson 15	33
search for sth patiently	淘	Lesson 25	8
seat	座位	Lesson 35	24
see a doctor	看病	Lesson 38	14
seek	寻求	Lesson 41	14
seem	显得	Lesson 45	11
seem to	好像	Lesson 7	23
segment	环节	Lesson 35	36
seize	把握	Lesson 21	2
select	选拔	Lesson 18	10
self-help	自助	Lesson 33	23
self-study room	自习室	Lesson 7	13
semester	学期	Lesson 4	4
send	寄	Lesson 4	8
send	派	Lesson 8	15
send	投	Lesson 46	6
send a message of safety	报平安	Lesson 50	4
sentence structure	句型	Lesson 8	27

seperate	分离	Lesson 43	7
seperately	另行	Lesson 22	11
serious	严重	Lesson 21	9
serious affair	正经事	Lesson 15	20
service desk	服务台	Lesson 3	6
session	场次	Lesson 17	10
set meal	套餐	Lesson 26	30
settle	结清	Lesson 49	4
settle a claim	理赔	Lesson 42	9
severe	严厉	Lesson 6	20
Shanghainese steamed dumplings	小笼包	Lesson 26	9
share an apartment with	合租	Lesson 28	23
shock	休克	Lesson 41	9
shoppe	专柜	Lesson 25	7
shopping mall	商场	Lesson 25	18
should	得	Lesson 15	17
show	摆	Lesson 41	21
show	表示	Lesson 33	30
show	显	Lesson 25	11
show one's talents	献才献艺	Lesson 36	18
showcase	展示	Lesson 37	1
shuttle bus	班车	Lesson 29	22
shuttlecock	毽子	Lesson 34	19
sidewalk snack booth	路边摊	Lesson 26	13
sign	标志	Lesson 39	28
sign up	报名	Lesson 18	32
signal	信号	Lesson 31	18

silk	丝绸	Lesson 49	11
similar	差不多	Lesson 10	14
simple	简洁	Lesson 48	11
simulate	模拟	Lesson 16	23
sing	歌咏	Lesson 36	8
single room	单（人）间	Lesson 27	11
Sir (form of address, to show respect for skilled men)	师傅	Lesson 3	28
site	场所	Lesson 1	11
situation	情况	Lesson 38	13
sketch	小品	Lesson 35	16
skill	手艺	Lesson 45	20
smash	砸	Lesson 39	19
smooth	顺利	Lesson 46	18
snack	小吃	Lesson 7	30
so as not to	免得	Lesson 29	20
so as to save	省得	Lesson 40	13
society	社团	Lesson 33	4
software	软件	Lesson 13	12
solid	扎实	Lesson 13	9
source of housing	房源	Lesson 28	14
souvenir	纪念品	Lesson 49	9
space	空间	Lesson 48	8
special offer	特价	Lesson 26	29
speciality	特产	Lesson 30	15
specialized	专门	Lesson 27	3
specially	特地	Lesson 35	8
specially	专门	Lesson 10	6

speed (of speaking)	语速	Lesson 10	10
spicy	辛辣	Lesson 26	25
spirit	精神	Lesson 34	9
splendid	丰盛	Lesson 32	5
split (shares)	平摊	Lesson 28	25
split into groups	分组	Lesson 8	13
spoken language	口语	Lesson 5	9
sports event	项目	Lesson 34	24
spring	春季	Lesson 5	11
Spring Festival	春节	Lesson 29	13
Spring Festival couplets	春联	Lesson 32	2
Spring Festival travel rush	春运	Lesson 29	14
square	广场	Lesson 37	24
stadium	体育馆	Lesson 7	19
stand out (in a competition... etc.)	脱颖而出	Lesson 36	11
standard	标准	Lesson 14	4
start talking	开口	Lesson 16	3
start writing	动笔	Lesson 20	21
status	状态	Lesson 34	12
stay	待	Lesson 18	27
steady	稳定	Lesson 31	19
steal	盗	Lesson 28	27
step onto the stage	上场	Lesson 37	26
stitch	缝制	Lesson 37	21
street dance	街舞	Lesson 33	3
strengthen	加强	Lesson 6	10
stress	压力	Lesson 22	6
strict	严格	Lesson 6	21

strive	奋斗	Lesson 20	18
stroll	逛	Lesson 11	20
strong	重	Lesson 44	32
study and work at the same time	半工半读	Lesson 46	16
stuffing	馅儿	Lesson 32	33
style	风格	Lesson 16	37
style	风情	Lesson 37	15
subject	被试	Lesson 20	14
subject	功课	Lesson 19	19
sublease	转租	Lesson 28	34
submit	递交	Lesson 21	3
submit	交	Lesson 15	18
submit	提交	Lesson 19	6
suburb	郊外	Lesson 32	12
suburbs	郊区	Lesson 24	13
subway	地铁	Lesson 24	2
such as	像	Lesson 6	17
suggestion	建议	Lesson 13	8
suggestion	意见	Lesson 20	22
suitcase	行李箱	Lesson 49	1
summarize	总结	Lesson 9	16
supermarket	超市	Lesson 7	9
supervisor	导师	Lesson 20	5
supplement	补充	Lesson 8	29
support	捧场	Lesson 35	12
supporting facilities	配套设施	Lesson 24	14
surf online	上网	Lesson 13	20
surgery	外科	Lesson 38	9

surrounding	周围	Lesson 7	4
swallow	吞	Lesson 30	14
sweep a grave	扫墓	Lesson 32	14
swell	肿	Lesson 38	19
symbolize	象征	Lesson 32	7
system	系统	Lesson 22	14
systematical	系统	Lesson 13	10
T			
Tai Chi	太极	Lesson 34	18
Tai Chi Chuan	太极拳	Lesson 6	18
take (a course)	修	Lesson 20	7
take (medicine)	服用	Lesson 38	30
take a deep breath	深呼吸	Lesson 34	27
take a make-up exam	补考	Lesson 22	1
take a picture with sb	合影	Lesson 37	22
take a taxi	打车	Lesson 3	5
take a walk	散步	Lesson 34	1
take an X-ray	拍片子	Lesson 38	20
take good care of	爱惜	Lesson 15	26
take part in an exhibition	参展	Lesson 18	8
take the exam at a later date	缓考	Lesson 12	4
take time off from school	休学	Lesson 11	25
take turns	轮	Lesson 37	25
takeout	外卖	Lesson 26	8
tale	传说	Lesson 32	28
talk about	谈论	Lesson 43	26
talk about again and again	念叨	Lesson 41	5

Tang costume	唐装	Lesson 37	10
Taoism	道教	Lesson 44	5
task	任务	Lesson 9	7
taste	尝	Lesson 26	7
taste	口味	Lesson 26	20
tea art	茶艺	Lesson 17	12
tea arts	茶道	Lesson 37	28
teach voluntarily	支教	Lesson 47	24
teaching building	教学楼	Lesson 7	21
tea-leaf	茶叶	Lesson 49	10
telecom	电信	Lesson 31	4
temperature	气温	Lesson 3	25
temporarily	临时	Lesson 11	24
temporarily	暂时	Lesson 40	14
terminal	航站楼	Lesson 3	17
terrible	糟	Lesson 30	12
terrible	糟糕	Lesson 21	10
test	测试	Lesson 1	22
text	稿	Lesson 19	24
text	课文	Lesson 8	11
text message	短信	Lesson 37	34
textbook	教材	Lesson 7	18
thanks to	多亏	Lesson 19	28
the change of seasons	换季	Lesson 25	21
the daily life of a family	家常	Lesson 33	28
the end of a semester	期末	Lesson 11	9
the eve of Chinese lunar new year	年三十	Lesson 16	13

the first time	初次	Lesson 8	35
the mainland	内地	Lesson 25	27
the measure word for a question	道	Lesson 10	23
the number of people assigned or allowed	名额	Lesson 19	17
the orient	东方	Lesson 43	11
the rest	其余	Lesson 40	2
the shadow of a human figure	人影儿	Lesson 47	23
theory	理论	Lesson 6	14
there are as many masters as clouds	高手如云	Lesson 36	25
thief	小偷	Lesson 39	9
though	固然	Lesson 45	3
thoughts and experience	心得	Lesson 17	16
throw a lease	退租	Lesson 49	13
Tibetan Buddhism	藏传佛教	Lesson 44	27
ticket	票务	Lesson 29	1
ticketing machine	售票机	Lesson 29	4
tight	紧	Lesson 28	21
time	次数	Lesson 21	22
time and effort	功夫	Lesson 9	28
time difference	时差	Lesson 1	3
time-limit	期限	Lesson 15	24
timely	及时	Lesson 17	33
tip	小费	Lesson 43	2
tired	辛苦	Lesson 3	27
toilet	卫生间	Lesson 27	16

Tomb-Sweeping Day	清明节	Lesson 32	11
tone	声调	Lesson 36	21
tone	语气	Lesson 8	19
tongue twister	绕口令	Lesson 36	5
topic	话题	Lesson 13	22
topic	主题	Lesson 8	8
totally	完全	Lesson 16	38
trade	贸易	Lesson 22	8
tradition	传统	Lesson 16	19
traffic jam	堵车	Lesson 11	18
train	培训	Lesson 46	8
transact	办理	Lesson 2	1
transfer	换乘	Lesson 29	10
transfer	调	Lesson 5	26
transfer (accounts)	转账	Lesson 4	6
transportation	交通	Lesson 3	10
trap	困	Lesson 39	5
travel	旅游	Lesson 15	15
travel agency	旅行社	Lesson 29	26
treasure	珍惜	Lesson 18	4
treat	治疗	Lesson 42	5
treat sb	请客	Lesson 50	13
treatment	待遇	Lesson 23	5
troublesome	麻烦	Lesson 21	21
trustworthy	靠谱	Lesson 45	26
trustworthy	可靠	Lesson 28	1
try one's luck	碰运气	Lesson 48	23

try out	试听	Lesson 6	13
tuition fee	学费	Lesson 4	3
turn	转	Lesson 7	11
tutor	辅导	Lesson 14	1
TV	电视	Lesson 27	13
type	类型	Lesson 46	23
U			
unanimous	一致	Lesson 20	3
under lease	转借	Lesson 15	30
understand	理解	Lesson 10	24
undoubted	毋庸置疑	Lesson 13	16
unevitable	难免	Lesson 41	11
unexpected	意外	Lesson 19	27
unique	别致	Lesson 16	35
unit	单元	Lesson 9	14
unleash	发挥	Lesson 12	11
unlucky	倒霉	Lesson 12	13
unrestrained and far-ranging	海阔天空	Lesson 45	31
update	更新	Lesson 17	34
upset	烦	Lesson 41	19
urgent matters	急事	Lesson 11	22
usage	用法	Lesson 10	15
USB flash drive	优盘	Lesson 8	30
use	运用	Lesson 8	26
use externally	外用	Lesson 38	31
V			
Valentine's Day	情人节	Lesson 32	25

valid	有效	Lesson 1	24
validity	有效期	Lesson 2	10
various	多样	Lesson 18	22
verb	动词	Lesson 10	20
very	好不	Lesson 43	10
video	录像	Lesson 20	26
video clip	视频	Lesson 8	4
villain	反派	Lesson 35	18
violate	违反	Lesson 21	8
violate a prohibition	违禁	Lesson 3	21
virtue	优势	Lesson 48	13
visa	签证	Lesson 2	2
visit	拜访	Lesson 33	29
visit	访问	Lesson 18	1
visit the relatives	走亲戚	Lesson 43	18
vocabulary	词汇	Lesson 16	2
voluntary teaching	义教	Lesson 47	12
volunteer	义工	Lesson 47	8
volunteer	志愿	Lesson 47	1
volunteer	志愿者	Lesson 47	3
vomit	吐	Lesson 38	16
W			
wage	工资	Lesson 40	5
wait for a bus or train... etc.	候车	Lesson 3	4
warm	暖和	Lesson 3	24
warm up	热身	Lesson 34	21
warm-hearted	热心	Lesson 4	24

warm-heartedness	热心肠	Lesson 47	5
warn	警告	Lesson 23	8
watch	观看	Lesson 8	7
water heater	热水器	Lesson 28	15
water pipe	水管	Lesson 40	10
way	方式	Lesson 43	15
wear a plaster cast	打石膏	Lesson 38	22
website	网页	Lesson 15	31
website	网站	Lesson 1	39
wedding ceremony	婚礼	Lesson 43	33
wedding gown	婚纱	Lesson 43	31
welcome new arrivals	迎新	Lesson 4	26
well	舒服	Lesson 38	3
well-known	大名鼎鼎	Lesson 17	28
well-known	知名	Lesson 17	11
Western style	西式	Lesson 43	36
Western-style food	西餐	Lesson 26	4
what one sees and hears	所见所闻	Lesson 17	17
who is better and who is worse	孰优孰劣	Lesson 36	29
whole	全部	Lesson 9	15
whole	整	Lesson 34	11
win	胜出	Lesson 35	37
win	赢	Lesson 36	1
window screen	纱窗	Lesson 27	6
winter vacation	寒假	Lesson 33	8
wireless network	无线网络	Lesson 31	1
with unique skills	身怀绝技	Lesson 36	10

wonderful	精彩	Lesson 17	8
work	作品	Lesson 18	7
work for others	打工	Lesson 33	14
work out	健身	Lesson 1	10
work out (a plan...)	制订	Lesson 13	17
work overtime	加班加点	Lesson 20	10
work part-time	兼职	Lesson 33	13
World Championship	世锦赛	Lesson 47	25
worry	担心	Lesson 22	12
worship	祭拜	Lesson 32	15
write from memory	默写	Lesson 9	22
write off	注销	Lesson 49	5
written language	书面语	Lesson 10	16
written test	笔试	Lesson 5	3
Y			
yearly payment	包年	Lesson 31	16
yoga	瑜伽	Lesson 34	23
yolk	蛋黄	Lesson 32	32
You get what you pay for.	一分价钱 一分货。	Lesson 25	24

Fùlù

附 录

APPENDICES

Zhōngguó Zhāoshōu Liúxué Yǔyánshēng de

（一）中国 招收 留学 语言生 的

Zhǔyào Gāoxiào

主要 高校

Main Chinese Universities that Admit International Language Students

Jīng-Jīn Dìqū **京津地区** **Capital Area**	
城市	高校
Běijīng 北京	Běijīng Dàxué 北京大学 Peking University Qīnghuá Dàxué 清华大学 Tsinghua University Běijīng Wàiguóyǔ Dàxué 北京外国语大学 Beijing Foreign Studies University Běijīng Yǔyán Dàxué 北京语言大学 Beijing Language and Culture University Zhōngguó Chuánméi Dàxué 中国传媒大学 Communication University of China

	Zhōngguó Rénmín Dàxué 中国人民大学 Renmin University of China Běijīng Dì-èr Wàiguóyǔ Xuéyuàn 北京第二外国语学院 Beijing International Studies University Wàijiāo Xuéyuàn 外交学院 China Foreign Affairs University Běijīng Shīfàn Dàxué 北京师范大学 Beijing Normal University Duìwài Jīngjì Màoyì Dàxué 对外经济贸易大学 University of International Business and Economics Shǒudū Shīfàn Dàxué 首都师范大学 Capital Normal University
Tiānjīn 天津	Nánkāi Dàxué 南开大学 Nankai University Tiānjīn Dàxué 天津大学 Tianjin University Tiānjīn Zhōngyīyào Dàxué 天津中医药大学 Tianjin University of Traditional Chinese Medicine Tiānjīn Shīfàn Dàxué 天津师范大学 Tianjin Normal University Tiānjīn Wàiguóyǔ Dàxué 天津外国语大学 Tianjin Foreign Studies University

Huánán Dìqū 华南地区 **Southern China**	
城市	高校
Guǎngzhōu 广州	Huánán Lǐgōng Dàxué 华南理工大学 South China University of Technology Guǎngdōng Wàiyǔ Wàimào Dàxué 广东外语外贸大学 Guangdong University of Foreign Studies Jìnán Dàxué 暨南大学 Jinan University Zhōngshān Dàxué 中山大学 Sun Yat-sen University
Shēnzhèn 深圳	Shēnzhèn Dàxué 深圳大学 Shenzhen University
Xiàmén 厦门	Xiàmén Dàxué 厦门大学 Xiamen University
Dōngběi Dìqū 东北地区 **Northeastern China**	
城市	高校
Shěnyáng 沈阳	Liáoníng Zhōngyīyào Dàxué 辽宁中医药大学 Liaoning University of Traditional Chinese Medicine
Dàlián 大连	Dàlián Wàiguóyǔ Dàxué 大连外国语大学 Dalian University of Foreign Languages
Chángchūn 长春	Jílín Dàxué 吉林大学 Jilin University

Hā'ěrbīn 哈尔滨	Hēilóngjiāng Dàxué 黑龙江大学 Heilongjiang University
Huádōng Dìqū **华东地区** **Eastern China**	
城市	高校
Shànghǎi 上海	Fùdàn Dàxué 复旦大学 Fudan University Shànghǎi Jiāotōng Dàxué 上海交通大学 Shanghai Jiaotong University Huádōng Shīfàn Dàxué 华东师范大学 East China Normal University Tóngjì Dàxué 同济大学 Tongji University Shànghǎi Wàiguóyǔ Dàxué 上海外国语大学 Shanghai International Studies University Shànghǎi Cáijīng Dàxué 上海财经大学 Shanghai University of Finance and Economics Shànghǎi Dàxué 上海大学 Shanghai University Dōnghuá Dàxué 东华大学 Donghua University Shànghǎi Zhōngyīyào Dàxué 上海中医药大学 Shanghai University of Traditional Chinese Medicine Shànghǎi Shīfàn Dàxué 上海师范大学 Shanghai Normal University

Hángzhōu 杭州	Zhèjiāng Dàxué 浙江大学 Zhejiang University
Jǐnán 济南	Shāndōng Dàxué 山东大学 Shandong University
Qīngdǎo 青岛	Zhōngguó Hǎiyáng Dàxué 中国海洋大学 Ocean University of China
Sūzhōu 苏州	Sūzhōu Dàxué 苏州大学 Soochow University
Nánjīng 南京	Nánjīng Dàxué 南京大学 Nanjing University Dōngnán Dàxué 东南大学 Southeast University Nánjīng Shīfàn Dàxué 南京师范大学 Nanjing Normal University

Huázhōng Dìqū

华中地区

Central China

城市	高校
Wǔhàn 武汉	Wǔhàn Dàxué 武汉大学 Wuhan University Huázhōng Kējì Dàxué 华中科技大学 Huazhong University of Science and Technology Huázhōng Shīfàn Dàxué 华中师范大学 Central China Normal University

Zhèngzhōu 郑州	Zhèngzhōu Dàxué 郑州大学 Zhengzhou University
Kāifēng 开封	Hénán Dàxué 河南大学 Henan University
Xīnxiāng 新乡	Hénán Shīfàn Dàxué 河南师范大学 Henan Normal University
Xīběi Dìqū **西北地区** **Northwest China**	
城市	高校
Xī'ān 西安	Xī'ān Jiāotōng Dàxué 西安交通大学 Xi'an Jiaotong University Shǎnxī Shīfàn Dàxué 陕西师范大学 Shaanxi Normal University
Xīnán Dìqū **西南地区** **Southwest China**	
城市	高校
Kūnmíng 昆明	Yúnnán Shīfàn Dàxué 云南师范大学 Yunnan Normal University
Chéngdū 成都	Sìchuān Dàxué 四川大学 Sichuan University Xīnán Jiāotōng Dàxué 西南交通大学 Southwest Jiaotong University Sìchuān Shīfàn Dàxué 四川师范大学 Sichuan Normal University

Zhōngguó Zhǔyào Jiéjiàrì

（二）中国 主要 节假日

Main Festivals in China

全体公民放假的节日		
节日	日期	放假天数
Xīnnián (Yuándàn) 新年（元旦）	1月1日	1天
Chūnjié 春节	农历除夕、正月初一、初二	3天
Qīngmíngjié 清明节	农历清明当日	1天
Láodòngjié 劳动节	5月1日	1天
Duānwǔjié 端午节	农历五月初五	1天
Zhōngqiūjié 中秋节	农历八月十五	1天
Guóqìngjié 国庆节	10月1日、2日、3日	3天

部分公民放假的节日及纪念日			
节日	日期	放假天数	备注
Fùnǚjié 妇女节	3月8日	半天	妇女
Qīngniánjié 青年节	5月4日	半天	14周岁以上的青年
Értóngjié 儿童节	6月1日	1天	不满14周岁的少年儿童

Zhōngguó Chángjiàn Càimíng

（三）中国 常见 菜名

Common Dishes in China

菜名	主要材料
suānlà tǔdòusī 酸辣土豆丝	tǔdòu làjiāo cù 土豆 (potato)、辣椒 (chili)、醋 (vinegar)
Mápó dòufu 麻婆豆腐	dòufu làjiāo huājiāo 豆腐 (tofu)、辣椒 (chili)、花椒 (pepper)
xīhóngshì chǎo jīdàn 西红柿炒鸡蛋	xīhóngshì jīdàn 西红柿 (tomato)、鸡蛋 (egg)
yúxiāng ròusī 鱼香肉丝	zhūròu hēimù'ěr dōngsǔn 猪肉 (pork)、黑木耳 (black fungus)、冬笋 (bamboo shoots)
fūqī fèipiàn 夫妻肺片	niúròu niúzá huāshēng xiāngcài 牛肉 (beef)、牛杂 (beef offal)、花生 (peanut)、香菜 (parsley)
jīngjiàng ròusī 京酱肉丝	zhūròu huángguā 猪肉 (pork)、黄瓜 (cucumber)
tángcù páigǔ 糖醋排骨	páigǔ cù táng 排骨 (pork spareribs)、醋 (vinegar)、糖 (sugar)
hóngshāoròu 红烧肉	zhūròu jiàngyóu 猪肉 (pork)、酱油 (soy sauce)
suāncàiyú 酸菜鱼	yúpiàn suāncài huángdòuyá 鱼片 (fish fillet)、酸菜 (sauerkraut)、黄豆芽 (bean sprouts)
shuǐzhǔ ròupiàn 水煮肉片	lǐjǐròu huángdòuyá 里脊肉 (tenderloin)、黄豆芽 (bean sprouts)
shuǐzhǔyú 水煮鱼	yúpiàn làjiāo huángdòuyá 鱼片 (fish fillet)、辣椒 (chili)、黄豆芽 (bean sprouts)
máoxiěwàng 毛血旺	yāxiě niúdǔ wǔcānròu huángdòuyá làjiāo huājiāo 鸭血 (duck blood)、牛肚 (ox tripe)、午餐肉 (luncheon meat)、黄豆芽 (bean sprouts)、辣椒 (chili)、花椒 (pepper

hóngshāo dàpái 红烧大排	dàpái jiàngyóu 大排（pork chops）、酱油 (soy sauce)
Gōngbǎo jīdīng 宫保鸡丁	jīròu huāshēng 鸡肉 (chicken)、花生 (peanut)
zhàzhūpái 炸猪排	dàpái miànbāokāng 大排（pork chops）、面包糠 (bread crumbs)
gālí jīkuài 咖喱鸡块	jīròu tǔdòu gālí 鸡肉 (chicken)、土豆 (potato)、咖喱 (curry)
kělè jīchì 可乐鸡翅	jīchì kělè 鸡翅 (chicken wings)、可乐 (coca-cola)
gānguō huācài 干锅花菜	huācài zhūròu 花菜 (cauliflower)、猪肉 (pork)
fěnzhēng páigǔ 粉蒸排骨	páigǔ mífěn 排骨 (pork spareribs)、米粉 (rice flour)
huíguōròu 回锅肉	zhūròu qīngsuàn 猪肉 (pork)、青蒜 (leek)
hēijiāo niúliǔ 黑椒牛柳	niúròu hēijiāo 牛肉 (beef)、黑椒 (black pepper)
shàngtāng xīlánhuā 上汤西蓝花	xīlánhuā húluóbo 西蓝花 (broccoli)、胡萝卜 (carrots)
xīqín bǎihé 西芹百合	xīqín bǎihé 西芹 (celery)、百合 (lily bulbs)
mùxūròu 木须肉	zhūròu hēimù'ěr jīdàn húluóbo 猪肉 (pork)、黑木耳 (black fungus)、鸡蛋 (egg)、胡萝卜 (carrot)
shǒusī bāocài 手撕包菜	bāocài zhūròu 包菜 (cabbage)、猪肉 (pork)
xiānggū qīngcài 香菇青菜	qīngcài xiānggū 青菜 (green vegetables)、香菇 (Chinese mushrooms)
ròumò qiézi 肉末茄子	qiézi ròumò 茄子 (eggplant)、肉末 (minced meat)
mǎyǐ shàng shù 蚂蚁上树	fěnsī ròumò 粉丝 (bean vermicelli)、肉末 (minced meat)
sǔngān shāoròu 笋干烧肉	zhūròu sǔngān 猪肉 (pork)、笋干 (dried bamboo shoots)

jiāoyán dàxiā 椒盐大虾	xiā jiāoyán 虾 (shrimp)、椒盐 (spiced salt)
méigāncài kòuròu 梅干菜扣肉	zhūròu méigāncài 猪肉 (pork)、梅干菜 (preserved vegetables)
duòjiāo yútóu 剁椒鱼头	yútóu làjiāo 鱼头 (fish head)、辣椒 (chili)
sōngshǔ guìyú 松鼠鳜鱼	guìyú fānqiéjiàng 鳜鱼 (mandarin fish)、番茄酱 (ketchup)
hóngshāo shīzitóu 红烧狮子头	ròuxiànr jiàngyóu 肉馅儿 (meat stuffing) 、酱油 (soy sauce)
jīnzhēngū féiniú 金针菇肥牛	niúròu jīnzhēngū 牛肉 (beef)、金针菇 (needle mushroom)
tángcù lǐji 糖醋里脊	lǐjiròu fānqiéjiàng miànfěn 里脊肉 (tenderloin)、番茄酱 (ketchup)、面粉 (flour)
qiézhī jīliǔ 茄汁鸡柳	jīliǔ fānqiéjiàng 鸡柳 (chicken fillet)、番茄酱 (ketchup)
pínggū ròupiàn 平菇肉片	pínggū zhūròu 平菇 (oyster mushroom)、猪肉 (pork)
báizhǎnjī 白斩鸡	jīròu jiàngzhī 鸡肉 (chicken)、酱汁 (sauce)
bōluó gūlǎoròu 菠萝咕咾肉	zhūròu bōluó fānqiéjiàng 猪肉 (pork)、菠萝 (pineapple)、番茄酱 (ketchup)
qīngzhēng lúyú 清蒸鲈鱼	lúyú 鲈鱼 (striped bass)
jiǔcài chǎodàn 韭菜炒蛋	jiǔcài jīdàn 韭菜 (leek)、鸡蛋 (egg)
Běijīng kǎoyā 北京烤鸭	yāzi huángguā húcōng miànpí 鸭子 (duck)、黄瓜 (cucumber)、胡葱 (scallion)、面皮 jiàngzhī (dough wrappers)、酱汁 (sauce)
bābǎofàn 八宝饭	mǐfàn chìdòu guāzǐrénr 米饭 (rice)、赤豆 (red bean)、瓜子仁儿 (melon seeds)、 pútáogān hóngzǎo liánzǐ 葡萄干 (raisin)、红枣 (red dates)、莲子 (lotus seeds)、 guìyuán yìrénmǐ 桂圆 (longan)、薏仁米 (barley rice)

Yángzhōu chǎofàn 扬州炒饭	mǐfàn yùmǐlì jīdàn 米饭 (rice)、玉米粒 (corn kernels)、鸡蛋 (egg)、 huǒtuǐcháng qīngdòu húluóbo 火腿肠 (ham)、青豆 (haricot vert)、胡萝卜 (carrot)
jiǎozi 饺子	ròuxiànr miànfěn shūcài 肉馅儿 (meat stuffing)、面粉 (flour)、蔬菜 (vegetable)
xiǎolóngbāo 小笼包	ròuxiànr miànfěn 肉馅儿 (meat stuffing) 、面粉 (flour)
yángchūnmiàn 阳春面	miàntiáor cōnghuā 面条儿 (noodle)、葱花 (chopped green onions)
chūnjuǎn 春卷	shūcài zhūròu chūnjuǎnpí 蔬菜 (vegetable)、猪肉 (pork)、春卷皮 (wrap of spring roll)
nánguābǐng 南瓜饼	nánguā nuòmǐfěn 南瓜 (pumpkin)、糯米粉 (glutinous rice flour)
yùmǐlào 玉米烙	yùmǐlì yùmǐ diànfěn táng 玉米粒 (corn kernels)、玉米淀粉 (corn starch)、糖 (sugar)
jiǔniàng yuánxiāo 酒酿元宵	jiǔniàng yuánxiāo 酒酿 (sweet fermented-rice)、元宵 (boiled glutinous rice balls)
Xī Hú niúròugēng 西湖牛肉羹	niúròu dòufu xiānggū 牛肉 (beef)、豆腐 (tofu)、香菇 (Chinese mushroom)、 xiāngcài shuǐ 香菜 (parsley)、水 (water)
dōngguā páigǔtāng 冬瓜排骨汤	dōngguā páigǔ shuǐ 冬瓜 (melon)、排骨 (pork spareribs) 、水 (water)

Zhōngguó Lǚyóu Jǐngdiǎn jí Zìrán、 Wénhuà Yíchǎn (Tuījiàn)
（四）中国旅游景点及自然、文化遗产（推荐）
Chinese Tourist Attractions and Natural and Cultural Heritages

省 / 直辖市	城市 / 区	旅游景点
北京市	市区	故宫 Gù Gōng 天安门广场 Tiān'ān Mén Guǎngchǎng 北海公园 Běihǎi Gōngyuán 王府井大街 Wángfǔjǐng Dàjiē 恭王府 Gōngwáng Fǔ 天坛 Tiān Tán 南锣鼓巷 Nánluógǔ Xiàng 香山 Xiāng Shān 圆明园 Yuánmíng Yuán 颐和园 Yíhé Yuán 奥林匹克公园 Àolínpǐkè Gōngyuán
	延庆县	八达岭长城 Bādá Lǐng Chángchéng
	昌平区	明十三陵 Míng Shísān Líng
	房山区	北京猿人遗址 Běijīng Yuánrén Yízhǐ
黑龙江省	哈尔滨市	太阳岛 Tàiyáng Dǎo 圣索菲亚大教堂 Shèng Suǒfēiyà Dà Jiàotáng 冰雪大世界 Bīngxuě Dà Shìjiè 东北虎林园 Dōngběihǔ Línyuán 亚布力滑雪场 Yàbùlì Huáxuěchǎng
	黑河市	五大连池 Wǔ Dà Lián Chí
	牡丹江市	镜泊湖 Jìngpō Hú
	大兴安岭地区	漠河北极村 Mòhé Běijí Cūn

吉林省	长春市	净月潭 Jìngyuè Tán
	延边州	长白山 Chángbái Shān
	通化市	高句丽王城 Gāogōulí Wángchéng
辽宁省	沈阳市	沈阳故宫 Shěnyáng Gù Gōng
	大连市	金石滩 Jīnshí Tān 老虎滩海洋公园 Lǎohǔ Tān Hǎiyáng Gōngyuán
天津市	市区	五大道 Wǔ Dàdào 古文化街 Gǔwénhuà Jiē
	蓟州区	盘山 Pán Shān 黄崖关长城 Huángyáguān Chángchéng
内蒙古自治区	阿拉善盟	胡杨林景区 Húyánglín Jǐngqū
	呼伦贝尔市	呼伦贝尔大草原 Hūlúnbèi'ěr Dà Cǎoyuán
	锡林郭勒盟	锡林郭勒大草原 Xīlínguōlè Dà Cǎoyuán 元上都遗址 Yuán Shàngdū Yízhǐ
	呼和浩特市	五塔寺 Wǔtǎ Sì
	鄂尔多斯市	成吉思汗陵 Chéngjísī Hán Líng
新疆维吾尔自治区	乌鲁木齐市	天山、天池 Tiān Shān、Tiān Chí 国际大巴扎 Guójì Dà Bāzhā
	吐鲁番市	葡萄沟 Pútáo Gōu 火焰山 Huǒyàn Shān
	克拉玛依市	魔鬼城 Móguǐ Chéng
	伊犁州	那拉提草原 Nàlātí Cǎoyuán 霍尔果斯口岸 Huò'ěrguǒsī Kǒu'àn
	博尔塔拉蒙古自治州	赛里木湖 Sàilǐmù Hú
	巴音郭楞州	巴音布鲁克草原 Bāyīnbùlǔkè Cǎoyuán
	喀什地区	艾提尕尔清真寺 Àitígǎ'ěr Qīngzhēnsì 喀什老城 Kāshí Lǎochéng
宁夏回族自治区	银川市	镇北堡西部影城 Zhènběibǔ Xībù Yǐngchéng
	石嘴山市	沙湖 Shā Hú
	中卫市	沙坡头 Shāpōtóu

青海省	西宁市	塔尔寺 Tǎ'ěr Sì
	海南州、海北州	青海湖 Qīnghǎi Hú
	玉树州	可可西里 Kěkěxīlǐ
甘肃省	天水市	麦积山石窟 Màijī Shān Shíkū
	酒泉市	鸣沙山、月牙泉 Míngshā Shān、Yuèyá Quán 莫高窟 Mògāo Kū
	嘉峪关市	嘉峪关长城 Jiāyùguān Chángchéng
	平凉市	崆峒山 Kōngtóng Shān
陕西省	西安市	大雁塔 Dàyàn Tǎ 西安古城墙 Xī'ān Gǔ Chéngqiáng 兵马俑、秦始皇陵 Bīngmǎyǒng、Qín Shǐhuáng Líng 华清池 Huáqīng Chí
	延安市	黄帝陵 Huángdì Líng
	渭南市	华山 Huà Shān
	宝鸡市	法门寺 Fǎmén Sì
西藏自治区	拉萨市	布达拉宫 Bùdálā Gōng 大昭寺 Dàzhāo Sì 罗布林卡 Luóbù Línkǎ 纳木错 Nàmù Cuò
	山南市	羊卓雍错 Yángzhuóyōng Cuò
	林芝市	雅鲁藏布大峡谷 Yǎlǔzàngbù Dà Xiágǔ
	日喀则市	扎什伦布寺 Zhāshílúnbù Sì 珠峰大本营 Zhū-Fēng Dàběnyíng
	阿里地区	冈仁波齐峰 Gāngrénbōqí Fēng
四川省	成都市	杜甫草堂 Dù Fǔ Cǎotáng 都江堰、青城山 Dūjiāng Yàn、Qīngchéng Shān
	德阳市	三星堆遗址 Sānxīngduī Yízhǐ
	阿坝州	九寨沟 Jiǔzhài Gōu

四川省	阿坝州	黄龙 Huánglóng 汶川特别旅游区 Wènchuān Tèbié Lǚyóuqū 卧龙自然保护区 Wòlóng Zìrán Bǎohùqū
	乐山市	乐山大佛 Lèshān Dàfó 峨眉山 Éméi Shān
	绵阳市	北川羌城旅游区 Běichuān Qiāngchéng Lǚyóuqū
	南充市	阆中古城 Làngzhōng Gǔchéng
	广元市	剑门关 Jiànmén Guān
	甘孜州	稻城亚丁 Dàochéng Yàdīng
重庆市	市区	山城夜景 Shānchéng Yèjǐng
	巫山县	小三峡 Xiǎo Sān Xiá
	武隆县	喀斯特旅游区 Kāsītè Lǚyóuqū
	大足区	大足石刻 Dàzú Shíkè
	江津区	四面山 Sìmiàn Shān
贵州省	安顺市	黄果树瀑布 Huángguǒshù Pùbù 龙宫景区 Lónggōng Jǐngqū
	黔南州	樟江风景区 Zhāngjiāng Fēngjǐngqū
	毕节市	百里杜鹃 Bǎilǐ Dùjuān
云南省	昆明市	石林 Shílín
	大理市	苍山、洱海 Cāng Shān、Ěr Hǎi 崇圣寺三塔 Chóngshèng Sì Sān Tǎ
	丽江市	丽江古城 Lìjiāng Gǔchéng 玉龙雪山 Yùlóng Xuěshān
	迪庆州	虎跳峡 Hǔtiào Xiá 纳帕海 Nàpà Hǎi 普达措国家公园 Pǔdácuò Guójiā Gōngyuán
	西双版纳州	西双版纳 Xīshuāngbǎnnà
	红河州	元阳梯田 Yuányáng Tītián
	怒江州	三江并流 Sān Jiāng Bìngliú

山西省	晋城市	皇城相府 Huángchéng Xiàngfǔ
	临汾市	壶口瀑布 Húkǒu Pùbù
	晋中市	乔家大院 Qiáojiā Dàyuàn 平遥古城 Píngyáo Gǔchéng
	忻州市	五台山 Wǔtái Shān
	大同市	云冈石窟 Yúngāng Shíkū 悬空寺 Xuánkōng Sì
河北省	石家庄市	西柏坡 Xībǎipō
	秦皇岛市	山海关长城 Shānhǎiguān Chángchéng
	承德市	避暑山庄、外八庙 Bìshǔ Shānzhuāng、Wài Bā Miào
	保定市	野三坡 Yě Sān Pō 白洋淀 Báiyáng Diàn
山东省	济南市	趵突泉 Bàotū Quán
	泰安市	泰山 Tài Shān
	曲阜市	孔庙、孔府、孔林 Kǒng Miào、Kǒng Fǔ、Kǒng Lín
	青岛市	栈桥 Zhàn Qiáo 八大关 Bā Dà Guān 崂山 Láo Shān
	烟台市	蓬莱阁 Pénglái Gé
	威海市	刘公岛 Liúgōng Dǎo
	枣庄	运河古城 Yùnhé Gǔchéng
	临沂市	沂蒙山 Yíméng Shān
河南省	郑州市	嵩山、少林寺 Sōng Shān、Shàolín Sì
	洛阳市	龙门石窟 Lóngmén Shíkū 牡丹园（春季）Mǔdān Yuán 老君山 Lǎojūn Shān
	焦作市	云台山 Yúntái Shān
	南阳市	伏牛山、恐龙遗迹园 Fúniú Shān、Kǒnglóng Yíjìyuán
	平顶山市	尧山、中原大佛 Yáo Shān、Zhōngyuán Dàfó

河南省	开封市	清明上河园 Qīngmíngshànghé Yuán
	安阳市	殷墟 Yīnxū
安徽省	黄山市	黄山 Huáng Shān 西递、宏村 Xīdì、Hóng Cūn
	池州市	九华山 Jiǔhuá Shān
	安庆市	天柱山 Tiānzhù Shān
	六安市	天堂寨 Tiāntáng Zhài
	宣城市	龙川 Lóng Chuān
江苏省	南京市	夫子庙、秦淮河 Fūzǐ Miào、Qínhuái Hé 中山陵 Zhōngshān Líng
	苏州市	苏州园林 Sūzhōu Yuánlín 周庄古镇 Zhōuzhuāng Gǔzhèn 吴中太湖 Wúzhōng Tàihú
	无锡市	灵山景区 Líng Shān Jǐngqū 水浒城 Shuǐhǔ Chéng
	常州市	环球恐龙城 Huánqiú Kǒnglóngchéng
	扬州市	瘦西湖 Shòuxī Hú
上海市	市区	南京路、外滩、陆家嘴 Nánjīng Lù、Wài Tān、Lùjiā Zuǐ 豫园 Yù Yuán
湖北省	武汉市	黄鹤楼 Huánghè Lóu 东湖、武汉大学樱花（3月）Dōng Hú、Wǔhàn Dàxué yīnghuā
	宜昌市	三峡人家 Sān Xiá Rénjiā 清江画廊 Qīng Jiāng Huàláng 屈原故里 Qū Yuán Gùlǐ 三峡大坝 Sān Xiá Dàbà
	神农架林区	神农架 Shénnóngjià
	恩施州	恩施大峡谷 Ēnshī Dàxiágǔ
	十堰市	武当山 Wǔdāng Shān

湖南省	长沙市	马王堆汉墓 Mǎwángduī Hànmù 岳麓山 Yuèlù Shān
	岳阳市	君山 Jūn Shān 岳阳楼、洞庭湖 Yuèyáng Lóu、Dòngtíng Hú
	张家界市	张家界 Zhāngjiā Jiè 天门山 Tiānmén Shān 武陵源 Wǔlíng Yuán
	湘西州	凤凰古城 Fènghuáng Gǔchéng
	衡阳市	衡山 Héng Shān
江西省	九江市	庐山 Lú Shān
	上饶市	三清山 Sānqīng Shān 婺源油菜花 Wùyuán yóucàihuā
	景德镇市	古窑民俗博览区 Gǔyáo Mínsú Bólǎnqū
	井冈山市	井冈山 Jǐnggāng Shān
	鹰潭市	龙虎山 Lónghǔ Shān
浙江省	杭州市	西湖 Xī Hú 千岛湖 Qiāndǎo Hú 西溪湿地 Xīxī Shīdì
	宁波市	天一阁 Tiānyī Gé 奉化（溪口）旅游区 Fènghuà (Xīkǒu) Lǚyóuqū
	舟山市	普陀山 Pǔtuó Shān
	温州市	雁荡山 Yàndàng Shān
	绍兴市	鲁迅故居 Lǔxùn Gùjū
	嘉兴市	乌镇古镇 Wūzhèn Gǔzhèn
	金华市	横店影视城 Héngdiàn Yǐngshìchéng
福建省	厦门市	鼓浪屿 Gǔlàng Yǔ
	南平市	武夷山 Wǔyí Shān
	漳州市	福建土楼 Fújiàn Tǔlóu
	宁德市	白水洋、鸳鸯溪 Báishuǐ Yáng、Yuānyāng Xī
	泉州市	清源山 Qīngyuán Shān

台湾省	台北市	阳明山 Yángmíng Shān
	基隆市	野柳地质公园 Yěliǔ Dìzhì Gōngyuán
	南投县	日月潭 Rìyuè Tán
	嘉义县	阿里山 Ālǐ Shān
	花莲县	太鲁阁国家公园 Tàilǔgé Guójiā Gōngyuán
	屏东县	垦丁 Kěndīng
广西壮族自治区	桂林市	漓江漂流 Lí Jiāng Piāoliú 阳朔西街 Yángshuò Xījiē 象鼻山公园 Xiàngbí Shān Gōngyuán 七星景区 Qīxīng Jǐngqū
海南省	三亚市	天涯海角 Tiānyá Hǎijiǎo 大小洞天 Dàxiǎo Dòngtiān 鹿回头 Lùhuítóu
	陵水县	分界洲 Fēnjiè Zhōu
	保亭县	呀诺达雨林文化旅游区 Yānuòdá Yǔlín Wénhuà Lǚyóuqū
	三沙市	西沙群岛 Xīshā Qúndǎo
广东省	广州市	白云山 Báiyún Shān
	韶关市	丹霞山 Dānxiá Shān
	江门市	开平碉楼 Kāipíng Diāolóu
香港特区	九龙	旺角 Wàngjiǎo
	香港岛	维多利亚港 Wéiduōlìyà Gǎng
	大屿山	迪士尼乐园 Díshìní Lèyuán
澳门特区		澳门历史城区 Àomén Lìshǐ Chéngqū

Zhōngguó Zhǔyào Yínháng

（五）中国 主要 银行

The Major Banks of China

Zhōngguó Gōngshāng Yínháng 中国工商银行	Industrial and Commercial Bank of China (ICBC)
Zhōngguó Jiànshè Yínháng 中国建设银行	China Construction Bank (CCB)
Zhōngguó Nóngyè Yínháng 中国农业银行	Agricultural Bank of China (ABC)
Zhōngguó Yínháng 中国银行	Bank of China (BOC)
Jiāotōng Yínháng 交通银行	Bank of Communications (BCM)
Zhāoshāng Yínháng 招商银行	China Merchants Bank (CMB)
Xīngyè Yínháng 兴业银行	Industrial Bank Co., Ltd (CIB)
Zhōngguó Yóuzhèng Chǔxù Yínháng 中国邮政储蓄银行	Postal Savings Bank of China (PSBC)
Zhōngxìn Yínháng 中信银行	China CITIC Bank
Zhōngguó Mínshēng Yínháng 中国民生银行	China Minsheng Banking Co., Ltd (CMBC)

Chángyòng Gōngyòng Diànhuà Hàomǎ

(六) 常用 公用 电话 号码

Common Public Telephone Numbers

bàojǐng diànhuà 报警电话	110	huǒjǐng 火警	119
jíjiù zhōngxīn 急救中心	120	diànhuà cháhào 电话查号	114
tiānqì yùbào 天气预报	12121	Zhōngguó Yídòng 中国移动	10086
Zhōngguó Diànxìn 中国电信	10000	Zhōngguó Liántōng 中国联通	10010